U0931007

本书系教育部人文社会科学重点研究基地重大项目成果,项目编号 13JJD750009

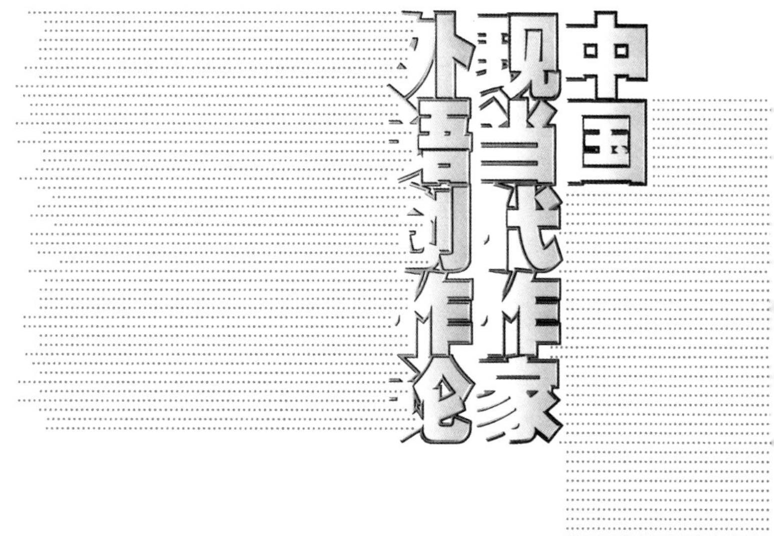

倪婷婷 编著

上海人民出版社

目录

绪　论　中国现当代作家外语创作的归属问题　倪婷婷　/ 1

一、中文是判定中国文学的唯一标准吗？　/ 2

二、加入外籍的华人非母语创作都是“外国文学”吗？　/ 15

三、文本的“中国味道”对中国文学边界划分的先位意义　/ 25

多元文化融合的视界：

《中国评论周报》和《天下月刊》作者群的英语随笔　张　宇　/ 37

一、《中国评论周报》、《天下月刊》与中国本土英语作者群　/ 39

二、睿智雅趣的审美表达：林语堂、温源宁、吴经熊的英语随笔创作　/ 45

三、游移于独立与介入、世界与民族之间　/ 88

世界主义视野下的中国文化景观：

林语堂的小说“三部曲”及其他　郭海燕　倪婷婷　/ 104

一、《京华烟云》：“无为”道家文化思想的印证　/ 108

二、《风声鹤唳》：破除“我执”的佛禅思想演绎　/ 114

三、《朱门》：儒家“留有余地”以创生的精神体现　/ 118

四、其他小说与中西文化阐释　/ 124

凌叔华的《古韵》与英国布鲁姆斯伯里团体　李　昊　倪婷婷　/ 146

一、《古韵》中的中国形象与布鲁姆斯伯里团体的中国想象　/ 148

二、布鲁姆斯伯里团体的文化立场与接收错位　/ 154

三、凌叔华的文化调适和《古韵》的文化融合　/ 161

为中国代言的可能和限制:熊式一英语创作论　倪婷婷　/ 171

一、从《王宝川》到《西厢记》:探寻中国文化传播的路径　/ 174

二、《大学教授》和《天桥》:以文学介入现实　/ 185

三、如何向世界表述中国?　/ 209

四、"中国的巴里"　/ 224

五、多元语境下的中国性呈现　/ 242

描摹人类相通的本相:蒋彝的英国画记　龚志强　/ 274

一、画家之眼:宁静细微处的美　/ 275

二、中国之眼:东方人的异邦观察　/ 279

三、世界之眼:人类视角与自然崇拜　/ 282

四、瑕不掩瑜的"哑行者"英国画记　/ 286

找寻真实的自我:杨刚的自传性写作　倪婷婷　/ 291

一、不只为了纪念:杨刚英语文本中文版的标题问题　/ 293

二、杨刚自传性言说的受众选择　/ 304

三、《童年》、《狱中》与包贵思　/ 318

四、《日记拾遗》:为斯诺《活的中国》量身定做的小说　/ 331

五、杨刚的异域体验与《挑战》　/ 340

跨文化语境下的"表演":

叶君健的世界语和英语小说创作　倪婷婷　/ 362

一、英国的 CHUN-CHAN YEH?　/ 366

二、"原来现实的中国是这个样子"　/ 374

三、"掌握感情火候" / 390
四、幽默与"人类之爱" / 405

Eileen Chang 还是张爱玲:张爱玲英文创作论　许志迎 / 429
一、上海—香港—美国:三地书,半生缘 / 430
二、"他们所喜欢的往往正是我想拆穿的" / 444
三、穿梭于双重语境的文本改写 / 452

故乡的意义:哈金小说论　史　宇 / 468
一、"中国对我来说,是源泉" / 469
二、"抵达"比"回归"更重要 / 475

开掘写作潜能:严歌苓《赴宴者》论　张　静　倪婷婷 / 480
一、"作为对国内社会的荒诞西洋镜看" / 481
二、发现一个"带些美国式粗狂、调侃的严歌苓" / 485
三、"一生中最后一次跟自己过不去" / 491

殖民强权话语下的文学抉择:
日本殖民统治时期台湾作家的日语创作　马泰祥 / 498
一、流变中的差异化:日本殖民统治时期的台湾日语文学 / 499
二、参差的对照:杨逵、翁闹、周金波的"日语创作经验" / 515

绪　论　中国现当代作家外语创作的归属问题

倪婷婷

论及用外语创作的中国作家，林语堂是许多人最先可能想到的名字。事实上，中国现当代具备外语写作才华的文人并非绝无仅有。德国学者顾彬(Wolfgang Kubi，1945—　)在强调语言重要性时就提到："民国时期(1912—1949)的作家是多语作家。他们通常不只掌握多种语言，也以各外来语文书写文学作品。林语堂(1895—1976)和张爱玲(1921—1995)写英文小说，而戴望舒(1905—1950)以法文、郭沫若(1892—1978)以德文写诗。今天大多数现代文学领域的中国学者没能通过原文阅读这些作品，这是那些属于世界文学，也创造世界文学的作家们的灾难。这不只荒唐，海峡两岸林语堂或张爱玲的所谓全集并没有包括他们的英文作品，而只有别人所翻译的蹩脚中文译本，中国学界这情况，也是荒凉的。"①就这段话而言，顾彬至少陈述了两个事实，这同时也是他所表达的两点意见：一、民国时期用外语创作的作家不在少数；二、中国学界未能对那些用外文书写的作品予以足够的重视。如果暂且忽略顾彬对民国作家语言背景全称判断的局限，那么，顾彬对林语堂等人外语写作及其意义的正视，至少显示了他作为一个局外人的客观，和作为一个跨语际学者的敏感。顾彬的意图原本不在

① ［德］顾彬：《语言的重要性——本土语言如何涉及世界文学》，《扬子江评论》2009 年第 2 期。

要纠补中国文学研究领域的某个疏漏，但他的这番话确实提供了一个新的思考角度，为中国学界如何为那些现代多语作家定位，如何为那些外语作品归类，如何评价那些作家作品带来启发。

一、中文是判定中国文学的唯一标准吗？

在一般研究者心里，划分中国文学边界的尺度并不模糊。中国文学，就是以汉民族文学为主干部分的各民族文学的共同体①。中文是中国语言的简称，中国文学不只是单一的汉语文学。然而，在众所周知的常识之外，很少有人意识到，除了汉语文学，除了少数民族语言的文学，中国文学中还有外语文学存在，因为有一些中国作家用外语写作，他们的作品事实上构成了中国文学的一部分。由于这种另类的文学现象明显挑战了既有的中国文学概念界定，它们基本被选择性盲视，至今未获得客观理性的学术观照。

（一）日本殖民统治时期台湾日语文学不等同于日本文学

顾彬为林语堂和张爱玲的英文小说不入中国学者的法眼感到有些遗憾，但他的感慨主要源于他以世界文学的眼光对中国的研究者具备更高素养的期许，其实，单就这类文本而言，顾彬并不以为它们就应归属于中国文学的范围。在讨论日本殖民统治时期台湾作家的日语写作时，他这样认为："台湾文学史间或提到的作品，至多就是以台湾的风土人情为主题而已，却穿着纯粹的日语的外衣。它们应当算作日本文学史，而不是中国文学史的一部分。这么看来，1949 年以前台湾最重要的作家吴浊流（1900—1976）就不能归入中国文学史。他所有的重要作品都是以日文写就，然后转经中文译本——而且不一定是作家本人翻译的——得以为文学研究界所接受。"②在顾彬眼里，

① 中国的少数民族语言，如藏语、维吾尔语、蒙语，虽然属于另外的语言体系，但由于这些少数民族归属于中国统一的多民族国家的政治地理框架之下，所以，用这些少数民族语言书写的文学也成为中国文学当然的组成部分。

② ［德］顾彬：《二十世纪中国现代文学史》，范劲等译，上海：华东师范大学出版社 2008 年版，第 235 页。

吴浊流这样的台湾作家虽然写的是台湾题材，但因为用日语写作，所以就算不上中国作家，他用日语写的作品也不能划入中国文学。既然吴浊流如此，那么林语堂和张爱玲想必也会被同样看待，按照顾彬的标准，他们就得归入美国作家行列，他们的英语作品也当然不属于中国文学的范畴。

对林语堂和张爱玲英语写作的归属，顾彬的看法与中国学界的惯常裁定没有什么区别；但是，就日本占领时期的台湾日语文学这一块来说，顾彬的判断显然是错误的，吴浊流等作家不应该被排除出中国文学以外。但是，除了台湾文学这个特例外，顾彬援用以语言作为划定国别文学界限的标准，和主流观念其实不无相通之处。

除了大陆的汉语文学和少数民族文学外，海外华文文学也通常被列入中国文学的叙述范畴，道理很简单，就是因为那些作品是用汉语书写的。有学者指出："判断一种文学的特质"，"还是首先应该从它使用的语种出发。所以，在我看来，海外的华语作家其实仍旧是特定意义的中国作家，因为他们的创作完全属于中国文学的范畴"。[①]还有的学者更为直截了当："用汉语写作的作家、作品属于中国文学，不关作者的国籍。文字是文学的本质，因此一直是作品属于什么文学，不是作家。戴思杰的著作属于法国文学，哈金的著作属于美国文学。"[②]这种语言文字决定论的态度和顾彬在看待台湾日语文学时的立场如出一辙。因为强调语种的定性作用，所以顾彬对 20 世纪 80 年代以后在中国以外用移居国语言写作的作家，如哈金的英文小说和戴思杰的法文小说的归属当然也不含糊，认为它们"虽然以中国为主题，却是美国文学以及或法国文学，而不是中国文学的一部分，否则的话，我们就可以把提尔曼・施宾格勒(Tilman Spengle，1947 年生)有关中国的小说列入中国文学史，而不是德国文学史了"。[③]总体说来，以华文作为划定中国文学疆域的标准，是学界的普遍共识。因此，虽然林语堂 20 世纪三四十年代在国内国外均风头十足，可他在中国现代文学史上的地位，也主要源自《语丝》

① [美]陈瑞琳：《横看成岭侧成峰——北美新移民文学散论》，成都：成都时代出版社 2006 年版，第 29 页。

② 引自斯洛伐克布拉迪斯拉发考门斯基大学冯铁的大会发言，参见《中国文学与当代汉学的互动——第二届世界汉学大会文学圆桌会纪要》，《文艺争鸣》2010 年第 7 期。

③ [德]顾彬：《二十世纪中国现代文学史》，范劲等译，上海：华东师范大学出版社 2008 年版，第 236 页。

和《论语》时期他在闲适幽默小品上的建树，与他的英文写作无所关联。迄今为止，除了海外学者的一些文学史著作外，要在大陆学者撰写的现代文学史中，找到分析评价林语堂英文作品的篇幅——无论是1936年前在国内发表的英文小品，还是之后在美国出版的英文长篇小说，那是近乎于无专业常识的徒劳。林语堂如此，更遑论“出土”更迟的张爱玲们的外语作品了。①

可是，语言真的是划分文学疆域的唯一标尺吗，用汉语书写真的是区分中国作家、中国文学的唯一标志吗？如果答案是肯定的话，那么顾彬把吴浊流的日语小说剔除出台湾文学/中国文学之外，似乎是“理所当然”的，毕竟包括吴浊流在内的那些台湾作家是用日语写作的，而日本语确实不是汉语，也不等同于中国少数民族语言，而是地道的外国语。然而，为什么大陆的文学史叙述却执著地要把台湾日语文学作为必须叙述的内容呢？

只要具备文学常识的人都知道，语言是文学作品最基本的物质因素，以语种来划分不同国度和区域的文学自有其重要的意义。语言是文学实现的载体，若是脱离了由语言所呈现的修辞、审美等特质，文学的欣赏和研究都无从谈起。但是，在语言之外，对文学发挥作用和影响的还有另外一些因素，比如民族意识、文化传统、艺术风格、价值观念等，这些精神领域不同层面的内容并不一定完全对应于语言所提供的符号性显现。尤其当论及特定区域人群的历史、文化和情感表达时，语言的效用其实没有想象的那么大。

韦勒克在讨论总体文学时认为，20世纪的学者夸大了语言障碍的重要性，其实语言本身并不足以承担区分地域文学的责任。同样使用英语，美国文学和现代爱尔兰文学、英国文学是不同的文学，而确定美国文学何时成为独立的民族文学，并不那么容易。“是仅仅根据政治上的独立这个事实，还是根据作家本身的民族意识，还是根据采用民族的题材和具有地方色彩，或者根据出现明确的民族文学风格来确定？只有当我们对这些问题做出了明确的回答时，我们才能写出不单单是从地理上或语言上区分的各民族文学史，才能确切地分析出每一个民族文学是怎样成为欧洲传统的一部分的。”

---

① 最早关注张爱玲英文小说《秧歌》并对其进行评价、给予文学史地位认定的，是1961年耶鲁大学出版社出版的夏志清英文著作《中国现代小说史》(C.T. Hsia: *A History of Modern Chinese Fiction*, New Haven and London: Yale University Press, 1961)。

他还认为:"如果仅仅用某一种语言来探讨文学问题,仅仅把这种探讨局限在用那种语言写成的作品和资料中,就会引起荒唐的后果。"①显而易见,当研究者将视野投向特定区域的文学时,如果仅仅依据语言这个媒介去判断归属,而不考量文学具体的生存处境,那么就有可能误入迷途。

日本殖民统治时期的台湾作家的日语创作,固然是日本殖民统治的产物。无论吴浊流们是否承认,他们的作品与日语文学传统之间确实存有挣脱不开的联系,但是这却不足以构成将这些台湾日语作家与日本作家相提并论,将那个时期的台湾日语文学与日本文学等而视之的理由。文学本身的复杂性决定了做简单刻板的界定都形同于一种冒险。在日语书写之外,台湾作家复杂的身份认同,他们日语作品中所包含的本民族意识和情感取向,还有这些台湾作家独特的记忆、想象和表达方式,等等,都不可能是对台湾地域文学合法性存在完全无意义的内容。

从殖民地非母语文学的角度来看,日本殖民统治时期的台湾日语文学不可能纯粹视为日本文学的一部分去解读。这就像非洲和加勒比海、印度及其他英国殖民地的英语文学,铭刻着这些区域作者失语的创伤,但相对于宗主国文学,它们仍然属于另类的创造,因而对英殖民地作家不能简单地视为英国作家。在中国,虽然日本殖民统治时期的台湾文学与中国现代文学传统之间的关联程度和承续方式还有待进一步梳理、探究,但台湾地域文学应纳入中国文学的框架中予以叙述和审视已形成风气,并成为不可扭转的学术方向。中国现代文学史编写者在谈及日本殖民统治时期的日语文学时大多也不避讳语言媒介的因素。如有的文学史提道:1930 年代台湾"一些作家在日本的文学杂志上发表作品,多用日语写作,也属于新文学的成果。其中有杨逵的《送报夫》和吕赫若的《牛车》";而到 1937 年台湾被强制推行"皇民化"运动,日本语成为台湾唯一合法的语文,1939 年后,中文甚至被禁用。许多作家要么搁笔,要么只能"在被压迫的夹缝中隐忍为文",如吴浊流的《亚细亚的孤儿》就是"在日本警察的严密监视之下冒着生命危险暗中写下"的;而吕赫若侧重"描写农村日常家庭生活中的矛盾或困厄",

① [美]韦勒克、沃伦:《文学理论》,刘象愚、刑培明、陈圣生、李哲明译,北京:生活·读书·新知三联书店 1984 年版,第 46、48 页。

“他的作品都是用日文写的，其中多数作品到 90 年代才有中译”。[①]这些文学史的编写者不仅理直气壮地将日本殖民统治时期台湾作家的日文作品列入中国现代文学史考察范畴，甚至还把日语成为台湾“唯一官方语言”之前台湾作家发表在日本刊物上的日语作品视为“新文学的成果”。

这样的果敢之论自然主要源于政治认识的底气，也来自对台湾日语文学中反映出来的民族情感和民族文化内涵的尊重。大陆出版的现代文学史著作尽管事实上大多以汉语文学的发展史为叙述主体，但编写者还是会顾及台湾特定历史背景下具体的语言情境，仍然将台湾日语文学纳入中国现代文学的版图。即便文学史写作者对《亚细亚的孤儿》“在思恋乡土的情结上构架爱国反日的主题”[②]更为看重，但是他们只要承认吴浊流等作家的日语的文学表达是 20 世纪三四十年代台湾地域文学的客观事实，也就不能不承认台湾日本殖民统治时期的日语文学是台湾地域文学的合法性存在。此外，更有研究者特别指出，台湾作家“面对日本统治者强行废止汉文，推行‘皇民化运动’”，“选择了‘间接的文化抵抗’”；“他们使用殖民者的语言来描写本民族的生活，创造了另外一种文学的、文化的想象”；“日文的表现形式与中国的内在焦虑，这两者构成的张力，展现出殖民地时期台湾知识人的更为真实的处境和精神结构”；“他们在失去母语的状态下用日文写作属于自己的而不是日本的文学，这种凝聚着历史、语言与精神之创伤的、令人感到悲凉而沉重的文学‘十字架’，无疑令人深思”。[③]

事实上，日本殖民文化统合下台湾作家的日语书写复杂而多元，其原因与作家日语能力水平、代际间隔以及对待母语感情认知的差异相关。虽然也有如周金波这样的文人利用日语写作病态地去拥抱“殖民同化”，一步步陷入无底的深渊，但也有像杨逵这样以左翼小说创作实现跨区域左翼联合的实际构想的作家，表现出颇具殖民地特质的行动主义精神和抗议姿态，而翁闹这样执著于“台湾的内容”的作家与日语语言及文

① 钱理群、温如敏、吴福辉：《中国现代文学三十年》，北京：北京大学出版社 1998 年版，第 503、507、508 页。

② 钱理群、温如敏、吴福辉：《中国现代文学三十年》，北京：北京大学出版社 1998 年版，第 507 页。

③ 黎湘萍：《从吕赫若小说透视日本殖民统治时期的台湾文学》，《中国现代文学研究丛刊》1999 年第 2 期。

学背后的政治潜意图保持距离，同样令殖民者的目标和政策无法奏效。因此，任何将日本殖民统治时期台湾日语文学当做铁板一块的想象都疏离出历史的本真。而从台湾作家的地域和民族情结来看，将台湾日语文学与日本文学画等号的做法，当然无疑是对台湾日语文学中的台湾文化复杂性特质的遮蔽和漠视，甚至可以说撕裂了那些不得不用日语写作的作家内心的伤口，且对他们语言人权构成又一次侵犯。

与日本殖民统治时期台湾的历史现实相似，香港曾经被英国殖民统治，澳门曾经被葡萄牙殖民统治，但有所不同的是，这两个区域尽管不乏相关的英语或葡语的文学表现，但由于创作未能形成足够的气候，也未能构成一定的规模，因此，无论是香港的英语文学，还是澳门的葡语文学，都不像台湾的日语文学那样引起足够的重视，继而堂而皇之地进入中国现代文学的疆域。新世纪以来的情形有了一些改变，譬如已经有学者开始注意搜集整理澳门400年葡语文学的资料，探讨20世纪澳门土生葡语写作对中国文化的亲和性，这方面的空白逐渐有了被填补的迹象；而对张爱玲在港大读书期间用英文写的散文，以及20世纪50年代初在香港完成的长篇《秧歌》，“张迷”们前赴后继投入充沛的热情，只是他们大都未能有意识地将张爱玲的香港英语文本视为香港英语文学的有机构成，因此也就没有注意到张爱玲的英语写作与中国文学的内在关系。

中国现代文学中日语文学的合法性存在事实，提示了作为主体的民族语言——汉语文学之外其他外语文学合法性存在的可能性。一个国家多语种文学的出现，与这个国家多元文化交汇的语境有关。台湾日语文学源于日本殖民者强行推行的“文化统合”政策，在持续的语言压迫下母语逐渐退化，作家不得不使用殖民语写作，这种选择当然带有被动和屈辱的色彩。尽管如此，台湾日语文学即便带有殖民时代文化隔绝的烙印，但透过“日语的外衣”，它反映出的民族性的精神倾向和表达方式仍然丰富了中国文学的内涵，构成了中国现代文学中的特别景象。多重语言文化交汇的结果在20世纪的中国，并非只有母语被废止、被取代这一种，香港和澳门虽然被殖民统治的时间更久，但并未遭遇像1937年以后台湾那种政治、文化及语言趋于被全面压制的情境，文人作家选择何种语言进行书写仍然存有一定的弹性空间，汉语文学与英语或葡语文学在港澳共生并存，而因为港澳与大陆的文化联系更为紧密，这两个区域的现代汉语文学取得的成绩甚至更为可喜些。

(二) 20世纪上半叶中国大陆外语文学的生存样态

至于中国大陆，其社会性质和港澳台有所不同，但1949年前从沿海通商口岸城市到内地或边远乡村，华洋杂处的环境和外来语言文化不同程度、不同方式的渗透，确实为语言交汇——多语种文化的并存、传播和交流提供了条件；从另一个角度来看，1840年以来几代中国人对现代化国家的想象都建立在认识西方、了解西方的前提下，无论最初是否迫于无奈，至少那种开放的眼光和胸襟还是直接推动了中国人对外国语言文化的接近。《密勒氏评论报》(*Millard's Review*)的主持人约翰·本杰明·鲍惠儿曾回忆说，这份美国英文周报1917年在上海创刊时，目标读者群主要是在华和海外的欧美人士，等1918年接手后一段时间，"终于发现，最大的一群英文报纸阅读者，还是年轻的一代中国人，中国的知识分子，他们是市立学校和教会学校的毕业生和在校学生。这些年轻人是刚刚对世界性的事务发生兴趣，特别是对第一次世界大战表示关切。而且，也像其他人一样，渴望获知美国对第一次世界大战的态度以及其他一些美国新闻。……所有这些中国年轻人那时都在研读英文，而且我不久之后发现，好多中国学生都把《密勒氏评论报》当做教科书"①。像《密勒氏评论报》这样在中国出版发行的外语报刊读物，大多秉持促进外国与中国联系的宗旨，所以很重视中国读者的反应。1945年后，鲍惠儿的儿子小鲍惠儿担任主编和发行人，编辑方针更进一步贴近中国读者的期待，增加了编辑读者互动的栏目，有些文学爱好者因此有机会在《密勒氏评论报》上开始了外语写作的最初体验②。除了年轻读者，借助于中国大都市外语报纸杂志，一试外语身手

---

① [美]约翰·本杰明·鲍惠儿:《在中国二十五年》，尹雪曼、李宇晖、雷颐译，合肥：黄山书社2008年版，第13页。

② 翻译家屠岸回忆说，他1948年曾为《密勒氏评论报》的特约编辑和特约撰稿人，除了为《密勒氏评论报》译了师陀的小说和冯至、杜运燮的诗外，还提供了自己写的英文诗《解放了的中国农民之歌》。(参见屠岸口述，何启治采写:《我与文学翻译》，《新文学史料》2011年第3期)。现为北美华裔作家的刘慧琴在接受访谈时也提到她早年在国内时的英文写作尝试："我的第一篇小说是在大学一年级用英文写的，投给当时上海的英文刊物《密勒氏评论》(*Miller's Review*)，被采用，还得了一笔相当于1952年大学生两个月伙食费的稿费。"(参见《寻梦枫叶国，燃心文学苑——与加拿大华裔作家刘慧琴〈阿木〉的笔谈录》，赵庆庆:《枫语心香——加拿大华裔作家访谈录》，南京大学出版社2011年版，第150页)刘慧琴所说的上海的刊物《密勒氏评论》应该就是《密勒氏评论报》，此报英文名她的记忆也有误，应该是 *Millard's Review*，1950年后，《密勒氏评论》改名为《中国每日评论》，但估计原名的影响力太大，以致一般人还是习惯沿用原名。

的主要还是那些曾留学欧美、英文表达娴熟的学者文人，他们的外语创作实绩为中国现代文学带来了新的样态和气象，并切实推动了中外文化交流由单向变成为双向的趋势。在这样情境下出现的中国现代作家的外语文本，恐怕很难都归结为母语受压迫后的被动选择，而在很大程度上属于主动向外解释中国、传播中国文化的产物，当然也不排除来自作者纯粹的自我表达诉求。

因为一些作家移居海外又用移居国语言书写，他们的外语作品很容易被视为"外国文学"而疏离于现当代文学研究者的视阈之外。虽然这也并不完全贴合事实，但毕竟也算是那些作品的一个身份。但是，除了这类外语创作之外，中国作家在国内用外语写就的作品，则是妾身难分明，甚至完全没有名分，这更进一步印证了单纯以汉语来界定中国文学边界的局限。

如果不计较凌叔华的《古韵》中一些章节是在国内就写好了的，由于单行本毕竟是在伦敦推出的，再考虑凌叔华确实在英国生活多年，把《古韵》视为英国文学，也许不至于太离谱；而周作人的《对于小孩的祈祷》、《西山小品》，蒋梦麟的《西潮》，杨刚的《日记拾遗》，还有杨宪益的英语自传，因为是用外语书写并在国外问世的，就被视为日本文学、美国文学或英国文学，则未免太一厢情愿了。尽管作者都有过或长或短的国外留学经历，但这些经历与他们的外语写作并不构成直接的因果关系，而且无论周作人、杨刚、蒋梦麟，还是杨宪益，他们均保有着稳定的中国身份，其外语作品即便主要针对的是外语读者群，但只要细细品味，就可以感觉其中并无多少洋腔洋调，以中国读者的眼光来看，它们与这些作者的中文作品之间并无本质的差异。那么，有什么必要将这些外语作品从中国文学中扫地出门呢？

较之于《西潮》等外语文本的暧昧身份，胡适的独幕剧《终身大事》，陈衡哲的《一个年轻中国女孩的自传》，朱湘的十四行诗《致埃斯库罗斯》，温源宁人物随笔集《不够知己》，邵洵美的打油诗《游击歌》，杨刚的自传性文本《童年》、《狱中》，吴经熊诗意浓郁的论著《唐诗四季》，等等，要是没有中文译本的话，它们简直就形同于无家可归的孤魂野鬼了。这些文本虽然都是用英语书写的，但却是地道的"中国制造"，因为无论"产"和"出"都与任何外国关联不大。如若随意将它们推进某一英语国家的文学门内，那肯定是十分荒唐的。尽管平心而论，对大部分中国现代作家来说，在中文环境中用外语创作文学作品，确实不是常态，如胡适也不过偶尔为之，但即便如此，这种情形无疑还是呈现了中国现当代文学除台湾日语文学以外的其他外语文学的样貌，尤其还有像温源宁这样的作家，虽然身处20世纪二三十年代的上海，他却只习惯用英语写作；而剧作家王文显不论居住国内还是国外，一生只用英文写作。难道就因此不承认他们是中国作家了吗？难道因为《不够知己》不是用中文创作的就算不上中国文学了吗？为什么不能承认在主流的现代汉语写作之外，中国现当代文学还有一些另类的写作和别样的形态呢？如果不能摈弃中国现当代文学单一化的正统观念，多元文化语境下的非常态写作将永远不能获得起码的尊重，自然也无法获得合理公允的评价。

中国作家在国内创作外语作品，具体原因不一。胡适的《终身大事》是为北京的美国大学同学准备在宴会上演一出英文短戏而量身定做的，所以是"游戏的喜剧"；蒋梦麟的《西潮》是他在西南暗黑的防空洞里完成的，用英文写据说是为缓解光线不足字迹不易辨识的窘困，而其实还是意图能在国外出版；杨刚的《童年》、《狱中》是作者在燕京大学读书期间应美国老师包贵思所求而写的；陈衡哲的《一个年轻中国女孩的自传》是为满足在欧美的好友们了解中国的愿望而作的。不管出于什么具体的动机和意图，这些外语作品所面对的不可能是那些惯于阅读中文的中国读者，而是海内及海外的外语接受群，其中既有外国人，也有懂外文的中国人。

就国内而言，20世纪上半叶繁杂多元的文化背景为中国作家外语作品的生产流通和消费提供了相对宽松的条件。胡适的《终身大事》发表在《北京导报》(*The Peking Leader*)上，陈衡哲的英文自传是在北京自行刊印的，温源宁的《不够知己》由上海别发公司(Kelly & Walsh Ltd.)印行，林语堂的《英文小品》甲、乙两集均由上海商务印书馆出版。从这些外语文本的问世不难看出，现代作家外语写作对大都市外文书报出版环境有着明显的依赖关系。自近代以来，西方传教士、外交官、商贾、各色难民等，加上留洋归国的中国新知识分子，他们对外文信息的需求，推动了中国外文书报业的发展。1949年以前大陆留存下来的包括像《密勒氏评论报》那样的外文报刊达百种以上，而主营外文尤其西文的书局、书店或印书馆也是遍布各大都市，仅上海20世纪30年代注册登记经营外文书的就有近百家。如别发公司作为上海最早由英商开设的外文书局，除了出过温源宁的随笔集外，还出过辜鸿铭的论著和林语堂的译作。上海外文书刊出版方面最值得关注，也是与中国现代作家关系最为密切的，有英文的《中国评论周报》(*The China Critic*)、《天下月刊》(*T'ien Hsia Monthly*)和中英双语期刊《声色画报》(*Vox*)等，它们均为中国人自办的刊物，持守的是中国立场和中西比较文化视野，这些期刊为30年代中国作家的外语写作营造了难得的空间。

如果不算夸张的话，可以说，没有《中国评论周报》，就不可能有作家身份的温源宁，也不可能有后来在英语世界大红大紫的林语堂。温源宁在《中国评论周报》上，以素描方式、春秋笔法写了对胡适、辜鸿铭、吴宓、周作人、丁文江、徐志摩、陈通伯等名人的印象，成就了多篇人物随笔。单行本《不够知己》就是它们的结集。温源宁对人物的评价包含了他个人独到的观察和判断，褒贬辛辣，文笔诙谐幽默，识见和趣味与中国现代学者散文的气脉息息相通，却又另创一格。毋庸置疑的是，《中国评论周报》为温源宁精湛的英文表达提供了比大学讲坛更为个性化的平台，而那些雍容而风趣的随笔也不啻为《中国评论周报》的精彩卖点。而对于林语堂来说，是《中国评论周报》给了他用英语写作的真正自信。他日后回忆说，"从我在《中国评论报》的'小评论'专栏"开始，"已成为独立的批评家"；"同时，我还发展出一套文风，秘诀是将读者当心腹知交，宛若将心底的话向老朋友倾吐"；赛珍珠"深受'小评论'吸引，劝我写第一本书《吾国与吾民》，立刻成为畅销书，奠定我在美国民众间的地位。它居然名列畅销书榜首，带来史无前例的殊荣"。①赛珍珠与林语堂的关系是凭借《中国评论周报》建立起来的，那么《中国评论周报》之于林语堂的意义当然也就毋庸赘言了。

与温源宁、林语堂相关的另一份英语杂志是《天下月刊》。和《中国评论周报》一样，《天下月刊》的编者和作者群中大多数人都曾留学海外，西方文化知识渊博，同时也不乏中国文化的积淀。除了温源宁、林语堂外，吴经熊、邵洵美、钱锺书、姚莘农等在《天下月刊》均有精彩表现。尤其是法学家吴经熊，他是这份杂志的策动者和创办人，

① 林语堂：《八十自叙》，北京：宝文堂书店出版社1990年版，第63、64页。

他为《天下》留下了许多优美典雅的文字，包括内心省察的日记、灵性独白的小品，还有各种书评、短论。几十年后，当年的读者还记得："吴经熊古典文学造诣很深，他在《天下月刊》长篇连载的名作是《唐诗之四季》，把盛唐著名诗人分为初唐（春季）、盛唐（夏季）、中堂（秋季）、晚唐（冬季）四季，当然用英文写，引据原作，阐明四唐和四季的关联和特色，真是头头是道，发前人之所未发，读之令人不忍释手。"①除了林语堂这根台柱子外，吴经熊的连载作品也是《天下月刊》销路的一个支撑，受欢迎的程度可见一斑。吴经熊一生致力于中西文明的融合沟通，晚年的英文自传即题为"超越东西方"。他坚信"我们也许不能享受收获；却至少能够享受播种"②。而作为新文明的播种者，他自身浓郁的中国古典文人气质终究还是表明了他的中国立场。吴经熊的态度其实也反映了《天下月刊》这一类国人自办的外文杂志的编辑方向，虽然面对的是国内国外英语读者群，但其实大都立足本土，在中西文化的比较视野下，倾心于民族特性基础上的文化再建，因而显现出鲜明的中国主体意识。

在中国本土出版的外语文化文学类期刊和中国作家用外语创作的作品，无疑是"小众化"的，但却是极具现代意义的跨语际跨文化的有效实践。胡适的《终身大事》虽说是因为在《新青年》上刊载后才有了文学史上的开创性地位的，但若是没有之前的英文本，何来以后的显赫影响呢？而《中国评论周报》、《天下月刊》这样高水准的刊物，虽然最终未能避免曲高和寡的结局，但是，它们的价值却没有因为时间的流逝而消失，在中外文化交流日趋频繁的背景下，其现实借鉴的意义越来越凸显。中国现代文人作家依借外语传媒来表情达意，意图推进中国现代文化的发展，必定需要一种不可为而为之的勇气、自信和毅力，而这样的执著又必定伴随着开阔的胸襟和神圣的文化使命感。他们发出的声音是自己的声音，同时也当然是中国的声音。

从数量上看，在中国本土以外书写、出版的中国作家的外语作品无疑还是占据了绝对的比例。无论有无影响，或影响大小，对当时的国内文坛来说，它们近乎陌生的存在，因此它们不被中国学者关注，似乎也情有可原；但是，当那些文本已经被当作"外国

---

① 周诏：《姚克和〈天下〉》，《读书》1993 年第 2 期。

② ［美］吴经熊：《超越东西方》，周伟驰译，北京：社会科学文献出版社 2002 年版，第 251 页。

文学”一一发掘出来,有的已悄悄返回故土后,在研究者眼里,难道它们还仅仅只具“外国文学”的属性吗?而其实,那些已经获得相当国际声誉却与中国读者久违了的作家作品,无不印刻着醒目的中国烙印。它们中在英国用英语创作的包括:熊式一的剧作《王宝川》,叶君健的小说《山村》,蒋彝的散文《湖区画记》等在法国用法文创作的包括:盛成的回忆录《我的母亲》,周勤丽的自传《花轿泪》,亚丁的小说《高粱红了》,程抱一的小说《天一言》,高行健的剧作《对话与反诘》,戴思杰的小说《巴尔扎克与中国小裁缝》等;在美国用英文创作的则有:陈逵的诗《狂人与儿童》、《我像一只野鸭》,王文显的多幕剧《委曲求全》、《梦里京华》,林语堂的论著《生活的艺术》,蒋希曾的小说《中国红》,黎锦扬的小说《花鼓歌》,张爱玲的小说《五四遗事》,陈元珍的小说《龙村》,哈金的小说《等待》,裘小龙的小说《红英之死》,严歌苓的小说《赴宴者》等;在日本用日文创作的则有陶晶孙的随笔集《给日本的遗书》等。这些外语文本的语言均为作者所移居的国家的通用语言,因而有些作家和作品会被想象或客观上已成为那些国家文学史描述的对象,譬如,美国学界把林语堂、张爱玲和黎锦扬纳入美国文学的研究视野,哥伦比亚美国文学史编写者在华裔文学一章中介绍了他们的英文创作①,这是他们遵循美国文学多元文化原则的必然结局。按照文本语言、主体读者群、作者移居经历等因素,那些外语作品被视为外国文学的组成部分,并不突兀;但是,如果细究一番的话,不难发现,那些外语文本的作者其实仍然保持着自身的中国文化属性,而更重要的是,他们的作品中还传递着明显的中国价值取向和审美情感。因此,那些外语作品即便被贴上了外国的标签,恐怕也不是铁板钉钉,起码不能证明那个标签就决定了它们的唯一归属。

从台湾沦陷时期吴浊流等作家的日语作品,到中国本土温源宁、吴经熊、蒋梦麟们的英文写作,再推及海外盛成的法语创作、蒋彝的英文创作、陶晶孙的日语创作,它们与中国文学的关联上引起争议无不聚焦于书写语言。刘绍铭曾借用荷兰裔学者伊恩·布鲁玛(Ian Buruma)的概念“国际英语文体”(International English Style)来评价

① 参见[美]埃默里·埃里奥特:《哥伦比亚美国文学史》,朱通伯等译,成都:四川辞书出版社 1994 年版。(Emory Elliott: *The Columbia History of the American Novel*, New York: Columbia University Press, 1991.)

一些用非母语写作的文本。布鲁玛的概念基于一个前提：在美国文学、英国文学外，世界上还有许多以英语为交流载体的国家，那些地方也有相当一批作家用英文写作。刘绍铭解释说，这个概念的意思是："除了叙述文字的语言外，本身再没有什么地方会引起读者对旧日大英帝国，或今天的'美帝'作任何联想"，他还拿哈金做例子说，"哈金英文和英国文化拉不上关系。就《等待》一书而言，英语在他笔下只是一种工具，不带个人感情"①。刘绍铭的说法固然有点绝对化，毕竟语言和文化的关联性不可能完全撇清，但他仍然揭示了非母语创作中的某种真相：语言和文化特性并不等同，它不能完全覆盖民族文化；语言的影响再大，它依旧是表达的工具，而不是文学本身。在这个意义上，如果哈金的《等待》可视为用英语写就的中国小说，那么叶君健的《山村》、熊式一的《天桥》、杨刚的《挑战》、凌叔华的《古韵》、林语堂的《京华烟云》、张爱玲的《秧歌》等，显然更有资格占据中国现当代文学史的篇幅。

事实上，在任何文化交汇的时代，语言不可能包罗万象，其效用也就是有限的。在特定的情境下，民族意识形态、文化价值、审美情感会产生超越单一语言的力量。一些中国现当代作家虽然用外语创作，但他们的作品明显地反映了中国文化心理的惯性，这些中国式的感性因素与他们使用的异国语言之间构成了紧张的关系，也因此创造了一种新的中国文化和文学的想象形态，拓展了现代中国文学的精神边界。因此，站在中国现当代文学的立场上，将这些作家作品拒之门外，大声说"不"，似乎是在捍卫中国现当代文学中文语境的纯粹性，但这却是以某种历史感、文化感、审美感的丧失为代价的，是一种为图省事而快刀斩乱麻式的简单粗暴做法。鉴于欧洲文学的发展，有学者认为，"将文学的影响、想象、文类限定于一国之内，这在实际研究中是不可能的"，"文学影响的线索在国界之间进进出出，轻易地击败了任何试图将文学区分至纯粹的德语、法语、英语或西班牙语的努力"。②在文学交互影响作用的前提下，连欧洲国别文学的原则也已经过时，那么，仅仅依据华文或汉语所限定的中国现当代文学概念是否也

① [美]刘绍铭：《母语与母体文化》，《烟雨平生》，上海：上海书店出版社2005年版，第111页。

② [美]韦格睿：《国别文学的现代定义》，陈特译，复旦大学文史研究院复旦文史讲坛，http://www.iahs.fudan.edu.cn/cn/historyforum.asp?action=page&class_id=31&type_id=1&id=148，2012年11月10日。

有更新拓展的必要呢?

二、加入外籍的华人非母语创作都是“外国文学”吗?

除了文学语言之外,作者的身份也是影响到国别文学定义的重要因素。一般而言,中国文学理应是中国人书写的文学,那么,如何定义中国人的概念呢,按血缘,按文化,还是按法律呢?就具体作家而言,如果以法律资格衡量,像张爱玲这样后来成为美国公民的作家就应该算是美国作家,像高行健这样入了法国籍的作家就是法国作家,如果再加上他们还用移居国语言写作,这个归属判定似乎应该没有什么疑问。但是,张爱玲和高行健真的不属于中国了吗?

(一)图书文献分类法与中国文学研究的定位标准

中国图书馆的文献分类法规定:“文学作品则应依著者的国籍(国家)作为分类的依据。”也就是说,作品的中国文学性质是按照作者是否具有中国公民的法律资格来认定的。作者只要拥有中国国籍,无论用什么文字,反映什么生活内容,他的作品都应该属于中国文学的范畴。《中国图书馆分类法(第四版)使用手册》将文学作品分成诗歌韵文、戏曲、戏剧、小说、报告文学、散文等几种体裁,这些类别的文献都必须以“国籍”为中心寻找自己的位置。以小说为例,“在文学范围内,中国小说按作者国籍与中国文学成类”[①],这属于原则性的规定。可见,就文献分类而言,作者的国籍对文学作品归类起到至为关键的作用。这种规定如果仅限于图书馆的文献分类,由于它有较强的可操作性,未尝不可;然而,这样的分类规定会影响到一般读者对阅读作品的选择,影响到一些文学研究者对作品性质的判定,这就难免出现张冠李戴的尴尬。

随着时间和环境的变化,作者的国籍身份有可能发生改变,研究者若以国籍作为文学分类的依据,很有可能人为割裂作家的整体创作。而同时,作者的国籍身份并不一定等同于他们的族群身份和文化身份。每个人其实都具备多重的归属认同,而文化

---

① 中国图书馆分类法编辑委员会:《中国图书馆分类法(第四版)使用手册》,北京:北京图书馆出版社 1999 年版,第 275、96 页。

层面上的民族思维烙印常常很难消除，作家的文学表达并不一定反映他的国家身份。生硬地贴上国家标签，将作者的国籍与文学的性质相对应，极有可能过滤掉文学原本包含的多层面的文化情感因素，使之仅仅成为某个单一国家文化的代言，这对文学研究者来说，必将承受误读或曲解的风险。

最明显的例子莫过于张爱玲，她于 1952 年夏离开中国大陆，于 1955 年秋由香港赴美，1966 年加入美国籍。这一身份更改使张爱玲从中国作家一变而为美国作家，她的作品，无论是中文作品还是英文作品，都不再归属于中国文学的范畴。从张爱玲创作的整体性研究出发，不能回避的问题是，作为中国人的张爱玲和成了美国公民的张爱玲，其创作历程中真的有一条泾渭分明的界限吗？中图分类法规定："当遇有改变国籍的作家时，应以改变后的国籍为分类依据。"①这无疑是一种一刀切的简单做法，满足了文献分类的便利需求，却没有顾及这种划分有时可能是削足适履。按照这一规定，张爱玲在美国完成的由《金锁记》脱胎而来的英文小说 *The Rouge of the North*（《北地胭脂》）(1967 年由伦敦 Cassell Press 出版）是美国文学，它的中文改写本《怨女》是美国文学，她在香港写就的《秧歌》、《赤地之恋》是美国文学，甚至 1944 年在上海出版的《传奇》也成了所谓的美国文学了。如果中国读者要在图书馆找《传奇》，得在美国文学类别下搜索。大部分对张爱玲有所了解的读者，想必会对这种分类感到滑稽吧。当然，中国现当代文学研究者还不至于把《传奇》当美国小说去对待，但通常的中国当代文学史基本不提及张爱玲美国阶段的创作，也是惯例，这其中并不仅仅因为她的一些文本是以英文书写的，恐怕也与张爱玲美国公民的身份有关。

类似的情况出现在另一位女作家韩秀（Teresa Buczacki）身上，带来的困惑是同样的。韩秀有二分之一中国血统，父亲是美国人，出生在纽约，有美国护照。两岁时她来到中国，跟母亲、外祖母一起生活，在北京长大、接受教育。她以中国居民的身份在中国住了整整 30 年。之后回到美国，并恢复了美国国籍。韩秀只用中文写作，已出版了 30 多部作品，如《折射》、《团扇》等，均为中国题材。由于韩秀在中国期间基本隔断了与

---

① 中国图书馆分类法编辑委员会：《中国图书馆分类法（第四版）使用手册》，北京：北京图书馆出版社 1999 年版，第 275 页。

美国的联系，她的人格塑性主要取决于中国的家庭、学校和社会环境，其作品的语言思维和意识观念也都是地道中国式的表现。韩秀的小说散文，就文本而言，属于中国文学是无可怀疑的。但是，以国籍划分作家类别，韩秀却要归入美国作家的行列，她的中文小说也就归属到美国文学的范畴。作者国籍与作品反映的国族意识的疏离导致了又一起名实不符的文学归类案例。

在中国现当代文学研究领域，加入外籍的作家如果是用中文写作的，通常仍然被视为中国作家，譬如聂华苓、白先勇、陈若曦、杨牧、北岛、阿城虽然已是美国公民，他们的作品依旧还是被视为中国文学的组成部分，除了文学书写的语言以及有些作家在国内时业已成名的因素之外，作者的族裔身份也是影响文学作品定性的一个砝码。美国籍的韩秀虽然用中文创作，但她只有一半的中国血统，加上大部分作品都不是在境内出版，难免让国内学者对她感到生分。韩秀是如此，那就更不必提英国籍的，也只有一半中国血统，且用英文写作的韩素音了。她虽然出生成长在中国，但西方文化的影响显然更多地影响到她的创作。在文学研究者心目中，韩素音算不算中国作家，关键其实不在于她使用的语言，不在于她的国籍，而取决于她小说里到底是否具有真正的"中国味道"，而对此作出的评价判断，可谓分歧百出。但有一点可以确定的是，除了混血的身份外，相比韩秀而言，韩素音因为用英文写作，她与中国文学的距离必定更为遥远。

因此，站在中国文学的立场上，由于海外华文文学已被列入中国文学当然的叙述范畴，所以那些用中文写作、且有百分之百中国血统的作家的国籍常常很容易被忽略不计，即便图书分类规则将他们的作品视为外国文学，文学研究者也不会因此受到什么干扰，他们仍然会坚定不移地将白先勇的《台北人》、北岛的《零度以上的风景》当做中国文学去研究。所以，加入外籍的华人作家作品归类上的困扰，主要指向那些用双语，尤其是只用移居国语言，即非母语写作的作家。值得思考的是，那些作家的外籍身份真的等同于他们作品的身份吗？

(二) 年幼和年长改变国籍的华人作家差异悬殊

张爱玲和韩秀的作品定性上的问题都与她们身份的变化有关。虽然韩秀不存在改变国籍的情况，但她在中国居住期间是事实中国身份，所以，她恢复美国国籍仍经历了法律上的身份认证和心理上的身份认同过程。改变国籍通常有两种情况，一种是作者年幼即移居他国，在国外生活成长、接受教育，或许较早入籍，或许稍晚入籍；另一种则是作者成年后，甚至更晚时期，才离开母国，移居他国，最终入籍定居。无论迟早，国籍的转变意味着生活环境的改变，这对作者的创作会产生不同程度的影响。

就 20 世纪的华人作家而言，前一种情况相对鲜见。如果不过于较真的话，那么 1911 年以《清宫二年记》轰动美国的德龄，以及被列为 1982 年美国畅销书之一的《春月》的作者包柏漪，可以归入其列。德龄年幼时随清末使臣的父亲在日本和欧洲居住，之后回国担任慈禧御前翻译，19 岁时与美国人结婚，后移居美国并入籍。在美国，她用英语写了多本清宫题材的小说，包括 20 世纪三四十年代被译成中文再版多次的《瀛台泣血记》、《御香缥缈录》。而包柏漪则是年幼即随家人赴美定居并入籍，一直在美国生活、接受教育，直到 35 岁才有机会返回故土。与故乡亲人的重聚触发了她写作长篇《春月》的动机，同时也构成了这本曾一时洛阳纸贵的英文小说的基本线索。包柏漪在中国为人知晓主要源于 1985 年她以美国驻华大使洛德夫人的身份为中美文化交流做出的贡献，但她更大的名气还是来自《春月》在美国的畅销和在西方世界的广泛影响①。德龄和包柏漪的关注中心和写作风格迥然相异，但共同点在于她们都是年幼离开中国，写的都是中国题材，而且虽然身处异乡，但成长过程中仍然接受了家庭的中国文化氛围的熏染。因此，尽管她们的人格结构中最主要的部分反映出西方社会和文化的影响，她们的作品中或隐或现的文化感性和价值判断也较多异域的成分，但这一切仍然无法抹去她们与生俱有的中国文化胎记。当然，像德龄和包柏漪这些改变国籍的作者，因为年幼即离开中国，加上大都运用移居国语言书写，其经验和情感的文学表达与异国他乡的土生华裔会更为接近。这些作者的外语文学作品，作为海外华裔文学的重要组成部分，如果被标记为外国文学，对中国读者来说，也许相对比较容易接受，但事实上，这类作家的作品由于大多包含多重复杂的文化元素，对它们做出单一性的类

① 《春月》曾被《纽约时报》视为最佳畅销书，并获美国图书奖提名，被《出版家周刊》誉为“中国的《乱世佳人》”，被译成 18 种语言出版。

别划分仍然存有局限。

与德龄、包柏漪这些作者相比，年长离开故土并改变国籍身份的中国作者则更为常见些。这些作家在去国之前文化习性和思维方式业已形成，无论他们是用中文还是外文书写，他们超稳定的中国文化身份都会彰显无遗，他们的作品也无不反映出根深蒂固的中国意识。除了张爱玲之外，蒋彝、熊式一、黎锦扬、程抱一、高行健、哈金，等等，都是在接受了高等教育后离开中国加入外籍的，其中张爱玲和高行健在国内时已是成名作家，他们的创作个性早已形成并臻于成熟。这些作者到国外后，有的只用外语写，有的母语和非母语并用；有的专注于中国题材，也有的却也并不一定执著于中国背景或中国的人和事。但共同点在于，他们的精神视野和审美立场都与居住国主流文化有着一定的差异，那些惯有的中国情调和中国风格仍然十分清晰地披露了他们本质性的无法更改的身份。对这些作家来说，美国国籍也好，法国国籍也罢，有时仿佛只是外加的符号；而对他们的作品来说，这些作者的国籍则如同可有可无的摆设，显不出多少本真的意义。

以蒋彝为例。他 1903 年出生于江西九江，自幼随父习画；1922 年，考入国立东南大学化学系，毕业后做过中学教员；后投笔从戎参加北伐；1928 年至 1930 年，陆续担任芜湖县县长、当涂县县长、九江县县长。1933 年，他以“观摩西方政治为将来之用”的抱负，赴英国寻求出路，这一年成为蒋彝人生中重要的转折点。到英国后，当时英文基本不通的蒋彝苦学语言，1937 年，他出版了《湖区画记》，自此一举成名。1955 年在获得英国国籍后，蒋彝赴美国哥伦比亚大学任教，1966 年成为美国公民。至 1977 年他第二次回访中国因病去世为止，他在中国度过了 30 年，在英国旅居 22 年，在美国生活也是 22 年。蒋彝在国内时算不上文人，离开后却用英文出版了 20 多部作品，最有影响的则是以“哑行者画记”为题的 12 本游记散文。这些“画记”以生动的笔触，分别描述了伦敦、牛津、爱丁堡、都柏林、纽约、巴黎、纽约，波士顿，旧金山、日本等城市或国家的历史沿革、地理风貌、风俗人情、文化生活。蒋彝独创的这一系列熔诗、书、画、文、史、印于一炉的“画记”，英语世界的读者前所未见过，而其中的场景却又是他们耳熟能详的。蒋彝的成功是因为他以一个中国人在西方的观感，为那些美不胜收的异域风光附着了中国文化的灵魂。蒋彝的友人评价说，他“用中国人(或东方人)的眼光来观察英国人

(或西方人)的芸芸众相和生活细节。这些众相和细节,英国读者平常是'习焉不察'的。但在'哑行者'的书中,突然发现了自己的可笑之处或荒唐之点、可贵之处,仿佛给他们一面东方人特制的镜子,照一下平日所不熟悉或不注意,而其实就是自己的脸"①。蒋彝曾出版过一本介绍中国绘画和书法艺术的书,题名即为《中国眼光》(*The Chinese Eye*)。离开中国的蒋彝无论在英国旅居,还是做美国公民,他都以中国眼光审视所置身的陌生世界,又让那个世界的读者由此重新认识了他们自己。蒋彝的作品多以英语读者为接受主体,而其根底却主要源于他在中国 30 年的文化积累。站在中国的立场上看,以蒋彝加入美国籍为由视其为美国作家,将他的作品仅仅看做美国文学,至少是无助于领略蒋彝作为"中国文化的国际使者"②向国外介绍中国文化的创作意图,也无助于理解他那些画记借欧美之景传中国之情的性质;而从英国的角度看,蒋彝的美国作家标签生硬地割裂了他在英国时期和美国时期英语创作的一体性,尤其遮蔽了他在英国建立的卓越声名,毕竟蒋彝主要的文学成就来自二战期间在英国出版的那几本画记。因此,对作家蒋彝来说,他的美国国籍显得有点伦不类,对他那些"画记"性质的界定不具备关键的意义。

(三) 加入外籍的华人非母语创作不全是"外国文学"

无论早年还是成年后改变国籍的作家,其实都属于移民作家。移民作家不同程度地要经与受熟悉环境撕裂的苦痛,以及不得不适应陌生环境的艰难。在调整与故国、与移居国的关系过程中,非单一性的身份和文化环境决定了他们的写作必定具有多重的情感属性和审美向度。尤其是那些年长才开始使用非母语写作的作家,应该早已清醒地意识到自己永远不能真正驾驭非母语的事实,这必定会激发他调动所有的才华,在主题、风格和形式上独辟蹊径,刻意创新。

在世界范围内,优秀的移民作家莫不如此,他们的作品都是很难以单一的国别文学来框定的。波兰裔英国籍的约瑟夫·康拉德和俄国裔美国籍的弗拉基米尔·纳博

① 吴世昌:《蒋彝诗集·序》,《蒋彝诗集》,北京:友谊出版社 1983 年版。

② 来自美国萨福克大学(Suffolk University)英语系郑达对蒋彝的称誉,其文题为《中国文化的国际使者》,《美国研究》2003 年第 1 期。

科夫，可谓世界上最杰出的移民作家。从捷克流亡到欧洲加入法国籍的米兰·昆德拉也有着类似的移民体验，他感同身受地分析说：康拉德在波兰度过了17年，在英国度过50年。他对英国主题运用得得心应手，“只是他的反俄罗斯的变态反应……还保持了波兰人本质的痕迹”。而纳博科夫在俄国生活了20年，在欧洲21年，在美国20年。他“对美国主题的把握仍稍稍欠缺。在他的小说中，有许多俄国人物。然而，他明白无疑地再三声称自己是一个美国公民，美国作家”。米兰·昆德拉用“移民生活的算术”来概括早期生活对作家创作的潜在影响。这两个作家对入籍的身份反应不一，他们的作品把握移民国家主题的程度也有区别，共同之处是他们都改用英语为写作语言，而作品中都留下了他们最初的母国文化习得印记。昆德拉指出：“生命中数量相等的一大段时光，在青年时代与成年时代所具有的分量是不同的。如果说，成人时代对于生活以及创作都是最丰富最重要的话，那么，潜意识、记忆力、语言等一切创造性的基础则在很早时就形成了。对一个医生来说，这可能不会有什么问题，但是对一个小说家，对一个作曲家来说，离开了他的想象力，他萦绕在脑际的念头，他的基本主题所赖以存在的地点，就可能导致某种割裂。”①康拉德“反俄”的本能反应，纳博科夫写俄国人的惯性，都可以从他们已经奠定的“创造性基础”中寻找答案。凭借不朽的作品，康拉德和纳博科夫为他们移民的国度赢得了荣誉，同时也完成了他们的精神返乡。他们的小说无疑是世界文学的杰作，同时也是他们祖国文学的骄傲。康拉德和纳博科夫的经历说明，为移民作家作品定位的，是他们的作品，而不是他们的国籍。世界文学史上“大多数写过有分量作品的移民作家，其命运是被一个以上的国家承认，因为他们存在于国与国之间的空间，那里是不同语言和文化交织并互相渗透的地带。在这个边缘地区出现的任何有价值的作品，很可能会被一个以上的国家认可”②。康拉德属于英国，也属于波兰；纳博科夫属于美国，也属于俄国。同样如此，中国现代移民作家如林语堂、熊式一、蒋彝、黎锦扬、张爱玲、程抱一等，他们都以各自“有分量”的创作映现出多重的

① [法]米兰·昆德拉：《被背叛的遗嘱》，余中先译，上海：上海译文出版社2003年版，第99、100页。

② 哈金语，引自高伐林：《为自由愿意付出什么代价？——专访华裔作家哈金(6)》，《多维月刊》，dwnews.com，2008年12月24日21:09:24。

属性，那些作品显然不应该仅仅归属于作者所移居的国度。

作为成年后加入外籍的作家，程抱一、黎锦扬和蒋彝一样，虽然生命中大部分时光都在异国他乡度过，但他们都出生、成长于现代中国，中国为他们提供的“创造性的基础”必定会在他们用法语抑或用英语创作的作品中发挥作用。他们尽管有意识地去感应同时期法国或美国文学的潮流节拍，但同时也不自觉地与中国现代文化构成潜在的精神联系。黎锦扬年近而立才离开故土，过了不惑之年方加入美国籍。在 40 多年的创作生涯中，除一部中文小说外，他其余的十来部小说和自传都是用英文创作的。成名作《花鼓歌》以唐人街为背景，揭示移民父子的代沟隔阂，新旧文化的对抗与融合，华裔美国人所遭受的种族歧视，以及华埠社区的单身汉问题。小说具备了美国文学最基本的质素。它的文化冲突主题及其艺术处理的方式均反映了黎锦扬十分自觉的美国受众意识。但尽管如此，《花鼓歌》仍然清晰地凸显了黎锦扬的中国经验和中国感性。小说的场景虽然是在旧金山，而其实是移植了发生在中国湖南的故事。而小说的中心线索是两代人之间的冲突，老一辈固执地坚守中国传统习俗，年青一代为追求爱情自由而离家出走，这样的情节架构不啻为最有代表性的“五四”小说模式的再现，黎锦扬曾经接受过中国新文学熏陶的痕迹一目了然。在这个意义上，如果将《花鼓歌》归入中国现代小说发展的一条支脉，也未尝不可。当然，文化冲突的话题不仅仅只是中国新文学作家的兴奋点，它也是华裔美国文学长盛不衰的主调，黎锦扬巧妙地运用了自身的双重体验融汇了现代社会共同面临的问题，表达了对现代人摆脱困境追求自由的同情和理解，这大概也是《花鼓歌》能被美国主流社会所接纳的原因之一。《花鼓歌》具有的中美文学双重属性，披露了黎锦扬的多重文化身份，同时也解释了他的美国国籍无法完全对应于他的作品意义的事实。

年长方改换国籍的作家大都会很自然地形成对不同国度和文化的比较视野，蒋彝倾向于彼此欣赏，黎锦扬热衷于调解，而程抱一则致力于中西文化的对话。程抱一 19 岁到巴黎，之后留在法国，42 岁时加入法国籍。步入古稀之年的程抱一以《天一言》在法国文坛激起强烈反响，小说获得当年费米娜文学奖，此后不久程抱一当选为法兰西学院院士。《天一言》是作者着意“从中国人追求圆满和谐，向西方人逼近，追求突破、提升”的“中法文化相交汇的果实”①。程抱一曾解释说:“我在法国生活了几十年,成为另一种人。我写小说要以语言去重新体验生活过了一切,不是简单纪实或见证,还是一种光照和启示。”②《天一言》以纯净的法文探索东西方哲学的命运、人类的命运,程抱一对人性之尊的信念以及从人间地狱达到睿智的感悟,都浓缩在主人公的心路历程和自我完成中。《天一言》的魅力在于它所体现的文化融合性和文化超越性,这正像法兰西学院院长赫奈雷蒙向程抱一致敬时说的:“法国文化本身丰富了程抱一对生命的理解,也使他得以回过头去,进一步对中国文化做客观深入的分析,他身上融合了两种文化的菁华,再透过法文,达到高度的表现。”③和其他一些移民作家不同,程抱一并不认为自己是边缘人,而视自己为“一种无法定义的人”④。所谓的“无法定义”,是指他已经无法被框定在任何单一的文化体系中。他由衷地感激法国接纳了他,给了他用法语探索生命奥秘的幸运;而同时他也强调自己从不忘本,始终把中国文化的最高峰当成自己的精神据点,尽管他思考事物的方式是西方式的,但心灵、感受和情操仍然是中国式的。在这个意义上,程抱一确实无法被单纯定义为法国人,或者单纯定义为中国人。而实际上,《天一言》不也显现了它无法被简单定义的特性吗?

在程抱一之后不久,又一位来自中国的作家戴思杰以《狄先生的情结》获得了法国费米娜文学奖。和程抱一不同,戴思杰 1984 到法国,2007 年时仍持中国护照。他在回答记者为什么未入法国籍的提问时说:“我早就可以加入法国籍,但始终觉得那不仅仅是一张纸,或是一种身份的改变,它更大的影响恐怕会渗透到我的创作中。所以我仍然保留着中国人的身份。”⑤戴思杰对入籍的审慎固然令人敬重,但他未免有点夸大了作者的国籍对创作的影响。其实,与其强调法律身份的重要,不如强调文化身份的重

① 程抱一语,引自钱林森:《中西方哲学命运的历史遇合——法籍华人学者、作家程抱一访谈》,《粤海风》2000 年第 2 期。

② 程抱一语,引自晨枫采访并整理:《中西合璧:创造性的融合——访程抱一先生》,《博览群书》2002 年第 11 期。

③ 引自杨年熙:《程抱一印象记》,杨年熙的博客,http://blog.163.com/yang_nx/blog/static/139797138201023826353 64/。

④ 晨枫采访并整理:《中西合璧:创造性的融合——访程抱一先生》,《博览群书》2002 年第 11 期。

⑤ 引自丁杨:《戴思杰谈新书和外语写作》,《中华读书报》2007 年 3 月 21 日。

要，与中国国籍这一法律资格相比，戴思杰自中国移居法国的经历，以及应对双重语境的压力所形成的独到视点，才是引导他法语创作更为关键的因素。正如他最早的法文小说《巴尔扎克与中国小裁缝》能一炮而红，与他刻意保留的中国国籍并无直接的关系，但却一定与他拿曾经的知青生活记忆做底色有关，与他独到地呈现出不同文化情境中人的情感命运的共通性有关。这和程抱一《天一言》获得广泛声誉不无类似之处。是否选择入籍，就具体的作家来说，情况不一，态度有别。黎锦扬和林语堂也是如此，这方面的差异不妨碍他们同样扮演中外文化摆渡者的角色。

因此最重要的还是移居体验，它提供了多层面文化归属认同的土壤，作家只要浸润到一种异质文化环境中，必定会激发出新的灵感和想象。对于成年后移居他国的作家来说，无论他们有没有加入外国籍，林语堂、戴思杰也好，蒋彝、黎锦扬、程抱一也罢，只要他们写作，他们的作品就不可能仅仅只包含一种文化品质，而多少具备了跨越国界的双重甚至多重归属性的可能。

与土生华裔作家有别，蒋彝、黎锦扬、程抱一，以及更年轻些的如哈金、裘小龙、严歌苓、李翊云、山飒等华人移民作家，虽然他们持外国护照，法律身份不属于中国，但由于教养、学养和中国本土作家有较多的相似，他们的思维、记忆和文学表达方式也与中国本土作家的创作存有不少的重叠，因而他们的文化身份仍然具备中国文化的属性，他们的作品在归属于移居国文学的的同时，其实也具有中国文学的特性。尤其是那些在中国已经成名的作家如张爱玲、高行健、严歌苓，其中国作家的身份早已确立，虽然用双语写作，或者只用外语写作，稳定的中国文化心理结构却始终规约着思维和表达，以致那些非母语作品中留下了更多的中文思维的痕迹，诸如《秧歌》、《五四遗事》、《易经》、《雷峰塔》、《对话与反诘》、《赴宴者》等，即便未失作者移居国的文化特性，但对中国读者来说，其中触目可见的中国感性却表明它们更近于一种用外语书写的中国文学。

总之，从中国文学的立场考量，作家的外籍身份并没有想象的那样重要，关键还是在作品是否反映出中国式的情感意绪、价值观念。像张爱玲、蒋彝、黎锦扬、程抱一、哈金这样的作家，他们的非母语创作其实已经成为主流的中国汉语文学以外的一种值得借鉴的文学资源，作为特殊的写作形态和样貌，那些外语文本拓展了中国文学的边界，也丰富了中国现当代文学的文化精神内涵。在多元文化交汇日益频繁的当下，那些被长期漠视的外语创作，已经不适合继续被当做“外国文学”而排除在我们的视阈之外，而到了必须加以正视并从中寻求借鉴和启发的时候了。

三、文本的“中国味道”对中国文学边界划分的先位意义

虽然文学的书写语言或者作者的国籍是判断国别文学最通常的标准，就像我们熟悉的中国现代文学史，它所讨论的对象大多是那些中国国籍的作家以现代汉语为媒介的文学创作，但这一标准也只是具备相对的有效性。除了“主流”的文学现象外，越来越多的“例外”开始被发掘而引起关注，至少现在我们谈论1960年代加入美国籍的张爱玲时，谈论台湾日本占领时期的日语作家吴浊流时，谈论1930年代在上海写了不少漂亮的英文随笔的温源宁时，恐怕很难再那么淡定地把他们逐出中国现代文学的疆域。在暂时搁置了作者的法律身份或文学的语言载体之后，接下来的问题是，作者的血统是否成为必须重视的因素呢？作者的族裔身份和其文化基因的关联性无法否认，因此，它在裁量作品属性时依然发挥一定程度的作用。可是这一依据存有的漏洞同样显而易见，否则海外华裔学者也不至于围绕“中国血统的神话”大做文章。①

那么，在诸多与文学地理概念相关的因素中，到底什么是应该优先考虑的呢，到底什么是综合考量的关键呢？或许只能是文本，只有以文本的表达内容和形式为考察中心，才有可能在最大程度上排除诸种外部因素的干扰，充分凸显出文学本身的意义及其文化精神的属性。有人担心：“如果把内容是反映民族生活的，或者是形式具有民族特色的作品都算做是民族文学，所谓的民族文学往往会丧失其本体性”②，这种对乱贴民族文学标签的警惕无疑是必要的，但谁能否认民族文学的本体性必定依托于民族文学本身的事实？对中国现代文学来说，没有什么比文本本身呈现的现代中国人的情感思维、意识观念以及表达方式和风格更重要的了。

---

① 如香港出身的美籍华裔学者周蕾的系列论述。

② 刘伟：《民族作家非母语写作的性质和归属》，《中国民族报》2010年6月25日。

（一）赛珍珠话题与中国文学正统观念的突破

在强调文本特性的前提下，王德威有关赛珍珠与中国文学话题的讨论具有新的启发意义。2012 年 5 月王德威在南京大学演讲中，谈到美国作家赛珍珠。他认为："在中国，在西方，赛珍珠的大名真的是特别地重要。"许多美国人包括美国前任总统布什对中国的第一印象都是从《大地》和她的其他作品中获得的，王德威因此感叹"文学的力量有时候是难以估价的"。在这里，与其说王德威是肯定赛珍珠的影响，不如说他是强调她的《大地》和其他中国题材的小说所显示的力量。接着，王德威又指出："我们发觉，我们的现代的中国文学史或南京的现代文学史里面，是不是也应该包含了非华语所创作的各种各样的文本呢。我们对于文学史的认知，是不是仍然以传统的中文或者白话所写出来的作品，才认为是现代的一部分呢。所以，这些问题就逐渐成为我们必须思考的一个对象了。"①王德威以一种小心翼翼地设问姿态提出了突破现有中国现代文学史疆域的大胆设想，这并非源于一时冲动。自 2006 年起，王德威就一直致力于重新思考"国家与文学间的对话关系"②，而几年后赛珍珠话题的抛出，意味着他开出的"理论和实践的方向"对既有现代文学学术传统更大程度的超越。

如果仅仅因为赛珍珠的小说为差不多半个世纪的美国读者认识中国作出了贡献，中国现代文学史就应该将其纳入描述的范围，无疑是荒谬的，甚至较之于顾彬所反感的将德国作家提尔曼·施宾格勒写中国的小说视为中国文学，更为荒谬。王德威的意图在于借题发挥。尽管赛珍珠用英文写作，而且本人也无华裔血统，但从写什么和如何写的文本角度考量，赛珍珠和她的《大地》等中国题材的小说确实可以作为一个样

---

① ［美］王德威：《南京的文学史：11 个关键时刻》，《扬子江评论》2012 年第 4 期。

② 2006 年，王德威发表了多篇论文阐释海外汉学研究领域里的一个新术语 Sinophone Literature（华语语系文学）。他指出："Sinophone Literature 或华语语系文学研究的出现，正呼应了我们所面对的现当代文学的课题。顾名思义，这一研究希望在国家文学的界限外，另外开出理论和实践的方向。语言，不论称之为汉语、华语、华文还是中文，成为相互对话的最大公约数。"王德威对"中国或中文一词已经不能涵盖这一时期文学生产的驳杂现象"表示不满，因而试图以华语语系文学的框架来整合 20 世纪海外华文文化和文学的发展。这一概念生成于英语语境，对其含义的理解在海外存有较大的分歧，其中包括是否沿用法语语系文学的原则将大陆文学排除出去，王德威对此持谨慎立场，他"承认华语语系欲理还乱的谱系以及中国文学播散蔓延的传统"，因而主张采取"将那个中国包括在外"的辩证策略。参见《"华语文学研究的进路与可能"专题研讨——华语语系文学：边界想象与越界建构》主持人语，《中山大学学报》2006 年第 5 期。

本，提供给王德威一些有价值的论据。只是相对于王德威的“华语语系文学”(Sinophone Literature)批评框架，这个例子还是有点另类。

王德威的这一设想与他十余年来有关“国家与文学间的对话关系”的思考有着直接的联系。作为一个华裔美籍学者，站在另一立场上，他一直意图寻找打破以中国大陆为主坐标的中国文学史版图的更大可能。他所努力建构的华语语系文学概念产生于英语语境中，当然不等同于中国现代文学，属于海外汉学界对 21 世纪中国现代文学研究新课题的一种呼应。从王德威一贯的表述中可以看出，他是希望华语语系文学能够包括中国现代文学研究的。2006 年王德威在解释华语语系文学这一新术语时提到：这个概念“甚至可以还延续到在欧美用英语创作的华裔作家”，因为“判断的工具就不再只是语言而已，变成了所谓的文化语汇”。①除了族裔身份这一点，赛珍珠反映中国的英文小说未尝不能满足这一要求。因此，王德威借助于赛珍珠故事的讲述，引导听众去关注中国现代文学中的非华语文本，继而更新对中国现代文学史的固有认知，这与他为华语语系文学理论体系的推进寻找具体的实践目标相关。王德威声称，“必须用一个很实在的眼光来理解现代文学”。这所谓的“实在”，也就是面对现存的中国文学史，需要关注传承上的问题，尤其是“各种各样我们存而不论或者视而不见的一些断层的问题，所谓各种各样的潜在的声音交汇的问题等等”，他认为，只有这样，才能“更有效地掌握已有的资源，从而建立一个比较坚实的治学基础”。②在这个意义上，他以赛珍珠为例，将她的小说视为非主流的却值得正视的资源，置于中国现代文学研究视野下进行观照，就是为了颠覆那个单纯、统一、永恒不变且无法超越的实体的神话。王德威的理论和实践尽管尚存有完善的空间，但他开出的方向至少为探究中国现代汉语写作之外的文学形态提供了思路的支援。

赛珍珠和她的小说，在中国现代文学的研究领域，从来都属于异类，原因很简单，作

---

① 引自《华语语系文学研究的拓展——王德威教授访谈录》，李凤亮编著：《彼岸的现代性——美国华人批判家访谈录》，桂林：广西师范大学出版社 2011 年版，第 45、52 页。

② 引自《华语语系文学研究的拓展——王德威教授访谈录》，李凤亮编著：《彼岸的现代性——美国华人批判家访谈录》，桂林：广西师范大学出版社 2011 年版，第 49、53、55 页。

者的身份和文本的语言媒介均不符合中国文学的正统要求。但是,从文本介入历史情境的力量和构筑文化空间的作用来看,赛珍珠的《大地》和她其他一些中国题材的小说对中国现代性的建构和想象并不逊色,那么,为什么这些作品就不可以作为"非典型"的却又是值得正视的资源,进入中国现代文学研究视阈呢?虽然赛珍珠的美国人身份和英语思维决定了《大地》等中国题材小说的"文化语汇"的杂糅性,但有谁能列举出一个代表了所谓纯正的现代中国文化的文学样本?中国现代文学本身即为现代中外文化融合的产物,它必定存有多样化的形态和种类,更何况现代中国文化的承传早已超越了政治历史实体的"中国"疆域,有什么必要对不同时空范围里中国文学延续发展的多样风景视而不见呢?因此,从一个实在的研究立场出发,由赛珍珠的话题,切入中国现代文学地理疆界的讨论,将有利于对复杂现象的发掘和反思,也有利于对文学关键因素的理解和把握。

赛珍珠被中国人提起,多半与她获得过诺贝尔文学奖有关。而其实,在 1931 年《大地》刚刚出版不久,北平的两位中国学者即敏锐地意识到这部英文长篇小说对于中国的意义。叶公超评价说:"一个外国小说家没有沉溺于自己的幻想之中,而是深入地描写了我们昏暗的现实社会的底层,这是唯一的一次。《大地》是这块国土的史诗,并且将作为史诗铭记在许许多多阅读过它的人们的心目中。"①而陈衡哲也同样称赞赛珍珠"忠实的创作意图,对人物持有真正的同情之心,脱离了做作的文风与腔调的束缚",不过她同时又表示,赛珍珠的这种"同情心",也反映了"《大地》的作者终究是个外国人"。②叶公超和陈衡哲虽然都对赛珍珠的外国身份很敏感,但他们的分析评价主要还是基于《大地》对中国现实的真实揭示。他们的看法与 1938 年诺贝尔文学奖授予赛珍珠的颁奖词十分接近:"赛珍珠杰出的作品使人类的同情心越过遥远的种族距离,并对人类的理想典型做了伟大而高贵的艺术上的呈现。"③获得诺贝尔文学奖对赛珍珠来说,固然是莫大的荣誉,但其实得奖后的赛珍珠无论在美国还是在中国反而招致更大的争议。

---

① 叶公超:《反映中国农民生活的史诗——评赛珍珠的〈大地〉》,郭英剑译并加标题,《镇江师专学报》1999 年第 1 期。原载《中国社会政治科学评论》(*The Chinese Social and Political Science Review*) 1931 年第 3 期。

② 陈衡哲:《合情合理地看待中国——评赛珍珠的〈大地〉》,郭英剑译并加标题,《镇江师专学报》1999 年第 1 期。原载《太平洋时事》杂志(*Pacific Affairs*) 1931 年第 4 卷第 10 期。

③ 《1938 年诺贝尔文学奖得奖授奖仪式文献 · 颁奖词》,王玉国编著:《赛珍珠》,南京:南京大学出版社 1991 年版,第 123 页。

《大地》等小说翻译成中文后，赛珍珠的中国同行尤其是一些左翼作家表现出明显的鄙夷。他们耿耿于怀赛珍珠的"美国女教士"的身份，因而认定，从她的立场，"她所觉得的，还不过一点浮面的情形"[①]；她受到了"只是一个比较开明的基督教徒这个主观观点上的限制"，所以"并没有懂得中国农村以至中国社会"，反映在《大地》里，"这就完全让传教士的观点代替了艺术家的对于真实的追索了"。[②]如果说20世纪三四十年代的中国知识界对赛珍珠的评价尚能围绕文本的分析展开，那么1949年后很长一段时间内赛珍珠几乎被妖魔化为"帝国主义"敌对势力的代表，再也不可能有人去细究其小说逼视中国历史和现实的方式和角度，更不可能去领略作者隐含其间的真诚和善意。

从《大地》、《儿子们》、《分家》为中国读者熟知到作者离世近半个多世纪里，这个游移于中美文化和文学之间、墓碑上却只刻了"赛珍珠"三个汉字的作家，在中国其实一直未能获得公正的评价。赛珍珠的小说当然谈不上尽善尽美，但作为一个非中国血统的作家，她对中国农民生活的艺术呈现，事实上是很多同时期中国作家未必能企及的[③]。另外值得关注的是，《大地》、《母亲》等小说尽管并不归属于"五四"新文学的正统谱系，赛珍珠本人也竭力想撇清与这个谱系的联系[④]，可在文学表现的"真挚"和"普

① 鲁迅：《331115致姚克》，《鲁迅全集》第12卷，北京：人民文学出版社1981年版，第273页。

② 胡风：《〈大地〉里的中国》，郭英剑编《赛珍珠评论集》，桂林：漓江出版社1999年版，第72页。

③ 1990年代初徐迟在《纪念赛珍珠》中认为："诺贝尔文学奖之所以在那年奖给了她，主要是因为全世界都同情中国人民的抗日战争，都想方设法要给中国的精神上的激励和道义上的支援，当然也因为她确实给我们写了十来本关于中国人民生活的书，包括她得奖的有名的三部曲。她写得不比我们的最好的作品差，但比我们最好的作家写得多得多。这是一件大好事。我们很高兴，但有某些人却不以为荣，反以为耻，恼羞成怒的心胸之狭窄未免太可怕了，好像一个外国人写中国而得到大奖，他们就受到侮辱了似的。不然何以十分冷漠，甚至于还对她反唇相讥起来？……如果说她并不是写得尽善尽美的，那又有什么奇怪呢？可是她确实写出了那么多那么丰富，那么形象那么生动，而且是对茫茫神州有那么深厚的感情，又怎能不给予较高的评价呢？她的局限可以批评，当然应当是善意的批评。不应当作出恶意的中伤，或者说至少应当避免给她以中伤的。全面地来看这三部书，它们是成功地写出了旧中国那个时期的生活风貌来的。"（此文是徐迟专为1991年在江苏镇江市召开的"赛珍珠文学创作研讨会"发来的信件，后收入徐迟：《网思想的小鱼》，武汉：湖北人民出版社1997年版）作为一个中国同行，徐迟的看法算是对赛珍珠及其小说迟到却得体的回应。

④ 赛珍珠在《中国小说——1938年12月12日在瑞典学院诺贝尔奖授奖仪式上的演说》中表示，她对中国小说知识的了解决定了她写作上的成就，她解释说："我说中国小说时指的是地道的中国小说，不是指那些杂牌产品，即现代中国作家所写的那些小说，这些作家过多地受了外国的影响，而对他们自己国家的文化财富却相当无知。"（王玉国编著：《赛珍珠》附录《1938年诺贝尔文学奖得奖授奖仪式文献》，南京：南京大学出版社1991年版，第126—127页）

遍”性方面，这些小说无疑契合了新文学作家所遵循的“人的文学”原则，因而也散发出别致的新文学精神传统的魅力。

（二）多重身份多重归属的可能

从赛珍珠在中国的接受可以看出，仅仅以文本来为文学定位的准则也有可能失去效用。无论褒贬，文本的解读和评价最终都会延伸到作者身世经历的追溯。这就像王德威谈到吴浊流的《南京杂感》显现了作者“非常暧昧的内心情怀”时，不会忘记交代流寓南京的吴浊流是一个“从殖民地台湾来的拿着日本护照的台湾人”；他在提示赛珍珠与中国现代文学的关系时，当然也不会忘记强调赛珍珠非同寻常的经历：“出生四个月之后来到中国，并在中国度过了她一生中最宝贵的时光。”①这是已经老套却仍然管用的考察路径，尤其针对穿梭于不同国族、习俗、语言、文化之间作家，如果他们的书写语言、国籍尚可以忽略，那么，铸造了他们文化人格的迁徙经历对创作的影响，几乎是无法回避的。

以法律和族裔的标准衡量，赛珍珠是地道的美国人，但是她的文化认同却明显具备双重性。她曾这样表示：“当我在中国时，我就是中国人，我说中国话，像中国人那样举止，我和他们有一样的思想和感情。我在美国时，我就把两个世界之间的门关上。”②赛珍珠 40 岁以前大部分时间都在中国度过。“赛珍珠的父母在镇江不住在租界里面，而是居住中国人中间，这就使赛珍珠在会讲英语之前，就有机会学习中国话了。”③除了双语的环境，童年时期分别从母亲和中国保姆、古文先生、左邻右里接受的中西文化熏陶，也塑形了她的情感、观念和思维，孕育了她日后的创作想象力。她尤其看重中国文学的启示作用，在领取诺贝尔文学奖的演讲中，赛珍珠解释：“虽然我生来是美国人，……我属于美国，但是恰恰是中国小说而不是美国小说决定了我在写作上的成就。我最早的小说知识，关于怎样叙述故事和怎样写故事，都是在中国学到的。”实际上，赛珍珠的小说不乏与她同一血统的前辈——英国狄更斯的趣味，但她却断定

① ［美］王德威：《南京的文学史：11 个关键时刻》，《扬子江评论》2012 年第 14 期。

② ［英］希拉里·斯波林：《赛珍珠在中国》，张秀旭、靳晓莲译，重庆：重庆出版社 2011 年版，第 40 页。

③ 王玉国编著：《赛珍珠》，南京：南京大学出版社 1991 年版，第 7—8 页。

自己就是在中国“这样一种小说传统中出生并培养成作家的”。[①]当然,《大地》等众多小说对讲故事的热衷、对说书式单线结构的偏爱,以及通俗化的色彩等,多少印证了赛珍珠在借鉴中国小说资源时的侧重。

作为一个美国作家,在文化的层面上,赛珍珠确实同时还拥有“中国身份”。这一“中国身份”尽管并非与生俱来,而是由类似于“寄养”的身世而获得,但对赛珍珠本人来说,它是将自己视为“中国小说家”的同类的依据。由于自襁褓时期始即逐渐形成的习性、感性、意识和表达方式均趋同于中国社群成员,赛珍珠即便回到美国数十年,仍然无法摆脱自我身份认同的困扰,“她告诉一位美国记者她从来都没有习惯美国的生活,到目前为止还不能在美国找到家的感觉”[②]。这是一个在美国的“异乡人”的自我感觉。漂泊的灵魂无法安静地栖息,40年的中国经验成就了作家赛珍珠,也同时带给这个美国人终生无法消解的困惑。

(三) 关键是文本的“中国味道”

讨论赛珍珠的小说与她文化意义上“中国身份”的关系,不含有任何褫夺赛珍珠美国作家头衔的意图,只是希望借助于赛珍珠的个案,将王德威的话题更推进一步:中国现代文学史里面,是不是也应该包括无华人血统的作家用非华语所创作的各种各样的文本呢?在此基础上,同时提出的另一个问题是:中国现代文学史里面是不是就一定要包括那些华裔作家创作的文本呢?对这两个问题的思考,同时指向中国现代文学研究范围的确认。

既然遵循文本优先定位的原则,那么,这两个问题中作家族裔身份的因素自然应该是次要的了。而对赛珍珠的阐释,其实已经隐含了答案。

从理论上来说,如果作品反映了现代中国文化独到的感知、判断和审美的性质,那么,无论是有中国血统还是无中国血统的人所写,它们都应该归属于中国现代文学的

① [美]赛珍珠:《中国小说——1938年12月12日在瑞典学院诺贝尔奖授奖仪式上的演说》,王玉国编著:《赛珍珠》附录《1938年诺贝尔文学奖得奖授奖仪式文献》,南京:南京大学出版社1991年版,第126、154页。

② [英]希拉里·斯波林:《赛珍珠在中国》,张秀旭、靳晓莲译,重庆:重庆出版社2011年版,第199页。

范畴。但事实上,在赛珍珠生活的20世纪,甚至直到21世纪的今天,无华人血统的作家创作的中国题材文本屡见不鲜,可真正在情感、价值观、思维及话语表达方式上都能证明它们就是现代中国文化的造物的,这样的文本确实并不多见。不管是那些只在中国短暂停留过的游历者所描绘的中国印象,还是那些"中国通"们讲述的中国故事,如英国毛姆的《在中国屏风上》、庄士敦的《紫禁城的黄昏》,法国马尔罗的《人的命运》,美国埃德加·斯诺的《西行漫记》,荷兰高罗佩的《狄公案》,还有近年来吸引了批评界关注的美国彼得·海斯勒(何伟)的《江城》和日本辻井桥的《桃幻记》,这些外国人所写的有关中国的纪实或虚构类的文本,尽管不同程度地反映了中国的现实或历史,表现了对这个国度的普通人生存及信念的同情,而它们观照中国的视点也并不一定与民族优越感挂钩,但是,它们多多少少仍然显示了作者文化上的隔膜或拿捏分寸感的偏差,中国和中国人在这些作家的视野里终究是"他者"的镜像。如果无中国血统的作家没有赛珍珠似的早年经历记忆,缺少那种在成长期业已养成的对中国文化的敏锐感知,那么,他们要超越自身族群文化模式的限定,像中国人那样感觉、思考和表达,几乎是不可能的。

因此,赛珍珠的意义具有启示性,却并无普泛性,至少迄今为止,大部分外国作家笔下的中国题材文本与中国现代文学的区分界线并不模糊。因为有赛珍珠的存在,第一个问题的答案原本应该是肯定的,但是,由于缺少足够的样本和事实支撑,问题的提出本身尽管拓展了思考的空间,却难免还是有点纸上谈兵。值得期待的是,随着族群迁徙、国族文化的跨越日益成为人们生活经验的重要部分,类似赛珍珠这样归属于中外双重或多重文化且贡献卓著的外国作家,或许不再是个别或特例,到那时,对第一个问题的肯定回应,才会真正地获得底气。

至于第二个问题,答案应该是否定的。赛珍珠用她的小说证实,"非我族类,其心必异"的古训在20世纪已经不大靠谱,反过来,"血浓于水"的定律也不过是置身"中国"这个国家概念实体的国人一厢情愿的期许。在文化中国或"大中国"的概念所涵盖的范围里,中国作家的定义如果不顾及国籍或语言,中国血统原本是最醒目的分辨标记,因而中国本土作家、移民作家、海外土生华裔作家很容易被视为同类,并不奇怪。

然而，如果以文本定位文学的标准来衡量，同样有着中国血统的作家由于他们的自我认同不尽一致，他们的创作之间存有的距离也就不可以道里计，那么，将那些文本都放到一体性的中国文学框架中混为一谈，只能是牵强附会。因此，站在中国现代文学研究的立场上，对各种形态的文本进行文化意义上的辨识，是非常必要的。

美国华裔作家汤亭亭声称："我的作品中的美国味儿要比中国味儿多得多。我觉得不论是写我自己还是写其他华人，我都是在写美国人。"①确实如此，她的小说《女勇士》和《孙行者》尽管掺入了许多中国文化的元素，但韵味还是美国式的，那些中国的传说和神话在她的笔下已经改写为美国的传奇，无论是花木兰还是孙悟空，都不过是中国符号的借用。而在价值观上，这些美国土生华裔作家更鲜明反映出美国取向。如被美国主流社会看做"模范少数族裔"代表的黄玉雪坦言："我们无法选择自己的祖先。在这个国家（美国——笔者注）比在其他国家更有机会。"②她的《华女阿五》能在美国流行的主要原因，就是"它在许多方面符合美国基本的文化神话之一：通过艰苦工作，勤俭和抓住机遇，移民家庭便能逐渐实现美国梦"，她的自传体小说"向世人展示她逐渐明白美国个人主义的伟大信仰，明白自我发展和成名的权利"。③土生华裔作家以及幼年移居海外的华人作家会，大多是从长辈那里接触到祖先文化的，这样的文化已经历了异国的"本土化"过程，加上她们/他们成长过程中少有"在场"的中国经验和中国生活的实际记忆，日后也就很难体察中国经验的细微精妙。中国叙事作为这些作家确立自我独特性的凭借，在很大程度上，已经很难与异邦人的中国想象或幻象剥离。

当然，土生华裔作家的中国文化认知并非整齐划一。只有一半中国血统的林路德出生在旧金山，周岁时被母亲带到香港外祖母家，直到中学毕业后才回到美国。这段

---

① Paula Rabinowitz: *Eccentric Memories: A Conversation with Maxine Hong Kingston*, *Conversations with Maxine Hong Kingston*, eds. Skenazy, Paul & Tera Martin(Jackson: UP of Mississippi, 1998.) 71—72.转引自吴冰《亚/华裔美国文学译丛总序》，[美]林路德：《千金》，阿良译，长春：吉林出版集团有限责任有限公司 2011 年版，第 9 页。

② [美]黄玉雪：《华女阿五》作者导语（1989 年版），张龙海译，《华女阿五》，南京：译林出版社 2004 年版，第 6 页。

③ [美]杰夫·特威切尔·沃斯：《华女阿五》序，[美]黄玉雪：《华女阿五》，张龙海译，南京：译林出版社 2004 年版，第 1 页。

经历赋予了她基本的中国感性，使得她写《千金》时，能够很自然地摈弃美国社会对中国妇女的刻板印象，把女主人公勤劳勇敢、独立自强的形象生动地还原出来，并告诉读者，她真正的价值在于人格精神的博大，而非物质的富有。在此意义上，《千金》挑战了中国人顺从温和的形象定型，也打破了大众文学中"美国梦"的固有套路。林路德没有在文化符号上做文章，但却显现了与中国现代文化较为亲近的关系。尽管如此，由于林路德对19世纪中国农村家庭生活了解不足，自身的中国体验也相对有限，小说中还是出现了一些不太真实的细节——她让一个中国家庭多次讨论要不要"卖"掉女儿，来表示他们男尊女卑观念的愚昧。这样的描写显然不符合中国父母和他们的女儿情感交流的真实，而是出自林路德对女主人公"千金"身份的反讽意图。与其他土生华裔作家相比，林路德在中国性和现代性方面的融合比较从容，但对中国文化的解读仍然存有夹生的情况。

土生华裔作家以及幼年移居海外的华人作家文化背景错综复杂，他们最擅长的主题通常离不开文化身份的构建，凸显出作者自我探寻过程中的焦虑。因此，在文化方向感和身份认同的程度上，他们与林语堂、张爱玲、黎锦扬、蒋彝之类的移民作家显然是无法同日而语的。

有人在评价蒋彝时，将他和另一个波兰裔作家做对比，说蒋彝的内心"一直觉得自己是中国人"，"波兰裔作家埃文·霍夫曼(Evan Hoffman)从小就被带到加拿大，并在美国接受教育，她曾在作品《在转译中失落》(*Lost in Translation*)里精彩描述了移民的复杂情结。蒋彝从未失落，但他也不曾被转译"。[①]埃文·霍夫曼的身份困惑，其实也是土生华裔作家以及幼年移居他国的华裔作家共有的。与蒋彝们稳定的中国身份认同相比，土生华裔作家作为多种文化塑造而成的个体，中国文化不过只是他们身份结构中的一个层面，他们很难完整精准地呈现出中国式的情感、思维和表达，因此，以中国文学的视角去观照这些作家作品，需要审慎理性的态度，细致识别它们是否具备真正的中国感性、中国意识的因素，以此来确定在中国文学之内还是之外的位置。对中

① 英国戈弗雷·霍奇森(Godfrey Hodgson)2003年为《牛津画记》所写的前言，[美]蒋彝：《牛津画记》，罗漪文、罗丽如译，上海：上海人民出版社2010年版，第7页。

国现代文学研究来说，这些土生华裔作家的中国叙事，其意义主要体现在所提供的比较视野方面，那些文本中反映出来的对中国的偏见或洞见，曲解或正解，常常是中国本土作家观照和思维的盲区，之间的落差和错位也正是它们的价值所在。

与土生华裔作家有别，蒋彝、黎锦扬、程抱一，以及更年轻些的如哈金、戴思杰、李翊云等移民作家，由于教养、学养和中国本土作家有较多的相似，他们的思维、记忆和文学表达方式也与中国本土作家的创作存有不少的重叠，因而在承认他们的作品属于移居国文学一部分的同时，未尝不可以视它们为中国文学的一部分。尤其是那些在中国已经成名的作家如林语堂、凌叔华、张爱玲、高行健、严歌苓，他们的中国作家身份早已确立，创作个性业已成熟。他们无论是否用中文书写，稳定的中国文化心理结构必定规约着他们的思维和表达，以致他们的外语作品中也多少留下了中文思维的痕迹。像张爱玲这样的作家，即便在美国用英文书写，仍然不折不扣地从中国记忆中寻找资源和动力。从《秧歌》、《五四遗事》到《易经》、《雷峰塔》，无不与国内期间的中文文本构成缠绕的互文关系，从中不难看到张爱玲自始至终都没有摆脱家族史和个人成长期创伤记忆的梦魇，而且她的艺术思维也一如既往。美国文化以及英语写作本身不足以对她既成的创作个性构成压迫，即便她的小说已占据美国文学史的篇幅，Eileen Chang 终究还是张爱玲，她的那些英语文本仍然顽强地显现着无法遮蔽的中国文学本性。

基于全球化带来的移民浪潮以及语言和文化更错综复杂的交流情形，早几年即有学者提醒中国学界有必要注视全新的文化局面，认为正是那些在中国出生成长用移居国语言写作的作家，“把中国文学，或者说‘文化中国’的文学，推出了汉语的边界，对丰富中国当代文化，促进国际文化交流，作出了宝贵贡献。应当说，他们写的既是外国文学，又是中国文学”①。这样的认识无疑反映了明智且实事求是的态度。在世界范围内，既然像纳博科夫这样的作家是美国文学叙述的对象，却又是俄国文学的骄傲，那么，为什么用移居国语言写作的林语堂、张爱玲和年轻一代仍然活跃着的哈金们，就不能为他们的祖国文学包容呢？而对那些非华裔却在中文环境中成长的作家如赛珍珠，

① 赵毅衡：《一个迫使我们注视的世界现象——中国血统作家用外语写作》，《文艺报》2008年2月26日。

以及那些土生华裔作家的中国叙事，一方面需要注意他们的身份和经历被多元文化作用的实际情形，另一方面更重要的还是需要到他们具体的文本中寻找答案。对作家作品精辟的洞察和诚实的解析，两种途径的交集最终可以显现更准确的文学定位。

国别文学的界限不可能如戒备森严的海关，中国文学也不可能与政治历史地理意义上的实体的中国构成完全对应的关系。就中国现当代文学而言，中国现代性的意义随着现代社会的变迁和世界性文化交流的拓展一直处于不断发展过程中，不同时空范畴下的现代中国人的情思和意绪、记忆和思维也会不断地调整更新。作为想象世界和审美意义上的“中国味道”，它通过文本必将得以传递和表达，因而文本特质成为划分中国现当代文学边界的关键因素。在此前提下，包括了胡适、周作人、陈衡哲、陶晶孙、温源宁、杨刚、叶君健等在内的外语创作的归属，也应该是不言而喻的了。

多元文化融合的视界:《中国评论周报》和《天下月刊》作者群的英语随笔

张　宇

作为20世纪上半叶中国人自办的最重要、影响最大的英文文化刊物,《中国评论周报》(*The China Critic*)与《天下月刊》(*Tien Hsia Monthly*)凝聚了大批作者,产生了许多优秀的随笔作品,这些英语文本组合成中国现代作家本土外语文学最亮丽的一道风景线。

《中国评论周报》(1928—1946)、《天下月刊》(1935—1941)这两份刊物的编辑/作者有诸多交集,《中国评论周报》的不少重要编辑同时也是《天下月刊》的核心编辑,例如林语堂、温源宁、吴经熊、全增嘏、姚克等,其余作者多为同学或为同事,他们处在一个包容开放活跃的社交圈之中,形成一个广泛而松散的作者群体。很多作者在《中国评论周报》和《天下月刊》中均有重要创作,并出版了相关英文著作,该时期的随笔写作在他们的创作生涯中也占据了重要的位置。

林语堂、吴经熊、温源宁作为两份刊物的"台柱",其出色的英语随笔创作在当时即受追捧。林语堂的主要随笔集中在《中国评论周报》上,最具代表性的创作是"小评论"专栏("The Little Critic")上的社会文化随笔,名噪一时的有《脸与法治》("What is Face?")、《论政治病》("On Political Sickness")、《裁缝道德》("Our Tailor-Morality")

等。对应的中文随笔发表在《论语》、《人间世》、《宇宙风》等刊物上，与他的英语随笔构成互文；而林语堂将他在“小评论”一栏中的创作集结为 *The Little Critic*：*Essays & Satire and Sketches on China* 一书，于 1935 年出版；温源宁在《中国评论周报》和《天下月刊》上都有重要作品，包括文学评论（如《A.E.豪斯曼诗作》，“A. E. Houseman's Poetry”），艺术评论（如《论中国绘画》，“On Chinese Painting”），人物随笔（如《吴宓：一位学者和君子》，“Mr. Wu Mi：a Scholar and Gentleman”）等。其中最受欢迎的是他发表于《中国评论周报》上那些亦庄亦谐的人物随笔，温源宁从中遴选了 17 篇，结为 *Imperfect Understanding* 于 1935 年由别发洋行出版。吴经熊的主要创作集中在《天下月刊》上。他发表了 9 篇日记体灵修随笔，包括《超越东西方》（“Beyond East and West”），《幽默与悲情》（“Humor and Pathos”）等，他对于灵魂的省察一一在文中展现；另有学术随笔《真孔子》（“The Real Confucius”），《诗经随想》（“Some Random Thoughts on *Shih Ching*”）等，这些文章大部分收入他 1950 年出版的英文自传《超越东西方》（*Beyond East and West*）；而《唐诗四季》（*Four Seasons of Tang Poetry*）1940 年 3 月起由徐成斌翻译成中文连载于《宇宙风》，典雅隽永，诗意盎然，见解不俗，堪称比较诗学的代表作。

出自林语堂、吴经熊、温源宁之手的这些英文作品，长期以来一直被研究者忽略。就林语堂研究现状而言，研究者多关注作品的中译本，或者中文作品。近两年一些英文学科的研究者开始关注林语堂的英文著作，但大部分论者仅从翻译角度进行研究，关注林语堂的翻译美学与翻译实践，例如引入巴赫金“对话理论”将林语堂的英语作品与其自译版本作为整体进行研究①；也有论者从语言学角度研究林语堂的英文小说创作，指出其创作的非正式色彩②，等等。钱锁桥的研究成就比较突出，他重视林语堂的双语创作现象，剖析林语堂自由世界主义（“liberal cosmopolitanism”）的理念，并分析了林语堂海派现代的风尚③。相比之下，温源宁和吴经熊的英语随笔创作研究资料几乎是空白。关于温源宁的研究资料非常少，钱锺书在《不够知己》的书评中认为温源宁

① 王郦莎：《对话理论视角下林语堂英语原作及其自译研究》，西南大学硕士学位论文 2012 年。

② 费晔：《微探林语堂英文作品：语言学方法》，上海师范大学硕士学位论文 2012 年。

③ 钱锁桥：《引言》，见钱锁桥主编《小评论：林语堂双语文集》，北京：九州出版社 2012 年版。

的文字“轻快，干脆，尖刻，漂亮中带些顽皮”，并指出他与哈兹里特文风相近①；张中行为中文版《一知半解》所撰写的序言分析了温源宁人物随笔的“雅驯”特色②；其他研究资料大多是回忆文章或者书评，如《代沟的底层——读温源宁〈一知半解〉》③，《一本妙书：〈一知半解〉》④，《温源宁的人物剪影》⑤，《不够知己译序》⑥，近些年有研究者开始关注《不够知己》的译介与传播⑦以及关于温源宁生平的考证⑧等。这些文章多是一鳞半爪式感悟式评论，著者多从译文角度肯定了温源宁作品的艺术魅力，缺乏更深入的学理探究。在现有的研究资料中，关于吴经熊的法律哲学思想研究占主导，包括《超越东西方的法哲学家：吴经熊研究》⑨、《吴经熊思想研究》⑩等；台湾的相关研究专著主要关注吴经熊的宗教思想与灵修之旅，探讨吴经熊对台湾新士林的影响，如《中国人亦基督徒》⑪、《吴经熊博士百周年冥诞纪念学术研讨会论文集》⑫等。因此，本文将对林语堂、温源宁、吴经熊三人的英语随笔进行文本细读，揭示其文体特色，剖析其美学特质，以此拓展相关作家研究，尽可能全面理解并把握该时期的文学面貌。

一、《中国评论周报》、《天下月刊》与中国本土英语作者群

本土作家的外语写作是一个特殊而重要的现象。一个国家外语写作者的大量出

---

① 中书君：《不够知己》，《人间世》第29期，1935年6月5日。

② 张中行：《一知半解·序》，江枫译，长沙：岳麓书社1988年版，第1页。

③ 金克木：《代沟的底层——读温源宁〈一知半解〉》，《读书》1989年第6期。

④ 徐鲁：《一本妙书：〈一知半解〉》，《书城》1994年第12期。

⑤ 陈学勇：《温源宁的人物剪影》，《书城》1996年第4期。

⑥ 江枫：《〈不够知己〉译序》，《博览群书》2003年第9期。

⑦ 秦勇：《〈不够知己〉的译介和传播》，《太原学院学报》2016年第2期；《二十世纪中国新传记文学中人物形象塑造的新变——以〈不够知己〉为例》，《太原学院学报》2016年第6期。

⑧ 易永谊：《温源宁与北京大学英文系(1924—1933)》，《现代中文学刊》2015年第3期；易永谊：《温源宁与徐志摩交游考》，《新文学史料》2016年第4期。

⑨ 郑志华：《超越东西方的法哲学家：吴经熊研究》，杭州：浙江大学出版社2012年版。

⑩ 杨明莉：《吴经熊思想研究》，黑龙江大学博士学位论文2015年。

⑪ 郭果七：《吴经熊：中国人亦基督徒》，台北：光启文化事业出版社2006年版。

⑫ 辅仁大学校牧室主编：《吴经熊博士百周年冥诞纪念学术研讨会论文集》，台北：辅仁大学出版社2004年版。

现，离不开充分发展的外语文化环境的支持①。要形成外语写作的热潮，需要具备成熟的写作的生产流通机制，包括外语文化环境，外语人才储备，稳定的读者群体，外语刊物出版发行机制的成熟等。《中国评论周报》、《天下月刊》作者群的出现，在相当程度上，即得益于20世纪上半叶中国特定情境下多元混杂的文化生态的催发。

(一) 多元混杂的文化生态

在20世纪三四十年代的中国，作为文化中心的上海，形成了较为充分发展的外语文化生态。上海是近代中国最早的通商口岸之一，随着经济的快速发展，逐渐被纳入全球文化之中。当时上海的200万人口来自48个国家。以1930年为例，外国籍的在公共租界有36 471人，在法租界有12 341人，其中英美法日俄籍外国人士最多②。在近代上海这块半殖民土地上，英语作为强势语言被广泛使用，充分发挥了其国际沟通功能，戏拟了“世界语”在“世界”的使用场景。1822—1911年，在全国73种英文报刊中，上海就有38种③。而别发洋行(Kelly & Walsh)等外文书店则能够第一时间提供国外最新的作品或研究成果，使得具有外文阅读能力的知识分子能与全球文化保持同一步调，别发洋行的分支机构形成了一个强大的图书出版销售网络，而由诸多国际城市组成的城市链由此形成了“国际文化空间”④。

除此之外，英语人才的储备此时也已经成熟。近代以来，大批西方传教士前来中国传教，兴办教会学校，翻译和出版西书等活动，客观上为中国培养了一批外文人才。到19世纪末20世纪初，教会学校在中国已经形成了较为完整的教育体系，而各级各类教会学校则普遍设置了英语课程⑤。除了推行基础教育，教会大学在培育高等英语人才方面做出了重要贡献。在20世纪30年代，16所教会大学招收了全国10%—15%的大学生⑥。圣约翰大学、震旦大学、沪江大学、燕京大学、岭南大学等，均采用英语教

---

① 这里暂且抛开殖民主义不论，殖民主义理论虽然洞见了殖民意识形态对于被殖民者的宰制，却有意忽略了被殖民者的主动性，也忽略了殖民过程中的变易与张力。

② 《上海通志》编纂委员会主编：《上海通志》第10卷，上海：上海社会科学院出版社2005年版，第6975页。

③ 史和、姚福申、叶翠娣主编：《中国近代报刊名录》，福州：福建人民出版社1991年版，第373—380页。

④ 李欧梵：《上海摩登——一种新都市文化在中国1930—1945》，北京：北京大学出版社2001年版，第328页。

⑤ 陈雪芬：《中国英语教育变迁研究》，杭州：浙江大学出版社2011年版，第71页。

⑥ [美]杰西・格・卢茨：《中国教会大学史(1850—1950年)》，曾钜生译，杭州：浙江教育出版社1987年版，第2页。

学，并鼓励学生大量阅读英文作品，培养了很多精通英语的人才。当然，民国政府也大力提倡英语教育，促进民国“英语热”的形成。截至1949年，20%的高等院校设有外国文学系科，外语教师约有919人(绝大部分讲授英语)，占高校教师的5.4%；外语专业大学生约有7 000人(绝大多数是英语专业)，约占当时全国大学生的6%左右[①]。清华、北大、国立中央、上海复旦、大同、大夏、光华大学等高校的外文系都培养了大批外语人才。此外，留学生也是外语人才的主力军，他们回国后积极参与到国家文化事业之中。整个民国时期，留美学生15 000—20 000人[②]，远超过同时期其他国家在美的留学人数[③]。毕业回国的留学生很多都参与到中国的文化事业中，如1909—1922年清华归国学生中，有37.18%的人(192人)[④]从事高等教育、编辑或等文教行业，远高于其他行业的从业人数，成为文化教育与学术界的骨干力量，他们通过传播最新的科技与文化，不仅拓宽了受教者的文化视野，丰富了他们的文化构成，更影响甚至更新了一代知识分子的文化结构，“成为中国文化现代进程中重要革新者以及中国文化向外传播进程中的积极推动者”。[⑤]而随着英语教育的普及，西文书刊有了较为可观的读者群体，如包括教学学校学生在内的各种具有较高文化层次的读者，不仅拓展了文化视野，同时也养成了阅读外文书刊的习惯。

正是这种多元杂糅的文化生态，为20世纪三四十年代中国作家英语写作提供了有利的条件。就创作主体来看，用英文写作的中国人大多有或曾毕业于教会学校、或曾在中国大学外语系专业学习过、或曾留学欧美的背景，这些外语表达娴熟的学者文人中有不少加入了当时英文报刊的编辑和投稿的队伍。如桂中枢是《大美晚报》(*The Shanghai Evening Post and Mercury*)的时评专栏编辑，赵敏恒是路透社驻南京的通讯记者……温源宁、钱锺书、胡适、林语堂也曾在多家英文报刊投稿，这份名单还包括

---

① 付克：《中国外语教育史》，上海：上海外语教育出版社1986年版，第38页。

② 李喜所：《20世纪中国留学生的宏观考察》，《广东社会科学》2004年第1期。

③ 赵燕玲：《近代留美生与留日生对中国社会影响之比较》，《中山大学学报》2002年第2期。

④ 此乃笔者根据“1909—1922年清华归国学生从事职业表”统计所得，表格参见周棉主编《中国留学生大辞典》，南京：南京大学出版社1999年版，第602页。

⑤ 黄芳：《跨语际实践中的多元文化认同》，华东师范大学博士学位论文2011年。

全增嘏、徐志摩、姚克、许地山、骆传华、林幽、邝耀坤、彭望荃、金岳霖、简又文、张培基、凌叔华、叶秋原、胡先骕、潘光旦、梁实秋、伍联德、马寅初、林徽因、陈衡哲……外文刊物开阔了作者的视野，帮助他们积累了丰富的创作经验，同时也使得中国声音得以逐渐传播到中国以外的世界。

上海租界特殊的混杂的文化空间为作家们提供了一个较为自由的文学场域，而英语报刊借助掌控租界的外国势力而较少受到审查制度的粗暴干涉，一定程度上也吸引了学者文人英语创作的热情。在20世纪初期，西方传媒在上海更多的是一种单向化的殖民输入，很少能够发出中国知识分子的声音，也并不考虑中国的读者需求；而随着时间的推移，上海的文化场域逐渐发展变化，良好的文化生态与充足人才储备使得上海具备了别样的文化自信，现代国际都市的文化活力也在慢慢影响着西方各国关于中国叙事话语的书写，由此获得了一种暧昧的主体性。在这种背景下，不少曾经担任西人刊物编辑的学人，着意打造中国自办的外语刊物，于是出现了国人自办英文刊物的热潮。当时中国人自办英文报刊有《英语周刊》、《英文杂志》、《中华英文周报》、《中国评论周报》、《天下月刊》、《中国年鉴》等，而《中国评论周报》和《天下月刊》则是当时最重要且影响最大的文化刊物。

（二）《中国评论周报》、《天下月刊》作者群的生成

《中国评论周报》(*The China Critic*)创刊于1928年5月，1940年停刊，后于1945年8月复刊，1946年6月终刊。它是中国人自办的最早的同时也是影响力最大的英文周刊。《中国评论周报》首任主编是张歆海，先后担任主编的还有刘大钧、桂中枢，参与编辑的则有潘光旦、林语堂、温源宁、吴经熊、林幽、钱锺书、全增嘏、宋以忠、陈欣仁、陈炳章、赵敏恒等知名学者作家或记者编辑。上海工部局所发行的《政治年鉴》曾视之为“惟一的中国人自有的在国外具有广泛影响的周刊”①，《中国评论周报》在一则广告上称，“岭南大学……在新生的英语课上使用它，南京中央大学附属一中同样也在课室里

① A Year's Struggle, *The China Critic*, May 30, 1929, Vol.3, p.450.注：本文引用的英文原文的中译，如未加说明，则均为笔者自译，恕以下不赘。

阅读它,甚至在美国,明尼苏达州立大学社会学系也以此作为学习材料"①,可以看出其影响之广。《天下月刊》(*Tien Hsia Monthly*)1935 年 8 月创刊于上海,由孙科主持的南京中山文化教育馆资助主办,每月 15 日出刊,1941 年 9 月在香港停刊,共出版了 11 卷 56 期。主要编辑团队包括林语堂、吴经熊、温源宁、全增嘏、姚莘农、叶秋原。《天下月刊》的发行主要由上海别发洋行负责,依托其强大的全球销售网络,除在中国内地的 11 个发行点外(南京 1 处,天津 1 处,汉口 2 处,北平 2 处,上海 5 处),在中国香港、英、美、日、法、德、新加坡、爪哇等多个地区和国家都设有发行点②。而当时《华北新闻》(*The North China News*)、《亚细亚杂志》(*The Asia Magazine*)、《生活与文学》(*Life and Letters*)等西方媒体都对《天下月刊》做了高度评价。其中,《亚细亚杂志》评论道,凡是能读英文的人,都应该读一读《天下月刊》③。而在读者来信中,国外读者将《天下月刊》视为中国的"主导文化刊物"(the leading cultural paper in this country)④。

《中国评论周报》和《天下月刊》具有紧密的联系。这两份刊物除了具有相似的文化立场外,还拥有大致相同的编辑团队与作者群体,刊物的编者也同时是作者;而其他作者中,清华毕业生、英美名校的留学生、江浙学者占主导地位⑤。他们具有大致相似的文化背景,其中不少人彼此为同学或同事。《中国评论周报》的主要编辑也是《天下月刊》的编辑,例如林语堂、温源宁、吴经熊、钱锺书、全增嘏、姚克等,并且很多作家同时在两份刊物上发表作品。他们处在一个包容开放而活跃的社交圈之中,彼此间又会相互影响。吴经熊曾谈到他与《中国评论周报》和《天下月刊》的一些作者的交往:"我

---

① P.K. Chu, Subscription by Wire, *The China Critic*, November 22, 1928, Vol.1, p.505.

② 有关于这两份刊物详细的情况介绍,可参考严慧《1935—1941:〈天下〉与中西文学交流》(2009)、黄芳的《跨语际实践中的多元文化认同》(2011)等论文,其中有比较翔实具体的介绍。

③ 转引自《宇宙风》1936 年 8 月 16 日第 23 期广告。

④ E.B. Cumine, Correspondence, *Tien Hsia Monthly*, December 1936, Vol.3, No.5, p.531.

⑤ 陈达、张歆海、李干、罗隆基、陈钦仁、陈石孚、潘光旦等皆为清华大学学生;桂中枢、陈炳章、畲坤珊、林语堂、何永佶、邝耀坤、陈立廷、吴经熊、郭斌佳等人留学美国;温源宁、伍联德、钱锺书留学于英国,梁鋆立留学法国,宋春舫留学瑞士。这些留学生回国后,主要在京沪两地高校任教,许多人互为同事。张歆海、潘光旦,温源宁、钱锺书都曾在光华大学执教,林语堂、潘光旦、吴经熊又曾是东吴法学院同事,全增嘏、吴经熊、温源宁、简又文、孙大雨等人又都曾向林语堂的中文刊物投稿。

请教孙(Sun Fo)博士经济学和法学之外的其他社会科学,请教傅秉常(Ping sheung)文献和传记,温源宁英国文学,杜波斯(Dubose)法国文学,莘农(Hsin-nung)当代中国小说和戏剧,福开森(Ferguson)中国绘画,全增嘏(Tseng-ku)希腊哲学,Ju-ao 和 Ching-ling 当前事务和国际关系,(林)语堂论幽默和尼姑的书。如果我对太平天国的历史有了更多的兴趣,我也会去 Yu-wen 那里。"①从这段描述可以看出,《中国评论周报》和《天下月刊》的作者之间互动密切,彼此学习借鉴,共同趋向一种开阔的人文主义。因而可以说,《中国评论周报》和《天下月刊》的编/作者们构成了一个松散的共同体——《中国评论周报》、《天下月刊》作者群,这个群体的英语随笔创作,展现了中西融合视界下一种独立的文化和文学审美的追求。

《中国评论周报》在内容上较偏重政治经济社会方面,而随着林语堂等人加盟编辑团体,该报开始更注重文化色彩。潘光旦主持的书评("Book Reviews"),以及先后由林语堂、全增嘏、邝耀坤、张培基主持的小评论("The Little Critic")专栏几乎贯穿刊物的始终,可以说是《中国评论周报》的招牌栏目。"书评"专栏主要介绍国外最新研究成果,以时政经济社会等方面的内容居多,也关注时下文化艺术类书籍;"小评论"栏目由于林语堂的带动,很多作家纷纷撰文投稿,遂成小评论热。此外,温源宁在"知交剪影"("Intimate Portrait")专栏的人物随笔也很出色。刊物于 1931—1932 年还增设"艺术与信件"("Art and Letters"),"妇女世界"("Women's World"),"悲哀故事"("Tales of Woe"),"卡桑德拉专栏"("Cassandra Column")等栏目。可以看到,除了社会政治方面的内容,《中国评论周报》努力丰富文本的多样性,欲为读者提供更多的文化选择面向。

《天下月刊》则是一份纯文化刊物,主要介绍中国的文学和文化(翻译创作和研究),同时也推介西方汉学的研究成果,也包括不少随笔创作。刊物有"编辑评论"("Editorial Commentary")、"文章"("Articles")、"翻译"("Translation")、"书评"("Book Reviews")四个固定栏目,另有"纪事"("Chronicle")、"通信"("Correspondence")栏目不定期出现。"纪事"跟踪评论中国文学文化方面的重要进展:戏剧纪事、诗歌纪事、文学纪事等,作者则

---

① 吴经熊:《超越东西方》,周伟驰译,雷立柏注,北京:社会科学文献出版社 2002 年版,第 229 页。

包括姚克、邵洵美、凌岱、陈大仁等;"翻译"栏译介中国现代作家作品和古代典籍。"五四"以来的作家如鲁迅、巴金、老舍、曹禺、沈从文、冰心、俞平伯、卞之琳、戴望舒、梁宗岱、凌叔华、萧红、姚雪垠等人的作品均有译介;古代典籍方面,则选译过《浮生六记》、《贩马记》、《打渔杀家》、《春香闹学》、《林冲夜奔》、《列子杨朱篇》、《道德经》、《列女传》,以及古代诗歌 120 余首等,可以说,较为全面地展现了中国文学的面貌。

《中国评论周报》标榜"客观"(truthfulness)与"公正"(impartiality),"致力于增进外部世界对中国的理解",同时也要"让自己的同胞更多地了解外面的世界",既以西方的标准评判中国文化,也以中国的标准检视西方文化。①《天下月刊》名字取"天下为公"之意,它着力于"中西文化理解",沟通中西方,促进文化的双向传播,关注"一切对于全人类重要的事情",促进"国际善意"(international goodwill),最终推动"世界和平"的实现②。《中国评论周报》和《天下月刊》坚持以促进东西方文化交流为宗旨,拒斥政治冲突和派系恩怨的表达。《中国评论周报》《天下月刊》作者群中,既有坚守"文化保守主义"的胡先骕、萧公权,同情左翼的姚克、凌岱、全增嘏,也有倾向于右派的叶秋原等人,然而他们并不在文章中宣传自己的政治主张,而是客观地讨论分析问题。在《天下月刊》的"编辑评论"中,温源宁多次强调刊物独立的文化立场,声称在任何情况下,刊物都拒绝成为派系斗争的宣传阵地或私人攻讦的平台③,"任何干扰编辑方针的外部企图都不被容忍"④。纵观两份刊物所登载的文章,确实基本做到了独立与公正。

二、睿智雅趣的审美表达:林语堂、温源宁、吴经熊的英语随笔创作

在《中国评论周报》、《天下月刊》作者群中,林语堂、温源宁、吴经熊三人可谓声名卓著,他们出色的英语随笔创作在当时就已获得国内外读者的高度评价。林语堂的文

① "What We Believe", *The China Critic*, May 30, 1929, Vol.3, No.2, p.20.

② Wen Yuan-ning, Editorial Commentary, *Tien Hsia Monthly*, 1935, Vol.1, No.1. p.3.

③ Wen Yuan-ning, Correspondence, *Tien Hsia Monthly*, 1936, Vol.5, No.6, p.299.

④ Wen Yuan-ning, Editorial Commentary, *Tien Hsia Monthly*, 1938, Vol.6, No.5, p.401.

化随笔洒脱有趣，带动了“小评论”体式的风行，并奠定了他日后赴美写作的风格基础。温源宁的人物随笔抓住人物的特性进行描摹，简练深刻，谑而不虐，显示了中国现代人物随笔的创作实绩。吴经熊的大量随笔小品，抒情优美，感情真挚，具浓厚的灵修色彩，体现了基督教与文学的互动关系。他们发表在《中国评论周报》和《天下月刊》的这些英语随笔，不仅为刊物增光添彩，更为中国现代散文留下了独特的样本，拓展了中国现代文学的边界，也丰富了中国文学的审美内涵。

（一）平白流丽：林语堂的文化随笔

林语堂（1895—1976）曾获哈佛大学文学硕士、莱比锡大学语言博士。1928 年他在《中国评论周报》发表语言学论文《汉语单音节性的后果》（“Some Results of Chinese Monosyllabism”）而被赏识，成为编辑团体一员，由此开启了他的英文写作生涯。林语堂在《中国评论周报》和《天下月刊》上的创作包括语言学论文、时政评论、书评、随笔等，其中他的随笔尤其受读者的青睐。1930 年 6 月林语堂在《中国评论周报》开辟“小评论”专栏，并明确栏目宗旨与特色，即发表形式自由、内容广泛的社会文化随笔，是注重趣味，娓娓而谈的“小”批评。作为《中国评论周报》的招牌栏目，“小评论”除了几次中断外①，几乎贯穿刊物始终。“小评论”专栏最初由林语堂编辑，1935 年第 4 卷第 17 期“小评论”因林语堂访欧而暂停，第 21 期起恢复，由全增嘏接任编辑。林语堂回国后，和全增嘏轮流任编辑。“小评论”专栏创办初期，其稿件主要由编辑提供。林语堂 1936 年赴美之后，全增暇、邝耀坤等人先后担任该专栏编辑，延续林语堂的编辑理念，影响并带动一大批作者参与了“小评论”创作。1945 年 8 月复刊后的“小评论”主要编/作者有邝耀坤、林安邦、顾缓昌及张培基等。而“小评论”栏目的成功，与林语堂的文学实践密不可分。

1. 口语化、小说化和“小评论体”

1930—1935 年林语堂在《中国评论周报》上主持小评论专栏，发表了大量随笔，这些随笔按照内容可以大致分为两类：一类是社会批评，一类是文化漫谈。其中社会批

① 《中国评论周报》“小评论”栏目在 1931 年 9 月至 12 月、1932 年 2 月至 3 月曾有短暂中断，1937 年抗战全面爆发后，“小评论”随《中国评论周报》在 18 卷停刊。1945 年 8 月《中国评论周报》复刊后的第 3 期开始恢复“小评论”专栏，直至 1946 年终刊。

评包括《中国究竟有臭虫否》("Do Bed-bugs Exist in China?")①,《论政治病》("On Political Sickness")②,《悼张宗昌》("In Memorial of the Dog-Meat General")③,《我不敢再游杭》("I Daren't Go to Hangzhou")④,《梦影》("A Day-dream")⑤,《思满大人》("The Lost Mandarin")⑥,《冬至之晨杀人记》("I Committed a Murder")⑦,《假定我是土匪》("If I Were a Bandit")⑧等。这些随笔大多以洒脱之笔触批评中国社会现状,讥刺政坛的黑暗昏聩。譬如,他指出,"中国人的脸,不但可以洗,可以刮,并且可以丢,可以赏,可以争,可以留"⑨,此说可谓脍炙人口。这种嬉笑怒骂式的文字,一定程度上仍保留了林语堂《语丝》时期"任意而谈无所顾忌"的批评特色,但趣味性更强,语调更温和。至于"文化漫谈",有些文章涉及中国文化的介绍或者中西文化的比较,如《中国文化之精神》("The Spirit of Chinese Culture")⑩,《论西装》("On Chinese and Foreign Dress")⑪,《论米老鼠》("On Mickey Mouse")⑫,《半部〈韩非〉治天下》("Han Fei as a Cure for Modern China")⑬等;另一些文章如《阿芳》("Ah Fong, My House-boy")⑭,《我的戒烟》("My Last Rebellion Against Nicotine")⑮,《我怎样买牙刷》("How I

---

① Lin Yutang, "Do Bed-bugs Exist in China?" *The China Critic*, February 19, 1931, Vol. 4, No. 8 pp.179—180.

② Lin Yutang, "On Political Sickness", *The China Critic*, June 16, 1932, Vol.5, No.24, pp.600—601.

③ Lin Yutang, "In Memorial of the Dog-Meat General", *The China Critic*, September 8, 1932, Vol.5, pp.935—936.

④ Lin Yutang, "I Daren't Go to Hangzhou", *The China Critic*, March 28, 1935, Vol.8, pp.304—305.

⑤ Lin Yutang, "A Day-dream", *The China Critic*, June 15, 1934, Vol.7, No.24, pp.567—569.

⑥ Lin Yutang, "The Lost Mandarin", *The China Critic*, November 17, 1932, Vol.5, pp.1219—1220.

⑦ Lin Yutang, "I Committed a Murder", *The China Critic*, December 29, 1932, Vol.5, pp.1386—1387.

⑧ Lin Yutang, "If I Were a Bandit", *The China Critic*, August 21, 1930, Vol.3, pp.804—805.

⑨ Lin Yutang, "What is Face", *The China Critic*, April 16, 1931, Vol.4, No.16, pp.372—373.

⑩ Lin Yutang, "The Spirit of Chinese Culture", *The China Critic*, June 30, 1932, Vol.5, pp.651—654.

⑪ Lin Yutang, "On Chinese and Foreign Dress", *The China Critic*, April 6, 1933, Vol.6, pp.359—360.

⑫ Lin Yutang, "On Mickey Mouse", *The China Critic*, September 19, 1935, Vol.16, pp.278—280.

⑬ Lin Yutang, "Han Fei as a Cure for Modern China", *The China Critic*, October 9, 1930, Vol. 3, pp.964—967.

⑭ Lin Yutang, "Ah Fong, My House-boy", *The China Critic*, September 4, 1930, Vol.3, p.853.

⑮ Lin Yutang, "My Last Rebellion against Nicotine", *The China Critic*, November 20, 1930, Vol. 4, pp.1119—1121.

Bought a Tooth-brush")①,《纪春园琐事》("Spring in My Garden")②,《春日游杭记》("The Monks of Hangzhou")③,则大多充满了日常生活的趣味,将文化批评包含于生活琐事的叙写之中。林语堂"小评论"时期的随笔是他创作生涯的一个转捩点,这些作品文风幽默流丽,文字平白简洁,小说化特点和口语色彩均十分明显,林语堂赴美后的写作风格在此初见端倪。

林语堂的英语文化随笔文字幽默流丽,清畅自然,在轻松的笔调中透着机智的锋芒,闲谈般的文化比较中透露着开阔的视野,琐屑的生活细节的描写中不乏锐利勇敢的见解,热情的笔触下流露出豁达与乐观。试举《脸与法治》("What is Face?")为例:

> It is perhaps easier to illustrate what face is, than to give a definition for it. The official in the metropolis, for instance, who can drive at 60 miles per hour, while the plebeians may only drive at 35, is gaining a lot of face. If his car hits a man, and when the policeman comes around, he silently and quietly draws a card from his pocket-book, smiles graciously and sails away, he is gaining greater face still. If however, the policemen pretends not to know him, the official will begin to "talk mandarin" by asking the policemen "if he knows his father"(认得你的老子吗?)and his face waxes still greater. And if the incorrigible policeman insists on taking the chauffeur to the station, but the official telephones to the Chief of Police, who immediately releases his chauffeur and orders the dismissal of the little fellow who did not "know his father" then the state of the official is truly beatific.④
>
> (譬如坐汽车,按照市章,常人只许开到三十五英里速度,部长贵人便须开到五十六十英里,才算有脸。万一轧死人,巡警走上来,贵人腰包掏出一张名片,优游而去,这时的脸便更涨大。倘若巡警不识好歹,硬不放走,贵人开口一骂:"不识你的

---

① Lin Yutang, "How I Bought a Tooth-brush", *The China Critic*, August 18, 1932, Vol.5, pp.850—851.

② Lin Yutang, "Spring in My Garden", *The China Critic*, May 10, 1934, Vol.7, p.449.

③ Lin Yutang, "The Monks of Hangzhou", *The China Critic*, May 4, 1933, Vol.4, pp.453—454.

④ Lin Yutang, "What is Face", *The China Critic*, April 16, 1931, Vol.4, No.24, pp.372—373.

老子”，喝叫车夫开行，于是脸更涨大。若有真傻的巡警，动手把车夫扣留，贵人愤愤回去，电话一打警察局长，半小时内车夫即刻放回，巡警即刻免职，局长亲来诣府道歉，这时贵人的脸，真大的不可形容了。①)

在这一段选文中，林氏风格得以淋漓尽致地呈现。文字直白简练，流畅通达，没有生僻的词汇，没有艰深晦涩的说理，有的只是清通干净的文字；分明是要批判官员僭越法律，借“争脸面”作威作福，却以反讽的语气写来，意味深长又颇有趣味；长短句交叉使用，错落有致，有一定的节奏感；而排比修辞的使用，如行云流水一般使得文章一气呵成；人物动作和对话的加入又使得段落有微型小说的意味。一位骄横无礼、无视法律的“贵人”形象呼之欲出。

林语堂英语随笔的魅力很大程度上得益于他简练生动、清通自然的语言，而这种文风的形成是通过词汇、语法、句法方面的种种策略形成的。从词汇方面看，林语堂所用的大多数都是基本英语词汇，例如《有不为斋》(“What I Have Not Done”)，《女论语》(“I Like to Talk with Women”)等。他行文不避俗词俚语，常用口语化表达方式，嬉笑怒骂的文字反映了他的洒脱不羁，展现出他的幽默与率真性情。行文常出现英文俚语俗语，比如crank(怪人)，woo(求爱)，God knows(天晓得)，cig(香烟)，go to the dogs(垮台)等；甚至出现了粗鲁的脏话Damn(去他妈的)等词。语法方面，林语堂常常使用to do不定式以及连词这种非正式文体；而除了用词的注意，在篇章结构方面林语堂也力求通俗易懂。极端的如《言志篇》(“What I want”)，林语堂用“I want...”句式作为大部分段落的开头(如“I want some good friends...”，“I want a good cook...”，“I want a good library...”等)②，这些句子只要具备基本英语素养的人都可以看懂，足以见得其文风的平易；而在《竹话》(“A bamboo Civilization”)中，几乎就是一篇竹制生活用品的词汇表了，罗列了竹子的一百种用处③。林语堂直率坦诚与平易近人的文风令人愉悦，而读后却能获得一些有益的思考。林语堂作品“在词汇层面，词汇密度比较小，这意味

① 林语堂：《脸与法治》，《论语》1932年第7期。

② Lin Yutang, “What I want”, *The China Critic*, July 13, 1933, Vol.6, pp.836—838.

③ Lin Yutang, “A bamboo Civilization”, *The China Critic*, July 11, 1935, Vol.9, pp.38—40.

着作品语言比较非正式而且词汇的重复率比较高……在句法层面,词汇丰富度比较低……句型的多样性和语法结构的多变随处可见"①,口语化色彩因此显现。

"小说化"是林语堂英语随笔的另一个重要特点。散文的"小说化"②,主要指在散文创作过程中对于小说表现手法的借镜,如鲜明的人物形象,较为完整的故事情节,生动细致的细节描写等。林语堂在英语随笔中显示出了跨文体意识,他将小说与散文糅合在一起,以小说化的笔法抒发真实的情感与思想,拓展了随笔的表现空间。"文体的某些功能,也许是潜在的,在自身范围内找,或许视而不见,而当它在寻求发展的焦虑中,把目光投向他体时,却可能发现自身原可以有此种表现能力,寻找和发现他者,恰是从另一途径或另一种角度发现自我。"③随笔中情节的有意裁剪与戏剧性表现,增添了文本的趣味性。林语堂擅长以叙事进行说理,他在随笔中经常插入有趣生动的事例来阐释自己的观点。这些随笔中的叙事片段多以生动的对话展示,不无小说意味,而大致完整的情节与鲜明的人物也在他的随笔中屡见不鲜。读者一定不会忘记心灵手巧而顽劣成性的童仆阿芳用不同语种接电话的聪明劲儿,也会记住纪春园里抛妻弃子的公鸽子,还有公交车上满口新名词、装腔作势的南洋商人,粗野鲁莽却不失憨实的"狗肉将军"张宗昌……这些形象个个鲜活,文章的感染力与趣味性自然也随之得以增强。即使是可能枯燥的话题(中日邦交、政治腐败等),林语堂用几个"故事"片段便可四两拨千斤,达到理想的效果。在《脸与法治》("What is Face")④中,林语堂并没有对中国人重脸面的心理进行抽象分析,而是描述了几个场景:部长车辆超速并斥骂巡警,丘八硫磺厢房抽烟导致轮船失火,上海要人行李超重致飞机失事等,以漫画式的笔触讽刺了军阀政要倚仗权势作威作福。《广田示儿记》("Hirota and the Child: a Child's Guide to Sino-Japanese Politics")⑤近乎微型小说,作者以广田父子对话推进,揭露日

---

① 费晔:《微探林语堂英文作品:语言学方法》,华东师范大学硕士学位论文 2012 年。

② 袁晓薇:《文体新变的内部机制和时代精神——从"散文小说化"谈起》,《学术界》2014 年第 11 期。

③ 余恕诚、吴怀东:《唐诗与其他文体之关系》,北京:中华书局 2012 年版,第 217 页。

④ Lin Yutang, "What is Face", *The China Critic*, April 16, 1931, Vol.4, No.24, pp.372—373.

⑤ Lin Yutang, "Hirota and the Child: a Child's Guide to Sino-Japanese Politics", *The China Critic*, March 14, 1935, Vol.7, p.255.

本营造的所谓日中“亲善”假象背后的殖民野心。《论政治病》(“On Political Sickness”)①则以黑色幽默讽刺了中国政治要人把生(装)病作为政治筹码。《假定我是土匪》(“If I Were a Bandit”)②则辛辣讽刺了中国军阀的“发家史”:乡匪时期练好毛笔字,攻城略地三年可成省匪,苛捐杂税便可赚三百万大洋,内战输诚几次便可成为名阀,晚年再讲信修睦,宣扬国光,便可成为国际名人,林语堂用他的生花妙笔对政客军阀的嘴脸做了穷形尽相的揭露……此外《思满大人》、《冬至之晨杀人记》、《我怎样买牙刷》、《我的戒烟》、《春日游杭记》、《中国有臭虫否》等诸多随笔也都具有叙事性色彩,包含着完整的故事意味,以娓娓道来的笔调代替议论,仿佛与读者闲聊,在轻松的氛围中拉近了读者和文本的心理距离。

林语堂随笔的叙事性特点,或许与他擅长演讲有关。他的双语作品中有不少篇演讲稿,包括《论现代批评的职务》(“The Function of Criticism at the Present Time”),《婚嫁与女子职业》(“Marriage and Careers for Women”),《思孔子》(“Confucius as I Know Him”),《中国文化之精神》(“The Spirit of Chinese Culture”),《谈言论自由》(“On Freedom of Speech”),以及《一篇没有听众的演讲——婚礼致辞》(“A Lecture Without an Audience: a Wedding Speech”)等。从听众心理来讲,形象生动的故事比枯燥的说理更能够吸引注意力,也更易接受演讲者的观点。林语堂的这些演讲稿同样穿插了许多有趣的事例来阐释观点。这些演讲同他的随笔创作风格一致,俏皮幽默,清通流丽,同样反映出林语堂作品的口语色彩与叙事性特征。

有研究者认为,林语堂的中文小品“无论从形式到美学趣味,都来源于其英文随笔的创作”③,他的中英双语文本“构成了独异的双向类同关系”④。20 世纪 30 年代林语堂英语创作获得巨大成功,“小评论”中的大部分英文随笔都被他改写成中文小品,在《论语》、《宇宙风》、《人间世》等杂志刊出。林语堂在中文杂志上积极宣扬西方散文写

---

① Lin Yutang, “On Political Sickness”, *The China Critic*, June 16, 1932, Vol.5, pp.600—601.

② Lin Yutang, “If I Were a Bandit”, *The China Critic*, August 21, 1930, Vol.3, pp.804—805.

③ 钱锁桥:《引言》,《小评论:林语堂双语文集》,北京:九州出版社 2012 年版,第 6 页。

④ 钱锁桥主编:《小评论:林语堂双语文集》,北京:九州出版社 2012 年版,第 33 页。

作技巧，在《人间世》开辟"西洋杂志文"专栏，也是受到了"小评论"专栏的影响。"本刊宗旨在提倡小品文笔调，即娓语式笔调，闲适笔调，即西洋之 Familiar style，而范围却非古之所谓小品……意见比中国自由……文字比中国通俗……作者比中国普通……"；"西洋杂志文又已演出畅谈人生之通俗文体，中国若要知识普及，也非走此路不可"。①从"小评论"栏目序言中也可以看出林语堂双语文本的内在联系："小评论专栏并不是严格的幽默小品专栏，但它的格调更轻快，内容也更贴近人情常理，作者也因之更得读者信赖。"②可以说，林语堂的英文随笔与中文小品形成互文，体现了近情美学理念，共同践行了"幽默"、"闲适"、"性灵"的文学主张。这些英语随笔，从文化内蕴及文体风格等方面，都奠定了林语堂 1936 年以后在美国进行英文写作的基础。《吾国与吾民》、《生活的艺术》中的主要观点和内容，很多是以他 30 年代在"小评论"栏目上的创作为生发点的。

"小评论"一经推出便大受欢迎，林语堂的知名度也大有提升。作为"小评论"栏目的核心人物，林语堂奠定了小评论的风格基调，并为后续的栏目编辑所坚持。林语堂以自己的创作实绩引领了"小评论体"。受林语堂文学主张的影响，大批作家加入"小评论"的写作中，如温源宁③、吴经熊④、钱锺书⑤、姚克⑥、全增嘏、邝耀坤、张培基、宋以忠⑦、何永佶⑧、林善德⑨、吴道存⑩等，乃至外国知名记者如项美丽(Emily Hahn)等也

---

① 林语堂:《且说本刊》,《宇宙风》1935 年 9 月 16 日,第 1 期。

② Lin Yutang, "Preface", *The China Critic*, July 3, 1930, pp.636—637.中文见林语堂:《序》,《林语堂评说中国文化》,北京:中共中央党校出版社 2001 年版,第 4 页。

③ Wen Yuan-ning, "Paper from a Drawer", *The China Critic*, 1935, Vol.9, No.5, p.114; Snippets, *The China Critic*, 1935, Vol.9, No.8, p.168.

④ John C.H. Wu, "Titbits of Experience", *The China Critic*, 1934, Vol.7, No.17.

⑤ Chien Chungshu, "Apropos of 'The Shang-hai Man'", *The China Critic*, 1934, Vol.7, No.44.

⑥ Yao Hsin-nung, "I Love Shanghai", *The China Critic*, 1936, Vol.15, No.4, p.84; "Mrs. Simpson, etc.", *The China Critic*, 1936, Vol.15, No.12, p.275.

⑦ I.C.S, "The Ills of Chinese Culture", *The China Critic*, 1936, Vol.14, No.7, p.157.

⑧ Y.C.H, "When Should We Make Love", *The China Critic*, 1931, Vol.4, No.12, p.276.

⑨ Lim Sian-Tek, "And Alexander Wept", *The China Critic*, 1936, Vol.14, No.8, p.180; "A Celestial Phenomenon", *The China Critic*, 1936, Vol.15, No.14, p.326.

⑩ Wu Tao-Tsun, "On Sincerity", *The China Critic*, 1936, Vol.15, No.7, p.204.

成了重要撰稿人。其中,全增嘏、邝耀坤、张培基的随笔尤其值得注意,他们既先后担任"小评论"栏目编辑,又是重要的投稿者。全增嘏①是著名哲学家,他在《中国评论周报》和《天下月刊》上发表了大量哲学研究文章,推介国内外哲学家的思想,而他在《中国评论周报》"小评论"专栏的随笔,结构严谨,论述缜密清晰,批评泼辣犀利,具有明快整饬的文风。《中国在 1984》("China in 1984")模仿乔治·奥威尔的《1984》讽刺中国的专制现状,彼时中国人不用思考,因为领导者已经帮他们安排好了一切。②《中国需要一个计划》("China Needs a Plan")中说,中国需要制定计划,果真由专家制定计划草案之后,却由于政府经费紧张而终止。③该随笔讽刺了当时中国政府人浮于事,使得计划变成一纸空文的荒唐现实。《玛丽说心里话》("Mary Speaks Her Mind")讽刺女子教会学校培养出美丽而空洞的花瓶式女学生。④《留学生是中国人吗?》("Are the Returned Students Chinese?")批评留学生回国后沉迷物质享受,不关心社会的情形。⑤《中国一些要人》("Some Persons of Importance")⑥、《更多要人》("More Persons of Importance")⑦中列举了中国重要的人物,其中有蒋夫人(即宋美龄)的裁缝,丐帮帮主,银行家之保镖,乃至认为侵略上海是"局部事件"的日本人……笔触老辣,嘲讽抨击之意不难觉察。不管是对社会现状的关注还是对教育界的抨击,全增嘏都表现了一种强烈的现实批判意识。张培基⑧则较多关注青年如何适应转变时期的社会环境问题,

---

① 全增嘏(1903—1984),浙江绍兴人。1923 年毕业于清华学堂。1923 年至 1925 年就学于美国斯坦福大学,1927 年在哈佛大学获哲学硕士学位。归国以后,1928—1937 年先后在上海任中国公学、大同大学、大夏大学、光华大学、暨南大学等校教授。1931 年起开始担任《中国评论周报》、《论语》、《天下月刊》编辑。后一直在复旦大学任教,主要以哲学学术研究与翻译为主。

② T.K.C, "China in 1984", *The China Critic*, 1932, Vol.5, No.29, p.739.

③ T.K.C, "China Needs a Plan", *The China Critic*, 1932, Vol.5, No.35, p.908.

④ T.K.C, "Mary Speaks Her Mind", *The China Critic*, 1932, Vol.5. No.37, p.974.

⑤ T.K.C, "Are the Returned Students Chinese?" *The China Critic*, 1932, Vol.5, No.42, p.1028.

⑥ T.K.C, "Some Persons of Importance", *The China Critic*, 1932, Vol.5, No.15, p.346.

⑦ T.K.C, "More Persons of Importance", *The China Critic*, 1932, Vol.5, No.3, p.823.

⑧ 张培基(1921—　),福建福州人,翻译家。1945 年毕业于上海圣约翰大学英国文学系,同年任《上海自由西报》英文记者、《中国评论周报》特约撰稿者兼《中国年鉴》(英文)副总编。1946 年赴日本东京远东国际军事法庭任英语翻译,随后留学美国,就读于美国印第安纳大学英国文学系研究院。1949 年后在国内从事编译教学等工作。

他的随笔《从校园到豆腐店》("From College to Bean Curd Shop")①、《一个无业青年的独白》("A Jobless Young Man's Monologue")②等,写大学生毕业后因时局动荡找不到工作,想开豆腐店,但因现实最终作罢,幽默而辛酸地描绘出青年人在战时的心态。《中国——正在散发恶臭之地》("China—A Land of Stinking Socks")③和《青蛙的故事》("A Story of Frogs")④等文章则揭示出抗战结束后上海黑暗动荡的社会现实情境。邝耀坤⑤ 1937 年开始在小评论栏目发表大量作品,他的目光投向了日常生活,同时也不忘关注社会问题。在《东京印象》⑥("Slides on Tokyo")和《东京再记》("More Light on Tokyo")⑦中,他调侃日本跪坐习俗对人身心的折磨,而房屋建筑低矮导致了日本人身材短小,并且造成日本人性格的压抑;《在校学生的任务》("The Students' Task at the Campus")⑧则指出军训对国家的重要性,学生应该重视军训。邝耀坤的文字不像林语堂的洒脱,也不如全增嘏的泼辣,而是平实质朴,具有一种温柔敦厚的风格。尽管"小评论"栏目下不同的作家风格有所差别,但他们都恪守刊物宗旨,关注幽默风味的"小事",行谑而不虐之批评,给读者以思想的启迪和审美的享受。

"小评论"专栏的创办及长期存续,与林语堂的理念倡导和创作引导密不可分。通过这个专栏,林语堂不仅传播并实践了他的文学主张,也为他创办中文刊物《论语》、《人间世》、《宇宙风》等积累了丰富的办刊经验与审美经验,是林语堂中文小品文的先导;而"小评论"的风行也吸引了更多知名作家参与其间,形成刊物与作家的良性互动,

---

① Peter Chang, "From College to Bean Curd Shop", *The China Critic*, 1946, Vol.33, No.2.

② Peter Chang, "A Jobless Young Man's Monologue", *The China Critic*, 1946, Vol.33, No.3.

③ Peter Chang, "China—A Land of Stinking Socks", *The China Critic*, 1946, Vol.33, No.8.

④ Peter Chang, "A Story of Frogs", *The China Critic*, 1946, Vol.34, No.9.

⑤ 邝耀坤(1902—?),广东蕃禺人。巴满那大学文学士,哥伦比亚大学商科硕士,历任工商部商标局秘书,卫生部秘书,《中国评论周报》编辑,1934 年任国立交通大学外国文学系副教授。1949 年赴台后曾任"驻伊朗大使馆"参事;1960 年调任"驻泰国大使馆"参事,并兼任"驻联合国亚洲及远东经济委员会"常任代表;1966 年任"外交部"顾问。

⑥ Edward E.K. Kwong, "Slides on Tokyo", *The China Critic*, June 17, 1937, Vol.18, No.12, p.278.

⑦ Edward E.K. Kwong, "More Light on Tokyo", *The China Critic*, June 17, 1937, Vol.18, No.13, p.290.

⑧ Edward E.K. Kwong, "The Students' Task at the Campus", *The China Critic*, April 1937, Vol.17, No.8. p.180.

有力促进了《中国评论周报》在社会中的流通。

2. 敏锐的读者意识与显露的中文思维

林语堂的英文创作其实要早于中文创作①，而他在“小评论”专栏发表的大部分随笔（五十余篇）随后都以中文的形式发表在《论语》、《人间世》、《宇宙风》上②。了解这一点，便不难判断，1932—1935年林语堂幽默小品大获成功，并非横空出世，很大程度要归功于“小评论”时期的创作积累；并且也正是因为“小评论”时期的英语创作，林语堂得以结识赛珍珠并赴美写作。1936年以后他著作中的主要论点基本是“小评论”时期看法的升华、深化与发挥。之前有一些研究者关注到林语堂的双语写作，但其中大多数将其纳入“翻译”的研究视阈，参照翻译理论来探讨林语堂的双语文本情况③。然而将双语文本简化为翻译，无疑会损伤文本的独立性。林语堂的双语文本并不是简单的字面翻译，这些双语文本“不仅面对的读者不同，语际穿梭本身文章结构、内容上的调整删减，就连写作的时间和重写的语境也不一样”④，而这些双语文本构成了一种“独异的双向类同关系”⑤。

林语堂的英语随笔对于其中文小品提倡“幽默”、“闲适”、“性灵”的实践确有直接的影响。1930年代林语堂英语创作获得巨大成功，“小评论”中的大部分英文随笔都被他改写成中文小品，在《论语》、《宇宙风》、《人间世》等杂志刊出，而大部分知名篇目都来自“小评论”，例如《脸与法治》、《论政治病》、《中国有臭虫否》等。此外，《中国评论周

---

① 林语堂的第一篇英文创作《南方小村生活》（“A life in a Southern Village”），1914年10月发表于圣约翰大学校报《回音》上，随后还有《善波》（“Shan-Po, a Story”, 1915年10月）《昭丽：宿命之女》（“Chao-li, the Daughter of Fate”, 1916年3月），《圣约翰人的偏执》等，这些早期作品有较为浓厚的宗教色彩。

② 林语堂双语作品目录可参见钱锁桥编《小评论：林语堂双语文集》（北京：九州出版社2012年版），但钱锁桥称林语堂一生共有50篇双语文本则不太确切，他仍遗漏了几篇。

③ 例如王正仁、高健：《林语堂前期中文作品与其英文原本的关系》，《外语研究》1995年第5期；杨柳、张柏然：《现代性视域下的林语堂翻译研究》，《外语与外语教学》2004年第10期；陆洋：《论“美译”——林语堂翻译研究》，《中国翻译》2005年第5期；王少娣：《跨文化视角下的林语堂翻译研究——东方主义与东方文化情绪的矛盾统一》，上海外国语大学博士学位论文2007年；任东升、卞建华：《林语堂英文创作中的翻译现象》，《外语教学》2014年第6期等。

④ 张睿睿：《1930年代上海的英文期刊环境与林语堂的创作转型》，《中国现代文学研究丛刊》2014年第7期。

⑤ 钱锁桥：《引言》，见钱锁桥主编：《小评论：林语堂双语文集》，北京：九州出版社2012年版，第6页。

报》编辑经验给林语堂办中文杂志提供了重要的办刊经验和审美经验。林语堂在中文杂志上积极宣扬西方散文写作技巧,在《人间世》开辟西洋杂志文专栏,无不是受到了"小评论"专栏的影响。"本刊宗旨在提倡小品文笔调,即娓语式笔调,闲适笔调,即西洋之 Familiar style,而范围却非古之所谓小品……意见比中国自由……文字比中国通俗……作者比中国普通……";"西洋杂志文又已演出畅谈人生之通俗文体,中国若要知识普及,也非走此路不可"。①从"小评论"栏目序言中也可以看出林语堂双语文本的内在联系:"小评论专栏并不是严格的幽默小品专栏,但它的格调更轻快,内容也更贴近人情常理,作者也因之更得读者信赖。"②可以说,林语堂的英文随笔与中文小品形成互文,共同践行了"幽默"、"闲适"、"性灵"等的文学主张。这些英语随笔,从文化内蕴及文体风格等方面,都奠定了林语堂 1936 年以后在美国进行英文写作的基础。

林语堂有敏锐的读者意识,他注意到不同文化语境下的读者的"期待视域",也即关注"读者在阅读理解之前对作品显现方式的定向性期待"③,在创作中有意识地注入不同文化内涵。他的双语作品内容并不完全一致,其间常有所改动增删,改动的部分多出现在文章开头或者结尾部分。通过不同的文本调整策略,这些作品可以适应不同文化背景的读者。为了照顾外国读者,在处理中国文献、人名时不能像中文创作那样随意,也不适合包含过于烦琐的引文注释,如果运用典故俗语则需要解释说明,有时候还需要铺陈一下中国的历史文化背景,将古代诗文名句人名加以翻译;而考虑到中国读者的需求,也应当将关键语句、关键引文、重要作者或作品以中文夹注的方式加以强调,以便于中国读者更好地理解。在词汇层面,林语堂也特别注意顾及中外不同受众的文化构成、审美趣味。例如 Swedish gymnastics(瑞士体操)中文对应文本则是"现代人的健身运动";Auspicious Corn(丰产之角)对应文本变成"嘉禾徽章";the bishops(主教)对应中文成了"正人君子"……除了词汇方面的改动,在篇章结构上,林语堂也尤为

---

① 林语堂:《且说本刊》,《宇宙风》1935 年 9 月 16 日,第 1 期。

② Lin Yutang, "Preface", *The China Critic*, July 3, 1930, Vol.3, No.27, pp.636—637.中文见林语堂:《序言》,《林语堂评说中国文化》,北京:中共中央党校出版社 2001 年版,第 4 页。

③ [德]姚斯:《接受美学与接受理论》,岗中、金元蒲译,沈阳:辽宁人民出版社 1987 年版,第 29 页。

注意。例如在《中国有臭虫否》("Do Bed-bugs Exist in China")一文中,林语堂没有像在中文文本中那样进行烦琐的文献考据,而是直接进入主题,这是为了让英语读者容易理解①。《摩登女子辩》("In Defense of the Gold-diggers")的中文文本,开头从女子历来被称为红颜祸水谈起,谈到山西妇女协会因反对"新生活运动"而提倡良家女子艳妆烫发,对应英语文本中则略去了中文开头五大段烦琐的考据,直接为摩登女子正名②。在《裁缝道德》("Our Tailor-Morality")的英语文本中,为了使得外国读者更好地理解"新生活运动"的荒谬,林语堂详细地引述了汉口市民冀黄光关于服装救国宏论中的五条意见,在中文文本中则一句话简要概括了这些规定,这里便考虑了中外读者不同的知识背景③。《假定我是土匪》的英文版本比中文版本内容多了一倍,写完土匪发家史之后,林语堂又回到了现实,指责何键将军巧立名目,搜刮民脂民膏,称之为奇耻大辱("burning shame")④。这种文本的改动策略反映了林语堂对读者接受的敏感,而正是这种差异化策略,使得他能够赢得更多读者的青睐。"小评论"时期,林语堂仍然不乏对时政的抨击,而到了美国后的写作更多是对中国文化、生活哲学的赞颂,他用老中国儿女安逸闲适的生活反衬西人在工业社会下的压力、紧张、异化,为他们提供了一个灵魂的逋逃薮。彼时的林语堂积极地实行在地化策略,更多考虑欧美读者的需求,这也是他的作品在西方畅销的原因之一。

尽管林语堂积极顺从读者的期待视野,但还应该指出的是,"小评论"时期的林语堂在英语随笔中有意凸显中式思维与中文语言习惯,这体现了他对于英语文化霸权的反抗与身份的自我标示。他常把英文单词看作如中文般的独立单字,按照中文习惯重组,甚至还频繁运用"双音叠词"的手法。不同于英语母语写作者,林语堂用词尤其喜欢成双成对,以求得工整"对仗"与平衡,显现了汉语双音节化倾向对其英文创作的影响。这种例子在他的随笔中比比皆是,如 civil wars and political chaos(内战和混乱)、

---

① Lin Yutang, "Do Bed-bugs Exist in China?" *The China Critic*, February 19, 1931, Vol.4, pp.179—180.

② Lin Yutang, "In Defense of the Gold-diggers", *The China Critic*, June 6, 1935, Vol.14, pp.917—919.

③ Lin Yutang, "Our Tailor Morality", *The China Critic*, January 10, 1935, pp.41—42.中文参见林语堂:《裁缝道德》,《论语》1935 年 3 月 1 日第 60 期。

④ Lin Yutang, "If I Were a Bandit", *The China Critic*, August 21, 1930, Vol.3, pp.804—805.

coldly and humorously(冷酷而幽默)(出自《半部韩非治天下》);cough and spit(咳嗽吐痰)、frankly and sincerely(真实坦诚)(出自《言志篇》);life and growth, death and retirement(生存成长,死亡退隐)(出自《梦影》),等等。这种"双音"的用法具有强调意味,加强了表意功能,读来颇有韵致。而"叠词"的用法也非常普遍。叠词可以加强句子的对称美和节奏感,例如 so rare and so delightful(罕见而愉悦)(出自《言志篇》),partly technical and partly literary(部分技术的部分文学的)(出自《思满大人》),mount the Ten-thousand-Mile-Long-wall and drown my Ten-thousand-mile-long-sorrow(万里长城万里愁)(出自《梦影》)……这些"叠词"调节了句子的节奏,使全文音律和谐,富有韵律,可看做林语堂英文书写的一个风格标志。除此之外,林语堂还在英语随笔中频繁运用中文流水句的句法。例如他在《裁缝道德》("Our Tailor Morality")中写道:Morality is a matter of appearances, appearances depend on our dress, especially the women's dress, and women's dress depends on the tailor.(因为今夫天下的道德,胥赖乎今夫天下的服装,而今夫天下之服装,又全凭今夫天下之裁缝。[①])这种没有明确逻辑关联的句子在英文表达中极为少见,更像是对中文的直接翻译,有一种别致的趣味。而《上海之歌》、《言志篇》、《有不为斋》等随笔结构均呈现出流水式的文章架构,并不讲求段落之间的逻辑发展或者相互联系,而注重表现整体的思想,这与中国古典散文有一致的美学追求。

此外,林语堂的英语随笔中还加入了很多中文特色词汇或者拼音词,借用翻译学的术语来说,这些词语便是具有中国文化特色的"文化专有项"。"文化专有项"[②]是文本中出现的某些项在译语读者的文化系统中不存在对应项,包括地理、生活品、风俗节庆、哲学宗教、文学文化等诸多领域的词汇。林语堂创造了 pien-pien-bellied(大腹便便)之类的中英混合词;他也常常用汉语拼音来凸显语言的"陌生化",并且很多时候不

① Lin Yutang, "Our Tailor Morality", *The China Critic*, January 10, 1935, Vol.8, pp.41—42.中文参见林语堂:《裁缝道德》,《论语》1935 年第 60 期。

② Javier F.Aixela, Culture-Specific Items in Translation, Roman Tavares and M.Carmen-Africa Vidal eds, *Translation*, *Power*, *Subversion*, Clevedon: Multilingual Matters, 1996, pp.52—58.

加注释,突兀出现在文中,如 ren-qing and tian-li(人情天理),bu jiang li(不讲理),daotai(道台),tufei(土匪),yamen(衙门),tangpu(党部),magua(马褂),youbuwei zhai(有不为斋)等。除了汉语拼音的使用,林语堂尽量保留这些“文化专有项”的能指,例如 seal's kidney(海狗丸),bamboo-shoot foot and willow waists(柳腰笋足),jin-sen soup and doves-nest congee(人参燕窝),sharks' fin(鱼翅),等等,这些词语在中国读者看来不难理解,他们对这种具有中国风味的洋泾浜英语文本很容易会产生一种亲近感;而在外国读者眼里,这些词句便多了一层异国情调的色彩,这种跳出英语规范与思维习惯的词句初看很难接受,但也正因为这种变异与突出,文本产生了“陌生化”①效果,“使对象变得陌生,使形式变得困难”,强化了审美感受,并留下较为深刻的阅读印象。这种有意的努力,意在将中文提升到与其他语言平等的位置,其逻辑在于,既然英语文章中可以引用法语德语等语言的习语,那么中式英语乃至拼音也有资格直接进入文章,借此以“表达自身文化身份而进行的双向性的创造实验”②。林语堂还常常将中文中的习语进行直接“翻译”,而形成的译文结构与原来的习语完全一致。通过照搬中文结构,将中国语言文化的思维方式原汁原味地展示给读者,形成一种奇崛之美感。例如在《今译美国独立宣言》(“First Lesson in Chinese Language”)③里,林语堂直接以中式英语“翻译”美国独立宣言,完全不顾及语法,如 country affairs daily wrong(国事每况愈下),look up to other people's nostril-breath(仰人鼻息),shave earth's skin(刮地皮),suck people's juice(吸民膏);share property party(共产党),push-fall(推翻),I take I ask(予取予求),等等。这些词语无疑是完全不合英文语法规则的,基本上是中文的硬译。林语堂还积极鼓吹洋泾浜英语,并将其视作东西方文化综合的代表。在《为洋泾浜英语辩》(“In Defense of Pidgin English”)当中,林语堂幽默地赞颂洋泾浜英

① [俄]什克洛夫斯基:《俄国形式主义文论选》,方珊译,北京:生活·读书·新知三联书店 1989 年版,第 6 页。

② Javier F.Aixela, Culture-Specific Items in Translation, Roman Avarez and M.Carmen-Africa Vidal eds, *Translation*, *Power*, *Subversion*, Clevedon: Multilingual Matters, p.58.

③ Lin Yutang, “First Lesson in Chinese Language”, *The China Critic*, October 6, 1932, Vol. 5, pp.1047—1049.

语符合世界大同的发展趋势，预言 2400 年必定会成为“唯一受尊重的国际语言”，现在英语流行的表达如 telegraph、telephone、cinema、radio 都逃脱不了被洋泾浜词语 electric report(电报)、electric talk(电话)、electric shadow(电影)、no-wire-electricity(无线电)所取代的命运①。而在《吾国与吾民》中，他再次强调这个观点，“著者恳挚地希望英美教授总有一天能在教室里大胆地可敬佩地说出 He don't。然后英国语言才能藉此洋泾浜之力，清楚动人并驾于中国语言”②。这种充满理想色彩的构想一定意义上反映了林语堂的语言乌托邦情结，在强势的国际语言英语里融入中国文化特色，借此进行跨文化交流与融合，表现出林语堂的多元与包容的文化意识，他既认同全球视野，同时又葆有对民族文化的热爱眷恋与充分的文化自信。

林语堂 1936 年赴美之后所写的英语作品里，这些具有中文特色句式、篇章和中式英语词汇虽然有所减少，但中国文化特色仍然在文本中得以保留，仍能看出林语堂有意的文学与文化实践。为了避免被美国主流文化过度同化而导致本民族个性的丧失，林语堂必须利用中国文化特色为自己的文化身份做出醒目的“标注”。这种策略式的抵抗，体现了林语堂对于自身民族文化身份的坚守。在《吾国与吾民》、《生活的艺术》、《京华烟云》、《苏东坡传》、《武则天》这些较多涉及中国文化阐释的文本中，仍保留着鲜明的中国文化特色。赛珍珠敏锐地察觉到林语堂文本中凸显的中国思维痕迹，她曾指出《京华烟云》像是从中文直接翻译来的，这其实是因为林语堂在英语文本中有意反映出的中文思维，并以此展示并强调东方文化特色。这种语言实践的背后彰显了林语堂的文化姿态，他希望能够通过在英语中引入中文思维、中文拼音词、中式篇章句法，强调中国文化的主体地位，摆脱强势英语文化对中文的压迫，强化民族身份与自我认同。

3. 幽默观与文化选择

20 世纪 30 年代林语堂在中文刊物大力提倡幽默文学，积极进行幽默小品的实践，使得提倡幽默小品的刊物风行一时，在当时中国文坛产生了很大的影响。然而，需要指出的是，这些关于幽默的文字与“小评论”时期的创作有密切关联。

---

① Lin Yutang, “In Defense of Pidgin English”, *The China Critic*, July 22, 1933, Vol.5, pp.742—743.

② 林语堂:《吾国与吾民》,《林语堂全集》第 20 卷,长春:东北师范大学出版社 1994 年版,第 77 页。

林语堂对幽默孜孜以求，在《中国评论周报》中发表了多篇文章为幽默造势。他在《中国的现实和幽默》("Chinese Realism and Humor")中倡导新幽默运动，抨击中国民众的伪"幽默"，敷衍随便，逆来顺受①；他在《思孔子》("Confucius as I Know Him")中指出，孔子的幽默是人文主义的、近人情的，孔子富有魅力的人格以及幽默感是他吸引后人的原因②；他在《论米老鼠》("On Mickey Mouse")表示，"幽默是人生的一部分，不应该从严肃文学中排斥出去"③，并希望中国的普罗批评家能够懂得笑的艺术……《中国评论周报》大力推介林语堂的幽默实践。1932 年刊登的广告称《论语》半月刊为"中国唯一的幽默杂志"④，"爱读小评论者不可不读论语"⑤；同时全增嘏还在"小评论"栏目发表了《介绍论语》("Introducing *The Analects*")一文，登载《论语》杂志节选。宣传力度不可谓不大。不少作者也对幽默发表过看法，与林语堂的幽默观形成呼应。桂中枢在《中国的幽默在哪里》("Where is China's Sense of Humor")中为幽默正名，支持林语堂的幽默理念和实践，认为中国作家应该持有包容的心态，允许不同的声音存在，他指出中国人缺少真正的幽默精神，造成诸多不幸与苦恼，而幽默有助于世界和平⑥；而《无泪的哲学》("Philosophy without Tears")⑦一文则探讨"小评论"的栏目宗旨，也即含泪的微笑。全增嘏则对幽默有进一步的阐发，他认为幽默只是《论语》半月刊的手段，讲真话才是目的⑧，他还刊载了古代幽默文集《笑林》故事多则⑨；吴经熊尤其推崇 demure type of humor(端庄的幽默)⑩，认为"中国人的幽默是看到了人生悲情中的滑稽"⑪，真

① Lin Yutang, "Chinese Realism and Humor", *The China Critic*, 1930, Vol.3, No.39, p.924.

② Lin Yutang, "Confucius as I Know Him", *The China Critic*, 1931, Vol.1, No.4, pp.5—9.

③ Lin Yutang, "On Mickey Mouse", *The China Critic*, September 19, 1935, Vol.16, pp.278—280.

④ *The China Critic*, October 13, 1932, Vol.5, No.41, p.1101.

⑤ *The China Critic*, September 29, 1932, Vol.5, No.39, p.1021.

⑥ Kwuei Chung-shu, "Where is China's Sense of Humor", *The China Critic*, October 23, 1930, No.43, p.1019.

⑦ Eugene Shen, "Philosophy without Tears", *The China Critic*, 1931, No.29, p.684.

⑧ T.K.C., Introducing "*The Analects*", *The China Critic*, December 8, 1932, Vol.5, No.49, p.1303.

⑨ T.K.C., "Chinese Wit and Humor", *The China Critic*, August 1, 1935, Vol.10, No.5, pp.113—114.

⑩ John C.H. Wu, "Thoughts and Fancies", *Tien Hsia Monthly*, 1940, Vol.10, No.1, p.45.

⑪ John C.H. Wu, "More Pages from My Diary", *Tien Hsia Monthly*, 1937, Vol.4, No.2, p.160.

正的幽默是基督式的，是“为人类的缺陷而扇自己耳光”①。……相应的，林语堂在自办的中文刊物上发表了《我们的态度》(1932 年 10 月 16 日)，《会心的微笑》(1932 年 12 月 16 日)，《论幽默》(1934 年 1 月 16 日)等文章为幽默推波助澜。《中国评论周报》的作者与林语堂的幽默观念构成了一个众声喧哗的语境，扩大了幽默的影响力。

林语堂将幽默与讽刺做出区别，“幽默是温厚的，超脱而同时加入悲天悯人之念”，“讽刺每趋于酸腐，去其酸辣，而达到冲淡心境，便成幽默。……幽默只是一位冷静超远的旁观者，常于笑中带泪，泪中带笑。……幽默是冲淡的，郁剔讽刺是尖刻的”。②林语堂一再区别讽刺和幽默，反对愤世嫉俗、充满怨怒之气的讽刺，推崇超脱豁达的幽默。然而，他的“小评论”随笔创作却显示着幽默实践的悖谬——他有相当多的作品是讽刺而不是幽默，也就是说，在他的幽默观和幽默实践之间产生了分裂。而由讽刺到幽默的过渡趋势，深层反映了林语堂文化选择的变迁。林语堂“小评论”时期的随笔，既有“社会批评”，也有“文化漫谈”，这两类内容各有不同的侧重。社会批评政治色彩较浓，充满了火药味，有极强的批判意识，仿佛匕首与投枪，事实上是辛辣的讽刺。在《哀梁作友》(“In Praise of Liang Zuoyou”)中，他悲愤地鞭挞道：“饥肠辘辘的义勇军们为他们的满洲殊死抵抗，张学良坐在北京颐和园里优哉游哉，蒋介石忙着反共，刘湘忙着和刘文辉打仗，冯玉祥忙着在泰山之巅吟诗，戴季陶忙着欣赏宝华山美景，林森则忙着在南京路的王玉泰买高档茶叶。”③林语堂这段话讽刺不可谓不犀利，似乎重回到“骂人本无妨，只要骂的妙”④的《语丝》时代。他直接批评国民党当局要员“消极抗日”，不顾东北人民死活，这在当时确实冒着较大的风险。其他较为尖锐的作品有《裁缝道德》、《论政治病》、《脸与法治》、《给政客们准备更多监狱》等。这些社会批评随笔保留了《语丝》时期无所顾忌的特色，提刀四顾，直刺现实，批评力度不可谓不大。赛珍珠十分欣赏林语堂英语随笔表现出的“无畏精神”与勇敢，林语堂以直率真诚之笔自由

① John C.H. Wu, “Thoughts and Fancies”, *Tien Hsia Monthly*, 1940, Vol.10, No.1, p.45.

② 林语堂：《论幽默》，《论语》1934 年第 33 期。

③ Lin Yutang, “In praise of Liang Zuoyou”, *The China Critic*, October 20, 1932, Vol.5, pp.1219—1220.

④ 语堂：《插论语丝的文体——稳健，骂人，及费厄泼赖》，《语丝》1925 年第 57 期。

地进行社会批评,“在一个批评执政要人确有危险的时期,‘小评论’却地自由地直言着。……我想那一定是由于藉此以表达他自己的意见的幽默与俏皮才能免遭所忌。这种俏皮——披着他人所不敢言的无畏。在不当宽容时绝不宽容”。[①]林语堂富有批判性的幽默文章表现出相当的讽刺性色彩,由此也可以看出他的幽默文学创作实践与幽默观并不完全对应,“他一方面在理论上主张淡化幽默的社会内容,但事实上他的许多幽默灵感都取材于现实生活的矛盾冲突”[②]。

相比之下,林语堂“文化漫谈”随笔,却是地道的幽默,冲淡平和,趣味十足,饱含着对中国文化的深情。他开始有意充当中国的最好传译者。林语堂在行文中流露出了这种使命感:“中国人能否了解自己呢? 他们能否充任中国的最好传译者呢?”[③]在涉及中西方文化比较的随笔中,林语堂自觉成为中国文化的代言人,以英语写作向世界传达中国声音。例如在《怎样理解中国人》(“How to Understand the Chinese”)、《中国文化之精神》(“The Spirit of Chinese Culture”)、《中国人》(“The Chinese People”)、《论西装》(“On Chinese and Foreign Dress”)、《论裸体运动》(“Confessions of a Nudist”)等文章中,林语堂表现出对于传统文化的深刻眷恋与维护,这种情感表达明显标示了与《语丝》时期激烈反传统姿态的差异。

林语堂赴美后这种自觉代言人意识最大程度地表现了出来,而类似于“社会批评”类的随笔中所具有的对抗姿态也已渐趋平和,笔下更多流露出温情与怀旧。他所描绘的中国生活,已经脱离了具体的历史社会语境,成为文化中国的想象与呈现。这种理想化的情境展览,是他者的镜像,也是自恋的凝视。因此《吾国与吾民》涌动着浓郁的文化情结;《京华烟云》中没有恶人形象,全是理想的老中国文明的具象呈现;而《生活的艺术》几乎成了“被抽去了赖以生存的文化内核而成为包裹着异国情调的审美对象”[④],仿佛屏风上的金丝雀,它是美丽的,却终究缺乏生机。仝增嘏、吴经熊等人对林

---

① [美]赛珍珠:《偶语集·赛珍珠序》,林语堂:《偶语集》,今文编译社译,上海:朔风书店1941年版,第2页。

② 施建伟:《林语堂在海外》,天津:百花文艺出版社1992年版,第306页。

③ 林语堂:《吾国与吾民》,黄嘉德译,《林语堂名著全集》第20卷,长春:东北师范大学出版社1994年版,第11页。

④ 施萍:《文化转型的人格符号》,北京:北京大学出版社2005年版,第145页。

语堂写作持有批评，也是针对这一点。全增嘏谈论《生活的艺术》时，称之为美国中产阶级“妇女俱乐部”的时髦读物，因为其智慧是出于直觉而不是理性，追求生活的享受只对有闲阶级才有意义①；他认为《京华烟云》对于中国读者来说无非常识；对于一个丝毫不了解中国文化的外国人，才有一种异域风情的吸引力②。显然，全增嘏注意到林语堂写作过分迎合读者的心理与前见，然而由此却必定会带来深度的缺失。吴经熊在评论林语堂《吾国与吾民》也批评道，“林博士似乎在可以活生生地综合儒道二家的大门前止步不前、徘徊不已了”③。

林语堂甚至将人类文化的未来寄托于“幽默”，认为幽默能够“改变我们思想的特质。这作用直透到文化的根底，并且替未来的人类，对于合理时代的来临，开辟另一条道路”。而借由幽默，人类能够创造一种“微妙的常识，哲学的轻逸性和思想的简朴性”的文化，由此所有的争端都能得到合理的解决④。林语堂试图借助幽默的文学文化实践来作为解决社会问题、人类问题的万能灵药，明显带有理想主义色彩。

林语堂很少袒露自己的精神境况，也较少表现文化的困惑。他用一种超脱、快乐的人生哲学摆脱了灵魂的矛盾与苦痛，以人生作为出发点和归宿，强调对人类现实幸福的关怀。这种有意的回避，让他失却了心灵探寻的更丰富的深度。在《梦影》(“A Day-Dream”)里，林语堂稍微流露出动荡时代下个人的不安与挣扎：“起初想人是这样渺小的动物，同胞又是这样的不争气，风俗是这样末世的风俗，国家是这样颓唐的国家”⑤，然而这种挣扎被接下来的带有幽默意味的对话场景给冲淡了。林语堂似乎不愿意将“孤愤”更深入地表现出来，他选择以幽默稀释灵魂深处的无地彷徨与苦闷挣扎，急切开出各种灵丹妙药，体现了林语堂《语丝》时期激进文化实践受挫后的退守。

---

① T.K.C, “Book Review: *The Importance of Living* by Lin Yutang”, *Tien Hsia Monthly*, 1938, Vol.6, No.2, p.167.

② T.K.C, “Book Review: *A Moment in Peking* by Lin Yutang”, *Tien Hsia Monthly*, 1940, Vol.10, No.2, p.287.

③ 吴经熊：《超越东西方》，周伟驰译，雷立柏注，北京：社会科学文献出版社 2002 年版，第 247 页。

④ 林语堂：《生活的艺术》，《林语堂名著全集》第 21 卷，长春：东北师范大学出版社 1994 年版，第 199 页。

⑤ Lin Yutang, “A Day Dream”, *The China Critic*, 1934, Vol.7, No.24, pp.567—569.

他更多地以漫谈代替批评，只见幽闲不见沉痛，甚至有时因为过度注重幽默趣味而有沦入油滑的危险，反而给读者留下"为笑笑而笑笑"的印象，难怪为批评家所诟病，如钱锺书就讽刺道，"自从幽默文学提倡以来，卖笑变成了文人的职业"①。

林语堂在《语丝》时期持有较为激进的西化立场，到了"小评论"时期的创作则显示了向温和的过渡，而赴美之后的写作开始不遗余力地赞美中国传统文化。他试图借助幽默文学的实践来解决社会问题，明显是一种乌托邦构想。林语堂摇摆于中西文化之间，"以西方文化标准来过滤中国的传统文化，以中国文化的价值标准来过滤西方文化，徘徊于西方文化本位和东方文化本位之间，难以作出取此舍彼的断然选择"②，这种不断的徘徊反顾导致了他矛盾的文化心态与文化观念。他始终在中西文化的交界处歧路彷徨，既是西方精神文明的自我放逐者，又是中国传统文化放逐者。这或许是一生游移于中西文化语境间的林语堂无法摆脱的宿命。

（二）情智调和：温源宁的人物随笔与评论

温源宁（1899—1984）③毕业于英国剑桥大学法学院，却有极高的文学造诣。20世纪20年代中期开始在北平多所高校任英国文学教授，1933年离京赴沪，并开始参与《中国评论周报》、《天下月刊》的编辑事务。温源宁的创作兼及人物随笔、文学评论以及艺术评论。他在《中国评论周报》上的作品主要包括"知交剪影"（"Intimate Portrait"）专栏中所撰写的人物随笔，以及在《天下月刊》撰写的编辑评论、文艺评论等。温源宁对西方文学有深入的研究，他及时向国内外读者推介优秀的作家作品，与世界文坛保持同步，推介D.H.劳伦斯、T.S.艾略特、乔伊斯、理查德·上奇、A.E.豪斯曼、罗素、德勒迈尔等人，并发表纪念普希金、高尔基等人的文章。他的文学批评，既体

---

① 钱锺书：《说笑》，《写在人生边上》，上海：上海开明书店1941年版，第23页。

② 施建伟：《林语堂传》，北京：北京十月文艺出版社1999年版，第669页。

③ 温源宁（1899—1984），祖籍广东陆丰，出生于印度尼西亚。英国剑桥大学法学硕士。1925年起，历任北京大学西方语言文学系教授兼英文组主任、清华大学西洋文学系教授、北平大学女子师范学院外国文学系讲师等职，有"身兼三主任、五教授"之美誉，名盛一时。他的学生有钱锺书、梁遇春、曹禺、常风、饶余威、李健吾、张中行等。后因与胡适交恶被迫辞职南下。1933年起在上海光华大学任教，1936年任立法院立法委员，1937年任国民党中央宣传部国际处驻香港办事处主任，1946年被选为制宪国民大会代表，1946年起任国民政府驻希腊大使。1968年以后定居台湾，直至去世。

现了专业的理论素养,同时也蕴含着深刻的人文精神,再加上文字典雅,机锋迭出,优美的笔调与深刻的思想洞见结合,具有独到的艺术魅力。他的文艺评论与人物随笔有着一致的美学追求。

1. 雅驯谐趣的人物随笔

1934年温源宁在《中国评论周报》主持“未编辑的传记”(“Unedited Biography”)专栏,第22期后名为“知交剪影”(“Intimate Portrait”)。这两个栏目前后共为三十几位当代名人“作传”,包括胡适、吴宓、徐志摩、丁文江、顾维钧、陈嘉庚、冯友兰、王文显、周作人、辜鸿铭、吴经熊、孙大雨等人,均为当时的文化精英或商政名角,以归国留学生为主体,不少是温源宁的知交好友。这些人物小传风格明晰,兼顾趣味与品位,因而成为《中国评论周报》的招牌栏目之一。全增嘏在书评中指出,温源宁的独特风格极具有辨识度,他的文字风格可用“恰当雅致”(apt and neatly made)①来概括。

温源宁往往选择最有代表性的侧面对人物进行素描,随意点染,淡淡几笔勾勒,便把人物的精神气质栩栩如生地展现出来,让人过目不忘。他的笔触是轻快的,透着一丝诙谐的笑意,这笑意不是讥讽嘲笑,而是温情善意的打趣,充满着对于人物的同情之理解。他的文字优雅,用词考究,在曲折有致的文笔之后,暗藏着洞悉人情物理的智慧。他的人物随笔往往先声夺人,几个词就奠定了传主的风貌。温源宁的人物随笔被选译成中文后,在社会上广为流传。最知名的莫过于谈吴宓的一篇:“吴宓先生,举世无双,见过一次,永生难忘。”②他称吴宓是 a scholar and gentleman(一位学者和君子),世人批评吴宓的文化保守主义,温源宁却为吴宓翻案,因为其他作家“都下了决心要抓西方文学的皮毛,对它的实际不闻不问”,而吴宓却一心研读古典,“不识时务”③,由此含蓄地讽刺了当下文坛的浮躁与浅薄风气。徐志摩与温源宁相交甚笃,徐志摩遇难后,温源宁在随笔中为他正名,称徐志摩是“孩子”(child),孩子是天真的、讨喜的、梦幻

① T.K.Chuan, “Book Review: *Imperfect Understanding* by Wen Yuan-ning”, *The China Critic*, May 2, 1935, Vol.9, p.115.

②③ Wen Yuan-ning, “Mr. Wu Mi, A Scholar and a Gentleman”, *The China Critic*, January 25, 1934, Vol.7, No.5, p.86.中文参见温源宁:《一知半解及其他》,南星译,陈子善编,沈阳:辽宁教育出版社2001年版,第6页。

的、好奇的，同时也是不负责的。“死亡有诗意，生活有童心”的徐志摩如同童话里的人物。不过温源宁也委婉批评徐志摩诗歌的浅白：“我们许多人，因为爱他，所以欣赏他的诗”，“它享有的声望是由他的个性借来的”。①对于胡适，尽管此时两人已经交恶，温源宁仍予以公允评价，称赞其为“智者”(philosophe)而非“哲学家”(philosopher)，兼具“俗人”、“学者”、“实干家”、“哲人”种种气质，如“广阔的明镜一般的湖”，“我们并不关心它的深度，只欣赏它的湖面”②，赞赏的同时也暗示胡适的清浅。而周作人，在他看来具有“钢铁的风姿”(the grace of iron)，他揭示了周氏在优雅淡泊、文质彬彬的“绅士”外表下的沉稳与坚毅：“他打击敌手，又快又稳，再加上又准又狠，打一下子就满够了。”③对王文显，温源宁说他是清华的 fixture(固定的设备)，具有“让人生气的正经”(irritatingly normal)性格。他的剧作《委曲求全》轰动一时，但温源宁却指出作品技巧虽好，但缺少点“人情味”④。在温源宁的笔下，朱兆莘被描摹为“称心如意的小胖子”(comfortably stout)⑤，外交官顾维钧的特征是“滑溜”(slipperiness)⑥，其左右逢源从不落人把柄的特征，不难感知……温源宁的这些描摹恰切精当，虽寥寥几笔，便勾勒出传主的灵魂，反映了传主的为人，而作者的态度也隐含其中。正如张中行的评价：“由深沉的智慧观照一切事物而带来的哲理味，由挚爱人生而来的入情入理，(哲理加情理，多表现为于眼前的琐屑中见天道人心)，严正的意思而常以幽默的笔调出之；语求雅驯，避流俗，有古典味；意不贫乏而言简，有言外意，味外味。”⑦

---

① Wen Yuan-ning, Hsu Tse-mo, *The China Critic*, March 15, 1934, Vol.7, No.35, No. p.256.中文参见温源宁：《一知半解及其他》，南星译，陈子善编，沈阳：辽宁教育出版社 2001 年版，第 14 页。

② Wen Yuan-ning, "Dr. Hu Shih, A Philosophe", *The China Critic*, March 1, 1934, Vol.7, No.9, p.207. 中文参见温源宁：《一知半解及其他》，南星译，陈子善编，沈阳：辽宁教育出版社 2001 年版，第 8 页。

③ Wen Yuan-ning, "Chou Tso-jen, *The China Critic*", March 22, 1934, Vol.7, p.303.中文参见温源宁：《一知半解及其他》，南星译，陈子善编，沈阳：辽宁教育出版社 2001 年版，第 16 页。

④ Wen Yuan-ning, "Dr. John Wong Quincey", Vol.7, No.25, p.592.中文参见温源宁：《一知半解及其他》，南星译，陈子善编，沈阳：辽宁教育出版社 2001 年版，第 21—23 页。

⑤ Wen Yuan-ning, "Mr. Chu Chao-Hsin", *The China Critic*, July 5, 1934, Vol.7, p.661.中文参见温源宁：《一知半解及其他》，南星译，陈子善编，沈阳：辽宁教育出版社 2001 年版，第 24 页。

⑥ Wen Yuan-ning, "Dr. Wellington Koo", *The China Critic*, July 19, 1934, Vol.7, No.29, p.711.中文参见温源宁：《一知半解及其他》，南星译，陈子善编，沈阳：辽宁教育出版社 2001 年版，第 27 页。

⑦ 张中行：《不够知己·序》，江枫译，长沙：岳麓书社 1988 年版，第 1 页。

除了有"勾人勾魂"的本领，温源宁在人物随笔中还善用"闲笔"的技巧，使他的作品摇曳多姿、波澜迭起。"闲笔"是指在作品中有意插入对主要叙述部分(如表现主题、刻画人物、描绘环境、说明事理等)看似无关而确有内在联系的文字。闲笔的妙处在于"闲而不闲"，它能丰富作品的容量，扩展作品的情趣，使作品具有多元多层次的审美意味。温源宁在随笔写作中常常宕开一笔，使得一段之中曲折有致，妙论迭出，由此极大丰富了文章的内涵，使得文章富有层次感，别有趣味。他写徐志摩，却先铺陈雪莱的生平事迹，之后才进入传主经历；写辜鸿铭，先写普通哲学家"沉闷的、干巴巴的"像"一个嘬干了的橘子"，令人厌烦；再引出才气敏锐的辜鸿铭——"他那种魅力和敏锐的才气，足以让你觉得跟他谈话令人兴奋、激动，令人长学问倒在其次了。不用说，毛姆的哲学家不是别人，正是辜鸿铭"①，运用对比的手法突出辜鸿铭的独特与风趣；写朱兆莘的气质②，却先叙写其他两种面孔：一种酸溜溜像陈醋，一种文质彬彬丰润像勃艮第葡萄酒，然后再写朱兆莘的面孔有啤酒风味，温和随俗，使人昏昏然不辨黑白。正是这一张一弛，使得文章摇曳生姿，避免了呆板的平铺直叙，从而增添了文章的审美韵味。

全增嘏在书评中认为温源宁的人物评论是模仿英国17世纪的"人物素描"(Portrait)体式，并认为作品类似于托马斯·富勒、巴特勒、拉伯吕耶尔等人若讥若讽的风格③。相比之下，钱锺书的评论更为恰切，他指出温源宁的《不够知己》更像是19世纪Hazlitt的人物随笔《时代精神》，"同样地从侧面来写人物，同样地若嘲若讽，同样地在讥讽中不失公平"，是"轻快、漂亮、顽皮"的文字④。诚如其言，"人物素描"作为一个特殊体裁，虽然短小多讽，但刻画的是一类人物典型(如"A Good Wife"、"A Fisherman")，而不是温源宁所擅长的具体的某一位具体的人物随笔，他所刻画的是"这一个"，而非"这一类"。应当指出，温源宁这种含蓄深刻的写法也受到了斯特拉齐"新传记"的影响。斯特拉齐反对传统传记面面俱到、为传主讳的倾向，而欣赏以活

---

① Wen Yuan-ning, "The Late Ku Hungming", *The China Critic*, August 30, 1935, Vol.7, No.35, p.859.

② Wen Yuan-ning, "Mr. Chu Chao-Hsin", *The China Critic*, July 5, 1934, Vol.7, No.27, p.661.

③ T.K.Chuan, "Book Review: *Imperfect Understanding* by Wen Yuan-ning", *The China Critic*, May 2, 1935, Vol.9. Vol.5, p.115.

④ 中书君:《不够知己》,《人间世》1935年第29期。

泼轻快、亦庄亦谐的文笔勾勒出传主的复杂性格以及丰富的内心世界,“他的传记是历史,但也是良好的小品文。他以传记为一新文体,他的格调与方法都是革命的”①。同时,温源宁这种侧面描写人物的笔法与中国古代史传文学的“春秋笔法”有相似的美学特质:忌直贵曲,微言大义,皮里阳秋,不直接透露爱憎褒贬,而是寓之于曲折的文笔之中,“使读者望表而知理,扪毛而辨骨,睹一事于句中,反三隅于字外”②。

在温源宁的带动下,也有一些同好者加入人物随笔的创作之中,譬如费鉴照、Chang Hsu-lin 等,还有不少作品并未署名,无法确定作者,他们的文笔大多不如温源宁的生动雅致。

受到温源宁人物随笔的影响,林语堂在其主编的《人间世》杂志开设“今人志”专栏,并首先将温源宁的一些人物随笔翻译成中文,包括《吴宓》、《胡适之》、《徐志摩》三篇③,被多家刊物转载,流布甚广,吸引了沈从文、废名、老舍、苏雪林等现代作家加入人物随笔的创作中。“今人志”栏目“注重亲切的描写,将一人之个性面目托出,使读者如见其人,而同时不妨于三言两语间,加以流品的评断”④。在征稿启事中,林语堂对于今人志的要求是“诸人传志,字数以一至二千为限。格调以亲切轻松而不油滑为主,文中将个人品性行述学问文章独到处,加以品评”⑤,提倡简洁传神,又突出亲切幽默,通过生动的细节表现传主鲜明的性格,从而抓住传主的灵魂,使人印象深刻过目不忘,这正是温源宁在“知交剪影”栏目所孜孜以求的。“今人志”发表了不少生动有趣的人物随笔,例如风流又怕老婆的辜鸿铭⑥,目光深邃的刘半农⑦,总与人争吵的孙大雨⑧……这些随笔无不是抓住传主典型个性与标志性特征加以点染,幽默亲切,颇有

① 陈炜谟:《斯脱奇的人志——介绍他的〈缩本写真〉》,《西风》1937 年第 7 期。

② 刘知幾:《史通》,上海:上海古籍出版社 2008 年版,第 126—127 页。

③ 《吴宓》刊载于《人间世》1934 年 4 月 20 日第 2 期;《胡适之》载于《人间世》1934 年 5 月 5 日第 3 期;《徐志摩》刊载于《人间世》1934 年 6 月 20 日第 6 期。

④ 林语堂:《编辑室语》,《人间世》1934 年 4 月 20 日第 2 期。

⑤ 林语堂:《启事二》,《人间世》1934 年第 7 期。

⑥ 参见震瀛:《记辜鸿铭先生》,《人间世》1934 年第 18 期;震瀛:《补记辜鸿铭先生》,《人间世》1935 年第 28 期。

⑦ 长之:《纪念刘半农先生》,《人间世》1934 年第 10 期。

⑧ 从文:《孙大雨》,《人间世》1934 年第 7 期。

趣味，不为传者讳，委婉含讽，活泼轻灵，与温源宁的随笔形成呼应；此外，温源宁的这些名篇不断被多家刊物转载重译，显示了他作品的魅力，如《逸经》杂志自1936年陆续刊登了由倪受民翻译的《徐志摩——一个大孩子》、《胡适之》、《周作人》和《吴宓——学者兼绅士》，以及《王文显》等篇章；《风雨谈》转载了《周作人》一文，《世界与中国》登载了《胡适之》、《吴宓》等随笔……在这些中文刊物的合力推动下，人物随笔的影响得以扩大。

2. 典雅睿智的文学评论

温源宁密切关注世界文坛动态，及时推介世界优秀的作家作品，他撰写了一系列优美典雅的评论随笔，在开阔读者文学视野的同时，也彰显了自己的审美趣味。《英国现代四诗人琐谈》（“Notes on Four British Poets”）[①]推介理查德·丘奇、乔伊斯、萨松、詹姆斯·雷沃等诗人，《德勒迈尔的诗》（“Walter De La Mare’ Poetry”）介绍德勒迈尔的作品[②]，《A.E.的诗》（“A.E.’s Poetry”）[③]评析罗素的诗歌，《A.E.斯曼的诗歌》（“A.E. Houseman’s Poetry”）品评豪斯曼的诗歌[④]。此外他还关注萨松、林达、吉卜林、莱昂纳多·伍尔夫、弗吉尼亚·伍尔夫、劳伦斯、E.M.福斯特、普希金、高尔基等人，足见其视野的广博与立场的公正。当然，温源宁也将曹禺、鲁迅等中国作家，画家高剑父、刘海粟等推介给外国读者。这些文学评论一如他的人物随笔，睿智典雅，以小见大，往往撷取几个细节和侧面渲染来展现原著的风貌，含蓄蕴藉，意味深远。温源宁的人物随笔和文艺评论共同彰显了一种“情智调和”的美学追求。作品既出自真诚的情感抒发，同时又佐之以理性的深刻洞见以节制过度的抒情，从而形成一种优雅的情调与良好的品位，构筑出别具特色的文本世界。

温源宁推崇智性与深刻，反对浅露与滥情，他的文学评论也如同他的人物随笔，常常撷取几个片断，知人论世地直击本质而不流于俗。他及时推介国内外诗学论著，尤

---

① Wen Yuan-ning, “Notes on Four British Poets”, *Tien Hsia Monthly*, 1936, Vol.2, No.4, p.351.

② Wen Yuan-ning, “Walter De La Mare’s Poetry”, *Tien Hsia Monthly*, 1935, Vol.2, No.4, pp.343—344.

③ Wen Yuan-ning, “A.E’s Poetry”, *Tien Hsia Monthly*, 1935, Vol.1, No.3, p.303.

④ Wen Yuan-ning, “A.E. Housman’s Poetry”, *Tien Hsia Monthly*, 1935, Vol.1, No.3. pp.526—530.

其关注现代散文的审美特质。在他看来，现代散文“最重要的是风格化”，而绝佳的风格则是“从容而不粗鲁，清晰而不简单，用词俭省但韵律多样，一如现代生活的节奏”①。他欣赏兰姆那样“谑而不虐，富于思想而不干燥无味，悦人而不浅凡”（witty without being cutting, thoughtful without being dull, and pleasant without being shallow）②的作品。对于那些肤浅而又矫饰的作家，他则讥讽道：“对这世界同情的态度大概同虚弱的头脑走在一起”③，也正是这个原因，他对于罗素的感伤风格的诗歌评价不高。一部作品如果智慧欠缺，乃是最大的遗憾，因为深刻的智慧可以补足语言的苍白，语言的华丽却无法掩饰智性的贫弱。当然他也指出，智慧并不是卖弄学问，而是来源于对宇宙人生的洞察与练达。由此，他反对掉书袋、獭祭鱼，在他看来，卖弄学问“既不能归因于过多的学问，也不能归因于过分的讲究，只能归因于低劣的品位。一个人若有良好的品位，那么他的学问只会增强他的优美雅致。卖弄学问也来自头脑的愚钝和言语的匮乏”④。一味地炫才扬己并不会增加文章的深度，过度堆砌学问只会淹没创作主体的声音，反而映衬出作者自身见地的浅陋与有限，正如同秃子头上的虱子，虱子越多秃头越明显。

温源宁对德勒迈尔给予了高度的评价，他认为德勒迈尔的“孩子精神”表现了对于世界的好奇，如哲学家般对一切存在发问，然而他的探索精神是基于对生活的深刻体察，是复杂的天真，而不是像其他作家故作天真或者流于鄙俗或者是欠缺智慧⑤。温源宁还富有洞见地指出，罗素的诗歌虽有神秘气质，然而内容贫乏苍白，无异于“漂亮的空话”（beautiful nonsense）⑥，这一评价正是看到了其诗歌中缺乏智慧的烛照。而在评论吉卜林的《我的自传》时，温源宁强调：“没有深度，一个人绝对不可能写出优秀的自传”⑦，再

---

① Wen Yuan-ning, “Book Review: *Modern Prose Style* by Bonamy Dobree”, *The China Critic*, 1935, Vol.9, No.7, p.160.

②③ Wen Yuan-ning, “In Defense of Pink”, *Tien Hsia Monthly*, 1938, Vol.6, No.2, pp.160—162.

④ Wen Yuan-ning, “A.E. Housman's Poetry”, *Tien Hsia Monthly*, 1935, Vol.1, No.3, pp.526—530.

⑤ Wen Yuan-ning, “Walter De La Mare's Poetry”, *Tien Hsia Monthly*, 1935, Vol.2, No.4, pp.343—344.

⑥ Wen Yuan-ning, “A.E's Poetry”, *Tien Hsia Monthly*, 1935, Vol.1, No.3, p.303.

⑦ Wen Yuan-ning, “Book Review: *Something of Myself* by Kipling”, *Tien Hsia Monthly*, 1937, Vol.5, No.1, p.104.

次凸显了他对于思想性的重视。一个没有洞察力的作家，即使文笔再优美，也只能归为二流作家之列。在《比亚兹莱琐谈》（"A Note on Aubrey Beardsley"）[①]中，温源宁激赏比亚兹莱的画作，认为其充满深意，并且文章出现了 12 次 intellectual 一词，集中体现了他对智性的强调。他并且指出，真正的讽刺手法不是简单的说教，而是充满智慧给人惊喜的。"讽刺所带来的惊喜应当是智慧的……智慧不足，算不上好的讽刺……讽刺的目的是使人惊奇，而非为了说教。说教的讽刺是情绪化的，甚至是愚蠢的。"[②]

从"熊式一事件"同样可以看出温源宁推崇智性的文学理念。1934 年，熊式一将传统剧目《红鬃烈马》改译为四幕剧《王宝川》（*Lady Precious Stream*）在西方暴得大名，英美媒体报道充满了吹捧之词，称之为"中国的莎士比亚"，甚至吹嘘熊式一"发现"了梅兰芳[③]。温源宁对此很反感，"批评合宜很简单，赞美合宜却很难，更难的是恰当接受批评，恰当地接受赞美则是难上加难。……中国不需要空洞的赞美，她只欢迎对于中国生活和人民的公正理智的理解"[④]。这反映了温源宁的深刻与清醒。他深知，有些中国知识分子往往见不得国外的赞美，更见不得国外的批评，要么自鸣得意，要么恼羞成怒，轻易被"捧杀"或者"骂杀"。温源宁尤其警惕来自西方不恰当的赞美，他认为，这不仅会误导西方民众，对于中国的进步也并无裨益。事实上，溢美之词实往往包含了潜在的轻视。他希望外媒能够秉持公正客观的态度关注中国的实际，而不是对中国进行无意义的夸饰。林语堂在书评中夸赞熊式一用词的精妙有趣、"准确"、"博学"[⑤]，热情洋溢地称赞熊式一是"具有流畅风格的译者，熟谙中西戏剧技巧的天才"[⑥]，相比之下温源宁的态度更为审慎，他指出熊式一的翻译并非是上乘之作，他认为熊式一译创的风格明显模仿了英国剧作家詹姆斯·巴里（James Matthew Barrie）[⑦]。

---

①② Wen Yuan-ning, "A Note on Aubrey Beardsley", *Tien Hsia Monthly*, 1937, Vol.5, No.5, pp.451—454.

③ 例如，奥利弗·M.塞尔把熊式一刻画成一个天才："是他，十几岁时作为北平一家剧院的经理，首次发现一位才华横溢的青年舞者身上的伟大表演天赋，也即为世人所知的中国最重要的演员梅兰芳。"参见 Wen Yuan-ning, Editorial Commentary, *Tien Hsia Monthly*, 1936, Vol.3, No.1, p.7.

④ Ibid.

⑤ Lin Yutang, "Book Review: *Lady Precious Stream*", *The China Critic*, 1935, Vol.10, No.1, p.17.

⑥ Lin Yutang, "Book Review: *Lady Precious Stream*", Tien Hsia Monthly, 1935, Vol.1, No.1, p.108.

⑦ Wen Yuan-ning, "Book Reviwe: *Lady Precious Stream*", *The China Critic*, Dec 13, 1934, Vol.7, No.51, p.1244.

除了对于智性的强调外，温源宁还充分重视文学中的情感表现。在这一点上，温源宁与推崇玄学派诗歌的艾略特等英美新批评派又形成了区别。艾略特等人出于对理性的强调，推崇玄学派诗歌，认为其实现了内涵外延的统一，并主张"诗不是放纵感情而是逃避感情，不是表现个性，而是逃避个性"①。而温源宁在推崇理性的基础上又注重强调文学的情感作用。在温源宁看来，现代散文与古典散文根本的区别是，现代散文"忠于个人的思想和情感，并且终于这种思想和情感的过程"②。也就是说，一个优秀的现代散文家，不仅告诉人们他的所思所感，还应该告诉人们他如何思如何感。而此中最关键的特质便是个人思想和情感的披露。真挚深沉的情感乃是文学的基础，"砖头是房子的基础，而我们的激情和情感也正是文学的精髓"。③温源宁推重情感的作用，视之为文学的核心，以此矫正过度倚重智性所带来的对于文学审美特质的损伤。当然这情感是经智性调和的情感，是情理和谐的情感。这种诗学主张，既有对西方现代诗学的继承与反拨，也是对于汉诗"言志"、"缘情"传统的呼应。

温源宁尤其注重个人情感的真实性。他向中国文坛推介 D.H.劳伦斯，称颂劳伦斯的真诚，认为劳伦斯发掘了神秘的性经验，将人性被掩埋的角落照亮，让性变成人类的愉悦和荣光。他用诗一般的语言描述道："他的生命就像高山，虽然云雾缭绕，却深植土壤，每个人都能看到。他的言行必然是出于本性的，如此贴近内心的真实，就像自然现象一般：如鲜花盛开，如落雨纷纷，如微风吹拂，如鸟儿啁啾，又如毒蛇蜿蜒地撤退到地下的暗穴。"④劳伦斯具有可贵的真诚本能，他赤裸地袒露自己的灵魂，毫无隐瞒，让读者直达作家精神深处。温源宁还推崇霍姆斯大法官的作品，认为其打动人的也便是他"赤裸的真诚"(naked sincerity)。詹姆斯·乔伊斯声名赫赫，但温源宁却批评他

---

① [英]T.S.艾略特：《传统与个人才能》，卞之琳译，见王恩衷编译：《艾略特诗学文集》，北京：国际文化出版公司 1989 年版，第 8 页。

② Wen Yuan-ning, "Book Review: *Modern Prose Style* by Bonamy Dobree", *The China Critic*, 1935, Vol.9, No.7, p.160.

③ Wen Yuan-ning, Editorial Commentary, *Tien Hsia Monthly*, 1939, Vol.5, p.210.

④ Wen Yuan-ning, Editorial Commentary, *Tien Hsia Monthly*, 1935, Vol.1, No.3, p.240.

的诗歌粗俗而笨拙,不仅措辞方面极为平庸,韵律方面也缺少个人特色,充满了诗意的陈词滥调,到处都是空洞破碎的意象,情感表达直白、过度而缺少节制,是一个“彻头彻尾的多愁善感者”①。乔伊斯最大的问题在于不真诚,留给读者矫饰的阅读感受,由此温源宁认为乔伊斯的诗歌非常拙劣。但同时温源宁也提到,乔伊斯的诗歌也有一两首诗歌是好的,这是因为其流露出“罕见的真实”,“如月光的照耀”②。对于王文显的名剧《委曲求全》,温源宁用诙谐的语气指出:“不过,只要缺少那点人情味,有时候我们就要报之以哄笑了”③,对于人情味的看重,同样也是突出情感作为作品审美基调的重要性。完全冷冰冰的理性是为温源宁拒斥的。

在温源宁的睿智典雅的文学评论中,我们不难发现他对于文学与现代生活关系的关注。根据项美丽回忆,温源宁最欣赏的诗人是豪斯曼和艾略特④,林太乙也提到温源宁“对他们的作品讲个不完”⑤。他对 T.S.艾略特的诗歌表示激赏,指出 T.S.艾略特现代情调,直面并承受意义缺位的荒原世界,让人理解现代生活的困境并使人获得精神的解脱⑥。温源宁充分肯定现代诗歌的现代性价值,在他笔下能看到对于现代情绪的敏锐把握。面对时代的混乱与溃败,“千百万污秽的,烟雾迷迷的都市的恶俗空气”,“充满着积垢、污秽贫穷同死亡”⑦,现代社会物质主义和技术主义造成的虚伪,温源宁寄希望于文学艺术对于人的拯救:“诗歌应该使我们解脱于看待事物的惯常方式的专制,应该摧毁我们的懒惰习惯的乏味的常规,让阳光和新鲜空气充满我们气闷的日常生活。”⑧他看重诗歌对于读者的审美改造作用,认为现代诗歌能够帮助读者理解我们

---

①② Wen Yuan-ning, Editorial Commentary, *Tien Hsia Monthly*, 1935, Vol.1, No.2, p.34.

③ 温源宁:《一知半解及其他》,南星译,陈子善编,沈阳:辽宁教育出版社 2001 年版,第 23 页。

④ Emily Hahn, *China to me: a Partial Autobiography*, Philadelphia: Blakiston, 1944, p.16.

⑤ 林太乙:《林语堂传》,台北:联经出版事业股份有限公司 1989 年版,第 146 页。

⑥ Wen Yuan-ning, "Some Contemporary Western Poets—Poetry of De La Mare, T.S. Eliot, D.H. Lawrence, and Carl Sandburg, Discussed by University Professor", *The Week in China*, May 10, 1930, Vol. 3, No. 267, pp.501—512.

⑦ Wen Yuan-ning, Editorial Commentary, *Tien Hsia Monthly*, 1936, Vol.3, p.108.

⑧ Wen Yuan-ning, "Book Review: *The Study of Poetry* by Garrod", *Tien Hsia Monthly*, 1937, Vol.4, No.4, p.429.

的时代，理解时代便意味着直面现代的困境，意味着解脱和自由，意味着人把握自己的命运与存在。文学评论的目的不在于揭示诗歌对于诗人的影响，而是诗歌如何影响普通读者。普通读者之所以喜欢阅读文学评论，是因为其趣味性吸引了读者，因此文学批评的功用，乃是引导读者走向文学本身①。温源宁的这些看法对文学批评的本体意义和功用价值都给予了十分恰当的定位。

3. *"真洋鬼子"与"假洋鬼子"*

在《中国评论周报》和《天下月刊》作者群中，温源宁对辜鸿铭的态度值得探究。他为辜鸿铭写了两篇传记②，足见他对辜鸿铭的重视。辜鸿铭和温源宁相互映照，折射了中国知识分子不同的文化追求。温源宁是这样看辜鸿铭的："这位身着洋服没有辫子通晓多国语言的华人，是爱丁堡大学的硕士，十分熟悉西洋文学，并能靠记忆当场援引马修·阿诺德、朱伯特和歌德；但是他的中国文学知识几乎为零"③。温源宁几次在文中称呼辜鸿铭为"假洋鬼子"(an imitation westernman)④，不无调侃的意味。"他脾气拗，以跟别人对立过日子。大家都接受的，他反对。"⑤辜鸿铭"诉诸中国文化的道德力量来迎战西方列强的枪炮轰鸣"⑥。尊崇道德，留着"辫子"，"君子笃恭而天下平"，这便是辜鸿铭对付西方的武器。在他看来，"真正的中国人就是有着赤子之心和成年人的智慧、过着心灵生活的这样一种人。……民族不朽的秘密就是中国人心灵与理智的完美谐和"。⑦事实上，辜鸿铭是以一个西方人的思维来看待中国的，所以他才会将辫子看成中国民族性的标志。辜鸿铭虽然大肆鼓吹儒家学说，但往往在一知半解的基础上刻意求新，故作惊人之语，对于中国精神文化推崇——以辫子、小脚、姨太太为代表——也充斥了猎奇的色彩与异域情调，以此回应西方殖民主义的"凝视"，可以说是自我东方主义的代表，也因此，温源宁称他为"一个鼓吹君主主义的造反派，一个以孔

---

① Wen Yuan-ning, "Book Review: *The Study of Poetry* by Garrod", *Tien Hsia Monthly*, 1937, Vol.4, No.4, p.428

②③④ Wen Yuan-ning, "Ku Hung-ming", *Tien Hsia Monthly*, 1937, Vol.4, No.4, p.386.

⑤⑥ Wen Yuan-ning, "The Late Ku Hungming", *The China Critic*, 1935, Vol.7, No.35, p.859.

⑦ 辜鸿铭:《中国人的精神》,《辜鸿铭文集》(下),黄兴涛等译,海口:海南出版社1996年版,第35页。

教为人生哲学的浪漫派，一个夸耀自己奴隶标帜(辫子)的独裁者"①。

相比之下，温源宁对于中国文化的理解就深刻得多，事实上，温源宁骨子里是地道的中国式的。有晚辈说温源宁虽然做派西化，"他的理念却完全是东方的"②，或许不无道理。他推崇中国古典文化，对于古代文学艺术十分精通。温源宁在《论中国绘画》("Chinese Painting")一文中指出，中国画最突出的优点是对于"自然的精细的感觉"("fine sense for nature")③。他不因袭前人的说法，呼吁西方汉学家重新认识并重视明清艺术。对高剑父④的画作，温源宁十分推崇。他认为高剑父是古典与现代、中西结合的完美典范。虽然高剑父受到西洋画法的影响，但这种影响深藏在他那对事物的中国艺术感觉模式中，透视法与水彩是西方化的，然而其景色与布局又是中国的，这种完美的结合，是只有现代中国人专有的感觉思想模式⑤。温源宁还指出，艺术若想成为普适的，它必须首先是个体的；艺术若想成为世界的，它必须首先具有强烈民族色彩⑥。

尽管温源宁强调民族传统的重要性，但他却恪守西化的生活习惯，"他穿的是英国绅士的西装，手持拐杖，吃英国式的下午茶，讲英语时学剑桥式的结结巴巴腔调，好像要找到恰到好处的字眼才可发言"⑦，加上坚持用英文来写作交流，与周围人格格不入，简直是"真洋鬼子"(金克木甚至一度认为温源宁不会讲中文)；项美丽说他在上海时自诩"比英国人更像英国人"⑧；在香港时，有许多热爱中国文化的英国军校学生和政府官员，温源宁与他们打得火热，经常在一起谈论文学。在国人看来，温源宁从不轻易袒露私人情感，与同胞拉开明显的距离。但从他委婉含讽的笔调中，读者能察觉到

---

① Wen Yuan-ning, "The Late Ku Hungming", *The China Critic*, 1935, Vol.7, No.35, p.859.

②⑦ 林太乙：《林语堂传》，台北：联经出版事业股份有限公司 1989 年版，第 146 页。

③ Wen Yuan-ning, "Chinese Painting", *The China Critic*, May 2, 1935, Vol.9, p.110.

④ 高剑父(1879—1951)，岭南画派的创始人之一，一生不遗余力地提倡革新中国画，首开中西结合之风，融合中西之长。他借鉴日本和西洋绘画技法，善用色彩或水墨渲染，一反勾勒法而用"没骨法"、"撞水撞粉"法，对人物、山水、花鸟均有很高造诣，其画笔墨苍劲奔放，色彩鲜亮，晕染匀净柔和，充满激情。

⑤⑥ Wen Yuan-ning, Art Chronicle, *Tien Hsia Monthly*, 1936, Vol.3, No.2, p.163.

⑧ 王璞：《项美丽在上海》，北京：人民文学出版社 2005 年版，第 137 页。

他流露出的文化孤独感。温源宁批评清华变成造就“化学师、工程师等等的车间”①，他谴责现代社会和战争带来人性异化，人在冰冷破碎的现代生活中难以自适。他指斥说，“几千万的人们集合在死板板的狭窄的城市……这就是速率，这就是分工挤捧着灵魂直到它在近代生活的机器中变成了仅仅是个有效用的轮齿……这即是报纸代替了文学，留声机代替了提琴”②，他感慨“现代情境是一个凄凉的，毫无欢乐的世界，一个死在空虚中的世界，只有死在粉匣里或者字纸篓中的选择”，“没有法子逃避我们的时代”③……这些文字无不流露出他的伤感，既有对现代文明的批判，又蕴藏着个人的情绪，而其下隐藏的正是他处在人群之中清醒而深刻的孤独感。尽管温源宁醉心于中国文化，但他因坚持西化的生活方式，同人之中知己不多，因此在周围人中算是一个异类。特立独行便意味着不被理解，自然也不免落落寡合。

尽管如此，实际上，带有自我东方主义色彩的辜鸿铭更接近“真洋鬼子”，而温源宁才是“假洋鬼子”，两人都试图在文化冲突的困境中做出独特的选择。温源宁虽然调侃辜鸿铭，但也不乏惺惺相惜之意。温源宁说辜鸿铭，“他决不是哲学家——这就是说，他决不是思想在先生活在后的人。……他的身形瘦削、枯槁，并不是思想的牵累所致，那牵累，乃是来自追求、才智、美感和凌驾他人之上的奢望”④，这其中透着惋惜与敬意。事实上，温源宁与辜鸿铭都是文化转型时期的产物，也都面临着新旧文化的抉择。他们各自做出不同的姿态以回应时代的巨变，温源宁选择了文化融合，辜鸿铭选择了道德再造，尽管两人选择的方式不同，然而其中都饱含了对于“文化中国”的依恋，他们都是中国的新知识分子，面对满目疮痍的现代中国，都企图找到一条适宜于自己乃至中国的文化道路，都显示了文化蝉蜕鱼化时期知识分子在寻求文化认同、追求人文精神中所表现的困惑与挣扎，尽管各有偏枯，但这种文化自觉的努力是值得尊敬的。

---

① Wen Yuan-ning, “Dr. John Wong Quincey”, June 21, 1934, Vol.7, No.25, p.592.中文参见温源宁:《一知半解及其他》，南星译，陈子善编，沈阳:辽宁教育出版社 2001 年版，第 21—23 页。

② 温源宁:《一知半解及其他》，南星译，陈子善编，沈阳:辽宁教育出版社 2001 年版，第 57 页。

③ 温源宁:《一知半解及其他》，南星译，陈子善编，沈阳:辽宁教育出版社 2001 年版，第 71 页。

④ Wen Yuan-ning, “The Late Ku Hungming”, *The China Critic*, 1935, Vol.7, No.35, p.859.

(三) 灵思玄想:吴经熊的灵修随笔

吴经熊(1899—1986)①,法学家,曾获美国密歇根大学法学博士学位,具有深厚的人文修养,学识渊博,对文学、哲学、政治、法学都有独到认识,不仅"对人和物的清晰洞见,有明智的思想能力,也有对他的人的同情心"②。吴经熊在《中国评论周报》和《天下月刊》中的创作包括诗论、政论、书评、文学翻译、日记等,而主要的随笔作品发表于《天下月刊》。这些随笔具有浓郁的抒情性,同时由于宗教信仰的影响,他的随笔充溢着神秘色彩,展现了他对自我的深入体察,对于自在之物的凝思,信仰之旅的披露,以及对于时代、文化、文明等的省查;他的《唐诗四季》(*Four Seasons of Tang Poetry*)以中国诗歌赏析为本位,旁征博引,融贯东西,典雅秀美,感情真挚,体现了其深厚的文化修养与多元开放的文化态度;而在他 1950 年代写的自传《超越东西方》(*Beyond East and West*)中,大量内容均来自 1930 年代的英语随笔创作。

1. 抒情性与灵修色彩

吴经熊推崇兰姆的文章,他自己的作品有兰姆的典雅、优美、亲切与真挚,也有 G.K.切斯特顿的"坦然"、"亲密"与"机智"③。这些英文随笔反映了作者开阔的中西文化视域,在深刻的人生哲理思辨中,吴经熊表现出他对中西文化的独到见地,同时也反顾了自我追求精神信仰的心路历程。他优美的英语文章在当时即得到诸多赞誉,如赖柏嘉(Paul M.A. Line Barger)盛赞吴经熊"充满灵气和文雅的英文,……有着像 T.S.艾略特这样的西方人所没有找到的道德平衡和深刻的个人确信"④。

---

① 吴经熊(1899—1986),字德生,浙江鄞县人。密歇根大学法律博士。1924 年回国后任东吴大学教授、上海公共租界工部局法律顾问,1927 年起任上海特区法院法官、东吴大学法学院院长,1928 年任立法委员、司法院法官,1929 年担任上海特区法院院长,1933 年任立法院宪法草案起草委员会副委员长,1945 年任国民党第六届候补中央执委,1946 年任驻教廷公使、制宪国民大会代表等。1949 年起先后在美国夏威夷大学、顿哈尔大学任教。1966 年后定居台湾,任"总统府"资政、国民党中央评议委员等。1986 年 2 月 6 日在台北逝世。著述颇丰,涉及法哲学、禅宗、基督教灵修等方面,有《法学文选》、《法律哲学研究》、《圣咏译义》、《哲学与文化》、《内心悦乐之源泉》等中英文论著。

② 吴经熊:《超越东两方》,周伟驰译,雷立柏注,北京:社会科学文献出版社 2002 年版,第 139—140 页。

③ 吴经熊:《超越东两方》,周伟驰译,雷立柏注,北京:社会科学文献出版社 2002 年版,第 138 页。

④ 吴经熊:《超越东两方》,周伟驰译,雷立柏注,北京:社会科学文献出版社 2002 年版,第 369 页。

吴经熊自称是“极度多思善感的生物”，即使人到中年，他仍保持着“年轻人的热情”①。作为一个感觉经验型作家，他的作品有浓郁的抒情风格，他喜欢剖析自己的心灵状态，抒发强烈诚挚的情感。读者仅凭文章中出现感叹号的频次，便能轻易地将吴经熊与《天下月刊》其他人区别开来。这种浓郁的抒情风格，也导致了吴经熊文章的长句密度较大。因为长句包容的信息量多，可以穿插多种修辞手法在内，也更适合抒发细腻的情思。他的随笔中30至40个词左右的长句比比皆是，60至70个词的句子也随处可见。吴经熊还热衷于反复使用一些关键词，笔者统计了高频词在吴经熊随笔中的出现频次，表格如下：

表1　吴经熊作品高频词统计表

篇目名称	发表时间	高频关键词		
		Love	Heart	Mother
The Real Confucius	1935	4	3	7
Some Random Thoughts on Shih Ching	1936	65	13	3
Shakespeare as a Taoist	1936	10	13	5
Beyond East and West	1937	13	26	7
Humor and Pathos	1937	4	12	8
Little Snatches from My Diary	1937	3	6	0
More Pages from My Diary	1937	6	9	5
Un Mélange	1937	2	6	2
More Pathos than Humor	1937	7	15	4
All Pathos and No Humor	1939	19	12	0
Thoughts and Fancies	1940	19	18	12
A Potpourri	1940	40	14	6
The Science of Love	1940	129	25	14

在《天下月刊》的作者群中，没有人像吴经熊这样在文章里如此密集地使用heart、love等词语。他还特别喜欢用heart strings(心弦)，几乎每篇随笔中都会出现，这足以见得他对内心感觉的依赖。这种内省的心理特质也表现了他的灵修倾向。吴经熊青年时代一度成为循礼教会的信徒，后来他抛弃了宗教信仰，直至1938年阅读了小德兰

① John C.H. Wu, “All Pathos and No Humor”, *Tien Hsia Monthly*, 1939, Vol.9, No.1, pp.450—451.

的《灵心小史》后受到触动，重新洗礼成为公教徒，由此灵性找到皈依。吴经熊由于其“洋溢恣肆的神秘气质”①，行文中也充溢着神秘感，他的思考总是关涉着精神世界，关注心灵的深度，或是探寻自在之物（灵魂、宇宙、上帝，真理等），或是思索时代与文明等，体现了他鲜明的个人特色。譬如下面一篇赞美月光的随笔节选：

To-night the moon is raining silky intimations of immortality! How they blend and fuse! How they vibrate the hidden chords of my heart! How they intoxicate me with their aerial effervescence! I feel something sprouting, budding and flowering within me. My soul is like a thirsty tree refreshed by a balmy shower.

月光倾泻着丝般柔滑的不朽暗示！他们多么融合协调！他们多么拨动我的心弦！他们空中的欢腾多么使我迷醉！我感到我内心有某种东西在发芽生长开花。我的灵魂就像在温和的雨水中精神焕发的干渴之树。

The moon is a parable of the World.

月亮是世界的寓言。

The moon is a symbol of the Dialectics of the Cosmos.

月亮是宇宙的辩证法的象征。

The moon is humming to my mind's ear the Sermon on the Mount.

月亮是我心灵之耳嗡嗡作响的登山宝训。

The moon holds her mirror up to the Heart of God.

月亮向着上帝之心高举明镜。

The moon is a blue light in the Carrefour of Heaven, signaling to the wayfarer, "Pass through here to the Trans-lunar World".

月亮是天堂家乐福里一道向旅人释放信号的蓝光，“穿过这里到达月球之外的世界”。

The moon is the Poetry of the Solar System, the finer breath of the azure.

---

① 吴树德：《温良书生，人中之龙》，见郭果七：《吴经熊：中国人亦基督徒》，台北：光启文化事业出版社2006年版，第6页。

月亮是太阳系之诗，是碧空精致的呼吸。

Without the sun, there would be no life but without the moon, life would not be worth living. The use of the sun is to evoke the moon, just as the use of prose is to evoke poetry.①

没有太阳就不会有生命，但没有月亮生活就没有价值。太阳的作用是为了唤起月亮，就像散文的用处是为了唤起诗歌。

这篇节选的"月光幻想"(Moonlight Fancies)不啻一首优美的散文诗，典型地反映了吴经熊随笔那恣肆浓郁的抒情风格与洋溢的灵修色彩。在这一段中，登山宝训、上主、不朽、世界、宇宙、灵魂渴都是常见的宗教意象，交织出一幅超验的、悠远的图景。吴经熊将柔美的月亮比作世界寓言，比作宇宙的辩证法，是向上主举起的镜子，是太阳系的诗，是碧空的呼吸……月亮拨动了他的心弦，让他的灵魂遨游于无垠的太空，感受到万物的神性，倾听来自上主的神启，陶醉于超越的体验，体味永恒自在之物的欢欣。全文跳动着思想的光束，洋溢着浓厚的神秘气息。精致的用词，传神而细腻地刻画了出作者心中之月与心中之诗。奇幻精致的比喻，充沛的抒情，顿挫的韵律与节奏美(连用7个排比比喻段"The moon is..."),交织出和谐的乐章。而从上述引文也可以看出，吴经熊热衷于用比喻，喻体往往是抽象的，具有超越性、内倾性的意象，如宇宙、天堂、悬崖、银河、灵魂、幽灵、咒语、梦，等等，正是这些意象加强了他文章的神秘色彩。不难体察，吴经熊对上主的造物满怀深情，世界在上主的凝视中披上了玄秘的面纱，充满了神性，共同参与今在昔在永在的万有者的华美盛宴。行文中充溢着幽玄的神秘色彩与广博深远的意境，视野开阔，文辞典丽华美却不失深沉。如果借用柄谷行人对"风景"的阐释，可以见出，正是因为吴经熊是一个沉潜的思索者，一个"内面的人"(inner man)，所以他才能发现"风景"的存在②。

《唐诗四季》这部诗歌研究随笔也浸透了吴经熊灵性的玄思，是作者"超越东西方"

---

① Lucas Yü, "Thoughts and Fancies", *Tien Hsia Monthly*, 1940, Vol.10, No.1, p.7.

② [日]柄谷行人：《日本现代文学的起源》，赵京华译，北京：生活·读书·新知三联书店2003年版，第15页。

的产物。正如他自己所说,“愈研究唐诗的发展,我也愈相信天主确曾参与其事”①。吴经熊借着他理解的基督教(融合了儒释道的基督教)来看宇宙人生,他在《唐诗四季》中22次提到了“上主”。吴经熊透过神性眼光“发现”杜甫是亲近上主的,杜甫爱君主乃是因为君主执行了上主的旨意。他称王维的灵魂是天蓝色的,“是一个素有宗教涵养的人物,他的上帝不是严父而是慈母”。②他称李白爱酒乃是因为“宇宙渴”的缘故,李白的诗歌中他最爱“香云偏山起,花雨天上来”这一句,因为世界如天堂一般,使他想起小德兰的“玫瑰雨”③。

吴经熊受道家文化影响很深,他于1939—1941年翻译了《道德经》,文质兼善,受到称许。在他看来,道家最突出的思维方式之一便是朴素辩证法,也即超越绝对的二元对立,在矛盾中看到统一,在复杂中发现简单,万事万物相生相成相互转化。这种包容超越的思维方式使吴经熊能以包容的态度去看待一切对立的事物,把握事物的本质。他的作品最突出的修辞特色便是矛盾修辞法。矛盾修辞法(oxymoron)指将相互矛盾的一对概念巧妙地组合在一起,表面上看不合逻辑,但实际则是相反相成,相互矛盾又统一,由此展现深刻的思想内蕴④。在吴经熊笔下,概念总是成对出现,相反相成,在对立统一中交织出思想包容性的深度,在相互渗透中表现出更为深刻复杂的内涵。例如:“一个人可能遭受的最糟糕的命运是被神化,一本书可能遭受的最糟糕的命运是被奉为经典。”(The worst fate that can happen to a man is to be deified; and the worst fate that can happen to a book is to be made into a bible.)⑤在吴经熊看来,人一旦被推上神坛,个性也就不复存在,反而失却了自我;而一本书一旦被定为圣典,便面临着被遮蔽、高悬的命运。正如被钦定为科举书目的“四书五经”,经典化的同时也失去了它们的生命质感与魅力。这种矛盾修辞法的特色在吴经熊的作品中随处可见:

---

① 吴经熊、苏雪林:《唐诗四季　唐诗概论》,徐成斌译,沈阳:辽宁教育出版社1997年版,第31页。
② 吴经熊、苏雪林:《唐诗四季　唐诗概论》,徐成斌译,沈阳:辽宁教育出版社1997年版,第50页。
③ John C.H. Wu, “Four Seasons of Tang Poetry”, *Tien Hsia Monthly*, 1938, Vol.6, No.4, p.354.
④ 张金泉、周丹主编:《英语辞格导论》,武汉:华中科技大学出版社2013年版,第175页。
⑤ John C.H. Wu, “The Real Confucius”, *Tien Hsia Monthly*, 1935, Vol.1, No.1, p.11.

The use of time is to evoke Eternity; the use of music is to evoke Silence; the use of colors is to evoke the Unseen; the use of traveling is to evoke Home; the use of knowledge is to evoke Ignorance; the use of science and art is to evoke Mystery; the use of longevity is to evoke the Evanescence of Life; the use of all human greatness is to evoke Humility; the use of complexities and subtleties is to evoke Simplicity; the use of the many is to evoke the One; the use of wars is to evoke Peace; the use of the astronomical system of things is to evoke the Beyond.①

时间的意义在于唤起永恒;漂泊的意义在于唤起家乡;知识的意义在于唤起无知;科学和艺术的意义在于唤起神秘;长寿的意义在于唤起生命的稍纵即逝;人之伟大的意义在于唤起谦卑;复杂微妙的意义在于唤起朴素性;多的意义在于唤起一;战争的意义在于唤起和平;宇宙的意义在于唤起超越者。

Friendship, in other words, is mutual dependence built upon mutual independence.②

友谊是相互独立基础上的相互依赖。

In feeding yourself, only your body is nourished. In feeding others, your soul is nourished.③

喂饱自己,只有肉身得到营养,喂饱他人,你的灵魂得到滋养。

An original thought is like the moon, so familiar and yet so strange, so inconstant and yet so constant, so material in its roots and yet so ethereal in its flowers, so clear in its face and yet so symbolic of the darkest mysteries of the Universe.④

---

① John C.H. Wu, "Thought and Fancies", *Tien Hsia Monthly*, 1940, Vol.10, No.1, p.41.

② John C.H. Wu, "Little Snatches from My Diary", *Tien Hsia Monthly*, 1937, Vol.5, No.1, p.152.

③ John C.H. Wu, "All Pathos and No Humor", *Tien Hsia Monthly*, 1939, Vol.9, No.1, p.451.

④ John C.H. Wu, "Thought and Fancies", *Tien Hsia Monthly*, 1940, Vol.10, No.1, p.38.

原创性的思想就像月亮一样，如此亲密又如此陌生，如此多变又如此恒常，根部如此坚实而花朵如此轻盈，表面如此清晰而蕴含了宇宙最深奥秘的象征。

从上述引文不难看出，吴经熊思想中具有超越、综合一切对立之物的倾向。于他而言，矛盾对立的事物都可以相互转化，相反相成，多与一、复杂与简单，伟大与谦卑，生与死，智慧与无知，短暂与永恒……矛盾的事物因其内在相通相互转化而走向统一，因而超越了对立的存在，达到新的完满境界。他的矛盾修辞法带有超验的、神秘的色彩。他的视点扩展到整个宇宙，超越了物性的生存，世俗之爱被永恒之爱上主之爱取代，物质被精神超越，一切变化也都成为恒常。这些句子蕴含着的深刻的辩证思想，充满了灵修色彩与神秘气质，宇宙人生无一不被纳入这种广阔的视野中，超越对立，超越此在，走向更大的融合。

2. 爱的皈依

吴树德在回忆父亲吴经熊时指出："他的内心洋溢着一派纯真，或许我们要说是一种孩子般的稚拙，与他那深受温良教化的心灵，好像矛盾，但却天衣无缝地融为一体，其结果便是心灵与思想相互化育，蔚为大观……家父可能由于其特异的心理特性，其所预期，追寻和找到的天主却是一位充满爱意同情心和宽大仁慈的母亲。"①尽管吴树德并没有展开论证，但这一段话是关于吴经熊心理特征的重要提示。

吴经熊早年饱经丧亲之痛，他四岁丧母，十岁失怙，十五岁时最疼爱他的大娘因为照顾患病的吴经熊而染病去世，给他柔弱的心灵带来巨大的创伤。这些经历一定程度上形塑了他的创作心理特质。吴经熊在《真孔子》("The Real Confucius")一文中，将自己的情感特质投射到孔子身上，简直是自况："寻父的愿望深植于孔子潜意识之中，这种强烈的愿望持续终生不曾衰减……随着年龄的增长，父亲的观念变得抽象……也就是有牢靠的向导，稳定的支撑点，达到至高至善至理想(的境地)。"②这段话同样可以用于描述吴经熊的精神之旅，他的一生是寻找"母亲"的一生。吴经熊在随笔中常把自

---

① 吴树德：《温良书生，人中之龙》，见郭果七：《吴经熊：中国人亦基督徒》，台北：光启文化事业出版社 2006 年版，第 6 页。

② John C.H. Wu, "The Real Confucius", *Tien Hsia Monthly*, 1935, Vol.1, No.1, p.13.

已比作孩子，以母爱获得精神的安定与归属。对于母爱的追寻成为吴经熊皈依天主教的内在情感驱动力，只有回归那种宽厚博大慈爱的母性之爱，他才会感到内心的安定。正如他自己所说："不管属于何种宗教，一个东方人若没有母亲，就会难有在家之感。这就是尽管我曾做循道宗教徒 19 年之久，灵性却找不到安息的原因；我失去母亲了。"①

"孩子"(child)是吴经熊偏爱的一个意象，也体现了吴经熊的心理特质——一个寻求"母爱"的孩子。"孩子"这个意象满含柔情，代表了好奇、纯真、柔美、恋母等一系列品质。吴经熊不仅常把自己比作孩子，也把具有纯真好奇等品质的作家看作孩子，包括他所欣赏的如孔子、杜审言、王维、李白、韦应物、李煜、小德兰、达·芬奇、莎士比亚、霍姆斯大法官等。《唐诗四季》出现 24 处 child；《悲情而无幽默》("All Pathos and No Humor")一文中出现 10 次；《爱的科学》("Love of Science")用了 15 次……足见得作者对"孩子"这个意象的偏爱。除了"孩子"意象的频繁使用，"母亲"(mother)这个意象在吴经熊的作品中也占据了重要地位(见上文表 1)，几乎每篇随笔都会有"母亲"出现。苍穹、自然、时代、世界、宇宙、上主……都被吴经熊称为母亲。在他看来，"母亲"是温柔、博大、宽容的，母性之爱是内在的超越的。吴经熊在分析王维的《竹里馆》时写道："明月能窥见他，他已是心满意足了；他较孟浩然更依恋大自然，单独的时候他就弹琴自娱，像一个婴孩在母亲的膝上嬉戏那般自得。这母亲说，'看，看，我的孩子，月亮在觑着你！'这孩子也就欢喜……"②事实上，吴经熊写作时将自己的心理投射在王维身上，他把大自然当成了温柔宽厚的母亲，被摧折的柔弱心灵终于得以回到母亲温暖的怀抱，自由自在地玩耍嬉闹，放下一切忧虑与不安，享受灵性的安宁。

"追寻母爱"的愿望根植于吴经熊的潜意识之中，随着年龄的增长，寻找母亲成为一种"精神代偿"，"母亲"的概念越来越抽象化，直到"上主"变成了吴经熊的寄托。母爱的缺失是吴经熊皈依天主教的情感内驱力。吴经熊曾寻求过各种各样的精神替代

---

① 吴经熊：《超越东西方》，周伟驰译，雷立柏注，北京：社会科学文献出版社 2002 年版，第 412 页。

② John C.H. Wu, "Four Seasons of Tang Poetry", *Tien Hsia Monthly*, 1938, Vol.6, No.4, p.364.中文参见：吴经熊、苏雪林：《唐诗四季　唐诗概论》，徐成斌译，沈阳：辽宁教育出版社 1997 年版，第 70 页。

品，但这些只带来更大的精神混乱与苦闷。经过长期的精神流浪，吴经熊终于发现内心需要的是一种可以作为支撑与依靠的母性精神，只有在其中才能得到平静和甘美，忘却世界的纷扰与动荡不安。天主教对于圣母玛利亚的尊崇正好契合了他的这种心理特质。1938 年，吴经熊读了小德兰的传记《灵心小史》，小德兰对上主之爱的母性的重视深深吸引了吴经熊。小德兰称天主为父，是一位比母亲还慈祥的父，她深情地称颂道："我一直感到我们的主比母亲还温柔，比母亲的心地还要宽厚……恐惧使我退缩，但在爱的甜蜜统领下，我不仅前进——我还飞！"①小德兰的"神婴小道"深深吸引了吴经熊，相似的心理特质在他心灵深处引起了强烈的震荡与共鸣，也正是这次契机使他最终皈依了天主教。

皈依教会之后，他终于找回了灵魂的宁静与安适，寻得了自己的精神归属。在吴经熊看来，母性之爱的力量能弥合分裂对立的世界，使社会多元而融合，统一而不单调，也即"和而不同，多而不裂②"。即使灵性陷入困境或迷失，也能在"母亲"的怀抱里得到恒久的支持与慰藉，赶走恐惧，走出黑暗森林，重铸勇气与安宁，使他得以在无垠的母爱之境里生活、行走、存在，灵魂饱满丰沛而富有激情，使吴经熊获得一种内在超越性，以摆脱此在的芜杂与在世之烦，以信仰、希望与爱来探寻生命的本质。

3. "超越东西方"

吴经熊在时代动荡中所面临的幻灭、动摇与追求，以及最终找到心灵的归属，在 20 世纪 30 年代有典型意义。退而言之，在《中国评论周报》和《天下月刊》作者群中，他的信仰选择或许不具有普遍性，但他超越东西方的理想追寻却具有代表意义。通过对吴经熊精神之旅的考察，可以观照 1930 年代中国知识分子心灵空间的一个侧面。

吴经熊曾狂喜于"身为中国人却接受西方教育"③，然而旋即又陷入精神的苦闷与困惑，"风气与意识形态一直以如此灼热的迅疾演变着"④，让他感到一直像被旋风夹

---

① 吴经熊:《超越东西方》，周伟驰译，雷立柏注，北京:社会科学文献出版社 2002 年版，第 404 页。

② John C.H. Wu, "Thoughts and Fancies", *Tien Hsia Monthly*, 1940, Vol.10, No.1, p.53.

③ John C.H. Wu, "Shakespeare as a Taoist", *Tien Hsia Monthly*, 1936, Vol.3, No.2, p.116.

④ John C.H. Wu, "Humor and Pathos", *Tien Hsia Monthly*, 1937, Vol.4, No.4, pp.383—384.

裹，没有坚实的立足之地。在西方文明的冲击下，慈爱的中国“母亲”不再有“灵魂的宁静”和“性格的甘美”[①]。痛苦流诸笔端，他的灵魂发出焦灼呼喊：“鸟有归巢，树扎根于土，我的心可在何处休憩？……一个接一个的偶像委顿于地，被焚烧一空……”[②]这段话显示了吴经熊这一代知识分子内心的困惑与冲突。由于在文化根基上彷徨不定、无所依傍，处在惶惑不安的状态，个体必定要承受怀疑绝望中的煎熬，体味新旧文化嬗变时的阵痛。

面对时代的废墟，吴经熊试图用物质来填补灵魂的空虚，甚至沉溺于声色犬马，然而自我放纵将带来更深的负罪感，让他坠入灵性的深渊。他一度对永恒的秩序、灵魂、信仰、上主等的观念都持有虚无主义的态度，认为一切不过是梦幻泡影（illusions and bubbles）[③]。而在皈依基督后，吴经熊的灵魂感到前所未有的温暖，不再沉溺于物欲。

需要指出的是，吴经熊的基督教信仰中有着浓厚的中国文化底色。正如上文指出，吴经熊的精神底色是道家的，道家文化赋予了他辩证思维与神秘气质，而他正是经由道家通向了基督教信仰。在吴经熊眼里，宗教精神是东西方真正沟通与结合的途径，离开这种精神，东西方无法真正相互理解，即使结合，片面“东方化”或者“西方化”也只会产生怪物，唯有它们在宗教的怀抱内合而为一时，人类才能彼此相爱。

吴经熊以基督教作为东西方文化之间桥梁，并由其信仰的结合而达到对东西方的“超越”，这得益于他协调彼此矛盾的持久倾向。这种倾向使得吴经熊具有十分包容的文化心态，也具有广博的人文视野。他往往以中西参照的方式去发现东西方文化的相似之处，求同存异，以求得一种更广泛、深入的融合。他喜欢读汉学家翻译的中国著作，以一种新的视角来理解中国文化。吴经熊的文学地图十分庞杂，融汇古今中外，他总是能够发现西方与中国的相通之处。吴经熊说，梁启超启发了他西方的思维方式，迪金森让他重新审视中国；老子教会他了莎士比亚的哲学；弗洛伊德和马克思帮助他

---

① John C.H. Wu, “Humor and Pathos”, *Tien Hsia Monthly*, 1937, Vol.4, No.4, p.378.

② 吴经熊：《超越东西方》，周伟驰译，雷立柏注，北京：社会科学文献出版社 2002 年版，第 4 页。

③ John C.H. Wu, “Beyond East and West”, *Tien Hsia Monthly*, 1937, Vol.4, No.1, p.9.

理解孟子①。吴经熊并不是全盘西化者,而是坚持中国文化本位,以求贯通中西而超越东西。这种超越与综合的倾向在《唐诗四季》中体现得尤为明显。在他看来,拜伦风格如同李白,华兹华斯则像杜甫;伍尔夫像柳宗元,而莎士比亚、帕斯卡尔、普鲁斯特都有道家的气质。"我用英文思想,却用中文感觉,这便是我只写汉诗的原因。有时我也用法文唱歌,用德语开玩笑"②,从中可以看出吴经熊包容开放的文化心态,他平等对待一切文化但有所持守。吴经熊以中国文化为本位,却不仅以中国视角看西方,也透过西方视角看中国,这种中西参照、中西互见的思维方式,使得他在文化穿梭中获得无上的乐趣与美感,同时能够以宽容的心态对待中西方文化,并发现相通之处。

当然,吴经熊期望以超越东西方的宗教精神来融合东西方文明,达到人性的和谐与完善,拯救时代混乱,更多是一种理想的愿景,然而这样一种另类的选择,就现代中国知识分子精神和文化出路的探寻来说,仍不乏研究价值。

三、游移于独立与介入、世界与民族之间

在中国现代文学的历史语境下,像林语堂、温源宁和吴经熊这样的作家似乎并不占据主导的位置。除了在中国本土却选择用英语写作之外,他们对政治意识形态独断的警惕、对艺术审美独立性的追求,加上教育背景的西化、绅士学者的做派,凡此种种,都使得他们不得不置身于精英却小众的文化边缘地带。尽管《中国评论周报》、《天下月刊》在20世纪30年代仍保有相对自由的言论空间,但随着生活政治化的急遽推进和民族危机下中国民族主义情绪的全面覆盖,《中国评论周报》、《天下月刊》的理性之声在社会的回响越来越微弱。然而,不管历史如何风云变幻,《中国评论周报》、《天下月刊》作者群对中国主体性的坚守始终如一,这也是1933年鲁迅赞成姚克用英文写一部有关母亲生平的小说的原因:"中国的事情,总是中国人做来,才可以见真相。"③从

① 吴经熊:《超越东西方》,周伟驰译,雷立柏注,北京:社会科学文献出版社2002年版,第47页。

② John C.H. Wu, "Humor and Pathos", *Tien Hsia Monthly*, 1937, Vol.4, No.4, p.384.

③ 鲁迅:《致姚克》,《鲁迅全集》第12卷,北京:人民文学出版社1981年版,第272页。

揭示中国现实真相以及与世界平等交流沟通来看，鲁迅对姚克的英语小说比对赛珍珠的作品更具信心，这鲜明地反映了鲁迅对30年代以英语为媒介的这一中国作家群体文化立场的肯定。《中国评论周报》、《天下月刊》作者群对现实独立而介入的姿态，对世界和人类积极融入并寻求多元包容的倾向，无论在20世纪还是21世纪的当下中国，都具有极为重要的意义。

（一）姿态：独立与介入

《中国评论周报》和《天下月刊》作为20世纪30年代国人自办的最重要的英语文化刊物，表现出一种既独立又介入的文化姿态。独立包括两个面向：一是指刊物立场的独立，也即刊物持论公正，不偏不党；二是指审美的独立，也即刊物尊崇文学主体性，并不将文学作为政治附庸，译介发表优秀创作。而介入则是指刊物并不回避时代进程，而是密切关注社会问题，并作出回应。但总体而言，这种姿态是稳健与温和的，是“非政治的政治”，也即关注政治问题但却无政治追求，以一种文化启蒙的态度作用于人心，意图改变国人的文化观念，从而促进社会的渐进改革，而不是像激进派那样诉诸政治/革命实践。

1. 独立的审美原则及趣味性追求

《中国评论周报》和《天下月刊》坚持以促进东西方文化交流为宗旨，拒斥政治争论和私人恩怨。通过编辑群体对刊物宗旨的强调，可感受刊物编者/作者的理想追求：

> 编辑们的专栏文章，是基于为了使中国更好地被世界理解的立场，纯粹表达自己的个人观点。在任何话题上，我们没有受到党派、政府或任何商业利益的影响，公平地说，他们从未以任何方式试图影响我们。（《中国评论周报》1930）①
>
> 《天下月刊》这类杂志的存在意义是公正的精神与国际化的视野。一旦些许偏离了这个定位，最后只能沦为党派的广告标语。（《天下月刊》1935）②
>
> 不管是从前现在还是未来，《天下月刊》的宗旨一直不变，即促进中外文化理

① D.K.Lieu, Notice, *The China Critic*, April 17, 1930, Vol.3, No.16, p.361.

② Wen Yuan-ning, Editorial Commentary, *Tien Hsia Monthly*, 1935, Vol.1, No.5, pp.491—492.

解。任何外来的干预都是不能容忍的。(《天下月刊》1938)①

正如从前一样,它一直保持文化杂志的特色。正如从前一样,它将继续充当沟通东西的桥梁。(《天下月刊》1940)②

从上述不同年代的引文可以看出,《中国评论周报》和《天下月刊》始终坚持独立客观的刊物立场。尤其值得注意的是,1937年面临国家生死存亡的关头,《天下月刊》仍能坚持文化杂志的定位,一以贯之地推动中国和世界各国之间的理解与合作。《中国评论周报》、《天下月刊》作者群中,林语堂、温源宁、邵洵美、胡适等人自由主义色彩较浓,胡先骕、萧公权文化上偏于保守,姚克、凌岱、凌凯梅、全增嘏、陈大仁与左翼更近,叶秋原、任玲逊倾向右翼,惟幻和尚则是宗教界人士……尽管他们的主张、思想、风格各有不同,但他们均遵循刊物的宗旨,尽可能避免在文章中宣传自己的政治倾向;讨论问题,不虚美不隐恶,力求客观。他们因为分享相似的人文主义立场而聚合在一起,营造了一种"理性公平"的氛围,以"友好精神"探讨问题,以促进中西方交流③。这种包容多元独立理性开放的态度,得到了国际读者的认可。

20世纪30年代整个知识界逐步左倾,形成"政治化趋向","普遍的政治风气、政治需求和普遍的政治心态,导致了主导的审美倾向的形成"。④而作家的文学选择也受到了政治意识的影响,很大程度上影响了作家的题材选取,写作角度与表达方式。政治化的写作逐步占据了主导。随着1937年战争局势的紧张,狂热的爱国主义情绪弥漫文学艺术的领地,文学被理所当然地被工具化,自身的审美特质被弱视甚至无视,很多作品成为标语口号的宣传。在这种激进的氛围中,《中国评论周报》和《天下月刊》作者群则力图保持理性与克制,始终坚持文学的独立审美,以文化交流促进相互理解,文学则作为文化最感性的形式充当中外交流的媒介。敏感于文学日益被政治裹挟的危机,温源宁用沉痛的笔触指出战争对文学和文化的摧残;而邵洵美也不满战争中没有佳作

---

① Wen Yuan-ning, Editorial Commentary, *Tien Hsia Monthly*, 1938, Vol.6, No.3, pp.401—402.

② Wen Yuan-ning, Editorial Commentary, *Tien Hsia Monthly*, 1940, Vol.10, No.1, pp.5—6.

③ Wen Yuan-ning, Editorial Commentary, *Tien Hsia Monthly*, 1935, Vol.4, No.1, p.1.

④ 朱晓进:《略论中国现代文学的政治化传统——从30年代文学谈起》,《文艺争鸣》2002年第2期。

出现，大部分成为宣传口号；即使是倾向左翼的姚克，也仍然坚定地恪守着文学本位的立场。他们把注意力集中于文明的保存与文化的重建方面，认为不管时代境况如何，文学和哲学都应当有其地位。作为文化守夜人，《中国评论周报》、《天下月刊》作者群以存亡绝续、保存文化为要务，坚定地继续文化事业。他们着眼于文学性，并将其作为文学评价的唯一标准，因而将文学创作与政治宣传严格区分开来；在此同时，他们对各派作家都能给予公正的评价和推介。

从创作情况来看，林语堂、温源宁、吴经熊、全增嘏等人对于个人文体风格的一贯坚持，使得他们的作品独具魅力。林语堂平白流利的文化随笔，温源宁睿智雅趣的人物随笔与文艺评论，吴经熊神秘幽玄的灵修随笔，全增嘏爽利泼辣的社会批评，还有钱锺书、金岳霖、许地山等人缜密优美的学术随笔……面对时代困境与战争危机，《中国评论周报》和《天下月刊》作者群不遗余力地坚守纯文学的立场，他们的随笔创作，在动荡的时代中仍保持了难能可贵的文学品质，也正因为如此，这些作品至今仍散发出诱人的文学魅力。

此外，对于中外优秀作家作品的译介，也反映了《中国评论周报》和《天下月刊》作者群独立的审美原则。邵洵美虽然批评战争文学多为空洞的口号，但他也公正地赞颂推介左翼作家臧克家的《自己的写照》和艾青的《大堰河》，指出这样的诗歌才是有生命力的。而最能体现《中国评论周报》和《天下月刊》审美独立性的莫过于对于鲁迅作品的评价。《中国评论周报》上有三篇关于鲁迅的文字，一篇是林语堂的《鲁迅》（“Lusin”），他赞颂鲁迅为“一个遭受重创、浑身伤痕的灵魂，却俨然是一名取得了辉煌胜利的战士作家”[①]；另一篇是姚克写的《我所了解的鲁迅》（“Lu Hsun: As I Know Him”），他认为，鲁迅是“一位天才、理想主义者，也是一名无畏的战士”[②]；而编辑部在鲁迅去世后所发的社论，同样反映了对鲁迅的敬意与尊重：“鲁迅之死对中国文学界来

---

① Lin Yutang, “Lusin”, *The China Critic*, December 6, 1928, Vol.28.中文见林语堂：《鲁迅》，《北新》1929年第3卷第1期。

② Yao Hsin-nung, “Lu Hsun: As I Know Him”, *The China Critic*, October 29, 1936, Vol.15, No.5. pp.105—106.

说确实是一个重大的损失”,“人们可以不赞成他的政治观点,却不得不钦佩他的勇气、真诚及年轻的活力和精神”。[①]《天下月刊》也隆重推介了鲁迅的作品,不仅翻译了鲁迅的三篇小说,同时还发表了几篇重要评论,包括哈罗德·艾克顿撰写的《中国现代文学中的创造精神》(“The Creative Spirit in Modern Chinese Literature”)[②],以及姚克所写的《鲁迅的生平与作品》(“Lu Hsun: His Life and Works”)[③]。温源宁也高度赞赏鲁迅,认为他的作品完美地将现代与中国结合起来[④],国民党新闻元老任玲逊在为《活的中国——现代中国短篇小说选》所写的书评中称“鲁迅的作品属于伟大的文学”。可以看出,《中国评论周报》和《天下月刊》悬置意识形态而公正地评价文学作品本身,体现出的是立场的公正与客观。这些译介对鲁迅在世界的传播起到了重要的宣传作用。借着这个平台,鲁迅的国际影响不断扩大。另外,从《天下月刊》对于中国现代文学作品的译介中也能看出这种独立公正的审美取向。1935 年至 1940 年,《天下月刊》“翻译”(Translation)栏译介了大量中国现代作家作品,小说包括鲁迅、冰心、叶绍钧、俞平伯、凌叔华、谢冰莹、巴金、老舍、沈从文、萧红、杨振声、鲁彦、谢文炳、丁玲、姚雪垠、吴岩、田涛、王思玷等人作品;诗歌翻译有卞之琳、闻一多、李广田、戴望舒、梁宗岱、徐志摩等人的作品,戏剧有曹禺、姚克等人的作品;共翻译小说 21 部(篇),诗歌 10 首,戏剧 2 部,散文 1 篇。[⑤]从这个名单可以看出《天下月刊》开放包容的文学态度,在独立的文学审美立场下,编译者以艺术性为本位观照中国现代文学,刊载各派作家的作品,既有左翼作家的创作,也有京派、现代派的创作,可谓不拘一格,全面地向世界展示了中国现代文学的成就。

对于趣味性的追求是《中国评论周报》和《天下月刊》审美独立性表现的一部分,对这两份刊物而言,趣味性不仅仅是一种文体风格,更彰显了一种超脱理性通达睿智的文化

---

① Editorial, *The China Critic*, October 29, 1936, Vol.5, No.5, p.433.

② Harold Acton, “The Creative Spirit in Modern Chinese Literature”, *Tien Hsia Monthly*, 1936, Vol.1, No.4, p.374.

③ Yao Hsin-nung, “Lu Hsun, His Life and Works”, *Tien Hsia Monthly*, 1936, Vol.3, No.4, pp.353—357.

④ Wen Yuan-ning, Editorial Commentary, *Tien Hsia Monthly*, 1939, Vol.2, p.108.

⑤ 参见黄芳:《跨语际实践中的多元认同》,华东师范大学博士学位论文 2013 年。

态度与价值选择。《中国评论报周》和《天下月刊》十分注重这种智性的趣味："我们的宗旨是刊登有价值有趣味的文章和评论，以飨那些希望中西文化更好地互相理解的读者。"①

正如本文一开始便指出，《中国评论周报》和《天下月刊》作者群之间互动密切，彼此之间相互学习借鉴，共同趋向一种开阔的人文主义，在他们撰写的文章中也会相互引用、应和、质疑或者批驳，由此形成了一个充分对话而众声音喧哗的文学空间，"文本的各种陈述相互交叉，相互中和"②，这种"互文性"让刊物变得富有生机与趣味。全增嘏、林语堂、姚克相互唱和，分别撰写了《糟糕的城市》、《上海之歌》和《我爱上海》。全增嘏讽刺世界都市的上海充溢着颓废文化："……我们讨厌上海则因为她的无知粗鲁和丑陋……上海是智力和文化颓废……③"；与此呼应，林语堂则以颂歌的形式反讽上海的"浮华、平庸、浇漓、浅薄"，批判上海的现代、奢靡、纵欲，上海是"中西陋俗的总汇"，"歌颂这行尸走肉的大城，有光发滑头的茶房，在伺候油脸大腹青筋黏指的商贾与柳腰笋足金齿黄牙的太太与面黄肌瘦弱不胜风的小姐"④；姚克却讴歌上海的繁华与现代魅力，上海嘈杂的"市声"在他听来如贝多芬的交响乐一般悦耳，尤其是夜深人静之时，这种吵闹声让他安心，而在寂静的北平夜晚他难以入睡⑤。类似的唱和或者对话还有很多，比如吴经熊、林语堂、邵洵美、林善德、经乾堃都写过关于孔子的随笔，他们都强调孔子的人文主义，为神圣孔子祛魅，力图还原一个平易近人、风趣智慧的孔子形象；比如对他们对于彼此著作给出公正的评论，全增嘏推崇温源宁的简洁机趣的人物随笔，温源宁称赞吴经熊的法律哲学研究有深刻广博的人文情怀，吴经熊欣赏林语堂的《吾国与吾民》，全增嘏毫不客气地指出林语堂《京华烟云》的失误……这种充分广泛的文本互动，趣味十足，不仅使得刊物更具有生命力，同时也让读者感到亲切活泼，有一种参与感与在场感；同时在这种多声部的文本中，读者对于相关话题将会获得更

① Correspondence, *Tien Hsia Monthly*, 1938, Vol.6, No.1, p.164.

② 秦海鹰：《互文性理论的缘起与流变》，《外国文学评论》2004 年第 3 期。

③ T.K.C, "The Terrible City", *The China Critic*, July 17, 1930, Vol.3, p.683.

④ Lin Yutang, "A Hymn to Shanghai", *The China Critic*, August 14, 1930, Vol.3, pp.779—780.中文参见林语堂：《上海颂》，《论语》1933 年第 19 期。

⑤ Yao Hsing-nung, "I Love Shanghai", *The China Critic*, October 22, 1936, Vol.15, p.84.

加广阔的视野。

此外，对“趣味”的追求还展现于刊物的“副文本”中。副文本即包括了“正文本周边的扉页题词或引语，序跋，注释，广告，附录，图像，笔名等”①，而副文本的存在“为文本提供了一种(变化的)氛围，有时甚至提供了一种官方或半官方的评论……它大概是作品实用方面，即作品影响读者方面的优越区域之一”②。例如林语堂关于中国书法的介绍、中国语言学的论述中，插入了众多书法图案，使得他对于汉字的特性阐释得更为清晰；温源宁在他的艺术评论中，也放置了多幅岭南画派的创作(以高剑父的画作为主)，既彰显了他的审美取向，同时也使得文章图文并茂，生动形象。值得一提的还有《中国评论周报》上的漫画(1930 年第 3 卷 30 期增设漫画栏目，1931 年截止)。它们多穿插在《中国评论周报》“小评论”专栏文章后的版面中，调节了文本的呈现方式。例如标题为“揩油”的一幅代表性漫画③，讽刺了日本顾问、美国辛普森要员、天津海关三者狼狈为奸，榨取人民血汗。漫画以讽刺社会和当局为主，风格犀利，也充满趣味。作为副文本出现，对于正文本也是有益的补充，丰富了文本的呈现形式。

2. 非政治的政治

《中国评论周报》与《天下月刊》作者群标榜的自由、理性的态度背后，同时蕴含美学和政治上的取向，他们一方面坚持自由独立、包容多元的态度，另一方面却并不回避干预现实，试图做“有机知识分子”，积极参与中国文化更新与文明的再造。但相对左翼知识分子而言，他们态度更加温和稳健。而与之前同样被视为温和稳健的“学衡派”相比，他们并不局限于抽象的文化评论，而是“积极参与了上海的政治社会生活”④。就姿态而言，他们与 1920 年代的“现代评论派”有类似的美学追求，但具有更广阔的视野和文化心态。林语堂幽默的小评论，事实上也是紧密切合社会问题(当然并无直接的政治革命的诉求)；全增嘏的政治批评不可谓不犀利；邝耀坤聚焦于妇女儿童问题；

---

① 赵毅衡：《符号学》，南京：南京大学出版社 2012 年版，第 144 页。

② [法]热拉尔・热奈特：《热奈特论文集》，史忠义译，天津：百花文艺出版社 2001 年版，第 71—72 页。

③ “The Best Cartoon of the Week”, *The China Critic*, July 10, 1930, p.660.

④ 沈双：《从比较文化的角度看跨国写作与当代英语世界文学》，陈子善、罗岗主编：《丽娃河畔论文学》，华东师范大学出版社 2006 年版，第 351 页。

张培基关心青年人的前途问题;温源宁呼吁中国政府多关注农村重建与城市文化建设;吴经熊通过法哲学的评论为宪政中国的建构做出努力。此外,《中国评论周报》和《天下月刊》书评栏目中,除了关于文化艺术方面的作品,还有大量关于国内外时政、经济、社会类的评述探究,可以看到这些作者并没有放弃作为知识分子的社会责任与文化担当,仍然时刻关心国事,关注国族命运。

《中国评论周报》和《天下月刊》作者群一方面坚持独立的审美原则,又不能忘怀介入现实的姿态,在这两者之间也存在着矛盾与偏移。《中国评论周报》在 1937 年之后逐步由文化刊物转型为政治性刊物;遇到中日战事吃紧之时,刊物便随之调整栏目与排版,压缩内容,首先取消的便是“小评论”(“The Little Critic”)、“艺术与文学”(“Arts and Letters”)、“书评”(“Book Review”)等文学艺术的栏目。当战争形势缓和之时这类栏目才会复版。而到 1939 年,《中国评论周报》中文化文学类的栏目基本上都被取消,只留下了抗战消息与抗战舆论宣传。这些改变与当初的办报初衷是有所背离的。同样,《天下月刊》“纪事”(“Chronicle”)栏目,在 1937 年以后也体现了功利倾向的偏移。姚克对于戏剧大众化与通俗化抱有极高的热情,他高度评价《雷雨》是因为它于扩大了戏剧的影响范围,成为一种为大众接受、欣赏的艺术形式①。凌岱在《诗歌纪事》(“Poetry Chronicle”)中提到,“温和的诗歌艺术似乎要让位给残暴的战争艺术”②,他认为诗歌应该作为政治宣传工具,因为它能深入大众内心。梁琰也指出,“戏剧已被证明是最好的战争宣传工具”③,凌皑梅同样也强调戏剧的宣传功能,“在文化领域,戏剧比其他艺术样式更有效地充当了政治宣传工具,并且这一功能逐渐强化。因为戏剧能达到更广泛的观众④”。有研究者甚至就此比较武断地认为,“对于小说、诗歌与戏剧这三大现代文学体裁,《天下月刊》无论是在翻译还是在文论上,都以宣传‘抗战’为准则”⑤。战争压力使得《天下月刊》的立场发生了一些偏移,但这个整体概括显然是片

---

① Yao Hsing-nung, “Drama Chronicle”, *Tien Hsia Monthly*, 1937, Vol.5, No.1.

② Ling Tai, “Poetry Chronicle”, *Tien Hsia Monthly*, 1939, Vol.9, No.5, p.494.

③ Liang Yan, “Drama Chronicle”, *Tien Hsia Monthly*, 1939, Vol.8, No.2, p.131.

④ Ling Kaimei, “Drama Chronicle”, *Tien Hsia Monthly*, 1940, Vol.10, No.3, p.256.

⑤ 王立峰:《矛盾与错位——〈天下〉对于中国现代文学的评介和翻译》,南京大学硕士学位论文 2013 年。

面的。

《中国评论周报》和《天下月刊》作者群是现代文化的工程师，他们对于中国文化的看法背后有着强烈的现代性意识形态的话语支撑。在战争最初的阶段，面对国家的生死存亡，他们义无反顾地承担起知识分子的责任，呼吁全民抗战，保家卫国；而一旦度过了生死攸关的转捩点，文化重建即提上了日程。可以说，他们始终关注的焦点是文化启蒙。《中国评论周报》、《天下月刊》作者群继承了"五四"知识分子的启蒙传统，深刻反映出承继"五四"文化而来的启蒙理念，延续的也正是"借思想文化以解决社会诸问题"①的思维方法。他们认为，要促进中国的现代化，必须要从国民思想意识的转变入手，"文化改革为其他一切必要改革的基础"②。他们希望通过这种深入的文化交流与融合，在战争的废墟中重建本土文化。相对于激进的左翼群体来说，他们相信文化改良人心的力量，这原本是"五四"作家关注的路径，但之后激进的左翼知识分子却更倾向于用政治手段直接解决问题。在整个知识界日益左倾的情况下，他们理性的声音构成了对激进思潮的一种疏离与反拨。

(二) 世界主义的理想及困境

《中国评论周报》和《天下月刊》作者群对西方文化有较为深入的了解，很多人都有留学欧美的经历，对他们来说，西方文化和现代性不再停留在想象层面，而是他们自己经历的一部分。"普适主义的跨文化融合姿态不赞同对中国文化采取虚无主义的态度，林语堂及其同类海归知识分子精通英语，西方文化，又能欣赏文化差异，重新认识本土文化。"③列文森认为现代中国的世界主义是一种非常脆弱的文化调和主义，是"无根的"、"去民族化"的"帝国主义的傀儡"，根本没有考虑到民族和人民，无异于一种天真的世界主义④。而史书美则不同意这种观点，她认为，"对于中国知识分子来说，上海的日常生活充满了模棱两可性，他们每天都同时体验着对西方文化的崇拜和对帝

① [美]林毓生:《中国意识的危机》,穆善培译,贵阳:贵州人民出版社 1986 年版,第 45 页。

② [美]林毓生:《中国意识的危机》,穆善培译,贵阳:贵州人民出版社 1986 年版,第 43 页。

③ 钱锁桥:《引言》,见钱锁桥编:《小评论:林语堂双语文集》,北京:九州出版社 2012 年版,第 32 页。

④ [美]列文森:《革命与世界主义》,参见[美]魏斐德:《讲述中国历史》,梁禾译,北京:东方出版社 2008 年版,第 57 页。

国主义的厌恶"①。正如其言,处在多种势力的罅隙当中,1930年代的中国知识分子无时无刻都在体验着文化的冲突与融合。用英语创作的林语堂、吴经熊、温源宁等人,他们极力渴望做一个世界公民,然而中国的社会现实与日益严峻的战争形势又使得他们无法完全抛弃家国,他们一方面践行世界主义的文化理念,另一方面又参与到民族国家想象共同体的建构中,力图建构一种"中道"的现代性,试图超越民粹主义的狭隘与西化主义的激进,然而这种趋于理想化的超越并不容易实现。由是他们不得不常常游走于世界与民族之间,这种矛盾也反映在他们作品的文化倾向中,表现了他们在时代夹缝的无奈与痛楚。

《中国评论周报》编辑团体1930年曾与胡适进行论战,原因是胡适在国外发表演讲,认为中国文明唯有全盘西化才能重获生机②,而《中国评论周报》则对此进行了批判。他们反对全盘西化的文化立场,而是意图借助世界视野,推崇理性开放多元的文化姿态,憧憬中西文化的交流与融合,在一种相互尊重相互理解的氛围中推动世界和平的实现。《中国评论周报》与《天下月刊》作者群认为,"正如东方与西方注定要在将来相遇,民族主义与世界主义也应该相互协调"③。他们自诩为世界公民,力图推行世界主义的理念,"个人是道德关切的终极单元,有资格获得平等的关切,不管他们的民族身份和公民身份如何"④,反映了对个人价值的充分尊重。他们对人类文明葆有乐观:"国界虽然不一,肤色也有不同,人性却是一体。种族的不同是'肤'浅的,但人类的统一却端在中心之心的深处。"⑤这种包容的胸怀在战争期间尤为难得,面对到处弥漫着的疯狂、屠戮与仇恨,他们仍然坚守世界主义的理念,诉诸人类的理性和良善,以文化对抗暴力、残忍、专制,对人类的未来抱有坚定的乐观和信心。邝耀坤就表示了对极

---

① [美]史书美:《现代的诱惑:书写半殖民地中国的现代主义(1917—1937)》,何恬译,南京:江苏人民出版社2007年版,第319页。

② Editorial, "On Dr. Hu Shih Spiritual Life", *The China Critic*, January 30, 1930, Vol.3, pp.98—99.

③ Editorial, "What We Believe", *The China Critic*, May 30, 1929, Vol.3, No.2, p.20.

④ [美]科克・肖・谭:《没有国界的正义:世界主义、民族主义与爱国主义》,杨通进译,重庆:重庆出版社2014年版,第1页。

⑤ John C.H. Wu, "Beyond East and West", *Tien Hsia Monthly*, 1937, Vol.4, No.1, p.17.中文见吴经熊:《超越东西方》,周伟驰译,雷立柏注,北京:社会科学文献出版社2002年版,第250页。

端爱国主义偏狭的警惕,极端爱国主义要求个人无条件为国家牺牲,同时煽动民众的狂热。因此他强调国家对于个人也有责任,国家要保障公民的个人权利与自由,同时也要与其他国家和平共处。

茨威格在《昨日的世界》描写了19至20世纪维也纳多元开放包容的文化氛围,"如今,我们岁月中的每个小时都和世界的命运联系在一起。我们已远远超出自己狭隘的生活小圈子,我们分享着时代与历史的苦难和欢乐"①。这种开阔的文化视野、自觉的人类意识一直为世人称道。而20世纪30年代《中国评论周报》《天下月刊》作者群同样也出色地表现了这种对于人类命运的关注,对于人性和文明的反思。《中国评论周报》编辑部在社论中曾倡议建立"自由世界主义俱乐部","具有国际眼光的人们,为了更好地理解彼此的观点与文化而聚合到一起,探讨现代社会共有的人生问题。俱乐部只开放给有自由世界主义思想的人;比起赞颂国族,他们对检视观点更兴趣;比起爱国宣传,他们更关注现代生活共性问题"。②即使面对残酷的战争,这群具有人类意识和普遍价值关切的知识分子并没有丧失理性。他们指出,抗日战争反对的是日本军国主义,而不是日本民众和日本文化,"我们不应该对于日本人民抱有仇恨,而应该反对日本军国主义。日本人民被政客欺骗了"③。在很多人被民族仇恨吞噬理性时,他们清醒地认识到,人们不应该使自己的心灵被仇恨与疯狂玷污,即使战斗,也应该持守高尚的心灵:"我们的事业是正义的,我们必须干净地战斗,不要让灵魂失去了光泽。只有这样我们才配得上胜利,也只有这样,我们已经做出、正在做出和即将做出的牺牲才能变得崇高。"④在惨绝人寰的战争中,也应当持守理智的人性原则和人道立场,温和地对待其他人(不管种族国籍如何),尊重和关切个人的需要:"深处野蛮和残忍之海,我们要保持善良温和;当他人都陷入疯狂,我们要保持理智;不管是黄皮肤,黑皮肤

---

① [奥]斯蒂芬·茨威格:《昨日的世界:一个欧洲人的回忆》,舒昌善译,桂林:广西师范大学出版社2004年版,第31页。

② Proposal for a Liberal Cosmopolitan Club in Shanghai, *The China Critic*, September 13, 1930, Vol.3, p.1086.

③ Wen Yuan-ning, Editorial Commentary, *Tien Hsia Monthly*, 1937, Vol.5, No.4, p.338.

④ Wen Yuan-ning, Editorial Commentary, *Tien Hsia Monthly*, 1941, Vol.10, No.2, p.337.

还是白皮肤，都要悉心照顾，就像照顾花园中的花儿一样，这是我们必须黾勉为之的。”①吴经熊则以基督之爱为受苦难的全人类悲泣：“上帝啊，我不希望看到其他国家拖进这场战争！我们还不够吗？难道希望看到我们的朋友和我们一道受苦吗？”②这种对于人类的关切，在战争时代具有非常难得的意义。《中国评论周报》和《天下月刊》作者群以理性思维提醒国人，在坚持抗战的同时，不要被仇恨蒙蔽理性，习惯杀戮只会让人丧失人道与正义。“如果我们爱上了死亡，陶醉于她的魅力，生命的黎明到来时就没有我们的一席之地。我们变得像深水里的鱼，由于习惯了黑暗而失去了视力。”③这种深刻的反省、审慎的克制与理智的宽容态度，这种广博的人类意识与理性的人文主义精神原则，使得他们的作品拥有了持久的生命力。

尽管《中国评论周报》和《天下月刊》作者群融汇东西、心怀世界，但不应该忽略他们终究还是有着鲜明的国族意识，他们游走于世界主义与民族主义之间，在世界理念与民族情感之间不断摆动，而一旦遭遇民族危机升级，即向民族立场偏移。以《中国评论周报》为例，“海外华人”(“Overseas Chinese”)栏目长期存续，对国外排华事件给予了密切关注；1929 年刊载多篇关于治外法权的论文，并举行“关于废除中国治外法权的征文比赛”④，反映了民族主义倾向；中日战事开始后所刊发的多为抗日舆论；由此尤金·鲁伯特指出，《中国评论周报》在“提倡新闻自由的同时，又支持国民政府压制外报舆论”，因为“关于中日问题和抗日的舆论占据了其中主要的部分”⑤。诚如其言，邝耀坤在《中国评论周报》1937 年 7 月出版的第 18 卷上，集中发表了若干篇关于日本侵华战争的“小评论”：《组织起来赢得战争》(“Organize to Win the War”)(第 7 期)，《建设性工作》(“On Constructive Work”，第 8 期)，《世界和平的最大制造者》(“The World's Greatest Peace Maker”，第 9 期)等，这些文章号召全民抗战，指出中国的抗日战争将对

---

① Wen Yuan-ning, Editorial Commentary, *Tien Hsia Monthly*, 1941, Vol.10, No.2, p.338.

② John C.H. Wu, “Little Snatches from My Diary”, *Tien Hsia Monthly*, 1937, Vol.5, No.2, p.161.

③ John C.H. Wu, “More Pathos than Humor”, *Tien Hsia Monthly*, 1937, Vol.5, No.3, p.262.

④ Extraterritoriality Essay Contest, *The China Critic*, 1929, July 4, Vol.2, p.506.

⑤ 转引自赵立彬、叶秀敏：《〈中国评论周报〉与面向海外的抗日舆论》，《近代中国与文物》2009 年第 3 期。

世界和平做出巨大贡献,同时他也注重战后建设的问题。同样,温源宁在《天下月刊》的“编辑评论”中虽然多次呼吁日本理性对待中日关系,希望国际社会对日本行为进行干预,但当战争全面爆发后,他也一改以往温和的态度,用充满力量的笔触号召国人抵抗到底,抛弃与日本和平的幻想,因为幻想只会带来“奴役和自杀”,全民皆兵才能摆脱“外国的侵略和宰制”。①面对惨烈的战争,耽于玄想的吴经熊开始质疑自己作品的价值,甚至一度宣称再也不会发表这些毫无用处的个人独语:“每当想起前线为国捐躯的战士,我就为自己感到强烈的羞愧,因为我的身体虚弱无法扛枪,而我的笔也无法肆意辱骂……如果我能够在这场严酷折磨中存活下来,我将把毕生精力都献给研究和阐释中华民族的精神和文化。”②战争压力的剧增,极大地刺激了中国知识分子的内心,使他们原本理性的文化抉择不得不受缚于个人良知和民族情感。不妨借用史书美的“半殖民主义”③概念,20 世纪 30 年代的中国处在一种碎片化的半殖民图景中,而正是在这种各方势力角逐的场所、种种力量冲突的缝隙中,中国的知识分子们顽强地挣扎与突围,不断地试图确立主体性与自我认同,这种探索总是充满了挫折与反顾,他们也往往处于矛盾的撕扯之中。

《中国评论周报》与《天下月刊》作者群一方面积极地融入世界,借助上海独特的多元文化空间,试图进行中外文化的交流、沟通与融合;但另一方面,感时忧国的精神特征在很大程度上又决定了他们的精神底色。中国作家总是“视中国的困境为独特的现象,不能和他国相提并论”,“中国作家的展望,从不逾越中国的范畴”。④林语堂曾充满深情地描绘了中国知识分子面对中西文化冲撞之下的内心苦闷与挣扎:“在他的胸膛里,隐藏着一种或不止乎一种顽强的苦闷的挣扎。在他的理想中之中国与现实之中国,二者之间有一种矛盾。在他的原始的祖系自尊心理与一时的倾慕外族心理,二者

---

① Wen Yuan-ning, Editorial Commentary, *Tien Hsia Monthly*, 1937, Vol.5, No.5, pp.433—434.

② John. C.H. Wu, “More Pathos than Humor”, *Tien Hsia Monthly*, 1937, Vol.5, No.3, p.265.

③ [美]史书美:《现代的诱惑:书写半殖民地中国的现代主义(1917—1937)》,何恬译,南京:江苏人民出版社 2007 年版,第 423 页。

④ [美]夏志清:《现代中国文学感时忧国的精神》,《中国现代小说史》,刘绍铭等译,台北:传记文学出版社 1979 年版,第 536 页。

之间尤有更有力之矛盾。他的灵魂给效忠于两极端的矛盾所撕碎了。一端效忠于古老中国,半出于浪漫的热情,半为自私;其一端则效忠于开明的智慧,此智慧渴望社会的革新,欲将一切老朽、腐败、污秽乾坤疖的事物,作一次无情的扫荡。"①作为文化守夜人,中国知识分子深味文化嬗变的苦痛,他们时刻需要面对这种文化更新所带来的撕裂感,心中眷恋古老中国,却又倾慕异族的现代文明,既有革故鼎新的压力,又要承担存亡绝续的使命;作为过渡时期知识分子,面对三千年未有之大变局,他们始终无法摆脱转型期的现代性焦虑,彷徨于世界主义与民族主义之间,这种复杂混合的心态使得他们很难完全树立起坚定的文化信念,一遇到时代风向的变化,就很容易改弦易辙。因此,尽管用非母语写作让《中国评论周报》、《天下月刊》作者群与本土语境有一定疏离,带给他们跨文化跨语言的体验,但他们毕竟身处中国文化语境之中,无法真正超脱于民族国家的视阈,也就势必无法像赛义德笔下描绘的"流亡作家"②那样自由,只能是戴着镣铐舞蹈。

此外,通常而言,母语以及母语文化毕竟是非母语写作者最后的"故乡",以非母语写作试图对母语语境进行反抗,这种悖谬必定使得外语写作者内心充满矛盾和困惑。而在 20 世纪三四十年代的中国情境下,用英语写作本身便多少带着被殖民色彩,依托租界而开展的中外文化交流的实践,不仅脆弱有时也带有某种迷惑性。《中国评论周报》"小评论"中有一篇耐人寻味的文字:《英语作为我们的国家语言》("English as Our National Language"),作者忘乎所以地欢呼全民英语时代的到来,认为目下中国英语已经大规模普及,发挥着通用语的作用,中国应该将英语作为国家官方语言,便于国际交流③。这种论调在文盲占绝大多数的半殖民地中国不啻痴人说梦,多少反映了这些与普罗大众生活脱节的知识分子的天真幻想。事实上,随着 1937 年后战争局势的紧张,这种本不坚实、凌空高蹈的关于"自由世界主义"的玫瑰色构想就失去了滋长的土

① 林语堂:《吾国与吾民》,黄嘉德译,《林语堂名著全集》第 20 卷,长春:东北师范大学出版社 1994 年版,第 11—12 页。

② [美]爱德华・W.萨义德:《知识分子论》,单德兴译,北京:生活・读书・新知三联书店 2013 年版,第 48 页。

③ David S.Lee, "English as Our National Language", *The China Critic*, May 13, 1937, Vol.17, No.7, p.157.

壤。所谓“自由世界主义俱乐部”的构想最后只能容纳编者/作者群体，“它只对于中产阶层有吸引力，但不是当时主流风尚”①。中国现代知识分子是“在跳跃的想象中进入了全球领域。然而，这种对话的本质只能是虚幻和想象的”②。这种理想化的文学/文化实践渐渐沦为一种无力的姿态，更多演示了那个年代中国知识分子一厢情愿式的文化乐观与自信。20世纪前半叶的中国处在一种碎片化的“半殖民主义”③的图景中，而正是在这种各方势力角逐的场所、种种力量冲突的缝隙中，中国知识分子顽强地挣扎、突围，不断地试图确立主体性与自我认同，这种探索自始至终充满了挫折与反顾，他们的灵魂也就注定了处于永恒的矛盾撕扯中。20世纪三四十年代中国的战争环境和愈益浓重的政治文化风气，加剧并最终决定了《中国评论周报》和《天下月刊》结局的黯然。

尽管如此，《中国评论周报》、《天下月刊》作者群的英语随笔写作仍然具有不可抹煞的历史现实的意义。长久以来，中国作家较多关注国人的生存现状，而忽略了对整个人类的关怀。夏志清的“感时忧国说”即指出了中国知识分子爱国主义的狭隘面，顾彬也认为中国文人过度关注自己的民族国家，致使中国现代文学与现代世界文学的方向相悖④。在经历了一系列文化冲击之后，晚清时期的中国人开始有了“世界”的概念，逐步去除华夏中心观，将自己视为世界的一部分。康有为、梁启超等人勾勒出大同世界的蓝图，之后胡适、周作人等人则提倡“世界民”、“人类意识”，胡愈之等人在中国积极推广世界语……这些实践都反映了一种基于理性的世界主义观念。但民族救亡局势的紧张逼迫知识分子不得不聚焦于国族命运，大部分作家“转向”认同时代共名，视野局限于国家之内，逐渐丧失了对于人类的关注与普遍价值的关切。在这个意义上，《中国评论周报》、《天下月刊》作者群所展示的人类意识的价值尤其值得后人珍视。而他们站在中国土地上以英语进行“跨语际实践”⑤，体现了一种难得的积极拥抱并融

---

① 钱锁桥：《引言》，钱琐桥主编：《小评论：林语堂双语文集》，北京：九州出版社2012年版，第32页。

②③ [美]史书美：《现代的诱惑：书写半殖民地中国的现代主义(1917—1937)》，何恬译，南京：江苏人民出版社2007年版，第423页。

④ [德]顾彬：《二十世纪中国文学史》，范劲译，上海：华东师范大学出版社2008年版，第7页。

⑤ [美]刘禾：《跨语际实践——文学，民族文化与被译介的现代性(中国，1900—1937)》，宋伟杰等译，北京：生活·读书·新知三联书店2002年版，第1页。

入世界文学的从容和自信，这是中国现代作家以独特的方式与世界沟通对话，以促进人类相互理解共同进步的可贵尝试。

作为20世纪三四十年代中国人自办的最重要的英文文化刊物，《中国评论周报》、《天下月刊》以刊物编辑为核心，聚集了大批优秀的英语写作者，并成为中国作家发表英语作品的重要平台，林语堂、吴经熊、温源宁等作家的英文随笔显示了中国现代作家外语写作的重要实绩。

外语创作是中国作家在面对文化冲突与文化转型中的一种文化自觉。外语不仅仅作为一种言说工具，更是作为一种思维形态体现了中国作家与世界对话的世界主义立场，一种走向世界并希望得到理解与互动的文化取向。中国作家的外语创作具有边缘性质，毕竟精通外语的还是少数，但这种边缘性却使得书写者获得了较大的自由空间，他们因此可以重新审视自己的审美态度与审美经验，从而以一种超脱的姿态对待中国文化、观照西方文化，继而在多重文化融合的视界下对中国和世界、中国人与人类的关系做出智慧而理性的回应。在整个世界都陷入战争的狂热危机时，他们表现出的多元文化的意识、世界主义的胸襟、包容开放的文化态度，尤其难能可贵。而作为中国作家外语写作的重要构成，《中国评论周报》和《天下月刊》作者群的英语随笔创作扩大了中国现代文学的视阈，拓展了中国文学的边界，同时也更真实地呈现了中国现代文学多样化发展的历史轨迹。

世界主义视野下的中国文化景观:林语堂的小说“三部曲”及其他

郭海燕　倪婷婷

用汉语之外的语言从事写作的现代中国作家,如盛成、熊式一、蒋彝、叶君健等在西方世界曾产生过较大影响,而其中最为著名的,当属“两脚踏东西文化,一心评宇宙文章”[①]的林语堂(1895—1976)。以非母语的形式向异域读者讲述本土故事,这是跨语言跨文化寻求与陌生世界对话的尝试,就整个人类而言,这双重跨越的意义十分重大,它代表着文明和进步的方向。进入跨语言文化交流的关键在于,参与对话的人必须具有某种共同的特征。“它们不必是人类共有的特征,只是特定人群共同拥有的特征。”美国学者阿皮亚对此解释说,这些特定人群共同拥有的特征在于:世界主义。“世界主义的口号是普遍主义加上尊重差异。其他人民同样重要。人的基本需求都应当得到满足……每个生命都很重要,其中也包括我本人的生命。如果世界上很多人没有做好分内之事,那么我就不能被要求以生命作为代价,来填补他们留下的空白。我们对陌生人承担的任何具有实际意义的责任,都不能影响人类生活的多样化。”[②]以这种当代

① 林语堂:《林语堂自传》,工爻译,《林语堂名著全集》第10卷,长春:东北师范大学出版社1994年版,第31页。

② [美]奎迈·安东尼·阿皮亚:《世界主义:陌生人世界里的道德规范》,苗华建译,北京:中央编译出版社2012年版,第48、250页。

世界主义概念来对照中国现代文学的整体表现,或许不太适宜,但对浸润过20世纪初尤其“一战”以后自欧洲传入的世界主义思潮的“五四”作家包括林语堂来说,其情怀和视野里其实多少已反映出这种阿皮亚所界定的世界主义的精神因子。

1935年当时还身处上海的林语堂,靠一本《吾国与吾民》(*My Country and My People*)在美国一举成名。1936年,林语堂移居美国,为了更全面地介绍中国文化,以与西方世界进行跨文化对话,他继续用英语写了《生活的艺术》(*The Importance of Living*)、《孔子的智慧》(*The Wisdom of Confucius*)等著作,接连引发轰动。在此期间,林语堂发现,“诚以论著入人之深,不如小说。今日西文宣传,外国记者撰述至多,以书而论,不下十余种,而其足使读者惊魂动魄,影响深入者绝鲜。盖欲使读者如临其境,如见其人,超事理,发情感,非借道小说不可”①,因而他一边继续撰写论著,一边也开始创作小说,向西方读者形象地介绍中国人的生活、情感,阐释中国的文化要义。直至1966年到台湾定居,林语堂一共写了八部英语长篇小说,其中有些甫一推出,即大受欢迎,一版再版,畅销欧美。林语堂晚年在《八十自叙》里说:“我必清查一下儿我的作品。我的雄心是要我写的小说都可以传世。我写过几本好书,就是《苏东坡传》、《庄子》;还有我对中国的看法几本书,是《吾国与吾民》、《生活的艺术》;还有七本小说,尤其是那三部曲。”②七本小说是指《京华烟云》(*Moment in Peking*)、《风声鹤唳》(*A Leaf in the Storm*)、《唐人街》(*Chinatown Family*)、《朱门》(*The vermilion Gate*)、《红牡丹》(*The Red Peony*)、《赖伯英》(*Juniper Loa*)、《逃向自由城》(*The Flight of the Innocents*);其中三部曲是指《京华烟云》、《风声鹤唳》、《朱门》。除了这七本外,其实还有一部《奇岛》(*The Unexpected Island*),又名《远景》(*Looking Beyond*),林语堂盘点著作时未标明《奇岛》为小说,或许是因为他自已也无法确定这本概念化明显的作品是否应归入小说范畴。事实上,林语堂所有的小说,包括广受赞誉的《京华烟云》,都是作者观念和思想的传声筒,他不讳言对小说教化功能的注重,甚至把小说当成了另一种形式的文化著述。《奇岛》并非特例,只是较之其他七部小说,更为极端而已。

---

① 林语堂:《给郁达夫的信》(1940年9月4日),《语堂文集》(下),台北:台湾开明书店1978年版,第1234页。

② 林语堂:《八十自叙》,工爻译,《林语堂名著全集》第10卷,长春:东北师范大学出版社1994年版,第314页。

林语堂开始用英文撰写小说时似乎并不特别着意于小说审美性的建构，就像当初写作《吾国与吾民》一样，他的主旨是要向英语读者展示中国文化的魅力，探讨文明的根底。因而他的小说成败与否或水准高下，主要取决于他发掘其生活经验以及艺术加工的程度。在林语堂创作的八部长篇小说中，着力向英语世界介绍中国传统儒、道、释文化的是“三部曲”。《京华烟云》写于 1938 年 8 月至 1939 年 8 月间；《风声鹤唳》写于 1942 年；《朱门》写于 1953 年，这三部长篇可谓林语堂的小说代表作，它们从不同角度反映中国近现代历史的变迁，作者的意图就是诠释中国文化，但其丰富的生活和艺术积累还是基本保证了小说的审美品位，这也是它们能吸引众多西方读者的一个原因。此外，1948 年出版的《唐人街》是有关中国人移民到美国的生活记叙，探讨的重点其实是人生哲学问题。1955 年问世的《奇岛》记述的是一名类似联合国的“民主世界联盟”组织的女性成员，偶然迫降到一座远离文明中心世界的孤岛上的故事，这是典型的文化乌托邦想象之作。1961 年出版的《红牡丹》通过讲述女主角的婚恋经历，探讨情爱欲望的困境问题。1963 年推出的《赖伯英》是一部自传体小说，主题集中在处理家园和世界、传统与现代的关系上。

在林语堂的小说中，表现主动离开原文化场域而前往异质文化环境的两部作品——《唐人街》和《逃向自由城》的人物，加上自传体的《赖柏英》中的主人公，是具备阿皮亚所说的世界主义素质能够进行跨文化对话的男性。而其他小说的主角均为女性，如《京华烟云》里道家的女儿姚木兰，《风声鹤唳》里受佛教禅宗教理洗礼顿悟的崔梅玲，《朱门》里儒家的女儿杜柔安，《红牡丹》里追求情爱自由境界的牡丹，《奇岛》里在虚拟的理想国被感化的美国女性尤瑞黛，作者赋予了这些女主人公胸怀博大、思想开明、敬畏生命、淡定自然的品性，她们从不同维度朴素地映现出作者心目中世界主义的理想人格范型。林语堂对小说女主角设置的偏好，或许与他认为女性在情感中占据主导地位、女性在跨文化传播中作为传播者对自身处境具有特别敏感有关。跨文化传播者的世界主义核心在于认为东西方有共同之处，有普适价值观，如对生命的尊重，这是普遍主义；而“尊重差异”则着眼于这种对生命（或者说人权）的实现的表现方式不同。林语堂上述小说，从不同的层面阐释了世界主义的精髓。

林语堂最钟爱他的小说“三部曲”。这三部小说布局构思不一，主题也不一，但它们的共同处是对中国文化精神的弘扬。《京华烟云》展示的是道家思想，《风声鹤唳》展示的是佛家禅宗思想，《朱门》展示的是儒家思想。林语堂出生在基督教牧师家庭，又曾经是“五四”激烈反传统时代的一分子，他在去国后用英语创作的小说却以昭示中国文化精神为主旨，其转变并非简单的价值回归。移居美国之后的林语堂是在切身体会了欧美文化之后，从旁观者角度反观中国和中国文化传统的。“三部曲”尽管侧重于中国文化观念的介绍，但作者的视角与单纯生活在中国国内的学者对中国传统文化的理解不同，也与那些标榜中体西用的文化守成派或改良派的认知有异。除了因身处海外拓展了固有的文化视野这个因素之外，林语堂心智部分早已植入西方文化的某些“基因”也发挥了一定的作用。林语堂从西方基督教纯粹精神性理念里获得启示，逐渐塑形了一种较为自由独立的人格，使他有可能对中西文化进行更为客观中立的评判。因此，他心中的中国传统文化，不是沉浸在群体思维中并已内化为心智和行为的那些中国人所谓“中国文化”。

如果说林语堂前期的中文创作重点是批判这种个性意识缺失、个体精神匮乏的中国文化传统；那么，他后来的英文著述包括小说，则主要是从世界主义角度去发掘中国传统文化与西方文化中普遍的部分——人的基本需求都应当得到满足，每个生命都是重要的这种人权观念。作为一个远离本土的中国作家，他的世界主义视野在一定程度上契合了异域读者的接受期待，却难免会与国内主流的民族主义意识形态产生疏离；他因着对另外一种文化的体验和洞察，而对自己的文化产生新的认知和理解，无论是批判的反思，还是欣赏的同情，都有可能在特定的时空里被误认为背离故土的把柄。而就林语堂本人而言，他在中西古今文化抉择过程中也始终充满着矛盾，当他将中国文化传统硬生生地拼接到自由、人权等普适价值上时，凹凸不平处屡见不鲜。林语堂的困境在 20 世纪三四十年代直至 1949 年后无法回归中国大陆的境外作家中，是极具代表性的。

一、《京华烟云》:“无为”道家文化思想的印证

《京华烟云》写在中国全民抗战之际,作者自称为“纪念全国在前线为国牺牲之勇男儿,非无所为而作也”①,小说确实自始至终席卷着历史的风云,展露着时代的烙印。可尽管如此,只要读者留心就会发现,作者关注的焦点并不限于具体的家国命运,而是人类文明的整体趋势。借助于近现代历史背景下中国人特有的处事方式的反映,林语堂以“自由”这一普泛人性的概念为参照,站在世界主义立场上,向西方读者介绍并解释中国的道家思想,并竭力彰显了它独到的价值力量。

小说女主人公姚木兰被称为“道家的女儿”。所谓“道家”,在小说中它既是姚木兰父亲姚思安的别称,也是抽象的现代中国本土文化精神的指代。姚思安被塑造成“现代的庄子”。他长期沉潜于“黄老之道”,在姚家风风雨雨数十年的历程中,始终保持着一份清醒与泰然。他认为,道学是一种哲学,它将所有事物的实体及其不同程度、各种标准的关系,加以对立、还原,显现其循环的联系。道的一部分会伤害道的另一部分,这就是道,它并不在乎别人怎么看它。姚思安也深爱科学。庄子就强调人与万物的合一,对动植物给予与人同样的地位,因而对万物产生研究的兴趣。西方科学发展强调衡量数量,强调观察与实验,这都让浸润在道家思想里的姚思安感到心意相通。

与此相关,对中国人“中体西用”的思维方式,姚思安认为不可取。近代中国人对西方的引进侧重于技术,而不是科学本身。而这两者的区别就在于前者是对规则的遵守,而后者是对规则的探讨。技术有可能隶属于道德政治,为其奴役,而科学却有可能颠覆既有的道德规范,建立独立的标准和原则。因此,姚思安笃信科学的立场很清楚,在他身上,林语堂寄托了一种理想的道家人格,赋予他独立判断的能力,甚至让他洞穿传统道德政治背后的权力运作,而以一种近乎世界主义的眼光揭橥中西方文化中的“普遍主义”所在,从超越的视野(即道家的“道”)去理解中国传统文化与西方现代文

① 林语堂:《给郁达夫的信》(1940年9月4日),《语堂文集》(下),台北:台湾开明书店1978年版,第1234页。

化。姚思安体悟到，道家思想和现代科学都同意这一点：作用与反作用的力量相等。比如对于日本的侵略，姚思安认为，中国的反抗精神就是反作用的力量。

在林语堂看来，明乎“道”以后，真正的道家智者不会去人为地干涉事情的发展，而是静观其变，顺势而为。所以在小说中，对于“五四”新文化运动，姚思安表示，没有谁对，也没有谁错。文学革命运动，其中总有对的地方。不管什么运动，时机不成熟，就不会发生发展，而那项运动的主张，很多人一定能切实感觉得到才行。运动是有过分的地方，但不会一直持续。就像坏油漆，自己总会剥落的。这种看法其实接近于英国自由主义经济学家所说的社会自发扩展理论，即政体更多的是利益觉醒、利益博弈的结果，是重复博弈塑造出的共同体，而不是人为计划出来的。当然，姚思安尚未形成如此成熟的现代观念自觉。

对儿女一辈婚姻情感的处理，姚思安表现出他特有的泰然。女儿木兰原来的妯娌素云因家庭生活不幸，一时糊涂，投靠了日本人做烟土生意，姚思安却给了她一条回归之路，令她感动自悟，在民族大义面前牺牲了自己，炸死了日本人，最终保全了人格。而面对小儿子阿非与红玉以及后出现的宝芬这三人的情感困局，姚思安的反应也很淡定。红玉爱阿非，但感到不能以己之弱质误了心上人的未来，投河自尽。试问姚思安为何不发慈悲，安排小儿子与红玉的婚事，给红玉以定心丸？莫非这是道的无情？其实这更像是林语堂的决定，他通过对小说中人物行动的褒贬表达了他的文化态度。林语堂对《京华烟云》中的人物有过解释：“重要人物约八九十，丫头亦十来个。大约以红楼人物拟之，木兰似湘云，…… 莫愁似宝钗，红玉似黛玉，桂姐似凤姐而无凤姐之贪辣，迪人似薛蟠，珊瑚似李纨……”另外，林语堂还从文化的角度对小说中的重要人物作了评判：“木兰、莫愁、曼娘、立夫、姚思安(木兰父，百万富翁，药店茶号主人)、陈妈、华大嫂为第一流人物。荪亚、红玉、阿非、暗香、宝芬、桂姐、珊瑚、曾夫人、锦罗、雪蕊、银屏次之。”①小说的人物设置虽模仿了《红楼梦》，而主旨和格调与《红楼梦》两异。在林语堂看来，红玉深爱阿非固然感人，但过分地被情感左右，生命的全部就是阿非，时

① 林语堂：《给郁达夫的信》(1940年9月4日)，《语堂文集》(下)，台北：台湾开明书店1978年版，第1234页。

时担心被他人夺爱，这就潜在地给了阿非巨大的心理压力，反而推动阿非移情于活泼开朗的宝芬。同时，红玉又太任性、太孤傲，令真正喜欢她才气的人也把与她交往视为畏途。林语堂赞赏的是姚木兰这样的“道家的女儿”。作为才智过人的女性，红玉之死令林语堂也感到惋惜，据说他写至于此流下了眼泪，但红玉终究还是被林语堂理智地列入第二流人物，以让红玉自我了断，表现他对纯任情感支配行动的人生态度的不认可。作为林语堂推崇的中国道家文化态度的体现者姚思安，对儿子的婚事，始终没有采取明确的步骤，同时也不去阻拦，结局任由陷入情感三角的当事人的角力决定。

从对红玉的评价，我们可以看出林语堂对于作为人的基本特征之一——情感的思考。对情感，尤其是对爱情的态度，林语堂主要通过他最推崇的姚木兰和妹妹姚莫愁与同一个男性孔立夫之间的“三角”关系渐次展开，予以彰显。

姚木兰浪漫活泼，富有情趣。她精于烹饪，善于持家，注重保养，也会打扮，喜欢游山玩水。总之，她是个热爱生活，也会享受生活的人。这个“道家的女儿”深得道学的真髓，性情宽厚、谦逊，极具包容性。对新事物，她能根据习得的规则、道家的智慧，分析哪些该否定，哪些该接受。她像男孩子一样吹口哨，学唱京戏，不受儒家贱视艺人观念的影响。木兰感到青年才俊孔立夫能够与她心灵契合，她能理解并欣赏孔立夫所追求的目标和人生，就决计为之共同努力奋斗。比如二人都喜爱甲骨文、圆明园的残基废址，还有泰山上的无字碑，那是因为两人都能领会到：甲骨文、残基废址、无字碑均以无声的语言向人类的文明史进行挑战，与之相关的英雄人物、普通百姓都已故去，而它们依然存在，得以永恒，原因在于石头无情。木兰从中得到如何对待人生的启示。这便是如苏轼所谓“君子可寓意于物，但不可留意于物”，即注重每个组成部分自己的魅力，而不是因果链。因为无情的石头不会只以“我”为中心来对待世界，不会因对报偿的追求，或者对恐惧的逃避而采取行动。这样就能够超然游于物之外，便可“无所往而乐”。因为明白了人生的真谛，木兰便知道人生的每一刻都自具隽永滋味，不把过去看成现在的原因，过去的事犹如一场空梦，了无痕迹；不使现在为了将来而存在，回转的时间里应当有回转的生活。她也不再关注“我眼中的世界”，而是一瞥“世界中的我”，视角从我转到世界，心胸开阔了，做到了如苏轼说的“吾非逃世之事，而逃世之机”。

世界主义强调普遍主义加上尊重差异，作为世界主义者的林语堂已经领会到西方文明中积累下来的智慧，很自然地会以此来比较母国祖先的智慧。在比较之后，根据一致性和相容性，对一种文化中认可的价值（即一些规则或行为模式）同世界范围内的其他社会认可的价值进行评估。所以，当他进行跨文化写作时，读者能感觉到其中体现出来的普适价值观。在《京华烟云》里，中国传统的道家智慧主张“自然”而非“人为”的认知，集中反映在姚木兰形象刻绘上，林语堂要让读者从木兰的人生及感悟中，去理解道家的“自然”与西方智慧中“自由”“人权”价值观的契合。

在林语堂笔下，木兰这么一个富有情趣的人，一旦与孔立夫产生了爱情，当然会感到迷醉。她觉得只要接近立夫就快乐又满足。但按照中国传统的面相说、生辰八字说，如果要结为婚姻、组成家庭，妹妹莫愁的土命与孔立夫的木命相配合，可以把孔立夫的激进性格往回拉，而木兰的金命则可能使他在险恶的政治漩涡中遭受危险，尽管可能使他们的生活更为浪漫，但两人却不是最佳的婚姻组合。《京华烟云》里的姚木兰是明了对于生活之欲的解脱之道的，所以她会具备如林语堂所推崇的那种人生态度：“先有哭，才有欢笑；有悲哀，而后有醒觉，有醒觉而后有哲学的欢笑，另外再加上和善与宽容。”①

相比木兰的浪漫活泼，妹妹莫愁显得理智稳健。对莫愁这一形象，林语堂是将之比拟为《红楼梦》里的薛宝钗的，但莫愁已没有了薛宝钗让人讨厌的那种世故、算计。在《红楼梦》中，薛宝钗希望贾宝玉关心“仕途经济”，到了莫愁这里，就变成了“她的人生理想在于辅佐丈夫”。对于政治，她认为人应由聪明转入糊涂：莫愁如一条水母，紧紧盘住对政治极其敏感的丈夫，使之免于受到侵害。对孔立夫反感的政客如袁世凯，莫愁表示，那种人，他说他的，你听你的，听他说就和看戏一样，有何不可？木兰是能从精神和心灵上去理解孔立夫的人，可木兰又赞同父亲姚思安为自己安排的婚姻。爱情与婚姻如何协调呢？已成为妹夫的孔立夫一直都是木兰心中的爱人，好在妹妹莫愁也是通达人性的一流女子，她能理解姐姐木兰，姐妹二人因对人性的通达，感情变得更

---

① 林语堂：《生活的艺术》，越裔汉译，《林语堂名著全集》第21卷，长春：东北师范大学出版社1994年版，第14页。

加深厚，与孔立夫的关系也就能梳理得清晰明了。

林语堂给木兰的归宿，是让她嫁给了另一个门当户对家庭的男子。小说中，当木兰感到肉体既给自己快乐，又给自己痛苦时，她就用纵情声色犬马来补偿痛苦，并且发掘一切感官之娱。在真正所爱不能陪伴的情况下，木兰不怨天尤人，而是让丈夫做替身，以行乐来恢复天性。战时的林语堂曾表示，“人生的目的就是为了自己生活，这是多么明显的事实，我们简直从没有想到过”①。姚木兰是林语堂集中了《红楼梦》里史湘云等人物所具有的韵致，按照自己的文化理想而打造出的一个形象，完全可以用来诠释林语堂“热爱人生者”的哲学。木兰的处世方式也代表了林语堂自己的偏好，他喜欢这个充满灵性，既飘逸脱俗又通人情世故、豁达大度的人，所以才说：“若为女儿身，必作木兰也！”②

珍视生命，热爱生活，根基于林语堂对自由理念的独到领悟。真正的自由是基于对生命活动的驾驭，而不只是单纯欲望的满足。林语堂一再强调的“生命”“生活”，是在自由——对欲望的克制——基础上生发而来的。所以他笔下的木兰认可父亲对于她婚姻大事的安排，可谓“驾驭欲望”这一“自由”概念的一种实践。这种自由意涵了选择的自由，理性思考后的行为必定可实现利益的最大化和损害的最小化。

林语堂曾在《论晴雯的头发》一文中指出：“飘逸与世故，闲适与谨饬，自在与拘束，守礼与放逸，本是生活的两方面，也是儒道二教要点不同所在。人生也本应有此二者调剂，不然，三千年叩头鞠躬，这民族就完了。讲究礼法，待人接物，宝钗得之，袭人也得之。任性孤行，返璞归真，黛玉得之，晴雯也得之。反对礼法，反对文化，反对拘束，赞成存真。失德然后仁，失仁然后义——这些话不能说全无道理。但是，人生在世，一味任性天真，无所顾忌，也是不行的。……我想思想本老庄，行为崇孔孟，差为‘得之’。”③因此可以看出，林语堂即便对笔下的人物——红玉不无同情，但仍然认为红玉

---

① 林语堂：《真正的威胁——观念，不是炸弹》，《讽颂集》，今文译，《林语堂名著全集》第15卷，长春：东北师范大学出版社1994年版，第190页。

② 转引自林如斯：《关于〈京华烟云〉》，林语堂：《京华烟云》，张振玉译，长春：时代文艺出版社1987年版，第2页。

③ 林语堂：《论晴雯的头发》，《平心论高鹗》，《林语堂名著全集》第26卷，长春：东北师范大学出版社1994年版，第2页。

只是恣肆了个性。真正的自由不是个性的放纵，不是中国传统范围里自在性的叛逆之举，而是与理性的自觉相关联的。

既然自由意味着控制欲望，那么自由也包含着控制自己强加自己的欲望给别人，“己所不欲勿施于人”，尤其想要改造别人的想法，即意味着逞其私智以欺天，并制造复杂理论来文饰，最终两败俱伤；自由又意味着有选择，而有选择的权利，就意味着风险和责任。能够自己为自己制定法则，就不会盲从于社会中的种种违背自然情感的规制，而把握住人生的真义。即生活是第一位的，生命是第一位的，人生的目的就是为了生活。姚木兰便是这样一个能充分驾驭生活、生命的人，因此，当孔立夫被军阀拘押遭遇生命危险，包括莫愁等都一筹莫展之时，木兰凭借生命热情而非抽象的伦理秩序，体会到了立夫作为灵魂伴侣的重要，丝毫不顾及有可能被玷污清白，冒险亲自前往向司令官请求立夫的赦令，并能全身而退。

道家的“无为”，不是什么也不做，而是顺势而为。木兰的父亲姚思安完全是静观情势的自然演变，顺从自然之道。这是道家从整体看事物的原因。例如姚思安在女婿出轨之后，他装扮成第三者可接受并信任的人，了解他们相爱的详情，从而使当事的一方——女儿姚木兰不被蒙在鼓里，做到信息对称，开诚布公。至于木兰，她反思自己农家妇的妙想没有成功，因而从容面对这一切。她写给丈夫情人的信里说：“余知热情为何物，亦曾为热情所苦。……女士若已深陷情网，敬祈以轻松视之，万勿操切行事。”木兰约了她见面，表示她除了“悬崖勒马”外，也可以“进入曾家，和他共同生活”，以妾身相伴。①姚木兰的应对姿态或许只是一种策略，但林语堂的态度从中可见一斑。对道家顺遂自然观念的认同和称许，固然表明了林语堂对“五四”激进风气的反拨和反思，但在《京华烟云》里，面向西方读者的林语堂是否一不小心就滑到了另一个极端呢？无论是对姚思安，还是对姚木兰，理性而睿智的读者应该会有自己的评判。

---

① 林语堂：《京华烟云》（下），张振玉译，《林语堂名著全集》第2卷，长春：东北师范大学出版社1994年版，第366、368页。

二、《风声鹤唳》：破除"我执"的佛禅思想演绎

《风声鹤唳》是写中日战事期间一位年轻女性的心灵蜕变，即禅宗思想对女主人公彭丹妮(崔梅玲)的心灵洗礼。正如王国维所言，"生活之欲之先于人生而存在，而人生不过此欲之发现也"①，所以解脱之道在"去欲"。佛教是心灵之学，中国佛教禅宗思想的特色之一就是要人摆脱情绪——这种以自我为中心的欲望。《风声鹤唳》正是林语堂领悟了西方近代文明"自由""人权"的价值观后，结合中国佛教禅宗思想中与其相容的部分加以形象演绎的一本小说。

作为《京华烟云》的续篇，《风声鹤唳》以日军侵入中国为背景，以《京华烟云》中姚家长孙姚博雅为中心人物逐步展开故事。在小说中，博雅爱上了一个叫崔梅玲的孤女，她有着美丽温柔的外表，曾一度沦为有钱有权男人的小妾。梅玲不喜欢这样的处境，但又无能为力。博雅爱上了她后，介绍她与自己的好朋友老彭——一个禅宗教徒认识。在拯救难民的工作中，崔梅玲受老彭慈悲和奉献精神的感化，摒弃了世俗的情爱恩怨，成了一个崭新的丹妮。而博雅在意识到与他俩之间的距离后，为配得上丹妮而英勇献身。

在林语堂的笔下，博雅与其他人物相比，更像是为映衬林语堂的某种观念而出现的。像许多史学家一样，博雅对主宰整个历史发展的英雄人物着迷，他善于从历史的大框架看待具有战略意义的政治与军事人物。同时他还认为，在当时的情形下，中国城市必须烧毁，老家必须放弃，农人必须离开他的农场，每个被迫逃亡的人都必定会有非常羞耻、非常不人道的体验，这种观点与武汉沦陷后当政者曾采取过的政策及其后续反应有相似之处。另外，博雅对英国和日本做了比较，似乎有为英国殖民主义正名的味道。例如，他说英国殖民者有一种天生做主人的架势，自信，自重，穿自己服装，吃自己食物，说自己语言，而且也具备希望别人也说英语的能耐。而日本殖民者则不同，

① 王国维：《红楼梦评论》，《静庵文集》，沈阳：辽宁教育出版社 1997 年版，第 70 页。

他们偷吃中国人的饭，到了国外，突然要他们装出主人的样子，他们硬是办不到，一喝醉，一切压抑的恐惧就都流露出来了。日本和英国的差别就在这里。日本殖民者的狭隘、偏执和目光短浅，让他们将大和民族看作高世人一等，不相信有普遍的价值观，因而对“非我族类”大加挞伐。战事因此爆发，几乎难以避免。有这样认知的博雅，显然和20世纪三四十年代中国最激进的知识分子有所区别，他的见解尽管片面简单化，一定程度上反映了林语堂疏离于中国环境后在评判中国时难免的隔膜感，但博雅超越了单一国家、区域的局限而拥有的开阔视野，还是为读者提供了新的思考空间。

《风声鹤唳》写作时间几乎与小说讲述的故事内容同步，身在海外的林语堂对中日战争中影响个人和民族命运的力量有其独到的探究。在写于1948年反映华人以中国道家思想在西方(美国)安身立命的小说《唐人街》中，林语堂提到冯家的三儿子汤姆不赞同做改变人类历史的伟人的想法，汤姆认为伟人都有某种程度的疯狂，他们常常孤立地看待人的理性，不明白理性是与文明一起演化的，因而往往会不顾道德规则，一味地由自己的个人欲望驱使，根据臆想的某种因果关系，去设计与安排社会秩序——这和道家智慧讲究的“自然”相悖，是“人为”。林语堂将汤姆塑造成刻苦务实、懂得“不争”之道的新移民形象。从他对汤姆的喜爱来看，这个形象多多少少承载了林语堂自己的意念。而在早几年写于战时1942年的《风声鹤唳》中，林语堂却让博雅欣赏这种改变人类历史的伟人，同时又安排博雅与中国传统佛教禅宗文化精髓的代表老彭相互映照。这两个人物的遇合，以及他们作为男性在女主人公崔梅玲情感世界里地位的升降，恰如其分地表达了作者对两种不同文化观念的理性评价。尽管对博雅，林语堂也不无同情，但他终究认可的是老彭。博雅的文化特征在西方人眼里也许并不陌生；而老彭从日常生活细节着手关爱他人、奉献自己的做派，恐怕在西方现代社会并不多见，因此弥足珍贵。值得注意的是，林语堂无意于让博雅和老彭针锋相对。在小说中，博雅也深深感受到了老彭的吸引力，他把老彭当做自己为人处事的一面镜子。作为中国文化中与道家精神颇有神似处的禅宗思想的化身，老彭的存在令博雅感觉到必须重新整合自己的需要。《风声鹤唳》中博雅和老彭的关系，展现出文化的隐喻色彩，而《唐人街》则更进一步表明了林语堂的文化指向。

从故事情节看,《风声鹤唳》俨然是一部典型的爱情小说,也有人将其视为抗战小说,而实际上它的核心仍然是探讨并弘扬中国文化精神中人的自由精神。通过女主人公在情爱中的挣扎,作者表达了摆脱情绪支配的“自律”的“自由”本义。从世界主义角度来看,佛教禅宗意义上的摆脱情绪支配、避免“我执”,与德国哲学家康德的“自律”观有相通之处。康德为卢梭的社会契约论建立了道德形而上学的基础,西方的自由意识上升到了“自律”,而不再是“他律”。自律是更高层次上的自由,每个人的意志都是立法的意志,每个人都为自己立法。从这个层面来看,《风声鹤唳》的情爱书写,在文化内涵上也具有普适性的价值意味。

女主人公崔梅玲有着令男人垂涎的美色。但正如《庄子·山木》中所说,山中之木,以不才得终其天年;主人之雁,却以不才死。材与不材之间,似之而非也,故未免乎累。崔梅玲的眼睛和嗓音即左右了她必须遭受的劫运。博雅之爱上她,也是受她这种外在特质的吸引。博雅非常懂得欣赏女人的美,他说,女性美恰如书法,不是美在静态的比例,而是美在动态的韵味。然而这种美色所带来的迷惑,却也令她的灵魂受挫。和博雅相比,老彭是一个真正关心生命、关心他人的佛教徒,他能体谅崔梅玲因美貌所带来的烦恼和痛苦。例如老彭说,太太们是以生意的眼光来看婚姻的。崔梅玲说,难道没有一个地方能让相爱的男女单独、快乐地在一起?作为一个深谙人性之恶的人,老彭告诉崔梅玲,她还年轻,不知道男人对男人的残酷。博雅与梅玲,老彭与梅玲,孰远孰近,孰亲孰疏,梅玲当然不难判断。

崔梅玲感受到老彭的温情,因而也信服老彭说的:若要心灵解脱世俗的悲哀,必先使身体不依赖舒服的享受。小说中有一段描写崔梅玲在夜总会看到的色欲展示:乐队奏起《圣路易蓝调》。五个白俄女人几乎一丝不挂地旋转了几圈,然后在平滑的地板上翻筋斗。肉体在紫光下显得很漂亮,观众发出一阵阵狂吼。崔梅玲从中看到“人类赤裸裸的兽性”,不愿再让自己“心为形役”,于是把胸罩也烧了,同时突然开始讨厌博雅那样的爱。她曾经陶醉,在上海也曾和博雅分享的爱情,已不能满足现在的她了。梅玲觉得博雅会替自己设计衣服,带她去见他的朋友,好像把她当做玩物,其中不无满足博雅自己虚荣心的意味。崔梅玲觉得不能再与博雅维持那样的关系了。

小说写崔梅玲做了一个转轮子的梦。梦中她没穿衣服，身体迅速向前滚，像溜冰一样，溜到一个大水车上，贴住了车轮后，和车轮一起翻滚。而此时很多人看着她，有人笑，有人在欣赏她的肉体。她不在乎，觉得和轮子一起慢慢转得真舒服。但是，她又对自己说，得落在地面上，轮子一停，她看到了老彭，他拿一块毯子包住了她。她听到水车在后面吱吱响，看到很多女人也绑在轮子上，跟着乱转。[①]梅玲的这个梦境明显折射了佛教"轮回"的含义。它虽然属于林语堂为他的读者刻意植入的佛教常识，但却与崔梅玲此时的心理波动相吻合。借助于崔梅玲的觉悟，小说要表明的是，动的东西皆属圆，原初人们悟得了这个原理而发明了轮。发动是出于无的意志，而借着息成形。禅宗所谓顿悟即是看清这种真相，脱离轮回，达到解脱。

《风声鹤唳》也通过老彭这个禅宗信徒指示如何解脱。老彭说，"每个人心中的慧心……与生俱来的，不可能失去，时间一到，自然会有'顿悟'发生"，"佛心以知性和同情为基础，完全看个人的宗教秉赋决定"。[②]这是指获得对于他人他物的敏锐感知。如果对他人的休戚全然不感，就容易产生冲突了。崔梅玲透过老彭，看见了另一种人类赤身裸体的景象而有所悟。在与无数中国人一起逃亡的路上，她目睹了一个中国妇女被日本兵强奸而致怀孕，梅玲能体谅她体内有这样一个胎儿是什么感觉。

老彭告诉梅玲：人人都有朋友、双亲和各种私人关系，要完全摆脱感官的欲望是不可能的。但是，知道了爱憎是由我们的感官以及你我的差别心而来，就不会执著于个人欲望及其价值的实现，而可以体谅到他人的欲望及其价值。明了处在同一个生死圈中自己的位置，在理性评估后能做出正确的抉择，达到博爱众生的幸福境界，就超越了个人失望的悲哀。于是梅玲开始学习以温情来对待众生。此时的崔梅玲经过了脱胎换骨的变化，她"飞跃"了，新生了，她的名字也改为彭丹妮。

蜕变之后的崔梅玲——彭丹妮，竟然与老彭的心灵契合了。老彭感到：如果说自

---

① 林语堂：《风声鹤唳》，张振玉译，《林语堂名著全集》第3卷，长春：东北师范大学出版社1994年版，第227页。

② 林语堂：《风声鹤唳》，张振玉译，《林语堂名著全集》第3卷，长春：东北师范大学出版社1994年版，第261页。

我观和殊相观是一切冲突及怨和恨的起源，它们却也是我们知觉生命最强的基础。既然老彭认识并了解了丹妮，就不能把她看成抽象体来爱，否则那就是一堆情绪和欲望了。活在业的世界里，老彭也逃不出业的法则，就算现象世界只是幻影，老彭对丹妮的感情却非常真实。老彭一度想从丹妮身边逃开，潜心于各种活动，在战争和动乱的各种场面中忘掉自我。而受老彭感召而来的博雅目睹老彭和梅玲二人的情形，也在沉思后顿悟，觉醒随着他对生命法则的刹那见解而产生。原来，爱的真谛是创生，是让自己爱的人的生命得到创造力，而不是拘于自己的占有欲。最后，博雅毅然挺身护卫彭丹妮，在与日本兵枪战后死去。为友舍命，人间大爱莫过于斯。禅宗的偈子“菩提本无树，明镜亦非台。本来无一物，何处惹尘埃”也暗示，在沉思后的顿悟中，一个人的觉醒会随着他对生命法则的刹那见解而产生。这对崔梅玲是如此，对博雅也是如此。

《风声鹤唳》令读者同样无例外地感受到林语堂这个世界主义者的文化价值立场。小说中崔梅玲让身体不依赖舒服享受的意念和行为，除了林语堂所理解的佛禅意味外，也带有基督教改革之后形成的某种“新教伦理”的痕迹。“它否定了路德宗那种纯内向的情感虔诚，也摒弃了帕斯卡提出的那种寂静派式的躲避做法。因为和肉体相比，上帝具有绝对的超验性，所以神并不能真正深入人的灵魂。加尔文在对待一切纯粹的感觉和情感上，都持有怀疑的态度，并且不管这些东西是多么崇高。”①而博雅牺牲自我，为友舍命，与《京华烟云》里从整体看事物的道家智慧有相似之处，都是自己为自己立法，摆脱欲望对自己的束缚，从而做出理性的抉择——这也是西方“自律”意义上的“自由”的真义。而老彭和彭丹妮投身于关爱生命的活动中，更是理性选择后更高意义上的自由表现，是生命充分汲取了中西文化精髓后的美丽绽放。

三、《朱门》：儒家“留有余地”以创生的精神体现

《朱门》写于 1953 年。有感于西方人对中国内部民族矛盾的纷纭评说，林语堂特

① ［德］马克斯·韦伯：《新教伦理与资本主义精神》，沈海霞等译，北京：电子工业出版社 2013 年版，第 81 页。

意写了这部涉及中国西北民族问题的小说。小说中提及一些秘密组织,林语堂认为,如果政府贤明公正,这种秘密组织的数目就会锐减,但是,那种拳友相助、金兰之交对某些人仍有吸引力。以此来看,小说所反映的回汉矛盾,不过是中国历史现实中比较表层的现象,林语堂想借此探讨更为复杂也更具普泛意义的一些问题,如政府如何对待民众,权贵阶层怎样防止权力的滥用,以及怎么看待强势文化与弱势文化的关系等。

小说的故事延续了中国文学万世不变的题材:一个出身朱门的千金小姐与贫寒而英俊的青年的曲折爱恋。故事既古又老,林语堂不得不注入新鲜养料而使其焕发生命活力。小说设置了作者仍记忆犹新的战争背景,一边是日军侵占东北引发的"九一八事变",为东北以至中国更多区域布上战争阴云,一边是新疆的盛世才军队与信仰伊斯兰教的少数民族间的流血冲突,使西北浸染在血色中。男女主人公杜柔安和李飞的浪漫故事就发生在如此不浪漫的时空里。和《京华烟云》与《风声鹤唳》一样,林语堂仍然意图以一个情爱的柔软外壳去包裹一种坚韧的文化内核。《朱门》要证实的正是主宰了几千年中国人身心的精神支柱——儒家的仁爱观在历史和现实中不容忽略的价值。

林语堂认为,儒家"仁者爱人"的精髓,在于其"留有余地"的思想。他借小说中人物之口表示:一个人不能只让自己活着,而不让别人活着。这是非常体贴人性的思想。仁是爱与爱的回报。爱是必须回报的。不懂回报的人就不会考虑礼与乐了。在一个共同体中,人们都有着爱与归属的需要。不仅要别人爱自己,也要会爱别人。从对他人的体谅和包容出发,才能发展出爱别人的能力。其实,世界主义者林语堂是从"体谅和温情"这种禅宗"慧心"的角度来看待中国的儒家思想的,这也是二者的相似之处,因而也具普适价值的意味。《朱门》的人物和故事情节都围绕这一主题精神而展开。

林语堂在小说中安排了一个从美国留学回来的年轻人——杜柔安的堂兄杜祖仁,将其当做儒家"仁爱"代表的对立面来刻绘。杜祖仁追求美国式的效率,不顾具体现状一心想着拦起大坝去发电做生意。这样一来,附近的回人不能再去湖里捕鱼,坝水也无法灌溉回民的土地。在与当地回民发生纠纷后,杜祖仁竟然拿枪试图用武力压制,致使矛盾激化。另外,他还强迫当地原住民改变宗教信仰和生活方式。杜祖仁身上明显贴有美国文化的标签,林语堂借助于这个人物对美国文化中偏激的一面进行反思,并给予了批评。他认为,杜祖仁从美国学到了那种紧张、活跃、讲效率的态度,比如美国剧院里灯光、布景,一秒钟都算得好好的,一分钟都不用等,这当然反映了西方现代性特点;然而现代法则之外,还有一条人心的法则,那就是以牙还牙,杜祖仁的银行或商业课程并没有教过他这些基本常识,这就导致回国后的杜祖仁水土不服严重。

在小说中,林语堂将杜柔安的父亲杜忠描绘成儒家思想的捍卫者。杜忠说,任何家族若违反了人心的法则,就不可能繁荣下去。这朴素的道理里有着普适价值的因子。杜忠看不惯他的弟弟——前西安市长杜范林的唯利是图,也不认同侄子杜祖仁不择手段的扩张策略。为了杜家不至于衰落从而失掉仁义治家的荣耀,杜忠主动拆掉回人区域里属于杜家的祖产——湖上的水闸,这一做法反映了杜忠的价值选择:仁者爱人,即按照本然的仁去立身处世,反之则极可能遭遇不测。林语堂在 1938 年写的《孔子的智慧》中指出:"我认为儒家思想是具有其中心性,也可以说有其普遍性的。儒家思想的中心性与其人道精神之基本的吸引力,其本身即有非凡的力量。"林语堂当然知道,作为鼓吹恢复传统政治制度的儒家思想,在现代政治经济发展面前,是陈旧无用的;而相对于人道主义文化,相对于社会生活上的基本观点,它也未免失当之处。然而,尽管如此,林语堂表示:"我认为儒家思想,仍不失为颠扑不破的真理。儒家思想,在中国人生活上,仍然是一股活的力量,还会影响我们民族的立身处世之道。"林语堂将儒家对理性社会秩序的强调,解释为"要求人对人类与社会负起当负的责任",然后再与"人道主义者的态度"画等号,因为他认为,儒家注重的是"基本的人际关系",而"人的标准就是人",所以他也认为,儒家思想是"独具特色的人道主义"。①这样的解释当然牵强,有偷换概念之嫌,可以看出,林语堂是在有意识进行中西古今混融性的阐释。在小说中,杜忠在看了喇嘛庙日出的礼拜后,对女儿和李飞说,"西藏人拥有我们所缺乏的东西。回人也一样。有些人把这些部落当做野蛮人,简直胡说八道。为什么我们硬要改变人家的生活方式呢?"②这里反映了林语堂平等的人道观念,在具体演绎

---

① 林语堂:《孔子的智慧》,张振玉译,《林语堂名著全集》第 22 卷,长春:东北师范大学出版社 1994 年版,第 1、2、3 页。

② 林语堂:《朱门》,谢绮霞译,《林语堂名著全集》第 5 卷,长春:东北师范大学出版社 1994 年版,第 219 页。

过程中，无论是误读还是正解，都说明他要跳出单一的中国传统格局对儒家思想进行再挖掘，其中融合了整个世界文明发展的参照视野。

在林语堂心目中，儒家“对人类与社会负起当负的责任”想法，是与西方文明中对“自由”的含义——基于选择并对选择负责——相通的。要想对人类和社会负责，必须要强调社会的连续性，对变革须采取审慎态度，不能按照一己欲望妄加改变，即便自认为出于良好的动机，也可能适得其反。《朱门》所处理的具体问题，是一个外来强势力量在它扩张的过程中所面临的棘手难题，也就是对原先不是本族人的其他民族要求他们应该遵守什么法律？在多大程度上应该迁就或者是容忍，是否一定需要改造那些地区原始的部族习惯？小说中代表儒家“仁爱”思想的杜忠对此持审慎态度。林语堂很清楚，通过文化传播而进行的价值体系的进化过程，必然隐含着这样的条件，根据个人价值与社会的所有其他价值的一致性和相容性，才能对这些个人价值做出评估。

在今天看来，杜忠有点接近西方社会的“保守主义”者。西方意义上的保守主义者依循的原则之一即为基督教的信条，首先承认真理的普遍性，即人是不完美的，人类不是自己活动的规则的制订者，人类所服从的是一套外在的东西。在林语堂看来，这种观念与中国道家始祖老子也有相似点。《道德经》里说“天之道，损有余而补不足”，那么，人若做出并显出“有余”的事，那结果必然是遭受惩罚。林语堂借助于小说中杜祖仁父子与回民的冲突事件，表明了他对强迫当地土著改变宗教信仰和生活方式行径的反感和否定。杜忠认为，回族人是为土地而战，与中国当时的政局毫不相干。所以，杜家为什么不能采用杜祖仁所主张的铲除一切既有文明的方式来达成经济目的呢？就是因为这样做后果极其严重，必定引发反抗，甚至引发暴动。经过了千锤百炼的人类生存之基本原则，是难以颠覆的。

杜忠的这种保守主义是尊重演进、演化的思路，不是暴风骤雨式的革命态度。演化本身没有确定的边界，小的演化场可以在演化过程中把它的生态区域不断地扩大，随着演化区的演变而改变它的位置。杜忠这位儒家保守主义人士，明白这种演化的道理，了解中国的阴阳原理。小说中，明了人心向背的杜忠受到回族人民的爱戴。在杜忠的儒者形象中，林语堂分明寄托了以东方传统文明去修正畸形发展着的西方现代文明弊端的理想，这一立场显然是异域经验所赋予的双重视角所致。因此，杜忠的渐进发展思路是以儒家“仁爱”思想做根底，又与西方改良主义观念相衔接的。林语堂打通中国儒家传统与西方现代思想的愿景，在杜忠形象建构上可见一斑，其中也无疑包含了林语堂自身的文化乌托邦想象。

除了杜忠和其侄子杜祖仁外，《朱门》引起读者更多关注的应该是一些女性形象，她们的境遇和情感选择其实更生动传递了作者的理念。有研究者这样认为，“林语堂把东方的女性美和西方文化的女性价值观有机地糅合在一起，塑造了一个体现林氏女性观和婚恋观的理想人物杜柔安”①。杜柔安在家里接受了父亲杜忠对她的传统文化濡染，在学校里则接受了现代文明观念的教育，因而形成了她独特的性格和素养。小说里既写她抽烟，像男人一样吐烟圈，也写她在舞会上很文静，不在乎被冷落一旁。杜柔安文弱的外表下勇敢坚毅的特质，深深吸引了年轻又才气横溢的新闻记者李飞。杜柔安相信爱情，也敢于追求爱情。她越过门第的界限，和出身寒门的李飞走到了一起。虽然李飞因携带回教将领的介绍信去新疆而被扣押，一度生死未卜，但柔安相信命运在自己手里，只要不断努力，创造机会，终究会“柳暗花明又一村”。她奇迹般地得到了男飞行员的帮助，得以与李飞取得了联系。这不禁令人联想到《京华烟云》中舍身救立夫的姚木兰，木兰也相信爱情、相信奇迹，而柔安比木兰更勇敢、更有决断，个性意识更鲜明。可以说，林语堂对懂进退、能担当的姚木兰，是非常喜欢；而对拥有自由意志的杜柔安，则是由衷敬佩。

另外，《朱门》里的春梅，就像《京华烟云》中的华大嫂，虽出身社会底层，却善良、聪颖、明事理，她也应该属于林语堂所欣赏的具有一流智慧的人。在林语堂看来，具有一流智慧的女性，其共同特点是她们了悟最简单不过的道理：那就是用最具人情、人性的方法思考和行动，这一点也和儒家的“仁爱”观念相仿佛。而姚木兰、杜柔安这样一些追求个性解放的文学形象，同样是遵循人情事理的原则为人行事，她们是林语堂在中西文化对比中以“道法自然”这样的中国传统文化为基准发掘并塑造出来的。因为林语堂认为，只要秉从自然人性，就会感到个性的自然张扬。因此，像《朱门》里柔安或春

① 施建伟：《林语堂在海外》，天津：百花文艺出版社1992年版，第139页。

梅这样顺遂自然之法、追求个性自由的女性，与按本然的“仁”立身处世、与人为善的杜忠具有明显的类似性。而就朴素的通情达理之道而言，由于遵循的是共同的人性和人道法则，林语堂在《朱门》里，不仅融合了中西，也打通了儒道。

林语堂如此孜孜矻矻地致力于理念的开掘和阐释，甚至不惜把小说也当成了面对公众的讲坛。相对于主要在日常生活和情感世界里展露风采的姚木兰、崔梅玲，还有柔安、春梅这样的女性形象，林语堂笔下的一些男性人物常常显出概念化特征，虽然通过他们对时事的议论、历史的评说，彰显了林语堂自己心仪的人性修养与政治论断，但整体来说，这些形象还是难免苍白模糊。如《风声鹤唳》的姚博雅，《红牡丹》里的梁翰林，也包括《朱门》里的李飞，他们不同程度地承担了某种观念或主张的传声筒角色。除此之外，林语堂也喜欢借助男主人公一些志同道合的朋友的言语行为里体现出的人生哲学，来补充、映衬他自己的文化理念，如《红牡丹》里的若水，《风声鹤唳》里的老彭，还有《朱门》里的蓝如水。在这些人物里，林语堂还偏好沿用老一辈人物的观念加以阐发扩充，如《京华烟云》里的姚思安、《唐人街》里的老杜、《奇岛》中新殖民地的创建者劳思，还有就是《朱门》里的杜忠。

在《朱门》中，李飞的角色显得比较重要，借助于他的视角和思路，林语堂探讨了各种中国亟待解决的问题。李飞写了《知识分子小传》，他认为知识分子有资格处理一般人感到不知所措的复杂社会问题、经济问题和政治问题，因为没有接受过教育的人看不出其中的关联性。他还认为，知识分子适合统治阶级，签份文件就能命令别人做事，而自己不用动手。而李飞的朋友蓝如水也有一番说辞：大家都是为了生存而生存，不见得知道生活的目标。你以为荒村的日子一定很难过，可是他们却不那么觉得。为什么？因为他们活着。生命中最叫人感兴趣，活得不亦乐乎的是，女人为孩子，丈夫为妻子，老人等着看儿女成亲。即使最恶的人也有他关心的人。李飞自然也赞同并感受到这一点，他表示，回族人民也是男人、女人、男孩、女孩，也和他一样想活下去，在他们当中生活久了，简直觉得自己是他们的一分子。李飞虽然是《朱门》中浪漫爱情的男主角，但他和蓝如水一样在小说中个性并不鲜明，他们的面影基本淹没在抽象的说教中。

除了以人物来演绎思想，小说的情节安排也同样贯穿了林语堂的观念。《朱门》里人物的最后结局,可以表明道之处理和是非判断:杜范林因心怀恶意杀了女伶,结果失足落水淹死,原为杜范林妻子的丫鬟、后来被杜范林暗自讨为偏房的春梅有可能嫁给李飞的一个朋友,杜范林妻子已经万念俱灰,一心念佛;杜范林的儿子杜祖仁身死,其妻远离杜家,后来和蓝如水惺惺相惜。可见,杜范林这一脉就此断了烟火。《朱门》呈现这样一个事实,无非是想强调儒家文化主张的要义:任何家族若违反了人心的法则,就不可能繁荣下去;文明是要给他人留余地,才能为自己留活路。

从小说"三部曲"可以看出,林语堂在为西方读者写作时,他主要精力集中在中国文化基本观念的介绍上。对中国读者来说,这些常识的铺陈显得肤泛浅显,而林语堂一味夸耀的态度有可能对西方读者产生误导。但从小说出版后的反响来看,他能一部接一部地写,受到英语读者的青睐,说明林语堂在跨文化交流时契合了受众的期待和需求,他是以世界主义情怀对中国文化进行了再创造,因而他所宣扬的中国文化包含了更为明显的人类共通的价值追求。他突出了尊重人的包括生命在内的自然权利的意义,突出了普遍同情的价值,也突出了爱的力量,这些即便属于理想化的描摹,也仍然是作为世界主义者的探究实践。有学者指出:"没人会因为无所归属而成为世界主义者……世界主义这个词的意义不是在于它的理论延展性,那意味着它成为无所不包无所不在的奇思怪想。吊诡的是,它的意义恰恰在于其地方性的运用上。"①林语堂对儒、道、释文化观念的阐释,展现了鲜明的中国性,而这种中国性在他的英语小说中成为世界主义意义上的"运用"。如果认识到这一点,对林语堂是否真实地传递了中国文化的本质或精华的问题,或许可以不必锱铢必较,毕竟林语堂的英语接受者有他们自己的理解和判断。

四、其他小说与中西文化阐释

(一)《唐人街》:建构在西方安身立命的样板

如果说《朱门》反映的是从美国学习西方现代化归来的汉族人进入少数民族地区

① [美]大卫·丹穆若什:《什么是世界文学》,查明建、宋明炜等译,北京:北京大学出版社 2015 年版,第 25 页。

面临如何适应的问题，那么，写于1948年的《唐人街》则是一部以中国人移居到美国面对异质文化时如何安身立命为主题的小说。二者都涉及不同文化在接触或碰撞后价值观的比较、评估与调整。而《唐人街》里中国"道家的女儿"艾丝与在美国文化中长大的汤姆联姻，是中西合璧的样板，同时验证了世界主义理论里普遍主义加上尊重差异的意义。

在《唐人街》中，林语堂把他自己服膺的中国道家文化当作笔下人物的处事原则，小说着重确定一种以不变应万变的生活态度。林语堂认为，中国是一个群众社会，而不是一个国家——一个由相同的信仰和相同的风俗的人们所组成的群众社会。所以，人不论到了哪里，首先是做好自己，而不是单纯依赖一个组织或团体。在美国这样的社会环境里，如果你是一个和平的公民，你会惊奇地发现，即使没有国家，你也能照样过日子。如果你"杀人越货"的话，你的祖国也没有办法保护你。小说中特别提到，当美国人因中国抗战而予以褒扬时，汤姆的父亲冯老二开始"觉得一种民族性的骄傲，在他心中滋长，这是他从来没有期望过的。"可是作者同时也让他能加以节制，因为冯老二知道道家的说法，就是"那些今天拍着你背的人，很可能明天就会赏你一巴掌"①。他认为，美国人是一向喜欢赞赏那些肯战而好战的人的，所以做好自己最关键。而做好自己，在冯老二看来，就是以道家思想作为坚实不摇摆的立命标准，诸如做人不要太露锋芒，言多必失，人应在低处，喧哗吵闹无益，这些都是冯老二的老生常谈。他对被美国孩子欺负的小儿子汤姆说：如果那条街不太平，不要从那里过就是了。道家的老子是对的，那些身在低处的人永远不会被覆灭。汤姆按父亲所说的就从别的街上走，果然避开了和那些欺负他的美国孩子的正面冲撞。与冯老二一样的老一辈中国移民老杜格，饱经沧桑，他35岁开始研读中国古文，之后就以中国道家思想为行为准则，他讲述的那个"舌头战胜牙齿"的古老故事，阐释的就是道家"以柔克刚"的真谛。

林语堂认为，正是有了像冯老二这样知晓中国文化的人的言传身教，中国移民在美国才能坚强地生存下来，开创出一片属于自己的天地，且获得良好的回报。比如他

① 林语堂：《唐人街》，唐强译，《林语堂名著全集》第4卷，长春：东北师范大学出版社1994年版，第149—150页。

们认为:在中国没有人干涉别人的信仰,你可以同时信仰佛教、孔子学说和道家学说。冯太太他们在中国都不喜基督教,就是因“洋人的炮艇”。同理,基督徒不参加村里的礼拜,自成一个紧闭的社团,他们还觉得自己依赖着外国的保护。林语堂借助小说中人物的感受,传递了他自己的看法,因为这些其实都是林语堂亲见过的事实。当时的基督传教士及其教徒的确有隔离开其他非信教民众的情况,而且教徒往往依赖教会背后的西方国家所具有的权力以保护自己。而相对来说,中国文化传统对各种宗教信仰则持较为包容的态度。在《唐人街》里,林语堂对基督教在中国的传播方式及其影响进行了反思。

林语堂赋予冯太太和她丈夫冯老二一样的品性,她也有道家通达的人生态度,不拘泥于抽象名词,只从具体制度的效果去对待。作为一个移民家庭的女主人,她愿意让孙子受洗成了天主教徒,她也欣赏洋儿媳良好的教养,觉得她和中国人一样诚实、节俭。值得注意的是,小说对抱持中国道家思想的冯家人和意大利裔的儿媳关系的描述,显现了特别的用意。儿媳从小在美国文化氛围中长大,最初也希望像其他美国人一样过脱离父母的独立自主的小家庭生活,但在中国式的大家庭里共同生活一段时间后,她慢慢体味到这种大家庭生活的温馨,最终和谐地融入其中。林语堂借此强调在美国的中国家庭所具有的巨大吸引力和凝聚力。基于老祖宗留下来的道家智慧,冯家谦逊、勤奋、包容,在跨文化的环境中比较、鉴别,不断调整价值取向与处世方法,在美国一代代扎下根来。而林语堂也留意到美国文化中一些优点对冯家人的积极影响。美国的处事原是强调产权明确,在此前提下,一些公共事务都是协商解决。例如冯老二因车祸去世以后,冯太太拿到了保险费,也拿到补助的支票,感到美国人对遇到不幸的人非常仁慈,而这其实是美国法律和社会制度规范的结果。因此,冯太太也自然理解了美国为保障道德理想而采取的一些具体措施,接受了在美国产生的另一种存钱的方法——互助会。

对年轻一代的汤姆,林语堂以他与来自中国本土的艾丝的恋爱,来表现他在道家思想熏陶下的心灵成长。在艾丝的触动下,汤姆对道家思想有了深入的了解。他开始明白一些以前觉得深奥莫测的道理:人不比孔雀或蚌壳更高明,所以不要觉得自己比其他什么生物更重要。道的一部分会伤害道的另外一部分,这就是道,它并不在乎别人怎么看它,但其中会有循环。就像树虽死,但它的形象永远被人们记着,因为老的衰了,小树在成长着。而人之于道呢?如果你不承认你不知道这个事实,你就是真的不知道。与其说这些感悟是汤姆从艾丝身上获得的,不如说这是林语堂借汤姆向他的英语读者灌输的。

林语堂让在美国长大的汤姆时时都为受中国道家思想浸润的女朋友艾丝惊叹。譬如,当二人工作或学习忙碌抽不出身约会,汤姆会问艾丝怎么办,艾丝说,就根本不要出去!为什么这样小题大做?汤姆觉得来自中国的女友具有听天由命的沉着个性。艾丝觉得自己也会大叫,也会大笑,但她常常愿意静静地坐着,耐心地等待、接受事实。她认为顺其自然是最好的选择。如果有必要的话,艾丝可以忍受任何情况,但是因为她有超乎寻常的忍耐力,所以发生在她身上的事情,常常显得不会那么严重。在艾丝的影响下,汤姆也去阅读、体会中国道家思想的经典著作,重读老子,体会无为观念,慢慢尝到了水到渠成的滋味。对二人久悬不决的爱情,他自己决定退出来,不再逼迫艾丝做决定。最后艾丝在汤姆淡然处之时反而感到缺他不可,压抑的情感在自己大病、汤姆赶来时一下子喷涌而出,随后二人顺理成章地结了婚。《唐人街》让这二人间关系稍作停顿,与《京华烟云》里姚思安处理女婿的婚外恋有些相像。而汤姆和艾丝最后心结打开,还借助了艾丝的干妈与亲妈的信息沟通,类似媒人穿针引线,使得二人关系回到常轨,这些琐细安排里也隐含着作者的文化指涉。

对于道家原则,林语堂在《唐人街》中以对比的方式加以突出。小说特地设置了一个与恪守道家思想的冯家人相反,完全以美国左派文化观念即任由欲望主宰、缺乏理性节制的人物——冯家二儿子冯义可,他因被色欲迷惑而结婚,却对成婚不感到快乐,最后离婚了结。他在母亲六十大寿时赶回家,看到大嫂佛罗拉获大家认可而得钻戒深有感触——之前他的妻子只顾不劳而获违反了人心的法则,遭到家人的嫌弃。而懂得道家思想的小儿子汤姆与艾丝的婚恋,由于从一开始就得到父母支持,也注定会有好的结局。小说暗示着这样一个事实,20 世纪前半叶以美国为代表的西方世界虽然有发达的物质文明,但却并不能解决人类生活的许多复杂问题,特别是精神上的隔膜状态,因而中国儒道文化中对人心法则的讲究,以及由此认识而建立的制度,其实对西方社会是有借鉴作用的。

为了突出中国文化用于医治西方现代弊病的价值,《唐人街》对西方文化进行解析。小说中有一段评价那些年美国流行的爵士乐,借此分析当时美国文化的某种偏差,因为音乐可以反映一个时代人的感情与他们所渴盼的东西。林语堂在《唐人街》中直接发议论说:爵士乐的节拍不分、段落不明、不能引起共鸣的摇滚节奏,和汽车、海明威的杀手以及"迷失的一代",同为20世纪的产物。它仿佛把所有的观众都当作三岁的小孩一样,以为先制造出一些噪声,他就会开始注意。所以爵士乐手把高音弄得非常尖锐,低音弄得很低沉,然后扯起喉咙叫出你所知道的最富戏剧性的声音;然后抖着膝盖使你自己看起来很滑稽,踮着脚蹲踞着,把手竖在耳朵旁摹仿驴子的驴像。在林语堂眼里,这种音乐逗孩子发笑。借美国爵士乐来判定美国文化的思路,未尝不可,但其结论却只能算林语堂的一家之言。这种出于对中国文化回护的反衬,无论如何,过于露骨、片面,也缺少应有的说服力。

与此相应,《唐人街》夸饰中国文化的地方比比皆是。

林语堂说到关于位分的理念时,颇为陶醉。这个观念是儒家的核心观念。道家的知足观是名分观的补充和缓和,林语堂将它们一起打包在整个中国文化体系里。在冯家这个中国家庭里,长幼有别、男女有别。汤姆在家里不能直呼佛罗拉的名字,因为她是他的嫂子。所有的人在一个家庭里都相互帮忙。弟妹要上学了,大家一起帮忙,等弟妹们长大以后,他们也会帮助自己的孩子上学。这一派祥和的气象,显然是冯家人各守本分造就的。为了更进一步向西方读者介绍中国的位分观,林语堂在小说架构的唐人街这个独立的华人世界里,还把老杜洛描写成这块乡土中国的飞地里一个精明而又充满智慧的"长老形象",赋予他特有的"长老权利"。老杜洛德高望重,各种慈善活动的组织会请他支持,中国律师常来听他的意见,纽约市的警察也赞扬他的合作精神。中国人社团里若发生了争执,他是调解的最佳人选。这个被左右上下人人景仰的威望长者,几乎是传统中国乡村自治体系里的一言九鼎的族长翻版。

对中国文化不失活泼又井然有序地带给人生活之美与艺术感觉这一点,林语堂大为赞赏,他觉得这是理想社会的必需。人人各守本分,快乐而简单的生活,是林语堂的乌托邦幻境，也是他的乡愁寄托所在。小说中有这样的画面：当作为一家之长的冯老二在工作之余坐在他的扶手椅上时，一杯茶放在旁边，台灯发出的灯光照在他头上，他仿佛变了一个人似的。这哪里是冯老二呢，这俨然是中年林语堂对老年林语堂生活的展望。然而，明智的读者都能看出，《唐人街》里冯家人幸福生活的图景，是建基于美国这个社会环境中的，尽管它有些现代性发展中不可避免的局限，但是一个保障了基本权益的环境。《唐人街》的人物总是处在一种跨文化的环境中，他们对不同的价值进行比较、评估与取舍，或者是以一种"从世界看自己"的眼光来生存，哪怕是冯老二和老杜洛这些以道家思想为行为准则的老一代华人移民，也需要面对如何将中国传统和所生活的美国环境对接的问题，而更年轻的小汤姆则是从更为广阔的世界去看待、理解并运用祖先的智慧。林语堂通过塑造这些人物表现出对中国文化的认同，显然与国内死抱传统不放的保守派不是一回事，这同时构成了林语堂英语小说的复杂多维内涵。

对移居海外的作家书写华人移民生活的小说，夏志清曾有过评述。他认为，作家需要在细节上用力，小说才耐看，如果不会写日常生活，专门在文化符号上做文章，写关公、花木兰、禅意什么的，其实和文化、传统没有什么关系。当然，《唐人街》中的文化阐释已经不是文化符号的点缀，和一些移民作家为招徕西方读者眼球故意掺入一些所谓的东方情调的中国元素不同，林语堂是把道家思想当成小说的中心主题来演绎的，但这也导致小说艺术性的减弱。尽管如《京华烟云》等也是以中国文化观念为主导精神的，但因为中国背景和本土中国人的生活是林语堂熟悉的，所以即便是公式图解，他也能熟练地进行审美的转化。但《唐人街》的题材有异，是写中国华人移民在美国的生活，林语堂的生活积累显然不足以使他充分裕如地把握和处理。夏志清一针见血地指出了问题所在，认为林语堂"没有什么生活体验，对华人洗衣工的历史，也缺乏了解，在他的笔下，细节便不真实——他让洗衣工人整天背诵《道德经》和《论语》来表示他们的文化包袱。细节不真实，作品便肤浅。林语堂写他不熟悉的洗衣工人，结果在他的小说中读到的，不是洗衣工人的生活和感情，而是林语堂对他们高高在上的怜悯"。①如

① [美]夏志清：《恒常的日常——序〈请客〉》，于仁秋：《请客》，北京：人民文学出版社 2007 年版，第 6—7 页。

果不纠缠林语堂对洗衣工是否有居高临下的怜悯态度,夏志清对《唐人街》作为一部小说形象性薄弱的批评,还算恰如其分。

(二)《奇岛》:走向文化乌托邦

与《唐人街》和美国读者分享中国道家思想的智慧相对应,林语堂在《奇岛》里专注于诊断西方文化的症结并开出药方。《奇岛》概念化特征最明显,超过了林语堂任何一部小说,以至于在《八十自叙》里作者将其排除在小说之外。作者全部的热情,就是在他搭建的小说框架里,直接表达他对西方社会的认知和对现代文明的反思,为读者描画出一个文化乌托邦的世界。

林语堂认为,西方近现代以来文化发展的问题主要在有关人类心灵的一面:想象力、记忆、爱、冲动(除了动物和性的冲动以外)都被扼杀或被弃置,这种背离天道的行为宛若世界劫数,可能会带来毁灭人类的后果;而对于可能来临的世界劫数,不得不采取隔离的政策和手段。正由于有这样的焦虑,他写作了这部《奇岛》,以表达他对世界演变的认知,并从理念到制度诸方面设想,期待能够合理化建设一个世外新国度。

小说完成于1955年的美国,故事则发生在未来的2004年一个与世隔绝的孤岛上。尤瑞黛是美国的一个相当于联合国升级版的“民主世界联邦”的组织成员,她与未婚夫保罗驾驶飞机考察陆海地貌时意外发现了太平洋上的一座孤岛,在迫降到岛上的第二天,保罗因射杀毁损飞机(以禁止入岛者离开)的一个岛民而被害,尤瑞黛——这是后来为了适应岛上希腊祖系居民方便而改的名字——不得不留在岛上,成为这个孤岛30年来唯一新来的移民。岛上的居民肤色各异,除了土著外,其他人曾生活在不同的国家,在第三次世界大战爆发前一年的1974年,他们由哲学家和富商带领着来到这里,建立了一个全新的社会。尤瑞黛逐步熟悉了岛上的生活,并爱上了这个新国度,决定不再回美国,永久留在这个岛国。小说的情节很简单,由尤瑞黛对岛上社会各层面的观察逐步展开,而小说主体部分是岛国的总设计师劳思对岛国各方面的阐述。《奇岛》通过跨文化互文和文化“杂交”的描述,处处体现出林语堂所理解的世界主义特征。无论是中国还是西方的读者,从中都很容易找到自己熟悉的符码,同时也能看到一个基于普适价值、主要糅合了人类古代文明而创造的乌托邦世界。

作为这个岛国的总设计师，劳思也是岛国人的精神支柱。林语堂将他设定成一个有着四分之一中国血统的希腊哲学家，这一身份构成，其实已清楚地昭示了作者竭力将中国传统文化与古希腊文化拼接以提供文明远景的意图。劳思实际上就是林语堂本人的代言人。他曾担任希腊驻联合国代表，他发现联合国的价值只是一种道德力量，不是世界性的政府，没有制定世界法的机构，也没有执法的手段，因而不能解决任何问题，譬如不能阻止战争发生，劳思因此饱受幻灭之苦。经过十年的思考，劳思开始形成了一个殖民地的构想。他认为，物质的过度进展杀害人类本身，就精神角度而言，人类越来越贫乏，渐渐失去了自我。劳思希望能有机会看看人类若有幸换一个环境，是否能追溯到失去的价值。于是，他联合了有胆识且能接受他创见的商业巨子，征召了一群男女，花了六个月时间准备，乘坐“世外桃源”号，抵达了远离货轮航线的南太平洋上的一座小岛，开拓一个新殖民地——泰诺斯共和国。

劳思的新世界构想的核心是找寻人的心灵。他说，“自从 18 世纪启蒙运动以来，现代文明的精神内容有了很大的改变。大家愈来愈注意物质，愈来愈忽略人类”。20 世纪前半段，“不管在科学中也好，在所谓社会科学中也好，战争和社会的中心问题都不简单，都变成心灵的混乱和虚饰”；而 20 世纪后半段，人类心灵越来越衰竭，“在哲学和人类文明的历史中，不管东方或西方，古代或近代，哲学从来没有像现在这样与生命的行为分离过。太不寻常了，直到我们满怀天真，重临 18 世纪人类留下来的道德问题，人类心灵衰竭的循环才告结束”。[①]在一切思想都变成和科学类似的东西，一切都退化到只有感官的刺激和动物性的反应时，劳思肯定了弗洛伊德的价值，“至少他尽力寻找人的灵魂，他使人类心灵的知识向前跨了一大步。……弗洛伊德必须回溯到古希腊，重新介绍‘心灵’这个名词；……我们没有适当的字来说明控制身心的神秘力量、种族力量。所以他不得不创造了本能、冲动和性本能这些字眼，使它们几乎成为神话实体”。[②]按照劳思对人类现代文明发展的反思，他希望人类被禁锢被压制的人性、固有

---

① 林语堂：《奇岛》，张振玉译，《林语堂名著全集》第 7 卷，长春：东北师范大学出版社 1994 年版，第 174、175 页。

② 林语堂：《奇岛》，张振玉译，《林语堂名著全集》第 7 卷，长春：东北师范大学出版社 1994 年版，第 211 页。

的自由和个性能被重新关注。在这个孤立的不为人知的岛国,劳思从哲学、宗教、艺术以及教育、社会制度等方面进行各种改革实验,以建立一个对人性忠诚的美好社会。劳思对岛国的设计思路,代表了林语堂对理想国和人类文明未来的总体想象。

劳思认为,科学只关心真而不关心善,社会哲学家坚持别人叫他们科学家,不敢接触道德问题,以为他们的任务只是提出人类行为的正确说明而已。他主张哲学应该适应人类,而不应该人类适应哲学。为了使人类恢复早期希腊人所具有的朝气和诗意的幻想,他提出以希腊哲学为楷模,执著于对美善生活的探讨。

针对当代社会被概念所左右,而丧失了对他人和他物最直接的感兴,劳思设计了新型的宗教祈祷文。他认为,教条是一串定义,具有知性的性质;祈祷却是感情的事。这种感情就是指这些使神明具体化的幻象。人生少不了幻象,幻象使人生变得可以忍受。劳思又重新思考了宗教,强调如基督教那样的宗教尊重自由,新宗教取消原罪说,就是为了追求人的自由、灵魂的超升这样一个目的本身,而不是用来做一个手段,达到其他的目的。

对于法律,劳思留意于当地土著的一种惩罚方式:小孩犯错,惩罚父母。通过尤瑞黛与当地人的交往,小说表明了对原住民经过历史验证而保留下来的这一智慧的认可。

对于艺术,劳思认为,艺术是用来美化生活的。艺术的功能是使作品比生命更真实。艺术就是在现实世界往前冲的时候,把握了瞬间瞥到的真理——旋律、比例、色彩,一切都是主观的。文雅和力量,任何美的事物,无论是在人的性格中还是在政治上,都要有这两个要素适当地配合,甚至文学性的文章也一样,一定要有肉、有骨,有思想力量,再加上风格和词藻的美丽外衣。而为了扶持艺术的发展,政府应该以统一征税的方法筹集资金。

劳思对教育体制也仿照古希腊体系进行革新改造。他借鉴中国孔子的古礼,成立了“男性心灵抚慰学院”。在教育方面,有关性别特征的见解是劳思颇具个性化发挥的地方,却也是很容易引发歧义的地方。他认为,少女有责任维持美学传统,一代又一代成为永恒女性美活生生的象征。当女性理想一旦粉碎,文明也就开始衰落了。在“男性心灵抚慰学院”里，每个女生都必须有一种音乐天赋，还要有特殊的机智。如果男生行为不检的话，女生可以像打自己小孩那样打他们耳光。看上去这些规则是抬高女性的地位，但其本质却很容易看出是站在男性中心主义立场上的设定。劳思强调女性美的象征，是为了让男人保有神明具体化的幻影，可以涤化男人的心灵，用这种特殊的社会组织——“男性心灵抚慰学院”来代替康德所说的简单反抗的自由，即避免纯任个性解放，给男人一种选择的自由。在这个问题上，劳思，或者说就是林语堂，不管有没有古希腊文明为其背书，都有将女性物化、工具化的倾向，这显然是荒唐的。

在国家政体上，劳思设计了一种共和国政体。对于如何选拔公务员，什么样的人可以做外交官，谁有资格做共和国的总统，林语堂让劳思融合了中国道家思想去思考、裁量。老子认为善恶是非都是相对的，世俗的价值判断极为混淆，他推崇的是朴素淡泊，追求精神的升华。相对应的是把话说一半的技巧，对言辞的最佳控制。在劳思看来，天生的外交官温文尔雅，很坦白的样子，满肚子的趣闻轶事，讨人喜欢，却不会泄露一点重要消息。而有朝一日会成为共和国的总统的人，一定是话说得最长而讲的内容最少的人。

劳思说，简单的法律、微弱的政府和低税率，是快乐共和国的三大基石。而对于怎样才算是一个理想的社会，劳思赞同中国思想家孔子说的：年轻人能尽情欢乐，老年人能活在温情和敬重里，这就是单纯。

在《奇岛》中，林语堂也探讨了人类的爱欲。劳思认为，所有的人类生活似乎都被四种爱所支配——“爱智”和“爱艺术”是两种使人高贵的爱；“爱身体”和“爱赞美”是属于物质的容易使人堕落的类型。通过劳思之口，林语堂指出美国人的问题所在。比方说，如果一个人在享受一顿慢慢吃的午餐，这可能表示他即将被解雇，或在办公室不受重视，或不被需要。休息和安歇在美国“爱身体”中没有分量。同样出于功利和物质的“爱赞美”是一种想表现出色，在人群中得意的欲望。这种起源于自我崇拜的心理，喜欢人夸奖，而喜谄媚可能会变成一种病症，然后会变成一股可怕的力量。爱好金钱往往使人变成懦夫，对权力的爱好往往使人变得残暴。

对于“奇岛”，劳思认为他的社会不是乌托邦，是建立在对人性的忠诚，而不是对人性的假定上的。他承认人类的罪恶心仍在，所以他不是计划在岛上建立一个充满秩序、美、理性与和平的古典的完美社会，作为凡人，他表示，只是“在我们所能了解的范围内，力求过一种简单、快乐，有创造的生活”[①]。劳思不回避人性的局限，固然反映了林语堂的理性，但劳思的构想和实践本身充满了矛盾。

按照劳思的逻辑，隔离是保证岛国生存的首要条件。隔离使泰诺斯共和国躲过了第三次世界大战的浩劫，但事实上却无法根除“旧世界”的痕迹，再加上隔离本身不仅有悖于人类向往自由的天性，也是自欺欺人的幻象。在小说中，入岛者一概不允许离岛，误入孤岛的科学家保罗因此被杀，为了追求“一种简单、快乐，有创造的生活”，而去抑制甚至戕害人的自由权利，实在是对这种理想目标的背离。泰诺斯共和国禁止一切来自“旧世界”的讯息传播，所以保罗和尤瑞黛他们飞机上的收音机被砸烂，但这并不能阻止人对万事万物尤其是陌生世界的好奇和想象。从天而降的美国人尤瑞黛理所当然地成为岛民关注的中心，劳思同样也是其中一分子。他虽然声称不想知道外面的消息，其实却比任何人都希望从尤瑞黛那里了解 1974 年后“旧世界”的一切，包括太空船发射、癌症克服、“民主世界联盟”取代联合国后的改革进展等。也就是说，来自“旧世界”的劳思根本无法删除“旧世界”的记忆，也难以停止对曾经生活过的那个世界的关切；至于出生在岛上的新一代，如小说家阿席白地则“喜爱，热望，渴求一见旧世界”，对老家英国更是怀着浓郁的乡愁。而更值得注意的是，隔离的规定在泰诺斯共和国有可能只是针对一般的岛民，从劳思的言行，已经有人怀疑岛上仍保留了一台收音机，藏在劳思一人知道的地方。这个细节其实已披露了这个孤立于“旧世界”的“新世界”的虚妄。

事实上，连劳思都不能无视人性，因而小说展示的这个有别于“旧世界”的泰诺斯共和国，也不可能是一方净土，“旧世界”屡见不鲜的强暴、凶杀在这里并没有绝迹。林语堂虽然没有回避罪恶的存在，但为了高扬这个追寻人类心灵的理想国的价值，在小说中他对罪恶均做了淡化、美化的处理。于是，读者看不到尤瑞黛对男友保罗惨遭斧

---

① 林语堂：《奇岛》，张振玉译，《林语堂名著全集》第 7 卷，长春：东北师范大学出版社 1994 年版，第 121 页。

头砍杀的悲痛，只看到岛上人平静地为两位死者举行葬礼；看不到被侵犯的女性身心的伤痛以及为伸张人格尊严而付出的努力，只看到一笔赔偿金即了结了一桩恶性犯罪事件；看不到以水淹方式施行死刑的残暴和非人道，只看到死者家人因此获得奖励和荣耀的淡然。以存在即合理为依据，这些野蛮、落后的习俗被粉饰成古老文明的智慧而被认可和称许，这无疑是在为罪恶开脱。

《奇岛》是这样开头的："尤瑞黛有种飘忽的感觉，没有任何发热的症状，她觉得像在做梦，而又知道那分明不是梦"①，似梦非梦，应该也是林语堂的感觉。即便这个新世界是建立在忠诚于人性基础上，读者依然很难不把它当做文化乌托邦理想国看待，而同时也很难完全认同它所展示的未来社会的理想。林语堂对西方社会病症的诊断可谓准确到位，但救治人类心灵的药方却不那么高明，甚至可能连安慰剂都算不上。林语堂在《奇岛》里借劳思之口申明了他的世界大同愿景，"世界文明可以建立在国际生活的共同基础上，把各种文明最优良、最精致的部分组合起来，我认为，理想的生活是，住在有美国式暖气的英国山庄，娶日本太太，有法国情妇和中国厨子，这差不多是我所能表示的最清楚的方式了"②。单纯综合各种文化之精华的想法，很美好，却也很天真，这标志着林语堂已走向了经验之不可能的"文化乌托邦"。而对"理想的生活"的具体表述，看上去颇具国际视野，但透露的则是林语堂根深蒂固的中国士大夫和西方精英主义者的趣味，再加上片面狭隘的男权观念。即便这段话在以后林语堂曾多次公开表述，以致成了林语堂的经典名言，但幽默表层下的虚幻的本质，却是实实在在的。

像林语堂的其他小说一样，《奇岛》还是借助于人物的结局来表达作者的文化理念：误入奇岛的尤瑞黛，最终选择不再回美国，她爱上了小说家阿席白地，并说服这个一心向往外面世界的年轻人和她一起留下来。林语堂以此圆了他的叙事逻辑，其他的人物和情节安排也都服务于林语堂的乌托邦主题的阐释。作为小说，主要依靠标签化人物的抽象说教，艺术性明显欠缺，说服力当然也十分有限。

---

① 林语堂：《奇岛》，张振玉译，《林语堂名著全集》第7卷，长春：东北师范大学出版社1994年版，第1页。

② 林语堂：《奇岛》，张振玉译，《林语堂名著全集》第7卷，长春：东北师范大学出版社1994年版，第202页。

（三）《红牡丹》：为情欲正名

《红牡丹》写的是清末年轻貌美的寡妇梁牡丹大胆反叛传统礼教追求爱情自由和"理想的男人"的故事。牡丹先后与家乡的已婚初恋情人、京城的堂兄翰林、天桥的拳师、杭州的著名诗人等热恋同居。她特立独行、敢做敢当，成为社会新闻人物，因而广受争议。在牡丹游历于几个男子的情爱之旅中，宇宙的能量似乎在不停地交换。林语堂为这股能量寻找繁殖的机会，牡丹最终在家庭产业中得以立足。和林语堂部分小说一样，《红牡丹》的故事仍然发生在中国文化环境内部，但从它对性欲之于人的意义进行正面、直接的探讨，可以见出林语堂是在有意识地展现古今中外人物对于相关议题态度的互文与对话。

通常而言，在中国文化环境里，儒教之于人的生活影响最为明显。而《红牡丹》的主人公梁牡丹的情爱经历，恰恰反映了林语堂对儒教之于人的情和欲种种规制的反思。儒家的礼教风化要求男女"授受不亲"，女人应"恪守妇道"，从一而终。而牡丹对世人所认为的美德，全无着意。她想哭就哭，只因心中所想，别无其他。丈夫死后，她可以留在夫家，可以过继一个孩子，这是传统社会对无子息的未亡人的待遇。而她却表示，女人总是愿意要自己生的孩子，这就未免出格了——因为这必然会涉及另外一个男人，在当时的社会主导规则下，伦理道德禁忌所约束的不仅仅限于人的欲念。儒家的礼教对"奸夫淫妇"要施以严厉惩罚，捉到了甚至要游街示众，为的是让他们"没脸见人"，更为了警戒世人。而林语堂塑造的牡丹离经叛道并付诸行动，她竟敢像典型的"淫妇"，辗转于几个男人的婚外情或自由恋爱中。

如果按《京华烟云》里曼娘（姚木兰的妯娌）的形象来比照，牡丹俨然是相反的样板。曼娘在新婚不久丈夫病故之后，毅然以处女之身坚守贞节，几十年如一日地过着寂寞乏味的生活，从未萌生过改嫁的念头。曼娘的一生完满地诠释了儒家所设定的女性节操观。和"五四"小说里迫于社会舆论或内心压力而成为"贞女"的那些妇女形象有别，林语堂让曼娘在慎重考虑后自主选择禁欲，这一处理意在表明曼娘并非因为不得已而为之，所以她不会也没必要为维护从一而终的规矩去反对其他的选择。牡丹和曼娘身处的时代相近，那个环境没有对牡丹的出格施以重刑，是因为当时的社会思潮有了变化，儒家礼教及宋明理学开始被质疑，变得不再那么理所当然。当然，这其中不乏林语堂理想化描摹的成分。不管怎样，在小说中，读者可以看到，牡丹的行为起码得到了堂兄梁孟嘉的赞同与呼应。孟嘉对理学家坐观女人受苦为可喜持批评态度，他和牡丹一样反感社会偏见和陋习，比如说到某个人的时候，总说谁是某官员的女婿或外甥，让人都不知自己是谁了。由于观念的契合，牡丹与孟嘉产生了恋情。

林语堂认可牡丹不受礼教束缚的某些想法和做法，例如牡丹认为没有什么礼教可以把男女强行分隔开。在情欲的引发方面，牡丹尚未扣好衣服扣子就出来见人，这样的随意令同样不喜礼教束缚的堂兄孟嘉心驰神往。很多人之所以压抑自己的情欲，是基于道德、慑于重刑、碍于条件，不敢付诸行动。在这部小说里，林语堂暂且把重刑抛开，探讨的是社会对情欲该做出怎样更适宜的规定，因而小说对情欲进行了正面揭示。

小说中这样描写主人公与情人性爱的实质："只有黏液、变形虫、有刺的软软的水母、吸嘬的海葵，只有肉的感觉，别的一无所有了。"①林语堂认为，双方性爱的接触是为了发现并分享宇宙最终的生命能量，这些能量只是流过彼此的身体，在刹那的高潮体会宇宙的高潮，没有人可以支配或占据这个能量。但情欲也有退潮的时候，并且针对某一个人的情欲也会变化。小说中牡丹说堂兄梁孟嘉给她的感觉如同冒烟不起火，她希望深入，而孟嘉却过于斯文。林语堂认为，情欲虽然是生理作用，却像水流一样，若是流往另一个方向后，原来那方向的水自然就会干的。因而牡丹不想再跟孟嘉在一起，在外闲逛时结识了一个年轻而极具活力的种田人，后来因她对死去情人的动情祭奠，又获得了一个已对妻子丧失了情欲的文士的爱恋。

阻挠人产生情欲的因素有很多。在《红牡丹》里，牡丹的情欲受阻，除了恋人被外力许婚他人的因素，以及自己对新情人的不满之外，还有对二人之外相关的他人生命的考量，例如牡丹为了情人妻子的生计和对自己妹妹的关爱，自愿克制对情人的欲求。这说明，对于情欲，林语堂赞同当事人理性与良知对它的控制，仍然强调他在《京华烟云》里强调的文化态度：精神可以自由，但恋爱不能放纵；思想本老庄，行为崇孔孟。对

---

① 林语堂：《红牡丹》，张振玉译，《林语堂名著全集》第8卷，长春：东北师范大学出版社1994年版，第127页。

儒家讲究适度控制情爱以维护社会秩序的想法，林语堂给予了尊重。

林语堂在《红牡丹》里探索爱情的本质及意义。他认为，感情由内心发出，影响我们的生活。爱情能使我们的生活美满。借牡丹之口，林语堂感到爱情痕迹的存在：爱情之美丽、相思炽热之出现，只有在二人分离之时，或遭遇挫折困难之时。相思即爱情：待我与他分手后，或已将他失去之后，容我再度爱他。当然，情欲在二人之间的无法流通，是能够给当事人带来伤痛的。如果是出于当事者之间性的无法协调，单方面的离开，那么给对方类似"背叛"、"被抛弃"的感受。因情欲的冲突而带来的伤痛，也可以通过主观与客观的因素得以消弭。比如对于堂兄孟嘉的痛苦，林语堂给出的解决方法是让他获得有牡丹所不具备的优点的另一女子——素馨的爱。也就是说，在《红牡丹》中，如同在《京华烟云》中以莫愁来映衬木兰一样，林语堂也设置了一个与牡丹个性和人生态度参差对称的妹妹素馨形象，以显现他文化理想的重点及全貌。与个性张扬的牡丹相比，在堂兄孟嘉看来，素馨如同诲淫诲盗等章节删除后的洁本。而对于牡丹痛楚的排解，林语堂则是让她嫁给了目不识丁却健康正直的农民傅南涛，可以让她既有性欲的满足，又能偶尔见到曾经的恋人；既保有内心的爱，同时又拥有世俗的家。

这种儒道互补的内在理路在小说中由一个叫若水的人物表述出来："为什么陶侃早晨搬出几百块砖，晚上又搬回去？我想他是在享受生活对人的赏赐。"所以即使做家庭中烦琐辛苦的事，也应高高兴兴去做。"天下若没有花，什么也不用提了。因为有花儿，我们就得去闻。天下若没有鸟声，一切也不用提了；既然有鸟声，我们就得去听。天下既然有女人，我们就得去爱，就得怜香惜玉。因为羊头肉味道如此鲜美无比，就得把这味道诱发出来，就得要品尝。"①——有点像古希腊亚里士多德所谓让最适合的人做最适合的事。

从《红牡丹》的中女主人公的言行来看，她具有古今中外一些历史人物或文学人物的互文性特征。譬如牡丹与英国小说家 D.H.劳伦斯《查特莱夫人的情人》里女主人公有相似之处。林语堂在 1935 年就写过《谈劳伦斯》一文，对劳伦斯"要归真返朴，回到

① 林语堂：《红牡丹》，张振玉译，《林语堂名著全集》第 8 卷，长春：东北师范大学出版社 1994 年版，第 121—122 页。

健全的，本能的，感情的生活”表示理解[①]，所以他描写牡丹勇敢追求爱欲的自由，肯定性的正当性，认同其中所包含的主义与精神。另外，林语堂视中国清代诗人袁枚为知己，所以他的《红牡丹》也多少传递出一些袁枚倡导的性灵自由的神韵。《红牡丹》讲述的是发生在中国清代的故事，但小说探索的问题——人的情欲——是全人类共通的；作者基于对人性的尊重，充分肯定爱情和自由的意义，赞美勃勃的生命力，这既包含了现代性阐释，同时也无疑指涉了林语堂的世界主义倾向。

(四)《赖伯英》：探索“高地”与外面世界的通道

1963年出版的《赖柏英》是一部自传体小说。小说中男主人公谭新洛在青少年时期即形成了“高地人生观”，并有了体现这种人生观的爱人——闽南山村的姑娘赖柏英。故事即由此渐次展开。新洛和柏英两小无猜，虽然在一起时快乐和美，可新洛却不满足，他还向往着外面世界。柏英问新洛，为什么你一定要出国呢？新洛告诉她，在西方世界、外国有很多东西值得了解，他一定要上大学去研究。最终新洛去了新加坡。柏英为了照顾年迈的祖父留在了家乡，后来因为有了身孕，匆匆嫁给了当地一个老实善良的男人。在《赖柏英》里，林语堂照样还是探讨人生、社会、政治等问题，而故土“高地”和外面世界的关系，是林语堂在叙述新洛的故事时始终关注的要点。

林语堂小说中总是会出现一位对中国传统有着坚定信念的父亲，在《赖柏英》里，这一形象由新洛的父亲来充当。在林语堂看来，这类父亲对形成良好的社会秩序有着重要的作用。什么才是理想的家庭？有人认为是任何相爱的人组成的单位；有人认为是已婚的父亲、母亲及其孩子组成的单位。林语堂自然倾向于后者。新洛的父亲是个穷教员，曾科考不第，自尊而有责任感，新洛从他那里受到严格的训练：节俭、自律，以及对书本和学问的崇拜。新洛父亲也去过新加坡，三年后因不适而返乡，但他支持儿子去新加坡。新洛出国前，父亲告诫说，你上大学，不管学到什么，听到什么，有一件事绝不能忘记，政府和政治家不能拯救世界。你学到的一切新知识也不能拯救世界。只有人人各尽其职，思想正直，敢说实话，世界才有救。父亲鼓励新洛出国学习新知识，

① 林语堂：《谈劳伦斯》，《人间世》第19期，1935年1月5日。

希望儿子能成为一个自由而又有担当意识的人。在家人眼里，新洛身上有他父亲的影子，虽然故事开始时新洛父亲已离世，但对新洛来说，父亲的影响几乎无时不在，他朴素而深邃的思想引领了儿子以后的人生。

然而，新洛这一代人注定了不再走父辈的老路。他们不仅吸收了中国传统文化的养料，更经受了西方式现代教育的洗礼，所以他们具备更强的适应异质文化的能力。在小说中，与新洛最有共同语言的韦生，是他的同乡，也是他大学时的好友，现在新加坡做记者，他俩都拥有跨中西文化的双重视野，而且他们自身对此有着深深的优越感。这类年轻有为的知识者形象其实经常出现在林语堂的笔下，如《朱门》里李飞和他的朋友们也同样如此。新洛和韦生中英文俱佳，涉猎广博，他们的话题常常由当下时事转到中国古代历史、文学，价值判断基本依据现代文明的标准。譬如小说中写韦生告诉新洛，他去参加了一次新加坡中国商社的集会，发现一些“爱国”的民间领袖们在讨论筹办新的女子中学，而理由竟然是他们觉得新加坡到处道德沦丧，有必要维持中国女子的固有道统。韦生和新洛对此均表示不屑。在林语堂的眼里，新洛、韦生们代表了中国的未来和希望。

在新加坡这样的地方，没有人能逃脱多元文化的冲击，新洛也不例外。林语堂把背景设置在20世纪20年代末东西文化交互影响的前沿新加坡，确实别有意味。这里虽然仍保留了不少中国传统的习俗，但对新洛来说，多样文化并存的新加坡终究是一个陌生的世界。和他的父亲一样，他时时也会出现自己不属于新加坡的感觉，但新加坡还是对他有着极大的吸引力。这里商业与船运发达，是著名的国际港，遵循的是英国的一套制度，包括法律、公理、聘用警察、公仆、银行和财政等一系列完整的体系。所有的制度规则都施行于生活在新加坡而风俗习惯、社会标准都完全不同的人身上。这对大多数人都会构成文化心理上的冲击。尽管如此，“有些人，仅仅为了这里能找到家乡所没有的法律和公理——就这唯一的理由——不惜离乡背井来到此地追逐和平和安全感”①。新洛虽然不那么喜欢新加坡，可他承认新加坡是个刺激而伟大的大都市，

① 林语堂：《赖柏英》，谢青云译，《林语堂名著全集》第9卷，长春：东北师范大学出版社1994年版，第33页。

他特别愿意在这里研究法律,他欣赏一切都整齐、简明、合逻辑。新洛对新加坡了解越多,对理性文明的制度也就了解更多。当然,这同时也是新洛选择留在新加坡而不是像父亲那样回漳州的主要原因。

新洛认同现代社会的法律、公理,但同时却无法摆脱离开故土后情感上的失落、迷惘,他常常怀念过去无忧无虑的山野生活,回想和赖柏英在一起时的纯真快乐。小说记叙了新洛在新加坡的一段情感经历,以表现中西文化冲击带给他内心的创伤。

由于寂寞,新洛爱上了一个叫韩沁的混血女郎,他发现韩沁大胆、不安的心灵和自己很相像。韩沁是葡萄牙海员与中国吧女的私生女。如果读者对新加坡作为西方殖民地的历史稍有了解,就可以感知韩沁的人物设定其实包含了政治文化的隐喻。韩沁三岁时她和母亲被葡萄牙籍父亲抛弃,十岁时她随母亲从香港移居新加坡,在英国港长大成人。身为欧亚混血儿,韩沁始终感觉自己在东西方两个世界飘荡,却不属于任何一边。但最后写给新洛的信里她却表示,"请你明白我虽然具有一半的中国血统,但是在心理上,我却是属于欧洲的。我天生就是欧洲人……"①这番说辞固然可以看做是韩沁离弃新洛所找的借口,但毕竟还是可以见出西方殖民文化对韩沁这样的混血儿自我认同的影响力。然而,尽管如此,韩沁所带有的中国血统又使她与完全的西方人有所区分。韩沁身份的复杂性,决定了她与来自中国的谭新洛的情感之路障碍重重。韩沁与新洛相爱并同居,但她习惯了新鲜刺激的生活方式,无法适应单调、沉闷的家庭拘囿,最终还是离开了新洛,追随一位葡萄牙籍船长去了另一个国际港口孟买,继续过她任性的漂泊生涯。韩沁体现了受西方文化影响的人格,她认为推动世界的是爱情和金钱,不惜一切代价追逐自己的目标。这种以个体自由和独立为内核的人格,与赖柏英所体现的谦逊恭敬、无私奉献的行为范式无疑形成鲜明的对照。作为新洛人生的一段插曲,新洛与韩沁的爱恋原本是为了反衬他与赖柏英的感情而存在的,但事实上,作者表现得很用心,致使他力图彰显的新洛与柏英的情感线索反倒显得有点肤泛潦草。小说写新洛因韩沁出走一度伤心欲绝,几近精神崩溃,这种心碎的痛楚只有经历

① 林语堂:《赖柏英》,谢青云译,《林语堂名著全集》第9卷,长春:东北师范大学出版社1994年版,第198页。

了真爱逝去的人才能体会。韩沁曾经让新洛以为找到了理想的女性——冲动、大胆、无忧无虑，就算很容易放纵于一时的快乐，不太有责任感，新洛还是为她充满活力的气质和无视礼俗的叛逆着迷，将她视为灵肉契合的伴侣。就在韩沁决然离去后，新洛失魂落魄、整夜游荡，却仍然尊重她渴望自由、坚守独立的本性及方式，欣赏其罕见的坦诚、勇敢，称赞她"具有了了不起的人性观念"。新洛和韩沁的这段情感经历具有明确的文化象征指涉。如果说赖柏英是新洛一生崇信的精神偶像的话，那么，韩沁则是新洛期盼着日日与其耳鬓厮磨却终究难成正果的情人。新洛对韩沁的迷恋以及无法割舍的痛苦，映现了林语堂对中西融合的无奈、失望和困惑。

小说以赖柏英带着和新洛生的孩子来到新加坡，与新洛团聚，让新洛的内心得到抚慰收结，这是作者为了凸显"高地人生观"所具有的精神治愈功效。那么，这"高地人生观"到底指的是什么呢？

林语堂在西方走红后，一些厌倦了西方文明弊端的读者为他所描画的东方古雅文明图景所吸引，对他的思想来源感到好奇。为此林语堂表示："如果我有一些健全的观念和简朴的思想，那完全得之于闽南坂仔之秀美的山陵，因为我相信我仍然是用一简朴的农家子的眼睛来观看人生……如果我会爱真，爱美，那就是因为我爱那些青山的缘故了……如果我自觉我自己能与我的祖先同信农村生活之美满和简朴，又如果我读中国诗歌而得有本能的感应，又如果我憎恶各种形式的骗子而相信简朴的生活与高尚的思想，总是因为那些青山的缘故。"①可以想象，这样的解释怎能不激发西方读者探究那些"青山"的热情呢？闽南山村生活对自己价值观养成的影响，曾被林语堂多次提及。在小说《赖柏英》里，林语堂再次通过新洛之口申明他所信奉的"高地人生观"："人若在高山里长大，高山会使他的观点改变，溶入他的血液之中……它能压服一切。……山也使你谦卑。柏英和我就在那些高地上长大。那是我的山，也是柏英的山。"②中国人有登高望远的传统，"不登高山，不知天之高也"，登高让人知晓了天之高、天之大，人自然会表现得谦逊恭敬、豁达平和。林语堂对身居高山而获得安宁平和品质的强调，也算满足

① 林语堂：《林语堂自传》，工爻译，《林语堂名著全集》第10卷，东北师范大学出版社1994年版，第5页。

② 林语堂：《赖柏英》，谢青云译，《林语堂名著全集》第9卷，长春：东北师范大学出版社1994年版，第74页。

了西方有关中国人某种普遍德性的想象——“中国人,从上层社会到底层百姓,都有一种冷静安详的尊严,即使接受了欧洲的教育也不会毁掉。无理论个人还是国家,他们都不自我肯定,他们的骄傲过于深厚,无需自我肯定”①。

可以确定的是,林语堂想让读者明白他所推崇的“高地人生观”,来自他出生成长的“高地”环境 。但是,他提到的诸如“爱真”、“爱美”、“简朴”、“高尚”,以及“谦卑”等人格因素,真的就是“高地”的必然产物吗?在小说中,到新加坡后发了财的新洛的叔叔谭山泰被设置成一个精明的市侩角色。新洛说,“我有高地的人生观,叔叔却是低地的人生观”,两人永远合不来。同样来自“高地”,叔侄二人的人生观却有“高地”和“低地”的悬殊,这只能说明“高地”和“高地人生观”之间并不构成必然的因果联系。在小说里,林语堂让新洛声称,“曾经是山里的孩子,便永远是山里的孩子”②,这句话自然可用于表示新洛的自勉自省或难以摆脱的童年情结,但就谭山泰而言,却只能用身在现代都市却固守妻妾同堂等中国旧俗来坐实,这就不啻为对“山里的孩子”的嘲讽了。就算林语堂面向西方时总是为中国文化唱赞歌,却也不至于发昏到抬举纳妾这类传统的糟粕吧?他竭力将“高地人生观”与“高地”连接,而小说叙事本身却说明,“高地人生观”并不能与中国的文明传统画等号。

借助赖柏英这个形象,林语堂其实在“高地人生观”里寄托了他某种宗教式的情感,这也使得“高地人生观”具有了更为普遍的价值意义。在小说中,新洛谈到赖柏英时说:“我崇拜她脚上的泥巴,……整个新加坡还没有一个女孩子够资格吻她脚上的泥土。”柏英在新洛的心里,不仅是美的化身,更闪耀着神圣的光芒。林语堂让新洛臣服在柏英的光芒之下,无非是为了彰显柏英所代表的“高地人生观”的神圣伟大。在自传里,林语堂再次揭示“高地人生观”的本质:“接近高山就如同接近上帝的伟大。我常常站着遥望那些山坡灰蓝色的变幻,及白云在山顶上奇怪的,任意的漫游,感到迷惑和惊奇。它使人轻忽矮山及一切人所造的、虚假的、渺小的东西。这些高山早就成为我及我信仰的一部分,因为它们使我富足,心里产生力量与独立感,没有人可以从我身上带

---

① [英]罗素:《中国问题》,秦悦译,上海:学林出版社 1996 年版,第 159 页。

② 林语堂:《赖柏英》,谢青云译,《林语堂名著全集》第 9 卷,长春:东北师范大学出版社 1994 年版,第 74 页。

走它们。……我开始相信，一个人如果不能体会把脚趾放进湿草中的快感，他是无法真正认识上帝的。”[①]按照这一思路，赤足行走在高山间的赖柏英天生地有着不同于一般人的视野和襟怀，她和自然融为一体。在小说里，柏英全心地爱着新洛以及与新洛生的儿子罔仔，还有年老的祖父和新洛的母亲，给他们一切，不求任何回报。小说还多次提到柏英有一种听天由命的态度，她坦然地应对生活中的坎坷和不幸，心甘情愿，无怨无悔。柏英是包容忍耐、无私奉献的形象，而她从容淡泊的做派又显出道家的风范，由她体现出来的“高地人生观”因而既反映了人类对真美善的共同追求，同时也不失中国文化顺遂自然的特性。

赖柏英最终取代了韩沁在谭新洛心中的位置，似乎宣告了神性对人性的胜利，这是小说的结论吗？恐怕未必。任何崇拜都构成遥远的距离，赤脚行走在高山间的赖柏英是新洛景仰的对象，她如神祇般降临新加坡，显示了救赎的意义，新洛因此重获精神的支撑。但是，赖柏英作为一个真实的人，一旦身处新加坡这个陌生的世界，将经受怎样的多重文化冲突的考验，是可以想象的。在参与柏英适应新环境的过程中，新洛对她的仰望姿态必定会有所改变，继而是否也有可能从她那里也感受到像韩沁那样的“了不起的人性观念”，最终两人灵肉契合，这更像是理想化的期待。虽然新洛与韩沁的分手，反映了中西文化间难以弥合的裂痕，但林语堂还是于失望同时给予了希望：不是谭新洛回归高地，而是赖柏英来到新加坡，还要加上柏英和新洛的儿子罔仔，这终究预示了一种较为乐观的前景，表明林语堂探索“高地”与外面世界通道的初心未曾改变。对谭新洛、赖柏英和罔仔来说，新加坡到底是短暂的相聚之所，还是永久的团圆之地呢？在某种意义上来说，他们其实也和浪迹天涯的韩沁一样，走向了不可测的未知。

林语堂的《京华烟云》等八部小说，其实是他以文学形式为西方读者撰写的八部中国文化论著。作为一个中国作家，林语堂不遗余力地向西方世界介绍中国文化，强调中国文化中合乎人性、人道的理念对于救治西方文明弊病的效用。他为英语读者重构

---

① 林语堂：《从异教徒到基督徒》，谢绮霞译，《林语堂名著全集》第 10 卷，长春：东北师范大学出版社 1994 年版，第 45 页。

了中国形象,以使他们摒弃文化和地域的偏见,能把中国和人类的全体联系在一起。而作为一个世界主义者,林语堂在人类普遍价值的前提下,竭力调和中西古今的矛盾,强调人类是一个整体,倡导对世界各民族国家间差异性的包容。虽然林语堂对中国文化的宣扬以及对世界主义目标的追求均带有明显的理想主义色彩,对文化的复杂性和有机性也缺乏更深入的解析,其中纠缠着不少内在的矛盾,但林语堂超越了语言文化的视界,对人类生存现状的关切,对作为整体的人类文明发展方向的探究,以及对生命和自由意义的理性思考,至少在 20 世纪的中国是弥足珍贵的。

凌叔华的《古韵》与英国布鲁姆斯伯里团体

李　昊　倪婷婷

1953年,凌叔华(Su Hua, 1900—1990)用英文写就的长篇小说《古韵》(*Ancient Melodies*)由英国何盖斯出版社(The Hogarth Press)①出版。《古韵》从最初创作到最后出版,经过了十多年的时间。在此期间,曾在武汉大学任教并与凌叔华有过恋情的诗人朱利安・贝尔(Julian Bell, 1908—1937),贝尔的姨妈、著名作家弗吉尼亚・伍尔夫(Virginia Woolf)及其出版家丈夫伦纳德・伍尔夫(Leonard Woolf),诗人维塔・塞克维尔・韦斯特(Vita Sackville-West)等布鲁姆斯伯里团体 (The Bloomsbury Group)②的一

---

① 1912年弗吉尼亚・伍尔夫与伦纳德・伍尔夫结婚,1917年夫妇俩创办了何盖斯出版社(The Hogarth Press),它成为现代主义文学的摇篮。弗吉尼亚・伍尔夫在与凌叔华的通信中,曾考虑过《古韵》的出版问题(参见《弗・伍尔夫致凌叔华的六封信》中的第五封信,杨静远译,《外国文学研究》1989年第3期)。《古韵》最终由何盖斯出版社出版,算是了结了伍尔夫的遗愿。

② 布鲁姆斯伯里团体 (The Bloomsbury Group)是20世纪上半叶由一些英国的文化精英组成的松散团体,其成员有小说家弗吉尼亚・伍尔夫、E.M.福斯特,画家瓦内萨・贝尔、邓肯・格朗特,美学家克莱夫・贝尔,汉学家阿瑟・韦利、罗杰・弗莱,翻译家康士坦斯・加奈特,出版家伦纳德・伍尔夫,还有经济学家凯恩斯,等等。其核心人物为弗吉尼亚・伍尔夫及其画家姐姐瓦内萨・贝尔。这个团体中大多数人均毕业于剑桥大学的英王学院,而他们聚集在一起的精神纽带则是对生活的共同态度和实践。他们声称:生活的首要目的是"爱"、美学经验的创造和享受,以及对知识的追求。这个团体的第二代如诗人朱利安・贝尔等在继承了父辈自由主义立场和反叛的气质外,更倾向于投入捍卫民主和文明的行动。中国现代作家如徐志摩、凌叔华、叶君健、萧乾等分别与这个团体的两代人有过交集。The Bloomsbury Group中文常译为布鲁姆斯伯里团体、布隆斯伯里学派等。

些成员，为凌叔华提供了极大的支持和帮助。

1938 年 3 月，凌叔华开始与弗吉尼亚·伍尔夫通信，而在此之前，伍尔夫已经从朱利安·贝尔的信里了解了凌叔华。凌叔华在信中向伍尔夫诉说战争和生活带来的苦闷，伍尔夫给予宽慰，并建议她用英文书写自己的故事。于是，凌叔华开始了《古韵》的最初创作，并将写完的一些章节陆续寄给了伍尔夫。1941 年伍尔夫自杀，凌叔华与伍尔夫的通信中断，《古韵》的写作也随之中止。1947 年凌叔华移居英国，此前与朱利安·贝尔的关系，以及她与弗吉尼亚·伍尔夫和贝尔的画家母亲瓦内萨·贝尔的通信联系，为她顺利进入布鲁姆斯伯里圈子提供了条件。“出于感情驱使和现实的需要，叔华一直与布鲁姆斯伯里派保持联系，努力为自己在英国开辟生活道路。”[①]到英国后不久，凌叔华认识了诗人维塔·韦斯特，靠她的引荐，凌叔华与伍尔夫的丈夫伦纳德·伍尔夫结识，之后在伍尔夫的遗物中找到了当年寄给伍尔夫的旧稿，并最终在他们的合力帮助下，完成并出版了《古韵》。《古韵》在英国出版后颇受欢迎。《时与潮》周刊评论说：“书中洋溢着作者对生活的好奇、热爱和孩子般的纯真幻想。”《泰晤士报·文学副刊》评论说：“叔华平静、轻松地将我们带进那座隐蔽着古老文明的院落。现在这种文明已经被扫得荡然无存，但那些真正热爱过它的人不会感到快慰。”[②]此外，当时有相当影响力的散文家约翰·普莱西里称《古韵》为“年度图书”，英国著名女演员佩吉·阿什克罗夫特还在 BBC 上播讲了《古韵》。

《古韵》出版后，布鲁姆斯伯里团体给予了积极的回应，其他一些赞誉声也大多来自英国精英知识阶层。然而，仅将《古韵》的成功归因于凌叔华与布鲁姆斯伯里团体中一些人的私谊，却并不妥当。1949 年凌叔华在欧洲举办画展，画展同样得到了来自布鲁姆斯伯里的称赞。朱利安·贝尔的弟弟、艺术家昆廷·贝尔在《新政治家与国家》杂志上发表评论说：“这个独特的画展之所以能引发观众特殊的兴趣，因为它提供了难得的机会，让我们能够通过一位采用迥异艺术传统手法的成熟艺术家的眼睛，看到了我

---

① [美]魏淑凌：《家国梦影：凌叔华与凌淑浩》，张林杰译，天津：百花文艺出版社 2008 年版，第 249 页。

② 转引自傅光明《凌叔华文与画的〈古韵〉》（代序），《古韵——凌叔华的文与画》，傅光明译，济南：山东画报出版社 2005 年版，第 7 页。

们的西方世界。”[①]由此可知的信息，除了布鲁姆斯伯里团体所接纳和欢迎的不仅是凌叔华的小说还有她的书画外，更重要的是，昆廷·贝尔揭橥了凌叔华作品在西方被接受的实质：无论是讲述中国故事的《古韵》，还是那些清淡高雅的中国画，它们犹如一面镜子，折射并透视出昆廷·贝尔们的自我面影，促使他们重新认识并再构自己存身的世界，一个与想象的中国不无文化和审美共同性的世界。

这本由布鲁姆斯伯里团体“订制”，在英国完成，且为英国精英知识阶层而写的《古韵》到底包含了怎样的文化内涵？它尽管是以英文写就的，但凌叔华毕竟是一位成长于中国的作家，她的文化背景和价值立场与她的目标读者难道没有差异吗？《古韵》的意图和西方世界的接受真的若合符节吗？在距离《古韵》出版数十年后多元文化日益交汇的今天，《古韵》的意义到底何在呢？这些都成为理解《古韵》绕不开去的问题。

一、《古韵》中的中国形象与布鲁姆斯伯里团体的中国想象

伍尔夫的朋友、诗人韦斯特在为《古韵》所做的序言中说，凌叔华“以艺术家的灵魂和诗人的敏感呈现出一个被遗忘的世界……那个古老文明的广袤荒凉之地似乎非常遥远”[②]。与之相类似的是《泰晤士报·文学副刊》上的评论：“叔华平静、轻松地将我们带进那座隐蔽着古老文明的院落。现在这种文明已经被扫得荡然无存，但那些真正热爱过它的人不会感到快慰。”[③]英国读者在《古韵》中看到了一个古老却落后、诗意却闭塞的社会，正是这个陌生遥远却又似曾相识的世界吸引了他们，因为他们正怀着一种文化失落感不无遗憾地感到，这样遥远古老的文明已被现代社会无情地遗弃。

然而，英国知识精英在评价《古韵》时所描绘出的中国形象与其说是来自《古韵》的

---

① 转引自[美]魏淑凌：《家国梦影：凌叔华与凌淑浩》，张林杰译，天津：百花文艺出版社 2008 年版，第 251 页。

② [英]维塔·塞克维尔·韦斯特：《〈古韵〉英文版序》，《古韵——凌叔华的文与画》，傅光明译，济南：山东画报出版社 2005 年版，第 3 页。

③ 转引自傅光明：《凌叔华文与画的〈古韵〉》(代序)，《古韵——凌叔华的文与画》，傅光明译，济南：山东画报出版社 2005 年版，第 7 页。

塑造，不如说是来自他们对中国由来已久的想象。18 世纪中期之前，中国在一些欧洲人的脑海里近乎一个完美的乌托邦，从马可波罗描述中国的富裕强大，到伏尔泰对中国文化的鼓吹，中国俨然是文明昌盛的样板。而到了 18 世纪中叶，率先进入现代文明的欧洲人运用他们先进的科技更方便地了解了中国，他们惊讶于中国社会的闭塞落后和中国人的麻木愚昧，于是中国形象在其神秘的面纱被撕下后开始崩塌。之后，由于欧洲在政治经济文化上的优越地位以及殖民扩张的需要等原因，中国形象越来越被欧洲人丑化。他们认为中国社会衰败贫困又野蛮，认为中国人懦弱狡诈又肮脏，“19 世纪西方的中国形象几乎一无是处、一团漆黑”①。而到了 20 世纪，尤其是第一次世界大战结束后，欧洲的一些知识精英对现存的西方文明产生失望，因而期求从东方文化中寻找人间乐园，古老中国在他们心目中又开始被美化和理想化，布鲁姆斯伯里团体就是其中的代表。

与前辈们以欧洲中心的自大和优越感来看待中国及中国文化不同，布鲁姆斯伯里团体成员对中国文化大多怀有敬意，并持欣赏的态度。他们或是在自己的作品中热衷于塑造中国式的形象，如弗吉尼亚·伍尔夫的小说《到灯塔去》中的人物莉莉·布里斯柯的“中国式的小眼睛”，邓肯·格兰特绘画中的青花瓷器和中国女性，以及伯特兰·罗素笔下中国画中的山水花鸟：“苍鹰捕雀，鹭栖大枝，水鸟傲立于冰雪之中”②；或是直接表达对中国艺术和器物的喜爱，如 1935 年伦敦的柏林顿馆举办国际中国艺术展时，瓦内萨·贝尔感慨“整个伦敦都在刮中国风”，称“所有伟大的礼服都将会是中国式的，所有的人都在谈论中国艺术”③。敏感于这个群体相对集中的兴奋点，有人指出，“在布卢姆斯伯里内部，人们对于中国的回应基本上与家具和美学有关”④。此说尽管不无偏颇，但并非全无道理。

---

① 周宁：《乌托邦与意识形态之间：七百年来西方中国观的两个极端》，《学术月刊》2005 年第 8 期。

② ［英］罗素：《中国问题》，秦悦译，上海：学林出版社 1996 年版，第 65 页。

③ ［美］帕特丽卡·劳伦斯：《丽莉·布瑞斯珂的中国眼睛》，万江波、韦晓保、陈荣枝译，上海：上海书店出版社 2008 年版，第 510 页。

④ ［美］帕特丽卡·劳伦斯：《丽莉·布瑞斯珂的中国眼睛》，万江波、韦晓保、陈荣枝译，上海：上海书店出版社 2008 年版，第 513 页。

明白了当时的欧洲人对东方艺术和家具器物所怀有的好奇和玩赏心理，就不难理解弗吉尼亚·伍尔夫在最初建议凌叔华写英文自传时的侧重："你尽可以随心所欲地，详尽描写生活、房舍、家具陈设的细节"①。无独有偶，冰心在回忆中也提到伍尔夫对她有过类似的期待。她说，1936 年冬天，她在英国短期交流时受邀去伍尔夫女士处吃茶，"我们就说中国的园林，中国的多时节序，中国大家庭的种种风俗习惯，说到我的祖父，我的童年……她忽然说：'你为什么不写一本自传，把这些都详细的描写下来，这对于我们外国人，一定是很有价值的……'"冰心当时有感于她的热心，答应了她的请求，只是不久因中日战事爆发，迁徙流离之中找不到写长篇的时间，加上之后又获悉伍尔夫自杀，冰心"写自传的兴趣，也就减到零度"。②

伍尔夫的建议在冰心那里落了空，却在凌叔华那里有了结果。在《古韵》中，凌叔华确实按照伍尔夫的设想，在写中国大家族的居所时描摹了有着许多套院的大宅院、宅院门前的石狮子、门上的青铜门环、门后的浮雕影壁，在写家具时特意提及红木条案、太师椅、木屏风、汉代青铜香炉等，写书房则首先描写挂在墙上画着孔子的长卷，等等。另外，凌叔华还在《古韵》中细致介绍了中国的书法、绘画、音乐等艺术。如《一件小事》一节中记述父亲在"我"洋溢着紫藤花香的房间里书写条幅，教"我"体悟书法的境界和气韵；在《义父义母》一节中写义母教"我"弹古琴，为"我"讲述古曲背后的有趣故事，引领"我"感知中国音乐所蕴含的人情和意境。这些独具中国韵味的形象和艺术无疑会吸引西方读者的目光，毕竟从 18 世纪到 20 世纪中期，一些欧洲人对中国的印象基本停留在花鸟虫鱼、茶楼宝塔、垂柳扁舟等方面。《古韵》中的风景器物描写一方面符合西方读者的期待，另一方面也拓展了他们对中国的认知。而由一个真实经历和感受过这些事物的中国作家来书写，这样的中国形象整体上显得更加自然也更具说服力。另外值得注意的是，凌叔华在《古韵》中还插入了自己七幅水墨画，那些简洁却洋溢着诗意的画幅是《古韵》中的中国韵味更为形象的表现，它们为西方读者喜爱自是不言而喻。《旁观者》杂志曾对凌叔华的插图评论说："这是一些很优美的白描作品，表现

---

① 《弗·伍尔夫致凌叔华的六封信》中的第四封信，杨静远译，《外国文学研究》1989 年第 3 期。

② 冰心：《关于自传》，《文坛》1942 年 5 月第 3 期。

了一个呆头呆脑的小家伙忙着与养母放风筝、陪花匠去买花、跟贲先生学诗歌的场景，非常动人！”①

其实，布鲁姆斯伯里团体成员对于中国的兴趣并不仅限于“与家具和美学有关”的风景器物，他们对中国传统文化的许多方面均怀有好感，并试图将这种东方的古老文明作为自己的精神寄托。钟情于中国和日本古代文化的阿瑟·韦利，一生致力于研究和翻译中日典籍，他在1918年就出版了《汉诗英译170首》，还翻译了《老子》、白居易诗歌和《西游记》，并著有《白居易的生平与时代》、《袁枚传》等。同属于布鲁姆斯伯里圈子的G.L.狄更生曾假托长期旅英的“约翰中国佬”，在致英国友人信中将中国描述为一个文明理想、朴素崇高的精神家园：“在这样的民族中，没有非常粗野的竞争，没有主人，也没有仆人，只有具体而实实在在的平等，调节，充裕的休暇，率真的慷慨好客，满意的、不受空洞的雄心壮志侵扰的生活习性。被最可爱的自然所培育的美感，这一切在优雅、高贵的举止而非在精致的艺术品中体现出来——我所出生于其中的这个民族具有以上特性。”②狄更生在庚子事件后不久对中国的这种褒扬看上去是在为中国辩护，而其实还是为质疑和批评西方文明的弊端提供参照。1913年狄更生终于踏上中国的土地，他对中国的景仰一如既往，可在稍后写的游记前言中也坦陈：“我提供的不是事物本体，而是我所看到的面貌。我们也许可以及时地从这样的面貌中建构起真实性来。”他同时表明自己的立场：“对于这种西方文明，我有许多批评的话要讲，但是我仍然会选择生活在其中，仍然会相信它，我的一切希望以它为中心。”③从中可见，布鲁姆斯伯里团体成员对中国的认知打着明显的主观烙印，那些有关中国的溢美之词不过是他们心中美妙幻象的反映。他们所希望看到的只是一个远离现代文明、不同于西方政治和价值体系、能给人以精神寄托的浪漫天地，而绝非事实意义上的中国。这个中国

---

① 转引自[美]魏淑凌：《家国梦影：凌叔华与凌淑浩》，张林杰译，天津：百花文艺出版社2008年版，第254页。

② [英]G.L.狄更生：《中国佬信札——西方文明之东方观》，卢彦明、王玉括译，南京：南京出版社2008年版，第17页。

③ [英]G.L.狄更生：《中国佬信札——西方文明之东方观》，卢彦明、王玉括译，南京：南京出版社2008年版，第83、84页。

终究是作为西方的参照和陪衬而存在的。这一点在阿瑟·韦利的身上同样有所体现。与狄更生不同,对汉文化无比痴迷的韦利一生未曾来过中国,他曾对萧乾说他不愿意来中国的原因,就是“想在心中保持唐代中国的形象,生怕让铁路和烟囱把这形象破坏掉”①。他执拗地以一种想象穿越到已逝且遥远的唐代中国,以此寄托自己对淳朴宁静的乌托邦世界的向往。这种按照理想“建构”中国“真实性”的思维成为布鲁姆斯伯里团体内部想象中国的共通之处。所以,弗吉尼亚·伍尔夫在最初写给凌叔华的信里说的“我真羡慕你住在一个具有古老文明而又广袤荒凉的地方”②,遂成为西方评论界后来评论《古韵》的一个基调。因此可以说,《古韵》受追捧,在很大程度上,并非因为西方读者从中了解了一个真实的中国,而是《古韵》中展示的一部分中国形象印证了他们对中国的想象,满足了他们对人类生活理想状态的期待。

《古韵》所反映的清末民初时代于中国而言是一个动荡的时期,但作者似乎为西方读者描画了一片“东方净土”。《古韵》的主线是中国“高门巨族”里小女孩“我”的生活与成长趣事。作者写年幼的“我”早饭过后坐在家里的保镖马涛的肩上逛街;写“我”跟着“帮工”四婆外出到田边地头,看许多戴黄草帽的人弯腰劳作;写“我”在后花园的白墙上,画满山水、动物和人,受到爸爸画家朋友的夸奖;写“我”向贲先生磕头拜师,跟他写字吟诗,并把那些都深深地印在了脑子里;写“我”跟着花匠老周出门逛隆福寺,看花、看朋友——看为慈禧太后管理颐和园的花匠;写“我”注意到那位精通六国语言的辜鸿铭来家做客,看他跟爸爸一起讨论国事、欣赏新竹;写“我”和姐妹们去日本,体味樱花烂漫盛开带来的欢乐和伤感……《古韵》所表现的内容整体上均比较平和,没有战争的硝烟和殖民的压迫,也没怎么铺陈现代都市弊病的侵扰,加上作者的笔调温婉蕴藉,确实会令人产生古韵萦绕的感觉。

与此同时,凌叔华在小说中也有意无意地大量注入了诸种中国文化元素,它们不

---

① 萧乾:《萧乾英文作品选(英汉对照)》,文洁若编选,傅光明译,北京:北京语言文化大学出版社 2001 年版,第 389 页。

② 转引自[英]维塔·塞克维尔·韦斯特:《〈古韵〉英文版序》,收入《凌叔华的文与画》,傅光明译,济南:山东画报出版社 2005 年版,第 1 页。

仅可以激发一般的西方读者对中国的兴趣,也引领了像布鲁姆斯伯里圈子里的知识精英对中国的进一步探究。《古韵》中时常涉及中国的书法、绘画、音乐,并解释这些文化背后的韵味、精神和境界等。《义父义母》一节中记叙即将去日本读书的“我”不忍与义母离别,特地请她唱了一首送别曲《阳关三叠》。作者在这里安排这首古曲的介绍,自然很贴合“我”和义母此时的心境,但全篇引用中国读者耳熟能详的歌词,并不厌其烦地阐释每个部分情感表达的特点,明显是为顾及英语读者的接受能力。而《古韵》对中国传统礼仪风俗的描述,更显现了西方视角的参与。《贲先生》一节提到中国的传统教育,包括书院和家庭私塾,穿插介绍了中国古代的书院,旧时中国学童拜私塾先生时的礼仪;在《母亲的婚姻》、《两个婚礼》等节中,凌叔华描写了中国传统的婚俗嫁娶,如写父亲托人向母亲的娘家送婚帖、聘礼,以及女方回礼的嫁妆,写大哥结婚时家里准备的红缎子结婚礼服和镶满珠宝的婚冕,大红绸缎装饰着祠堂,上面写着“百世良缘”,以及中国传统婚礼所用到的接新娘的花轿等。凌叔华展示的这些中国传统的文明和礼仪,与布鲁姆斯伯里团体成员所熟知的西方文化十分遥远,但却会令他们产生新奇感,加上相关有趣的人物和故事,这些中国风情的传递鲜活而隽永,无疑为布鲁姆斯伯里派遥想古老文明的中国提供了形象的注解。

对中国的想象离不开对中国人的想象。《泰晤士报·文学副刊》对凌叔华表示敬意,说“她向英国读者展示了一个中国人情感的新鲜世界”①。与颇具中国风情格调的中国传统习俗相比,《古韵》所刻绘的各种各样的人物其精神面貌与气质性格,确实为布鲁姆斯伯里团体成员想象性地参与到中国人的世界中提供了前提。譬如聪明乖巧的“我”,喜欢中国古典绘画、音乐和诗歌,年幼却安静又懂得体恤,受到上至父母下至佣人的宠爱;再如隐忍善良的母亲,有着大家闺秀的温婉气质,时常周旋在复杂的家庭关系中,宽厚而克制;而父亲、义父、贲先生等人则是中国传统士大夫的代表。父亲身居高位、沉默稳重;义父是个精通琴、棋、书、画的雅士,告诫“我”说“名、利、俗、懒,这是

① 转引自傅光明:《凌叔华文与画的〈古韵〉》(代序),《古韵——凌叔华的文与画》,傅光明译,济南:山东画报出版社 2005 年版,第 7 页。

工作的大忌”①；贲先生是一位私塾先生，有一点严肃的老古董的特质，但却能耐心认真地教育学生。这些人物形象使得《古韵》中所表现的中国人的性格整体上呈现出温和、善良、正直的特点，与罗素在《中国问题》等著述中概括的中国人的性格颇具相似度。

罗素从中国的绘画中看出中国人善于体恤，从中国的哲学中看出中国人的幽默、克制和含蓄，甚至坐轿登山看轿夫休息时抽烟逗乐，都能见出中国人的宽容仁厚，以及“保存着欣赏文明的能力”。②而《古韵》中也有类似于罗素笔下中国轿夫那样的处于社会下层的人物，如佣人马涛、帮工四婆、花匠老周等，他们勤劳踏实、善良淳朴，凌叔华无意于凸显他们的贫困艰辛，更着意于记述他们以一种自足的态度回应生活的悲欢祸福，这与罗素欣赏中国轿夫能苦中作乐的态度有相近之处。罗素认为，中国人的性格“不利于战争……但这种性格实在是无上的美德，可惜在我们西方世界绝少见到”③。而《古韵》确实未展开战争叙写，《老师和同学》一节中虽有所涉及，却只是蜻蜓点水。即便家庭冲突的叙写，作者落笔也颇为节制。《一件小事》写到三妈和六妈的争吵，但不谙世事的小女孩视角以及喜剧性笔触的采用，多少还是淡化了这场家庭纠纷的激烈程度。《古韵》整体上彰显的依旧是日常生活里中国人随遇而安、知足平和的精神气性。这种讲究忍苦顺从的精神气质在深深厌倦了战争纷扰的和平主义者罗素眼里，成为一种“无上的美德”，而《古韵》也因此被视为一幅宁静祥和、远离现代文明喧嚣的美妙图景。

二、布鲁姆斯伯里团体的文化立场与接收错位

文学人类学理论认为：“虽然文本世界并非真实的世界，但读者却把它想象为一个‘仿佛’如此的真实世界。在此，读者显然接受了文本的引导。这个‘仿佛’结构就如同

① 凌叔华：《古韵》，傅光明译，北京：中国华侨出版社 1994 年版，第 120 页。
② ［英］罗素：《中国问题》，秦悦译，上海：学林出版社 1996 年版，第 158 页。
③ ［英］罗素：《中国问题》，秦悦译，上海：学林出版社 1996 年版，第 65 页。

一个触发器，它激活了读者的想象力，使他或她对文本世界产生无尽遐想。……文本世界激活了读者的想象力，它为想象具体化提供了新的维度。”①以布鲁姆斯伯里派为代表的英国知识精英在《古韵》中仿佛找到了向往已久的精神乐园，更重要的是，他们一直想象的智慧宁静悠远的“东方乐土”，也似乎在一个中国作家的笔下得到了证实。然而，相关学者从接受美学的角度还指出：“在具体情况下，读者对本文意义的选择必须受个人的倾向性以及他所处的社会和文化的状况的制约。”②因此，既然不同的读者对《古韵》的接受取决于他们各不相同的既有经验，那么，他们也就不可能都像布鲁姆斯伯里团体成员那样聚焦于《古韵》描画的“古老文明的院落”和令人向往的净土上。20世纪三四十年代也曾旅居英国并出版了《王宝川》、《天桥》等英文作品的熊式一就表示过对《古韵》的不屑，他认为展示“杀头、缠足、抽鸦片烟、街头乞丐”等不堪画面，或者“让人家鉴赏鉴赏姨太太女儿的丰彩”，都不过是为了“骗骗外国读者的钱”。③而有中韩血统的美籍学者史书美则立足于女性的性别身份，从后殖民主义和女性主义双重视角审视《古韵》，认为《古韵》书写了男权社会给女性带来的压力，并表现了东方女性“对本土父权的反对之声”④。凌叔华家族的晚辈，同时又是美国人类学家的魏淑凌则更倾向于将《古韵》中的故事情节与凌叔华本人的真实经历作对比，探究凌叔华如何美化和隐藏自我，又如何运用更有效的写作策略来吸引西方读者的。

对《古韵》的多重解读，体现了不同身份的读者在立场、目的、价值观、文化背景等方面的差异。熊式一希望看到一个奋发图强的现代中国，从而排斥他所认为的落后愚昧的旧中国形象展示，不满任何人以“蓄妾”、“杀头”、“留辫儿”等来抹黑中国。史书美则借用东方主义理论工具，解析凌叔华和弗吉尼亚·伍尔夫的关系，认为她们的关系恰恰体现了第一世界的自由女性主义对亚洲女性主义表述的支配性地位，由此引申出

① [德]沃尔夫冈·伊瑟尔：《虚构与想象——文学人类学疆界》，陈定家、汪正龙等译，吉林：吉林人民出版社2003年版，第30页。

② [德]沃·伊瑟尔：《阅读行为》，金惠敏等译，长沙：湖南文艺出版社1991年版，第34页。

③ 熊式一：《天桥·香港版序》，《天桥》，北京：外语教学与研究出版社2012年版，第14页。

④ [美]史书美：《现代的诱惑：书写半殖民地中国的现代主义(1917—1937)》，何恬译，南京：江苏人民出版社2007年版，第247页。

东西方的不平等关系。而作为凌叔华妹妹凌淑浩的外孙女，魏淑凌更希望印证与家族相关的真实历史，所以难免将《古韵》当做家族回忆史料来解读，并从中发现与事实真相间的落差。他们囿于自身立场和目的的解读尽管各有所据，但却仍然难免一叶遮目的褊狭。而就布鲁姆斯伯里团体成员而言，和上述读者有所区别的是，无论是对凌叔华，还是对《古韵》，他们更关注艺术和审美的意义，当然这种关注是建立在跨族裔跨文化的基础上，而直接可以调动他们储存的经验并激活无穷想象力的，则是那已逝去了的古老文明，这个"'仿佛'结构"既是他们想象力的触发器，却也是造成他们与文本意图错位以致误读的根源。

罗素于1920年至1921年在中国讲学期间多次提及西方文明的衰败，他认为"欧洲文化的坏处，已被欧洲大战显示得明明白白"①。之后，他又在《中国问题》等著作中再次强调"大战"后的西方人应该对西方文化进行反思，批判了西方的工业主义、军国主义、扩张势力等，并认为西方文明若想继续发展下去，必须借鉴东方的智慧与美德。在布鲁姆斯伯里圈子里，G.L.狄更生也倾向于借东方文化来反思西方文明。他认为，"东方发展出的生活类型所具有的美和长处显然是我们现代西方已经失去的"；"我们的生活步伐、各种竞争、生活强度、疲劳、神经的紧张还是使生活陷入了紊乱。东方人一如既往地以一种较低的紧张度生活着，但他们保持了主动能力与冥想能力之间的平衡。我正是从这种平衡中看到了文明。西方将不得不恢复这种平衡"，而六十多年来，西方帝国一直对中国实施着种种的掠夺、勒索和侵略，并强加给中国诸多不平等条款，这些无疑是"与强盗、海盗毫无二致"的野蛮行径。②西方工业文明发展到19世纪末20世纪初时，过于追求速度和效率使得整个西方社会变得狂妄浮躁，而第一次世界大战的爆发更是带给西方人精神的创伤和文明的幻灭感，使得西方人，尤其是西方的知识精英忧心忡忡。在这一背景下，布鲁姆斯伯里团体成员不约而同地将地理上的遥远国

---

① 袁刚、孙家祥、任丙强编：《中国到自由之路：罗素在华演讲集》，北京：北京大学出版社2004年版，第300页。

② ［英］G.L.狄更生：《中国佬信札——西方文明之东方观》，卢彦明、王玉括译，南京：南京出版社2008年版，第77、78、38页。

度——东方的中国想象成一片干净的乐土，以此排遣失落了精神家园的焦虑，来表达他们对人类文明发展的美好憧憬。因此，罗素动辄以“中国人的慢性子”来反观“欧美人颐指气使的狂妄自信”①，狄更生以“中国人这样自尊、独立和彬彬有礼”来对照西方人举止行为的“粗鲁”②，也就很容易理解了。

诚然，《古韵》建构的世界相对宁静平和，并与小说温婉柔和的基调想表里，但和凌叔华的中文小说一样，《古韵》的平静表层下也有波澜起伏，温柔蕴藉的笔触里也仍不失讥刺的锋芒。《古韵》中“我”生活的这个官宦大家庭，由爸爸、三妈、母亲、五妈、六妈，加上两个哥哥、十个姐妹，以及众多男仆女佣组成，但“我”却在寂寞里长大。为《古韵》作序的韦斯特尽管兴奋点在作者“对美好生活的冥思细想”上，却也还是读出了《古韵》里“有一点惆怅”。③其实，《古韵》中一些显而易见的重要内容均不见于布鲁姆斯伯里团体成员的解读和评价，他们之所以选择性地盲视，是因为凌叔华通过《古韵》所表达出的对中国传统社会的态度与布鲁姆斯伯里派对东方传统文明欣赏，并不那么契合。作为中国第一代新文学作家，凌叔华不可能回避对中国传统弊端的发露。在《母亲的婚姻》一节的最后，作者写了母亲发现父亲其实有更多妻妾时的失望和无奈；《一件喜事》描写父亲娶新妾时的热闹场面，但最后却以五妈的痛苦流露来收结；《一件小事》里铺叙了三妈和六妈吵架之后补写父亲在“我”房间里找清净的场景，而“我”却只想知道父亲是否与吵架事有关，是否为此感到难过。这些或隐或显的笔触都体现了作者对中国传统一夫多妻制及其衍生出的复杂家庭关系的不满。另外，男尊女卑的价值观也是中国传统的一大弊病。在《中秋节》一节中写到只是因为三妈有儿子，所以三妈的丫头都敢欺负家中的女儿，但却又写“我”虽是个女孩，却比哥哥聪明得多，从而深受父亲的喜爱，以此来讽刺传统重男轻女习俗的荒谬。除了对传统弊端的揭露，《古韵》也表现了对现代文明的认同。最后一节《两位表哥》记叙了当过欧洲几国总领事、通晓

---

① ［英］罗素：《中国问题》，秦悦译，上海：学林出版社 1996 年版，第 7 页。

② ［英］G.L.狄更生：《中国佬信札——西方文明之东方观》，卢彦明、王玉括译，南京：南京出版社 2008 年版，第 63 页。

③ ［英］维塔·塞克维尔·韦斯特：《〈古韵〉英文版序》，收入《凌叔华的文与画》，傅光明译，济南：山东画报出版社 2005 年版，第 3 页。

数国语言的大表哥和毕业于东京帝国大学的二表哥的造访，他们是那么的博识、风趣，让基本局限在家中的女孩子感受到外面世界的广阔和精彩，尤其启发并坚定了“我”和梅姐接受现代教育、选择现代职业的志向。这种对现代文明的肯定态度，反映了作者对中国传统的文化制度、习俗理念整体性的否定意向。

实际上，《古韵》的特点在凌叔华早年的中文小说中已经定型。她在《绣枕》、《吃茶》、《茶会以后》等作品中写了安静温和的大家闺秀，在《中秋晚》、《送车》等作品中写了生活优渥又无所事事的太太们，委婉含蓄的叙事风格贯穿了凌叔华前后期作品，也贯穿了凌叔华的中英文创作。因而，“在人们对她的称赞中，经常有一些用来表示中国古典诗歌和绘画氛围的词语，如‘自然’、‘隐逸’、‘隽永’、‘风雅’、‘古朴雅淡’等等”①。但是，这并不是说凌叔华仅仅只关注风景画一般雅致的上层生活，她其实也以自己独特的角度展示了那类生活中令人压抑的内容。她笔下的大家闺秀是“最投入、最专注和最热情地参与社会礼俗的人，却成了自我牺牲的产物”②，而那些依附于自己丈夫的太太们则禁锢在传统中变得越来越琐碎无聊，不得不接受自己作为一个附庸的悲剧命运。与这些在传统中泯灭了个性的旧式女性相对比的是凌叔华笔下的新式女性，如《酒后》、《花之寺》等作品中的女主人公，尽管仍会受到旧传统的困扰，但这些形象已经由女性自主意识的观念烛照，其中清晰凸显了凌叔华本人对现代文明社会的憧憬。

在《古韵》中，作者虽然很少直接对中国传统进行抨击，但委婉的指摘其实同样不乏力度。主人公“我”的童年生活中始终交织着她对成人世界的困惑，尤其是那些女人们的委屈和无奈。《秋日天津》一节中，作者层层铺陈了“我”的孤独感：“五妈进了尼姑庵，为这事我一直怨恨爸，不再愿跟他在一起，而且总想躲着他。……我真为自己难过。每天只在饭摆上桌子时见到爸，吃完我便赶紧跑开。”③“我”的孤独虽然由很多因

---

① R.Chow, Virtuous Transactions: A Reading of Three Stories by Ling Shuhua, *Modern Chinese Literature*, 1988.4(12), p.74.

② R.Chow, Virtuous Transactions: A Reading of Three Stories by Ling Shuhua, *Modern Chinese Literature*, 1988.4(12), p.84.

③ 凌叔华:《古韵》，傅光明译，北京:中国华侨出版社 1994 年版，第 135 页。

素造成，但不得不选择疏离父亲是其中很重要的一个原因。曾经那么喜欢和父亲聊书画、谈古诗并以此自豪的小女孩居然放弃与父亲的相处机会，以表明她对五妈的同情，对悲剧始作俑者——父亲的抗拒。小说由此透露出对中国传统家族文化的指摘，虽然回环曲折，但却为读者留下了更丰富的咀嚼韵味。数十年后的英语读者中就有人敏锐地感受到凌叔华表达自身价值取向时的反衬特征，认为在《义父义母》一节中，“叔华也把她身上背负的传统包办婚姻隐晦地写进了对富有才气、待人可亲的义父义母浪漫的想象中。这种温馨的包装，与她这部意在展现魅力的自传也更为相称”。[①]凌叔华对压抑人性的传统文化因素的批评含蓄委婉，与小说中随处可见的古典优雅的氛围烘托相契合，反映了凌叔华中英文作品共通的创作特性，其精神核心始终建立在认同现代文明的基础上。

和凌叔华大部分中文小说一样，《古韵》也主要聚焦于“高门巨族”的生活，但其实也并非完全无视“高门巨族”之外的晦暗无明。在第一节《穿红衣服的人》中，作者提到“我幼年结识的最可爱的人”——保镖马涛的死，他在“在乡下保护主人的时候，被土匪杀了”；第十七节《老师和同学》末尾提到了“我”的同学郭荣欣和班主任张先生的死，前者是“被山东一个军阀杀害”，后者“在南满被日本人杀害”。他们都曾经是“我”最亲近的人，作者将较多的笔墨用于描摹他们留在“我”记忆中的音容笑貌，而一笔带过他们悲剧性的命运结局。他们的惨死无论如何都会带给“我”深切的哀伤，作者理应细细加以追叙，但她却偏偏留下空白一任读者自己去填补。在凌叔华故意省略了的故事里，再愚钝的读者也可以从中领悟的事实是：盗匪祸乱不止，军阀混战四起，日军滥杀无辜，百姓命如草芥。这些看似只是“我”成长背景的点缀，却也是实实在在的中国轮廓的映现。

在《秋日天津》这一节里，凌叔华则更为难得地描绘了一幅与古意盎然氛围迥异的中国社会缩影。她安排孤独的“我”跑出家门，在乱坟岗结识了几个八九岁的穷孩子。从这些捡煤渣的小伙伴那里，“我”知晓了世上竟然还有另一重人间，那是由贫困、饥

① [美]魏淑凌：《家国梦影：凌叔华与凌淑浩》，张林杰译，天津：百花文艺出版社2008年版，第81页。

饿、病痛、绝望主宰的地狱。凌叔华甚至不顾整部小说的温婉格调，在这一节直接记叙了一个老妇人盗棺被捕的离奇案件。这个年迈的老人在丈夫、儿子都饿死后，为了病床上的儿媳和三个幼小的孙儿不得不铤而走险，而在她锒铛入狱的当晚，儿媳和最小的孩子相继死去，两个大一点的孩子则等着第二天被送进孤儿院。凌叔华尽管并不着力于中国社会底层的苦难叙事，更无意于为悲苦无告的人们代言呼号，但她同样敏感于“他们被世界遗忘了，世界也从未记起过他们”①的人间不平；她赋予生活在坟墓般环境里的穷孩子们难能可贵的品性：勤劳、诚实、善良、活泼、友爱和坚强，去彰显“世界上有些东西比死亡更重要”的道理，但仍然无法完全抑制内心的忧伤和悲悯。在整部《古韵》里，《秋日天津》一节如同不和谐的变奏，暂时中断了淡然柔和的旋律，掺进了喑哑低沉的音调，它本该可以将沉醉在宁静平和的中国想象中的人们惊醒，但吊诡的是，欣赏《古韵》的如维塔·韦斯特们，不欣赏《古韵》的如熊式一们，却全都忽略了这一节的存在，更无人正视作者笔下污浊的当日中国现实。这大概是感慨着“美好的幻影都如晨雾一般消失了”的凌叔华当时未能预想到的吧。

《古韵》的目标读者如布鲁姆斯伯团体成员基于自身的立场，他们一方面不满英国的保守传统观念，反抗维多利亚时期的清规戒律和因循守旧，而另一方面却又寄希望于古老文明的价值再生。于是，他们对《古韵》所呈现的中国样貌的取舍，是先验的，也注定了是片面的。而就文化价值取向而言，置身高度发达的现代工业化环境中的布鲁姆斯伯里派成员，与来自正经历由传统向现代转型社会的凌叔华之间的距离，其实已非道里计。数十年后，凌叔华的女儿陈小滢认为：尽管《古韵》赢得了英语世界许多读者的青睐，“可是我想西方人很难把这个作品放在中国社会发展的背景下，来理解中国女性的成长和心路历程，他们真正好奇的，或许是妻妾成群的东方式家庭，这也是母亲的悲哀吧”②。虽然这个说法并不全面，也不准确，但对面向世界尤其面向西方的中国书写来说，仍然不失为理性而清醒的警示。

---

① 凌叔华：《古韵》，傅光明译，北京：中国华侨出版社 1994 年版，第 136 页。

② [英]陈小滢：《她苦苦寻找的世界——忆我的母亲凌叔华》，《文史博览》2011 年第 4 期。

三、凌叔华的文化调适和《古韵》的文化融合

《古韵》的诞生，是凌叔华与布鲁姆斯伯里团体文化遇合的见证。凌叔华跨文化之旅的开端即预示了结果。

1935年朱利安·贝尔到武汉大学三个月后，在写给母亲瓦内萨·贝尔的信里，接连不断地诉说他对凌叔华的好感。11月1日的信里说，“她和弗吉尼亚一样敏感，很聪明，与我所认识的任何人一样好甚至更好，她不算漂亮但是很吸引我，她称得上是中国的布卢姆斯伯里成员”。贝尔对凌叔华的这个评价有别于半个月前的10月16日他对“陈先生一家”的感觉，贝尔当时尽管也认为他们“友好、敏锐而且聪明”，却还是觉得，“我们之间还不能发展为英国式的亲密关系，因为我们背景不同”。变化的发生源于贝尔在11月初开始对凌叔华产生的爱意，但也不排除他对凌叔华的文化观念有了更深的了解。在11月22日的信里，可见出贝尔对凌叔华的恋情已急剧升温，同时对她的文化归属也显得更加笃定：“她是我所见过的最迷人的尤物……因为她才真正属于我们的世界，而且是最聪明最善良最敏感最有才华中的一个。”①情人眼里出西施，堕入情网的贝尔说起意中人时难免夸饰，但尚不至于尽是梦呓。他对凌叔华感兴趣，性的吸引之外，也与身在异国的他在凌叔华身上找到了自己熟悉并欣赏的精神质素相关。信中的那些说辞，譬如“和弗吉尼亚一样”，“中国的布卢姆斯伯里成员”，“属于我们的世界”，无非都是在强调凌叔华与他自我认知的吻合。在凌叔华未曾抵达英国的那个时段，布鲁姆斯伯里圈子里的人由于受贝尔的影响，对尚未谋面的凌叔华也有了些似曾相识的感觉。贝尔的朋友普罗菲尔从凌叔华的照片看出，她和“我们所认识的中国人一点都不像”，“她有着西方人的表情”②；而对伍尔夫来说，贝尔对凌叔华的描述，却

---

① 朱利安·贝尔致母亲瓦内萨·贝尔的信，参见［美］帕特丽卡·劳伦斯：《丽莉·布瑞斯珂的中国眼睛》，万江波、韦晓保、陈荣枝译，上海：上海书店出版社2008年版，第99、100、109页。

② 埃迪·普罗菲尔致朱利安·贝尔（1936年1月25日），参见［美］帕特丽卡·劳伦斯：《丽莉·布瑞斯珂中国眼睛》，万江波、韦晓保、陈荣枝译，上海：上海书店出版社2008年版，第104页。

仿佛坐实并深化了伍尔夫对东方文明的想象:“我觉得东方人其实和我们流着一样的血,都这样安静、隐忍而庄重。”①贝尔的亲友们对凌叔华的这两种感觉看似有别,但无论是普罗菲尔带有民族偏见的评头论足,还是伍尔夫智慧而开明的沉思默想,其实都未脱离西方中心立场下文化认同感的表达。

事实上,凌叔华的文化身份和属性绝不会像贝尔们想象的那么简单。在早期的中文写作中,凌叔华即表现出某种复杂性,她既僭越了传统守旧的礼法,却又与受西方个人主义观念影响的“五四”激进风气保持了距离。鲁迅在评述她时一方面也用“大抵很谨慎”和“适可而止”来形容她处理中国家庭中女性困境时的温婉态度,而另一方面也认为她笔下“间有出轨之作,那是为了偶受着文酒之风的吹拂”。②凌叔华的小说如《酒后》等确实在整体上反映了她对个性解放尤其是女性人格独立的渴望,但同时又流露了她对打破桎梏后个性自由限度的困惑。站在中西古今交汇点上,凌叔华显得谨慎而理性。而她对调适与平衡之美的注重,则使她的小说张弛有度,内蕴丰富,让不同的读者在她建构的天地里均可找到相应的阐释依据。这一特点在凌叔华后期小说包括《古韵》中也有同样的表现。

在1935年10月到1937年1月这一段与贝尔密切交往的时期,凌叔华与贝尔共同英译了几篇自己的小说。③虽然这不算是凌叔华的首次英语创作实践④,但刊载在《天

---

① 弗吉尼亚·伍尔夫致贝尔(1936年12月),参见[美]帕特丽卡·劳伦斯:《丽莉·布瑞斯珂的中国眼睛》,万江波、韦晓保、陈荣枝译,上海:上海书店出版社2008年版,第109页。

② 鲁迅:《现代小说导论(二)》,收入蔡元培等著《中国新文学导论集》,上海:上海书店出版社1982年影印版,第136页。

③ 有案可稽的三篇是指《无聊》(英文标题意译为《究竟有什么意思》)、《疯了的诗人》和《写信》,均刊载在《天下月刊》上。三篇中尽管仅标示了前两篇为两人合译,但从翻译风格看,另一篇同样有贝尔的参与痕迹。帕特丽卡·劳伦斯也认为这三篇是两人共同翻译并编辑的,但她认为“这些都是朱利安在中国期间凌叔华创作的小说”(参见[美]帕特丽卡·劳伦斯:《丽莉·布瑞斯珂的中国眼睛》,万江波、韦晓保、陈荣枝译,上海:上海书店出版社2008年版,第138页),则并非事实。至少《疯了的诗人》与贝尔无关,该篇收在《女人》集里,此书初版于1930年4月,那时贝尔尚未抵达中国。

④ 1925年,凌叔华编写的两个英文剧本《月里嫦娥》和《天河配》由燕京大学学生在北京六国饭店实验演出。1926年6月6日,陈西滢在《现代评论》周刊发表了一则报道性质的“闲话”,赞扬剧作在六国饭店的演出“做了一个新颖的试验……它与纯粹的中国戏不同之点,不过言语是英文,也没有乐器和歌唱。这个试验似乎很受观众的欢迎。剧本质朴简洁,颇有天真之趣……我们庆贺这剧本的作者凌淑华女士……(转下页)

下月刊》上的那三篇译作①，对凌叔华来说，其意义还是非同寻常："不仅在于它集中体现了一个浪漫和文学的时刻，还在于这些文本揭示了跨文化的痕迹。他们之间除了具备通常这类合作的特质之外，还加入了一个维度——文化和语言的误解。"②这些"误解"让凌叔华真切感受到她用中文创作的小说对贝尔这样的英语读者造成的文化、审美的冲击力，进而有意识地进行心理的换位和视角的调整，而合作的前提——理解，也为她走出自身文化的樊篱、有意识地去寻求与陌生世界广泛深刻的联系打下了基础。

不太清楚在合译过程中贝尔到底出了多少主意，从《天下月刊》上的译文基本忠实于原文来看，作为原作者的凌叔华对保留中国味道的坚持还是比较明显，这一点倒是暗合了她后来写《古韵》时伍尔夫对她的期待。当然，在中国读者眼里，译文将小说中别有意味的一些隐喻和熟语删略、转译，或径直变成脱离了正文的注脚，未免有损原作本有的风韵。但是，从目的语读者的角度看，太过中国化的表达可能会加深文化陌生感，以致造成理解的阻碍③。如果说合译过程令凌叔华对英国读者的文化接受边界和

(接上页)为了这个小小新试验的成功"。此则"闲话"后编入《西滢闲话》，题为《庆贺小戏院成功》。(《西滢闲话》，上海：上海书店出版社1982年影印版，第86页。陈学勇在《凌叔华的剧本和陈西滢的小说》一文中也提到："凌叔华早在燕京大学念书的时候，还曾编过两出英文短剧：《月里嫦娥》、《天河配》……剧本又刊登在北平的英文杂志《科学及文学期刊》(*Journal of Science and Literature*)上，后来凌获燕京大学'金钥匙'奖，即与此有关。晚年忆及往事，她不无自得地叹道：'真出尽风头！'但它们的成功怕不在剧作艺术本身。况且有明显的'改编'性，或者说是另一语种的'移植'，难以视之为新文学中的剧作成果。"(陈学勇：《才女的世界》，北京：昆仑出版社2001年版，第96页)

① 凌淑华(淑华为凌叔华原名，陈西滢1926年6月6日的"闲话"中提到凌叔华时同样用的是她的原名——笔者注)，"What's the point of it?", Translated by the author and Julian Bell, *T'ien Hsia Monthly*. August. 1936.3(1), pp.53—62；凌叔华，"A Poet Goes Mad", Translated by the author and Julian Bell. *T'ien Hsia Monthly*. April. 1937.4(4), pp.401—421；凌叔华，"Writing a Letter", Translated by the author, *T'ien Hsia Monthly*, December. 1937.5(5), pp.508—513.

② [美]帕特丽卡·劳伦斯：《丽莉·布瑞斯珂的中国眼睛》，万江波、韦晓保、陈荣枝译，上海：上海书店出版社2008年版，第136页。

③ 以《疯了的诗人》为例，禅房正殿的"琉璃灯"简译成"lamp"(灯)，主人公觉生看到朋友催诗稿的信后抱怨"我哪里享什么艳福"中的"艳福"，被译为"idyllic existence"(田园诗般的存在)，小说描写觉生想到妻子双城的病的心情："这惝恍惚惆怅的网子，又轻轻的套住了他的心"，"网子"脚注为"fishing net"(渔网)。这些处理和原文涵义均有不同程度的偏差，是译者基于对英语读者阅读习惯、接受能力的考虑结果。

底线有所警觉的话，那么，在合译之前有关选择什么样的小说来翻译，与贝尔的商讨以及最终的选定，可能是凌叔华文化体验中更为重要也更为关键的部分。《无聊》、《疯了的诗人》和《写信》与凌叔华其他的小说在取材和主题上看上去没太大的区别，而困守却不甘于困守在家的牢笼中的女人也始终占据了她小说的中心，但无论是《无聊》中身为翻译者的如壁对“家就是枷”的身心体悟之印证，还是《疯了的诗人》中新媳妇双成以尚存的童真瓦解了妇道碾压的讽喻，《写信》中自称“开眼瞎子”的张太太在请伍小姐写信时一吐失语焦虑的指涉，较之作者早期《花之寺》集子里的小说，还是更清楚地映现出凌叔华挑战传统禁忌的冲动。前两篇疯癫主题的或隐或显，后一篇中对女人两种不同的声音——公开的（书面的、虚拟的）和私下的（口头的、真实的）——的敏感，显示了凌叔华向西方女性主义和现代主义话语靠近的趋势。它们被选定很难说没有贝尔所代表的那种布鲁姆斯伯里趣味及观念的作用。但尽管如此，凌叔华仍然还是那个内敛而节制的中国作家，女性的孤独、抑郁、倦怠、沮丧、苦闷、怨愤、无奈、迷惘，以及自我的反思等心理反应，均被控制在合理的中国式情境中。就像《疯了的诗人》的末尾诗人觉生也“疯了”，他已离不开妻子双成，两人“像一对十来岁的小孩子一样神气”，这个结局延展了中国“五四”反抗传统专制的主题，热爱自然、向往自由的两个年轻人成为“柳庄的人”眼里的异类，演绎的仍是个性与压抑个性的社会间的紧张，而非西方女性主义视野里最通常的性别对抗。至于凌叔华对困境中的所有人，包括那个在双成母亲丧期未满即催促其过门的婆婆，也心怀戚戚而落笔厚道，这是她一贯的做派。因此，到写作《古韵》时，凌叔华对位高权重的父亲——那个家中女人悲剧的制造者，也能恰如其分地拿捏好情感注入的尺度，应该也是顺理成章的事情。

能与贝尔一拍即合且合译成功，反映了凌叔华和布鲁姆斯伯里团体天然的亲近关系，也预示了凌叔华对伍尔夫建议“用英文写下你的生活实录”的响应并非止于对同行前辈的敬慕①。正因为《古韵》的写作主要起因于伍尔夫的鼓励，写作过程中又得到伍

---

① 许多研究者都注意到《古韵》的写作源于伍尔夫的建议，这固然没错，但据凌叔华自称，早在和贝尔交往期间，贝尔出于对她身世的好奇就对她有过撰写生平的提议。而伍尔夫向凌叔华提出此建议之前，早已经和当时在武汉的贝尔在通信中讨论过此事。学术界一味突出伍尔夫对凌叔华的帮助，而疏（转下页）

尔夫的指点,所以,《古韵》的目标读者至少在一开始并非普通意义上的英语读者,而是以伍尔夫为代表的布鲁姆斯伯里团体。相对于之前的中文创作,《古韵》在叙事策略、立场、方法的选择上,显然更费周章。由于凌叔华难以严格区分自传和短篇小说的边界,她无法写出符合伍尔夫要求的自传,《古韵》虽不无自传性,但终究还是小说,这一特点即便未被维塔·塞克维尔·韦斯特等人充分认识,但凌叔华自己是心知肚明的。她采用了自传性的小说体式,兼顾了伍尔夫的期许,也兼顾了《古韵》既有的准备——有些章节内容已用中文叙述过①,还有一些章节则是凌叔华到英国后零星发表在英国期刊上的短篇小说的整合②。当然,这种体式的选择,也十分有利于处在跨文化交流中的凌叔华对自我及伴随自我成长的文化进行新的探寻。

和凌叔华之前大部分中文小说有别③,《古韵》难得地采用了第一人称叙事。对这一有违凌叔华惯常做法的行为,纠结于《古韵》与家族史关系的魏淑凌认为,是为满足英国自传写作要求及英语读者期待视野的结果。《古韵》中第三节《搬家》是中文同题小说改译而成,她表示,"在原来的小说里,枝儿的第三人称视角变成了自传体的'我',这种从中文到英文,从小说到自传的几乎原封不动的翻译,引出了关于历史与记忆之

(接上页)于关注贝尔对凌叔华的文化影响,其实无助于对《古韵》全面准确的解读。1938 年 4 月 5 日伍尔夫致凌叔华的信里谈道:"我没有读过你的任何作品,不过,朱利安在信中常常谈起,并且还打算让我看看你的作品,他还说,你的生活非常有趣,确实,我们曾经讨论过(通过书信),你是否有可能用英文写下你的生活实录,这正是我现在向你提出的劝告。"1938 年 4 月 9 日伍尔夫致凌叔华的信重复了前一封信的意思:"我所要说的唯一重要的事,是请你撰写你的自传,我将欣然拜读,并作必要的修改……朱利安常说,你的生活极为有趣;你还说过,他请求你把它写下来——简简单单,一五一十写下来,完全不必推敲语法。"参见《弗·伍尔夫致凌叔华的六封信》,杨静远译,《外国文学研究》1989 年第 3 期。

① 《搬家》最初发表在 1929 年 9 月出版的《新月》第 2 卷第 6、7 期合刊上,后编入《小哥儿俩》,《古韵》第三节由此改译而成;《一件喜事》最初发表在 1936 年 8 月 9 日出版的《大公报》副刊《文艺》上,《古韵》第四节由此改译而成;《八月节》最初发表在 1937 年 8 月 1 日出版的《文学杂志》第 1 卷第 4 期上,《古韵》第五节由此改译而成。

② 据魏淑凌考证,1951 年发表在《旁观者》杂志上的《红衣人》和《中国的童年》后来合并到一起,成为《古韵》第一节;1951 年另两篇发表在《乡村生活》上的《我们家的老花匠》和《造访皇家花匠》合并为《古韵》第十二节。参见[美]魏淑凌:《家国梦影:凌叔华与凌淑浩》,张林杰译,天津:百花文艺出版社 2008 年版,第 252 页。

③ 凌叔华《花之寺》、《女人》、《小哥儿俩》三个短篇集共收录 33 篇小说,其中只有《小刘》一篇用了第一人称叙事。

间分野的问题”。魏淑凌如果认定“《古韵》是一部传记”，而其中的《搬家》是小说，那么，产生这样的质疑一点都不奇怪。她借此还区分了中国自传文学和英国自传传统的不同，认为“(中国)大部分作者在写作自传时都打算让它成为公众历史的一部分，他们以一种疏远平淡的第三人称来进行叙述，很少体现个人的情感”，而凌叔华为英语文化背景的读者调整了叙述人称后，“英国文学中欧洲基督教的忏悔传统与‘东方’以平实笔调表现生活的趣味，都在《古韵》这部自传中得以体现”。[①]虽然魏淑凌一再强调《古韵》是自传有些勉强，但她指出《古韵》中英文化融合的特性，还是体现了一个文化人类学者的专业敏感。

由于第一人称叙述与英语自传高度的贴合性，英语读者包括魏淑凌、维塔·塞克维尔·韦斯特等很容易将《古韵》视为凌叔华个人经历的真实记录，这种误解在很大程度上也源自《古韵》本身所具备的浓郁的自传性色彩。中国作家将自我的真实经历作为小说主体叙事线索的自叙传小说创作，是从“五四”发端的，作为那个时期崭露头角的一位，凌叔华尽管也擅长将个人经历组合到虚构的叙事结构中，但其笔触却似乎没有沾染那类作品标志性的感伤气息。到 1935 年出版第三个小说集《小哥儿俩》时，凌叔华仍旧执著于偏向于客观叙事的第三人称。她尽管坦陈自己“怀恋着童年的美梦，对于一切儿童的喜乐与悲哀，都感到兴味与同情”，其中“有两三个可以说是我追忆儿时的写意画”[②]，可那些小说第三人称的叙事视角还是表明了她尽可能避免主观介入的意图。《搬家》、《凤凰》、《小英》等小说借助于第三人称有限视角——儿童视角，呈现出的是孩童与成人社会的隔膜，读者中恐怕很少有人会将小说情节混同于作者的经历。说到底，在国内完成的“写小孩子的作品”，是步入中年的凌叔华对已逝童真的祭奠。而用英语讲述儿时故事的《古韵》，作者要跨越的已然不只是时间的阻隔，更有空间的、语言的鸿沟。对需要穿梭于两种不同文化的凌叔华来说，童年记忆的讲述已成为自我身份定位的助力，而第一人称叙事应该是较便捷的一个选择：一方面，“我”儿时

---

① [美]魏淑凌：《家国梦影：凌叔华与凌淑浩》，张林杰译，天津：百花文艺出版社 2008 年版，第 19、18、19 页。

② 凌叔华：《小哥儿俩·自序》，《花之寺　女人　小哥儿俩》，北京：人民文学出版社 1986 年，第 235 页。

经历的直接叙述提供了叙事的真实感和可信度，这符合让小说写得像自传的叙事策略；而叙事过程中当下的“我”对过去的“我”的审视和阐释，也成为在英国的凌叔华反思在中国的凌叔华、探寻未知世界里的凌叔华的底本。《古韵》的第一人称叙事无疑赋予凌叔华更有效的话语控制权。

而实际上，自从决定用英语书写《古韵》的那一刻起，凌叔华最大的挑战是要在文化移位中渡过难关，不仅是写作层面上的，更有心理意义上的。就像她虽然被贝尔视为“我们的世界”中的一个，但两人越轨的罗曼蒂克关系自始至终充斥着个人和文化上的抵牾，她的中国身份以及因此形成的与贝尔开放坦荡、离经叛道有别的情爱理念，清楚地标示了她与布鲁姆斯伯里团体之间的距离。而《古韵》的写作，本质上就是一场跨文化交流的实践，它的成败最终取决于作者和读者双方面对文化差异性的接受度。在与伍尔夫的通信中，凌叔华曾诉说她用英文写一本好书的不自信，她打比方说：“烹饪也不外乎如此，如果让你用外国的炉灶去做一道中国菜，结果将会和原先的味道大相径庭，这样的菜常常会失去一些美妙的风味。我不知道语言在写作上的作用究竟有多大。”凌叔华的担心很正常，英语之于她虽不算陌生，却毕竟不是她的母语，用英语讲述中国故事，很难保留中国故事的原汁原味，而她业已根深蒂固的中文思维又很难保证英语表达的地道纯净。出人意料的是，伍尔夫竟然很欣赏凌叔华风格中的“异国感”，并鼓励她“保持中国的特色”①。伍尔夫对《古韵》写作中陌生化因素的认可，给予凌叔华莫大的激励和支持，这也成为伍尔夫在世时《古韵》写作一直坚持不懈的关键原因。

不过，布鲁姆斯伯里文化派成员怎么可能都像伍尔夫那样完全无视中国文化接受中的陌生感，否则怎么解释贝尔在参与翻译凌叔华三篇小说时对诗情画意的中国风内容的砍削调整？甚至可以认为，伍尔夫的品位其实更具个人性，而像贝尔那样的英语读者则十分普遍。如果说她在武汉时期和贝尔的交往包括合译过程中，两人在文化上尚属势均力敌，甚至凌叔华的优势更为明显，但 1947 年凌叔华移居英国后，这个在贝

① 凌叔华致弗吉尼亚·伍尔夫(1938 年 12 月 31 日)和弗吉尼亚·伍尔夫致凌叔华(1039 年 2 月 28 日)，转引自[美]帕特丽卡·劳伦斯：《丽莉·布瑞斯珂的中国眼睛》，万江波、韦晓保、陈荣枝译，上海：上海书店出版社 2008 年版，第 416 页。

尔和他的亲友通信中被简称为“Sue”的中国作家必定切实感受前所未有的文化和身份的焦虑。“名字是自我身份最重要的锚泊地”,“主导群体成员常常把外国人的名字缩短,外国人也不得不改一改自己的名字。以使之更像主导文化里最常见的名字”。①要让自己在布鲁姆斯伯里圈子里获得认可,这时的凌叔华不得不努力成为地道的“Sue”,对这个英语简称的适应即意味着对这个陌生环境的适应。而就布鲁姆斯伯里团体成员而言,即便他们从贝尔的信里早已知晓那个“Sue”,却并不代表他们现在能了解亲眼所见的这个凌叔华。一个中国人在这些英国人的心里,终究还是陌生的“他者”。凌叔华深知,消解彼此陌生感的途径,除了与布鲁姆斯伯里团体保持密切而持久的接触外,根本还是在于精神契合的达成。《古韵》的继续写作、完成及反响,就是一块试金石。

“若要获得与其他文化的共鸣,尤其是与迥然不同文化的共鸣,人们就必须乐意搜求在自己文化语境里自我感觉的真相。通过了解自己和自己的文化,有志于跨文化的人就能更好地感知到不同文化皆有的相似性,也能感知到妨碍跨文化传播有效进行的文化差异性。”②承载了凌叔华童年记忆和中国体验的《古韵》,是她站在中英两种文化边缘地带寻找自我真实性的印证,却无疑也同时融入了布鲁姆斯伯里团体想象中国的期待视野。借助于跨文化跨地域的眼光,凌叔华在对自我和曾经置身的文化回顾和反思中,再构了自我,并将它当成了更广大、更包容的人类世界的一部分。她在写给伦纳德·伍尔夫的信里表示了她的期望:“我希望能写一本书,很好地表现中国和中国人。西方有许多关于中国的书,大部分都是来满足西方人的好奇心的。那些作者有时全凭想象挖空心思地去编造有关中国人的故事。他们对读者的态度是不真诚的。于是在西方人眼中,中国人看上去总有点不人不鬼。”③凌叔华反感一些西方作者将中国和中国人特点加以夸张或扭曲的书写,认为他们笔下“不人不鬼”的中国形象不仅反映了他

① [美]迈克尔·H.普罗瑟:《文化对话——跨文化传播导论》,何道宽译,北京:北京大学出版社2013年版,第169、170页。

② [美]迈克尔·H.普罗瑟:《文化对话——跨文化传播导论》,何道宽译,北京:北京大学出版社2013年版,第12页。

③ 凌叔华致伦纳德·伍尔夫(1953年7月6日),转引自转引自[美]帕特丽卡·劳伦斯:《丽莉·布瑞斯珂的中国眼睛》,万江波、韦晓保、陈荣枝译,上海:上海书店出版社2008年版,第418页。

们的文化优越感,也传递了他们将中国人视为异类的偏见和无知。因此,凌叔华更强调人类本质的一致性,强调中国人和英国人的相似性。她的这一立场与20世纪三四十年代旅居英国写出系列"哑行者画记"的蒋彝不谋而合。而《古韵》的意图最初在给伍尔夫的信中就已表示过:"如果我的书能为英国读者展现中国真实生活的某些画面,和英国普通民众一样的中国平民的某些经历……我就心满意足了。"①

"一个人选择要接受的东西,不管是自觉的还是不自觉的,就是给他的世界以结构和意义的东西。更进一步,他认识的事情就是'他有意要做的事情'。"②对远离故土的凌叔华来说,她迫切需要夯实与异文化对话的基础,所以她表示"有一天,(英国的)玫瑰可能会取代中国兰花在我心中的位置"③,这种近似于娇嗔的说辞虽不至于像G.L.狄更生对他的学生说"也许我上辈子是个'中国佬'"④那么夸张,但确实反映了凌叔华极力消解交流对象的陌生感,增进彼此认同感的努力。

在写作《古韵》后半部分的那个阶段,凌叔华其实拥有了较之在国内动笔时更大的自由发挥空间。战争业已结束,民族的苦难不再成为个人化叙事的道德压迫;而在一个异乡人的心里,故国的形象也渐渐化成了类似于伍尔夫读了《古韵》最初一些片段时的印象:"一种陌生而诗意的微笑"⑤。但凌叔华终究不是伍尔夫。通过讲述过往的童年和遥远的中国,凌叔华为建构新的身份积蓄了勇气和力量。这是"Sue"的选择,更是凌叔华的选择:一方面仍然维系着与中国情感和文化的联系,另一方面又将西方人对人类文明的理想嫁接到自己的价值系统中。在《老师和学生》一节中,凌叔华通过张先生对学生的启迪和教导,将孔孟的仁义与现代的民主观念对接,将庄子的无言比附为

① 凌叔华致弗吉尼亚·伍尔夫(1938年7月24日),转引自[美]帕特丽卡·劳伦斯:《丽莉·布瑞斯珂的中国眼睛》,万江波、韦晓保、陈荣枝译,上海:上海书店出版社2008年版,第417—418页。

② [美]爱德华·T.霍尔,《语境和意义》,收入[美]拉里·A.萨默瓦、理查德·E.波特主编:《文化模式与传播方式——跨文化交流文集》,麻争旗、田刚、王之延、徐扬译,北京:北京广播学院出版社2003年版,第46页。

③ 凌叔华致伦纳德·伍尔夫(1953年7月5日),转引自转引自[美]帕特丽卡·劳伦斯:《丽莉·布瑞斯珂的中国眼睛》,万江波、韦晓保、陈荣枝译,上海:上海书店出版社2008年版,第440页。

④ 转引自卢彦明、王玉括:《中国佬信札——西方文明之东方观·译者序》,[英]G.L.狄更生:《中国佬信札——西方文明之东方观》,卢彦明、王玉括译,南京:南京出版社2008年版,第2页。

⑤ 弗吉尼亚·伍尔夫致凌叔华(1938年10月15日),转引自[美]帕特丽卡·劳伦斯:《丽莉·布瑞斯珂的中国眼睛》,万江波、韦晓保、陈荣枝译,上海:上海书店出版社2008年版,第416页。

现代的理性，这生拉硬拽中固然含有她对“五四”激进风气的某种反思，但却也同样表明了她对思想自由这一现代理念的笃信和谨守。

《古韵》的跨国界、跨文化的性质决定了它的视野和基调将无法等同于凌叔华在国内时用中文讲述的儿时故事，更与其他中国作家的自我叙事有别，它不仅是作者过往自我的追怀，也必定会是目标读者异邦想象的承载。维塔·韦斯特曾梦见自己置身在遥远的国度，“一个中国式的皇家园林，广阔无边，包罗万象，花园里的一切都充满了生机，大地的宝藏在这里幻化成无尽的美景交融在一起”①。把理想寄托在事实上早已衰败的中国皇家园林的美景想象中的韦斯特，怎能不被《古韵》吸引呢？《古韵》的末尾记叙了和家人一起居住天津的“我”对北京的向往：“我在脑子里编织了一幅美丽的地毯，上面有辉煌的宫殿，富丽的园林，到处是鲜花、孔雀、白鹤、金鹰。金鱼在荷塘戏水，牡丹花色彩艳丽，雍容华贵，芳香怡人。在戏院、茶馆、寺庙和各种市集，都能见到一张张亲切和蔼的笑脸。环绕京城北部的西山、长城，给人一种安全感。这是春天的画卷。我多想拥有四季。能回到北京，是多么幸运啊！”②此时的“我”俨然是置身英国的凌叔华的灵魂附体，“我”脑海里浮现的与其说这是一幅美不胜收的北京图景，不如说是一个宁静祥和的中国幻境，它是游子凌叔华思乡梦的折射，却也是“他者”韦斯特白日梦的投影。这美化并净化了的中国镜像，由于契合了韦斯特等布鲁姆斯伯里团体对古老文明的乌托邦幻想，以及对理想自我的想象，而难逃“东方主义”迷思的尴尬。但这种契合，不管是巧合还是迎合，其实也不过是文化遇合中的惯例：“如果以其他民族为媒介宣传的目标，其目的往往是维护自身的形象：人们尽量向其他民族传达关于自己国家、自己的人民和文化的美好的形象”；而且，“只有有关的‘信息’符合接受者的性格，这样的努力才会成功”。③从这个角度看，《古韵》被它的英国受众接纳，即意味着它已被西方权力话语所规约，因此，《古韵》的成败得失均可以从中找到答案。

---

① [英]维塔·韦斯特：《在你的花园里》，转引自[美]魏淑凌：《家国梦影：凌叔华与凌淑浩》，张林杰译，天津：百花文艺出版社2008年版，第252页。

② 凌叔华：《古韵》，傅光明译，北京：中国华侨出版社1994年版，第164页。

③ [德]马勒茨克：《跨文化交流——不同文化的人与人之间的交流》，潘亚玲译，北京：北京大学出版社2001年版，第127页。

为中国代言的可能和限制:熊式一英语创作论

倪婷婷

1939 年,以幻想剧和奇幻小说著名的爱尔兰作家洛德·邓萨尼在看了一位中国作家熊氏创作的中国剧后感慨道:戏剧有“写实”的和“幻想”的两种,“正如南北两极”,而在这出中国剧里却“看见两条平行线居然不平行而连合起来了”。对比几年前看过的同样出自这位剧作者之手的中国古代传奇剧《王宝川》(*Lady Precious Stream*),他对这出展映现代中国图景的戏产生了困惑:“我难以分辨熊先生的作品,到底是纯粹写实派报道记录式的文章呢?抑或是诗人的妙笔生花呢?……在这出戏之中,‘王宝川’的故土,变得离奇复杂,既有电话,又有炸弹,外加共产主义,以致其中的平行线,不太像从前一出戏中那样和谐相合了。可是戏剧之要点,绝不在和谐相合,而重于互相矛盾势力的斗争,所以中国锦绣之中,竟有炸弹出现,更应该令我们的戏剧女神大大的快意开心了!”邓萨尼论及的熊先生就是熊式一①(Shih-I. Hsiung, 1902—1991),他讨论的剧作就是《大学教授》(*The Professor from Peking*)。邓萨尼声称他绝非别人想象的那样对中国熟悉,以示其看法无关乎中国经验,而纯粹出自一个对中国无多了解的西方人的眼光。《大学教授》之所以令他惊奇,是因为他已经相信“王宝川”的故土是一个

① 熊式一(Shih-I. Hsiung, 1902—1991),原名熊适逸,常用笔名:熊适逸、熊式弌、熊式一。

"美妙天乡仙境",而这出戏却让他看到了"锦绣"与"炸弹"的交汇,突破了他既有的中国认知。①

用两出中国剧作让邓萨尼见识了迥然相异的中国风景的中国作家熊式一,在国内时是一个才气不小而名气不太大的翻译家。自20世纪20年代末起,熊式一在《小说月报》、《新月》等刊物上发表过不少中文译作②,受到郑振铎、徐志摩、陈源等人的赏识,却一直没有取得令他自己满意的文坛地位。1932年底,已过而立之年的熊式一为博一张洋文凭去国留学。《现代》杂志在1933年新年号上刊出一则简讯:"努力翻译英国现代作家萧伯纳及巴蕾两氏全部著作之熊适逸氏,已于上月赴英,研习英国文学,并担任本刊英国文艺通信记者。"③甫一踏上英伦土地的熊式一急于站稳脚跟,他将中国传统戏曲《红鬃烈马》改译成四幕话剧《王宝川》,1934年出版后,此剧在伦敦、纽约等地分别连演数百场,风靡一时,熊式一自此荣登英国文坛。为了向西方介绍真正的中国戏剧艺术珍品,熊式一于1935年悉心翻译出版了《西厢记》(*The Romance of the Western Chamber*),虽因曲高和寡未获得如《王宝川》般的轰动反应,却得到戏剧行家如萧伯纳等人的肯定,之后这本熊译《西厢记》被牛津大学和哥伦比亚大学作为教本采用。1936年底熊式一回国,"七七事变"后他全身心投入到抗日大潮中。1938年,为争取国际同情,熊式一重返英伦为中国抗战效力。自此之后他对外介绍中国的重心发生了转移:笔触从古代传奇的描摹转到近现代社会现实的刻绘。1939年,熊式一创作并出版了反映中国现代政治进程的三幕剧《大学教授》,此剧曾被邀请至英国莫尔文山举

---

① 邓萨尼(Lord Dunsany)的评论均出自他为《大学教授》所做的序言,参见[爱尔兰]丹杉尼:《大学教授·序》,熊式一译,熊式一:《大学教授》,台北:中国文化大学出版部1989年版,第1—3页。丹杉尼现通译为洛德·邓萨尼。

② 熊式一自1929年起在《小说月报》上发表英国剧作家詹姆斯·巴里(Sir James Matthew Barrie)的译作8部,在《新月》上发表萧伯纳译作1部。在熊式一赴英后不久,《现代》第2卷第3期上刊出了熊式一翻译的萧伯纳剧作1部。此外,熊式一还是 *The Autobiography of Benjamin Franklin* 的第一个中文译者,1932年商务印书馆出版了熊式一用文言文翻译的《佛兰克林自传》。熊式一晚年总结出国前的工作:"到了一九三一年,我在北京、上海、南昌各地公私大专学院前前后后都教过几年书,又曾以文言翻译佛兰克林自传,以白话翻译哈代、萧伯纳、巴蕾(即詹姆斯·巴里——笔者注)等人的著作,分别在北京上海出版。"(参见熊式一:《出国镀金去,写〈王宝川〉》,《八十回忆》,北京:海豚出版社2010年版,第24页)

③ 施蛰存:《书与作者》,《现代》第2卷第3期(新年号),1933年1月1日。

办的戏剧节上演，之后因欧战爆发剧场演出受阻而未受太多关注。1943年熊式一推出了长篇小说《天桥》(*The Bridge of Heaven*)，其写作策略与《大学教授》相似："以真实的历史为背景"①，小说反映了辛亥革命前三十年中国社会的巨变。《天桥》成为熊式一创作生涯中最负盛名的英语作品。旅英十来年里，从《王宝川》到《大学教授》，直至《天桥》，熊式一凭借一次次对中国形象的塑造，证实了自己的创作实力，成为一个享有国际声望的英语作家，同时也履行了一个中国代言人的职责和使命。

与20世纪80年代以后移居海外的一些中国作家喜欢标榜为自我而写作、为非功利的存在而写作不同，20世纪三四十年代在英美写作的文人作家，无论来自或者亲近国内哪个派别哪个团体，大多不讳言他们对文学以外的功利追求，即便与中国激进思潮保持距离的林语堂、蒋彝、熊式一，其英语作品不管是否以中国为背景，也都无一不充盈着为中国代言的冲动和热情。熊式一在1989年盘点旅英期间的创作时说："我当年写《王宝川》为的是试试卖文能否糊口；《西厢记》才是宣传我国文化，至创作《大学教授》则完全出于爱国热忱，后来写英文小说《天桥》也是如此。"②从1934年推出《王宝川》起，熊式一就多次申明写作这些作品的初衷和起因。在不同时期、不同环境，面对中英文不同读者，熊式一的表述几乎没有什么明显的差别。值得注意的是，20世纪50年代中期回到香港之后的熊式一动辄戏称自己"在海外以卖英文糊口"、"在国内以卖中文糊口"③，但实际上，他的作品包括《王宝川》在内，一并都属于熊式"爱国热忱"的产物。

"无论如何，一旦一个中国作家进入世界文学行列与其他时空的读者发生主要联系，'中国'和'世界'就会产生一种紧张的——或者说尴尬的关系。"④自《王宝川》蜚声欧美始，熊式一的英文作品与中国的关系，就一再成为评论界关注的话题，不同的评价体系下得出的结论不一。一方面，熊式一对自己的中国身份坚信不疑，为中国代言的

① 参见熊式一：《天桥・香港版序》，《天桥》，北京：外语教学与研究出版社2012年版，第14页。

② 熊式一：《大学教授・作者的话》，《大学教授》，台北：中国文化大学出版部1989年版，第3页。

③ 参见熊式一：《天桥・香港版序》，《天桥》，北京：外语教学与研究出版社2012年版，第10页。

④ [美]张英进：《世界语中国之间的文化翻译：有关诺贝尔奖得主高行健定位问题》，崔潇月译，见[美]大卫・达姆罗什、刘洪涛、尹星主编：《世界文学读本》，北京：北京大学出版社2013年版，第256页。

意识鲜明而自觉；而另一方面不容回避的是，只要用移居国语言书写的中国故事，就不再仅仅属于中国文化的造物，它只是源自中国本土环境的作品，《王宝川》和《大学教授》、《天桥》概莫能外。这种中国叙事的内在焦虑以及对英语思维和表达的选择，折射出一个20世纪三四十年代身处英伦的中国作家复杂的心理结构，构成了文本的多重阐释空间，从而彰显出跨文化语境下中国作家代言中国的可能和限制的问题，其中不仅包括代言者的身份资格，也包括代言中国的立场、路径，以及所代言的中国的面向、维度。其写作和接受的得失，为当下探究反思相关问题均可提供有效的参照。

一、从《王宝川》到《西厢记》：探寻中国文化传播的路径

和大部分旅居西方的中国作家一样，初到英国的熊式一也希望借助于中国文化的传扬，搭建中国与世界交流互通的桥梁，而就熊式一个人而言，短暂的英国体察加上个人的兴趣偏好，促使他更着意于通过中国艺术形式本身的展示，让西方公众了解真实的中国。

（一）中国剧介绍与中国文化展演

1933年底，熊式一踏上英伦土地后，作为一个中国人，他的感觉并不那么美妙。在19世纪以后大多数西方人的想象中，中国这个概念要么付之阙如，要么就是近乎于稀奇古怪/奇异神秘的存在。到20世纪30年代，这种情形其实没什么明显的改变。熊式一说他在与一些陌生的英国人接触时，“总是告诉他们现在中国人大多数都不抽大烟，不缠足，不蓄妾，不杀头，但是这有什么用?”①无知和偏见源自多重因素，而“在当时，英国的中国人还大都局限在伦敦和利物浦港口的‘唐人街’里，只有极少数的英国人和中国人有一手的接触，那就更谈不上和中国人有亲密关系了，故诸如文学、戏剧和电影这样的媒介对人们怎样接受中国人所起的作用非同小可”②。距离会产生隔膜，道听途说更容易导致误解，西方媒介里的中国形象几乎都属于西方对东方刻板印象的产物。置身于英国人群中，熊式一不难嗅到弥漫在空气里那种大英帝国的气味：文化

① 熊式一：《天桥・香港版序》，《天桥》，北京：外语教学与研究出版社2012年版，第14页。

② ［英］罗宾・吉尔班克：《熊式一与〈王宝川〉》，胡宗锋译，《美文》2015年第1期。

和种族的优越感，还有就是不可一世的傲慢。而实际上，并非只是英伦岛国，整个西方世界都不同程度地飘散着类似的气味。

在写于1934年3月的《王宝川》自序一开始，熊式一讲述了一段亲身经历，以说明当时一般的西方人对中国、对中国语言的想象是多么可笑：

在西方，人们普遍相信中国语言是如此复杂，以至于上海出版的书籍，北京人几乎看不懂。在最近一次伦敦国际笔会的聚会上，一位绅士问我用什么语言写作，是北方语言还是南方语言，我回答说中文的书写语言没什么区别，只是说话时有些不同，就像来自威尔士和苏格兰的伦敦人带有各自的口音一样。他生气了，尽管我并非信口雌黄。我告诉他，我写作加出书有十五年了，当然知道用什么语言。再说，我住北京，但我的书大都在上海出版！当我问他是否去过中国，是否能听说中文，他回答："不！"①

熊式一为英语读者刻画了一个自以为是、狭隘固执的西方人形象，并认为他这种有关中国的想当然态度在西方很普遍，也并非只针对中文而言。他们"对戏剧的想法也是一样"，他们以为一出中国戏总是要么演两周，要么演三周，至少持续演一周，"否则不能被视为真正的中国戏"②。一些西方人谈及中国时这种远离真相的偏执，会让任何一个身处其境的中国人觉得滑稽荒谬。关键其实不在这些西方人对中国语言或中国戏剧认识的偏差，而在于他们对这种偏差的深信不疑，这不只是简单的认知缺失，根本是源于种族和文化的自负和傲慢。出于对事实的尊重，更出于本能的"爱国热忱"，熊式一不得不拼一己之力去矫正像伦敦笔会上那位"绅士"一样的西方人的谬误，改变他们有关中国语言、戏剧以及其他种种有关中国的常识的误解。熊式一明白，西方对中国的偏见固然其来有自，而一些到过中国甚或没有到过中国的西方人写的那些胡说八道的读物，一些西方戏剧和好莱坞电影常常把"不近人情的角色"设定为"中国典型人物"③，都无疑加深并强化了西方世界对中国僵化、定型的错误认知。因此，在

① 参见熊式一(S.I.Hsiung)：《王宝川·Introduction》，《王宝川》(中英文对照)，北京：商务印书馆2006年版，第9页。笔者译。文中除熊式一自译作品外的其他未标明译者的中译，均为笔者译，以下不赘。

② 参见熊式一：(S.I.Hsiung)《王宝川·Introduction》，《王宝川》(中英文对照)，北京：商务印书馆2006年版，第9页。

③ 熊式一：《大学教授·后语》，《大学教授》，台北：中国文化大学出版部1989年版，第171页。

熊式一看来，如果在西方的中国人能借助大众乐意接受的方式方法，以中国戏剧的形式阐释真正的中国文化、习俗和历史，必将重塑中国形象，改变西方人对中国的刻板印象，这应该就是他——具备了中英戏剧知识积累的中国人——对那些傲慢和偏见最恰当的回应。四幕剧《王宝川》即为熊式一的最初尝试。

这出通俗戏剧后来成功上演确实让剧作者名利双收，而促成这个结果的动力却是熊式一的民族自尊，只不过他把这种民族自尊转化成了向英语世界介绍一出中国传统剧的平常心。《王宝川》的副标题“一出按照其传统风格改译为英语的古老中国剧”(An Old Chinese Play Done into English According to its Traditional Style)，是熊式一为该剧性质做的说明，当然也代表了对欣赏和评论的导向。①熊式一是想用中国家喻户晓的王宝钏的故事为英语观众上一堂什么是中国戏剧的普及课，让他们从中了解中国人真正的生活和情感是怎样的。在《王宝川》里，你或许看不出作者有多大的野心，它甚至不像那些专门写给西方读者看的一些中国读本要提供救治现代文明弊病的偏方。熊式一关注的是常识的介绍、常情的渲染和常理的推演，尽可能使它们互为表里，并以轻松幽默的方式呈现在英国观众面前，让他们感受生活在陌生世界里的中国人同样有对真美善的追求。

借助于《王宝川》，熊式一细心地展示中国戏剧的形式和表演特色，解释中国戏与西方剧的异同，既让观众知晓“一台中国戏的演出时间不比一台西方剧更长”，更提醒他们怎么看待“传统的中国舞台不是现实主义的”。熊式一千方百计地向他的观众证实这出戏具备百分百的中国性，就像他在英文剧本序言最后所宣示的，它是“一出在中国舞台上地道表演的典型的中国戏，除了语言之外，一寸一分都是一出中国戏”②。客观而言，这番说辞不无夸张，观众不应完全当真。这不仅因为英语媒介本身决定了王

---

① 这种副标题的表述方式在类似的跨文化文本中并不少见。距《王宝川》出版数十年后，葛浩文英译的莫言《红高粱家族》也添加了副标题“一本关于中国的小说”，这当然包含了译者和出版方营销策略的考虑，同时也提供了阅读和评论的导向。(Mo Yan, Howard Goldblatt, trans, *Red Sorghum*: *A Novel of China*, New York: Viking Penguin, 1993.)

② 参见熊式一(S.I.Hsiung)：《王宝川 · Introduction》，《王宝川》(中英文对照)，北京：商务印书馆2006年版，第11—12页。

宝川的故事必定包含了英语思维和情感的渗透,而且也因为熊式一改译时未参照任何一种《红鬃烈马》的原本而全凭记忆——这种个人记忆里当然难免剧作者英国经验的筛选和剪裁,所以《王宝川》必定是一个文化混杂的文本。尽管如此,熊式一对英国观众信誓旦旦,旨在凸显他的自信。他觉得经过他改译的《王宝川》可以为英国观众打开一扇瞭望中国的窗口,别开生面,却绝不稀奇古怪。熊式一相信通过介绍中国剧,可以让西方人更直接具体地感悟中国文化,因而中国剧的推广可以当做他代言中国的支点。熊式一要他的观众注意:不仅要把《王宝川》与妇孺皆晓的英国剧区分开来,更要把《王宝川》与捕风捉影、生搬硬套的所谓的中国戏区分开来。他要用《王宝川》证明,刚刚来自中国的一位中国剧作家创作的一出中国剧,较之于英国观众之前看过的那些有关中国的西方剧或所谓的中国戏,不仅在中国戏剧形式上更可靠,它演绎的中国故事也必定更可信。

对不谙中国历史文化的普通观众来说,理解中国戏剧和中国故事的前提,无疑仍然基于人类普遍情感的认同和共鸣,熊式一深知个中三昧。英国诗人兼批评家拉塞尔斯·艾伯克龙比(Lascelles Abercrombie)在为《王宝川》剧本做的序中分享了他初读该剧时的愉悦:“谁能抵挡住这和蔼可亲的魔法,熊先生用他灵巧含蓄的文笔在我们西方人头脑中施了法术,一开始读者就感觉到了,事实上,这是一个不会将任何人排除在外的游戏。不管它在中文原文中如何,熊先生的英语版本是一出轻松的浪漫传奇。……熊先生中国魔法的真正力量不在他用欢快的技巧带给我们想象性的剧场,而是在剧中展示给我们人的生活、心灵和言谈举止。这些有吸引力的人,令我们着迷。”[①]艾伯克龙比其实揭示了身临《王宝川》演出剧场的观众的兴奋点。他们不知不觉地游走于三个世界之间,一个是此时此地的英国,一个是遥远的中国——数百年前的唐朝,还有一个就是王宝川故事折射出的传奇——忠贞不贰的美人与勇武浪漫的英雄——的情爱世界,任何人,无论来自何处,都可以从中获得理想爱情的想象满足。而英国人,假如他们对大不列颠中古浪漫传奇不陌生,那么必定会在与王宝川或薛平贵的心灵拥抱

① 参见[英]拉塞尔斯·艾伯克龙比:《王宝川·Preface》,熊式一:《王宝川》(中英文对照),北京:商务印书馆2006年版,第4页。

中，找到并领悟他们各自以为的风雅和刺激。此时《王宝川》是一台中国戏，但它展演的又何止是一个中国的古代传奇呢？

1935年《王宝川》在伦敦大受欢迎期间，熊式一不无得意地声称："尽管我曾经说《王宝川》只是一出通俗的商业剧，人们还是拒绝相信，哪怕现在它已上演到第三百场。"①无论《王宝川》的受众期待与熊式一的创作初衷是否契合，反正这出戏的热演带给熊式一莫大的激励，他的自信心迅速提升。改译介绍《王宝川》本来就只是权宜之计，熊式一当初"决不是要西方人把它当作中国古典戏剧艺术的榜样"②，以为《王宝川》就是中国艺术的珍品，因此他决定立即帮观众消除这个可能出现的误解。如果说《王宝川》是熊式一放低姿态的投石问路，那么《西厢记》则包含了他更高的期许：英国观众既然这么喜欢《王宝川》，那也能欣赏《西厢记》吧？《西厢记》才是中国文化的杰作，是西方人更深刻地认识中国了解中国的范本。这种"宣传我国文化"的自觉，这种使命意识的强化，让熊式一不仅对选择《西厢记》的原文本慎之又慎，翻译过程中更是牢记忠实性法则，唯恐有丝毫差池。对忠实性的高度追求，其结果是英语《西厢记》成为一部较高水准的翻译作品。③萧伯纳夸奖这部剧，说它是"一篇可喜的戏剧诗！可以和我们中古时代戏剧并驾齐驱。却只有中国十三世纪才能产生这种艺术，把它发挥出来"④。然而，出乎意料的是，剧场反应很是一般，这实在与熊式一的雄心不太成比例。

---

① S.I.Hsiung, Translator's Introduction, *The Romance of the Western Chamber*, New York and London: Columbia University Press, 1968, p.xxxvill.

② 熊式一：《谈谈萧伯纳》，《八十回忆》，北京：海豚出版社2010年版，第66页。

③ 熊译《西厢记》中宾白部分以金圣叹删节本为基础，曲词部分根据明刊本。熊式一说，曲词部分是他逐字逐行译的，注重准确性，但为了押韵可能会出现与原意偏离的情况。其实由于考虑到英语受众的接受习惯和能力，熊式一还是进行了一些调整。在严谨的学者看来，熊式一的改编有些地方显得粗疏，但整体上对原著是忠实的。如夏志清指出，熊式一没有恰当指出"原初版本里明显通俗影响之处"，"没能准确捕捉原本中尖锐讽刺的意味"，有些句子因过多"承载了解释事项的负担，而稀释了原本的诗意"，显得译者"对读者领会隐喻能力不够信任"。但即便如此，夏志清也认为，"熊先生译得细心慎重，或许是为了避免读者困惑"。因此，整体上夏志清认可熊译本的"忠实"，对"他把握了其中诗和散文段落的要义，并用清晰有趣的语言送达到读者那里"表示了敬意。参见C.T.Hsia, A Critical Introduction, *The Romance of the Western Chamber*, New York and London: Columbia University Press, 1968, p.xxix, p.xxx.

④ 熊式一：《谈谈萧伯纳》，《八十回忆》，北京：海豚出版社2010年版，第66页。

（二）文化转译的两难

从文学传播和接受的角度来说，合理的目标受众定位十分重要。《西厢记》在英国剧场遇冷，映现了熊式一的意图与观众需求间的错位，同时也反衬出面向一般观众的《王宝川》融通性改译策略的适当可行。熊式一晚年回忆道："我虽然说这是照中国旧的戏剧翻译的，其实我就只借用了它的一个大纲，前前后后，我随意增加随意减削，全凭我自己的心意……总而言之，我把一出中国旧式京剧，改成合乎现代舞台表演，入情入理，大家都可欣赏的话剧。"[①]这才是符合语境和事实的坦陈，正是因为熊式一顾及"现代舞台表演"的特点，考虑到人物和情节首先必须"入情入理"，才使中国观众熟悉的《红鬃烈马》顺利变成英美剧场连演数百场的《王宝川》。

1935年林语堂在《王宝川》的书评中指出："熊先生不是卑屈的译者，而是某种程度上的创作者，年少轻狂，不知道文字准确性意味着什么。否则他不可能在作品中展现出色的英语。……读几段剧本就知道，这肯定不像柏林教授或博物馆馆长的文笔，他们对掌握的事实是那样明确、正确，他们又是那样的博学、严肃。如果博物馆馆长来翻译这部作品，我敢肯定会平淡无奇。原著中的机智和幽默都是中国式的，它们本质上是中国人创造的，而熊先生娴熟而勇敢地处理了这个材料。"林语堂特别肯定了熊式一对原作规模的调整，因为中国戏剧的"不同场景很少在同一个晚上演完"，"当它在英语舞台上呈现的时候，为确保连续性，某些改动是不可避免的" 。熊式一将原剧共十余场折子戏整合在四幕剧中完成，无疑是明智的。然而，林语堂对中国戏剧的转译标准并不一致，虽然对熊式一自由灵活处理《王宝川》多有褒奖，但同时却表示，"我不会允许熊先生自由地翻译《西厢记》，因为它是一等一的文学杰作，每句台词每个音都有天生的诗意：我会以翻译莎士比亚戏剧的标准来严格要求《西厢记》翻译的忠实"。[②]出于对艺术精品《西厢记》的敬意，即便是跨语际传播，在林语堂看来，忠实的底线也是绝对

① 熊式一：《出国镀金去，写〈王宝川〉》，《八十回忆》，北京：海豚出版社2010年版，第30页。

② Lin Yutang, "Book Review: *Lady Precious Stream*. An old Chinese play done into English according to its traditional style by S.I.Hsiung(London: Methuen & Co., Ltd,1934)", *Tien Hsia Monthly*, 1935, Vol.1, No.1, pp.106—108.

不可逾越的。这其实同样也是熊式一对待《西厢记》的态度:"我承认我的翻译算不上好,但我可以申明它是忠实于原文的。它是逐行,有时是逐字翻译而成的。"[①]而在另一篇书评里,林语堂的口风却略有松动:"我会像要求翻译莎士比亚戏剧一样要求确切翻译《西厢记》,除非坦率地承认翻译只是为了适应英语舞台。"[②]这就是说,林语堂也明白,只要《西厢记》在"英语舞台"上呈现,忠实的樊篱必定被突破。林语堂对"英语舞台"的妥协,其实间接昭示了熊式一代言中国戏剧时于忠实和融通两端无法协调的困局。

实际上,无论是中国戏剧的介绍,还是中国文化的推广,其诉求都以输出、接受的适当和有效为基本条件。"《王宝川》的翻译最奇异的特征,是恰当而愉悦地让英国观众清楚地理解内容。"[③]这是《王宝川》风靡英语世界的关键。熊式一看重《西厢记》对宣传中国尤其是中国文化经典的意义并没有错,但他显然高估了英国受众对中国戏剧及由此呈现的中国文化的理解力。当英国与中国在文化接受语境存在显著差异、不平衡性时,为了推进中国文学在西方的接受,对中国原文本进行适当调整,使之在更大程度上契合受众的期待视野,不可谓理性成熟的选择。英国观众中如萧伯纳这样的戏剧家,从戏剧艺术的角度,自然可以对中国戏的高下有精准判断[④],但一般观众愿意坐在剧场里并被打动,主要是因为舞台上搬演的故事与他们的情感趣味相合,当然还有重

---

① S.I.Hsiung, Translator's Introduction, *The Romance of the Western Chamber*, New York and London: Columbia University Press, 1968, p.xxxix.

② Lin Yutang, "The little Critic: *Lady Precious Stream*", *The China Critic*, July 4, 1935, Vol.x, No.1, p.17.

③ Lin Yutang, "Book Review: *Lady Precious Stream*. An old Chinese play done into English according to its traditional style by S.I.Hsiung(London: Methuen & Co., Ltd, 1934)", *Tien Hsia Monthly*, 1935, Vol.1, No.1, p.108.

④ 从跨文化交流学角度看,跨文化交流的人们有相同或相似的特征,并且他们在各自文化中的地位是相同的。"科学家一般首先与另一种文化中的科学家交往,艺术家与艺术家交往……在跨越文化界限后,形成了物以类聚的局面。毫无疑问,他们在跨越文化界限后,所找寻到的共性,有时比在本文化内的共性具有更大的凝聚力。"(参见[德]马勒茨克《跨文化交流——不同文化的人与人之间的交流》,潘亚玲译,北京:北京大学出版社 2001 年版,第 160 页)这也就是说,对中国戏剧的认识,英国剧作家萧伯纳和中国戏剧家的共同语言远远多于和一般英国观众,而萧伯纳所具备的戏剧艺术素养同样也为他理解中国戏剧中的中国性提供了一定的助力。

要的也是基本的一点，就是故事讲述的方式能为他们接受。熊式一说《西厢记》是“逐句甚至于逐字译为英文”的，“以示我国文艺精品之与一般通俗剧本之差别”①，但英语《西厢记》的目标受众毕竟是20世纪30年代的英国人，他们要跨越的不只是通俗和高雅的界线，古代与现代的鸿沟，更有中英语言文化思维转换的天堑，如果熊式一完全照搬元杂剧的程式和内容，那么，一般的英语受众理解的难度，是可以想象的。

1935年4月英国一家媒体在评价《王宝川》的演出时提道：“西方人通常在中国剧场有诸多不适，对语言习俗无知，乐团困扰，检场人，还有对他来说观众太多，但中国人自己却甘之如饴。现在王宝川故事就在我们面前，我们能感受中国戏剧的吸引力，要感谢熊先生的杰出翻译。”②《王宝川》虽说是一出浅显易懂的通俗剧，但如果没有熊式一的改编，英国观众其实还是很难摆脱那种身处中国剧场的不适之感。

1938年英国诗人W.H.奥登和小说家克里斯托弗·衣修伍德访问了进入全面抗战后的中国。他们坦言，对中国的印象不会超出“一个旅行者的认知范围”。在翌年出版的《战地行纪》里，衣修伍德1938年3月13日的日记记载了他们在汉口受邀观摩京剧《王宝钏》的感受：“今晚他们上演的是一出西式戏剧的中国原创版本《宝溪女士》③”，“演出非常矫揉造作和仪式化……一种歌曲、芭蕾、童话故事和闹剧的杂糅”，“服装很华美”，“女角由男性扮演”，“几乎没有任何舞台背景”，“演唱声细细尖尖的，用鼻音发声；对西方人的耳朵来说，这声音与唐老鸭的嗓音惊人地相似”。很显然，身为英国小说家的衣修伍德对中国京剧的表演形式几乎不能欣赏。除此之外，他对剧中一些情节安排也十分不解，譬如大团圆结尾，“老皇帝，宝溪女士的父亲，被废黜了，英雄继承了王位。他那衣衫褴褛的年老母亲享受了尊荣；反派角色被拖出去砍了头。老皇

① 参见熊式一：《大学教授·作者的话》，《大学教授》，台北：中国文化大学出版部1989年版，第1页。

② J.H.Pratt, “Review of Books: *Lady Precious Stream*. An old Chinese play done into English according to its traditional style”. By S.I.Hsiung. With a preface by Lascelles Abercromble. pp.163. Price 8s, 6d., *The Journal of the Royal Asiatic Society of Great Britain and Ireland*, Apr. 1935, No.2. p.367.

③ *Journey to a War* 的中文译者为此剧名做的脚注为：“即《王宝钏》，因为主人公误将钏字当作川，因此翻译后成了这个《宝溪女士》”。（[英]W.H.奥登、克里斯托弗·衣修伍德：《战地行记》，马鸣谦译，上海译文出版社2012年版，第53页。）其实，译者说法有误，因其不了解熊式一曾在英国改写《王宝川》(*Lady Precious Stream*)之事，所以想当然地认为这是日记作者衣修伍德写错了剧名。

帝有点儿生气,但最后欣然作出了让步。宝溪女士接过一面小旗,表明她现在已是第一夫人"①。衣修伍德语气里的嘲讽意味不难觉察,他对这种包含了善恶果报、妻妾共荣、忠奸分明、血腥暴力等愚昧野蛮成分的故事显然无法认同。有意思的是,在熊式一的《王宝川》里,上述让衣修伍德反感的地方,均被删削、改编或调整,如熊式一所言,"把它不近情理之处和俗不可耐的唱词,改为入情入理的对话"②。这至少反衬了《王宝川》在英国被追捧的原因。衣修伍德并非因为对中国抱有敌意才有这番吐槽,他和奥登一开始虽然把自己定位于"中立的观察者",但随着行程的推进,他们对人类的同情心越来越偏向中国这一边,甚至告诉读者,"我想这是我去过的最美好的国家"③。因此,衣修伍德观看京剧《王宝钏》时的不适之感,一方面源于其人道主义现代价值准则与"不尽情理"的中国传统观念的抵牾,另一方面则因为他对中国戏曲形式的陌生,这也客观反映了一些希望了解中国的英国观众与中国传统戏剧间的距离。当然,《西厢记》的典雅和《王宝钏》的通俗不可同日而语,但它们毕竟同属于中国传统戏曲范畴,对西方观众来说,其中都包括了从形式到内容诸多异质性因素,所以,原汁原味不做任何调整的《西厢记》要吸引住大多数西方观众的兴趣并为他们所接受,确实面临极大的挑战。

(三)"1935 年,好像成了伦敦的中国年"④

1935 年,旅居英国的王礼锡谈到当地文化生活时说,"今年在伦敦戏剧界一个破纪录的事,就是熊式一的《王宝钏》一剧,以中国的表演方式出之,博得伦敦极多观众。今年伦敦的戏剧表演得最久的是 Hodg 的《风与雨》,演至八百次至多,其次则数演上近三百五十次之《王宝钏》"。作为一位中国作家,王礼锡为中国戏剧受到英国人的喜爱

---

① [英]W.H.奥登、克里斯托弗·衣修伍德:《战地行记》,马鸣谦译,上海:上海译文出版社 2012 年版,第 55 页。

② 熊式一:《谈谈萧伯纳》,《八十回忆》,北京:海豚出版社 2010 年版,第 66 页。

③ [英]W.H.奥登、克里斯托弗·衣修伍德:《战地行记》,马鸣谦译,上海:上海译文出版社 2012 年版,第 13 页。

④ 为时任中国驻英大使郭泰祺之语。参见 Lin Yutang, "Book Review: *Lady Precious Stream*. An old Chinese play done into English according to its traditional style by S.I. Hsiung(London: Methuen & Co., Ltd, 1934)", *Tien Hsia Monthly*, 1935, Vol.1, No.1, p.105。

感到兴奋,继而信心满满地推断:“式一的《西厢》译本已出版,萧伯纳异常称道,也许明年的伦敦剧坛能再为一个中国戏所轰动吧!”①因为王礼锡认为《王宝川》是“以中国的表演方式出之”而被伦敦人追捧,这本身带有误解,所以他对《西厢记》将收获同样掌声的期待,当然就可能落空。事实上,“以中国的表演方式出之”的并不是《王宝川》,而是《西厢记》;而“以中国的表演方式出之”的中国戏剧经典,能入萧伯纳的法眼,却不一定能博得一般英国受众的青睐。两出中国剧在伦敦剧场的反应可谓冰火两重天,这表面上看是通俗剧成功,精品剧受挫,其实与两部剧的艺术品位没有直接关联,主要还是由于剧作与目标受众接受的衔接度差别。

在风格和内容方面,《西厢记》和《王宝川》不无类同之处,它们都属于邓萨尼所言及的写实和幻想“和谐相合”的作品,呈现的也都是传统中国的“锦绣”图景。为《西厢记》作序的戈登·伯顿利评价《西厢记》和《王宝川》时说:“在这两部剧中,我们都有相似的对于中国生活风景画一面的描述,有家庭内部的纠纷,显然是同等级的家庭,有军事介入,以及东方生活中各种简单礼仪。尤其是两剧的主题都和一位丞相的千金小姐端庄娴静却下嫁到另一个阶层有关。”英语观众能在王宝川的传奇经历里找到情感共鸣,那么,他们就一定会为崔莺莺的情爱故事唏嘘感叹吗?事实并非如此。伯顿利接着指出:这两部剧的区别很明显,特别反映在“实施的规模上。通俗剧的简洁在经典剧中不复再现,而代之以冗长的抒情段落,就连我们年轻有为的能人也会觉得必须删除掉这些‘典雅’的、‘非戏剧化’的部分,方能有上演的可能。但我们知道,包含这些段落的片段在中国舞台上已经存在了八百年……”②按照伯顿利的说法,虽然两部剧故事情节相近,但《西厢记》里“冗长的抒情段落”却使得英语观众无法像欣赏“简洁”的《王宝川》那样亲近《西厢记》。确实如此,和《王宝川》基本以人物对白为主不同,《西厢记》原样保留了唱腔唱词加上程式化的表现形式。对这些伯顿利视为“典雅”却“非戏剧化”的部分,中国观众以及像萧伯纳这样的英国戏剧家不难理解,因为他们熟悉中国戏

① 王礼锡:《海外二笔》,《王礼锡诗文集》,上海:上海文艺出版社1993年版,第229页。

② Gordon Bottomley, Perface, *The Romance of the Western Chamber*, New York and London: Columbia University Press, 1968, p.xxiv.

主要依赖声情并茂的曲词体现的抒情特性，所以特别欣赏那种抑扬顿挫的音韵美及渗透其间的诗意，但对不了解中国戏剧的一般英国观众来说，疏离于情节的唱词显得冗长拖沓，只能让他们感到沉闷而乏味。在现代英语语境中，《西厢记》如果是面向一般观众，作者不超越中国本土文化定式，对故事及表现形式适度调整，以贴近英语文化模式中普通受众的需求和期待，使他们在消除了最基本的文化陌生感后接受相应的信息，那结局是很难乐观的。当然，如果剧本的目标受众定位是戏剧行家或爱好者，为呈现原汁原味的经典特征，忠实于原本的英译《西厢记》反倒会收获更多的尊重。诗人伯顿利算得上《西厢记》的拥趸之一，他的素养和趣味帮助他越过了《西厢记》与伦敦剧场观众之间的阻隔，因而能体悟到《西厢记》的精致高雅。他认为，"这出戏和我们的欧洲戏剧也不是没有关系。莺莺的娇弱有时很像朱丽叶，而等待中的张生在某个片刻也如同等待中的特里斯坦[①]。他们的所思所言明显地也一次次地打动了那些我们自己的伟大诗人"[②]。伯顿利在《西厢记》与欧洲爱情剧《罗密欧与朱丽叶》、《特里斯坦和伊索尔德》之间找到关联，就像萧伯纳也会联想到欧洲中古时代的戏剧一样。他们对欧洲戏剧本身的熟稔，使他们在理解中国戏剧时能削减掉一些"'非戏剧化'部分"导致的体验压力，即便他们不像林语堂那样为这部"一等一的文学杰作"着魔，为"每句台词每个音"里"天生的诗意"沉醉，但却还是能对"典雅"的部分加以领会和欣赏。

可见，熊式一的《王宝川》和《西厢记》目标受众尽管都是英语接收者，但前者显然更适合普通的大众娱乐，而后者则适合特殊的专业人士观摩。《王宝川》最初就是熊式一接受了伦敦大学聂可尔教授(Allardyce Nicoll)提议找"一出欧美人士可以雅俗共赏的戏"来改译的结果，并且也满足了提议者"能登伦敦和纽约的舞台……赚一点点钱"的愿望[③]；而对熊式一来说，《王宝川》除了帮助他在英语世界立足，同时也实现了他为西方人上一堂中国戏剧普及课，用常情和常理将他们引入中国人的世界继而消除误解

---

① 欧洲骑士文学中的经典杰作《特里斯坦和伊索尔德》(*Tristan and Isolde*)中的男主角。

② Gordon Bottomeley, Perface, *The Romance of the Western Chamber*, New York and London: Columbia University Press, 1968, p.xxiv.

③ 熊式一(S.I.Hsiung)：《王宝川·中文版序》，《王宝川》(中英文对照)，北京：商务印书馆 2006 年版，第 191 页。

的目的。《王宝川》的目标定位就是英语世界的大众群体，为他们量身定做的结果，尽管在英美尤其在中国国内评价不一，但总体上仍称得上可圈可点。而《西厢记》在中国舞台上长盛不衰八百年，但因为译者出于对中国艺术经典的敬畏，忽略了传播接受跨时代、跨地域、跨文化的情境，英语《西厢记》暂时只能为一部分阳春白雪的文人雅士欣赏。不过，作为第一部面向英语受众的《西厢记》，它不仅得到英国戏剧大家的肯定，在西方学术界又产生了持久的影响力，还是证明了熊式一传播中国文化以及为中国代言的不俗成绩。

"1935 年，好像成了伦敦的中国年"，中国驻英大使这一傲娇之叹，虽然主要基于《王宝川》在 1935 年伦敦剧场的破纪录事件——一出中国戏在英伦上空刮起了前所未有的中国旋风，但是，1935 年在伦敦问世的熊译《西厢记》为西方世界展示中国传统艺术精品，弘扬中国文化，同样功不可没。①因此，在深广意义上说，是《王宝川》和熊译《西厢记》共同促成了 1935 年的"伦敦的中国年"。

二、《大学教授》和《天桥》：以文学介入现实

如果不是中日战事发生，熊式一或许还会按部就班地继续编织他的中国"锦绣"。然而，"在这种兵荒马乱之时，那不是歌舞升平之秋"②，熊式一不得不让"锦绣"与"炸弹"相遇，他的"爱国热忱"如岩浆般喷涌而出。除了全身心投入博取国际舆论支持的各项实际工作外，熊式一开始思考如何让西方世界更充分地了解炮火中的中国。他"觉得西洋人不知道也不明了中国近几十年的趋势，近代的历史，和人民的思想生活近况等等"，所以决定"要以真实的历史为背景"③，为英语读者描述中国近几十年社会的动荡和变迁，以使他们切实地感受并理解中国人在重大历史关头的抉择和对理想的追

① 熊译《西厢记》后来被英美一些大学中文系和亚洲研究所采用作教材。1968 年哥伦比亚大学出版社向联合国教科文组织申请到经费，熊译《西厢记》作为联合国教科文组织资助的中国代表性作品翻译系列中的一种，以及哥伦比亚大学东方经典翻译项目的一种再版，之后又印行多次。

② 熊式一：《大学教授 · 后语》，《大学教授》，台北：中国文化大学出版部 1989 年版，第 169 页。

③ 参见熊式一：《天桥 · 香港版序》，《天桥》，北京：外语教学与研究出版社 2012 年版，第 13—14 页。

求。从古代传奇的讲述到历史现实的表现，熊式一关注中心转移，意味着他为中国代言的方式和策略开始转变。而正值欧战爆发的形势，也为熊式一强烈的民族情结释放提供了契机。1939年出版并上演的三幕剧《大学教授》，以及1943年问世的长篇小说《天桥》，都是作者介入战时现实的印证。

（一）适逢其时的民族情绪宣泄

与1933年底改写《王宝川》时的心态有别，1939年熊式一创作《大学教授》时内心涌动着一股难以抑制的激情。他在《王宝川》的自序里虽然也调侃一般西方人对中国的误解，对普遍存在的偏见表示不满和反感，但轻松洒脱的笔触还是披露了作者内在的自信和淡定，他对无知的怜悯胜过了鄙夷。而《大学教授》后语诙谐语调虽一如既往，可作者长篇大论地解释他用英语推出这部剧作的原因时，宛若站在高高的讲坛上慷慨激昂地向英语听众发表一篇为中国辩护的宣言，民族情绪贯穿了始终，这其中既融入了熊式一在英国这几年一言难尽的个体感受，也交织了卢沟桥事变后山河破碎的家国记忆。熊式一曾一泻无余地倾诉了为《王宝川》出版及上演而尝到的种种酸甜苦辣："我初从中国来，用英文写了《王宝川》剧本，要想伦敦西区各大剧院的老板接受演出时，那真是运蹇时乖，霉运十足！"而由于《王宝川》最终获得成功，这种自叹自怜在熊式一的回顾中又不时地被置换为洋洋自得的夸耀。譬如，他绘声绘色地讲述他在剧场接受曾居住中国三十年的白兰德①的盘问，如何让白兰德相信《王宝川》不是一出日本剧，而剧作者是会说国语也会说广东话的一位中国作家。再譬如，熊式一特别提到纽约演出商热心于为《王宝川》上演宣传造势，因其认为熊式一"既是中国第一个剧作者把作品搬上百老汇舞台的人"，"是值得注目之人"，那么熊式一所在的社交场合，中国驻美大使也应到场作陪才算尽到礼数。②这些絮叨表面上看是熊式一不经意的经历陈述，而其实却是流寓西方的中国人压抑已久的民族自尊的反弹表现。在熊式一的心

---

① 即约翰·濮兰德(John Otway Percy Bland, 1863—1945)。此人1883年来华，曾任上海英租界工部局秘书长，兼《泰晤士报》驻上海记者。著有《李鸿章传》、《中国：真遗憾》等书，另有与白克好司(Edmund Trelawny Backhouse)合著的《慈禧外纪》和《清室外纪》两书。

② 熊式一：《大学教授·后语》，《大学教授》，台北：中国文化大学出版部1989年版，第151、158、162页。

里,《王宝川》的荣耀,不止于对他个人曾经历过的诸多艰难困厄的报偿,更是被看轻、被漠视的中国开始受世界瞩目可以扬眉吐气的自豪。正是基于这种鲜明的民族国家立场,熊式一在《大学教授》后记中用十余页的篇幅追溯中国自晚清以来屈辱与抗争的历史,以亲身经历指斥西方人对中国种种荒谬绝伦的偏见,强调《大学教授》的写作与帮助世界认清日本侵华战争本质的关联。借助于《大学教授》的写作,熊式一急迫地参与政治现实的激情得到某种程度的释放。

《大学教授》要是早几年推出,以冷静著称的英国人恐怕未必买账。但它在 1939 年的伦敦问世,从某个角度看,算得上适逢其时。战争的阴云此时已笼罩了整个世界,希特勒法西斯正气焰嚣张、步步紧逼,英国为求自保而推行的绥靖政策濒临破产。1939 年 3 月德军占领了捷克斯洛伐克全境,欧洲毁灭性的冲突一触即发。英国何去何从,该以怎样的方式争取和平,人类的希望在哪里,英国公众在寻找着答案。《大学教授》虽然讲述的是中国故事,但中国人在民族存亡关头所经受的考验,在此时正面临欧战危机的英国人心里,很有可能激起涟漪。熊式一在写于 1939 年 5 月的《大学教授》后记里提醒读者,"九一八"事变发生后国际联盟"连一句空话也不敢说"、"装聋作哑",而英国人李顿侯爵为团长的国联调查团的报告是非模糊,可以"算是一本文艺杰作","无论何人读完了它就连声赞美,但马上也就束之高阁"。熊式一旨在告诫英国公众,对侵略者的纵容和妥协,最终危及的不只是一国领土的安全,而是整个世界的安宁和平。熊式一认为,他向世界描述现代中国的历史进程,包括中国全民抗战的现实图景,不仅可以为准备应战的英国公众提供借鉴,给予他们信心和勇气,同时也促使英国人重新思考欧洲与远东、与整个世界的关系,改变长久以来对中国和中国人的误解、偏见。"西方人既然已经看见过中国旧舞台及其他旧的一方面之后,也可以看看我国现代的一鳞半爪,我们的新话剧、新生活。"①此时的熊式一决计改弦更张,他不再热衷于中国古代戏剧的译介来弘扬中国的文化,而选择中国现代生活的直接展示,以此贴近同样处于战争高压下的西方受众,让他们更真切地了解正在抵抗侵略的中国人到底是

① 熊式一:《大学教授·后语》,《大学教授》,台北:中国文化大学出版部 1989 年版,第 179、180、170 页。

怎样的人。在熊式一看来,《大学教授》是他自己履行抗日宣传使命的一种方式,而对英国受众来说,剧中的那个狡黠世故、趋炎附势的张教授最终还是能站稳立场、深明大义,向最高领袖提交了“内政无条件的团结,对外抗战到底”①的建议,其人其境均具启发意义,这部剧起码可帮助即将进入战时轨道的英国人做好心理准备。

(二) 为战时宣传不惜代价

战争、动乱带给人类生存的毁灭和精神的摧残是文学有史以来始终不变的一个主题,而人类在战争面前的反应,其实没有太大的差异。从共情的角度看,熊式一置身在英国人的世界里,和他们一样感受战争迫近之时的不安、恐惧,因而也就了然英国人此时此刻应该不难理解炮火下中国人的选择,进而认清英国人自己眼下的困局和将来可能遭遇的厄运。《大学教授》即直接表现了中国人为争取生存的觉醒和反抗。熊式一对现实的关怀足以体现他的责任意识和道德感,他为自己找到了一个情感表达的出口,同时也以为可以促成英国公众的情感共鸣。这固然符合熊式一的创作心理逻辑,只是就文学本身而言,艺术的高下成败并不完全取决于它与实际生活的亲疏间距。急迫的现实诉求对艺术创作来说,永远都是一把双刃剑。熊式一告诉英国读者:“在我这部《大学教授》的剧本之中,取景于杀人如麻的中日战争前夕的南京一幕之后面,我又加了几行开战之后的一鳞半爪,我恐怕有人说这是画蛇添足,反减低了戏剧的高潮;但是宁可如此,我要大家听一听日本军阀对世界人民祈祷和平的反应是什么!”②在日益紧张的战时氛围中,熊式一将写作与生活同步化,为了引导目标受众,明知“画蛇添足”是败笔,也不惜冒犯艺术规则,直接申明自己的政治、道德立场,追求宣传鼓动效果最大化,这虽万千人吾往矣的勇气,已近乎于飞蛾扑火式的殉道。

《大学教授》前两幕基本恪守了戏剧本位的原则,通过男主角张教授复杂人性的剥露,揭示了20世纪前四十年中国变幻多端的历史真相,表达了熊式一自己对五四运动、国民革命的感性体验,从而实现了爱国情感和道德诉求的审美转化。而从第三幕后半部分开始,人物和剧情却在不知不觉中一点一点地偏离出正常发展的轨道。末尾

① 熊式一:《大学教授》,台北:中国文化大学出版部1989年版,第143页。

② 熊式一:《大学教授·后语》,《大学教授》,台北:中国文化大学出版部1989年版,第180页。

添加的部分，甚至直接照搬了同时期国内流行的街头剧场景：南京濒临沦陷，在已遭受日军炸弹之创后的张氏府邸，之前抵牾又离散的一家人短暂相聚，身为父亲的张教授声称“要跟这千千万万的同胞耽在一起”，儿子表示他已归队即将飞空作战，女儿说她做好了看护伤兵难民的准备。张教授深感欣慰，并嘱咐儿女：“我们亚洲的前途都在你们肩上，我的好孩子，记住了，要勇敢，同时也要谨慎！保护我们的同胞，也要保护跟我们友好的寄住在我们国土上的外国朋友。”最后再次呼吁，“我希望世界上永远不要有战争！”从这个结尾可以见出，熊式一要让观众确定无疑地了解张教授全家抗战的决心，而顺带表示要保护“外国朋友”，与剧情脱节，则明显是为取悦台下的“外国朋友”观众。①从戏剧性角度看，尾声部分除了对张教授与子女关系给出一个结局外，未提供其他更有价值的内容。而张教授与儿女从隔阂、怨怼到天伦之情复归仅仅依赖于共同的抗战决心，未免显得生硬且简单化了。至于那些不时从人物嘴里冒出的观念化的空洞口号，基本属于直露的鼓动宣传，很难想象它们会产生恒久的直抵人心深处的力量。不太清楚英国的观众是否接受这个结尾，但熊式一自己被不可抑制的抗日激情裹挟而疏离出剧作者的本分，是确凿无疑的。

其实，从第三幕后半部分起，熊式一对人物性格及剧情发展的处理就显得有些任性，概念化迹象业已露出端倪。在第三幕里，主角张教授以最高领袖身边的智囊人物形象出现，此时正值“七七事变”后中国是战还是降的抉择关头，因而主要情节即围绕不同来路的各色人等刺探张教授翌日提交的国是建议书而展开，所有人物的动作都指向同一个目标，表面上看，戏剧冲突尚属集中紧凑。但是，当张教授主战的内情曝光后，众人皆大欢喜的高潮场景，却显得不那么有说服力，因为前两幕与张教授相关的人物关系和情节线索并不足以将剧情推进至此。让观众感到有些突兀的是，前两幕里惯于背信弃义、沽名钓誉、靠出卖谋取名声权力的张教授，一夜之间突然变得令台上所有人“敬佩”，曾不耻丈夫卑污人格与其暌隔二十年的张太太此时竟甘愿为他牺牲生命，除了让张教授咕哝了一句“只做事就不嚷嚷”来敷衍外，剧中对此再没有更多提示，这

① 参见熊式一：《大学教授》，台北：中国文化大学出版部 1989 年版，第 146—149 页。

让张太太到死都不知就里，观众也更是云里雾里。不仅如此，其他所有纷繁交叉的人物关系都简化为爱国还是卖国的政治站队，所有缠绕不清的冲突也在一瞬间快刀斩乱麻般地得以化解。这匪夷所思的“大团圆”，归功于不计前嫌共赴国难的观念覆盖，而作者却恰恰省略了必不可少的外部动作与内在主题统一性的充分验证。如果一种叙事意欲影响世界，那么它必然基于文本的观念意义之上，而这些观念意义却必定要由形象来承载。从戏剧艺术的标准衡量，《大学教授》的第三幕恐怕未能呈现出更令人信服的人物性格发展逻辑，张教授在前两幕晦暗不明的形象在剧作末尾被印成一张用于政治招贴的“伟大”脸谱，这不只有损《大学教授》的艺术感染力，在深远的意义上其实也是对它宣传功能的反噬。

《大学教授》第三幕及尾声部分在形象塑造和剧情设置上的失控，反映了熊式一不计代价投身于战时宣传的决绝。当宣传意图凌驾于艺术准则之上，轻言艺术性牺牲就不那么奇怪了。这一做法是置身英伦的熊式一争取世界和平的观念意识发酵后的产物，也是国内同时期一切为抗战服务的主流话语的海外回响。虽说英国上空的战争阴云越愈益浓重之时，身为知识分子的熊式一必定要做出反应，但更大的推动力还是来自国内。1936 年底归国一年后的 1938 年，他肩负文人战地工作团主席团成员的使命重返英伦，国内全民抗战的声浪仍时时萦回在他的心底。战事爆发后中国大多数文人理所当然地把激励民众的斗志当做唯一的职责，熊式一也不例外。1938 年 3 月“文协”成立后即告诫中国所有作家：“文艺正是激励人民发动大众最有力的武器”，“我们应该把分散的各个战友的力量，团结起来，像前线将士用他们的枪一样，用我们的笔，来发动民众，捍卫祖国，粉碎寇敌，争取胜利。民族的命运，也将是文艺的命运，使我们的文艺战士能发挥最大的力量，把中华民族文艺伟大的光芒，照彻于全世界，照彻于全人类，这任务乃在我们全中国从事文艺工作友人们的肩上”①。熊式一即便未亲临会议现场，却同样深明其中要义，必定会毫不迟疑地把“文协”的号令当做自己义不容辞的使命。尤其“文协”强调打击侵略者、实现人类和平的国际宣传，仿佛就是针对熊式一

① 《中华全国文艺界抗敌协会发起旨趣》，《文艺月报》第 9 期，1938 年 4 月 1 日。

这样身处海外的中国作家的召唤:“对世界,我们必须揭露日本的野心与暴行,引起全人类的正义感,以共同制裁侵略者。旷观全世,今日最伟大的事业,是剔除侵略的贼寇,维持和平。”[①]1939 年 2 月,熊式一被“文协”筹备成立的“国际文艺宣传委员会”聘为驻英代表[②],这一身份更进一步明确了他在英国的角色职责。整个二战期间,除了在英伦各地演讲,熊式一还发表了多篇报告、评论、杂感文章,“不仅向欧洲宣传日本侵略的恶行,还广泛地向中国通报欧洲战场的情况”[③],他是在尽一切可能的切实行动积极而忠实地回应祖国的重托。战争形势的紧迫,民族情感的膨胀,责任担当的焦虑,这一切都直接影响了熊式一的创作心态。《大学教授》结尾“画蛇添足”的出现,不是偶然,而是必然。可以想象,添加尾声时的熊式一全身心都沉浸在国际和平宣传的使命感里,战时檄文与戏剧作品的界线在他眼里已经模糊。他把自己当成了一个宣传员,一个灌输者,甚至是一个置身前线的战斗者——《大学教授》俨然已成了他手中的武器了。

值得注意的是,问世于 1939 年的《大学教授》,直到 1989 年才推出作者自译的中文本。而无论是对伦敦的英语原版,还是台北的中文版,大陆研究界一直兴致寥寥。可但凡提到熊式一的《大学教授》,评论者却总会选择性地盲视前两幕,不约而同地聚焦于第三幕尤其末尾添加的部分,有的肯定熊式一的“爱国情怀”,有的上升到“人格魅力”的高度予以褒扬[④]。这样的评价因为符合主流政治意识形态的宣传口径,或许可

---

① 《中华全国文艺界抗敌协会宣言》,《文艺月报》第 9 期,1938 年 4 月 1 日。

② 1939 年 2 月,第二届第一次文协理事会上决定成立国际文艺宣传委员会,指定由王礼锡、戈宝权、胡风、徐仲年为筹备委员。国际文艺宣传委员会首次谈话会决定系统介绍中国抗战文艺运动及作品于国外,加聘林语堂、谢寿康、肖石君为驻法代表,熊式一、苏芹生为驻英代表,萧三为驻苏代表,胡天石为驻日内瓦代表,负责国际文艺宣传工作。(参见文天行:《中华全国文艺界抗敌协会大事记》,收入文天行、王大明、廖全京编:《中华全国文艺界抗敌协会史料选编》,成都:四川省社会科学出版社 1983 年版,第 412、413 页)

③ 陶欣尤:《二战时期的熊式一》,《中华读书报》2015 年 9 月 16 日。

④ 陶欣尤在《二战时期的熊式一》中指出,“熊式一此处宁愿牺牲艺术上的完美,也要赋笔直写,足见其爱国情怀”。(《中华读书报》2015 年 9 月 16 日)。燕遁符在《王宝川·代序》中认为,“熊式一先生宁可牺牲自己作品艺术上的完善,首先关注祖国前途和人类命运,人格魅力跃然纸上”。(见熊式一:《王宝川》(中英文对照),北京:商务印书馆 2006 年版,第 4 页)

以理解为推出一位被大陆长期遗忘的中国作家的策略，可谓用心良苦。但除此之外，如果评论者真的忘记了戏剧的本质是依靠活生生的舞台形象传递艺术感染力，而把注意力集中在戏剧家是否充当了政治宣传的先锋，戏剧是否成为时代的扩音喇叭，那么，他们讨论的当然不是严肃的戏剧问题，也疏离了对熊式一这位剧作家的尊重。事实上，具有深刻政治性的艺术作品包括戏剧，常常是思想审美化的成功之作。作为一个剧作者，熊式一不可能不清楚戏剧艺术的基本规则，他早就预感到《大学教授》的尾声可能被诟病为“画蛇添足”，说明他明白撰写这部分时自己无法以恰当的艺术形式去承载道德情感诉求。尽管他自述此事时用“宁可”的选择句型来强调当时落笔的毅然决然，但其中却仍旧披露出属于艺术家力不从心的无奈和尴尬。战时环境下熊式一对戏剧宣传功能优位于艺术标准的权且认定，在数十年后仍然收获近乎于一致的嘉许，凸显了中国环境里艺术审美获得独立地位的困境。这也足以见出熊式一“画蛇添足”的另一重现实功效，这已不止于在当时对外可标示民族自尊、对内则可洗刷因改译《王宝川》而招致的“辱国”罪名了①。

被道德感、正义感影响，创作主体的政治激情成为沸腾的岩浆，艺术难逃被灼伤的结局，除非作家恢复了清明的理性，危机隐患才有可能解除。1943 年熊式一推出的长篇小说《天桥》，“爱国性”的写作意图依旧，但熊式一落笔却显得沉稳了一些。小说的整体结构以主人公李大同出生后三十多年的人生旅程为经，以晚清维新变法直至辛亥革命国内发生的重大历史事件为纬，经纬交错地写出了李大同的成长史，同时也反映了 19、20 世纪之交中国历史的变迁和社会发展。战争的持续，为熊式一带来更从容的酝酿、思考空间。与付梓于二战爆发前的《大学教授》相比，《天桥》直露的宣传痕迹大为减少，作者更注意将爱国热情融进历史的叙述中，李大同在家乡、在南昌、在北京的生活，以及他参与到维新变法运动的点点滴滴，小说的记叙颇有引人入胜之处。然而，

① 1936 年洪深发表《辱国的〈王宝川〉》，认为“《王宝川》是一部摩仿外国人所写的恶劣中国戏”，暗示《王宝川》有对外投降嫌疑。并指出，像《西厢记》以及比《西厢记》更好的古董尚且不值得介绍给英国人，何况“辱国的《王宝川》”。(《光明》第 1 卷第 3 号，1936 年 7 月 10 日)洪深的这篇檄文是国内批评家界以爱国政治标准抨击《王宝川》最集中最猛烈的一篇。熊式一明知这是粗暴、蛮横的指责，却有苦难言，此后有意识地调整了创作方向，尽最大可能避免再授予人以“辱国”的话柄。

当涉及李大同离开北京南下投身于秘密组织参加武装暴动的小说后半部分，熊式一的热情再次像一匹野马，时时都有挣脱出理性缰绳的可能。

《天桥》最后两章以及尾声的前半部分[①]，线条式地勾勒了辛亥革命的起因、发生、经过、结局，出场的人物多达六十余人，其中大部分一晃而过，而李大同到香港后加入兴中会直至参加武昌起义的主要线索，却变得漫漶不清，连篇累牍的背景介绍几乎覆盖了形象的刻绘。譬如第十三章“射人先射马，擒贼先擒王”（It is easy to fire a fine shot./The difficulty lies in selecting a good target.）里，作者不再满足于借助李大同的眼光，让读者去观照并感知中国革命的情境，去发掘李大同投身革命的意义，而选择用教科书般的叙述直接灌输给读者有关中国革命的常识。小说中有一大段跳出具体情境插叙孙中山与惠州起义的关系：

> 光绪二十六年的春天（1900 年），长江流域和福建、广东各省的秘密社团的领袖都汇聚香港，宣誓效忠兴中会，选举孙中山为总会长。这情形有点招摇，以至于五月份孙逸仙博士从海外回来时香港政府拒绝他登陆。同时，清朝廷宣布对外开战，义和团在端郡王载漪和军机大臣刚毅这两个顽固守旧者率领下，围攻北京的外国使馆。
>
> 农历八月间，当北京失陷，慈禧太后挟光绪逃到陕西，唐才常，这个与被放逐的革新者们有密切联系的同志，准备在汉口起义。但是与唐才常秘密联络的总督张之洞，却突然决定对逃亡中的清廷保持忠诚，处死了唐才常，并开始搜捕清理湖南湖北两省所有的革命党人。
>
> 孙先生尽管不能参与任何事情，但发出了在广东暴动的命令。杨衢云因此召集了他在惠州，一个广东以东大概 70 英里[②]的战略性城市里大部分的秘密力量，

---

① 熊式一讲史之瘾在中文自译本里发作得更加离谱，中文本将英文原版第十四章“不自由，毋宁死！/得自由，不识此！”的后半部分和尾声前半部分单列出来，充实进了更多有关武昌起义前后中国各省份的反应内容，成为第十五章“鹬蚌相争，渔人得利”。熊式一自信他的中文读者会比英文读者更有兴趣看他对辛亥革命的解读。事实上，无论中文还是英文，小说若是离开了形象描摹，历史叙述就会变成乏味枯燥的史料堆砌，这显然背离了小说创作的基本规则。

② 原文为 some seventy miles east of Canton，该说法不太准确，应为：在广州以东 90 英里。

他把指挥权交给一位姓郑的同志，孙中山则从日本提供持续的武器供应。陶将军、老朱和丁龢笙三个都受命参加了惠州起义。①

这是熊式一津津乐道的历史，其中包含了密集的信息，却仅仅属于史实陈述，而非小说叙事。紧接着是惠州起义、广州起义的叙述，加上第十四章"不自由，毋宁死！/得自由，不识此！"(Those who fight for liberty/Never gain themselves but ill./Those who live within its shade/Never cared and never will.)对同盟会爱国志士武昌暴动的记叙，笔调仍然延续了前一章的平铺直叙，虽然其中融入了作者对革命先驱勇于牺牲的景仰，不仅满足了他讲史的癖好，更成全了他履行与战时鼓动类似的民族主义宣传的使命。然而从小说创作角度看，一面是感性经验的匮乏，一面是过于直接的观念意图渗透，作者在展现辛亥革命历史风云时，那些与李大同成长叙事失去紧密关联的活动和事件记述，少有逼真传神的细节，也少见鲜活丰满的形象，无论如何都显得有些干瘪空洞。熊式一沉湎于一个史学爱好者极力铺陈革命史文献的偏好里，却多少疏忽了一个小说家应有的对历史独到的发现、解释、重构的本分。这大概是竭尽全力"为没有经历大革命时代的人而写"②的熊式一当初没有预料到的吧。

《大学教授》和《天桥》中的失误均出现在文本的结尾或邻近结尾的后半部分，应该与作者最后修改定稿时对特定战时语境的迎合相关。两部作品都经历了较长时间的酝酿。《大学教授》是熊式一在国内教书时就准备撰写，到 1939 年杀青，经过了"三番四次不停的修改，每幕都大大的改了许多，尤其是最后一幕，大学教授并没有死，另找一个人代庖"③。张教授最终在作者笔下死而复生，倒是顺应了整部戏的喜剧风格，但"大团圆"的收场却未必与全剧的讽刺性基调吻合，只有同仇敌忾全民抗战这一时代主

① Shih-I Hsiung, *The Bridge of Heaven*, New York: G.P.Putnam's Sons, 1943, pp.262—263.这一段引文不采用熊式一自译的原因是他对原文做了明显的改写增删，不适合用来还原英文原貌。下文中引用采用笔者译的原因类同。

② 参见熊德輗:《台湾版序　为没有经历大革命时代的人而写》，熊式一:《天桥》，北京:外语教学与研究出版社 2012 年版，第 8 页。

③ 熊式一:《后语》，熊式一:《大学教授》，台北:中国文化大学出版部 1989 年版，第 170 页。

题的张露。至于《天桥》，熊式一说他因《王宝川》大热受到鼓励，即跃跃欲试开始起腹稿[①]。熊式一的儿子熊德輗也回忆说，父亲早有了写《天桥》的念头，但“一直等到一九三九年才开始动笔。当时抗日战争开始，他满怀爱国热情完成了现代体裁剧《大学教授》，当时也用同样的热情写《天桥》。书已完成大半第二次世界大战就爆发了，加上种种别的原因，使得他不得不暂时停笔。一直等到一九四二年，《天桥》才全部完成”[②]。从中可推测的是，《天桥》后半部分有关辛亥革命的内容可能是写于二战爆发后，熊式一很自然地把他经受的战争体验融注到《天桥》的创作中，他是以对中国革命党人为推翻清朝建立民国浴血奋斗的历史陈述，来实现他介入世界性反法西斯政治活动的渴望。这本身无可非议，只是为时代和民族责任感所驱使的熊式一似乎有点用力过猛了，加上因《王宝川》在国内遭受“辱国”责难后心有余悸而矫枉过正，致使《天桥》涉及战争和革命的部分出现了一些偏失，而《大学教授》末尾的瑕疵也可作如是观。

文学如何介入现实，作家如何介入政治实践，这是自“五四”以来中国作家的集体焦虑。在“为人生”启蒙精神映照下，鲁迅引领了国民性改造的时代潮流，体现了他对现实历史的深度关怀。尽管鲁迅因自觉选择“听将令”，而“不恤用了曲笔，在《药》的瑜儿的坟上凭空添上一个花环，在《明天》里也不叙单四嫂子竟没有做到看见儿子的梦”，但他始终保持对艺术的虔诚和敬畏，因而才会有“我的小说和艺术的距离之远”的清醒和谦卑。[③]而事实上那些“曲笔”并未明显构成对《呐喊》思想及审美品质的影响。在与中国现实的关联上，1930 年代身处海外的熊式一和他的中国同行没有本质的区别，甚至地理空间之隔反倒强化了他对中国的执念，他不惜用“画蛇添足”的“直笔”汇入国内全民抗战的呼号，确实保持了与中国现实的同频共振，也扣应了二战的国际局势。但是，作者过于急迫的政治参与意图一旦遮蔽了应有的冷静和理性，他就很难再以文学的方式对复杂现实做出精微、审慎的独到阐释。“小说和艺术的距离之远”产生的原因

---

① 参见熊式一：《天桥・香港版序》，熊式一：《天桥》，北京：外语教学与研究出版社 2012 年版，第 10 页。

② 熊德輗：《台湾版序　为没有经历大革命时代的人而写》，熊式一：《天桥》，北京：外语教学与研究出版社 2012 年版，第 9 页。

③ 鲁迅：《呐喊・自序》，《呐喊》，《鲁迅全集》第 1 卷，北京：人民文学出版社 1981 年版，第 419、420 页。

固然有很多,也并非只出现在熊式一个人的英语中国叙事中,但它确实清楚暴露出 20 世纪相当一部分中国作家在介入现实政治时无法避免的问题。

(三)“把中国人表现得入情入理”

对炮火中故国的牵挂,对战时欧洲生活的感悟,让重返英伦后的熊式一内心少有平静。内外多重压力下的熊式一难免产生犹疑和困惑,但作为一个作家,他终究还是能摆正自已的位置,知道怎样在道德担当与文学追求之间找寻平衡,怎样在中国之外的世界更有效地为中国代言。

《大学教授》和《天桥》尽管留有些许不尽如人意之处,但相比同时期国内类似主题的创作,整体表现还算不俗,而它们在西方世界产生的反响,也决定了它们作为国际视野下中国叙事样本被讨论、探究的价值。1943 年《天桥》由伦敦彼得大卫斯书局(Peter Davies)出版,“当月就销售一空,不得不在同月再加印,同年就重印了四五次,第二年又重印了四次,最终重印了十次至多”①。“《天桥》在英国美国出版后,马上就有法文、德文、西班牙文、瑞典文、捷克文、荷兰文等各种文的译本,在各国问世。”②毫无疑问,《天桥》成了一部具有国际声望的作品。而三幕剧《大学教授》于 1939 年 8 月 8 日在英国莫尔文戏剧节(Malvern Drama Festival)上一展风姿后,旋即被束之高阁,后来剧本虽然由伦敦的麦松出版公司推出(Methuen & Co.),也几乎无何反响。战争即到的紧张局势下,英国剧场门可罗雀,熊式一的“张教授”未能延续之前“王宝川”的运气,失去了与更多英国观众结缘的机会。晚年的熊式一为《天桥》享誉欧美自豪,却为《大学教授》的命运唏嘘,但只要一提到这部剧作曾在戏剧节上与萧伯纳《查理二世快乐的时代》同台上演,就又兴奋不已,同时表示:“这事我虽然认为我很替我国争了大面子,国内却没有半字的报导,五十年以来,很少有人提起过这件事,戏剧界好像不知道我写过这一本发乎爱国性的剧本!”③熊式一的牢骚里固然包含了一点虚荣心,但从中也可见出,他

① 熊德輗:《台湾版序　为没有经历大革命时代的人而写》,熊式一:《天桥》,北京:外语教学与研究出版社 2012 年版,第 8 页。

② 熊式一:《香港版序》,熊式一:《天桥》,北京:外语教学与研究出版社 2012 年版,第 12 页。

③ 熊式一:《大学教授·作者的话》,熊式一:《大学教授》,台北:中国文化大学出版部 1989 年版,第 1 页。

是那么在意向国人展示自身的价值,是那么在乎在世界上为中国争“大面子”。虽说墙外开花墙内不香,着实遗憾,但熊式一认为,《大学教授》、《天桥》总算都是为国争光的作品,而且获得了文学行家的认可,这足以证明,无论是作为一个中国人,还是作为一个作家,他熊式一怎么都是合格的,怎么都是问心无愧的。

如果说一般英国人对战争的恐惧随着欧战爆发后英国为尊严抵死反抗的战绩而逐渐消减,那么,西方世界对中国和中国人的误解,则非一朝一夕即可改变。熊式一深知:“西方知道我们中国的时代太不巧了。所谓的‘天朝’,渐渐地让西方知道真有其地的时候,适逢其会正是鸦片战争时代,接着又是义和团之乱的消息传于英美。”清政府的颟顸、民初社会的动荡,不仅加深了西方人有关中国野蛮愚昧的印象,更强化了他们睥睨天下的傲慢。初到英伦时的熊式一也感觉到西方对中国的偏见,他认为主要是源于西方人常识上的无知,所以改译了中国传统戏《王宝川》向他们介绍中国文化。但数年英国体验让熊式一切身体会到,对中国“谬误的观念早已种在西方人心中,根深蒂固了,绝非我几句话可以解除得了的”①;而“西洋出版关于中国的东西……无非是把中国说成一个稀奇古怪的国家,把中国人写了成荒谬绝伦的民族”,所以“决定了要写一本以历史事实、社会背景为重的小说,把中国人表现得入情入理,大家都是完完全全有理性的动物,虽然其中有智有愚,有贤有不肖的,这也和世界各国的人一样”②。在强调人类共同性的前提下,熊式一不仅关注中国近现代社会历史的反映,更侧重“入情入理”的中国形象的构塑,从而彰显生活在同一个地球上的中国人的尊严、中国人的情感和精神的价值。而只要是有血有肉的人的故事,那是无论何时何地的人类都可以感同身受的。

从展现真实的中国近现代历史画面的角度看,《大学教授》和《天桥》秉持的是同样的原则。《大学教授》中的张教授和《天桥》里的李大同都是虚构的角色,但他们置身的时空、经历的事件,甚至围绕他们的一些人物,都有确凿的史实依据。《大学教授》三幕分别为 1919 年五四运动时期的北京,1927 年北伐胜利后的汉口,1937 年抗战全面爆

---

① 熊式一:《大学教授 · 后语》,熊式一:《大学教授》,台北:中国文化大学出版部 1989 年版,第 172 页。

② 参见熊式一:《香港版序》,熊式一:《天桥》,北京:外语教学与研究出版社 2012 年版,第 14 页。

发前夕的南京，时与地均为中国现代史关键拐点的标志，张教授在每一幕末尾的仓皇出奔，都是中国社会政治危机急速加剧的信号。《天桥》则从李大同出生前一年的1879年写起，一直写到辛亥革命后李大同回乡与妻女团聚的1912年。整部小说可分为上下两部分，上半部从楔子到第五章主要围绕李氏家族衰败，反映晚清南昌乡间的社会情状；下半部从第六章到尾声，通过叙李大同辗转省城南昌、北京、上海、香港、汉口等地的经历，描述维新变法运动和辛亥革命的过程。写作《大学教授》、《天桥》时期的熊式一有着不同于之前的抱负，或者说是焦虑，因为他知道了什么是当务之急。他虽然说“许多读者，把我的小说当做历史一般去研究，这是重视我的著作，我根本就不应该去争辩”，但还是承认读者对史实的较真，也是他“感觉最荣幸的事”。①与其说熊式一看重的是戏剧或小说对中国近现代史的艺术再现，不如说他关注的是如何让西方人尽快地认可他所呈现的中国近现代图景，从而理解中国人于艰难困境下觉醒抗争的必然性。

就《大学教授》而言，一般的英国观众对其中错综复杂、混沌微妙的中国政府更替和党派之争恐怕很难辨清，对云谲波诡、暗潮汹涌的中国时局的变幻也一时难以评断，但他们只要对英国那些将权力玩弄于股掌之上却总能全身而退的政客稍有所知，也就可以理解张教授这样看上去“是一个标准的书呆子”，实质却心机满腹、圆滑世故，永远“先知先觉”，在政治舞台上呼风唤雨，青云直上。张教授确实不是一个令人钦敬的人物，他的一些言行无论中国观众还是英国观众都会觉得出格，甚至出乎意料之外，但从人性善恶兼具的角度看，恐怕又不得不承认这个人的所作所为并未超出情理的范畴。

《大学教授》第一幕的背景是1919年的北京，但英国戏剧节上的观众对男主角张教授这个形象却不会有太过隔膜。尚未发迹的张教授在五四运动刚发生不久即抓住敏感时机，出演了一场鹬蚌相争渔翁得利的好戏，观众因此初次领教了这位大学教授潜埋着的权力欲望以及与此相称的政治嗅觉和手腕。故事从张家的一顿晚餐开始。由于有传言说张教授被政府疑为革命党头目，是那些为救国行动冒失了一点而被关押的学生的同谋，张教授的第二任也是现任妻子张太太和丈夫唠叨如何提防。夫妇二人

① 熊式一：《香港版序》，熊式一：《天桥》，北京：外语教学与研究出版社2012年版，第13页。

的晚餐气氛被接踵而至的客人打断。先进门的是张教授的弟子陆英,他是来监视张教授的,但似乎又有点“良心不安”;之后是长得像“一幅天真浪漫图”的漂亮女生王美虹上门,她说想请张教授和其他有名望人物一起出面向政府要求释放被抓的学生。这两个身份迥异的学生的出现,让张太太紧张到语无伦次、手足无措,而张教授却是一副若无其事的模样,他端着饭碗吃着咸蛋,对陆英爱理不理,却有闲情逸致对王美虹献殷勤。剧情到此,观众除了跟着张太太为张教授即将大难临头却浑然不觉担点心外,也会为张教授心猿意马的好色感到滑稽。接下来剧情推进有点云山雾罩:众目睽睽之下,张家竟闯进两个持枪盗贼,他们翻箱倒柜却一无所获,之后旋即逃离;大家惊魂未定之时,“几十年来,飞黄腾达,只有成功,没有失败”的科学院院长卞教授叩门拜访,他一直是和张教授“作对的对头冤家”,进门后竟鞠躬道歉,又向张教授耳语,“教育部长觉得目前的学生运动,越来越棘手,要想找一两位德高望重的学者,眼光远大的、遇事谨慎的……”。熊式一不惜以诸多铺叙、烘托、暗示的手段,来凸显危急时刻“只有张教授一个人始终镇定,不动声色”,包括张太太以为这些登门者都是会带给张教授和自己灭顶之灾的“不速之客”,也包括或愚笨、或幼稚、或蛮横、或做作的这些“不速之客”各怀鬼胎的逢场作戏。直到张教授正告卞教授“我遇事事先都有准备”,观众才逐渐如梦初醒:原来这都是张教授一手安排的。他早就知道陆英已被政府收买,他早就知道那几个盗贼是卞教授派来家中搜查革命党证据的。而从他和王美虹半推半就的调情且一唱一和配合默契来看,观众可以猜到,这个新选出来的学生联合会主席不早不晚在张家露面,绝非偶然。当然,卞教授最后登场,也是应张教授之邀按时按点而来。这个“政府的眼线”此时此刻恰好欣赏到张教授为他精心准备的一幕好戏,既消除了对张教授是革命党的嫌疑,又领会到张教授在学生中“还有一点势力”,从而遂了张教授“让政府重用我”的心愿。[①]在第一幕里,熊式一对张教授与卞教授的较量的叙述如蜻蜓点水,但之前的铺垫却已充分显现了张教授必定让老奸巨猾的卞教授甘拜下风的野心和远见。

---

① 参见熊式一:《大学教授》,台北:中国文化大学出版部 1989 年版,第 1—33 页。

《大学教授》第一幕着墨较多的当然不是卞教授，好像也不是张教授本人，而是张太太。如果说熊式一是将卞教授与张教授进行参差对照的话，那么张太太则用于和张教授进行绝然两异的鲜明对照，她是这一幕也是整部戏揭开谜底的人。在第一幕结束之时，同样身为国民党人的张太太意识到丈夫出卖一切为的就是想进政府，“去教他们怎么对付学生”①，而且已明白他对自己的无情和欺骗，当即决定与张教授一刀两断，拎了手提箱出门而去。心地单纯透明的张太太对情感及信仰坚定执著、生死不渝，实在是她熟谙翻手为云覆手为雨之术的丈夫的绝佳反衬。熊式一在剧中将男女情感和政治信仰的抉择这两条线索进行同步交叉处理。从第一幕开始，观众就在喜剧性的氛围里，有距离地观照了张教授对女人喜新厌旧的做派。“患难之中，就各自远走高飞”②，本是比喻夫妻无情离弃的中国俗语，却足以反映普遍人性中的趋利避害、软弱自私。熊式一让张教授以此回应妻子对他安危的关切，不仅让观众了解了这位做丈夫的在危急关头很有可能抛妻自保的行为逻辑，同时也会对他的政治人格有了些许怀疑。从张教授以“爱情是盲目的”③为借口惯于拈花惹草、移情别恋的秉性，观众会联想张教授在政治生涯中一而再再而三的投机取巧、见异思迁。尽管剧作者的这种导向会使得剧情和人物趋于简单化，但对英国观众理解张教授善变的政治选择，还是不无裨益的。毕竟这两者既可互为佐证，也可互为隐喻。一个大学教授，一个原本抱有“和军阀政府抗争到底”信念的革命党人，为了政治权力轻易地背叛了信仰，在学生(其后有党派势力支持)和政府的对抗中左右逢源，不仅巧妙地避开了雷区，还攫取到足够的政治资本，为今后角逐名利场奠定了根基。张教授就以这样的一副尊容站在英国观众面前。

诚然，《大学教授》对西方观众的冲击力一定远远大于《王宝川》，毕竟新旧杂糅的现代中国并不符合他们既有的东方想象，像邓萨尼就惊诧于“中国锦绣之中，竟有炸弹出现”④，但于他们而言，变色龙似的张教授却未必就比寒窑苦熬十八年的王宝川更陌

① 熊式一:《大学教授》，台北:中国文化大学出版部 1989 年版，第 13 页。

② 熊式一:《大学教授》，台北:中国文化大学出版部 1989 年版，第 33 页。

③ 熊式一:《大学教授》，台北:中国文化大学出版部 1989 年版，第 36 页。

④ [爱尔兰]丹杉尼:《大学教授·序》，熊式一译，熊式一:《大学教授》，台北:中国文化大学出版部 1989 年版，第 2 页。

生。王宝川的美丽聪慧和坚贞不二只是古代传奇,而精于算计、心口不一的张教授却是现代社会的造物,无论中国还是英国,这类人恐怕都不鲜见。当然,观众也会明白,张教授即便冷漠自私到拿“莫让天下人负我,宁可我负天下人”①做行为准则,却还算不上十足的混蛋。譬如第一幕末尾他把突然投奔而来的不足十岁的一双儿女揽入怀中,第二幕里出逃之际尚记得为身边傻白甜的女人王美虹安排好后路,第三幕末尾他握住中枪倒地的张太太的手说,“我这一生唯一的知己,现在也没有了”②,这些细节都表明张教授虽身陷人性的泥淖却还良心未泯。而在民族大义面前他终于还是能挺直了腰杆,如涅槃重生,可谓浪子回头。尽管熊式一疏忽了火之洗礼的铺垫而显得有些突兀,估计观众也还是会对张教授这个形象留下深刻的印象。或许人们尚无法进入张教授的内心,但他的一举一动,都在演绎什么是你死我活的政治,什么是凶险丛生的时局。无论如何,大家都不可能将眼前的张教授与时常出现在西方影剧里那个邪恶得不近情理的傅满洲混同③。

《大学教授》确实勾勒了中国现代历史的发展脉络,但英国观众却无须恶补五四运动、大革命、北伐战争、国共分裂、宁汉合流、“七七事变”、日军南京大屠杀等中国现代史知识,只要他们能感受舞台上张教授及其周遭人人自危、人心惶惶,就能知晓 20 世纪前半叶的中国处于怎样一个内忧外患、风雨飘摇的危难境地,就能理解中国人为什么会在民族生死存亡之际放下一切争端携手抗争。熊式一曾告知他的英语读者,初稿中张教授被“写成一个坏诱了的角色”,但最终“写出来的歹角只不过像一个淘气的小孩子,只需要好好地揍他一顿,严加管教而已”。④这无非想表明,如张教授这样不堪的

① 熊式一:《大学教授》,台北:中国文化大学出版部 1989 年版,第 95 页。

② 熊式一:《大学教授》,台北:中国文化大学出版部 1989 年版,第 145 页。

③ 傅满洲(Dr.Fu Manchu)最早出现于 1875 年英国小说家萨克斯·罗默(Sax Rohmer)《福尔摩斯遭遇傅满洲博士》一书中,1913 年后罗默创作了一系列傅满洲小说,之后有关傅满洲的好莱坞电影推出了数十部。这是一个西方人想象中的中国恶棍形象,阴险狡诈,被视为世上最邪恶的角色。1939 年熊式一曾斥责:“傅满周(即傅满洲——笔者注)以及《运河之东》中的阿妈,虽然都是不近人情的角色,大家众口一词的认为是中国典型人物。”参见熊式一:《大学教授·后语》,熊式一:《大学教授》,台北:中国文化大学出版部 1989 年版,第 171 页。

④ 熊式一:《大学教授·后语》,熊式一:《大学教授》,台北:中国文化大学出版部 1989 年版,第 170 页。

人最终也能幡然醒悟，那么中国抗战的前景是可以预知的，而中国和人类的未来也是值得期待的。对其中所传递出的理想愿景，想必正处于黑云压城城欲摧关头的英国人也能有所领悟。同时，作为极具讽刺喜剧色彩的《大学教授》里的主人公，张教授尽管看上去不过是一个扁平人物，但他只要出场，总是神气活现，不仅制造出各种笑料，也能带给观众多样的人生思考。在某种意义上，就像佛斯特评价狄更斯笔下的人物那样，张教授也许“可以用一句话描述殆尽，但是却又不失人性的深度”①。

相对于三幕剧《大学教授》因二战爆发旋即偃旗息鼓的落寞，长篇小说《天桥》出版后竟畅销欧美，收获了诸多好评。在《天桥》香港版序里，熊式一引述了英国小说家威尔斯（H.G.Wells）的赞词：“我觉得熊式一的《天桥》是一本比任何关于目前中国趋势的论著式报告更启发的小说，从前他写了《王宝川》使全伦敦的人士为之一快，但是这本书确实绝不相同的一种戏剧，是一幅完整的、动人心弦的、呼之欲出的图画，描述了一个大国家的革命过程。”②偏好历史探究的威尔斯在回忆录里给出的评价，应该不仅仅出于恭维。但客观而言，《天桥》和《大学教授》对中国近现代革命历史的展现，主要还是得力于作品中李大同、张教授他们命运沉浮与历史际遇紧密关联的揭示。熊式一同样看重英国诗人约翰·梅斯菲尔德（John Masefield）为《天桥》做的序诗，它在反映西方读者阅读兴趣上应该更具代表性。诗人为之感怀的是李大同的成长：男孩的时候，“他满心是安恬，愉快，/只想在绿草庭院内/种植李树或白玫瑰/”，长大以后，他找不到种树的地方，只能用“/钢铁的志愿/要学会砍伐、斩断/那乱成以团的野草——/它阻挡我们的需要”。诗人相信“李大同准定能觅得/他心灵安宁的寓所；/盛开的李树将绽放/白花像雪花般飘扬，/上面有宁静的月亮/在静海一般的天上”。③是李大同对理想社会的憧憬以及为之赴汤蹈火的勇气和毅力，让梅斯菲尔德领悟了中国人在苦难、耻辱面前的抗争意义。和所有英国人一样，李大同是在为争取中国“人”的权利而努力。

---

① ［英］佛斯特：《小说面面观》，苏炳文译，广州：花城出版社1981年版，第58页。

② 转引自熊式一：《天桥·香港版序》，熊式一：《天桥》，北京：外语教学与研究出版社2012年版，第11页。

③ ［英］约翰·梅斯菲尔德：《天桥·读〈天桥〉有感》，屠岸译，熊式一：《天桥》，北京：外语教学与研究出版社2012年版，第1页。

这是对人类同情心的呼唤,《天桥》受欢迎,或者李大同为梅斯菲尔德这样的西方人所欣赏,原因莫过于此。

“《天桥》是一部气势恢宏的历史小说”,但说它“是一部成长小说,也无不可”。[①]和《大学教授》依托于张宅这个窗口来展露中国现代历史风云的变幻有别,《天桥》反映自清末光绪年间到辛亥革命中国的巨变,主要是通过李大同出生成长的经历来映现的。虽说戊戌维新变法、广州起义、辛亥革命这些重大历史事件是小说叙事中关键的部分,熊式一对此也确实投注了极大的热情,但《天桥》最引人入胜之处还是晚清中国乡间生活对李大同成长的影响:从生在渔家的大同被富绅李明买去当养子,到他跟随正直有学识的叔父李刚读“今天下,五大洲,东西洋,两半球”的《时务三字经》[②];从大同被李明送给偷鱼贼做徒弟后连夜逃到李刚家,到他与随祖母来乡间的表妹莲芬相识且两小无猜;从大同帮李刚与立志维新的朋友收发信函而被知县传唤又经历李刚被捕离乡等变故,到他接到英国传教士李提摩太[③]的介绍信告别生活了十多年的家园,成为南昌教会学校的自助生。熊式一对江西乡间生活的熟稔使他刻绘民风、人情、人心时收放自如,游刃有余,故事自然也讲得绘声绘色,活泼有趣。小说的前五章李大同虽然并未成为叙述中心,但对其生长的环境、他童年生活中最重要的两个人——养父李明和叔父李刚的描述,为揭示他之后思想和人格的成熟夯实了根基。

如果说对弱者常怀恻隐之心,视钱财权贵如粪土、任情而随性的李刚是晚清乡间难得的开明之士,是他直接引导了李大同成年后的人生方向;那么李明则代表了那种集吝啬、伪善、迷信、守旧、自私、褊狭于一身的旧式守财奴,他是孩提时代的李大同认

① 陈子善:《大陆版序　关于熊式一〈天桥〉的断想》,熊式一:《天桥》,北京:外语教学与研究出版社 2012 年版,第 5 页。

② 原文为 Modern Classics(《现代经典》),此处中译参见熊式一:《天桥》,北京:外语教学与研究出版社 2012 年版,第 43 页。

③ 李提摩太(Timothy Richard, 1845—1919),英国浸礼会传教士,1870 年来中国。1876 年至 1879 年华北大旱,他从事赈灾、传教活动,同时普及科学和医疗常识。之后他积极活动于中国上层人士之间,在中国翻译出版书籍,其中如《泰西新史揽要》内容是 19 世纪欧美各国变法图强的历史,出版后风行一时,曾是光绪皇帝的主要参考书之一,他对维新变法产生过很大影响。此外,他主张教育普及,是山西大学堂的创始人。

识老中国愚昧落后的启蒙教材。

作者对李明的刻绘成为小说前半部最精彩的篇幅。比如写他的愚蠢迷信:为了能老年得子,李明逼迫太太每天吃药烧香。太太有孕后以为可以不再受此罪了,可她没料想的是:

> 最糟糕的郎中接踵而至,最难以入口的汤药纷至沓来。据说这些都是保胎的,或是包生男孩而不是女孩的。对她来说,假装喝了后倒掉,是不可能的,因为这些被郎中用于换钱的被称作药的玩意儿——都已付过账了,李明决不让她耽搁一秒直到看着她吞下去为止。①

其结果自然是把太太折腾病了,差点流产。求神拜佛是中国民间通常的祈愿方式,看郎中喝汤药也是中国人通常的祛病健身之法,但李明为求子走火入魔至此,已近于疯癫。过犹不及,物极必反,他一意孤行的执拗,昭示了文化传统的衰颓趋势。小说还有更多笔墨用在对李明的吝啬刻薄的描摹上:譬如写他在父亲李老太爷大出丧那天宴谢帮忙的族人:

> 让每个人惊讶的是,主菜不是传统意义上的炖肉,而是叫人欣喜的菜肴——名为竹笋烧鸡。这听上去名贵,可明显做谈资的意义大于享用。……
>
> 按地方风俗,在这些农民里,抬棺人出力而只有这顿宴席作为回报,因而看起来怨气就更大。他们要大家查明鸡翅的数量,结果发现,令人佩服不已的是,一个专业厨师成功地用一只鸡招待了十八桌客人,当然是最小心地切分妥帖,再点缀充足的竹笋。他们宣布这只鸡拥有另外一项美德,在它飞去另一个世界时创下了伺候十八桌宴席的记录。至于竹笋,它们也与主料保持了密切配合。如果在烹饪

---

① Shih-I Hsiung, *The Bridge of Heaven*, New York: G.P.Putnam's Sons, 1943, pp.22—23.这一段引文不采用熊式一自译的原因是他对原文做了明显的改写增删,不适合用来还原原文。作者自译为:"正当的药虽然苦,还不算难吃;最怕的是特效奇方,用种种不可思议的东西煮汤,有的还要加'人中黄'、'人中白'、'牛溲',或是'马渤'做引子。这些怪东西,在别人或者可以假说吃了,把它倒在痰桶就算了,可是李明惜药如金,这些方子既然都是花了银子换来的,他非亲眼看见他太太全部吞进肚子里去不可!"(熊式一:《天桥》,北京:外语教学与研究出版社 2012 年版,第 17 页)虽然熊译更生动具体,但明显针对的是对中药有所了解的中文读者。

中被挑出来的话，它们就可以用来做家具了。①

李明确实在按照民间习俗行事，但他却又在挑战或者破坏这种习俗的原初意义。在熊式一辛辣的嘲讽中，李明吝啬贪婪的嘴脸固然栩栩如生，而他的目光短浅、自私狭隘的本性更是彰显无遗。细心的读者必定能感知，李明的种种精明算计无一不是对社会秩序的鼠啮蠹蚀，从另一个角度看，他也应该属于古老中国的瓦解力量。

李大同就是生长在这样的环境里，因为他还有一个名义上的双胞胎弟弟李小明，也就是李明的亲生子，所以有学者联想到亨利·菲尔丁《汤姆·琼斯》中的情节，认为"亲生的得宠，收养的疏离，这无意中带来的冲突很像"，而"书中严厉的权威人物形象体现在《天桥》中的李明身上"。②熊式一是否曾借鉴菲尔丁的思路，不得而知，大同和小明的对照确实贯穿了小说始终，但很明显的是，《天桥》中李明算不上什么权威人物，他可能自以为无论作为一家之主还是乐善好施的一方富豪理所当然拥有权威，可事实上连学童时期的大同也不惧与养父直接对抗，而李明的存在意义也并不是为大同的不幸做铺垫：大同尽管被养父冷落，却得到一墙之隔的叔叔李刚更多的关爱、更悉心的教导。熊式一的用意是以李明去关联大同生长的时代、社会、文化环境，以此衬托大同的成长跨越。"他与世界一同成长，他自身反映这世界本身的历史成长。他自己不在一个时代的内部，而处在两个时代的交叉处，处在一个时代向另一个时代的转折点上。这一转折寓于他身上，通过他完成，他不得不成为前所未有的新型的人。"③童年生活中从李明那里所获得的有关中国传统生活的一切感性经验，在李刚的点拨下，丝丝缕缕地被置于广阔而理性的视野里予以观照、评析，"学通中外"的大同终于渐渐领悟了革新与救国的道理。尽管李刚是大同成为"新型的人"过程中最初也是最关键的精神导师，但李明的反助推力也未必是可以或缺的。

《天桥》里人物众多，熙来攘往，煞是热闹。于李大同而言，尽管大多属于萍水相

---

① Shih-I Hsiung, *The Bridge of Heaven*, New York: G.P.Putnam's Sons, 1943, p.22.

② [英]罗宾·吉尔班克：《熊式一与〈王宝川〉》，胡宗锋译，《美文》2015年第1期。

③ [俄]巴赫金：《教育小说及其在现实主义历史中的意义》，《小说理论》，白春仁、晓河译，石家庄：河北教育出版社1998年版，第232页。

逢，但除了李明、李刚外，也有一些人在他人生之旅的不同阶段扮演过重要角色。譬如温柔聪慧、深明大义的吴莲芬，不学无术、骄横纨绔的李小明，傲慢保守、心地狭窄的马克利，质朴天真、憨直仗义的丁龢笙等。正是在大同与这些人物或拒或迎的关系揭示中，李大同勤奋好学、心胸开阔、善良而又有主见的品性才愈益鲜明地凸显出来。莲芬是大同爱的归宿、情感的支柱，她始终扎根在大同心灵最柔软的地方。名义上的双胞胎弟弟李小明从小到大都是李大同的反衬，但作者手下留情，在小说末尾让他助莲芬母女平安出京，又移交了父亲李明所有遗产，最终促成大同夫妇团聚后在家乡重建了美而坚固的新天桥。教会学校校长马先生提供了大同系统学习现代知识的机会，但也让大同认清了生活在中国的多数洋人是如何看待中国和中国人的，这为大同后来与支持维新运动的传教士李提摩太关系由亲到疏埋下了伏笔。

至于李大同和莲芬到北京后结识的同乡丁龢笙，作者对他虽未浓墨重彩地加以描摹，但读者应该不会忽略他对投身革命后的李大同的影响力。丁龢笙在小说第十章才首次露面。维新运动失败后，他和大同一起南下香港加入了兴中会。他有学问、志向，有孩子似的单纯、无所畏惧的勇敢，以及期待革命成功后隐居南海小岛的畅想，这些都决定了李大同会与他气味相投，除了大同遇事更沉着镇定外，他俩几乎可成为彼此的镜像。小说最后两章中，丁龢笙的牺牲以及大同为此引发的心理震撼，是武昌起义叙事部分难得的感人片段。小说写起义翌日，大同焦急地四处寻找中弹负伤了的丁龢笙，终于在国际红十字医院找到了他，

> 他躺在临时用两块窄窄的松木板搭成的病床上，看上去像一具尸体。
>
> “龢笙”，大同大声喊道。
>
> ……
>
> 大同简直不忍看他。龢笙的眼睛闭着，脸颊下陷，皮肤都干枯了。他气息微弱，上下嘴唇微微动着，好像有话要说。
>
> ……
>
> 大同能感知龢笙想要说的是“岛”。
>
> “我想我能理解他的遗愿是什么”。

他呆在龢笙身边直到龢笙咽下最后一口气。[1]

丁龢笙的死让大同百感交集，顿觉人生之短促空虚。他和龢笙的理想业已实现，但政治过渡期乱象丛生，当事者争权夺利，令大同越来越灰心，他不想再空耗生命了。熊式一把丁龢笙当作了有着另一个结局的李大同来对待，这才让读者信服：李大同在牺牲了的丁龢笙那里陡然看到了自我的面影，意识到和忙于奔走新贵之门的那些曾经的同志继续为伍，必将背离童年跟随李刚叔叔读书时确立的初心，因此毅然抽身而出，返回故乡，去了结龢笙最后的遗愿。

出于读者接受的考量，熊式一时常把历史上的真实人物与虚构的人物放在同一个背景下来交汇描述，《大学教授》中张教授周遭的历史人物先后有李大钊、陈友仁、宋子文、蒋介石等，而《天桥》则“尽量的放许多历史人物进去，尤其是外国人知道的人物，如袁世凯、慈禧、光绪，以及英国的传教士李提摩太”[2]，其实还有更多“外国人”未必知道的历史人物出现在小说中。这一方面是为了降低西方读者对中国叙事的陌生度，另一方面是为了强化文学书写的历史真实感，当然也和作者个人讲述中国近代史的兴味有关。和《大学教授》中历史人物基本作为虚构的主角张教授活动的背景而偶尔侧面点缀有别，《天桥》的历史人物有许多走上了前台，熊式一详细记叙了李大同与他们的接触交往，尽可能有分寸地揭示了这些历史人物的复杂性，以及他们带给李大同的影响。譬如写李提摩太待大同如亲侄，积极支持并参与维新变法，却主张外国人享有一半统治权，还要把宗教拖进政治，这让曾对他抱有好感和期待的大同非常失望；而袁世凯礼遇困境中的大同，且救了大同的命，但他却是个卖主卖友的滑头政客，大同毅然与其分道扬镳。另外，还有从美国回来参加维新运动的容闳，兴中会的杨衢云、史坚如，武昌起义领导者之一孙武，从湖北新军协统被推举为都督的黎元洪，等等，熊式一将这些活跃在大同周围的历史人物与近现代中国急遽变幻的政治风云相关联，在广阔的时代背景下勾勒出他们各各不一的精神面影，并给出了独到的评价。

然而，正如熊式一自己所说，《天桥》“是一部以历史为背景的社会讽刺小说，并不

① Shih-I Hsiung, *The Bridge of Heaven*, New York: G.P.Putnam's Sons, 1943, p.288.

② 熊式一：《香港版序》，熊式一《天桥》，北京：外语教学与研究出版社 2012 年版，第 14 页。

是正史，也不是想要补充历史中所语而不详，或是遗漏了的事实"[①]。小说中如李提摩太和袁世凯的形象塑造固然有确凿的史料做依据，但作为文学形象，他们提示了较之一般历史教科书更为丰富的想象，其意义并不只是为李大同的成长、成熟做陪衬。小说下半部分李大同几乎一直置身于真实的历史人物和历史事件中，他的人生旅程展露了19世纪末20世纪初中国社会变革的轨迹；而就李大同而言，作为一个个体，"一种'接受角色的动物'，他之所以变成一个人并发展他的个性，乃是无数次走出自我，进入别人的思想和情感之中的结果"[②]。和早年李明、李刚这些家中长辈的影响有所区分，李大同走上社会后所接触的李提摩太、袁世凯这些人物带给他有关政治、文化诸方面的触动，更明显映现出李大同对自我与社会关联的自主把握，以及对中国现实状况和未来走向的独立思考。甚至可以说，曾身为袁世凯秘书，与这个表面上支持维新变革又能礼贤下士而其实卑鄙狡诈、野心勃勃的显赫人物朝夕相处过，李大同才会对人性的阴暗和无止境的贪欲深有感触，对中国政治进程的危机和隐患保持警醒，最终急流勇退。小说的结尾没有高调预示一幅恢弘壮丽的新中国蓝图，而以李大同和妻女回乡团聚、重建造福于一方的天桥收结，可谓恰如其分，恰到好处。《天桥》的读者只要能领会李大同自始至终以人民福祉为行动圭臬，也定能理解其中的深意。

《大学教授》和《天桥》讲述的中国故事在很大程度上超越了一般英语读者既有的中国想象。作者似乎未充分考虑接受语境，而作品竟受欢迎，熊式一认为就小说等读物来说，起码有机缘巧合的原因。他说："自从日本侵略中国之后，报端天天提到中国，一个刚由中国来的人，谈谈中国情形的书，一定受普通读者欢迎！"[③]这个说法大体上可以成立，但毕竟只是泛泛的外部因素，吸人眼球不难，难的是引人入迷，发人深省。《大学教授》和《天桥》最有价值之处，归根到底还是源于作者打破陈见，写出了鲜活可信的人物。没有李大同、张教授，以及围绕在他们身边的那些或智或愚、或贤或不肖的

---

① 熊式一：《香港版序》，熊式一：《天桥》，北京：外语教学与研究出版社2012年版，第13页。

② ［美］伊恩·P.瓦特：《小说的兴起》，高原、董红钧译，北京：生活·读书·新知三联书店1992年版，第225页。

③ 熊式一：《出国镀金去，写〈王宝川〉》，《八十回忆》，北京：海豚出版社2010年版，第37页。

人物，熊式一所铺展的中国近现代历史画图最终会失去支撑的根基，西方读者对中国情形的了解也就无从谈起。数十年后有英国学者评价《天桥》时指出："虽然小说出版于二战时期最艰苦的年代，读书的人有限，但小说却售出了一万多册。毫无疑问，许多英国读者认同小说中对暴力和压迫的反抗。"[①]历史的认知也好，观念的认同也罢，读者的获得感都必定基于他们对作品人物可信性，也就是熊式一所说的"入情入理"的认可，基于从可信性描写所生发的思考和想象，这也是文学接受的基本逻辑。

三、如何向世界表述中国？

从《王宝川》到《大学教授》、《天桥》，熊式一为英语受众展示的中国有天壤之别，如邓萨尼这样的西方读者难免会惊叹："中国这个神龙出没，桃李争艳，牡丹吐秀，幻梦储于金玉宝器之中，文化传于千变万化之后的地方"，会变得如此"离奇复杂"，"锦绣"之中竟有"炸弹"出现。"中国的情形，真正是像这样吗？"[②]这应该是熊式一的大部分读者都会有的疑问。"炸弹"中国极大地冲击了他们对"锦绣"中国的单一认知。和一般西方读者不同的是，邓萨尼承认文化相传千变万化，中国也不例外，他把《王宝川》和《大学教授》都视为"写实"和"幻想"的融合之作，而擅长幻想剧的邓萨尼也不在意熊式一是一位诗人，还是一位写实派作家，他只是感佩熊式一这位中国同行为他描画出如此纷繁多姿的中国。而对熊式一来说，因为生于斯长于斯，所以不管"写实"还是"幻想"，他自认为自己不容置疑地拥有表述中国的权力。

邓萨尼的疑问是1939年在他看了《大学教授》剧本后提出的，但为邓萨尼这样对中国几乎一无所知的西方人呈现怎样的一个中国，是熊式一1933年动笔写《王宝川》之前就反复思量的问题。本土题材的文本一旦跨越了语言文化的屏障，就不得不进入异质的多维网络结构中接受检验。一方面，从世界文学的角度看，"外来文化在接受国

① [英]罗宾·吉尔班克(Robin Gilbank)：《熊式一与〈王宝川〉》，胡宗锋译，《美文》2015年第1期。

② [爱尔兰]丹杉尼：《大学教授·序》，熊式一译，熊式一：《大学教授》，台北：中国文化大学出版部1989年版，第2页。

有固有的形象，一个外国作品如果不符合这个形象就难以进入新的竞技舞台；进而，如果它对当地的需求也无所用处，这种困难就愈发巨大”①。熊式一当然清楚自己面临的挑战，因而他笔下的中国形象必须融入“接受国”的接受视野。而另一方面，多样化的中国故事如果被中国以外的更多人了解、接纳，中国形象就不至于定型于契合强势的西方既有立场和趣味的单一模式。无论如何，马克思所言的“他们无法表述自己，他们必须被别人表述”②的屈辱，来自中国的熊式一已经体悟太多，他不会再坐视中国自我表述权的丧失，他要让他的读者摆脱那种西方式中国想象的操控，进而帮助他们在“外来”的中国与当下“当地的需求”之间建立有机连接，同时也尽可能实现他作为中国代言人的存在价值。当然，非主流文化要改变并修正主流文化对其惯有的表述，夺回定义自己的权力，除了要摒弃主流文化对非主流文化的刻板印象外，当然首先需要警惕主流文化对非主流文化自我认知的渗透，也需要提防非主流文化意识形态对自我表述的干预。如何为世界表述一个真实且丰富多元的中国，可能与限制并存，20 世纪三四十年代身处英伦的熊式一任重道远。

（一）“对外宣传”与“辱国”指控

1933 年 7 月熊式一完成了从京剧《红鬃烈马》到英语话剧《王宝川》的改译，之后他多次申明这部四幕剧不过是一出通俗的古代传奇剧，自己改译它并未投入太多精力和时间。但熊式一当初选定《王宝川》绝非一时兴起，而是深思熟虑的结果。《王宝川》的选题及问世后的反响，映现了熊式一表述中国的最初构想以及环境对他构想的基本限定。

在写于 20 世纪 60 年代的《王宝川》中文版序里，熊式一说他当初要为英国观众介绍一出中国戏时有三个选项，首先是《玉堂春》，其次是祝英台剧本，再其次才是《王宝川》。搁置祝英台故事是因为不符合他要先发表歌辞作品的想法，这姑且不论。而弃

---

① ［美］大卫·丹穆若什：《什么是世界文学》，查明建、宋明炜等译，北京：北京大学出版社 2014 年版，第 131 页。

② ［德］马克思：《路易·波拿巴的雾月十八日》，《马克思恩格斯选集》第一卷，北京：人民出版社 1976 年版，第 629 页。

选《玉堂春》，一个原因是之前伦敦舞台上演过类似的戏大大失败了，他不想重蹈覆辙；另一个缘故他解释说，“因为我第一个剧本便用娼妓为主角，其中又有奸情和谋杀亲夫之事，人家一定会骂我辱国，所以没有取它”。在这种情况下，熊式一决定选择在国内家喻户晓的王宝钏和薛平贵的故事。从选题确定来看，他顾及个人对文本形式的偏好，顾及伦敦舞台的反应，还顾及国内的评价。而写作《王宝川》的过程，熊式一同样不敢掉以轻心，虽然规避了妓女角色、奸杀情节，但《红鬃烈马》里仍不乏类似《玉堂春》中存留的不合时宜的内容。“我对迷信，一夫多妻，死刑，也不主张对外宣传，故对前后剧情，改动得很多。”[①]熊式一除了要对唐代王宝钏和薛平贵的传奇予以现代意识的审视外，更需要符合“对外宣传”的要求，而“对外宣传”的前提是自觉的本土(中国)主体立场，清醒的异域(西方)受众意识。

不同于国内作家的“对外宣传”，熊式一的处境其实决定了他将受到更多因素的掣肘。既然是在英国用英语改译中国传统戏剧，熊式一当然希望剧作能为英国观众接受并喜爱，毕竟用非母语作为谋生工具已将自己推到远离中心的边缘地带，他不得不谨守起码的生存法则。但同时，他也知道，作为一个中国作家，如果目标接收群在中国以外，自己在获得了某种写作自由的同时，其实也有可能被置于另一种不自由的境地：中国戏里迷信、暴力和多妻制的内容，是传统中国社会现象的写照，可是以人道主义价值观衡量，它们无疑都属于愚昧丑陋的因素。如果改译时原样保留，则无疑对外暴露了中国的弊端，这不太符合熊式一的本意，更令他担心的是有可能招致抹黑中国的误解。因此，无论是基于塑造正面中国形象的诉求，还是为了尽可能避免个人道德风险，熊式一都必定趋向于对“宣传”特性的认同——“如果没有某种形式的审查制度，这个世界就不可能存在严格意义上的宣传。为了进行某种宣传，就必须在公众与事件之间设置某些屏障”[②]。尽管帮英语读者选择看什么和不看什么，信什么或不信什么，多少有违艺术创作的原则，但熊式一最忌惮的还是被“人家”——不应该是外人而是国人——骂

① 参见熊式一(S.I.Hsiung)的中文版序，《王宝川》(中英文对照)，北京：商务印书馆2006年版，第191、192页。

② [美]李普曼：《公众舆论》，阎克文、江红译，上海：上海人民出版社2006年版，第32页。

“辱国”，所以他不仅小心提防外来的监督，自己也主动设限，执行自我审查。

考虑到熊式一谈及《王宝川》选题和改译初衷时已是离开英国多年以后，那么，可以推测的是，时过境迁的记忆定然掺杂了之后经验、情感和理智的筛选过滤。尤其“辱国”这样的字眼，在熊式一的叙述中已然成为他望而生畏的“高压线”。如果了解当年《王宝川》曾遭遇来自国内同行的严厉指斥，可能就不难理解熊式一多年后仍然心有余悸的敏感反应。

尽管熊式一选择《红鬃烈马》改写时慎之又慎，拳拳爱国心，日月可鉴，但他没想到的是，三年后《王宝川》竟然被控“辱国”。1936 年 7 月，洪深在上海发表了《辱国的〈王宝川〉》一文，这对在英美收获了无数鲜花掌声的熊式一不啻为当头一棒。虽然自西方影剧或其他媒介出现华裔形象以来，抗议“辱华”的声浪此起彼伏，少有停息；但和针对外国“辱华”不同，“辱国”指控的是中国人，其性质自然更为严重，因为这一罪名若是成立，则无疑形同于卖国投敌罪，是被控者无法承受的政治判决。洪深批评熊式一的文章正是做了这样的定罪推论。①首先是态度问题，洪深认为“译作者的不诚实”、“胡乱更改”，使得《王宝川》变成“一部摩仿外国人所写的恶劣中国戏”。这一论断直接褫夺了熊式一代言中国的资格。其次有关改译策略，洪深说，即便作者“想把戏中的事实改得能适合于现代中国人的生活标准”，但因为无中生有，反而使剧情变得“荒谬绝伦”；既然不能改善英美观众对中国的印象，那只能证明“熊先生是这样容易地同情于外国

---

① 洪深的《辱国的〈王宝川〉》发表在 1936 年 7 月 10 日出版的《光明》第 1 卷第 3 号上。这份半月刊创刊于 1936 年 6 月，是抗战全面爆发前重要的左翼文学刊物之一，洪深是挂名主编兼发行人。在民族危机日趋严重的情形下，《光明》将“救亡救穷”作为杂志的主要任务，而“救穷”其实也纳入“救亡”的目标下。洪深执笔以同人的名义发表的创刊词《光明的态度》宣称：“也许有一天，环境会得突然改变，使我们的笔杆变成第二义的重要。那时……更需要有‘以牙还牙’的决心和勇气的抗争者，不再有一丝一毫所谓‘艺术家底灵感’或人道主义或博爱，只是充满着那坚强的求生的志愿，与那不动摇的抗战的胆量——为了争取民族的生存而抗战！为了争取我们子孙的生存而抗战！为了我们自己的‘少死须臾’而抗战！”（《光明》第 1 卷第 1 号，1936 年 6 月 10 日）洪深等人对“救亡”的重视以及内心的焦虑在《光明》杂志装帧上也直观地反映了出来。以刊载了《辱国的〈王宝川〉》一文的第 1 卷第 3 号封面为例，橙红的底色上，大大的白色“光明”字样下，阶梯状竖行依次醒目地排列着黑色的主推文标题，洪深的批评论文《辱国的〈王宝川〉》赫然排列在艾芜的小说《不做汉奸的李二狗》和集体创作的剧本《汉奸的子孙》之间，《光明》同人对“辱国”、“汉奸”的敏感和愤慨，在此形神毕现，而对熊式一这部剧作的政治判定也因此一目了然。

人对中国人的见解——或成见”。这一说法否定了《王宝川》融入现代观念的意义，直指熊式一和有偏见的外国人沆瀣一气。第三是意图和导向，也是最为要害的一点，洪深认为，《红鬃烈马》本身“‘信鸽请兵’代战公主带了番兵来助薛平贵靖难的一节”，表示中国的事情得请外国人代管，那么，照此推论，“英美人看了《王宝川》所感到的得意，是否因为戏里无意地透露些‘吴三桂主义’！”这简直就是诛心之论了，洪深暗示熊式一丧失了民族气节，剧作有对外投降的导向。如果说前两点不过是为了解释《王宝川》“不是一个‘宣扬国光’的作品”，而第三点则不仅仅是要坐实它“辱国”的罪名了。[①]洪深以一种既偏激又褊狭的政治标准，对《王宝川》上纲上线地做了全盘否定，这种一棍子打死的做法，或许并不代表大多数国内同行的态度[②]，但在民族危机不断上升之际，洪深提出的文学要表现“中国全体人民抗敌救国争取解放的决心”的建议，确是为很多作家所认可。因此洪深对《王宝川》的不满，也就并不仅限于20世纪30年代的左翼文人。直到1942年，张恨水在讽刺日本人数典忘祖时，还捎带批评“外国文字很好的文人，如林语堂、熊式一之流”，对“搬弄非牛非马的《王宝钏》之类，看轻自己”表示不屑，希望作家把注意力集中到“揭破日本的黑幕”上。[③]

来自国内同行特别像洪深那样的生猛攻讦，对熊式一来无疑构成了巨大的精神压力，他内心积聚了许多委屈却无从辩驳，但同时他更加清醒地认识到，洪深的批评是对他必须审时度势的提醒。中国持续高涨的民族主义情绪和舆论环境，加上国际形势的急剧变化，推动身在英伦的熊式一在主题、题材方面做出调整，从他以《大学教授》和《天桥》力图拉近与现实的距离来看，熊式一确确实实汲取了教训。

(二) 中国立场与“锦绣”中国形象(印象)的陷阱

20世纪三四十年代大部分中国作家为激进的时代所召唤，加上生活政治化的不断推进，再也无法拥有平静的心境。而走出了国门后的熊式一们虽然暂时远离了国内党

---

① 参见洪深《辱国的〈王宝川〉》，《光明》第1卷第3号，1936年7月10日。

② 郑达在《文化翻译与离散文学》中谈到，当时面对左翼人士对《王宝川》的围攻，“文坛前辈苏雪林挺身而出，写了一篇《〈王宝川〉辱国问题》，驳斥洪深所提出的‘信鸽请兵’以及‘吴三桂主义’内容，仗义执言，正气凛然，居然平息了这一场纷争”。参见《中华读书报》2012年10月24日。

③ 张恨水：《日本人的数典忘祖》，重庆《新民报》，1942年5月21日。

派意识形态的漩涡，却似乎也失去了中国身份不证自明的属性，因而很容易陷入到一种情感和道德的焦虑中。自“九一八”起，尤其“七七事变”后，“爱国”成为中国作家最荣耀的称号，几乎没有人会无视这个荣耀。而对负有国际宣传使命的中国作家来说，对中国的忠诚已不只是道义责任，也是心灵所向。来到英国后的熊式一无时不牵挂着祖国的安危。1934年写作之余，他经常在自己租赁的场所接待客居伦敦的同乡好友王礼锡、胡秋原等人，和他们一起讨论抗日救国之道①；1935年起，英国开始出现援华组织如中国人民之友社，熊式一、王礼锡等作为中国方面的代表加入其中，给予“英国许多同情中国、拥护正义的人们”切实的鼓励和协助；1936年后，熊式一更加积极参与到“世界和平运动大会”等实际事务中，担任了“全欧华侨抗日联合会”宣传部负责人，极力促进中国抗日救亡与国际的联系，推动了英国友人对中国抗战的支持，如“导演熊式一的《王宝川》的国立戏剧院董事长 Nancy Price”，“为熊译《西厢》作序的老诗人 Gordon Bottomeley 等，对于反抗侵略者日本，同情中国，都有坚决的表示”。②抗战全面爆发后，回国不久的熊式一重返英伦，更是投入了更多精力在实际的抗日宣传工作上。1938年6月在布拉格召开的第16届国际笔会上，他作为中国代表提出声讨日本的议案获得通过，打破了国际笔会向来不问政治的政策，创造了难得的舆论声势，赢得了世界上有正义感的作家的同情和支持。③熊式一的中国立场在离开中国之后表现得无比的鲜明和坚定。

类似熊式一这样身处西方的中国作家，在国家危亡之时其实都有着相似的选择。除了积极参加国际反侵略运动以及推动世界对中国抗日支持的行动外，已享誉美国的林语堂在中日战事全面爆发后立马意识到为祖国做宣传的急迫性，创作了生平第一部长篇小说《京华烟云》。在给郁达夫的信里，林语堂说明是“为纪念全国在前线为国牺牲之勇男儿，非无所谓而作也”。由于小说模仿了《红楼梦》的框架，他唯恐友

① 参见王士权：《爱国诗人王礼锡》，《王礼锡诗文集》，上海：上海文艺出版社1993年版，第705页。

② 参见王礼锡：《国际援华组织与运动》，《王礼锡诗文集》，上海：上海文艺出版社1993年版，第420、410、424页。

③ 参阅陶欣尤：《二战时期的熊式一》，《中华读书报》2015年9月16日。

人不解其意，还特别解释："弟客居海外，岂真有闲情谈话才子佳人故事，以消磨岁月耶？但欲使读者因爱佳人之才，必窥其究竟，始于大战收场不忍卒读耳。"[①]寓抗日宣传于才子佳人故事里，林语堂可谓用心良苦，这和熊式一在《天桥》里用辛亥革命历史记叙来承载他的爱国救亡情感是同样的思路。这两部小说在当时均收获不俗反响，连陈寅恪也以"海外林熊各擅场"予以赞赏[②]。用英语为媒介的《京华烟云》、《天桥》，自然是为中国以外的读者而写的，但它们的立足点明显都落在中国。作者既没有忽略读者的需求，对他们保持坦诚，赢得了他们的信任，同时又忠于自己的内心，履行了使命。

然而，在面向世界进行中国的自我表述时，中国作家要彻底地祛除西方主流文化的魅影，自由地发出中国人真实的声音，尚有待时日。不惜采取去芜存菁、披沙拣金的方法，去展示最为优雅美丽的中国文化景象，仍然是中国宣传的可行之道，但却很容易致使中国形象被固化，因而有可能加深那些厌倦了机械文明的西方人对中国情调、古老文明的单一印象。

熊式一改译的《王宝川》在伦敦上演后，英国报纸上遍布溢美之词，如"盛开桃李之争妍斗艳"、"彩蝶粉翼的轻羽，如前日的夕阳晚照"、"一颗头等水色的宝石，镶嵌得美丽夺目"等，它们大多传递出一种观众观剧后幻梦般的愉悦感觉，并同时指向"这是优美文化的象征"的定论。[③]这应该是熊式一预想过的反应。而剧名从《红鬃烈马》改成女主角之名《王宝川》，也是为了更易于吸引观众注意力，把原剧中女主角王宝钏之"钏"改成"川"，文辞更优美、更易入诗，更能让观众感受中国文化典雅特质。[④]而其他

---

① 林语堂：《给郁达夫的信》，《语堂文集》(下)，台北：台湾开明书店 1978 年版，第 1234 页。

② 1945 年秋天，陈寅恪在伦敦医治眼疾，收到熊式一所赠的小说《天桥》后，题二绝句答谢，另还有一首七律抒发他读《天桥》后的感受。"海外林熊各擅场"为第一首七绝的第一句。(参见熊式一：《香港版序》，熊式一：《天桥》，北京：外语教学与研究出版社 2012 年版，第 12 页。)

③ 参见熊式一：《大学教授 · 后语》，熊式一：《大学教授》，台北：中国文化大学出版部 1989 年版，第 153、154 页。

④ 熊式一解释，"'川'字已比'钏'字雅多了，译成了英文后，Bracelet 或 Armlet 不登大雅之堂，而且都是双音节字，而 Stream 既是单音字，而且可以入诗"。参见熊式一(S. I. Hsiung)的《王宝川 · 中文版序》，《王宝川》(中英文对照)，北京：商务印书馆 2006 年版，第 192 页。

所有的改动,也都旨在对中国风俗习惯、道德制度的正面反映。譬如第一幕里王宝川抛绣球砸中薛平贵,不再是没来由的天意,而是因为她早就对文武全才的青年萌生了爱心;第二幕里薛平贵开拔征战前,轻轻松松一箭射杀了一只老虎——传说中的红鬃烈马,而不是什么吃人的妖怪,显出薛平贵为民除害的勇武之气;第四幕结尾,帮薛平贵征服了西凉各部落又钟情于他的代战公主,被交给了外交大臣——特地添加的角色,不再和王宝川平分秋色,保全了薛平贵的私德节操,也维护了空守贫窑十八年的王宝川的人格尊严。熊式一过滤掉了原剧中怪力乱神、不合情理以及与现代文明相悖的成分,在轻松幽默的气氛中,让那些对中国无多了解的西方观众仿佛置身于中国人中间,感受那些美好温馨的人情。

毫无疑问,熊式一对人物和故事情节的处理较之《红鬃烈马》原本更具人性色彩,这是剧作受英美观众青睐的一个重要原因。但是,这并不是说这种提纯美化的改变就是明智之选。择取什么样的材料是作家的权力,但对他来说,关键莫过于如何赋予那些细节、事件以意义,从而使作品发人深省、引人深思。既然是要让中国人像地球上所有的人类一样为世界所理解并接纳,那么这个中国形象就应该是悲欢共生的人间中国,而不是世外桃源的仙境中国。但鉴于正面宣传的意图,《王宝川》回避了中国传统中愚昧专制的阴暗面揭示,而集中于中国人生活中诗情画意、和谐美满的呈现,虽然"针对着消减负面信息",但"它所提供的古雅精致感,也符合欧洲大众对于东方一个相当有代表性的'期待视野'向度"①。如果观众的愉悦只停留在较为肤泛的快感层面,他们从《王宝川》所获得的承平祥和的中国印象,在某种意义上也正是来自西方人对作为他者的东方想象的满足。起码在这一点上,洪深的批评尽管尖刻却并非空穴来风,毕竟真实的中国,无论古今,绝无可能天天风和日丽、年年四季如春。站在中国立场上,熊式一成功展示了最能吸引英国观众、最受他们欢迎、也似乎最值得传播的"锦绣"中国文化图景,但却有可能反而影响了世界对真实中国的全面认识和理解,此时的熊式一是否涉嫌掉进了西方对中国刻板印象的陷阱呢?

---

① 江棘:《戏曲译介与代言人的合法性——20 世纪 30 年代围绕熊式一〈王宝川〉的论争》,《汉语言文学研究》2013 年第 2 期。

（三）“效忠于古老的中国”还是“效忠于开明的智慧”？

熊式一借《王宝川》为西方世界介绍中国时报喜不报忧的做法，在中国作家中并不鲜见。自19世纪以来，中西国力的悬殊造成文化交流的不平衡，继而影响到中国人面对世界时民族自尊的强烈反弹。这一精神传统的形成并不久远，其影响却很深远。

比熊式一更早寓居欧美的一代中国人如陈季同、辜鸿铭等，他们最先摒弃了天朝上国的幻想，认识到消除中国和世界的隔膜的重要性。陈季同在1884年用法语写了《中国人自画像》(*Les Chinois Peints Par Eux-Memes*)，辜鸿铭在1900年用英语写了《尊王篇》(*Papers from a Viceroy's Yamen*)，这些著述反映了他们难能可贵的中西文化比较视野，为西方人认识中国做出了卓越的贡献。然而，为了对抗来自西方的民族歧视和文化歧视，他们在著述中不约而同地美化了传统中国纳妾、缠足，甚至溺婴等非人道的陈规陋习；而以曲解基督教“博爱”观念①来凸显中国传统文明的价值，则映现了他们心理上难以遮掩的自卑以及价值立场的迷失。这样的中国表述因为多少迎合了西方人对东方奇风异俗的猎奇感和窥视欲，在某种程度上也就疏离了作者极力维护中国尊严的初衷。20世纪上半叶中西关系的整体格局没有根本性改变，中国作家为中国辩护的心态依然如故，对中国文化的夸扬仍然是他们为中国刷存在感的重要手段。不过，随着现代人道主义价值观的确立，他们对中西文化的看法不再那么简单化。譬如在美国致力于中国文化推广的林语堂，就不会像前辈那样片面地贬损西方文明，而注重从中西互融的角度探索人类的精神出路。林语堂曾表示，虽然景仰庄子这样的智慧已成自然的古人，但“我也想以一个现代人的立场说话，而不仅仅以中国人的立场说话为满足。我不想仅仅替古人做一个虔诚的移译者，而要把我自己所吸收到我现代脑筋里的东西表现出来”②。因此，他在《京华烟云》里演绎道家生命哲学时，也尽可能将

---

① 陈季同(1851—1907)在介绍中国家庭时，颂扬了维持中国家庭权威性的五条原则(忠君爱国、孝敬父母、夫妻和睦、兄友弟恭、朋友有信)后，指责西方信仰基督教的虚伪堕落：“在我看来，‘博爱’是人类诸多情感的祸根，或者说是取悦上帝及其门徒，或者说是取悦一切人，他们希冀通过这种方式使自己死后进入天国。他们从来不考虑自己作为人应承担的最基本和最起码的责任。”参见陈季同：《中国人自画像》，陈豪译，北京：金城出版社2011年版，第12—13页。

② 林语堂：《生活的艺术》，越裔汉译，《林语堂名著全集》第21卷，长春：东北师范大学出版社1994年版，第5页。

其与现代自由精神的阐释相关联。然而,尽管如此,专注于向西方人解说道家思想的林语堂有时还是会走火入魔。小说中作为理想人格化身的女主人公姚木兰竟热心于为丈夫纳妾,作者以此来表现道家的女儿不同于常人的胸襟和度量,以印证道家处事原则的自然顺遂、平和宽容,这样的叙事立场显然披露了林语堂自己下意识里对这一传统习俗的迷恋。

在强势的西方文化面前,能否以理性的人性准则去审视并裁定自身所属的文化传统,这对身处海外的中国作家是一个巨大的挑战。“中国人能否了解自己呢?他们能否充任中国的最好传译者呢?”像林语堂和熊式一这样自居为中国代言人的作家,内心常会生出一种“苦闷的挣扎”:“在他的理想中之中国与现实中之中国,二者之间有一种矛盾,在他的原始的祖系自尊心理与一时的倾慕外族的心理,二者之间尤有更有力之矛盾。他的灵魂给效忠于两极端的矛盾所撕裂了。一端效忠于古老中国,半出于浪漫的热情,半为自私;其一端则效忠于开明的智慧……”①林语堂用“我只是一团矛盾而已”来形容自己②,而同样站在中国与西方、传统与现代的交汇点上,熊式一又何尝不是如此呢?当“开明的智慧”占上风,他会用现代个性思想去映照王宝川这个冲破习俗规范勇敢追求爱情幸福的独立女性形象,让英国观众在王宝川与命运的抗争中,体验人类摆脱困境争取自由的共同情感;当“效忠于古老中国”的自尊心占上风时,他剔除掉缠足、纳妾、酷刑等元素,尽可能让英国观众饱览一幅风轻云淡、花好月圆的图景。在《王宝川》的末尾,陷害薛平贵的魏虎受到惩处,熊式一用四十军棍替代了斩首,就是为了减弱野蛮残暴的程度,无论如何,人头落地的血腥会有违诗意中国的画风。类似这样的改写,当然不是因为熊式一没有自知之明,主要还是源于林语堂所说的“半出于浪漫的热情,半为自私”的心理,而后者显然占据更大的分量,所谓的“自私”,无非是内外有别、家丑不可外扬的另一种说辞。

---

① 林语堂:《吾国与吾民》,黄嘉德译,《林语堂名著全集》第20卷,长春:东北师范大学出版社1994年版,第11—12页。

② 林语堂:《八十自叙》,张振玉译,《林语堂名著全集》第10卷,长春:东北师范大学出版社1994年版,第245页。

20世纪上半叶身处异域的中国作家在表述中国时，大多不乏中国主体性，但在与现代价值关联的程度和方式上，他们的表现却参差不一。二战时期在英国的萧乾十分明确地将他的中国立场维系于现代文明的价值取向。他要让西方人明白，“中国并非华夏”（China But Not Cathy），他借“龙须与蓝图”（The Dragon Beards Versus Blueprints）的比喻，解释中国人对待古老文明和机械文明的反应，阐述中国走上变革之途的必然性和正当性。他指出，17世纪的中国人曾表现出“民族的傲慢自大。我们拒绝接受来自西方的任何东西，因为我们极其简单地认为，作为一个民族，我们是足够好的，那我们所拥有的一切制度必定也是好的”，这样的傲慢自大是基于无知，所以到19世纪时中国人终于尝到了屈辱的滋味。这之后的中国文学，有了批判缠足陋习的小说，有了阐述婚姻自由必要性的小说，这都是中国人为自己争取自由和平等的写照。文学还“会像唐朝太平盛世的文学作品一样文雅脱俗吗？”答案是不言而喻的，“它变得不那么和谐，少了深奥，可烙上了时代的伤痕。但它是中国现代社会生活的忠实记录。”①而对于经受了工业文明之痛的一些英国人来说，他们幻想着重返宁静的田园，因而对中国的“精神文明”不吝赞美。萧乾能理解西方人寻找心灵寄托的冲动，却不认同他们视中国为“老古玩店”的心理。因为20世纪的中国不可能再重蹈19世纪的覆辙，“历史前进的步伐不会迟疑，看到即将面临的危机，他们自然会对妇女缠足和男人打躬作揖的传统失去耐心”②，现代转型的进程已经不可逆转。作为一个中国作家，萧乾倾向于把中国人当成人类的一分子，始终认为中国为争取“民族生存权”必须首先卸下民族无用而累赘的包袱。和熊式一、林语堂一样，萧乾的中国立场确定无疑，但他不像林语堂和熊式一那样为所谓的“自私”杂念缠绕。他对中国的情感稳稳地建立在人类意识和理性精神的基石上，因而他不回避那些中国社会里的陈规陋习，而是将其视为中国现代化进程的障碍，力图让西方人感知并了解中国人清理历史痼弊的自信和勇气。

---

① 萧乾：《龙须与蓝图——中国现代文学论集》（英汉对照），傅光明译，北京：外语教学与研究出版社2014年版，第88—89、122、123页。

② 萧乾：《龙须与蓝图——中国现代文学论集》（英汉对照），傅光明译，北京：外语教学与研究出版社2014年版，第72页。

其实,无论面对什么样的读者,坦诚是写作者基本的素质。执著于“理想中之中国”的幻境构筑,而偏枯于“现实中之中国”的写真,很容易滑入自欺欺人的泥淖,即便没到鲁迅所针砭的“在‘爱国’的大帽子底下又闭上了眼睛”[①]的瞒骗程度,可毕竟与“五四”倡导的理性精神拉开了距离。熊式一在《王宝川》里不写斩首和林语堂在《京华烟云》中写纳妾,看似两异,在对中国文明形象的回护上却不无相通之处。

抗战全面爆发后从英国回到中国的王礼锡深有体会地指出,欧洲人对中国的看法,无论好坏,都“实在太不够——不但不够,而且是错误的”,“总之,他们不以为中国是垃圾堆就是古董铺”。西方对中国野蛮、落后的刻板印象,反映了他们的偏见;而仅仅视中国为“罗盘针,印刷术等等之发明者,雕玉鼻烟壶,不大可了解的山水画,五色相宜的绣花或扣丝”,又何尝不是另一种偏见呢?[②] 而其实这后一种偏见常常被中国人忽略,甚至被中国人欣欣然照单全收,因而是更值得正视,更值得警惕,更值得修正的。

“爱国心”是熊式一惯常用来做行为依据的概念,但他却似乎只为西方人对中国的恶感愤愤不已,譬如外国人写的中国书里“不是有许多杀头、缠足、抽鸦片烟、街头乞丐等的插图,便是大谈特谈这一类的事”[③];另外,“西方所有关于焚毁圆明园以及八国联军占据北京奸淫掳掠一切的记载,都写得那么巧妙,叫人看起来,只是西方文明光辉照耀于野蛮民族之上的感觉”。因而他反讽地表示:“这也是情有可原的事。假如我来写这段历史,我是不是要做直笔董狐呢?还是会存一点点爱国心呢?我承认我会毫不迟疑的文过饰非,不让于西方的文人。”[④]相信无论英国读者还是中国读者都能感悟熊式一的民族屈辱感,但若是他们具备起码的理性,就一定不会认为熊式一真的会如此看待历史书写与“爱国心”之间的关系。从逻辑上推论,既然熊式一自己不满西方读物还有戏剧电影对历史的歪曲,尤其反感因此造成的西方人对中国的误解,斥之为荒诞无稽,那就说明那种“巧妙”的写法并不奏效;那么,熊式一若是如法炮制,他会糊涂到忘

---

① 鲁迅:《坟·论睁了眼看》,《鲁迅全集》第1卷,北京:人民文学出版社1981年版,第241页。

② 参见王礼锡:《英国文化界的同情》,《王礼锡诗文集》,上海:上海文艺出版社1993年版,第504页。

③ 熊式一:《香港版序》,熊式一:《天桥》,北京:外语教学与研究出版社2012年版,第14页。

④ 熊式一:《大学教授·后语》,熊式一:《大学教授》,台北:中国文化大学出版部1989年版,第173页。

了会有同样的后果吗？真正的“爱国心”必定依赖“直笔董狐”来表达，无论如何是不应该与“文过饰非”相关联的。

而其实，《王宝川》虽然极力淡化了中国传统里野蛮残暴的成分，但多年以后还是有眼光敏锐的英国读者从中读出了“灰色的一面”：“《王宝川》一剧并没有粉饰中国的阴暗面，而是呈现出了一个颇具异域色彩的他国。魏将军灭掉自己挑担的[①]手段——把他灌醉，绑在马上冲向敌营——是在借刀杀人。同样，后来他想处死开小差归来的薛平贵（虽然他们之间有亲戚关系）也是带有浓厚的专制和残酷统治色彩。”[②]庆幸的是，写《王宝川》时的熊式一虽有疏漏偏误，却还不算太离谱。至于三幕剧《大学教授》、长篇小说《天桥》，则均基本依循了历史记叙和艺术真实揭示的逻辑，无论是张教授妻子张太太为救被众人误认作卖国贼的丈夫而死在刺客枪下，还是李大同的同志——六位维新变法领袖被清廷以“乱党”罪名斩杀，类似这样有涉暴力的细节或片段在熊式一笔下不一而足。作者意图把读者带进中国近现代历史中腥风血雨般的场景中，增进西方人对中国社会和政治进程艰难性、复杂性的了解。毫无疑问，《大学教授》、《天桥》都属诚实之作。所以，1939年熊式一在《大学教授》后语里带点情绪化的“爱国”表白，大体可视为他表述民族义愤的一种反语修辞，不应简单地与其创作实践全然对应。

（四）尚待愈合的心理创伤

19世纪中叶以后的中国遭遇了一次又一次的外部打击，曾经创造了辉煌灿烂文化的民族沦为西方强国甚至近邻日本肆意蹂躏的对象。那些屈辱而惨痛的经历，在几代中国人心里留下难以愈合的创伤，成为不堪回首的集体记忆。为生存而抗争，固然是中国近现代百多年历史的主要轨迹，但灾难的岁月也不断销蚀着国民的自信。鲁迅写于1921年年底的《阿Q正传》深刻揭示了老中国子民面对屈辱和失败时的受害人格，阿Q的那些“优胜记略”不过是他在妄自尊大和妄自菲薄之间切换的耻辱记录。要真正重建民族自信，不仅有待于民族国家的强盛，更取决于作为个体的中国人理性精神的确立。只有将自己视为人类中的一分子，从世界的角度看中国、看世界、看中国和世

---

① 原文 his brother in law，直译为妹夫。薛平贵是魏虎妻子王银川的妹夫，所以薛平贵和魏虎应是连襟关系。

② ［英］罗宾·吉尔班克：《熊式一与〈王宝川〉》，胡宗锋译，《美文》2015年第1期。

界的关系，才有可能拥有基本的同理心，客观冷静地应对成败得失、功过荣辱，而不至于受制于偏见和情绪，陷入盲目的自大和自卑。这在熊式一写作《王宝川》的时代，对大多数中国人来说，无疑是一种苛求。而熊式一的具体境遇以及体验，则又提供了另一重警示。

自1932年底熊式一负笈英伦，与故土的地理距离反而强化了他与中国的情感纽带。流寓经验时常触碰甚至挑战着他既有的民族自尊，熊式一难免会产生一种不能自控的偏执或者困惑。他一贯不满外国人对中国的无知和谬见，而他更无法容忍的是中国人在外人面前自曝家丑。1960年他在《天桥》香港版序里斥责一位"老牌的女作家"，"写一部英文的自传，除以杀头为开场之外，还说她父亲有六个太太，她自己便是姨太太生的"，嘲讽其"四处去讲演，好让人家鉴赏鉴赏姨太太女儿的丰彩"。①对这位中国同行，熊式一是如此鄙夷，就差一点给人家扣一顶"辱国"的帽子了。熊式一指的这位女作家应该就是凌叔华，因为1953年她在英国出版了一本自传性小说《古韵》，且颇受好评。《古韵》里杀头的场景、姨太太争风吃醋的大家庭生活是凌叔华童年记忆的重构，其中虽然不乏西方对中国古老文明的想象折射，但同时也交织了凌叔华自己对传统中国的感怀和反思。凡是认真读过《古韵》的人，多少能感受到小说里那种或浓或淡的忧郁气息，领略到作者节制却尚属明晰的现代立场。而有意思的是，熊式一似乎忘了，他自己的小说《天桥》里也不乏杀戮的情景再现，他还用不少篇幅记叙了李大同被漂亮又故作风雅的袁世凯九姨太吸引的情节。当然，这些书写和《古韵》的用意类似，不仅基于对历史的尊重，更源于艺术形象塑造的需要。所以如此看来，熊式一对"老牌的女作家"的评价，实在不仅唐突，也有些苛刻。

这种酷评披露了20世纪60年代熊式一的尴尬境遇对前半生尤其旅英时期创伤体验的激发。他在1939年曾告诉英语读者："每逢我在交际场对香烟敬谢不敏的时候，敬烟的主人总是千篇一律的道歉说，可惜他没有为我预备鸦片烟，他们美其名称之为'和平之烟斗'，我只好满面现出愧色的回答道，我要坦坦白白的认罪，至今我还没有

① 熊式一：《香港版序》，熊式一：《天桥》，北京：外语教学与研究出版社2012年版，第14页。

谋杀过一个人，更惭愧，我不会抽鸦片烟，我诚心诚意希望我能够抽抽这种鬼东西，也好替我的祖国略微增一点光。凡是我同我的内人所到的地方，大家所最注目之焦点，决不会变的一定会是她的脚。他们一见它原来比普通一般的脚小不了多少，每个人都不免面有失望之至的表情。”①熊式一以一种戏谑反讽的口吻一吐内心的屈辱——作为中国人的屈辱：在那个时代西方人的刻板印象里，吸鸦片、谋杀、女人裹足竟然是中国人的标配，中国如何不被视为野蛮落后的国家呢？这种被误解、被伤害的记忆如同无法摆脱的梦魇，哪怕离开英国多年，仍然不时出没在熊式一的心头，直至影响到他对《古韵》的评价。在他眼里，身为中国人的凌叔华竟然写杀头、写姨太太，简直就等同于丧失人格国格而只为取悦西方人的无耻出卖，这不能不让怀有强烈民族自尊心的熊式一深恶痛绝。

对西方人视中国为野蛮落后的民族，对同样旅居西方的中国同行暴露家丑，熊式一不管在何时何地都能理直气壮地直斥荒谬，但是，面对国内对他自己的误解，熊式一却是噤若寒蝉，绝不敢还以颜色。1936 年《王宝川》被指“辱国”时，熊式一不但未做辩驳，而且很识相地及时调整了创作路数，以示改过自新。那段往事早已化成历史的尘埃，可在熊式一心底却始终是无法驱散的阴影。最令他郁闷的是，自己在 1954 年即离开英伦，可多年来只能颠沛辗转海外而返回故乡不得，这种难堪处境宛若埋藏在心底一枚尖刺，时时折磨着一个游子/弃儿的神经。对熊式一来说，证明自己的中国立场，证明对中国的忠诚，不只是他作为作家的必要选择，更是他作为一个中国人的唯一选择。越是被漠视，就越是要彰显；越是被误解，就越是要迎合。在《天桥》中文版序里，对惯于胡说八道、无中生有的“中国通”的抨击，连带对《古韵》的声讨，不过是熊式一又一次拔高了声调的“爱国”表白。在熊式一看来，无论如何，比起写杀头、写姨太太的凌叔华，自己是更有资格被祖国接纳，被祖国认可的。②

当一个作家放弃母语立意为更广阔区域里的读者写作，即意味着他需要超越具体

① 熊式一：《大学教授・后语》，熊式一：《大学教授》，台北：中国文化大学出版部 1989 年版，第 171—172 页。

② 由于二战结束后熊式一撰写了《蒋介石传》(*The Life of CHIANG KAI-SHEK*)，其人其作均不受 1949 年后大陆方面的欢迎，熊式一对 1949 年后的大陆政治很陌生，他没能拿到一张“回乡证”。这种情形直到大陆改革开放后才有所改变。

的时代、国家、文化的限制，更要摆脱特定的政治、道德的束缚，站在人类的立场，以现代的眼光和包容的心态，去观照或者陌生、或者熟悉的世界，否则，他将很难理性地判断不同文化模式中人类文明的创造价值，甚至也无法公允地评估自己和他人的自我表述。熊式一的委屈甚至愤懑，有他个人的原因，但也凸显了那个时代置身西方的中国作家普遍的困境。

一般而言，饱受外侮的民族常常会张扬不屈的民族精神来激发斗志，但创伤性体验以及自我防御机制，也极易引发对外的恐惧、排斥和敌对，助长狭隘的民族主义情绪，造成隔绝和封闭。类似熊式一、林语堂、凌叔华这样的作家，虽然持守明确的中国立场，却因身在异域又曾被西方读者追捧过，在很长一段时间里，他们不仅被国人视为“外”人，甚至视若仇雠。《王宝川》被指“辱国”并非空前，也非绝后。在特殊年代里，“洋奴”、“走狗”、“反动文人”这些谩骂语汇曾是他们这类人的身份标签。20 世纪 60 年代住香港的熊式一对仍居欧洲的“老牌的女作家”的不满，固然是熊式一个人旧伤未愈新伤再添时的心理反应，但其实也是百余年来中国一波又一波推进着的民族主义情绪和集体无意识的映射。

当历史进入 21 世纪的当下，中国的崛起意味着中国真正开始步入世界之林，成为国际大家庭的一员。当中国人——也包括像熊式一这样身处海外的中国作家——不再敏感于内外之别 、中西之隔，而是能自由地发出个人的声音，真实地表述多元共生的中国，展示中国人对自我和对整个人类的责任担当，中国才会在更深广的意义上赢得世人的尊重，而“辱华”或者“辱国”这样刻着民族创伤印记的词语，也才会渐渐消失在中文词典里。

四、“中国的巴里”

当熊式一将四幕剧《王宝川》呈现在英国读者和观众面前时，推演唐代传奇故事的《王宝川》已不仅仅只是一出中国戏，它已然成为一个具有世界文学性质的文本。“文学作品通过被他国的文化空间所接受而成为世界文学的一部分，对话空间的界定有多种方式，既包括接受一方文化的民族传统，也包括它自己的作家们的当下需求。”①不

① ［美］大卫・丹穆若什：《什么是世界文学》，查明建、宋明等译，北京：北京大学出版社 2014 年版，第 131 页。

止《王宝川》,《大学教授》和《天桥》同样承载了向西方阐释中国的功能,因而这些文本均不同程度地呈现了文化移译和共融的属性,在不同的对话空间生成出不同的反应。熊式一自己虽然一直从中国文化和艺术遗产中寻找灵感,但不可否认的是,他实实在在呼吸着伦敦的雾气,也从不拒绝英国和欧洲文学传统对他的熏染。因此,《王宝川》、《大学教授》和《天桥》尽管反映了熊式一对中国性的执著,但它们终究还是遵循了非母语书写对可译性、普遍性的要求,这是这些英语文本为英语读者所喜爱的基本条件。而"中国的巴里"这一名号,指证了熊式一与英国作家詹姆斯·巴里①的关联,也概括了熊式一融汇中英文学艺术资源并加以创新的实践方向。

(一)"中国的巴里"的提出

《王宝川》在伦敦出版后,国内英文刊物上随即有了书评。1934年底,温源宁在《中国评论周报》上撰文指出,《王宝川》"这本书一点都不像翻译:这是它的伟大功绩。对整个世界来说,它看起来非常像洛德·邓萨尼的戏剧,由巴里撰写台本。熊先生的英语是优秀的:有十八世纪的味道。他将巴里的戏剧翻译成中文,这也很好地影响了他的风格。毫无疑问,在把巴里的戏剧翻译成中文时,熊先生已浸透了这位剧作家的习语和表达的方式"。温源宁把《王宝川》放在"世界"范围里进行考察,不仅发现了《王宝川》与邓萨尼亦真亦幻的剧作的关联,更描摹出了熊式一从巴里那里汲取资源的脉络轨迹。这是对熊式一英语创作资源的精准把捉。从肯定这种有益借鉴的立场,温源宁在书评末尾认为,《王宝川》带给大家一种难得的"多样性中有统一"的快乐感受,并表示,"熊先生的第一本英语书值得祝贺。我们希望不久后他会给我们另一本这样的翻译作品"。②事实上,温源宁并不是第一个指出熊式一创作与巴里有关的人。熊式一还

---

① 詹姆斯·巴里(Sir James Matthew Barrie, 1860—1937),英国小说家、剧作家,小说《小牧师》(1891)极为畅销,后改为剧本。他的戏剧作品有《夸利蒂街》(1901)、《可敬的克莱登》(1902)、《妇人皆知》(1908)、《值十二英镑的相貌》(1910)、《亲爱的布鲁特斯》(1917)等等。1904年底,他的经典作品《彼得·潘》初登伦敦舞台,之后在世界各地产生了深远的影响。自1920年代末起,巴里的中文译作陆续出现,熊式一、余上沅、梁实秋、叶公超等为巴里在中国的传播作出了贡献。中国的译介者称巴里为巴蕾或巴雷不一,文中引文出现的巴蕾、巴雷均指巴里,以下不再另注。

② Wen Yuan-ning, "Book Review: *Lady Precious Stream* by S.I.Hsiung", Published by Methuen & Co. Ltd. London, 8/6, *The China Critic*, 1934, vol.7, No.52.

在国内时，徐志摩就对此就有过直觉的反应，在翻阅了熊译巴里剧作和熊式一用中文写的剧本《财神》后，徐志摩便说熊式一"得了巴蕾的嫡传"，说他的写的"和巴蕾手笔如出一辙"；而另一位同道时昭瀛经徐志摩推荐看了《财神》后，居然开玩笑说以后要改称熊式一为"詹姆士熊爵士了——(因巴蕾为詹姆士爵士)"。[①]不管是温源宁平实客观的认定，还是徐志摩等人不无夸张的赞誉，他们的称许都不只在于熊式一对巴里的接受，同时也包含了对巴里本人的欣赏和尊敬。[②]

然而，一年多后的1936年8月，随着《王宝川》热在西方急遽升温，温源宁再次讨论《王宝川》与巴里剧作的关系时，除了称呼从亲近的"熊先生"改成礼貌的"熊博士"外，价值评判更是有了云泥之别："正值《王宝川》在纽约出版之际，美国媒体将熊式一博士誉为'中国的莎士比亚'。这种比较如此荒谬，即便不算愚蠢，也是可笑的。尽管许多人对他翻译的《西厢记》持有不同观点，但作为《王宝川》的译者，熊博士的翻译技巧无可争论。我们还知道熊博士不仅是个好译者，他还拥有一些原创的独幕剧。但是没有人会引用这些表现来证明熊博士和《哈姆雷特》作者的亲缘关系。这些更像是一个聪明的小学生模仿巴里的作品。事实上，适合熊博士的更贴切的名号是'中国的巴里'。熊博士最出色之时是翻译《王宝川》，他最像巴里。通过把巴里的戏剧译成中文，熊博士已把自己浸泡在巴里的习语和言谈举止中。他有巴里的所有把戏。"[③]温源宁对熊式一与巴里的亲缘关系始终是敏感的，甚至为熊式一冠上了"中国的巴里"的名号，这就像他也曾将梁遇春比作"中国的伊利亚"[④]——梁遇春也是由翻译兰姆而深受其影响的，但不同的是，"中国的伊利亚"之称旨在赞美梁遇春散文和兰姆《伊利亚随笔》有同样引人入胜的魅力，而"中国的巴里"之说却明显透着讥嘲。这讥嘲不仅指向

---

① 熊式一：《〈难母难女〉前言》，《八十回忆》，北京：海豚出版社2010年版，第154、155页。

② 熊式一在《〈难母难女〉前言》中回忆说，胡适对他翻译巴里剧本原来是很支持的，但译稿在胡家耽误了好几个月也没出版的迹象，胡适说他很忙，没时间看熊式一的译稿，但却看了巴里的戏剧全集，"他说巴蕾的文章真好，对话真俏皮，有许多地方他认为绝无法翻译的"。从中可看出，胡适对熊译可能不太满意，而原因在于胡适对巴里十分敬佩，以致认为巴里的一些妙语无法用中文准确翻出。(参见熊式一《八十回忆》，北京：海豚出版社2010年版，第154页)

③ W Y.N, Editorial Commentary, *Tien Hsia Monthly*, 1936, No.3, vol.1, p.5.

④ 温源宁：《梁遇春，中国的伊利亚》，江枫译，《不够知己》，长沙：岳麓书社2004年版，第143页。

熊式一对巴里模仿的幼稚，更指向了巴里风格本身——“迷人的家庭生活，感伤的微弱欲望，以一种知交密友的语气传递”，温源宁认为这种“巴里的风格有着足够的优雅，然而是波斯猫的优雅，谄媚、悠闲、略微淘气，轻柔得像落在的软垫地板上的脚步声，亲密得像猫蜷缩在人的臂弯。极端讨厌巴里作品的猫性的人，自然会对熊博士的作品有相同感觉”。虽然温源宁说他不会对这种风格进行辩护或谴责，但他表示，“对一些人的胃口来说，甜腻到难以接受”。[①]这其中的不满甚至批评之意，一目了然。值得注意的是，所谓的“甜腻”在一年多以前的温源宁眼里，就算不是令邓萨尼这样的西方人销魂的“锦绣”，也是“快乐”之源：“它不产生深处的激荡，只有表面一圈涟漪，——笑和泪的涟漪。但涟漪也有尖锐的边缘，而笑是真诚的，泪是真实的；所有都在艺术的框架内和谐地混合在一起。”[②]这近乎于对《王宝川》精神内核的肯定，甚至是包含了鼓励的褒扬，与后来所说的“甜腻到无法接受”的拒斥，形成鲜明反差。

温源宁对同一现象的评判，何以在一年多时间里发生那么大的变化？直观地看，是源于对西方媒体过度且离谱地吹捧熊式一和《王宝川》的反拨。温源宁认为，哪怕是出于善意的赞美，只要有违事实，均有害无益，所以美国人用“中国的莎士比亚”来恭维熊式一，反倒使熊式一成为无辜的受害者。温源宁对西方媒体有关中国的不实宣传或溢美之词能保持高度的警醒，委实难能可贵，且值得敬佩。然而，从“一些人的胃口”改变去探究，会发现存有更深层的动因。1936 年迫在眉睫的战争形势，让包括温源宁在内的大多数中国人再无心消受那些“笑和泪的涟漪”，而《王宝川》这样带着“猫性”的戏剧竟被西方人捧上了天，这无疑会刺激甚至激怒为中国命运焦虑不安的国人。左翼剧作家洪深对《王宝川》的政治攻击即发生在这样的背景下[③]。而如温源宁这样一贯冷静而理性的评论者，也很难超然于时代主潮和民族情感而专注“在艺术的框架内”进行审美的评判，他陡然严厉的态度，折射出站在中西文化交界处的中国知识分子在民族

---

① W Y.N, Editorial Commentary, *Tien Hsia Monthly*, 1936, No.3, vol.1, p.5.

② Wen Yuan-ning, “Book Review: *Lady Precious Stream* by S.I.Hsiung”, Published by Methuen & Co. Ltd. London, 8/6, *The China critic*, 1934, vol.7, No.52.

③ 洪深：《辱国的王宝川》，《光明》第 1 卷第 3 号，1936 年 7 月 10 日。

危机迫近之时的精神底色。

温源宁提到的詹姆斯·巴里，是19、20世纪之交英国著名的小说家、戏剧家。“在三十年代的中国，巴雷的名字并不是陌生的。他很像安徒生，使日常生活与神仙幻境相结合；又像狄更斯，在欢笑的边缘洒下悲伤的眼泪。”①巴里享誉世界的剧作是《彼得·潘》②，中国人最早了解巴里是通过银幕看了由《彼得·潘》改编的电影《小飞侠》。1928年《巴里戏剧全集》出版后，次年即传入中国并受到关注。除了《小说月报》陆续刊载了多部巴里的译作外，胡适主持的中华文化基金会也曾有过用庚子赔款津贴出版巴里戏剧全集的设想。当时的文坛及出版界引介巴里的热情，充分反映了中国人对巴里价值包括巴里风格的肯定。几乎与熊式一同时翻译了巴里《可敬的克莱登》③剧本的余上沅称赞说：“巴雷热爱人类，富于伟大的同情心。在剧中他运用了充分的动作，生动的对话，巧妙的构思，风趣的诙谐与幽默，以及感人至深的沉痛，‘就像西风一样清新’扫人耳目，使人为之一爽。巴雷是不朽的。《可钦佩的克来敦》堪称他的代表作，也同样是不朽的。”④至于熊式一，在国内时“读到他所有的舞台佳作，喜出望外，逐一译为中文，有的便在上海商务的《小说月报》上发表了”⑤。作为巴里的崇拜者，熊式一把巴里视为与威尔士、萧伯纳和吉卜林齐名的“英国现代文学界四巨擘中的一个”，盛赞巴里“富于民权思想”，“他的文风(Barrieism)独成一格，如：一，善能够把几种绝然不相同的思想，连在一处，出人意想之外。二，每逢诙谐的地方，总埋伏了深刻的用意。三，

① 伍蠡甫：《〈可钦佩的克来敦〉代序》，见[英]詹·马·巴蕾：《可敬佩的克来敦》，余上沅译，北京：中国戏剧出版社1982年版，第2页。

② 巴里剧作原名为《彼得·潘：不会长大的男孩》(*Peter Pan: or The Boy Who Wouldn't Grow Up*)，1904年12月27日在伦敦首演。美国派拉蒙公司根据巴里剧作于1924年改编成电影，中文译名《小飞侠》。1929年10月，新月书店出版了梁实秋翻译的小说《潘彼得》(*Peter and Wendy*)，原著于1911年出版；1931年《小说月报》第22卷第2期至第6期连载了熊式一翻译的剧本《潘彼得》。

③ 英文剧名为 *The Admirable Crichton*，熊式一译为《可敬的克莱登》，译作发表在1929年3月到6月出版的《小说月报》第20卷第3期至第6期上；同年，余上沅译为《可钦佩的克来敦》，于次年5月新月书店出版。

④ 余上沅：《〈可钦佩的克来敦〉译者的话》，[英]詹·马·巴蕾：《可敬佩的克来敦》，余上沅译，北京：中国戏剧出版社1982年版，第128页。

⑤ 熊式一：《〈难母难女〉前言》，《八十回忆》，北京：海豚出版社2010年版，第153页。

对于人情世故,常常把极幼稚的人生问题插进去。四,就是极平淡的词句,里面都藏着绝妙的好文章”。①

无论是余上沅还是熊式一,他们对巴里的欣赏,都集中于巴里对平民的同情心,以及巴里寓庄于谐、由幻见真的精妙艺术,这和温源宁 1934 年底谈及熊式一与巴里关系时的评价是相近的。而对已置身英伦的熊式一来说,巴里已经不只是他在国内翻译时仰慕神交的偶像,更是他能现场接受到亲炙的导师。巴里的人格和才华让这个远道而来的中国年轻人佩服得五体投地:“他既不像王尔德那么风流潇洒,善于交际,也不及萧伯纳那样昂昂七呎,口若悬河,见者无不倾倒。他身高不过五呎,其貌不扬,土头土脑,说话脱不了他的苏格兰乡音;全凭他的文字、才能,博得了世界文坛上最高的地位。”②在巴里的身上,同样矮小而不被人待见的熊式一找到了一种难以言说的认同感,更找到了凭才华赢取文坛瞩目的信心和希望。熊式一的创作很自然地以巴里为效法的榜样。何止是温源宁提及的浪漫传奇剧《王宝川》,以反映近现代历史为重的剧作《大学教授》和小说《天桥》里也或隐或显地闪现出巴里的影子,尽管它们讲述的全都是中国的故事。

(二)“以一种知交密友的语调传递”

在国内翻译巴里剧作时,熊式一注意到巴里跨界的作家身份,“有些人说十九世纪的巴蕾是小说家,二十世纪的巴蕾是戏剧家,不过他真正的专业还是戏剧”③。余上沅也同样指出,巴里擅长“把自己的小说改编成剧本,他在这方面显示出卓越的才能,以至改编过的剧本远远超过小说”④。能够自如地穿梭于戏剧和小说之间的作家,其创作定然有其独到之处。巴里最著名的作品《彼得・潘》就曾被作者以小说和戏剧的方式反复改写增补。熊式一说巴里在 1928 年把《彼得・潘》剧本付印时,“增加了许多精妙绝伦的叙事文”⑤,这其实就是巴里戏剧小说化的痕迹。不仅是《彼得・潘》,巴里其

①③ 参见熊式一译巴里《可敬的克莱登》第一幕后的附言。[英]巴蕾:《可敬的克莱登》,熊适逸译,《小说月报》第 20 卷第 3 期。

② 熊式一:《〈难母难女〉前言》,《八十回忆》,北京:海豚出版社 2010 年版,第 152 页。

④ 余上沅:《〈可钦佩的克来敦〉译者的话》,[英]詹・马・巴蕾:《可敬佩的克来敦》,余上沅译,北京:中国戏剧出版社 1982 年版,第 123 页。

⑤ 参见熊式一翻译巴里《给那五位先生—— 一篇〈潘彼得〉的献词》后的附言,[英]巴蕾:《给那五位先生—— 一篇〈潘彼得〉的献词》,熊式弌译,《小说月报》第 22 卷第 2 期。

他剧作也如同小说创作，表现了他对叙事、描绘的极大热情。余上沅曾特别分析说：“按巴雷的看法，空空洞洞的剧本，不能使读者想象出剧中的背景、服装和舞台上的生动气氛、动作，为了弥补这种缺陷，就应该在剧本中增加一些东西，所以他创作了一种新形式的文学体裁——半小说、半戏剧的作品。他对场景和人物性格的说明是如此的生动、形象，使那些‘善于想象的读者’即便不看舞台表演，也不会感到任何的损失。但是巴雷并没有把戏剧变成小说。剧本的描写部分对读者是有益无损的，但却并非画蛇添足，它本身是和剧本息息相关的。因此巴雷的剧本，在舞台上使人叫绝，阅读起来也津津有味”，余上沅声称他“选择巴雷的剧本来翻译，正是出于这个缘故”。①看来，巴里在中国的最初接受，在很大程度上是源于译介者们对巴里戏剧小说化的欣赏。

而具体说来，巴里最能抓住读者的其实是他惯常运用的那个“我们”的叙事视角，这成为巴里讲故事的显著标记。譬如《可敬的克莱登》中随处可见的那种舞台提示：“倘若要我们来描写克莱登，未免太不雅了，因为他不过是一个奴仆而已。但是谈起来，他在本剧中也是一个人物，所以只好让他自己去表现他自己吧。大家之中，对于下人，都是如此的。我们不必去替他费力。”②在18、19世纪的英国小说里，读者经常可以看到流畅的叙事中冒出一段叙述者的评论，有的显得生硬唐突，也有的并不那么令人生嫌。在现代人看来，这类介入性叙述属于一种古老的叙事传统，作者居高临下的议论或旁白，难免笨拙，也妨害了小说的真实性体现。但是，如果考虑到这是小说兴起的时代作者力求与读者建立密切关系的技法，也是可以理解的。况且若是运用得当，也不一定会阻滞叙事整体的血脉畅通。如狄更斯小说里不时出现虚幻的说书人和假设的听众，那些插入性的评论幽默有趣，既调节了气氛，有时也能起到“抵消那种过分的逼真，从而保证他作品的虚构性质”③的效果。巴里写作的年代，小说叙事的路数渐变，但他对这种夹叙夹议的方法仍抱有好感，当然巴里并非一味抱残守缺，起码他的叙

① 余上沅：《〈可钦佩的克来敦〉译者的话》，[英]詹·马·巴蕾：《可敬佩的克来敦》，余上沅译，北京：中国戏剧出版社1982年版，第126页。

② [英]巴蕾：《可敬的克莱登》，熊适逸译，《小说月报》第20卷第3期。

③ [美]苏珊·朗格：《情感与形式》，刘大基、傅志强、周发祥译，北京：中国社会科学出版社1986年版，第342页。

事者不会永远的全知全能，那些叙述者评论更算不得上帝的审判。由于插入部分大多表现得诙谐活泼，不失妥帖，剧本因此增添了不少生气。这也就是温源宁所说的“以一种知交密友的语调传递”①的魅力，熊式一、余上沅们为之倾倒的也应不出其外。

翻译过巴里剧作全集的熊式一对巴里风格无疑是了然于心的，他不着痕迹地消化到自己的创作中，就是最好的证明。有学者讨论《王宝川》时指出：“因为对象是不谙中国文化历史的西方人，所以他在每一场景前，加写了对剧情即剧中人物的背景介绍说明。”②这个推测大体上不错，但她忽略了巴里对熊式一的影响，那些大量的穿插在剧中的说明，更主要还是因为熊式一主动借鉴了巴里顾及“善于想象的读者”的需要的叙事方式。像巴里那样，熊式一也是那样殷勤地引领着读者去想象舞台上将要发生、回味已经发生、注视正在发生的一切。他创作的剧本每一幕的开篇都少不了两页以上的舞台提示，这种提示并非单纯客观的布景设置交代，而是在一个宛若讲故事的场景中，试图与读者推心置腹，以聊天般的亲切语气娓娓道出。这个叙述者的叙述并不一定与作者本人的规范或价值观吻合，因而形同于“不可靠叙述”。譬如《王宝川》第三幕开场前的提示：

> 我们现在到了一个奇怪的地方，名叫西凉。据说这儿的风俗习惯和中国的那些恰恰相反。……
>
> 舞台就代表西凉国王宏伟的宫殿。可能他们有古怪的家具和奇怪的装饰。假如我们不能让观众按照自己的想象力完成场景布置，那么我们将对舞台上的布景十分茫然。
>
> 在这一场中，每件事都是奇怪的，而最奇怪的事是这位西凉国的国王不是别人，正是我们的老朋友薛平贵！我们以为他很久前被敌人杀了，现在却仍然活着。他把西凉国征服了之后，就做了他们的国王。可惜的是，他征服西凉的战史没有记录下来，更可惜我们来迟了，没有赶上他的加冕礼。③

---

① Wen Yuan-ning, “Book Review: Lady Precious Stream by S. I. Hsiung”, Published by Methuen & Co. Ltd. London, 8/6, *The China Critic*, 1934, vol.7, No.52.

② [新西兰]龚世芬：《关于熊式一》，《中国现代文学研究丛刊》1996年第2期。

③ 熊式一(S.I.Hsiung)：《王宝川》(中英文对照)，北京：商务印书馆2006年版，第91—92页。此处为笔者译，熊式一自译与原文意思不完全吻合。

以上这段说明是为了让读者了解薛平贵告别了新婚妻子王宝川带兵出征西凉后的经历，但作者不想在剧中铺陈展开，所以用提示的方式简约交代，同时关照读者对将要发生的剧情做好心理准备。而即便是描绘舞台场景——西凉国王宫殿，也可以看到，作者总是不忘以“我们”这一叙事视角贯穿，那么恭敬有礼，显然是为了拉近叙述者和读者的关系；同时又显得那么“独具慧眼”。借助于这个视角，读者仿佛身临其境，体验到一种特殊的异国风情。然而，值得注意的是，“奇怪”(strange)一词重复多次出现，却不啻为一种警示，重复带给读者的可笑感觉提醒了叙述之不可靠，有可能是对事实的扭曲。很显然，熊式一是反用了叙述者对西凉国的他者化审视，在客观上构成了对他者化审视的审视，因而“奇怪”的评价里寄寓了作者对“奇怪”评价的嘲弄，以及对某种习以为常、司空见惯的地域中心主义观念的讽刺。如果对巴里的平权思想以及幽默、戏谑的叙事风格知晓一二，那么熊式一如此表现，应该不难理解。

相对于《王宝川》，《大学教授》的小说化特征更为明显，它每一幕之前都有对张教授寓所的精细描述，让读者对张教授当下的境况有直观的认知，同时更激发了他们探究寓所主人总能站在时代前列的兴味。譬如第一幕开头：

> 不对，不对！这一定是弄错了。这儿决不是大学教授的家。一个稍微体面一点的工人的屋子，都比这个不堪入目的破房子强多了，整齐多了。四面的墙全脏得厉害——早就应该粉刷粉刷；屋顶破旧得不成话，那一定会漏水；窗户很久没有糊过；至于家具呢——哦！这个可以算是家具吗？——只有两张桌子，三把椅子，一张不像样的床和几个书架子，此外什么也没有。其实这屋子里面的东西全都当做书架子使用。不论是桌子、椅子、床上都堆满了书，就是地上这儿哪儿到处都是零乱的书，这明明白白的表示住在这儿的人，是一个标准的书呆子。我们现在想起来了，大多数的教授都是书呆子，所以呢，也许我们并没有弄错，这儿正是教授的家。……①

剧本起首的提示以叙事者自言自语的方式呈现，如同张教授家的闯入者，一边引

① 熊式一：《大学教授》，台北：中国文化大学出版部1989年版，第1页。

领读者东张西望,一边也贴合读者的心思,根据张家的陈设揣摩主人的身份和秉性。而"我们"的口吻同样把读者直接带入张家的场景中,仿佛也成了剧中人,参与到剧情的推进中。与《王宝川》第三幕开场前的提示类似,叙述者的声音同样不是单一的,从"破房子"四处"堆满了书",到得出主人是个"标准的书呆子"的结论,看上去符合逻辑,其实也是想当然。随着满腹城府的张教授露面越来越多,这个"书呆子"的说法纯粹成了一个笑话。叙述者带着读者一起误入迷途,成了熊式一最擅长的技法。这样的舞台提示在场与场之间也随处可见,妙趣横生,又意味深长。张教授在不同的时代身边会出现不同的异性伴侣。第二幕中张教授一如既往地移情别恋,对象仍旧是他的女性革命同志,只是这个叫柳春文的女人是现任女主人王美虹的老同学,她以看望同窗的借口敲门进了张家。剧中提示:

> 女仆推开门请进来一位穿绿色中山装的小姐。她穿的虽然是制服,可是她的服装把她的女性美尽量地表露出来了。刚才说她什么也不干,就知道打扮自己,其实她一天忙得很,打扮自己只占了一部分时间而已。……也许我们认为,像她这种人,无论穿什么样的衣服,都会适合而好看的。她长得不高不矮,不肥不瘦。施朱则太赤,敷粉则太白。她头发剪得很短并在右边分开,颜色漆黑,光泽照人。她手上拿着一顶帽子,我们可以放心,假如她把帽子戴上的话,也有她那种俏劲,和没有戴帽子的时候一样动人。……①

上述这一段旨在提醒读者注意首次出场的这位小姐严肃的着装和"动人"姿态间的反差。中山装制服具有政治和时代的符号意义,熊式一是想让他的读者通过柳春文的装扮去感知中国国民革命的气氛,但他也明白,英语读者恐怕更有兴趣知道的是,这位透着"俏劲"的不速之客将对张教授和王美虹的二人世界带来怎样的冲击。因此,他的笔调轻松流利,讥刺点到辄止,为读者留下了开阔的联想空间。这种对"善于想象的读者"既体贴又尊重的做法,熊式一和巴里可谓别无二致。

《王宝川》、《大学教授》中穿插的叙事由于和主题剧情密切相连,辅之以幽默有趣

---

① 熊式一:《大学教授》,台北:中国文化大学出版部 1989 年版,第 61—62 页。

的表达,大多水乳交融,浑然一体,有的还起到画龙点睛的作用。林语堂在评价《王宝川》时认为,熊式一的这种处理是基于"中英文本存在着外在形式的差异,英语版本中没有唱段,而舞台人物首次出场的特征介绍,也不可能出现在中文文本中,这些简短讨喜的特征介绍观众们会忽视,但读者却十分喜欢"①。林语堂指出了熊式一用英语创作戏剧时对受众心理的考虑,固然没错,而事实上这种考虑也和熊式一受巴里"以一种知交密友的语调传递"特点影响相关,这是熊式一被视为"中国的巴里"的一个关键依据。

不仅在戏剧作品中,巴里的这种风格在熊式一的长篇小说《天桥》中也留下了痕迹。读者打开小说第一页即见:"本书的开端,谦恭的作者先要极为荣幸地记录一件善事。"(The humble author is greatly honored to begin his book by recording a deed of philanthropy.)②这是《天桥》中"作者"——伪装的叙事者——明显介入叙事的印记③。就像站在门边恭迎贵宾光临的主人,叙事者在小说的"楔子"起首即向读者致礼示好,其谦卑姿态一望可知。熊式一在写作《天桥》时,虽然还是不忘和读者套近乎,但他也明白,叙事者强行插入文本在现代小说里越来越不被看好,所以就算在开头套用了讲故事的老式技法,也不想真的把自己当成传统小说里的说书人,所以他让这个叙述者甫一现身,即告隐去。尽管如此,这开头第一句话的作用仍不容小觑,犹如一锤定音,整部小说的讽刺基调即由此奠定。这里用了第三人称,其实是作者惯用的"我们"口吻的变体,小说"尾声"部分叙述者再次露脸也证明了这一点:"一个古代历史学家为我们讲述了一个鹬蚌相争的故事。"(An ancient historian has told us a story of the snipe and the oyster.)④不管是"他"还是"我们",插入《天桥》中的这个叙述者角色仍然是耐人寻味的,因为他所讲述的"善事"分明包含了多层次的内容和含义。读者可以看到的

---

① Lin Yutang, "The little critic: *Lady Precious Stream*", *The China Critic*, July 4, 1935, vol.x, No.1, p.17.

② Shih-I Hsiung, *The Bridge of Heaven*, New York: G.P.Putnam's Sons, 1943, p.3.

③ 有趣的是,熊式一在自译中文版"楔子"开头的三个段落重复用了类似"作者要虔心沐手"的句式,显得对这种叙事技法欲罢不忍。参见熊式一:《天桥》,北京:外语教学与研究出版社 2012 年版,第 1 页。

④ Shih-I Hsiung, *The Bridge of Heaven*, New York: G.P.Putnam's Sons, 1943, p.293.

是,“楔子”里李明为求子而造桥的“善事”,原来不过是一桩伪善事;“尾声”里梅家渡“天桥”终于落成,造福乡里,固然真是一桩善事,似乎呼应了“楔子”开首“作者”的承诺,然而这呼应却是打了很大折扣的。读者只要联想到这座“天桥”是曾为建立民主自由的国家出生入死的李大同隐退还乡后所建,那么就会质疑:这桩仅仅惠及一方的“善事”与李大同宏大的理想抱负匹配吗?李大同的避世之举成全了梅家渡人的幸运,却同时见证了民国初年中国政坛的污浊、社会的晦暗。与《王宝川》、《大学教授》不同,《天桥》中插入故事的叙述者声音并不那么强劲,但由此形成的整体反讽结构却一如既往,甚至更为坚实牢固。

“如果说《王宝川》让人感到温馨,轻松和幽默,而熊式一在这部小说里的智慧则时不时的显得尖酸和犀利。”[①]英国读者的这种阅读感受,恰切地反映了熊式一对巴里“半小说、半戏剧”的叙事特色的承传与发展。事实上,巴里这种“以一种知交密友的语气传递”的叙事,既有温和的讥嘲,也不乏辛辣的讽刺。温源宁表示:“在读了《夸利蒂街》后再看《王宝川》,谁会否认熊博士风格里的每一处皱褶都和巴里有着紧密关系呢?”[②]温源宁侧重的是《王宝川》的轻松和巴里诙谐优雅格调的契合,虽然他的反问里透着不屑,却也不算荒腔走板,只是温源宁预设的价值立场多少妨碍了他对巴里风格公允客观的判断。就像巴里在《可敬的克莱登》中对英国的贵族阶级“极尽讽刺挖苦之能事,把他们的愚蠢无知,自私自利揭露得淋漓尽致,无以复加”[③]一样,熊式一的《大学教学》、《天桥》对中国权贵阶层追名逐利、猥琐贪婪的抨击也不失力度,对中国近现代社会种种痼弊的针砭也可谓切中肯綮,含英国味又具熊式一个性特色的那种庄谐杂出的讽刺格调得到充分的展示。这一结果自然并不单纯来自作者对巴里风格的汲取,但就如同评价《可敬的克莱登》,再用“波斯猫的优雅”、“甜腻到难以接受”去对应,明显是不合适的了。

---

① [英]罗宾·吉尔班克(Robin Gilbank):《熊式一与〈王宝川〉》,胡宗锋译,《美文》2015年第1期。

② W Y.N, Editorial Commentary, *Tien Hsia Monthly*, 1936, No.3, vol.1, p.5.

③ 余上沅:《〈可钦佩的克来敦〉译者的话》,[英]詹·马·巴蕾:《可敬佩的克来敦》,余上沅译,北京:中国戏剧出版社1982年版,第128页。

(三) 从家庭到家国

在把熊式一和巴里相关联时,很难绕开两人在题材上的共同偏好——对家庭生活的反映。温源宁认为,"崇拜《亲爱的布鲁特斯》和《可敬的克莱登》的人",很容易从《王宝川》的故事情节感知熊式一对巴里作品的借鉴,"即使在翻译题材的选择上,熊先生都显示出自己是J.M.巴里的忠实信徒"。[①]何止是《亲爱的布鲁特斯》和《可敬的克莱登》,作为巴里的崇拜者,熊式一对巴里的剧作从来不吝赞美,他称《亲爱的布鲁特斯》思想"新颖",而《可敬的克莱登》"自始至终,所叙述的事实,虽属平凡,而写法却非常深刻"[②]。熊式一自己的翻译或创作,《王宝川》加上《西厢记》,还有《大学教授》、《天桥》,其中最精彩的篇幅也都与家庭或家族生活、习俗、历史的叙述有关,不同程度地显现出熊式一对巴里的敬意。巴里的剧作常常把人物和故事放在客厅、花园、别墅等家庭场景中展开,巴里"以一种知交密友的语气传递"的,正是"迷人的家庭生活,感伤的微弱欲望"[③],借助于家庭里主仆、夫妻、姐妹、兄弟等关系的揭示以及人情世故的反映,表现人类生活中诸多难以调和的矛盾冲突。熊式一不像巴里那样因敏感于梦想和现实间的鸿沟而多愁善感,所以笔下较少流露"感伤的微弱欲望",但他和巴里一样倾心于家庭生活的展示,倾心于以平凡的事实去包藏新颖而不平凡的意味。

不只是温源宁对这一点看得很清楚,就是那时的英国同行也觉察到熊式一题材上的这种喜好。戈登·伯顿利在为熊式一翻译的英语《西厢记》写的序里,对新推出的这部剧与已经被伦敦观众追捧了近一年的《王宝川》进行了比较,提到它们对中国生活的描绘中很重要的因素都是"家庭内部的纠纷",而且"显然是同等级的家庭",而"两剧的主题都和一位丞相的千金小姐端庄娴静却下嫁到另一个阶层有关"。[④]甚至可以说,《王宝川》当年风靡伦敦,在某种意义上也是因为剧中展示了"迷人的家庭生活"。当时

①③ Wen Yuan-ning, "Book Review: *Lady Precious Stream* by S.I.Hsiung", Published by Methuen & Co. Ltd. London, 8/6, *The China Critic* 1934, vol.7, No.52.

② 参见熊式一译巴里《可敬的克莱登》第一幕后的附言,巴蕾:《可敬的克莱登》,熊适逸译,《小说月报》第20卷第3期。

④ Gordon Bottomley, Perface, *The Romance of the Western Chamber*, New York and London: Columbia University Press 1968, p.xxiv.

英国媒体上有评论指出:“从艺术家和一般读者的观点看,熊式一的剧作值得无限赞美。在日常现实主义和奇妙事件的迷人混合中,这部剧反映了中国戏剧的典型特征,更为现实性的部分,就像第一幕,提供了一幅非常真实的中国家庭生活和习俗的图画。”①而英国诗人兼批评家拉塞尔斯·艾伯克龙比尤其对此感到兴奋,他说:“我觉得奇迹出现在那一刻,就是王丞相说:‘今天是大年初一,我们要庆祝一番。看上去快要下雪啦,我提议就在这花园里设宴赏雪罢。’赏雪!熊先生就在这儿抓住了我们西方人的心。他笔下这些迷人的人物有我们不具备的秘密:这就是如何生活的秘密。当我们沉浸在剧中人生活与命运的传奇中时,那就是他们的馈赠。王丞相在花园里赏雪庆祝新年,这不是荒诞的虚构,它不会发生在唐宁街。然而,它是熊先生的世界,是这个名曰‘宝川’的年轻女子的世界,是精致高雅的真实世界,极具深刻的人性真实,其中的幽默无处不在,值得一观。”②艾伯克龙比的激动和欣喜可以理解,毕竟《王宝川》第一幕中丞相官邸全家上下举杯赏雪、吟诗助兴的场景充分满足了西方人对诗情画意的古老东方文明的想象。而正因为如此,其中的溢美之词不能太当真,唐代豪门贵族花园里的风雅能否代表中国家庭的新年习俗,中国人自有说法,但从英国剧评关注的焦点来看,家庭生活确实是吸引英国读者、观众由此通向中国戏剧、中国文化以及中国人的精神世界的一条捷径。

而事实上,无论中西方,人类情感的普遍性决定了相同家庭身份的成员之间情感及表达具有类同性和相通性。《王宝川》中演绎的夫妻关系、父女关系、主仆关系虽然不完全等同于英国家庭的结构方式,但父母对子女舐犊之爱的天性、夫妻彼此忠诚的承诺,这些都是人类在漫长的文明进化过程中形成的共有的情感反应或伦理规约。所以,林语堂看了在上海由中国演员出演的英语剧《王宝川》后说:“当丞相和他的家人谈到女儿嫁给花匠的耻辱时,是非常典型的英国腔调,我们会相信,任何一位英国贵族或

① Eduard Erkes, “Book Review: *Lady Precious Stream*. An old Chinese play done into English according to its traditional style”. By S.I.Hsiung. With a preface by Lascelles Abercromble. London 1934. 3rd ed. 1936. Methuen & Co. *Artibus Asiae*, vol.6, No.1/2(1936), p.152.

② [英]拉塞尔斯·艾伯克龙比(Lascelles Abercrombie):《王宝川·Preface》,见熊式一:《王宝川》(中英文对照),北京:商务印书馆 2006 年版,第 4—5 页。

者夫人对于自己的女儿下嫁给平民，都会这样抗议。没有这类欢乐的翻译，这部戏剧就不会在伦敦舞台上如此成功。”①只要设身处地，站在父母的角度，不管是英国观众还是中国观众，对王允不能超越阶级偏见因而阻止爱女宝川嫁到家徒四壁的寒窑，即使不能接受，也都会有一份理解之同情，尤其是当薛平贵尚未充分展现他文韬武略的才华之时。

除此之外，家庭生活的核心——夫妻，其理想的组合无疑是婚姻伦理和爱情伦理关系的合一，爱与相互扶持，即成为所有一夫一妻制社会共同信守的道德义务，也常常承载了人类对永恒忠贞爱情的想象和追求。然而事实是，道德和情感的矛盾无时无处不在。王宝川和薛平贵固然尝到了男女之爱的甜蜜，但这甜蜜中却也不乏难以言说的苦涩和酸楚。林语堂在分析《王宝川》时指出：“薛平贵的故事几乎没有史实依据，但已经很好地阐释了广受欢迎的中国民间想象。薛平贵是从一贫如洗到飞黄腾达的典型，提供了一个讽刺人类的心性和势利的极好主题。他常年出门在外，在国外逗留十八年后回乡，这是一个经典的‘珀涅罗珀母题’——非常受中国人欢迎。值得注意的是，尤利西斯长期流浪归来，测验他妻子的忠贞这一母题，不仅在《王宝川》这里，在另一个名为《汾河湾》的中国戏剧中也一样被运用。”②珀涅罗珀是荷马史诗里对丈夫奥德修斯(即尤利西斯——笔者注)忠贞不渝的典型形象，在丈夫征战漂泊海外二十年里，她排除了各种烦扰和困难，坚信丈夫会回来。珀涅罗珀对丈夫忠心不二的坚贞，在父权制社会成为完美的训诫妇女的教科书。熟悉希腊神话的西方观众，在听说中国女性王宝川无怨无悔痴等丈夫十八年时，应该不会有违和之感。《奥德赛》中奥德修斯孤身被冲到海岛后，神女卡吕普索给予他情感和性爱的慰藉，但他还是渴望回归故里。这样的情节也与薛平贵在西凉享受到代战公主的情爱照拂，却仍心系发妻宝川相比拟。征战在外的英雄寻求婚外情感和肉欲的满足，总是会得到较为宽容的道德许可，无论古希腊英雄还是唐朝的英雄，都不出其外。如果再加上英雄执意回归且不弃糟糠，那他们

---

①② Lin Yutang, "Book Review: *Lady Precious Stream*. An old Chinese play done into English according to its traditional style by S.I. Hsiung(London: Methuen & Co., Ltd, 1934)", *Tien Hsia Monthly*, 1935, vol.1, No.1, p.107.

更是会得到英雄美名之外的另一重道德褒奖。有意思的是，英雄归来之时，奥德修斯一次次考验珀涅罗珀，薛平贵故意戏弄王宝川，这些极为相似的轻薄之举，是丈夫们对他们妻子忠诚情感的羞辱、伤害，却因符合父权制对男性地位和权力绝对维护的秩序逻辑，而被社会接受并成为普泛而正统的思维惯式。大团圆的结局恰恰凸显了林语堂说的人类"势利"的一面，这也被相当一部分读者当成"迷人的家庭生活"的必要补充。《王宝川》被西方观众青睐，而"珀涅罗珀母题"受中国人欢迎，就是因为它们替代了人类对永恒爱情的共同执念，却也戳破了史诗或浪漫传奇里夫妻忠诚神话的面纱。

在巴里的剧作中，迷人的家庭生活也从来不意味着花好月圆、风平浪静。对夫妻间的罅隙、龃龉甚至背叛，巴里虽然不会以剑拔弩张、你死我活的激烈场面来展示，但观众却还是为温情而家常的场景吸引并从中领略到哲思妙理。《亲爱的布鲁特斯》中受邀到洛布家乡间别墅小住的几对夫妇，在花园的林子里按自己的梦想重新生活了一遍，而结果是：抛弃了妻子的丈夫如愿与情人终成眷属，在林中却又和前妻关系暧昧；妻子终于离开了丈夫，投入到相见恨晚的求爱者的怀抱，但旋即遭遗弃且食不果腹。剧中人感叹：无论给我们多少机会，我们都会干出同样的蠢事。他引用了莎士比亚《尤利乌斯·凯撒》中凯切斯对布鲁特斯说的一句话："亲爱的布鲁特斯，问题不在于命运，而在我们自己。"这与其说是剧中人的醒悟，不如说是巴里对天下所有夫妻的忠告。自称是快乐的英格兰时代的唯一遗民的单身汉洛布，洛布家神秘的花园，花园里只有仲夏节前夕才出现的树林，是巴里制造的幻境，可它却并非乌托邦的理想乐园。在巴里的笔下，家庭生活之所以迷人，是因为他巧妙地展示了那些夫妻、儿女和主仆对快乐梦想的追寻以及梦想的失落，让观众既感受到他对人情世故的透悟，也感受到他对世间男女的悲悯。正是这些亦幻亦真的家庭场景，以及活动其间似曾相识的夫妇、情侣的分分合合，在观众心里激起了涟漪，那就是温源宁说的，有着尖锐边缘的"笑和泪的涟漪"，是真诚的，也是真实的。而熊式一构筑的中国庭院水榭边，又何尝没有泛起类似的涟漪。在《王宝川》里，身在西凉的薛平贵从未如实告知代战公主自己使君有妇的身份而与其情意绵绵，要不是恰好接到宝川的鸿雁传书，他已与代战公主成婚；在《天桥》里，李大同固然自始至终只爱妻子吴莲芬，但他也有过被妩媚且诗词歌赋似乎无所不能的袁世凯九姨太迷得神魂颠倒的时候。和巴里一样，熊式一感知人性的弱点和局限，理解人类不可调和的欲望与良知的冲突，因而在这些看似理所当然又引人发笑的诙谐笔触里，埋藏了耐人寻思的深长意味。

以家庭生活反映家庭以外的世界，是巴里风格的另一个重要标记，熊式一的《大学教授》深得巴里的精髓。熊式一将张教授前后二十年政治生涯中的风雨阴晴都浓缩在张宅这个狭小的场所，并通过张教授与张宅历任女主人关系的变化，侧面展现社会历史的变迁，巧妙地披露出张教授这样的时代弄潮儿人性的幽暗，以及在国家危急时刻闪露出的一丝光亮。这种以几乎固定的空间来凸显不同时间里夫妻情侣聚散离合的构思，是巴里最擅长的，《可敬的克莱登》、《值十二镑的相貌》、《遗嘱》等均不同程度地采用了这个套式。而熊式一承传了巴里的技法却同时又加以个性化的发挥。《大学教授》让观众看到的张宅，虽说确确实实是张教授与其伴侣一直生活的地方，但随着岁月流逝，张宅在三幕中不仅所在城市换了——分别为 1919 年的北京、1927 年的汉口、1937 年的南京，张宅本身的沧海桑田更是吸足了英国观众的眼球：第一幕的张家是一间"不堪入目的破房子"，简陋寒酸，书籍遍布①；第二幕的张寓是一幢宽敞华丽的洋房，"装饰完全是西式"，墙上挂着大大的孙中山半身像和小一点的马克思、列宁的照片②；第三幕的张府是"一所古朴幽雅的高楼大厦"，屋顶挂着美丽的宫灯，墙上挂着政府显要人物的字画，"屋内的情调都是纯粹中国化"③。与巴里《值十二镑的相貌》、《遗嘱》中场景主要作为剧中人活动的背景或舞台有别，《大学教授》中的张宅几乎见证了张教授在权力场上风生水起、平步青云的全过程，是与人物形象相互映衬互为表里的主体。而张宅的女主人虽然是清一色的张教授的同志，但从第一幕朴素耿直带点神经质的张太太，换到第二幕里美丽时尚却无脑的王美虹，再换到第三幕里貌似温柔实质有主见有心机的柳春文，其更迭变化对应了张教授作为"五四"时期表面支持学运的革命党人、北伐后"革命群英之中的领袖人物"、抗战全面爆发前夕"蒋委员长背后的智

① 熊式一：《大学教授》，台北：中国文化大学出版部 1989 年版，第 1 页。

② 熊式一：《大学教授》，台北：中国文化大学出版部 1989 年版，第 42、43 页。

③ 熊式一：《大学教授》，台北：中国文化大学出版部 1989 年版，第 99 页。

囊”的身份地位，当然，她们也自始至终验证了张教授私人感情朝三暮四、政治信仰朝秦暮楚的德性。虽然其中的张太太和张教授离合的情节与巴里《值十二镑的相貌》中的设置颇有相似之处，包括妻子毅然离家出走，包括多年后女主人以女仆的身份被雇佣到家中与原来的丈夫重逢，但熊式一并不像巴里那样着意于家庭里夫妻相互尊重问题、社会结构里男女平等问题，以及女性个人尊严、自由权益问题的探讨，而是更注重无论男女对民族国家共同责任担当的强调。《大学教授》展示的张教授的家庭生活和《王宝川》中的丞相府邸一样，仍然不乏迷人的风景，但更为迷人的地方，显然已超越了家庭。

《大学教授》中的张宅是熊式一精心设计的一个窗口，他让英国观众可以从中瞭望到中国自五四运动到中日战事全面爆发这近二十年来的历史风云变幻。而长篇小说《天桥》，也是以李家两代人与一座桥的因缘为中心线索，勾勒出一条自晚清到辛亥革命中国历史发展的轨迹，熊式一对家族兴衰命运的关注，足以令读者把《天桥》视为一部家族小说。和《大学教授》一样，《天桥》中家庭场景的刻绘，家庭成员关系的揭示，既是为了展现真实的中国家庭生活，表现中国人的道德情感、价值理念和风俗文化，更是为了探究并预言中国的前途、命运。巴里擅长在家庭框架里比对贵族和平民、愚昧和智勇，而熊式一笔下的家庭概念具有更明显的外延性和隐喻功能。即便是《王宝川》里女主人公从丞相之掌上明珠下嫁为成寒窑主妇、再贵为王后娘娘的传奇情节，也紧紧连接着熊式一作为一个中国作家根深蒂固的家国同构观念。小家庭里的悲欢离合被置于国家兴亡的大背景中展开，儿女情长与江山社稷的盛衰交互作用，又彼此衬托，这是中国戏剧惯常的结构套路，《王宝川》也不例外。更不必提《大学教授》里动荡不安的张家、《天桥》里革故鼎新的李家，它们如同近现代中国的缩影，清晰地折射出熊式一对中国的认知和企盼。从家庭生活和私人情感层面去反映近现代中国革命的历程和影响，有利于帮助西方读者形成对中国历史复杂性的基本理解。就文本叙事而言，这样家庭书写无疑推进了熊式一对平凡中显不凡、清浅中求深远的巴里风格的拓展。

温源宁称熊式一为“中国的巴里”，旨在分析《王宝川》剧作对巴里风格的接受，但“巴里”之前“中国的”这一限制性定语，毕竟表明了他对《王宝川》作者的中国身份归属的界定。“中国”直接为“巴里”分类，并决定了这一词组的存在意义。[①]《王宝川》确实散发着巴里的气息，熊式一也确实是巴里的信徒，但这不妨碍《王宝川》仍还是一出中国戏，而熊式一则首先是一位极具家国情怀的中国作家。至于《大学教授》和《天桥》，由于熊式一创作时为中国发声的意图更为自觉明晰，与中国的关联度也更为紧密，中国性的显现当然也就毋庸置疑了。

五、多元语境下的中国性呈现

熊式一面向英语读者的中国叙事既然属于跨文化跨语际的文本，那么其中无论异域还是本土的特性，都将统摄在你中有我、我中有你的混融有机体内。“中国的巴里”[②]的名号固然昭示了熊式一与英国作家詹姆斯·巴里不可分割的联系，而熊式一的中国经验却依旧主导了《王宝川》、《大学教授》、《天桥》的审美表达。在汲取英语文化养料的过程中，寓居英伦的熊式一从未放松过对中国认同、中国立场的守护，有时甚至表现得如孩童般的执拗较真，那无非是为了强调他身份的中国归属，强调他承传中国文化精神的用心用意。而在此同时，现代与传统的价值观念、个体与普遍人性的理念等等，也必定会以各个不同的方式参与其间。因此，熊式一是在一个开阔多元的语境空间里传递他自身的个人记忆，呈现他独特的中国感性，他的中国叙事虽然毫无疑问地融入了异域的视野和智慧，但终究还是散发出浓郁的本土味道——中国味道。

(一) 中国性焦虑

1934 年熊式一改译的剧本《王宝川》在英国甫一推出，即大出风头，等到剧作上演，更是大受伦敦观众欢迎。但英国媒体上也有一些不同的声音传出。譬如，“这明显是三四位现代欧洲戏剧家妙不可言的合作产品”，“这部戏多半是一位英国人写的”，作者

---

① 所谓限制性定语，是从归属、时间、处所、数量等方面对中心词加以限定制约的定语，它不可或缺，中心词的意义因它的存在而存在。朱德熙认为，“限制性定语的作用是举出一种性质和特征作为分类的根据来给中心词所代表的事物分类”。参见朱德熙：《定语和状语》，上海：上海教育出版社 1984 年版，第 22 页。

② W Y.N, Editorial Commentary, *Tien Hsia Monthly*, 1936, No.3, Vol.1, p.5.

"少不了一个合作者",等等,这些说法反映了《王宝川》与一些试图寻求新鲜刺激迥异于英国文学接受体验的受众的距离。看上去它们是对剧作者是不是地道的中国人的疑惑,其实是对《王宝川》作为中国剧是否货真价实的质疑。另外,还有对中国略知一二的人自以为了解中国戏剧,即主观认定《王宝川》是译自某个中文版本,因而对熊式一"毫不尊重原文,译本中任意更改"表示不满。①《王宝川》在美国上演后,一些观众因之前看过了梅兰芳的京剧,就对少了武打、歌唱而多出一个报告者(The Honorable Report)、两个检场人(The Property Man)的《王宝川》感到诧异。《纽约时报》的剧评人甚至嘲讽说,"值场者(即检场人——笔者注)的好笑,此刻也不如从前了"②。

对是否有合作者的说法,熊式一并不计较,他甚至觉得那些说法有可能是出于英国人对外国人写英语剧的抬举。至于多出来的报告人,仅出现在美国剧场,是为美国观众临时设置的,熊式一只做了简要说明。而对剧中检场人这一中国舞台原本就有的设置,熊式一解释略详。其实早在《王宝川》剧本的自序中,他已向英语读者耐心细致地介绍过检场人与中国戏剧象征化特点的关系:"传统的中国舞台不是现实主义的。部分是因为缺乏舞台布景,不可或缺的检场人是现实主义的最大阻碍。"因为有了检场人,"我们不需要任何舞台导演或提词员"。一个与剧情不发生什么关联的人,像个闯入者,在打扮奇异的演员之间走来走去,这对抱着看戏就是看戏的中国观众来说,无关紧要,但是,"这是西方戏剧里不可能发生的"。③熊式一突出中国戏剧中检场人的功能,也和20世纪二三十年代欧洲剧场对浪漫中国风的追逐有关。1925年,德国诗人克勒邦德(Klabund)将元代李行道的杂剧《包待制智勘灰阑记》翻译成《灰阑记》(Der Kreidekreis),为了使其看上去像是一出地道的中国戏,马克斯·莱因哈特(Max Reinardt) 在柏林导演该剧时启用了检场人,结果大受观众欢迎。之后检场人这种西方戏剧中没有的设置,竟然成了欧洲人眼里中国戏的一个标识。因此,熊式一对《王宝川》

① 参见熊式一:《大学教授·后语》,熊式一:《大学教授》,台北:中国文化大学出版部1989年版,第154页。

② 转引自洪深:《辱国的〈王宝川〉》,《光明》第1卷第3号,1936年7月10日。

③ 参见熊式一(S.I.Hsiung):《王宝川·Introduction》,《王宝川》(中英文对照),北京:商务印书馆2006年版,第11—12页。

设置检场人的热情,也就不难理解——何况熊式一认定它本身就是一出中国戏。这种事实上全无必要的跟风之举在美国却未能奏效。熊式一和他的剧组来新大陆之前,美国观众刚刚见识了梅兰芳改革过的"隐蔽检场"的中国京剧,因而先入为主,对出现检场人的《王宝川》到底是否原汁原味的中国戏产生了怀疑。如果说这部剧在伦敦上演可谓天时地利人和,那么它在美国的运气就差了许多。而在熊式一的祖国,正当 20 世纪 30 年代现实主义在左翼文坛方兴未艾之时,熊式一继续把检场人当做中国戏的一个重要特征向西方观众推出,当然很容易引发争议,洪深对《王宝川》的责难也涉及于此①。1939 年熊式一写作《大学教授》时,检场人在剧本里不见了踪影,由此看来,熊式一最终还是顺应了中国戏剧改革的大趋势。

当然,《王宝川》上演前后,熊式一有关检场人的解释,实际上归属于他极力辩护的《王宝川》作为中国戏的性质问题,其中凝结了他对自身中国身份认同以及中国代言人身份合法性的焦虑。针对美国媒体的质疑,熊式一强调:"凡是看过我出版的王宝川剧本的人,一定注意到我从未误引人认为这是一出忠实的、逐字照原本的翻译本,我在序文中特别小心的说,'其中一寸一分都是一出中国戏',这是正确的真话。亚伯康拜教授说它是一个由'各种不同剧本编出来的一个中国舞台剧'。当初我把它写成英文时,用字措辞都由我选择,我要它保持一点外国的来源,所以要它读时难清顺,然和普通语调略略不同。凡是和我一同工作的演员,都知道我的台词,不十分容易背熟。其中有的术语,好像是很现代化,其实是古代常见的成语。"②熊式一确实反复解释过《王宝川》并不是按照某一中文原本翻译过来的,也确实一再坚称《王宝川》是一出如假包换

① 洪深在《辱国的〈王宝川〉》中对熊式一突出检场人的作用甚为不满。他回顾了曾在美国风行一时的英文中国戏《黄马褂》(*The Yellow Jacket*),说:"两位美国作者,对于中国的一切,当然不甚了解,惟在旧金山见过华侨们演的广东戏,觉得台上有值场者的有趣。《黄马褂》虽也叙说一个东方式的半神怪的故事,但主要还在过分夸张中国戏台上值场者的行动,引起观众的失笑。……整个的讲起来,戏是恶劣的。"《黄马褂》给予洪深的不快记忆直接影响到他对《王宝川》使用检场人的评价,他肯定梅兰芳在美国演出"毅然废除了值场者"的选择,认为这"多少纠正了一点美国人对于值场者之误解,改行集中注意于戏的本身",而"熊氏在梅氏之后介绍中国戏,理应继续梅氏的严肃态度,不知何以在他自夸为'每一寸都是中国戏'的《王宝川》中,偏去模仿那非中国戏的《黄马褂》"。他认为这是因为"熊氏只求成功(商业上的成功)不计手段"。(《光明》第 1 卷第 3 号,1936 年 7 月 10 日)

② 熊式一:《大学教授 · 后语》,《大学教授》,台北:中国文化大学出版部 1989 年版,第 160 页。

的中国剧，这之间不存在矛盾，因此他说的是“正确的真话”，但他认为《王宝川》这出戏和那些中文版戏文的差异只在于它是用英文写的，只是语言有别，就实在有些天真了。只要略微懂一点文学译介常识就知道，哪怕《王宝川》用的英文带有中国源头异质性的色彩，可它终究还是西方文化语境下的《王宝川》，而用字措辞何止是语言传译，更是文化移译，再加上戏中情节、细节多处改动，由此生成的剧本意义怎么可能等同于《红鬃烈马》，而伦敦、纽约舞台上高鼻深目的西方演员扮演的男女角色，又怎么可能和中国人记忆中唐代爱情传奇里的王宝钏、薛平贵是一码事呢？

与那些质疑《王宝川》的西方人一样，熊式一无疑也是过分看重了剧作的中国性归属而忽略了一个基本事实，那就是为《王宝川》倾倒的英国观众，固然会为这出中国戏的异域风情所吸引，可终究还是因为在这个中国故事里嗅到了他们熟悉的气息，体味到能沁入他们心脾的情感及艺术表现。《王宝川》的中国魅力是在文化差异性和人性相通性的融合里展现出来的。假如那原汁原味的京剧《红鬃烈马》真的直接搬演到伦敦剧场，很难想象会产生同样轰动的反响。①

① 一般西方人对中国传统戏剧的感觉，恐怕并不像中国人想象的那么美妙，真正懂得欣赏中国戏剧艺术的西方人其实并不多。1930年梅兰芳访美，之前在剧目遴选、剧情压缩等诸多方面均已充分考虑了美国观众的喜好和接受习惯，中国京剧第一次走进西方世界，演出盛况空前。半年后，梅兰芳载誉而归，策划者齐如山却表示这种活动因前期投入巨大很难再持续，“本想由美国弄回几个钱来，做点事情，如今被他们搅了个稀溜花拉，不但不赚，而且还赔了许多”。（参见《齐如山回忆录》，北京：宝文堂书店1989年版，第156页）商业上失利固然有多重因素，国内外报道以及相关研究均避免论及，但有一个事实不可忽略，即外行看热闹，看热闹不过是一时兴起，而只有会看门道的内行才有持续关注的热情和动力。梅兰芳访美，短时期内可以获得不俗反响，但若维持则可能是另一回事了。齐如山曾对梅兰芳大受美国人欢迎的情形做过系统全面的介绍，但从他所转述的美国观众的赞语中，却可大致了解京剧与西方人之间的距离：“纽约世界报 *New York Word* 也登了一篇评论，大概说：‘看了梅君的戏，我只能了解百分之五，——就是这五分之中，也不敢说一定是真了解；但是看了不到三分钟的功夫，我已经非常满意了。’”（参见齐如山：《梅兰芳游美记(乙种本)》卷四·四，著者自印，北平商务印书馆代售，1933年版）。其实，即便西方戏剧大家也未必都能领略中国戏剧表演艺术的精妙，譬如熊式一在谈到萧伯纳时说：“他告诉我他在北京看过京戏，我便问他，其中什么东西在他心中留下了最深的印象。旧式舞台上，五光十色，好好歹歹；总有令外国人难忘的东西，我想我一定会听到他的怪论。他回答他的话出人意表，决非我想象得到的。他说他最欣赏的，并不是舞台上艺员的表演，而是池子里茶房从远远的地方抛过来，另外一个茶房站在远方接到，双方距离极远，抛与接的功夫巧妙绝伦。”萧伯纳的反应，或许是他一贯幽默方式的体现，但他对中国京剧不置可否的态度，还是反映了他的漠然。（参见熊式一：《谈谈萧伯纳》，《八十回忆》，北京：海豚出版社2010年版，第56页）

熊式一以调侃的口气提到有人揣测《王宝川》可能是伦敦大学聂克尔教授的“手笔”,因为他将此书献给了聂克尔教授,他还说有英国人将《王宝川》比之为“舞台天才”瑙鸦考欧德的作品,因为台词都非常精彩。[①]这些说法无论褒贬,多捕风捉影成分,熊式一均一笑置之,可以理解。但凡事无风不起浪,即便是误解,从中也反映出英国人欣赏《王宝川》的立场和角度,也披露了《王宝川》和英国戏剧显而易见的亲近关系。而熊式一却偏偏以此类说法的荒诞,来反证《王宝川》作为中国剧的本色地道,实在是天真之举。《王宝川》果真血统纯正到未受中国以外的一丝一毫的影响吗?答案自然是否定的。除了英国和美国媒体上各种正解或误解的声音外,熊式一的中国同行如温源宁,直接为熊式一冠上“中国的巴里”的名号,即可见一斑。

(二)“中国的”与“多样之中有统一”

在任何跨文化语言的文本中,寻找并证明纯粹单一的文化属性的想法,都属于一厢情愿。熊式一对《王宝川》中国性的申辩,包含了他推出这出英语剧的文化导向及意图。不管是《王宝川》,还是《大学教授》、《天桥》,作为交织了中英文学智慧的产物,它们为读者带来了崭新的中西文化穿越的体验。这就如同温源宁最初读了《王宝川》后所表明的:“我们阅读剧本时体验的快乐来源于多样之中有统一。”[②]

温源宁于 1936 年给予熊式一“中国的巴里”的名号,虽然旨在说明熊式一与巴里的关联,却也没有忽略中国戏剧对熊式一潜移默化的影响。相较于熊式一自己纠结用语措辞上中国味道的体现、凸显检场人这种中国传统舞台设置等表面化的因素,温源宁则通过分析《王宝川》对中国戏剧写意象征美学原则的恪守,在深层次上揭示中国戏剧精神对熊式一的濡染。温源宁最初是这样为《王宝川》点赞的:“作品并没有试图去模仿生活。人物的行动和存在都限制在艺术的魔术圈内,他们从不在圈外停留。中国戏剧有天真的规定,严格禁止作品贴近生活,也就是亚当的后代们所过的平常生活。因此也阻止了我们去问:这是真正的生活吗?当然,这不是真实的生活,而是真实的艺术,因而更加美好。

---

① 参见熊式一:《大学教授·后语》,熊式一:《大学教授》,台北:中国文化大学出版部 1989 年版,第 154 页。

② Wen Yuan-ning, “Book Review: *Lady Precious Stream* by S.I Hsiung”, Published by Methuen & Co. Ltd. London, 8/6, *The China Critic*, 1934, Vol.7, No.52.

王允、王夫人、苏龙、魏虎、薛平贵等人都是依据《王宝川》情节而可能存在的人物:我们有权这样要求。"①以中国戏剧的虚拟性特点来衡量《王宝川》,温源宁称赞这部剧达到了艺术的和谐,也为熊式一接受巴里影响的同时汲取中国传统养料的再创造感到欣喜。尽管这一称许在一年后发生了反转,但温源宁声明"最近一例明目张胆的夸大宣传,涉及我国的一位国民,引起了我们的注意,我们不能不说两句"②,表明他主要还是出于对西方人离谱地吹嘘熊式一及其《王宝川》的不满。即便他痛斥"中国的莎士比亚"之说的荒诞无稽,对熊式一及其戏剧的再评价也仍然未离开"中国的"这一限定。

同时期林语堂的两篇剧评也提及《王宝川》的中国性问题,也同样将它与熊式一博取众长后的个性化发挥相提并论。"伦敦人不吝赞美并热烈欢迎熊先生的戏剧,这似乎预示着他们对中国生活中较为私密悠闲的方面有了更深入的理解。熊先生优美的英文和调子欢快的《王宝川》,现在已为西方艺术界所熟悉。我们的目的是,检测一下这部剧的成功多少是归功于原著,多少是因为才华横溢的译者熊先生流畅的翻译,以及其作为剧作家对于中西方戏剧知识与技巧的熟悉。"③虽说这个说法披露了林语堂对趣味相投的熊式一的偏爱,和英国人认为《王宝川》"它非常人性化地展示了中国人真实的一面"④也不完全拍合,但说到《王宝川》再塑中国形象产生的轰动功效,却不算夸张。除了中国生活的题材,林语堂还提到了剧中主要人物设置。他说,剧本的"重点转移到了王宝川。薛平贵一直都是中国舞台上一个受欢迎的人物"⑤,这种对原著的

① Wen Yuan ning, "Book Review. *Lady Precious Stream* by S.I Hsiung", Published by Methuen & Co. Ltd. London, 8/6, *The China Critic*, 1934, Vol.7, No.52.

② W Y.N., Editorial Commentary, *Tien Hsia Monthly*, 1936, No.3, Vol.1, p.5.

③ Lin Yutang, "Book Review: *Lady Precious Stream*. An old Chinese play done into English according to its traditional style by S.I. Hsiung(London: Methuen & Co., Ltd, 1934)", *Tien Hsia Monthly*, 1935, Vol.1, No.1, p.106.

④ J.H. Pratt, "Review of Books, *Lady Precious Stream*. An old Chinese play done into English according to its traditional style". By S.I. Hsiung. With a preface by Lascelles Auercromble. pp.163. Price 8s, 6d. *The Journal of the Royal Asiatic Society of Great Britain and Ireland*, No.2(Apr.1935). p.367.

⑤ Lin Yutang, "Book Review: *Lady Precious Stream*. An old Chinese play done into English according to its traditional style by S.I. Hsiung(London: Methuen & Co., Ltd, 1934)", *Tien Hsia Monthly*, 1935, Vol.1, No.1, p.107.

改动不一定就是为了迎合英语观众的喜好，而是中国戏剧和中国文化特征的一种体现。他分析了王宝川和代战公主在剧中的作用，得出的结论是，“这本质上是一个国产喜剧，所有的中国家庭都由女性统治，提到剧中两个主要女性人物已经足够”①。除此之外，林语堂还为《王宝川》格调的轻松活泼寻找源头，“原著中的机智和幽默都是中国式的，它们本质上是中国人创造的，而熊先生娴熟而勇敢地处理了这个材料”②。就这一点来说，林语堂大概只说对了一半，因为他没注意到熊式一的这个特点也有借鉴巴里的成分。但整体而言，林语堂一直是在中英文化比较的框架下讨论《王宝川》中国性的表现，其判定也就基本可信。

有关中国性命题的提出，通常关乎中国之外的背景和更大的格局。对面向西方观众的《王宝川》，有不少人会陷入纯正中国性的迷思。1935 年《王宝川》回国公演，负责上海演出的国际艺剧社社长伯纳迪恩·弗里茨(Bernardine Fritz)赞叹：“上海的演出实在太棒了，那气氛、优雅、魅力、风格，全都是地地道道的中国式。……那都是西方人绝不可能模仿的。”③作为推动《王宝川》演出的剧社经营者，作为一个美国人，弗里茨参照的对象是西方人的模仿，因而在上海剧院由中国演员演出的《王宝川》会容易赢得这种“地地道道的中国式”的赞叹。而相比较，作为“地地道道”的中国观众，邵洵美的评价就很不一样了。因观众“大半是上海新式交际社会的人物”，邵洵美挖苦道：“《王宝川》在戏剧上的成功，我们不敢说；他在文化上的成功，我们不得不承认的。也许这竟是我们的文艺复兴的先兆，也说不定。”邵洵美认为《王宝川》的成功“不能算是纯粹中国人的成功”，因为组织公演的并非“纯粹的中国的‘文化班底’”。④邵洵美反感对白全用英文的《王宝川》仅仅提供了受西洋文明影响的一些中国人在交际场中的谈资，而

① Lin Yutang, “The little Critic: *Lady Precious Stream*”, *The China Critic*, July 4, 1935, Vol.x, No.1, p.17.

② Lin Yutang, “Book Review: *Lady Precious Stream*. An old Chinese play done into English according to its traditional style by S.I. Hsiung(London: Methuen & Co., Ltd, 1934)”, *Tien Hsia Monthly*, 1935, Vol.1, No.1, p.108.

③ 转引自郑达：《〈王宝川〉回乡：文化翻译中本土语言和传统文化的作用(上)》，《中华读书报》2015 年 7 月 22 日。

④ 邵洵美：《文化的班底——七月二十一日在蚁社演讲稿》，《人言周刊》第 2 卷第 20 期，1935 年 7 月 27 日。

无助于"纯粹的"中国文化的推进。尽管邵洵美也是深受西洋文明影响的人群中的一员,但他仍然坚定无疑地站在中国本土立场上。邵洵美的文化期许体现了他可敬的民族情感。以高雅的专业艺术标准来衡量,《王宝川》这部剧肤泛的短板确实无从掩饰。可是,邵洵美忽略了《王宝川》本身不过是一出通俗传奇剧,而最重要的是,它的目标受众并非本土的中国人,要让这出中西合作上演且商业化特征明显的戏码,去显现"纯粹的中国人的成功",岂不是一种奢求或苛求?

《王宝川》在国内引发的争议凸显了本土语境对评论者文化视域的影响差异。温源宁坦言读《王宝川》时"体验的快乐来源于多样中有统一"①,这实际上点明了《王宝川》的混杂背景,虽然这"快乐"未能持续到一年后,但称熊式一为"中国的巴里",却还是延续了之前把《王宝川》当做多样统一的有机体的认定;而林语堂在讨论《王宝川》前说明他的目的是检测戏剧的成功,多少归功于《红鬃烈马》原著,多少是因为改译者中西方戏剧的造诣,其思路也仍然是基于《王宝川》中西融合的特质。

(三) 互为镜像:中国与异邦、与西方、与世界

一个文化杂糅性的文本其本土特色通常会在差异格局下凸显。林语堂在《王宝川》剧评中谈到代战公主的时候说:"如果一个人想了解现代中国女性在不同的教养和社会环境下会变成怎样,最好的办法就是去看看公主。但应该意识到的是,公主要求的自由与天朝的家庭主妇截然不同。"②在《王宝川》里,代战公主与王宝川是相互对应的两个形象,这种对应不只是西凉与中土的对应,番邦与天朝的对应,林语堂还延伸出这部戏里现代与传统的对应。剧中的代战公主显然是被漫画化的,但即便如此,这个角色的设置仍然折射出熊式一的中国感性和价值取向。

舞台上的西凉国代战公主美丽多情又豪爽洒脱,且战功卓著,可即便如此,历经十八年,她仍无法真正虏获薛平贵的心,让他忘却留守在中原故土破窑里的结发妻子王宝川。熊式一借助于代战公主形象,打造出薛平贵身在曹营心在汉的英雄神话,也烘

---

① Wen Yuan-ning, "Book Review: *Lady Precious Stream* by S.I Hsiung", Published by Methuen & Co. Ltd. London, 8/6, *The China Critic* 1934, Vol.7, No.52.

② Lin Yutang, "The little Critic: *Lady Precious Stream*", *The China Critic*, July 4, 1934, Vol.x, No.1, p.17.

托了王宝川坚贞聪慧的性格魅力。情节虽说未免俗套,可却也是置身英伦的剧作者中国情怀的本能反应。当然,熊式一不会禁锢在本土文化传统的窠臼里,他试图以开放的态度接受新的体验。于是,剧本的读者发现,第三幕开场前叙述者以"我们"口吻——中土/天朝/传统的视界指涉——描述了西凉国所有的一切是如何与中国相反,如何"新奇"(Strange)。待代战公主出场时,叙事者是这样介绍的:

> 西凉公主娘娘,尽管她穿着怪诞的军装,却是一个非常迷人的女人,迷人到无法用言语形容她的魅力。她穿的制服既威武又时尚。她背上绑着四面漂亮的小旗子,头盔上插着两根长长的野鸡毛。脖子上围着一条白狐皮。前面有四个女仆,她很快地向前走,步态有别于我们以前见过的任何一位女士。①

其中突显的一是她"怪诞"的"军服"(queer military attire)穿着,二是她向前快走的步态(walks quickly forward),"我们"眼里的这两点绝对是男性化的表征,因此代战公主区别于中国女人,不仅限于样貌神态,其实也延展到了人格和地位。在叙述者"有别于我们以前见过的任何一位女士"的诙谐感慨里,可以反观熊式一对"我们"感慨的评价。"我们"的视角下西凉国无疑是一个陌生的所在,而在代战公主的眼里,"我们"熟悉的一切何尝不是同样的不可思议呢?在第四幕里,观众可以看到,代战公主来到长安富丽堂皇的宫殿后惊叹:"多奇怪的地方!中国实在是奇特之地!样样都和咱们相反。"(What a queer place it is! China is a indeed queer land, Everything is just the opposite of our country.)②这是熊式一刻意让应该列入"他者"之列的代战公主对"我们"所观照的"怪诞"的回敬,queer/strange 的反复采用,说明熊式一对来自不同文化环境的人彼此观照后类同反应的强调。这里与传统中国戏曲处理国际事端时少有平行观念不同③,《王宝川》的立意虽然明显基于中国特定的文化背景,并以中国立场为根

---

① 此处为笔者译。熊式一(S.I.Hsiung):《王宝川》(中英文对照),北京:商务印书馆 2006 年版,第 96—98 页。

② 熊式一(S.I.Hsiung):《王宝川》(中英文对照),北京:商务印书馆 2006 年版,第 178 页。

③ 齐如山认为:"国剧中并非没有国际的事端,而且多得很。不过戏中的国际思想与现在的情形不同……中国向来以中央华胄自居,自己才是人主帝王,其余四邻都是番邦。平常四裔各国,与中国有玉帛的来往,都算是来觐见朝贺,所谓万国来朝,没有一点现在报聘的性质。遇有干戈打仗的时候,也是中朝平定藩属的性质,与两国交战之情形不同。……认为他没有国际思想者,实因此故,非真没有也。"参见齐如山:《齐如山回忆录》,北京:宝文堂书店 1989 年版,第 121 页。

基，但通过代战公主的视角，观众还是可以领会到熊式一平等的国际观念，这种改写突破了华夏中心的意识形态格局，在 20 世纪 30 年代，它是中国作家努力搭建现代文明思想空间的一个见证。

在《王宝川》最后一幕里，代战公主和王宝川的殿堂相见极具喜剧色彩，其中包含了异质文化碰撞交汇的隐喻，熊式一试图以此来展示中国人面对异质文明的积极态度，理想化色彩十分浓郁。在这一幕里，抵达长安后的代战公主表示：

> 如果他们（唐人——笔者注）到了我们家乡，我确信那些喜欢赶时髦的人会从西凉订购一些毛织品。我唯一发怵的是他们数不清的仪式。对一个土生土长的西凉人来说，习惯了西凉的自由，他们拘谨的礼节和奇怪的习俗是最让人难以接受的。（After they have been to our of my at-homes I am sure those who love to be in the fashion will order some woolen stuff from the Western Regions. The only difficulty I have is their numerous ceremonies. To one who has been born and bred in the Western Regions and accustomed to the freedom there, their punctilious etiquette and strange customs are most trying.）①

与其说这是西凉国代战公主的想法，不如说是熊式一嫁接到代战公主头脑里的西方人的想法。对跨国贸易的热衷，对繁文缛节的抵触，对自由的追求，这是旅英期间的熊式一西方印象的投射。剧中代战公主第一眼看到王宝川就说她是个“女神”(goddess)，有令人敬慕的美丽，可她居然眼皮一动不动，代战公主当即表示无法理解这低眉顺眼的中国规矩。而王宝川乍一见代战公主，也暗叹西凉国女人的妩媚，可一想到这娘们是横刀夺爱的情敌，不禁醋海翻波。作者调侃的笔调很容易让读者或者观众从剧情中抽离出来，带着隔岸观火般的心情，笑看着剧中这两个女人因不同习俗再加上“同情人”角色而形成的紧张局面，并静候这局面的改观。作者通过显现两个女人心理上有关性别的、国家的、文化的不同层面因素的缠绕和纠结，来揭示中西之间彼此审视、互为镜像的关系。

王宝川和代战公主明里暗里一直较着劲，可熊式一最终还是让她俩为顾及各自国

---

① 熊式一(S.I.Hsiung)：《王宝川》(中英文对照)，北京：商务印书馆 2006 年版，第 178—179 页。笔者译，此段在熊式一《王宝川》自译本中被删。

家女人的声誉而彼此以礼相待。矛盾的解决方法虽说有点草率，可它承载的内涵却并不单一。为了根本化解两个女人的纷争，又不能出现有损中国形象的一夫多妻情形，戏的结尾凭空添加了一位在伦敦学过西方礼节的外交大臣，让代战公主和他一见钟情，之后这一男一女手挽手而去，王宝川和薛平贵的夫妻团圆遂剪除了不应有的枝蔓。由于传奇发生在遥远的唐代，熊式一对历史事实的改写，国内评价不一。从戏剧反映生活的角度，洪深对此直斥“荒谬绝伦”，认为如同好莱坞影片里偶尔能看到的“无聊举动”，使结局更加“稀奇胡闹”，“这种故意的把人生虚伪化(Falsification of Life)，无论站在哪一种立场，是不可恕的”。①而林语堂则将剧本的改动都归入“为适应英语舞台需求”，称熊式一“最明显的创造是，最后一页外交部长出现时，以荒谬的西方外交方式，向公主行挽臂礼。熊式一以讨喜的方式处理中西礼节”。②林语堂这样说，也未必就是认可第四幕剧情推进的逻辑③，但就文化层面而言，他赞同剧作者乐观包容的态度，所以表示，熊式一“企图将公主和外交部长设定为受欢迎的狡猾者；就着欢愉嬉闹的精神，我们能承受对于时间精确性的忽视”④。基于同样立场以及对戏剧理念的独特理

---

① 洪深：《辱国的〈王宝川〉》，《光明》第1卷第3号，1936年7月10日。

② Lin Yutang, “Book Reviews, Lady Precious Stream. An old Chinese play done into English according to its traditional style by S.I. Hsiung. (Methuen & Co., Ltd., London). 1934”, *Tien Hsia Monthly*, 1935, No.1, Vol.1, p.108.

③ 林语堂认为：“戏应该在第三幕结尾处结束，那里是行动高潮，或至少在第四幕第一场结束，幕布在宣读圣旨时候落下，恶棍魏虎将军被捕。最后一个场景固然令人愉快，但我不明白为什么对坏人的惩罚不能留给观众去想象。这出戏达到高潮后拖了太长时间，戏剧张力松弛。实际上整个第四幕的存在没有别的原因，只是因为大家渴望看到坏人被惩罚。”Lin Yutang, “The little Critic: *Lady Precious Stream*”, The China Critic, July 4, 1934, Vol.x, No.1, p.18.

④ Lin Yutang, “The little Critic: *Lady Precious Stream*”, *The China Critic*, July 4, 1934, Vol.x, No.1, p.17.林语堂认为是熊式一改动所致，而其实在中国戏曲里，原本就普遍存在时间模糊化的情况，《红鬃烈马》也不例外。张爱玲在《洋人看京剧及其他》里指出：“只有在中国，历史仍于日常生活中维持活跃的演出”；“最流行的几十出京戏，每一出都供给了我们一个没有时间性质的，标准的形势——丈人嫌贫爱富，子弟不上进，家族之爱与性爱的冲突……京戏的可爱就在这种浑朴含蓄处”；“京戏里的世界既不是目前的中国，也不是古中国在它的过程中的任何一阶段。它的美，它的狭小整洁的道德系统，都是离现实很远的，然而它决不是浪漫蒂克的逃避……切身的现实，因为距离太近的缘故，必得于另一个较为明澈的现实联系起来方才看得清楚”。张爱玲虽然不满“《红鬃烈马》无微不至地描写了男性的自私”，但还是认可这出戏和其他京戏一样，活生生地连接了历史和今日社会。从中可见，时间或朝代的精确性，在张爱玲看来，对那些模式化的剧情其实不存在特别重要的意义。参见张爱玲：《洋人看京戏及其他》，《流言》，上海：上海书店出版社1987年影印版，第111—112页，第115页。

解，温源宁初读《王宝川》后为剧作者超越了历史真实的处理辩护："在戏剧中要求摄影式地描绘生活，乃是将剧场降低为市场。戏剧的基础可能是生活，但它的话语流露出魅力和乐趣。这正是《王宝川》带给我们的。"①

欢乐趣味在戏的末尾达到了极致：王宝川问薛平贵在西凉时是否也和代战公主那样亲热，现在为何不与她也来这一套，薛平贵王顾左右而言他，声称他和宝川的感情不是公共娱乐。宝川对此并不买账，待薛平贵走后，她独自模仿代战公主和外交大臣二人的声调、举动，行吻手礼，再挽一空臂，昂然退场。宝川的幽默，当然可视为对薛平贵闪烁其词的戏谑，但是否也可解释为她对这种外国礼俗真的产生了一些兴趣呢？毕竟十八年苦守的煎熬，让她比任何人都更愿意随心所欲地享受爱的甜蜜，代战公主和外交大臣众目睽睽之下公然表达爱意的情景对宝川不仅是一种刺激，更具有启蒙的作用。而其实这种刺激和启蒙也是双向的，代战公主最初行礼是举手打狗(raising the hand to hit a dog)似的西凉国军礼，在让宝川吓了一跳后，还是又学了搅奶酪(churning cream)般的中国礼，做到了入乡随俗。熊式一以代战公主的妥协，以及剧末宝川故意东施效颦之举，预示不同文化交汇融合的趋势；而对中国人来说，他想表明的是，无论古今，只要是人类，对爱和自由的向往，在本质上，其实没有差别。

经历过"五四"中西文化激荡的知识分子，一方面他们中国文化的本性仍然根深蒂固，另一方面他们的视野已然打开，尤其像熊式一这样跨国族、跨语言的作家，多少具备了成为"多元文化人"的可能。多元文化人"在思想上和情感上，他们都信奉全人类本质的同一性。与此同时，对不同文化的人之间的基本差异，他们的态度是：承认、认可、接受和欣赏"②。当然没必要为熊式一贴上这个标签，毕竟他的中国认同很少模糊，可从他的笔下还是不同程度地见出类似于"多元文化人"的思想情感，在反映中国与异邦、与世界的关联时，他明显持守了普适的价值理念。

---

① Wen Yuan-ning, "Book Review: *Lady Precious Stream* by S.I Hsiung", Published by Methuen & Co. Ltd. London, 8/6, *The China Critic* 1934, Vol.7, No.52.

② [美]迈克尔・H.普罗瑟：《文化对话——跨文化传播导论》，何道宽译，北京：北京大学出版社 2013 年版，第 59 页。

在《天桥》里，熊式一照样观照文化隔膜导致的误解和偏见，进而探讨中国人应对文化差异的恰当路径。小说记叙进了教会学校的李大同课余去探望搬进城里居住的养母及其家人。外婆吴老太太等对外国人的刻板印象与《王宝川》里王允一家人甚至叙事者“我们”的想象，几乎没太大区别，而有关“洋鬼子”教中国孩子抽鸦片、挖人眼珠熬药等道听途说，则更加耸人听闻。可幸的是，与洋人打过交道的大同不会像几百年前的薛平贵那样一味的躲闪回避，而是用亲眼所见告知她们：“外国人像中国人一样，也是有理性的，只不过他们有自己特别的习惯和传统。他们奇怪的相貌和生活方式导致了无知的怀疑。”①大同的耐心解释，终于让吴老太太答应亲自去教会学校探一虚实。熊式一想让读者了解的是，中国传统大家庭里的太太小姐们是很少有机会接触陌生人的，更不要说和外国人当面交流。像吴老太太这样年长又守旧的家庭妇女迈出这一步，着实不容易。她即便不会因此完全打消对洋人的顾虑，但最终同意把最疼爱的外孙和孙女交给洋校长，至少说明她对西式教育开始认可。

沟通是消除偏见和误解的通道，而真正有效的跨文化交流是要“站在对方的角度，以对方所在的文化环境来理解，而不是……将自己置于对方的环境中以自己的观点理解对方”②。如果说吴老太太们偏信有关洋人的种种传闻是由于褊狭无知，那么小说中出现的两个在华多年的英国人——马克劳和李提摩太，他们对中国习俗和中国人的判断的偏差，则源于他们心中无法拔除的欧洲中心主义观念和西方文明优越感。这两个英国人，一个是心地狭窄的传教士，一个是看上去气度不凡又热心维新变法的开明之士，熊式一细致地审视了他们在对待中国人和中国事务时的真实反应，得体地表达了他作为一个中国人的清醒和警觉。小说用一组对应的细节凸显了教会校长马克劳夫妇习惯性的自以为是。

小说中洋校长马克劳家小客厅的两把椅背上分别搭了一条绣花绸裙和一条绣花女裤，这引得来访的吴士可大笑、吴老太太等女眷们大窘。马克劳夫妇认为这是最好

---

① Shih-I Hsiung, *The Bridge of Heaven*, New York: G.P.Putnam's Sons, 1943, p.130.

② [美]迈米尔顿・J.贝内特编著：《跨文化交流的建构与实践》，关世杰、何惺译，北京：北京大学出版社2012年版，第1页。

的艺术品,用来欢迎贵客,但结果却不仅是个笑话,更是对客人的不恭甚至冒犯。待马克劳夫妇拜访吴宅时,发现接待他俩的屋子里两把高椅背上有一条镶着花边的粉色丝内裤,还有一件紧身胸衣,不禁又惊又怒。而吴士可却辩称他以为英国人喜欢这类东西,特地从上海买来招待马氏夫妇的。这两个对应的场景无疑是熊式一有意设置的,气氛谐谑,充满讽刺色彩。吴老太太的儿子吴士可在小说里专擅吃喝玩乐,不是个讨喜的角色,但他对马氏夫妇以其人之道还治其人之身的小聪明,倒是让读者不由得会心发笑,他们也不难感觉,在吴士可的身影背后,其实正藏着熊式一的得意面孔。在西方人眼里,衣着不论男女,内外有别;而在当时比较传统的中国人看来,上下衣服不可混淆,但凡女人所穿的则绝对不登大雅之堂。马克劳自以为很懂南昌一带的风俗人情,却在接待吴老太太一行时触犯忌讳,说明他与中国人交流时是习惯性地以西方人的想法揣度,而不是试着从中国人的角度去理解。骨子里的自大傲慢决定了他很难真正地尊重中国人,也当然很难得到中国人的尊重。

至于李提摩太,熊式一原本想把他"写成洋主角,帮助中国的正主角李大同求学,做事,救国,反衬心地狭窄的传教士马克劳"①,但在接触到更多史料后则改变了想法。小说这样描摹大同与李提摩太初次见面的场景:李提摩太亲热地握着大同的手,让大同感到这位洋叔叔诚恳而热心;他向大同介绍上奏光绪的维新条陈,其中有关现代教育、新闻出版、铁路厂矿、财政、国防的美好构想,李大同为此叹服不已,认为这个英国人简直就是中国的救星;但紧接着听李提摩太说,新内阁组成一半要用外国人且再加两位洋顾问,还要在中国实现宗教复活重生,李大同眼前模糊了,这个被当作叔叔、当作中国人的朋友的李提摩太形象迅速暗淡下去,瞬间成了一个心胸狭窄还带着天生优越感的人。大同终于明白,原来自己是在想象中造了一座高大的空中楼阁,它现在彻底垮塌了。李提摩太和一天到晚唠叨要拯救异教徒灵魂的马克劳固然有区别,毕竟他为推进中国的历史进程做出了贡献,但在熊式一看来,李提摩太根底上对中国还是未免轻视和歧视,他热心中国事务,目的是要用欧洲的政治体系、宗教观念统摄中国,这

① 熊式一:《香港版序》,熊式一:《天桥》,北京:外语教学与研究出版社2012年版,第15页。

当然会伤及中国人的自尊,也背离了人类基本的价值原则——平等和自由。从大同对李提摩太满怀期待到深深失望的心理变化,读者可以感知熊式一对这个在历史上被视为通权达变之士的理性评价,也进而能理解大同辞别李提摩太后为什么走上革命之路。历史上的李提摩太在华四十五年,他对中国抱有同情是毋庸置疑的,但熊式一认为,他这种"同情"仅限于用西方的标准裁量中国,甚至把中国当成英国的附庸,他远远未能达至"移情"——从中国人的角度看中国人愿意怎样被对待,进而真正地尊重有别于英国却和英国平等的中国和中国文化。

和《王宝川》一样,写作于中日战争期间的《天桥》传递了中国人向世界寻求理解沟通的愿望,但熊式一仍时时处处表达着他鲜明的民族情感,而这种情感也是与人类平等自由的普适理念相衔接的。中国与异邦、与西方的文化差异不会短时间内消弭,但在坚持主体性的前提下,求同存异、美美与共的心态,必将有助于中国以及整个世界文明的进步发展。

(四) 中国民俗的现代演绎

和绝大多数面向西方读者的中国叙事一样,熊式一讲述的中国故事里也有不少中国民俗文化的演绎。与以往西方作者要么以东方的奇风异俗迎合读者对中国情调的想象,要么借中国古老文明映照欧洲现代社会的病症不同,熊式一是站在中国本位立场上发掘、利用并改造本土资源的,他同时又以合乎情理的人性准则为西方人解读那些所谓的中国元素,因而其英语小说、戏剧一方面反映了作为跨文化语境的世界文学样本的中国本土性特征,另一方面也体现了作为20世纪中国文学文本所承载的现代文明精神底蕴。熊式一与中国传统的对话,不仅旨在国际空间建构真实可信的中国形象,修正西方世界对中国的定型化印象,他更着意于印证流散在外的自我与故土不可切割的联系,并以自己独特的审美体验找寻文化和文学的发展新机。

作为民族文化的精神表征,民间传说、习俗礼仪确实在较大程度上反映了本土精神的历史承传。1928年盛成在为法语读者写的《我的母亲》(*Ma mère*)里,以伍子胥与浣纱女及渔翁的传说,来阐释"朋友之间,相交于信"是"我们的祖宗本性";1953年凌叔华在英国出版的《古韵》(*Ancient Melodies*)讲述了钟子期和伯牙的故事,让读者不仅了解了两支中国古乐的高雅精妙，也感同身受了中国人“高山流水”觅知音的心灵追求。虽然这些春秋时代的传说或文学史佳话，烙刻着鲜明的中国印记，但正如盛成所言，浣纱女和渔翁“自然是中国的英雄”，但他们“牺牲为人之情”，也是人类“天性中之至情”。[①]在强调人性共通前提下尊重并理解地球上不同族群的文化习俗、道德信仰，反映跨界越境后的中国知识分子看待中国与世界、中国人与人类关系时的眼光和胸襟。然而，直至20世纪，世界格局中东西强弱的不平衡依旧，盛成、凌叔华也包括熊式一等身处西方的中国作家回眸故园时的心情十分复杂。民族屈辱感交织了流散个体的创伤体验，嵌入到他们对理想家园的憧憬里，使他们面向西方的中国表述常常习惯性地“隐恶而扬善”，力图去彰显一个能让世人尊重甚至艳羡的中国形象。譬如林语堂《京华烟云》(*Moment in Peking*)中描述姚府中秋庆礼，叙写姚家老小和做客的亲朋好友一起持蟹赏菊、折桂传杯，营造出祥和喜悦的气氛。林语堂用这个诗情画意的中秋团圆宴，为读者诠释了自古至今中国人对天下太平的期盼。蒋彝的《儿时琐忆》(*A Chinese Childhood*)追怀孩童时代在乡间过年的快乐记忆，详尽地记叙了贴春联、祭祖、吃团圆饭、放鞭炮、守岁、拜年等辞旧迎新的一应事项，渲染了中国人对光阴的珍爱、对新年顺遂的祈求。林语堂、蒋彝浓墨重彩地描摹中国四时八节、婚丧嫁娶、衣食住行等方面的风俗，读者可以从中感知普通中国人从古至今的生活日常和情感趣味。熊式一的英语文本同样如此。《王宝川》第四幕中展演王允六十大寿庆礼，渲染了相府大开华宴亲友拜寿的热闹，反映中国人对生命持久的渴望。《大学教授》第三幕一开始即为张教授儿子小张先生和卞教授下围棋的场景，黑白之间考验的是“人的眼光、计划、涵养”，中国人对谋略，或者说对生存智慧的重视可见一斑。而《天桥》第二章详细叙述了李明选了黄道吉日请弟弟李刚为儿子小明和养子大同发蒙的经过，虽身为兄长，李明也要提着猪肘子上弟弟家的门，毕恭毕敬地向弟弟行礼，又叫两个儿子拜孔拜师，这些细节都旨在强调中国人尊师重道的精神传统。

对西方读者来说，这些中国习俗礼仪的描摹当然有助于他们对中国文化传统的了

① 盛成：《我的母亲》，合肥：安徽文艺出版社1985年版，第5页。

解；但就作者而言，如果一味地抱着为中国文化"正名"的目的，或者以怀乡病者的心境去铺陈这些习俗，就难免会出现夸饰的偏颇，因而对读者产生误导。在《京华烟云》中，林语堂叙写中秋风俗时尽管也以中秋月阴影披露了在场每个人在战争风暴即将来临之时的隐忧，为团圆宴预示了星离云散的不祥征兆，但对故国的眷念，令他有时不自觉地受制于古老习俗的牵引而陷入价值的迷失。他写曾家为救垂危的大儿子平亚将年少的曼娘娶进门，随即平亚病逝，曼娘从此守寡终生。这件婚事在小说中被描述为曼娘"以处女之身，向爱情的神坛上郑重献祭"①。很显然，这是美化，更是神化了。"冲喜"这种婚俗在古代中国被赋予驱邪禳灾的巫术功能，但现代人要用所谓的爱去粉饰这婚俗本质上的非人道，则模糊了文明和野蛮的界限，而用听天由命为曼娘漫长的孀居生活寻找依据，则同样偏离出人性的轨道。蒋彝尽管不至于像林语堂那样为旧习俗申辩，但一个被放逐到异国六载的游子对故土的牵挂，已化为"甜蜜回忆"，其中即便夹杂了一些对古老习俗日渐式微的惋惜，他笔下的九江民间习俗礼仪还是保留了太多诗意化、理想化的成分。连蒋彝自己也不得不承认，"在写回忆录的时候，不能摆脱那种感觉，就是所写的那些是否真实存在过"②。离散于故园之外的中国作家，怎样恰如其分地向更广大的世界讲述本土传统，理性地表达自己的文化属性，这也是熊式一面临的问题。

与林语堂、蒋彝有时不自觉地陶醉于和美安乐、静谧古朴的桃花源梦境不同，熊式一有意识地要与中国传统保持若即若离的关系，以便能更客观地审视那些千百年来中国人约定俗成的习俗礼仪，重新解读那些承载了中国人道德情感、审美理想的文学经典。因此，《王宝川》、《大学教授》、《天桥》中看上去似乎也不乏中国味道的符号、意境，但那些所谓的中国元素其实又未必都能满足西方大众趣味对东方神秘而浪漫的想象。熊式一笔下的中国情调显出了别样的意味，有时还具备了某种祛魅的效应。

---

① 林语堂：《京华烟云》，张振玉译，《林语堂名著全集》第1卷，长春：东北师范大学出版社1994年版，第115页。

② Chiang Yee, *A Chinese Childhood*, London: Methuen & Co. LTD., 1940, Reprinted 1953, p.300.笔者译。

中国的元曲和明清小说里间或会出现“抛绣球”择婿的故事，它是入赘婚古俗遗迹和贵戚脔婿风气的反映，也迎合了民间对有限择偶权的期待。英语《王宝川》沿用了中文原剧的主要情节，同样铺展了一些“风雅”场面。熊式一在“彩楼配”之前做了更充分的铺垫，使这种“风雅”折射出荒诞的色泽，因而事实上颠覆了“抛绣球”婚俗本有的意义。熊式一觉得原剧中“王宝钏见一街头乞丐，远看乃一火球，便把终身相托，又有月老从中牵线，不大高明；所以另在前面加了赏雪的一幕，把宝川对平贵的赏识，说得略近情理”①。所谓“近情理”，不限于去除怪力乱神的迷信，还在于凸显宝川对婚姻自主权的追求。②原剧中绣球一抛一接虽然也因当事人早有预谋而形成喜剧效果，而熊式一更侧重强调这种预谋的合乎逻辑，强调宝川对平贵萌生爱慕之意，是因为大年夜家宴时见识了当时身为相府园丁的薛平贵才兼文武且稳重可靠，这才有了之后两人私下互通款曲、约定二月二彩楼相见。因此，彩楼成了业已私订终身的宝川、平贵二人对外的表演舞台，抛绣球现场气氛越是热闹喜庆，这出由遵父命而来的彩楼配戏码就越发显得滑稽可笑。熊式一让宝川及其身边的每一个人都口口声声表示听信“天意”（the will of God），而事实上这“天意”每一次被身份有异、动机不一的人念叨出来时，都是不折不扣的笑料。《王宝川》对老天的不敬，当然主要反映在“抛绣球”剧情本身表里的相悖，熊式一臧否的是传统的天命观。剧中宝川听父亲王允说准备彩楼招婿，她当即质疑：“即使是慎重的判断都不足以解决问题，用碰运气的方式对待，明智吗？”（When even careful judgment is not sufficient to settle a problem, is it wise to settle it by lottery?）王允当即否认，声称是顺从天意，但王夫人打圆场之言却道破天机：“当我们走投无路之时，总是求老天爷帮忙！现在既然已托付了老天爷，那我们就退下吧！”（We always turn to our God when We are in distress! Now that we have put our responsibili-

① 熊式一（S. I. Hsiung）：《王宝川·中文版序》，《王宝川》（中英文对照），北京：商务印书馆 2006 年版，第 192 页。

② 宝川向平贵告白时说：“这是老天做主的事，可我已打定主意自己做主。”（It will be a case of the will of God, but I have resolved to take it into my own hand.）参见熊式一（S. I. Hsiung）：《王宝川》（中英文对照），北京：商务印书馆 2006 年版，第 42 页。

ty upon God shall we retire?)①从中可见,中国传统的“抛绣球”虽然在《王宝川》里被大肆渲染,但经由理性和自由的现代思想之光烛照,已变成了被嘲弄的陋俗,连带被嘲弄的还有它所寄寓的蒙昧观念。

同样,《天桥》中诸如求子、保胎、抓周、定娃娃亲、发蒙以及婚丧庆吊等风俗礼仪一一呈现,读者一路读下来,如同逛了一圈动态的民俗博物展览。通过形象生动的画面,读者可以清楚地感知江西地方的社会风气、南昌人的信仰禁忌。同为江西人,熊式一和蒋彝的记忆自然不乏重叠处,但情感色彩却有参差之别。《天桥》的基调是讽刺性的,其锋芒不仅指向昏暗混乱的晚清民初政局,也指向了与文明相悖的愚风陋习。譬如第四章写李明死后,“这四十九天之中,李家不像一所住宅,简直和一家戏园子没有两样”。看似夸张的揶揄,却不失为事实的陈述,也是对这场丧礼荒唐本质的概括。在擅长发号施令又喜铺张排场的吴家外老太太导演下,除了大门口迎送吊客的乐队和敲木鱼念经的和尚外,李家上下老小悉数登场,情愿或不情愿地都做了供吊客们观赏的木偶。作者写李明遗孀和孩子们不停地反复下跪答客,苦不堪言;他们很难长久持续地忍受这种刑罚,在没有吊客上门的短暂间隙,三个孩子即停止扮演孝子角色,“偷偷溜到一步之遥的院子里玩耍。大门口的防线很管用,每有客人进来,乐声响起,这三个逃脱者马上跑回去,只要他们玩时竖起耳朵听到警报,就不会误事”②。作者诙谐的笔调里有对身心被绑缚的孩童的怜惜,更有对这劳民伤财且透着虚伪的繁缛丧礼的讥嘲。同样耐人寻味的还有,李明生前吝啬刻薄之极,而他的葬礼竟如此奢侈挥霍,其间的反差,又何止是讽刺呢?

尽管如此,有英国读者还是认为:“在其翻译的浪漫古典剧和原创小说中,熊先生在竭力阐述中国古典文化的一些内涵,既无夸张,也无贬低。”③这种说法当然不无淡化熊式一价值立场之嫌,但能看出熊式一与中国传统文化保持一定距离的冷静,眼光尚不失敏锐。对中国民间风俗习惯、节庆礼仪在中国人生活中的地位,熊式一其实是

---

① 熊式一(S.I.Hsiung):《王宝川》(中英文对照),北京:商务印书馆 2006 年版,第 39 页。此处为笔者译。

② Shih-I Hsiung, *The Bridge of Heaven*, New York: G.P.Putnam's Sons, 1943, pp.83、84.

③ [英]罗宾·吉尔班克:《熊式一与〈王宝川〉》,胡宗锋译,《美文》2015 年第 1 期。

有清醒体认的，所以他不像林语堂和蒋彝那样抱欣赏或追怀的态度，但也不至于一概加以否定。无论是宝川遵从父命彩楼招亲，还是李明遗孀顺从母意大办其夫丧礼，熊式一在显露传统婚丧习俗陋弱荒唐之时，对不得不按习俗生活的人还是给予了同情的理解。他尽量让自己像一个旁观者，但他的身份又决定了他不可能是一个旁观者，因而笔端常带着温情。身在异域，即处于惯常的秩序之外，熊式一无心也不可能像“五四”时期的乡土文学作家那样，义无反顾地将愚昧麻木的国民押到审判台上——这极有可能被指为忘本悖德、取媚洋人，他将自己的使命定位于向西方展示有可能改变、也正在改变的中国，既包括风俗习惯，也包括礼仪信仰。他相信揭示这种改变，就有可能矫正西方人有关中国的误解和偏见。

在《王宝川》第一幕里，对中国无多了解的西方读者会为中国家庭新年团圆之际咏雪吟诗的欢快氛围所吸引，同时也会乐意欣赏一个寒酸的园丁在丞相府施展文武全才时的不卑不亢、一个大家闺秀决计自己选择如意郎君的机灵聪慧。为《王宝川》作序的英国诗人兼批评家艾伯克龙比陶醉于王丞相府邸赏雪吟诗的情景，感喟中国人生活的诗意，这显然是因为熊式一延展并浪漫化了的中国家庭新年团圆的习俗，虽然同时这也有可能被视为对西方人寻觅中国风情、古老文明、东方乐土的迎合，但其实又何尝不是熊式一在昭示要让中国融入世界大家庭的愿景：薛平贵打破阶层禁锢一展胆识才华，王宝川不惧天意追求自主独立，他们令秩序井然的丞相府传出了不和谐之声，却成就了但凡人类都能理解且为之动容的一段爱的传奇。借助于这个传奇，艾伯克龙比们才记住了中国人是怎么过新年的。

而在《天桥》中，熊式一给主人公李大同一个养子的身世，其目的当然也并非止于中国领养习俗的介绍。李明妻子产下的婴儿死了，李明遂花两串钱买了打鱼人家的新生儿。中国民间有因子嗣夭折而收养异性子的风俗。由于传宗接代是中国家庭首要的伦理责任，所以在没有亲生子的情形下，拟制血亲的亲子关系可以替代满足香火的接续。可出人意料的是，李明妻子怀的是双胞胎，之后又分娩了一个男婴，这样，刚抱进家门的那个渔家孩子当然也就命运叵测了。祖先崇拜的精神传统使中国人无比看重血缘关系，因此小说中养子身份的大同和亲生子小明被李明差别对待，在 19 世纪末的中国乡村可谓见怪不怪。然而，值得关注的是，熊式一并不着意于渲染大同在养父母家的不幸或委屈，而是将更多笔墨用于记述大同如何得到正直有学问的叔叔李刚的教导，逐渐成为一个对李家和国家均有所贡献的人。在养父眼里的这个不中意的“逆子”，最终用李明的遗产重建了造福乡里的天桥，为死去多年的李明赎了罪，让李家赢得了真正意义上的慈善声名。哪怕从传统光宗耀祖的观念来看，这个养子也远比那个亲生子更有资格被视作李家的孝子。李大同领养身世的设置，固然为之后展开诸条传奇性线索埋下了伏笔，但其中更包含了作者对中国血亲信仰的反思，他甚至还用大同与养父的亲生女吴莲芬的相爱及美满婚姻，来暗示注入外来血液的文化传统才有可能焕发出生机和活力；而超越了血缘关系的人生和人际关系，或许更加真实可靠，也更符合人性和文明进步的普适原则。

作为一个中国人，熊式一不至于不理解血浓于水的传统观念，他只是希望中国能够正视背负的历史包袱，去伪存真，去芜存菁，让现代文明空气吹拂进广袤的大地，以使古老的民族在世界面前再展雄风。在这个意义上，熊式一向西方读者讲述的中国本土习俗和信仰，作为中华民族文化承续的印证，绝非排他性的、一成不变的，而是海纳百川式的、向前发展着的。

(五) 中国文化和文学传统的承传、再构

熊式一不会为了弘扬本土文化而刻意地去呈现一个中国人对传统民间习俗的拥抱姿态，而他根深蒂固的文化本性却还是在《王宝川》、《大学教授》、《天桥》里留下了明显的中国印记。中国文化和中国文学传统的习得即便在英语思维及书写中，也会顽强地展露出来。相对于中国符号的点缀和诠释，民间集体记忆的再构、文化及文学经典表达方式的借鉴并采用，在更深刻的意义上体现了这些英语文本的中国本土性底色。

《天桥》第十一章叙写了李大同和妻子吴莲芬与回国援助变法的容闳夫妇在文家见面吃饭的场景，民间传说意味十足：大同因迷路，误了约定的饭点，莲芬叮嘱大同到文家后就说因有事耽搁已用过晚餐。当着主人和容闳夫妇，两人果真一口咬定已吃过晚饭，但因盛情难却，他们还是坐到了饭桌边。大同心不在焉，吃了一碗又一碗，莲芬向他使眼色，他因为近视眼看不见，继续吃个不休；莲芬急得用脚踢他，他缩回腿仍旧狼吞虎咽;莲芬无奈之下用力再踢他,大同茫然地问莲芬,为什么一直踢他。作者在描写这一场景时一定是调动了童年听过的某类民间故事的记忆。中国各地有不同版本的呆女婿在岳父家吃饭出丑的传说,《天桥》里的李大同虽然不是呆女婿,但大同夫妇在文家闹笑话的情节还是具备了类似民间故事的基本要素:妻子机警伶俐,丈夫朴拙混沌,妻子再三暗示,丈夫总是不领其意,直至曝出真相。熊式一娴熟地移用了民间故事的资源,凸显了李大同心地纯洁、不拘小节的秉性,但小说拨转了民间故事对呆女婿嘲笑的情境,文、容两对夫妇均和蔼可亲,大同和莲芬小两口受到热情而体贴的款待。充满了喜感的晚餐场面,从侧面反映了容闳夫妇对胸怀大志的李大同的喜爱、赏识。

同样属于作者对早年文化积淀、文学经验的发掘和利用,文家晚宴场景的处理是在拟写民间故事的基础上做了意义的再阐释和再建构,而《天桥》第四章李明临终前的情景则直接套用了中国古典小说里的片段。小说写李明瞪着眼拼命伸出两根指头,众人均不解其意,最后儿子小明把菜油灯上的两根灯草灭掉一根,李明才点点头,两眼一闭,咽了气。两茎灯草的故事是吴敬梓《儒林外史》第五回“严监生疾终正寝”的经典桥段。熊式一将此情节嫁接到《天桥》中,让英语读者直观地领教了一个中国土财主至死不渝的贪财吝啬。但若从熟谙《儒林外史》的中国读者的眼光看,熊式一在这里可能有点偷懒图省事,因为李明和严监生虽说都属吝啬鬼类型,但相对于严监生卑微而胆小怕事,李明则是一贯的精于盘剥、算计,为人刻薄狡黠。临死之际,要求家人只用一根灯芯照明符合严监生可笑复可怜的性格逻辑,而对李明来说,让他合不上眼的该是更为要紧的事情。①“严冠李戴”固然也有不错的讽刺效果,却还是浮皮潦草了点。

用英语写作的熊式一不时地从中国民间文学和古典文学里汲取养料,显现了一个

---

① 小说写李明临终前想见到他名义上的内侄女事实上的亲生女——吴莲芬,她是李明和李明太太的嫂子偷情生的孩子,内情只有当事男女二人清楚,其他所有人直到李明去世时仍然都蒙在鼓里。小说写莲芬看李明伸出两根手指,猜测大概和点灯有关,只是她猜反了,以为姑爹想点两盏灯。作者没有在莲芬身世之谜以及李家遗产问题上继续做文章,而把焦点集中在两根灯芯上,或许是有意避重就轻,但这样处理还是有说不太通的地方:李明虽然平时锱铢必较,但他作为一家之主(不仅在自己这一家,对分了家的弟弟李刚,他也一直自以为可行使家长的权力),是个要强的角色,因此笔者认为,他临死前不至于仅仅纠结于两根灯芯这样的小细节。

中国作家本能的文学反应。他对中国文学传统的熟稔,使他在叙述中国人的生活时会下意识地化用早已烂熟于心的中国式的表现方法。只有生于斯长于斯或者长时期浸泡于中国环境的人,方才可能拥有如此敏觉的中国感性。《大学教授》第三幕穿插了这样一场戏:抗战前夕,身为最高领袖智囊的张教授拨冗接待了两位想走后门谋官职的客人。这李先生和胡先生,一老一少,一个长袍大褂,一个西装笔挺,一个冬烘委琐,一个自大狂妄,虽然谈吐做派有天壤之别,但虚荣不知耻、愚蠢贪享乐则毫无别致。张教授对他们见招拆招,巧妙而得体地将二人分别送出了门。剧本用对比和重复叠加的修辞法,不动声色地将这张教授分别接待两位客人的场景连续搬演出来,前后相互映衬,极具讽刺色彩和喜剧效果。适当并有效地利用这种重复加对比的修辞,在《王宝川》里更是不胜枚举。宝川和金川、银川三姐妹关系以及薛平贵和苏龙、魏虎三连襟关系的设定,第一幕里抛绣球那场戏里等着接绣球的各色人等的形象勾勒,第四幕里宝川和代战公主明里暗里较量的气氛营造,或整体或局部地均运用了重复加对比的修辞,反映了熊式一对中国这种古老却不乏活力的艺术表现方法的敬意。

在《大学教授》第三幕结尾部分,来自不同阵营的一干人千方百计地想打探张教授翌日提交的国是建议书的底细。在深夜的张府,每个人都费尽心机找借口进入张教授书房。女仆率先从张教授抽屉里找到了文件,得知张教授建议主战后,"发出惊叹快乐的声音"。此时一阵很重的脚步声传来,她连忙把文件放回抽屉。冲完澡后没戴眼镜的张教授回到他只亮了一盏台灯的书房。女仆迅速藏到了书案底下,张教授直接坐到座位上,女仆好不容易爬开了,差点被张教授的脚踩到。张教授不小心把眼镜碰到地毯上,女仆一把手捡起,因为一旦张教授戴上眼镜,她必定会暴露。张教授"起身推开椅子,蹲在地上用手摸索,摸了半天,摸不着,他就跪下去,向前后左右摸过去,她只好跪在地下,保持着躲在他后面,他实在找不着,没法子,只好不再找了,回到椅子上坐下"①。紧接着,外套间窗户悄然打开了,一个人影缩头缩脑地爬了进来,又蹑手蹑脚地走进书房,终于拔出手枪对准了张教授。女仆惊讶地瞪大了眼睛,在千钧一发之际,

① 熊式一:《大学教授》,台北:中国文化大学出版部 1989 年版,第 141 页。

她扑向张教授,用她的身体挡住两发子弹。插入剧本中的这段叙事,颇有京剧《三岔口》"摸黑打斗"的味道,虽然剧中人物并非虚拟表演,但女仆和张教授在昏暗书房的局促空间里展闪腾挪,一招一式彼此如同达成了默契,再加上后进屋的刺客身手笨拙,是不折不扣的菜鸟,原本应该紧张惊险的情境竟然透出一丝幽默滑稽的气息。而人物之间的误会设置也有点类似《三岔口》,第一层误会是女仆和其他所有人都怀疑张教授是建议主和的卖国贼;第二层误会是张教授不知道救了自己性命的女仆就是十八年前离家出走的妻子张太太;第三层误会是张氏夫妇和所有人都不知道那个刺客竟然是张教授过去教过的学生陆英。熊式一沿用了中国传统武戏通过人物"摸黑打斗"终于相互认清身份尽释前嫌的叙事架构,让彼此不明真相却爱国心切的一干人在张教授即将提交国是建议书的前夜汇聚到书房,各自充分表现,虽然他们不会像《三岔口》里的角色表演高超的黑夜对打武艺,进退攻防也谈不上精彩,但场景和剧情却一样扣人心弦。剧情被推向高潮,前两幕分道扬镳的人物和扑朔迷离的线索有了收结,正义的主题也得以张扬凸显。不管熊式一在写到临近大起底的这场戏时是否真的有意模仿了《三岔口》,英语剧《大学教授》对中国戏曲叙事技法的吸纳和创造性融合,其实不难辨认。

熊式一的英语小说戏剧与中国文学、戏剧艺术传统的关联,不只在于对一些中国文化和文学母题、素材或经典情节与表现方法的采用、嫁接和再加工,还反映在中国习语、惯用语直接或间接地被大量植入。《王宝川》里的人物语言生动鲜活,诸如"割鸡焉用牛刀"(To kill a little chicken, why use a big knife for killing oxen.)①、"男儿志在四方"(A man's ambition cannot be limited by space.)②的俗语引用,随处可见。《天桥》一共十四章,加上楔子和尾声,所有标题都由中国人熟悉的成语、警句名言组成,文中类似的引述更是屡见不鲜。甚至南昌一带的土话、谚语也间或跳出几句,如:"只有船靠岸,哪有岸靠船。"(While men can make ships approach the shore, Women can make

① 剧中丞相王允的二女婿魏虎被定位为草包将军,他在岳父家为显示自己有学问,引用孔子之言,却把"杀鸡焉用牛刀"说成"杀鸡焉用马刀"(To kill a little chicken, why use a big knife for killing horses),之后王允予以更正。参见熊式一(S.I.Hsiung):《王宝川》(中英文对照),北京:商务印书馆2006年版,第202、27页。

② 这句话是剧中王宝川对丈夫薛平贵将随军队出征前的鼓励。参见熊式一(S.I.Hsiung):《王宝川》(中英文对照),北京:商务印书馆2006年版,第231、70页。

shore approach ships.)[①]这些积淀了中国人的智慧、经验同时也反映了人类共通性情感价值的表达,经过适当的语言文化的转译,大多尚能为英语读者理解接受。但就英语书写本身而言,也会有少许不尽如人意之处[②]。除了作者个人语言修养的因素,毕竟一种文化移译到另一种文化时,要获取百分之百等同的符号、意义和功能,几乎不可能。熊式一用"Not to impose upon others your own opinions"来对应"己所不欲,勿施于人"[③],难免有些勉强;而用"River courses bend and change, Earth quakes heave mountain range. Man is but a gentle creature, Yet no power can change his nature"来替代"江山易改,本性难移"[④],显得啰嗦又笨拙。正是因为这种文化移译的限制,熊式一需要努力跨越障壁,寻找适当路径,以便更有效地完成创造性转化的使命。

(六) 生成新的审美空间

从兼容并蓄的角度来看,熊式一的英语创作最出色之处是对中英讽刺幽默艺术的圆融运用和创造性发挥。无论是《王宝川》,还是《大学教授》、《天桥》,就幽默或讽刺特点而言,它们无不体现了作者在中国美学理念和英式趣味包括"巴里风格"(Barrie's style)[⑤]

① 这句谚语流行于湘鄂赣一带,该区域民间流传的七言长篇叙事体民歌《山伯歌》中即有"只有船儿来就岸,哪有岸儿来靠船"一句。参见 Shih-I Hsiung, *The Bridge of Heaven*, New York: G.P.Putnam's Sons, 1943, p.169;熊式一:《天桥》,北京:外语教学与研究出版社 2012 年版,第 155 页。

② 熊式一在英语创作中热衷于引用中国习语,在增强中国特性的同时,也会使语言表达变得过于中国化,成为一种 Chinglish。据熊式一自述,他曾把一部名为《财神》喜剧习作译成英文寄给萧伯纳、巴里等名家,萧伯纳在给他的信中说他的英文是属于"特别的一类,应该叫它做中国的英文",就像"中国白色,中国银朱等等",看上去这是一种夸赞,但也可能是萧伯纳对熊式一英文不够纯净的委婉表述。熊式一自己大概也是心知肚明的。(参见熊式一:《出国镀金去,写〈王宝川〉》,《八十回忆》,北京:海豚出版社 2010 年版,第 29 页。)

③ 参见熊式一(S.I.Hsiung):《王宝川·中文版序》,《王宝川》(中英文对照),北京:商务印书馆 2006 年版,第 19、197 页。

④ 参见 Shih-I Hsiung, *The Bridge of Heaven*, New York: G.P.Putnam's Sons, 1943, p.44;熊式一:《天桥》,北京:外语教学与研究出版社 2012 年版,第 36 页。

⑤ 出自温源宁的《王宝川》剧评。巴里,即詹姆斯·巴里(Sir James Matthew Barrie, 1860—1937),英国小说家、剧作家,1904 年底他的经典作品《彼得·潘》初登伦敦舞台,之后在世界各地产生了深远的影响。自 20 年代末起,巴里即被介绍到中国,熊式一在国内时即翻译了巴里全集,他的英语创作不同程度地受巴里风格的影响。温源宁在剧评中总结巴里的风格为:"迷人的家庭生活,感伤的微弱欲望,以一种知交密友的语气传递",他称熊式一为"中国的巴里"。参阅 Wen Yuan-ning, "Book Review: *Lady Precious Stream* by S.I Hsiung", Published by Methuen & Co. Ltd. London, 8/6, *The China Critic*, 1934, Vol.7, No.52。

间的平衡，这种平衡显示了他在把握相关中英文化传统时的轻松裕如，但却绝非对中国或英国资源的单纯照搬，它一方面印证了跨文化语境文本的本土性必然胶合在多样性的统一之中——本土性重构，另一方面也反映了身处文化夹缝中的熊式一融合了多重视野后的个性化审美追求。

作为巴里的崇拜者，熊式一赞赏《可敬的克雷登》写法"深刻"，说"他写贵族的庸懦，能使人狂笑；他写贵族的专擅，能使人痛恨；他写贵族的投降'自然'，能使人满心惬意；他写贵族的恢复主权，能使人悲愤填膺；他对于贵族的颓废，平民的活跃，和两阶级间的生活情况，尤其是深入浅出的描写如画"。[①]巴里的"深刻"固然来自他个人坚定的民权观念、对现实的洞悉和思考，同时也与他对英国讽刺文学传统天生的敏觉有关。虽然巴里写苏格兰乡村故事时笔调幽默而温情，可他对贵族阶级的讽刺辛辣犀利，批判力度并不下于他的英国同行萧伯纳、高尔斯华绥。熊式一有意追随巴里的足迹，模仿借鉴巴里的诙谐幽默，却也深知自己永远无法、也不可能去复制巴里的"深刻"，立足本土、另辟蹊径，才是自己唯一的也是必然的选择。

熊式一在《王宝川》里讽刺王允的专横、魏虎的蠢笨，在《大学教授》里讽刺张教授见风使舵的善变，在《天桥》里讽刺李明奸刁刻薄又视财如命，把这些中国社会中上层或地方权势人物设置为挞伐对象，这有点类似巴里；而借用夸张、谐音、双关语来强化讽刺幽默效果，也可见出他对英式修辞及文风的用心。譬如《王宝川》第一幕新年雪夜家宴时王允希望两个女婿作诗助兴，大女婿苏龙说他自己读书不多请见谅，二女婿魏虎却辩称暂时没有诗兴："我记得哪位诗人说过：'要诗做得好，必得出汗。'今天太冷，你看。我们得等到夏天，那会儿才有汗。"(I remember some poet said: "To write good poem, one needs perspiration!" It is very cold now, you see. We can't expect any perspiration until the summer comes.)。王允问，你指的是灵感吧？(You mean inspiration?)宝川嘲讽道："如果你只要出汗就能作诗，那你一定是当今最伟大的诗人！"(If it

① 参见熊式一译巴里《可敬的克莱登》第一幕后的附言，[英]巴蕾：《可敬的克莱登》，熊适逸译，《小说月报》第20卷第3期。

is only perspiration that you need, then you must be the greatest poet of the age.)①作者利用 perspiration 和 inspiration 的谐音,让魏虎用 perspiration 替代 inspiration,凸显了这位庸将的不学无术加自大浮夸,营造出滑稽可笑的情境。②

然而,熊式一在语辞转换上的英国化,并不促成《王宝川》和《大学教授》、《天桥》与巴里式"深刻"的必然关系。而从平行对比的角度,英国学者吉尔班克表示,"现在一读到《王宝川》,就会想到英国十八世纪的'感伤喜剧'","这一流行时间不长的戏剧鼻祖是《旁观者》的合伙创立人理查德·斯梯尔(Richard Steele, 1672—1729)。他直言不讳的赞成在文学和生活中要有一定的风度。……斯梯尔不是靠滑稽的打闹、粗鲁的小丑、调皮话或奚落他人这些当时流行的喜剧成分来博人一笑,他的目的在于创造'快乐的笑不出来',换句话说,不是要引人们笑话那些不幸和头脑简单的人物,而是观众面对此情此景,产生灵魂升华上的欣喜"。③这样的推测显然更多源自吉尔班克自身的英国文学知识积淀。熊式一的讽刺总是适可而止,他的幽默也是不温不火,批评指摘均控制在恰如其分的尺度内。这与斯梯尔赞同的"在文学和生活中要有一定的风度"似乎相契合,但熊式一并不着意于"快乐的笑不出来",而把更多精力放在如何褒贬适当、臧否有致。这种避免极端以及留有余地的态度,从根本上决定了熊式一讽刺幽默的审美基调,它不影响喜剧性效果的呈现,却也能让读者在会心微笑之余获得咀嚼的余味。因此,就熊式一的讽刺幽默而言,不管是否关乎巴里的"深刻",或者 18 世纪英国感伤

---

① 熊式一(S.I.Hsiung):《王宝川》(中英文对照),北京:商务印书馆 2006 年版,第 32 页。

② 《王宝川》人物对白里运用谐音词造成幽默效果,除了魏虎之外,还出现在守三关的莫将与代战公主随从马达、江海的对白台词里。从中原人的角度,莫将觉得西凉人相貌怪,说话也怪。譬如马达称莫将"老头"(Old man),莫将听了像"下弦月"(Old moon);江海称莫将"老将"(Old General),莫将听了像"老姜"(Old ginger);马达称"我的王"(My king),莫将听了像"男亲戚"(kinsman);江海称莫将"我的主人"(My master),莫将听了像"芥末"(mustard),他又称"我的皇上"(My Emperor),莫将反问"你饿了吗?"(You are empty?)这部分对白的语词替换及意义错位,营造出轻松戏谑的喜剧氛围,反映了中原人和西凉人在语言和文化上的隔膜;而就剧情本身而言,莫将气定神闲,马达、江海因急不可耐要进关,所以对莫将从无礼到敬畏,尊称程度不断升级。这场对话看上去内容重复节奏拖沓,却符合情节发展逻辑:莫将遵从刚逃回中原的薛平贵之令,堵住西凉追兵,所以故意和马达、江海及代战公主拖延时间。参见熊式一(S.I.Hsiung):《王宝川》(中英文对照),北京:商务印书馆 2006 年版,第 109—110 页。

③ [英]罗宾·吉尔班克:《熊式一与〈王宝川〉》,胡宗锋译,《美文》2015 年第 1 期。

喜剧的"风度",它终究还是较多体现了一位中国作家在超越了文化语言的边界后,对"中和之美"这一中国本土美学精神的守望 。

在《王宝川》的开头,叙事者介绍丞相王允,说他有很多毛病,却不是歹角,剧中的王允果真很可笑却不那么可恨;《大学教授》里的张教授、《天桥》里的李明演示了各自荒诞不经的道德缺陷,但他们实在不算十恶不赦的坏蛋。不是熊式一对假恶丑手下留情,是他了解中国社会诸多病状的缘由,也理解人性的普遍晦暗和局限。不管对愚而不肖之徒,还是对智而贤德之才,他都想尽可能"表现得入情入理",以展示"和世界各国的人一样"的中国人的本相。[①]因此,即便对王宝川、李大同这些正面人物,熊式一也不认为他们十全十美。生为凡人,即有七情六欲,也自然免不了性格上的小瑕疵。《天桥》第十一章叙写李大同被袁世凯看中为其办理文牍,在袁公馆居然为"才貌双全"的九姨太心旌摇曳、意乱情迷。他公毕一边往家走,一边看九姨太的诗稿,越读越有味,只是百思不解她写的诗怎么会那么风格不一、水准悬殊:

> 他意识到,一个人毕竟不能判别自己作品的好坏。读下去,发现打油诗越来越多。最后的两首诗最为糟糕。对他来说,这位女诗人就像一个人在黑夜中沿着稻田间的小径行走,他永远不能确定自己的脚步,会时不时地踩进泥水里。
>
> 大同自己也处在极其相似的位置上。他眼睛近视,注意力都集中在诗稿上,在泥泞的后街摇摇晃晃地走着,错过了好几处转弯,离家远了。[②]

这一段记叙看似平实,却暗含令人发笑的幽默内涵。其一,大同津津有味地读那些良莠杂陈的诗,是因为早已被香艳的九姨太吸引;其二,大同为九姨太的诗稿里出现俚俗不堪之作辩解,其实是在为自己被迷惑辩解;其三,之前小说已交代大同天天在家和袁宅间来回,路已经相当熟了,而这里拿近视眼说事儿,实为欲盖弥彰;其四,"泥水"(muddy water)和"泥泞的后街" (muddy back streets)中 muddy 的重复,彰显出大同的尴尬;其五,"错过了几处转弯"(missed several turning)和"离家远了"(far away from his home),均为一语双关,凸显了大同恍惚、迷失的状态。《天桥》的读者在翻到

---

① 参见熊式一:《香港版序》,参见熊式一:《天桥》,北京:外语教学与研究出版社 2012 年版,第 14 页。

② Shih-I Hsiung, *The Bridge of Heaven*, New York: G.P.Putnam's Sons, 1943, p.211.

这一页时，想必都会为大同的憨痴忍俊不禁。大同一时糊涂，直接起因于他不知道那些诗是出自九姨太众多相好之手，却也说明他涉世未深、幼稚简单，太容易被诱惑被欺骗。当然，在出身风尘谙熟异性软肋又善于作伪的九姨太面前，大同暂时失去招架之力，也无伤大雅。作者点到辄止，读者心领神会，同时也多少明白了这样一个毫无城府的年轻人当初如何能识破老谋深算的袁世凯的底细？大同对袁世凯及其九姨太的轻信，暴露了他不谙世事的天真，但这正是他性格的一部分，作者的调侃无损于大同淳朴正直的形象，只会让人觉得更真实、更亲切。这就像《王宝川》里宝川会吃代战公主的醋、薛平贵会对宝川假惺惺扮正经，《大学教授》里的张太太会为张教授和前任生的孩子突然上门而抓狂，这些情感表现当然没有神圣的光环镶嵌，与高风亮节也不搭边，但却也未超出人之常情的范畴，因而作者的揶揄清晰可感，文字却温润和煦，人物有血有肉，故事也显得活泼有趣。

熊式一的讽刺和幽默不怎么追求情感的迫切和语气的强烈，除了《王宝川》人物对白里混用一些谐音词可直接触发英语读者的笑神经，在剧场里会引发哄堂大笑外，他的读者大多应该是细细品味了文字里外的谐趣后莞尔一笑，不太可能出现像熊式一所说的读巴里《可敬的克莱登》后骤然刮起情感的狂风骤雨。调侃或讥诮，在熊式一笔下，与尖锐深刻无涉，尽管偶尔偏于轻浅浮滑，但大多仍不失蕴藉意味。那些绵里藏针式的、草蛇灰线式的、云龙雾雨式的笔触，映现出“戚而能谐，婉而多讽”①的中国讽刺文学风格的濡染痕迹；而善恶有报、悲喜交错的理念格局，也多少透出一丝儒文化秩序下道德审美合一的均衡和谐气息。但是，熊式一也是 Shih-I Hsiung，在英语文化语境下，那种轻松活泼的姿态，从容笃定的气性，以及自信而理性的发声方式，与纯粹中国式的表达仍然有所区别。

《大学教授》第一幕叙事者在介绍了堆满书籍的张宅陈设后说：“他一定是把他所有的时间，都用在书本上和笔墨上了。至于他的著作到底出版没有，我们不必去关心，因为假定他的书出版了，那么也一定是学术性太重，使普通读者受不了。”②打趣屋子

① 鲁迅：《中国小说史略》，《鲁迅全集》第 9 卷，北京：人民文学出版社 1981 年版，第 220 页。

② 熊式一：《大学教授》，台北：中国文化大学出版部 1989 年版，第 2 页。

的主人是献身于学术的教授，是浮在文字表层的顽皮。迂阔而不通人情世故的书呆子，古今中外均不鲜见，因而无论来自何处的读者，都能立马意会。可这不过是虚晃一枪，紧接着，叙事者开始揣测张教授著作的学术价值，渐渐披露出把读者注意力引向文字以外的意图。著作深奥、受者小众化，是书斋型教授学者的标配，而叙事者漫不经心的推测，加上虚拟的语气、略带夸张的口吻，俨然是将张教授从那类学者形象中剥离出去的节奏，这才是剧作真正的着力点，讽刺的味道由此而来。它不尖刻，不犀利，自自然然，却四两拨千斤，让读者获得回味想象的空间。张教授究竟怎样，作者未做交代，读者在脑海里却还是生成了初步的轮廓，并期待着将其填实完善。

通达事理、洞明世事的幽默和婉讽在《天桥》中也有精彩表现。虽然作者对李明吝啬苛刻的讥嘲有些热辣，但对他曾一度出轨妻子的嫂子——吴士可的太太——以致生下私生女的轻浮，用笔却十分谨慎内敛，而这件风流韵事恰恰是整部小说讽刺性主题的结构枢纽，也是李大同、吴莲芬、李小明三人情感结局合理性的前提。小说自始至终一直没有正面铺展这条线索，所有与此相关的文字都十分隐晦而平淡，直到尾声部分谜底揭晓，读者才回想起之前曾忽略掉的一些蛛丝马迹。譬如写吴老太太为照顾坐月子的女儿而暂时住到女婿李明家，因为儿子吴士可去上海了，她让三天两头进城的李明到吴府留宿，帮儿媳照料家事，她放心，李明也乐得省掉了花销；另外，李明以各种理由要打消吴老太太亲上加亲（让刚出生的孙女莲芬和外孙小明结娃娃亲）的念头——因为这两个孩子其实是同父异母的兄妹。和所有人一样蒙在鼓里的李明妻子因得知侄女莲芬的八字硬，不太乐意儿子小明将来娶莲芬为妻，就想找哥哥吴士可商量等莲芬长大后嫁给养子大同，小说接着写李明夫妇二人的交谈：

> “要是你哥哥不接受大同呢？你最好还是私下和你嫂子谈一下。”
>
> “当然我也会告诉她，但是你为什么觉得我哥不如我嫂子通情达理呢？……”
>
> 她的提议果真是解决办法。哥嫂两个都同意——尤其是她嫂子，以至于李明太太感到有点惊讶。①

---

① Shih-I Hsiung, *The Bridge of Heaven*, New York: G.P.Putnam's Sons, 1943, p.43.

莲芬的身世真相只有李明和吴士可太太两人心里清楚，而后者在小说中几乎是一个永远藏在人后的角色——作者甚至未给她一个名姓，但凡她与李明有交集处，小说叙述要么曲里拐弯，要么蜻蜓点水，几无痕迹以致令读者难以察觉。这一关涉李吴两家命运转折的天大的秘密掩饰得越是严实，它所包孕的讽刺性也就越是丰富，意味也越是悠长。这是熊式一的风格，也是他的立场。他不屑李明顺手牵羊占便宜式的随意留情，也不满吴老太太自以为乾坤在握其实引狼入室的糊涂，但他不忍以任何言辞去评价善良的吴士可太太一时的软弱，更不想触碰一个多年来被放荡不羁的丈夫视为路人的女子的伤痛。尤其重要的是，这场于吴老太太而言是失算，于吴士可太太而言是失足，于李明而言是失德的意外事件，作者无一贬词，其所发露的并非当事者行为的不端或不堪，而是人性弱点所引发的一系列不可控反应的荒诞：莲芬出生了，莲芬与李明的养子大同私奔了，莲芬和大同用父亲留下的遗产——李明一生费尽心机积攒的财富——重修了天桥，它们虽然并非全都出于当事者意愿，却竟然均为善果，这不啻为令人回味无穷的反讽。如此处理这一深埋在小说文本中的关键性情节，集中体现了熊式一理、智、情三者有机融合后的伦理观和审美观。他洞察并探究人类不可捉摸的命运，悲悯人性无常，更对肩负着历史重负的中国人挣扎着奋力向前心怀期待。因此他落笔冷静而克制，即便对极易触发读者兴趣点的家族秘密或个人隐私，他也绝不随意点化渲染，反而是巧妙地裁剪删削，把读者注意力引向对人性、文化及历史的思考。

作为跨文化语境的文本，熊式一的《天桥》等英语小说戏剧不同程度地反映了世界文学的特征："世界文学总是与主体文化的价值取向和需求相关，又与作品的源文化相关，因而是一个双重折射的过程……任何一部作为世界文学而存在的文学作品，都与这两种不同的文化紧密联系，而不是有任何一方单独决定。"①熊式一英语文本的价值取向和审美选择也正是异域（西方）和本土（中国）文化双重折射的结果。整体而言，熊式一的文字轻快简练，不事修饰，但却有绵长隽永的含义；而褒贬有度、有节制的做派，像是在致敬"怨而不怒"的中国诗教传统。而就幽默讽刺而言，英国文学同样也追求含

① ［美］大卫·丹穆若什：《什么是世界文学》，查明建、宋明炜译，北京：北京大学出版社 2014 年版，第 311 页。

蓄委婉、隐而不露，但更明显地反映在讲究语辞的睿智和内涵的深刻上，和中国文人推崇平淡自然的美学境界而注重清远悠长的意味有别。西方自由主义精神传统以及英国知识分子对智慧和理性的执著，使英国作家对人类的愚蠢、人性的丑恶和社会的病态绝无容忍，因而毫无顾忌地挥起了鞭挞的荆条，猛烈、精准而无情。而中国作家大多保有"温柔敦厚"、"文质彬彬"之类的人格基因，崇尚温良恭俭让的品德，看待世界和回应世界时很难挣脱中庸调和的集体无意识，文学表现不得不隐晦迂回，所谓的皮里阳秋和春秋笔法正是对这类写作风格的认同和称许，总体的审美基调也就趋于阴柔婉转。至于寓居西方的熊式一，他当然本能地会从本土中国的文化和审美传统中汲取力量，通过中国式的含蓄自然来彰显英语表达中本土性的存在，而同时也以此来印证自我与故国的深切关联。然而，作为一个经历过"五四"思想洗礼的中国作家，无论何时何地，熊式一都无法忘却现代启蒙理念的实践职责，现实介入和历史反思的新文学传统早已内化于心，且必定外化于行。生成于西方语境下的《王宝川》和《大学教授》、《天桥》，以温和得体的婉讽笔触解析中国的世态人心，理性平实地再构了本土形象，不仅反映了作者对中英幽默讽刺传统的个性化理解和把握，更不啻为一种融合了多重文化视野后的新的审美创造。

描摹人类相通的本相:蒋彝的英国画记

龚志强

蒋彝(Chiang Yee, 1903—1977),字仲雅,生于江西九江。1933年,他为研究外国政府如何管理国家和对待国民,动身前往英国。1937年,蒋彝的《湖区画记》(*The Silent Traveller: A Chinese Artist in Lakeland*)出版,从此他在英国声名鹊起。他留居英国22年,曾在伦敦大学东方学院任教。1955年,他迁居美国,进入哥伦比亚大学授课,直至退休。蒋彝一生著作颇丰,包括游记、文化著作、儿童文学作品和诗集,而他最为人称道的,是"哑行者画记"系列。"哑行者画记"共12本,是蒋彝游历英国、美国、爱尔兰、法国及日本后创作的游记散文。他在书中以自己的游历经历为线索,描绘各地的自然景观、历史沿革、地域风情和文化生活,以中国人的眼光观察异域,细致且独到。"哑行者画记"使外国读者在熟悉的环境中发现自己习焉不察的美,并透过蒋彝之眼,了解自己国家与中国的相通之处,故而颇受欢迎,畅销不衰。

"哑行者画记"中最具影响的是以英国为背景的五部作品,它们是《湖区画记》、《伦敦画记》(*The Silent Traveller in London*)、《伦敦战时小记》(*The Silent Traveller in War Time*)、《牛津画记》(*The Silent Traveller in Oxford*)和《爱丁堡画记》(*The Silent Traveller in Edinburgh*),它们最充分地展现了蒋彝的艺术特性及精神品位,同时也最为贴切细致地披露了一个旅居异邦的中国人——"哑行者"蒋彝的创作心理。

一、画家之眼：宁静细微处的美

蒋彝从小便随父亲——画家蒋和庵——学习绘画，后又师从九江名画家孙墨千，经多年训练，自己也成为一名画家。他的英国画记，处处显露出这位画家眼中独到的观察。蒋彝尤其擅长自然场景的描写，如同在宣纸上作画，结构布局早已成于胸中，下笔时安排营构便都井井有条。以下面一段为例：

> 水面上仍有雾霭升起，仿佛整座湖都注满了沸水。天空上散落着几片偌大的浮云，如蓬松的羊儿倒挂天边，即使如此，我眼目所及，仍有几束阳光以前所未有的光辉照耀着大地。就在我凝视之际，一束光柱穿透了厚重的云堤将云絮的边缘转为一片银白色，照得山顶闪闪发亮。云向前漂移，光线随之流转，山峰的明暗变化万千。①

这一段中，蒋彝由水面写起，随雾霭的上升将目光引到天空，继而顺势描写空中浮云，又以“蓬松的羊儿”的比喻将目光移到天边。然后，他用全景视角，描述“眼目所及”这一大背景中的阳光，再转而写光柱穿透云层，使天空与地面因阳光而连接起来。雾霭自下而上，光柱自上而下，打破了景物的层次界限，上下贯通。光柱在他“凝视”之时穿透云层，又赋予静景以动感，最后云的漂移，令“山峰的明暗变化万千”，更是有连绵不断的动态。只此一段，蒋彝描写中点、线、面结合，着眼点转换自然，既有局部，又有全景，同时动静相宜，可谓颇具匠心。

除了布局巧妙，蒋彝对于色彩、光线和声音的感知也十分细致，常能将丰富的颜色和声音和谐地安排在一起。如下面两段：

> 上层雾气非常薄，带着灰绿色，到了夕阳边上，就成了紫色。我们坐在那里，眼前夕阳的颜色不停变化。起先太阳看起来很大，离我们很近，后来，就躲到了耀眼的云朵后面。下方云朵边缘好几处地方，都镶了非常明亮的金黄色。太阳四周

① ［美］蒋彝：《湖区画记》，朱凤莲译，上海：上海人民出版社 2010 年版，第 109 页。

的天空上，出现了不同的金黄色调，几乎不是笔墨所能形容的，而且，愈靠近我们，愈明亮。过了一阵子，金黄色泽逐渐变得半红半黄，然后转成了紫红色。接着，太阳中心凝结成了一团刺眼的红色，外围则是薄薄的蓝紫色。四周景物似乎全给染红了。虽然只有少部分的绿叶转成了淡黄色，此刻，所有的叶子却全都变得非红非绿，连我朋友的脸都变得红中带黄了。①

忽然树干底下传来一阵粗哑的呱呱声，定睛一看，原来是只大鸟……有时，风吹过树叶，呼啸声淹没了雨滴轻柔的啪啪声。一滴滴水在我面前接连落下，发出响亮的“滴——啪啦”声。②

第一段中，蒋彝写夕阳，随时间变化，它自身和周遭的景物颜色也不断变化，所用色彩极多，而并不杂乱。色彩不仅层次分明，且毫不单调，光紫色就有紫、紫红和蓝紫三种，红也有红、半红半黄、紫红、非红非绿四种。夕阳光线的改变被用颜色的改变来表现，光与色融合为一，免去了单描写光线的困难与单调，又使得文字瑰丽多姿。

第二段中，蒋彝写到了鸟声、风声和雨声。鸟声是单写，风雨声却是互相映衬，风声有时盖过雨声，雨声虽轻柔，水滴落下却又很响亮，趣味盎然。蒋彝常描写声音的重叠，如雨中的鹿吃草，他写到鹿儿的细咬声，而这声音又会被雨声掩盖；对于杜鹃奇妙的“咕咕、咕咕”声和云雀轻柔的“咕哩、咕哩”声，他则说：“听过云雀多变的鸣啭，杜鹃单调的声音有点令人失望和厌倦，但它们通力合作却最为成功”，随后他还写到了麻雀的“啾啾、啾啾”声，用雪莱的诗句将它们的组合称为“和谐的激狂”③。

这类精妙的描写，在蒋彝的英国画记中俯拾即是，究其原因，其一是他身为画家的敏感细致。他在旅行的同时留心观察，寻找可入画的题材，各类景观在进入他眼中之时，就已是画面里的元素，比如他看到雨中的芍药，就自然联想到在宣纸上画花的感觉。他自己也说过：“而我，因受益于中国传统的训练，要将山岭轮廓，甚至大致的颜色

① [美]蒋彝：《伦敦画记》，阮叔梅译，上海：上海人民出版社 2010 年版，第 56、57 页。
② [美]蒋彝：《牛津画记》，罗漪文、罗丽如译，上海：上海人民出版社 2010 年版，第 110 页。
③ [美]蒋彝：《牛津画记》，罗漪文、罗丽如译，上海：上海人民出版社 2010 年版，第 88、89 页。

深浅一一记在心中,并不困难。”①如此,细腻的观察与记忆力相结合,无论作画还是作文,蒋彝下笔都更加传神有味。深入观察自然还常常让他学到新的绘画技法。他看见雾中的一朵玫瑰“像女孩迷人的脸庞从白色帘子间探出头来,羞怯但气质优雅”,便“比以往更清楚明白大师的巧妙技法。他们画几朵花,适切地布局,一件世上的杰作就此完成”。②看见墙头花、郁金香、玫瑰、牡丹、山楂树、栗子树、金链花和谐地交错时,他就“知道如何用黄色来抑制热情的红色和紫色,为图画增添和谐”③。

蒋彝描写精到的原因之二,在于他有一种独处喜静的癖好。他在《湖区画记》的引言中便提到,自己之前参加假日旅行团去北威尔士边界时,行程紧凑,且同行者不断为他解说,致使他对这次旅行极为失望。因而,他第二次只身前往,并坦言:“对我而言,‘两人成伴……’这句谚语并不言之成理。”④他给自己起“哑行者”的名字,也有这方面原因。蒋彝到英国后,自起别名“重哑”,由他的字“仲雅”衍生而来,“‘重’字修饰‘哑’字,表示‘哑’的沉重的深度;‘重’字也可作动词,表示器重或崇尚‘哑’”⑤。“哑行者画记”中的他也确如英文 the silent traveller 一般,是一位寡言少语的行者,一方面常常独自出游,一方面也极少和旁人交谈。这种癖好的形成,与蒋彝的幼年经历有关。他不满五岁,母亲便去世了,“他小时候很少与堂兄弟姐妹们玩,怕受欺侮,常常一个人躲在房间里,不吃不喝,生闷气。等稍微认识一些字以后,他就爱独自闷头看书或者乱写一通,似乎在文字的世界里,找到了永恒的避风港。家人为他起了个绰号,称他为‘闷气生’”⑥。初到英国时,因为语言不通,他更是乐得不开口,享受这种因平静而生的喜悦。他曾在夜里独自去林区赏月,静听鸭叫鸟鸣,“那夜极凉,月光明亮清冷。我觉得浑身发冷,可非常喜欢那彻底的宁静,连树枝都纹丝不动了”⑦。

---

① [美]蒋彝:《湖区画记》,朱凤莲译,上海:上海人民出版社 2010 年版,第 78 页。

② [美]蒋彝:《牛津画记》,罗漪文、罗丽如译,上海:上海人民出版社 2010 年版,第 123 页。

③ [美]蒋彝:《牛津画记》,罗漪文、罗丽如译,上海:上海人民出版社 2010 年版,第 149 页。

④ [美]蒋彝:《湖区画记》,朱凤莲译,上海:上海人民出版社 2010 年版,第 31 页。这句谚语根据译者注为:Two's company, Three's a crowd.(两人成伴,三人不欢。)

⑤ [美]郑达:《西行画记——蒋彝传》,北京:商务印书馆 2012 年版,第 103、105 页。

⑥ [美]郑达:《西行画记——蒋彝传》,北京:商务印书馆 2012 年版,第 4 页。

⑦ [美]蒋彝:《伦敦画记》,阮叔梅译,上海:上海人民出版社 2010 年版,第 93 页。

蒋彝习惯独处，行程因而更加自由，观察、思考地也就更为细致、独到，这令他能见到许多一般游客难得一见的景致。他深夜去切恩步道，能看到树叶在路灯光下“带着最奇特的绿”；在浓厚的晨雾中沿牛津运河散步，“所有东西变了个模样”，羞怯的花朵，纯净的白鸭子，模糊的粉红色屋顶，迷蒙的尖塔，都令他神清气爽；在雨点和雾霭中登上亚瑟王宝座，听到来自下方的钟声，却感觉“似乎来自天堂”。这些观察，令英国本地人也感到新奇，他们通过蒋彝重新发现了自己的国度，自己平日熟悉的环境经他之眼，变得陌生而又别具一种新鲜的美。

“哑行者画记”虽为游记，却不只有散文文字。蒋彝为每本书都配上了精美插图和自己的诗作，他还用毛笔将诗作手书，穿插在书内，且书画均附有一方“哑行者”的印。这样一来，画记便成为熔诗、书、画、印为一炉的艺术品。

蒋彝作为画家，对于雨和雾这两种天气情有独钟。自然万物在雨和雾中，由于明暗、干湿的不同而变化多姿，雨、雾中的景色，朦胧缥缈，也适于用水墨来表现，英国偏又多雨多雾，赋予他无限灵感。他常在雨天和雾天出行，为了欣赏美景，他会立在雨中或置身雾里，以至于全身湿透却还沉醉其中。雨和雾不仅多次出现在散文里，也是蒋彝插图的主要元素。英国画记的插图，包括线描和水墨画两类，线描多是小幅速写，内容多样；水墨画则基本为大幅，黑白和彩墨都有，内容包含自然和城市两种景观。蒋彝的插画极有特点，他用自己熟悉的中国画的笔、墨和色彩，以传统的方式来处理他全然陌生的英国景色，使画作呈现出一种中西杂糅的韵致。这些画英国人看起来则既熟悉又陌生。《湖区画记》中，蒋彝用纯粹中国画的技法描摹了湖区风光，以黑白水墨绘出山水，和传统的中国画并无二致。《伦敦画记》、《牛津画记》、《爱丁堡画记》这三本中的黑白水墨，如《大本钟下的伞海》、《雪中的港口草原》和《薄暮中的律师巷》，巧妙借用宣纸与墨，精妙传神地再现了雨、雪和暮气中的城市景观。尤其值得一提的是《特拉法尔加广场的雾》，这幅画将这种画法发挥到极致，远处的纳尔逊圆柱及建筑仅余极浅的轮廓，画面下方，近处的鸽子则越来越清晰，整个画面浑蒙一片，而又过渡自然，令人如同亲见。彩墨插图如《乐百园的平静湖面》、《港口草原的秋天》及《夏日雾气中的古堡》，用色丰富且搭配协调，虽有色彩，却不同于西方的水彩画，那种如烟似雾的效果也被保留，从中可见蒋彝的匠心独运。

蒋彝饱览美景，常有所触动，便在文中以诗抒怀。他的诗，多为抒情、写景和状物，基本是打油之作，但也偶有"草上落花红一尺，春来无梦不江南"①这样的佳句，杨联陞评它们"都像是十七八岁的好女郎，自有一段天真纯洁之美"②。诗虽不出众，与文相配，也还是有所增色。这些诗被他用书法展示在书中，小篆、隶、楷、行、草众体皆备，与插画相得益彰。

二、中国之眼：东方人的异邦观察

蒋彝自幼在家塾中接受传统教育，远赴英国时已过而立之年，他于中国文化中浸染日久，到英国后，观察事物的角度自然也大异于英国人。在英国画记中，蒋彝丝毫没有隐藏自己的华人身份，反而特意强调，自己是以"中国之眼"在看待周遭的一切，读者也觉得他的视角新鲜有趣。

蒋彝初至英国时只会五个单词，对英国的历史地理、风俗人情所知极少。在英国期间，他阅读过一些相关书籍，但他的画记并不因此以知识性的内容见长。他在书中没有大段叙述英国历史掌故或引用典籍著述，而是始终围绕他个人的感知展开，将目光集中于细小琐碎之处。他说："我一向没有太多自信，因此，我总是随性浏览一些小地方。这些无所不在的小细节，总能吸引我去凝望、注视、思考，并带给我极大乐趣。正因细小。它们很容易就让人忽略了。这本微不足道的书，或许该称为平日随意观察所得，也许能在睡前或茶余饭后，给一些读者带来乐趣。"③他的笔下多是无意间遇见的旅客，公园里的动物，途中所见的花草，河流上的船，茶、酒、食物，甚至英国人的名字也被他专章讨论。蒋彝好安静独处，又着眼细处，因而看似微小的现象在他眼中也有了更为丰富的意涵。比如白杨树让他学到生命中正直和真诚的品德，海鸥教会他面对

① [美]蒋彝：《伦敦画记》，阮叔梅译，上海：上海人民出版社2010年版，第34页。
② [美]杨联陞：《〈重哑绝句百首〉序》，见[美]蒋彝：《蒋彝诗集》，北京：友谊出版公司1983年版，第265页。
③ [美]蒋彝：《伦敦画记》，阮叔梅译，上海：上海人民出版社2010年版，第12页。

一切都要悠然自信。他看见塞尔福里奇百货和斯旺与埃德加百货的橱窗装饰，就可以知道伦敦春天的到来；而伦敦火车站挤满度假回来的人时，便是秋天了；面对汇成一团因而有了巨大力量的雾气，他便想到独裁者和好战的人面对群众时，也应该会害怕。

蒋彝在书中穿插了不少中国诗文、传说。他常常透过联想，由此及彼，从眼前的英国风物自然过渡到与之相关的中国故事，向英国读者介绍中国。写伦敦的四季，他会联系到中国人立春、花朝的活动，民间有关布谷、杜鹃的传说，中秋赏菊、饮酒、食蟹的习俗以及蜡梅；讲到牡丹花时，便提及武则天冬日催百花连夜开放；在爱丁堡的工艺品店，他又想到北京的琉璃厂。陶渊明、李白、苏轼等人的诗，在书中被多次征引。这些内容零碎地穿插在书中，经他信手拈来，大大增加了画记对英国读者的吸引力。蒋彝叙述这些中国元素时有一固定模式，就是在结尾处加上一两句类似"我在英国深切思念……"、"我真希望回到家乡，再……"的感叹，想来他在回味这些细节时，也可以一慰乡愁。

蒋彝向读者介绍中国，就他自己所说，还有一个主观的目的，即改变英国人对于中国的刻板印象和错误看法。他曾抱怨："有许多人，到中国旅游几个月回来，便可以写出有关中国的书，内容涵盖文学、哲学、家庭生活、社会情形、经济状况。还有些人，根本没去过中国，也可以写书。"①他在英国时看过不少英国人写的有关中国的书籍，发现里面满是关于缠足、纳妾、吸鸦片等陋习的描写，而且这些书销量还不少。这不仅无益于改变中国在西方人眼中陈旧错误的形象，反而加深了误解。蒋彝视自己为东西方文化的使者，在观察英国时加入大量关于中国真实状况的描述，认为这些话出自他之口，定会令读者更加信服。然而，我们也注意到，蒋彝叙述里的中国除恒常不变的自然美景，就是古代诗文和传说。谈及现下，他仅表现出对战火中同胞的担忧和战胜的信心，且篇幅极少。可以说，蒋彝更多地还是在向英国人炫耀古色古香的中国传统文化以博取好感，对帮助西方世界了解到活的现实的中国还是有些欠缺。他所宣称的目标，由于他付出的努力有限，恐怕难以充分达成。

---

① [美]蒋彝：《伦敦画记》，阮叔梅译，上海：上海人民出版社 2010 年版，第 11 页。

身处英国，为强大的西方文化所包围，蒋彝的情绪也十分复杂。当时的中国落后且弱小，饱受战火侵袭，和英国在国际地位上落差极大，蒋彝自然会产生弱国子民的自卑感。由于自卑，他在书中会故意以低姿态来恭维英国读者。比如他看见伦敦的女士在夏天穿皮草，便说这在中国通俗小说中是仙人的行为。他还提到自己给家乡人写信时，总是鼓励他们盘缠足够就来伦敦旅游。另一种方式是自贬，即以指摘中国来恭维英国人，只是他处理得极为巧妙。例如他的女性朋友说阿比西尼亚人是野蛮人，而中国人是文明人，他表示并不同意，因为“老一辈的人，甚至一些当代的人，仍然视荷兰人、法国人、英国人，乃至所有欧洲人为‘洋鬼子’”①。接着他转换角度，说“野蛮人”未必是坏称呼，几千年前的印度人和埃及人一定也称呼中国人为“野蛮人”。继而，蒋彝称赞英国人骆任廷爱国，因为他把自己收藏的所有中文书里的“夷”字都删除了，有一段“夷”字太多的地方都改成了“彝”，然后蒋彝自称“野蛮人”，用幽默来结束这个话题。这一段文字中，蒋彝既称赞了英国人，又不至于得罪中国同胞，话题转换自然圆滑，再以自嘲结束，可谓左右逢源。

与此同时，蒋彝颇为中国深厚的文化传统自豪。他慨叹中国多受欺凌，但更多地将目光转向过去，以丰富的文化积淀来抵消现下祖国的落魄，以获得一种自信。可以说，自卑与自豪在他身上相互交杂。这种自豪在书中表现得很含蓄，比如他说：“任何经历了数千年、具有重要价值的事物，都能保持最初姿态，继续挺立。无论何种颠沛流离，也磨损不了它的壮丽。任何伟大的文明都是这样！”②这段文字是他面对埃及纪念碑和狮身人面像的感触，可指涉中国之意非常明显。提到中国食物，他首先举出龙肝、凤髓、燕窝、鱼翅。他还总会特意强调“绵延五千年”，“中国艺术在其四千年历史上一直一成不变，堪称人类文明的一大奇迹”③，“盖于14、15世纪的北京故宫算是新的了”④一类的信息，虽然均为事实，也可见出炫耀之意。而面对当时的中国，他承认现

① ［美］蒋彝：《伦敦画记》，阮叔梅译，上海：上海人民出版社2010年版，第16页。

② ［美］蒋彝：《伦敦画记》，阮叔梅译，上海：上海人民出版社2010年版，第117页。

③ ［美］蒋彝：《爱丁堡画记》，阮叔梅译，上海：上海人民出版社2010年版，第9页。

④ ［美］蒋彝：《爱丁堡画记》，阮叔梅译，上海：上海人民出版社2010年版，第102页。

下的困窘,同时表现出对未来坚定的信心,以“未来我的国家一定光明又充满希望”①这样的希冀来支持自己。蒋彝还会在中英比较中暗暗抬高中国,较明显的是他去法国艺术展时发现现场如同社交宴会,于是说:“这种对艺术不尊重的态度,绝非我的东方心灵所能理解!”②这里刻意强调“东方”,用心不言而喻。其余的则十分隐晦,比如他谈到西方艺术家画得最多的是肖像画,而肖像画在中国一向不太受尊重;孔子传播学说不成,失望中要“乘桴浮于海”,蒋彝说是因为中国人认为沿海的人较为野蛮,住到海边是自贬身份。以上种种话题,蒋彝的分寸都把握得十分恰切,以看见英国事物联想到中国故事为由,将其融入画记,在似有似无之间建立一种自信。

三、世界之眼:人类视角与自然崇拜

在蒋彝的英国画记中,最值得关注的是作者的人类视角,考虑到蒋彝身处的时代和环境,这一点格外难得。他在看待英国和中国时,更多地是“发现各民族之间的相似之处,而不是彼此之间的差异或者搜奇抉怪”③。这从他“哑行者画记”别具一格的封面设计就可窥见一斑。12 本画记,除前三本(《湖区画记》、《伦敦画记》、《战时小记》)外,封面风格都十分统一:左下是一幅书中的插图,上方用英文横向书写书名及作者姓名,右面则以中文纵向书写书名和作者姓名,“英文的书法与中国的书法并列;水平的书写与垂直的书写。这一切,既象征着中西文化的差异,又暗示着兼容、互补、共存的可能”④。

蒋彝十分推许英国的民主,也是基于这种人类之间本无差异的观点。英国女性的衣服色彩、式样都大同小异,看不出社会地位的差异;王室成员和老百姓有着相同的名

① [美]蒋彝:《爱丁堡画记》,阮叔梅译,上海:上海人民出版社 2010 年版,第 38 页。

② [美]蒋彝:《伦敦画记》,阮叔梅译,上海:上海人民出版社 2010 年版,第 174 页。

③ [美]郑达:《西行画记——蒋彝传》,北京:商务印书馆 2012 年版,第 116 页。

④ [美]郑达:《西行画记——蒋彝传》,北京:商务印书馆 2012 年版,第 135 页。郑达这段话本用于描述蒋彝《中国书法》的封面,但用来形容后九本“哑行者画记”的封面,也十分适合。

字;爵士在车厢里也没有专属保留位。不同阶级的人享有相同的权利。这些都是蒋彝所欣赏的。

他还发现,中国人和英国人都看重学习、尊重长者,美国人在传承和寻根方面与中国人相似,苏格兰人和中国人都爱在旅游时四处刻字,阿伯丁人的幽默类似中国人。国与国之间,人由于在具体的性格习俗上相似,因而相通。进一步地,蒋彝认为,全人类虽然外貌语言等形形色色,但在作为人的本质上,并无差别。“表面上,人或有差异,但他们吃饭、喝水、睡觉、穿衣、躲风、避雨上,却毫无二致。……个别思想永远都是个别思想,共同品味却不分国界,将不同的人联系在一起。”①“伦敦人和中国人一样,必须为生老病死各种问题而操烦。”②生存的烦忧,柴米油盐这样的琐事,人人都要经历、面对,在它们面前,人与人并无不同,因而整个人类不该故意放大彼此之间的差异,人为地划出界线。此外,他不断提出这个观点,还有一个现实目的,即唤起读者的同理心,号召世界人民团结,以共同抵抗侵略者。

人与人之间诸多的差异,蒋彝觉得通过艺术可以消泯。他自己的插画,以中国画传统技法描摹英国风物,同时借鉴西方技巧,正是东西方融合的典范。值得注意的是,他并不有意去忽视差异的存在,如他指出,“中国艺术技巧主观而空灵,尝试让人的感觉和自然的精神合而为一。相对的,西方艺术则是我所谓的客观而戏剧化,想用人的力量控制大自然”③。他正视这些差别,但又指出这些只是表象,艺术作品的不同只在于技巧、媒介、材质等,“在美和艺术表现上,东西方绝无二致”,“艺术是国际语言,人人都能欣赏”。④人类审美的需要相同,尽管欣赏的艺术品各式各样,其中蕴含的美却是普适的、永恒的,这正足以弥合人与人之间的嫌隙。为此,他还提出战后能“出现一个国际艺术机构,负责安排各国艺术品、手工艺品在艺展上不定期的交流演出”⑤的构想。

① [美]蒋彝:《伦敦画记》,阮叔梅译,上海:上海人民出版社 2010 年版,第 10 页。
② [美]蒋彝:《伦敦画记》,阮叔梅译,上海:上海人民出版社 2010 年版,第 230 页。
③ [美]蒋彝:《伦敦画记》,阮叔梅译,上海:上海人民出版社 2010 年版,第 176 页。
④ [美]蒋彝:《爱丁堡画记》,阮叔梅译,上海:上海人民出版社 2010 年版,第 144 页。
⑤ [美]蒋彝:《爱丁堡画记》,阮叔梅译,上海:上海人民出版社 2010 年版,第 145 页。

应该注意的是，蒋彝所说的人类之间的差异，多是服饰、制度、语言、国籍这些人为创造的事物，是人类自己建起的壁垒将彼此区隔了开来。而与人类世界相对的自然界中，并没有这样明显的界限。他在湖区旅行时，多次表示身边的景致与庐山上并无差别，以至于他总误以为自己回到了家乡。自然的这种一致性，反照出人类的荒谬，也给人类以启迪。正如蒋彝所言："要是有一天，各个国族之名都从人类的词汇里消失，那该有多好！我们每个人都只是人类的一员，开心地住在一起，就如同鸭子和水鸡都是鸟类一样。它们甚至不知道，人类霸道地为它们安上不同的名字。"[①]他还更进一步地提出废除国界，希望所有人都作为"世界人"，使用"世界语"而存在。他读到过声称孔子是波斯人、墨子是德国人的说法，便自问为什么罗伯特·彭斯(Robert Burns)不能是中国人呢。基于此，他作了两幅有趣的线描，在《想象中的苏格兰人》中，他为自己穿上了苏格兰的传统服饰；而在《罗伯特·彭斯穿着中式长袍》里，苏格兰诗人彭斯一身中式打扮，手持折扇，俨然中国古代的才子。

当然，我们也不应忽略蒋彝提出人类大同观念的现实考虑——迎合英国读者。他不断强调东西方的相似之处，以拉近自己和读者的距离，减少英国人对他这个外来者的抵触。正因为他的刻意，某些他所谓的相似之处就显出生拉硬扯的痕迹。比如他故意无视儒家思想和基督教教义的巨大差异，从"知道仁慈、美德的重要，相信进退有常的道理，男子要彬彬有礼，还敬重长辈、祖先"[②]，从这些肤浅的或可称为人之常情的层面来说明它们的雷同，其实意义有限。再如他听到一位来自新西兰的女士告诉他，自己对亚瑟王宝座的印象与他相同，便说是"因为新西兰和中国相隔不远"[③]，这就近乎于信口开河了。

除了对于人类世界，蒋彝对自然世界的看法也值得留意。他珍视人的价值，比如他看见海边嬉戏的男孩，"他们虽然只占了图画里小小的一部分，却显然最重要，还是

---

① [美]蒋彝：《牛津画记》，罗漪文、罗丽如译，上海：上海人民出版社 2010 年版，第 150、151 页。

② [美]蒋彝：《爱丁堡画记》，阮叔梅译，上海：上海人民出版社 2010 年版，第 42 页。

③ [美]蒋彝：《爱丁堡画记》，阮叔梅译，上海：上海人民出版社 2010 年版，第 196 页。

让我觉得很欣慰”[①]。并且“人类，也只有人类，可以让事件、让地方变得重要又出名，从没相反的情形”[②]。在他眼中，人是重要的、珍贵的，然而面对自然，就立刻显得微不足道，这种感叹在英国画记中屡次出现。他在瓦斯特湖畔的山顶看见瞬息万变的景色，“了解自己不过是血肉之躯，沧海一粟。……无人能和大自然一较高低”[③]。渺小、短暂、卑微、微不足道这些词，被他不断用来形容人类，相对的，自然却是恒在、亘古不变的，“人类毕竟只是自然中的一件小装饰品而已，或许还是风景中的一个污点”[④]。

人类如此渺小，却还妄图改造控制自然，就愈发显得愚蠢。巨大的自由轮人行桥气势逼人，蒋彝却认为他的设计者“希望以人类的鬼斧神工令大自然惊叹，殊不知大自然并不支持如此鲁莽的行为”[⑤]。他也对马儿要被训练得像人表示不解，“在我看来，这有点愚蠢。为什么马儿不能活得像马儿？”[⑥]在提到人类介入自然时，他多用搅乱、打扰、干扰这样的词，显示自己的不赞同。更令他痛心的是，人类已如此微不足道，却还用暴力互相残杀，这样一来，就更是可笑。经过埃及纪念碑和狮身人面像时，他“觉得自己极其渺小。多年来，像我这样的小小微尘它恐怕看过了不止千万。我还觉得，对于人类的挣扎，现今国与国之间的冲突，它恐怕是要嘲笑的”[⑦]。

蒋彝这种对于自然的崇拜，使他对人类的知识、文明产生了极大的怀疑和反感。他认为，随经验增长，人心也不断扭曲。知识分子怀有支配他人的野心，博学的人比一般人更加骄傲自大、刚愎自用。科学改变了植物的生长规律，却使蔬菜水果长期一成不变，生活因而变得乏味。他在听到云雀的叫声时，反问科学家们：“可以制造出邪恶的轰炸机四处去杀戮，但他们有办法发明出这样一个发出愉快旋律的小机器吗？”[⑧]正因如此，他对未受人类文明污染的孩子喜爱有加。他会仔细聆听孩子的谈话，惊讶地

---

① [美]蒋彝：《爱丁堡画记》，阮叔梅译，上海：上海人民出版社 2010 年版，第 207 页。
② [美]蒋彝：《爱丁堡画记》，阮叔梅译，上海：上海人民出版社 2010 年版，第 215 页。
③ [美]蒋彝：《湖区画记》，朱凤莲译，上海：上海人民出版社 2010 年版，第 55、56 页。
④ [美]蒋彝：《牛津画记》，罗漪文、罗丽如译，上海：上海人民出版社 2010 年版，第 108 页。
⑤ [美]蒋彝：《牛津画记》，罗漪文、罗丽如译，上海：上海人民出版社 2010 年版，第 213 页。
⑥ [美]蒋彝：《牛津画记》，罗漪文、罗丽如译，上海：上海人民出版社 2010 年版，第 218 页。
⑦ [美]蒋彝：《伦敦画记》，阮叔梅译，上海：上海人民出版社 2010 年版，第 117 页。
⑧ [美]蒋彝：《牛津画记》，罗漪文、罗丽如译，上海：上海人民出版社 2010 年版，第 87、88 页。

发现大有哲理。他和小孩子相处也非常愉快，他们会送他毛茛作为生日礼物，他也乐于满足他们想看中国人的好奇心，丝毫没有被侵犯的感觉。不过他面对孩子们时不免感叹，他们随年龄增长会逐渐学会虚伪的笑容，可爱的天性也会渐渐消失。

四、瑕不掩瑜的“哑行者”英国画记

除上述内容外，我们还发现一些英国画记中值得留心的点面。

蒋彝是一位颇具童心的人。他初到牛津时，会对它鞠躬；离开湖区时，又向山林辞别。战时他还想要把防毒面具的外形改作一朵葵花。他讨厌吃麦片粥，听到一位德国男孩也讨厌，便立刻和他握手。他出门赏月前，房东说明亮的月光会为他出现，他就真的产生了月亮是他一个人的这样孩童般的想法。这份童心让他始终保持好奇心，眼中的自然因而更有趣味。他除“哑行者画记”外还写有《明的故事》(*A Story of Ming*)、《金宝与大熊猫》(*Chinpao and the Giant Pandas*)、《野宾》(*Yebbin, A Guest from the Wild*)等儿童文学作品，可为他童心的旁证。

蒋彝在中国时历任三县县长，但在英国画记中基本只字未提，只说过他做官时游庐山和骑马，这是出于现实考虑。他如果提及从政经历，在当时的英国还是颇为敏感。他曾感叹：“居留在英国境内，虽然言论上有极端的自由，可是我不写那些琐琐碎碎的事，又有什么我可写的呢？”①缄口不言，可见他的谨慎。当然，这反过来也让他更能专注于自然人文景致，不至于冲散主题。

蒋彝在西方走红一时，而在中国至今还少有人知晓，除去他是以英语创作，以及画记内容距中国读者太远以外，我们在他的哑行者画记里还可以发现一些其他问题。

首先是蒋彝自己的形象。他在画记中奉劝读者不要执著于身后留名，且略带讽刺地庆幸自己是中国人，可以选择记住和遗忘哪些外国名人。然而为他作传的郑达提道：“蒋彝曾和朋友分享他坚信的生命价值，‘我努力工作，因为我相信，“人死留名，虎

① [美]蒋彝：《伦敦战事小记·前言》，《世界杰作精华》1940年第11期，第172页。

死留皮”。’借文艺创作超越时空限制，一直是蒋彝四十余年来努力不懈的目标。”①与他在画记中建构的自我形象相比，现实生活中的蒋彝着实还是有些不太一样。

蒋彝在画记中提到的两件事，也可能会令一些读者生有微词。一是有一次他去皇家学院，因为不知就里而成为唯一没穿正式服装的人，十分丢脸。于是他说穿这种制服，是为了“以别于一般的市井小民——一种社会的势利眼”②。二是他在牛津皇后学院的小教堂里，稀里糊涂地坐上了牧师椅，被朋友阻止，同样十分丢脸。他辩解道，这是因为自己“多少仍保有赤子之心”，为此而高兴，还说这是勇者的表现，“只不过，勇者经常只会引来许多傲慢者的讥讽”。这两件事见出了蒋彝的敏感，与他在英国的自卑感脱不了干系。理性的读者不会不知道，他的自辩近乎于一种无理取闹。

另外，英国画记行文较为松散，书中常出现“我已经离题太远”、“我已经脱离主题了”、“我也扯得太远了”这类句子，蒋彝自己都意识到了行文的宽泛无边，他在文本结构以及表达的控制力上的局限，多少减少了英国画记的魅力。

然而，英国画记最大的症结，还是在于蒋彝自觉地放弃了一部分写作的自主性，过分地受制于读者的接受视野和市场的商业导向。我们可以明显感受到，蒋彝有很强的读者意识，创作时仔细设想了受众可能有的反应，并因之加以调整。在写作英国画记时，蒋彝仿佛一位热情的导游，始终在前面以职业性的微笑着引领着队伍前行，但队伍中的游客却无法参透这位导游真实的心灵。正因为如此，我们有理由认为，他在文中塑造的自我形象在很人程度上进行了伪装，为了销量考虑，他有选择地展示并修饰了自我。而为了出版，他在书中以不少篇幅穿插或专章讲述自己的英国朋友们，我们可以理解，但这些部分其实有可能令严肃的读者感到兴味寥寥。这方面的问题虽然源于置身英伦的蒋彝与当时当地环境的隔膜，源于对中英文化认知和理解上的偏失，体现了20世纪三四十年代旅居西方的一些中国作家共同的创作心理困境，但无论如何，对西方读者判断力缺少充分的尊重或估计，以他们为目标受众的英语作品，其价值就有

---

① 郑达：《前言》，[美]蒋彝：《爱丁堡画记》，阮叔梅译，上海：上海人民出版社2010年版，第6页。

② [美]蒋彝：《伦敦画记》，阮叔梅译，上海：上海人民出版社2010年版，第229页。

可能受到影响。

然而，瑕不掩瑜，蒋彝对目标受众的关切，终究还是为他赢得了较大的读者群，英国画记受追捧主要原因不出其外。而其中幽默特质的表现，尤其切合了英语读者的期待。他“用中国人（或东方人）的眼光来观察英国人（或西方人）的芸芸众相和生活细节。这些众相和细节，英国读者平常是‘习焉不察’的。但在‘哑行者’的书中，突然发现了自己的可笑之处或荒唐之点、可贵之处，仿佛给他们一面东方人特制的镜子，照一下平日所不熟悉或不注意，而其实就是自己的脸”①。正因此，英国画记整体格调颇为轻松幽默。

他的幽默分为三类。一类是纯粹引人一笑的俏皮言语，插科打诨地出现在文中。比如他讲完牛郎织女的故事，感叹他们一年只能相聚一次，但又加上一句：“不过，据说，天上一夜抵得上人间多时。这么一来，这事儿就又有点不太一样了。”②他还时常引用英国幽默杂志《笨趣》（*Punch*）上的小笑话，为自己的文章添彩。

另一类幽默是自嘲。他在雨中出游，发现“绵羊显然较我占了优势，雨水没法渗透它们的毛皮，他们也不用就着湿纸袋吃东西”③。鲍斯威尔带约翰逊博士见了亨利·俄斯坎后，亨利塞给鲍斯威尔一先令，感谢他让自己见了英国大熊。蒋彝仿照这个故事，说有人会塞一枚三便士给安排他去苏格兰国家图书馆的希特利先生，以感谢他让他们看了中国熊猫。蒋彝以自嘲的方式拉近了与读者的距离。

第三类，也是最常见的，蒋彝幽默的对象是英国人，而且揶揄中略含讽刺。“他以全然博学多闻（他从未错用牛津俚语或爱丁堡方言）但同时又是个彻底外来者的角度，不动声色地观察西方的行事。蒋彝注意到英国的阶级自负与种族傲慢，由于他生于充满自信的古文明，因此能以更高的眼界，稍挫其气焰。”④这一点较为集中地体现在《牛津画记》里。他的朋友一家在战时因为是牛津校友而被房东允许入住在牛津，他感叹：

---

① 吴世昌：《序》，［美］蒋彝：《蒋彝诗集》，北京：友谊出版公司 1983 年版，第 3 页。

② ［美］蒋彝：《伦敦画记》，阮叔梅译，上海：上海人民出版社 2010 年版，第 51 页。

③ ［美］蒋彝：《爱丁堡画记》，阮叔梅译，上海：上海人民出版社 2010 年版，第 114 页。

④ ［英］戈弗雷·霍奇森：《前言》，［美］蒋彝：《牛津画记》，罗漪文、罗丽如译，上海：上海人民出版社 2010 年版，第 7 页。

"难怪我无法在牛津的旧城区找到栖身之地"①。他和朋友在读书室喝茶时,"突然间,一个裹着黑色大衣的巨大身影从房间角落里站了起来,像在演戏般,朝侍者伸出他的右手说:'我要盐巴,盐巴!'他无疑是牛津的毕业生,所以对这地方和侍者如此熟不拘礼"②。这是对牛津学生自负无礼的讽刺,意涵极辛辣,文面上却相当克制。他给来牛津的中国同胞的建议有这样一条:"因为这张扁平面孔,你总会被误认为'伦敦东区人'。人们一定会问:'你有多喜欢牛津?'你只消简单说出:'一点儿也不。'就会让对方觉得他判断无误。来自遥远东方的人,口中说出这样的话,听来就跟伦敦东区人一样自然。"③对于牛津人偏见的嘲讽,令人捧腹。这些讽刺,隐含于幽默之中,都是微讽,针尖藏于绵内,有锋芒而又相当收敛,在文中也并不显得突兀。

幽默是英国的文化传统,英国人热衷于生活中进退有度的讽刺揶揄,这与蒋彝画记中的微讽相对应。蒋彝考虑到读者的趣味,巧妙迎合,满足了英国人的口味。这种迎合有为生计考虑的原因,毕竟他在英国,版税收入是主要的经济来源。同时,这其中也有他自卑感的参与,弱势文化的子民在强势文化面前,不得不主动融入,降低自己对英国人造成的入侵感,并获得一种与之合而为一的归属感。

蒋彝的英国画记,融诗、书、画、印于一体,长于场景描摹,对色彩、光线和声音的也十分独到,这源于他作为画家的敏感细致和喜爱安静独处的癖好。身为华人,他扬长避短,少谈英国的掌故典籍,将目光集中于细小琐碎之处,同时穿插大量的中国诗文与传说,令画记妙趣横生。他在书中会故意恭维英国读者,同时又含蓄地抬高中国,自卑与自豪在他身上互相交杂。他有世界大同的人类视角,但又崇拜自然,认为人类终究渺小。英国画记也存有难以避免的一些局限,如作者个人形象建构有时表里不一,文字有时太过松散,再加上作者写作过分考虑市场需求和读者接受以致主体性、独立性受损等。

---

① [美]蒋彝:《牛津画记》,罗漪文、罗丽如译,上海:上海人民出版社 2010 年版,第 113 页。
② [美]蒋彝:《牛津画记》,罗漪文、罗丽如译,上海:上海人民出版社 2010 年版,第 130 页。
③ [美]蒋彝:《牛津画记》,罗漪文、罗丽如译,上海:上海人民出版社 2010 年版,第 274 页。

从郑达的《西行画记——蒋彝传》中，我们可以看到，最能证明这几册画记价值的，便是它们的销量，其余除了友人礼节性的在前言中的称许和报刊书评里例行公事的宣传性的赞美，并不见更多褒赏。蒋彝的绘画和书法才能杰出，这是从幼年起就打下的基础。去英国后，他不断精进，的确有所成就。至于他的散文，尤其五本英国画记，奠定了他在西方的文名，也必将永载史册。之后的“哑行者画记”系列，凭借英国画记的名声继续畅销，艺术成就上则未见更突出的超越。尽管如此，整体而言，蒋彝凭借 12 本“哑行者画记”，在东西方文化交流还相对闭塞的时代，致力于人类相通本相的揭示，为中国与世界的沟通、融合所付出的努力，仍然弥足珍贵。而他侧重于描摹异国风情的英语写作，其成败得失为当下的我们探究生成于异域的另类中国文学的特质，提供了专注于中国叙事而蜚声西方文坛的林语堂等人之外的另一种样本。仅就此而言，蒋彝也应是中国学界不可忘却的名字。

找寻真实的自我:杨刚的自传性写作

倪婷婷

在一般的研究者看来,自叙式写作为大多数女作家所热衷,而杨刚(1905—1957)似乎与此无缘。出于政治褒扬的意图,20 世纪 80 年代初杨刚生前的朋友回忆说,"在她的风度、性格里,通常所说的女性的东西很少。她是个勇往直前、献身祖国的革命家"①,而杨刚的研究者也认为,"她的作品没有女性的缠绵,只有男性的呐喊、感情的燃烧"②,有的甚至断定,"杨刚并不像大多数女作家那样热心于自叙式的写作","她的小说大多不带有自传色彩,因为在她看来,心的容量应该更'宏大'一些"③。暂且不论这些以作者性别界定文本风格并暗示其价值高下的做法不仅陈腐而且褊狭,其立论前提其实也仅均局限于杨刚大部分的中文作品,而排除了她的英文写作。事实上,杨刚的英语作品恰恰大都和自传性相关,这些附着了"女性的缠绵"的文字,不仅无损于杨刚作为"党和人民的忠诚的优秀女儿"④的政治评定,也完好地呈现了杨刚 "宏大"的

① 胡寒生:《追忆杨刚》,《新文学史料》1982 年第 2 期。

② 阎纯德:《杨刚》,阎纯德主编:《二十世纪中国著名女作家传》(上),北京:中国文联出版公司 1995 年版,第 240 页。

③ 周伟鸿:《一片水波起伏的海》,见《杨刚小说 恒秀外传》,上海:上海古籍出版社 1999 年版,第 2 页。

④ 邓颖超在《杨刚文集》扉页上的题词:"《杨刚文集》出版,是对党和人民的忠诚的优秀女儿——杨刚同志的最好纪念。"(《杨刚文集》,陈冠商译,北京:人民文学出版社 1984 年版。)

“心的容量”,这其中即包括她难得让中文读者一见的找寻真实自我的记录。

杨刚的英语文本包括写于20世纪30年代的两篇自传《童年》、《狱中》[①]和短篇小说《日记拾遗》(*Fragment from a Lost Diary*)[②],以及20世纪40年代旅居美国期间创作的长篇小说《挑战》[③]。除了《日记拾遗》因入选1936年出版由斯诺编译的《活的中国》而为世人知晓外,杨刚的英文自传和长篇小说在很长一段时间里一直默默无闻,也从未公开付印过。现在国内读者所能看到的总题名《一个年轻的中国共产党员的自传》的自传和长篇《挑战》,均为中文版。

除了《童年》、《狱中》是明显的非虚构类的自传外,《日记拾遗》和《挑战》都属于自传性小说。《日记拾遗》和《挑战》中的艺术加工成分不言自明,但它们不同程度上均含有对作者经历的重述因素,且所述事件与实际事实有一定的契合度;另外,它们都采用了自传的方式来进行自我观照。由于这些英语文稿都与自(自我)传(生平)有关,不管虚构的成分有多少,笔者暂且统称为自传性文本。

《童年》和《狱中》原本就是杨刚的自传,把它们视为自传性文本是理所应当的;有疑问的可能是短篇小说《日记拾遗》和长篇小说《挑战》。据说《日记拾遗》是以杨刚亲戚的经历为原型的,而《挑战》使用的是第三人称叙事。需要进一步解释的是,笔者所谓的自传性文本,是指含有一定自传性事实的文本,自传性事实不仅包括自我历史的真实,也包括自我情感经验的真实,自传性文本是自我的事实真实和叙述真实的合一,是纪实与虚构的合一,是真相与想象的合一,它的本质是建构自我发展的事实。按照这个标准,《日记拾遗》和《挑战》纳入自传性文本的范畴中加以考察未尝不可。《日记拾遗》尽管不是杨刚自己经历的纪实传真,但女主人公的故事里饱含了杨刚曾亲身经历过的身体、情感的创伤体验,它近于杨刚某个特殊阶段的精神自白。而《挑战》虽然是第三人称叙事的文本,但主人公的家世背景、生活线索和与杨刚本人的一些经历吻合;尽管第一人称是自我中心的英语自传不可缺少的要素,但杨刚毕竟是中国作家,中

① 杨刚:《一个年轻的中国共产党员的自传》,文洁若译,《新文学史料》1982年第2期。

② 失名:《日记拾遗》,文洁若译,《新文学史料》1982年第2期。

③ 杨刚:《挑战》,陈冠商译,原载《小说界》1987年第4期,北京:人民文学出版社1988年版。

国文人的自传性写作历来不拘泥于第一人称的规定，杨刚用第三人称来回顾自我的经验事实，是为了更有效地获得她意图获得的客观立场。最关键的一点是，《日记拾遗》《挑战》和《一个年轻的中国共产党员的自传》一样，都从女性和中国革命者的双重身份出发，通过自我告白的方式，再现了作者的自我形态以及与周遭世界的联系，同时也还原了作者自我精神人格的形成历史。

既然杨刚的中文作品很少带有自传性色彩，那么为什么她的英文作品却多为自传性的呢？她的写作动机和意图到底是什么？另外，在杨刚英语自传性文本中，为什么除了《日记拾遗》外其他的都未出版过？尤其在国外用外文书写的《挑战》，杨刚为什么有意将其遗弃？类似的文本为什么不是被国内低估就是被漠视，它们为什么无法契合中国式的评价体系？杨刚的英语自传性文本与她用中文写的那些诗文、小说相比，到底具有哪些不同的特点？它们的真正价值何在？这些如同出土文物般的英语文本被翻译成中文与国内读者见面后，除了提供给大家重新认识作家杨刚的角度，还会对大家理解当下中国文学与世界的关系带来怎样的启发？上述有些问题也许永远不会得到确凿的答案，但是对已知的一些相关线索的钩沉梳理，相信多少会有助于接近这些问题的解答。

一、不只为了纪念：杨刚英语文本中文版的标题问题

（一）散佚文本的发掘及中文版标题的功用性

迄今为止所发现的杨刚的英语文本都跟她的自传性写作相关，其中包括以《一个年轻的中国共产党员的自传》为总题的两节自传《童年》、《狱中》、短篇小说《日记拾遗》（*Fragment from a Lost Diary*），以及长篇小说《挑战》。除了 *Fragment from a Lost Diary* 的题目为杨刚自拟，小说因入选斯诺编译的《活的中国》而为世人知晓外，她的英文自传和长篇小说不仅题目阙如，也从来没有公开付印过。现在国内读者所看到的中文版《一个年轻的中国共产党员的自传》和《挑战》，标题均出自杨刚的友人之手，是这些英语文本的发掘者、译校者为推出中文版的需要所拟的标题。

据《童年》、《狱中》的译者文洁若说明，这两节自传“原稿是用打字机打的，《狱中》一节，标题旁用钢笔注明写于1931年”①。这写于20世纪30年代初的文稿直到1979年萧乾访美时才由友人协助在哈佛大学搜寻到，它们是原燕京大学美籍教授，也是与杨刚的关系“要比师生更亲密”②的包贵思③捐献给哈佛—燕京研究所的全部遗物中的一部分。这两个文本后来在《新文学史料》上合并发表时总题名为《一个年轻的中国共产党员的自传》，1984年出版的《杨刚文集》收纳这两个文本时也冠以同样的标题。

《挑战》的发现近乎于意外。这部自传体长篇是杨刚于1944—1948年在美期间用英文写成的，之后一直保存在美国。1982年杨刚的女儿郑光迪从母亲的美国朋友那里得到这部书稿，之前国内的亲友对此一无所知。书稿除了第四章都有标题，总题的相应的位置上却只打着一行字：A NOVEL BY YANG GANG。看来，对这部书稿的标题，当时的杨刚大概尚未考虑，只能权且如此。这本书的中文校对卢豫冬推想：“这是个初稿或未定稿。显然，杨刚还来不及修正定稿，就于这年8月匆匆离美回国了，其后她为革命奔走，已无暇顾及此事了。”④从小说的整体框架来看，人物性格的发展、故事情节的推演基本完整，也就是说，这个长篇业已完工，稍加修整即可交付出版。然而，为什么书稿各章大多有题目，总题却缺失呢，卢豫冬推测“可能是还未考虑成熟”，这自然是一种可能。但是不是还有另一种可能呢，从杨刚对这本书的存在始终守口如瓶来看，为革命奔忙而无暇顾及的理由似乎并不那么充分，在文稿杀青后作者有可能并无交付出版的打算，所以无所谓有没有标题，这就是说，是杨刚有意为之的结果。

当杨刚的朋友们将杨刚用英文写下的这些自传性文字翻译成中文公开发表时，相距这些文本的诞生已有三十年以上，而作者本人也已经离开这个世界二十多年了。杨刚这些自传性文本中文版的问世，不只是朋友们追忆怀念杨刚的产物，也是他们借题

① 文洁若：《一个年轻的中国共产党员的自传》译者按，《新文学史料》1982年第2期。

② 萧乾：《杨刚与包贵思——一场奇特的中美友谊》，《新文学史料》1982年第2期。

③ 包贵思(Grace M. Boynton, 1890—1970)，1919年来中国，任教于协和女子大学、燕京大学，讲授英国文学课程，同时也在中国传教。包贵思在燕京大学的得意弟子先后有冰心、杨刚等，萧乾也曾旁听过她的课。

④ 卢豫冬：《〈挑战〉校译后记》，杨刚：《挑战》，陈冠商译，北京：人民文学出版社1988年版，第418页。

发挥的方式，包含了某种难以言说的良苦用心，《一个年轻的中国共产党员的自传》和《挑战》的标题尤其凸显了这一意图。

1957 年 10 月的一个夜晚，身为《人民日报》副总编的杨刚吞服安眠药自杀。若没有周恩来制止，她所在的单位差一点追认她为“右派”，而《人民日报》几天后还是在头版头条公布了“撤销人大代表资格”的消息①。杨刚死于“反右”运动风暴席卷之时，她的死因始终是个谜团，周围的亲友皆讳莫如深，连她唯一的女儿直到 1982 年纪念母亲的文章里仍只字不提。邓拓代表《人民日报》社通报死讯时，说她的死与不小心丢失了一个重要笔记本有关。②1983 年，时为中共中央政治局委员、书记处书记，也是杨刚的燕京校友的胡乔木解释得更为周详：出事前两年杨刚因车祸造成脑震荡身体不好，出事当月因“遗失了一个重要的笔记本”而“感到十分紧张”，所以“在精神极不正常的情况下不幸离开了人间”③。这个理由不知道有多少人会真正相信，但在较长的一段时期里却不会有人公开表示异议，熟悉杨刚的人要么对此保持沉默，要么违心地以此来说服自己不去深究，因为“病”至少是维护杨刚中共党员政治名誉的一个“合法”借口。然而，杨刚选择长眠的方式仍然决定了组织上对她一生的政治评定④。

---

① 萧乾在《杨刚文集》的编后记里说：1957 年“10 月里的一天早晨，我摊开《人民日报》，突然在头版头条看到她和冯雪峰被撤销人大代表资格的消息，而从杨刚名字后边的括弧里，我看到她已不在人间了”。《杨刚文集》，北京：人民文学出版社 1984 年版，第 594 页。

② 黎辛在《我常想起安子文》一文中认为杨刚之死是缘于她不被信任的恐惧，以及在之后参加丁玲、冯雪峰批斗会后对自身前途的联想：“1957 年，有一次安子文来访，我问他，杨刚这样好而坚强的干部为什么突然自杀？安子文说这件事知道的人不多。我说我不会外传的。安子文说，杨刚丢了一个笔记本，捡到的人交给周总理了。周总理和我商量将她调到人民日报当副总编辑，一切待遇不变。可她免不了会想到这是不信任她了。这时候，不知谁让她参加了作家协会批斗丁玲、冯雪峰最厉害的那次会。丁玲、冯雪峰都站着哭泣交代与检查。杨刚可能感到这也是她的前途，就服安眠药自杀了。”“安子文说：杨刚丢笔记本只有总理、我和中宣部的负责人知道。我问：杨刚的笔记怎么这么重要？安子文说，记了她与费正清（美国汉学家，抗战时期到中国，为美国新闻处工作）的交往与联系方法。解放战争时，美国支持蒋介石进攻解放区。”（《党史博览》2012 年第 5 期）

③ 胡乔木：《杨刚文集・序》，《杨刚文集》，北京：人民文学出版社 1984 年版，第 2 页。

④ 徐城北在《对我仍然是谜——忆杨刚前辈》中说，“1957 年您之去世，结论应该是相当‘宽厚’的，没有被说成是畏罪自杀”，他还透露杨刚葬在北京八宝山人民公墓，而徐自己的父母彭子冈、徐盈则葬在八宝山革命公墓。彭子冈是杨刚同时期的著名女记者，而杨刚的革命资历非彭所能比拟。《直上三楼》，武汉：湖北人民出版社 2008 年版，第 246 页。

20世纪70年代末80年代初杨刚的名字被关注,萧乾夫妇功不可没。“一个人如果还有友情,那么,收存亡友的遗文真如捏着一团火,常要觉得寝食不安,给它企图流布的。”①萧乾视杨刚为他一生几个重要关头的引路人,1978年后他连续发表的五篇回忆文章里都提到了杨刚对他的帮助,同时他更是不遗余力地着手编辑亡友的文集,其用意恐怕也正如鲁迅为《孩儿塔》作序不单纯为了让白莽的诗作能够“流布”。1978年,《新文学史料》发表了关于《活的中国》的一组资料,其中不仅有萧乾回忆自己和杨刚一起协助斯诺编译这本中国现代小说选的往事的文章,也刊载了杨刚曾发表在1937年初上海《大公报》上的《评〈活的中国〉》一文。在策划者意图里,这一举措的意义显然不仅仅等同于对一个被遗忘的现代作家的重新发掘。当中国政治形势拨转之后,包括萧乾在内的杨刚生前的朋友们萌生了要让杨刚重新获得组织的认可,获得她在体制内应有的荣誉和地位的愿望,他们的努力中明显包含了借文学来为杨刚恢复政治声名的目的。

既然是正名,那么刊载的即便是一般的自传,也必定含有现实政治的考量。所以,《童年》和《狱中》两节自传中文本在《新文学史料》上首次面世时,被冠于《一个年轻的中国共产党员的自传》的总标题,虽然这个标题不一定与作者本人的英语行文个性相匹配,但从中文本推动者的角度看,不失为有效的策略之举:修饰辞之一“年轻”指向杨刚投身革命的资深经历,而修饰辞之二“中国共产党员”则是对杨刚政治身份不容置疑的确定,如若省略了这两个重要的限定语,杨刚自传中文本的原意虽毫发无损,但杨刚生前朋友们的现实意图却会大打折扣。在当时的环境下,这种纪念亡友的方式所体现的道义责任不能不令后人钦敬。

类似的命题意图也显现在杨刚唯一的长篇小说翻译出版时。1987年第4期的《小说界》刊载了杨刚的小说《挑战》后,1988年8月人民文学出版社出版了同名单行本。这部长篇的原稿不标总题,正形同杨刚交给包贵思的两节自传没有总题一样。但中文版面世,标题自然不可或缺。译校者希望借此帮助读者领会小说的内涵和价值,同时

① 鲁迅:《白莽作〈孩儿塔〉序》,《鲁迅全集》第6卷,北京:人民文学出版社1981年版,第493页。

也明显顾及了文本之外的现实因素。卢豫冬在《校译后记》中申明,他们选用书稿的第二章的标题《挑战》作为总题,是因为该章主要叙述女主人公的革命恋人的坚毅品质,“其后,在他的影响下,那位女主人公也终于踏着他的血迹跟上来了”①。由于小说是自传性的,所以,“挑战”一词的内蕴符合某种潜在的逻辑:肯定女主人公的政治选择,关联着肯定小说的政治选择;肯定小说的立场正确性,关联着小说作者的立场正确性。因此,选用《挑战》作为整部书稿的总题,能彰显小说政治立场的正确性,同时更能彰显杨刚政治立场的正确性。校译者的对小说的理解当然跟他们个人的素养和时代的气候有关,而《挑战》的标题表面看上去也不算过于离谱,更重要的是,这个标题印证了对这部自传性小说的作者杨刚本人政治忠诚的鉴定,卢豫冬们的善意和无奈不言而喻。

相比较而言,在推出杨刚为《活的中国》而创作的短篇小说 *Fragment from a Lost Diary* 的中文版时,由于有案可稽,试图以标题来实现政治功用意图的空间业已失去。1982 年文洁若翻译、萧乾校订的中文本《日记拾遗》发表在当年《新文学史料》第 2 期上,1983 年由文洁若翻译的中文版《活的中国》由湖南人民出版社出版发行,其中杨刚的这篇小说使用了同样的译名。《日记拾遗》的标题朴素简练,既保留了英文题名的原貌,也契合杨刚英语写作的初衷。

(二) 英语原稿既有标题的启示

从杨刚留下的两节自传《童年》、《狱中》和小说《日记拾遗》的命名来看,她似乎较倾向于朴素平实的简练概括。

《童年》和《狱中》是两节独立成篇的自传,分别记述了杨刚童年和青年时期的一些经历。这两节自传由于是初稿,它们的构思剪裁难免粗疏,但文字的表现尚不失生动。在杨刚笔下,生活的实录同样具备了小说叙事写人应有的传神,传主倔强叛逆的鲜明个性刻画得入木三分,心理变迁的过程也得到相应的展示。《童年》依次提炼出保留在作者记忆里早年跟家人生活在一起时的画面:故乡环境、大家庭变迁、父母个性、家塾

---

① 卢豫冬:《〈挑战〉校译后记》,杨刚:《挑战》,陈冠商译,北京:人民文学出版社 1988 年版,第 421 页。

教育、“闹革命”事件，以及与“无敌”塾师的较量，它们以片断的形式组合为一个有机体，让读者从中身临其境般地感受到杨刚个性品格和气质禀赋养成的背景，也初步了解了杨刚对自我身份的定位。《狱中》集中叙写了杨缤(杨刚学生时代用名——笔者注)在燕京大学读书期间参加示威游行被捕后的牢狱生活，这是一个人生断面的展示，虽说缺乏足够的历时性经历的交代，但这个非常事件对阐释杨刚的人格立场具有至关重要的作用。其中包括被侦缉队抓捕的经过，关进拘留所后的见闻：狱友的遭遇、看守的牢骚，还有在警备司令部经受严刑逼供的情景等。这些看上去有些不经意的琐碎记录，都直接统领在杨刚的阐释策略之下，这就是：“祈求专制者的末日早早到来”①，尽管这一寓意在文中只是点到为止。在常人心目中，被捕入狱以至受刑该是惊天动地的个人事迹，杨刚却处理得平缓自如、波澜不惊，似乎原本如此。这种平淡的笔触反而加深了读者对杨缤镇定凛然形象的印象，并让他们也从中领略到作者追求朴实自然风格的用心。而在标题设计上，她用“童年”和“狱中”来概括发生在自己孩提时期和学生时代具有影响自我发展的事实记录，应该同属于这种整体风格的表现范围。

在杨刚的所有英语文本中，《日记拾遗》(*Fragment from a Lost Diary*)的背景线索最为清晰，从她对 *Fragment from a Lost Diary* 的处理方式中，则可以更明显地体会到杨刚对待英语文本的审慎态度。

《日记拾遗》是杨刚特地为斯诺编选的《活的中国》而创作的一篇小说，它由五则日期连贯的日记组成，描写了身为孕妇的女性革命者在五卅纪念日来临前几天里所经受的种种身体和灵魂的痛楚遭遇。*Fragment from a Lost Diary* 直译应该是《一部遗失了的日记片断》。由于是“片断”，按照西方式自传须回顾人生整体的严格规定，它似乎是不合格的，但这一生活片断是作者捕捉到的自己人生际遇中最为刻骨铭心的部分，也是影响了她一生经历走向的部分，其意义非同寻常。虽然很难说作者和主人公同样经历过的那个非常时期，也就是一边从事着危险的革命活动，一边又要承受怀孕、生

① 杨刚：《一个年轻的中国共产党员的自传》，文洁若译，《新文学史料》1982 年第 2 期。

产/流产的诸般煎熬的阶段,就是促成了她自我身份认知的一个拐点,但小说所提供的丰富的心理证据,却确实集中反映了杨刚作为女性和革命者双重身份的认同,加上由于这一日记"片断"复原了往事,所以它仍然不失为作者对自己一生的某种概括,从而获得了自传性文本的价值。日记是自传性写作中常见的体式,首先它的自我刻画、自我描写功能独一无二,其次作者的在场感可更容易激发读者对叙述真实性的兴趣。杨刚以日记的形式来进行非常情境下女性革命者的心理写真,可谓明智之举。日记片断的指称清楚直白,但"一部遗失了的日记片断"的标题也并非一览无遗,关键在"遗失",它为读者提供了对这部日记的作者下落如何的想象空间。因此,总体而言,《日记拾遗》的标题虚实结合,又简单明了。

《日记拾遗》的英文稿完成后不久,杨刚将它改写成中文,以"肉刑"之题发表在《国闻周报》上。值得注意的是,同样的小说题材,同样的人物和故事,同样的日记体式,同样的个人独白方式,但在小说整体处理上,《日记拾遗》与《肉刑》形成对照,不同的命名印证了这种对照。《日记拾遗》写得酣畅醇熟,女主人公郁闷、孤独、忧虑、内疚、烦躁、矛盾、恐惧、愤懑甚至绝望的情绪表现得淋漓尽致,杨刚借此充分展示了那些非人的残酷中作为女人的细微感觉和作为革命者的沉重思考;而《肉刑》精炼简约,显得较为节制,作者更愿意显现的是受"肉刑"折磨的女性革命者的忍耐、坚贞和对黎明到来的信心。从标题来看,"肉刑"热辣醒目,直接昭示女性孕育形同肉体受刑的苦难,情感色彩显著;而"日记拾遗"则近乎于平淡无奇了,与《肉刑》不同的是,《日记拾遗》更侧重本真的暴露,所以,不显眼的寻常标题恰恰有助于作者主观色彩的淡化。"日记拾遗"以小说的日记形式而限定,"拾遗"暗示了日记来历之难以考证。小说的末尾叙事者补注:"日记只写到此为止",这更像是有意悬疑,留下空白任由读者去填补。补注旨在强调小说的客观真实感,这与平实朴素的"日记拾遗"的标题设置一样,都是为了杜绝带给读者任何引导的嫌疑。

面对英语读者的杨刚似乎在裹藏自己,这种唯恐暴露作者自身的心态也表现在小说的署名上。据萧乾回忆,他把这篇小说交给斯诺前,"杨刚让我向斯诺提出个条件,就是不用真名——她署的是'失名',并且要求替她保密,可能是为了她个人的安全。这个秘密一直保到了今天"[①]。杨刚以"失名"之笔名示人(西方),真的是因为安全的原因吗?如果真像萧乾所说的话,那么为什么由英语本的《日记拾遗》改写的中文小说《肉刑》在《国闻周报》上发表时,却署了真名呢?难道晚一年在英国伦敦出版的《活的中国》反而会给杨刚带来更大的安全隐患?萧乾的这个说法不知有无别的材料能够佐证。小说不署真名,有可能是杨刚不想张扬的另一个证据。对西方读者,她有意识地要祛除文本以外任何可追溯的作者线索。不错,作者是一个革命者,但她不想因真实署名而透露革命者的身份和立场。杨刚希望她的英语读者从文本本身去品位经受灵肉酷刑的中国女性革命者的情感,感受隐含在她的情感深处的理智信念,让读者自己去评判,这和《日记拾遗》的标题尽可能客观中性的用意是一致的。

与杨刚的做法相反,斯诺在《日记拾遗》之前介绍作者时却表现了明显的导读意向:"失名是中国一位女作家为了不让人知道她的真名而使用的笔名","失名所写的小说不甚为人所知,但她对中国年轻有为的几个作家颇有影响。她大胆地运用迄今被中国文艺界视为禁区的社会题材,她的勇气显示出一种解放精神,势必使那些认为中国艺术不能以革命气概断然与过去决裂的人大为震惊。失名把自己列为'革命现实主义'作家,而《日记拾遗》是这流派的一个范例"。[②]作为小说选编者也是主要责任人的斯诺非常清楚,自传性文本的传主身份对于读者群大小具有先决性的影响。"身份之所以重要,是因为它基本上决定了作品的主题","自传读者也是以身份认同为依据来裁断一部自传主题结构是否完美"的。[③]因此,斯诺会利用他所能抓住的机会大肆宣扬《日记拾遗》作者身份的独特性和由此形成的小说寓意。尽管他和杨刚都看重读者的接受预期,但斯诺希望的是包括《日记拾遗》在内的这本"现代中国短篇小说选"能立马吸引西方读者的兴趣,让他们"阅读此书并能引起共鸣"[④],从而获得最广泛的读者群;

---

① 萧乾:《斯诺与中国新文艺运动——记〈活的中国〉》,《新文学史料》1978 年第 1 期。

② [美]埃德加·斯诺编:《活的中国》,长沙:湖南人民出版社 1983 年版,第 312 页。

③ 赵白生:《传记文学理论》,北京:北京大学出版社 2003 年版,第 99 页。

④ [美]埃德加·斯诺:《编者序言》,《活的中国》,长沙:湖南人民出版社 1983 年版,第 7 页。

至于杨刚，她有感于现实中国“在具有同血肉同感觉的人类之中如同无物而存在着”的寂寞，却更关注作品本身对陌生世界产生的实际影响效力，关注那些那个世界的人如何感受《日记拾遗》里面，“《活的中国》里面，活着的不仅是一个民族，而是一片人类爱活的志愿”①。《日记拾遗》尽管叙述的是一个女性革命者的经历，但在杨刚的心中，也是有着爱活志愿的“人类”共同的经历。面对西方读者，杨刚在小说标题和署名上的低调，在很大程度上，是基于她最大限度地让英语世界的读者自觉认识并理解“活的中国”的愿望。

（三）《挑战》的命名与历史阴影遗留

《日记拾遗》和《童年》、《狱中》所展现的价值立场十分鲜明，但标题均素朴无华，不显山不露水，它们和散佚稿中文版标题贴标签式的张扬明显有别。如果说 1982 年为《童年》、《狱中》设置的总标题《一个年轻的中国共产党员的自传》是明显基于“政治正名”的需要，那么，1987 年《小说界》推出杨刚的自传性长篇时以“挑战”命名，则隐示了译校者观念上仍未解除的枷锁。

这是一部类似于现代女性思想成长的自传性小说。自传或自传体文学、自传性小说都不外乎通过个人历史的书写，来折射自我生存的世界；通过对个人记忆的重新筛选和组织，构筑起对于现实事件的亲历性和体验性，从而使其具备一种超常的“真实感”。对于女性写作来说，自传体在西方通常被视为和它存有历史渊源和天然亲和关系的文学形式。所以，与西方同行有过交往的中国现代作家，尤其是女作家受到鼓励而用英文写下自传或自传性文本的不一而足。譬如早些年来美留学的陈衡哲和后来赴英定居的凌叔华都留下了较长篇幅的自传性作品。在这部后来被命名为《挑战》的自传性小说里，杨刚借笔下的主人公黎品生的形象塑造，完成了对自我历史的清理和对与个人道路相关的价值观念的思考。实际上，从投身革命的那一天起，焦虑和痛苦就一直伴随着将主义当真理去追求的杨刚。自传性小说的写作，在某种意义上正是杨刚内心矛盾冲突的自我疏导方式。出身名门的女主人公黎品生在小说的最后一章在

① 杨刚：《评〈活的中国〉》，上海《大公报》第 13 版，1937 年 1 月 17 日。

经历了诸多体验和思考后，做出了离开父亲以及那个已经败落了的豪门的决定，打算迈向牺牲了的恋人曾经提醒过的“要改革，并且要为新事物而斗争”①的道路。这个选择顺应了中国革命的大趋势，不失为一种“政治正确”的选择；但就小说本身而言，其思想价值似乎不仅仅在于所选择的这个结果昭示的政治意义，而更在于提供一种深刻的精神启迪，那就是黎品生所代表的中国新女性的觉醒和成长与任何他人的教导无关，她的自我选择全都来自个人的独立判断和理性思考。杨刚在小说里自始至终赋予了黎品生独立的人格和不懈探究真理的精神品质。而这样的人物塑造和思想寓意，恐怕并不符合20世纪三四十年代中国已渐成气候的文学风尚，而其中对于不同类型的革命模式的剖析、反思以及对中国社会改革前景的忧虑，更近于不合时宜的思想冒险。

作为一部自传性的长篇，《挑战》还难得地提供了她的同志们从未知晓过的生平、身世的细节，虽然这是一本小说，但从主人公的出生背景、生活线索和主要情节来看，杨刚生前的朋友们更愿意相信这就是杨刚本人的写照。但凡小说，必有虚构，读者其实无须做过多的本事考证，更不应该加以演绎发挥。杨刚融注于小说中的情感表达、记忆方式和价值思考，才是最值得细细品味的。对于向来不愿意透露个人情感往事的杨刚来说，她在小说中对黎品生与穷家子弟出身的革命者林宗元爱情线索的勾勒，不啻为一种自我精神疗伤。而在他人的眼里，这重关系却难免有些变形，过度阐释的结果突出反映在小说中文版的标题中。

中文版《挑战》的校译者在面对杨刚这部自传性长篇时，无法将杨刚单纯视为一本小说的作者，也就难以单纯从小说本身出发去设定恰切的标题。“挑战”原是小说第二章的标题，这一章着重叙写后来成为黎品生恋人的林宗元的身世，这个具有挑战性格的年轻人从小桀骜不驯，在教会学校也表现得特别倔强，他拒绝了身为校长仆人的伯父所安排的先受洗以后去做小学校长的前程，甚至不惮于对自己“很有吸引力的”女性

① 杨刚：《挑战》，陈冠商译，北京：人民文学出版社 1988 年版，第 415 页。

黎品生的不同观点进行“挑战”①。这一章的标题紧扣所表现的重点，无疑是十分确切的。但是，用“挑战”来做整部小说的题目，却未免构成与小说叙述中心的疏离。第一，小说的主人公不是林宗元，而是黎品生。第二，校译者强调林宗元“接受激荡时代的严峻挑战”并不准确，林宗元不是“挑战”的受动者，而是各种“挑战”的发动者，而这与小说的关注焦点并不构成直接的关系。第三，小说的主线不是校译者所认为的“女主人公黎品生和男主人公林宗元这两个典型人物在大革命中的活动”，而是女儿品生和父亲黎诚之间情感和观念的纠葛，这是贯穿文本始终的中心线索。第四，“挑战”所彰显的高调风格不符合杨刚本人设置英语文本标题的个性，尽管通常的翻译版本可以拥有新的译名，但在原稿标题缺失的情况下，顾全原稿本身的内容和风格是对原著最基本的尊重。中文版以“挑战”为名无非是为了突出林宗元在小说中的地位，强调黎品生在他的影响下踏着他的血迹跟上来了的结局，其结果是夸大了林宗元对黎品生的影响力，而这一点已经违背了作者在小说中竭力凸显的原则：个人对于思考和选择独立性的恪守。其实，林宗元与黎品生之间的感情线索不过是小说的诸条线索之一，其表现远不如品生与父亲、与整个家庭之间那种爱恨难舍的关系发展来得充分。从小说围绕品生的教育、信仰、家庭义务、情爱选择、社会改革责任，以及作为女性的个人成长的话题展开来看，无论是“抉择”、“成长”，还是直接以中心线索为基准而定的“女儿”、“新女性”之类，都要比“挑战”更恰切一些。

其实，从中文单行本的装帧里也透露出策划者未免简单化的意图。占据封面构图中心的是一对站立着的父女画像，前方的女儿身披大红长围巾，一手执书，目视前方，神情镇定；背后的父亲身着黑马褂，两手持杖，双目乜斜，面容显恼怒状。父女二人一正一邪，泾渭分明。而画面上单单那红与黑的大色块对比就足以清晰地传达了对父女二人是非价值评价。封面设计不过是书本的包装，但从中多少可以感觉到小说出版者

① 小说第二章写品生和林宗元初次接触过后，跟她的同学素贞谈及对林的印象：“经过考虑，她乐于承认他具有过人的聪明才智，不料他的挑战却引起她的感情复杂化。”她补充说，“我憎恶那种把妇女看作愚笨和低微的人。”可见这里的“挑战”主要用于表现林宗元敢于挑战的主动性格。（参见杨刚：《挑战》，陈冠商译，北京：人民文学出版社 1988 年版，第 122 页。）

的引导取向。它秉承的是类似于中文版标题的主旨，遵循的同样的非此即彼二元对立的思路。其寓意本身存有将复杂问题简单化的隐患，它极有可能诱导读者仅仅聚焦于革命与反革命，或者封建与反封建之间的争斗线索，从而忽略了这一自传性小说以传主为中心所展开的纷繁的人物关系和广阔的时代图景，忽略了主人公性格发展和精神成长轨迹中所显现的矛盾张力，忽略了小说整体上所蕴含的思想的丰富性、复杂性和深刻性。在这样的情况下，这部自传性长篇的真正价值其实已被局部遮蔽了。

杨刚英语自传性作品中文版的标题问题，在很大程度上与这些文本的发掘者、校译者尚未摆脱历史的阴影有关。1997 年萧乾回忆"文革"后他最早提到杨刚名字的《斯诺与中国的新文艺运动》一文发表后的反应，谈及读了他在《新文学史料》创刊号上的文章后，有朋友责备说从中"发现了冰碴"，萧乾因而感慨道，"经过 20 年的冰冻，自家灵魂的解冻可困难多了"。①作为杨刚的生前好友，劫后重生的他们理所当然地会特别关注现行体制对杨刚评价上的"拨乱反正"。以他们的价值判断，还原一个"党和人民的忠诚的优秀女儿"的形象，其重要性和迫切性明显超过了彰显一个将女性的伤痛、革命者的困境上升至人类的苦难去思考的优秀作家的形象。而事实上，杨刚的朋友们的努力依然证明了具有相当的有效性。尽管如此，需要提醒的是，如若试图走向真实的作家杨刚，至少需要警惕某些不太适当的标题里所隐含的先在性导向，避免因此造成对杨刚和杨刚作品的误读，或许这才是在更深层的意义上对杨刚的纪念。

二、杨刚自传性言说的受众选择

自传性文本的写作过程是作者个人自我审视、自我实现的过程，杨刚通过对自我往事的叙写，分析自我，反省自我，也评判自我。她对自我内心的袒露，"不啻为对自己的鞭笞，其坦率和勇气，正像斯诺所说的那样，是令人吃惊的"②。然而值得注意的是，杨刚选择用英语写作自传性文本，她把除了自己以外可能接近这些文本的英语读者当

① 傅光明采访整理：《风雨平生——萧乾口述自传》，北京：北京大学出版社 1999 年版，第 313 页。

② 卢豫冬：《〈挑战〉校译后记》，杨刚：《挑战》，陈冠商译，北京：人民文学出版社 1988 年版，第 425 页。

作了倾诉的对象，同时也把他们视为对自我予以裁判的主体。和所有的文学创作一样，自传性文本的作者必定会顾及潜在读者的阅读感受，他们的接受期待多少会影响到作者个人经历的还原和自我形象的塑造，也就是说，读者和作者一起同时参与了自我形象的建构，共同支撑了文本表现的世界。所以，自传性写作的过程既是作者自我审视的途径，同时也多少包含了读者反应的预期。

那么，问题是：杨刚为什么不直接用中文写自己的故事呢？

(一) 健谈或缄默："同志圈"和"朋友圈"里的杨刚

杨刚用中文创作的作品很少带有自传色彩，这印证了熟悉她的那些革命同志对她的印象："在她的风度、性格里，通常所说的女性的东西很少"，以致年岁比她大的老同志为她起了一个外号——"浩烈之徒"，"似乎不生造这个形容词，就不足以表现杨刚的特点"。①杨刚豪爽大气的性格与她那些著名的代表性诗文的风格似乎也很吻合，如《我站在地球中央》、《沸腾的梦》、《恒秀外传》、《公孙鞅》、《美国札记》等，这些作品充溢着刚强而坚韧的生命力度。如果杨刚仅仅留下这些中文作品，"浩烈之徒"的外号确实可以满足杨刚形象的概括。但事实上，当杨刚的英文作品被翻译成中文与国内读者见面后，人们会发现，原先对杨刚的印象恐怕并不完整，"浩烈之徒"的另一面不仅可敬可佩，而且更加可亲可爱。杨刚并不真的像朋友对她说的那样："你不敢歌唱你的苦痛啊"，作为"一个有着大爱和深心的人"，杨刚也可以像大多数女作家那样，在自叙式的写作中倾吐身心的苦痛，展露"有男人不能做男人的女人；有孩子，不能作孩子的母亲"②的灵魂撕裂。虽然柔情未必不丈夫，但杨刚面向英语读者时，确实更大尺度地打开了心扉，因而使"浩烈之徒"的外号获得了更为丰盈生动的内涵。

现实生活中的杨刚俨然是个性格外向的人。在杨刚生前的一些同志如胡绳、袁水拍心目中，哪怕她已离世多年，她还是那个"手拈烟卷，慷慨直言，朗声大笑"的形象。可他们在回忆时也提道："杨刚同志和同志们接触，谈的无非是时局和工作，或者文学、

① 胡寒生：《追忆杨刚》，《新文学史料》1982 年第 2 期。

② 杨刚：《桓秀外传 · 姜蕹(〈桓秀外传〉代序)》，《杨刚文集》，北京：人民文学出版社 1984 年版，第 369 页。

音乐，很少提到她个人的生活。即使与她多年交往、共事的战友，也不大清楚她过去的经历。”[①]类似的印象似乎并非个别，卢豫冬也曾是杨刚的同事，熟悉她“开朗、坦率、豪爽、热情、刚强”的性格，却同时也说：“在同她相处的日子里，尽管天天见面，海阔天空，无所不谈，可是却从来不谈自己的家世。”[②]这些回忆者都是1938年后以至40年代初在香港、重庆与杨刚认识的，而1938年后的杨刚在经历了包括入党、退党、重新入党[③]的多重磨砺后，性格坦率自然未变，而政治上已不得不趋于“成熟”。她一旦了解了个人与所投身的事业的关系，也就很自然地敏感到过往生活的微不足道。“伟大不在于个人”，“个人是渺小的”，个人只有融入“理想的完整的肉身——一个理想的行动集团”，才成为理想的一个肢体。[④]在这个行动集团里，杨刚如果还津津乐道个人的身世生平和情感经历，显然是不合时宜的。而实际上，她对自己个人生活的缄默也避免了不必要的误解。豪门世家的背景，在过去的文人那里是足以夸耀的资本，也是他们产生优越感的前提；而对跨出了朱门的革命者个人来说，它却不啻为原罪的耻辱，唯恐避之不及。“不能够切断自己变了黑色的胞衣的人，怎么能够抗拒人类命运的钟声呢?”而那些个人化的情感和经历，“一些生死之间间不容发的苦痛”，按照行动集团的价值标准，犹如“肮脏的眼泪，不是什么值得宣扬的事”。[⑤]

除了杨刚当时的文字记录外，1938年后她辗转大后方的处境和心境到底如何，思想的发展和转折是否带给她新的精神支持，杨刚朋友们的回忆并不全然相同。胡绳和袁水拍认为，杨刚在1941年底香港沦陷后最“艰苦紧张的环境里，人们对杨刚的印象是愉快自在、兴致勃勃”；1943年到重庆后，“她的才干很快就被周恩来同志所注意，加以重用”[⑥]。而当时远在欧洲前线的萧乾在后来的回忆中，却用杨刚自己的表述，说明

① 胡寒生：《追忆杨刚》，《新文学史料》1982年第2期。

② 卢豫冬：《艰难的岁月　磊落的襟怀》，收入《杨刚文集》，北京：人民文学出版社1984年版，第566页。

③ 《杨刚年表》，《杨刚文集》，北京：人民文学出版社1984年版，第581页。

④ 杨刚：《沸腾的梦〈伟大〉》，《杨刚文集》，北京：人民文学出版社1984年版，第101页。

⑤ 杨刚：《一个知识分子的自白——〈永恒的北斗〉代序》，《中原》1943年6月创刊号。

⑥ 胡寒生：《追忆杨刚》，《新文学史料》1982年第2期。

杨刚周围的朋友们的印象并不全面。1945年萧乾与杨刚在旧金山重逢，杨刚对这个小老弟谈了别后的经历，其中提到“皖南事变后，重庆文化界的复杂和她自己处境的艰难”①。至于如何艰难，语焉不详，但一向乐观的杨刚在言语中流露出某种伤感和无奈，萧乾应该不难觉察，而自己的党外身份决定了他不便更深一层去探究②。

看似爽直的杨刚是否对所有人都闭口不提自己的身世和情感呢，其实未必，至少早年的同窗挚友不在限制之列。廖鸿英和谭诲英是杨刚在南昌葆灵女子学校读书时最好的两个朋友。廖鸿英在20世纪80年代的回忆中提到，高中一年级的时候，三人同班同寝室，“晚上，我们睡在床上谈心，什么都谈。使我难忘的，是杨缤谈到对她父亲的畏惧。那时，按照旧社会的习俗，父母给她订了婚。这就引起她的反抗，她要解除婚约，获得自由。”③即便这其中明显含有突出杨刚革命性意志的成分，但仍然说明了那时的杨刚对好友可以敞开心扉的事实。如果说廖鸿英的回忆还有所保留的话，那么谭诲英却被证实是知道杨刚在1926年之前就已结过婚情况的人。1931年5月燕京大学教授吴世昌在参与营救被捕的杨刚后，就是从谭诲英那里得知杨刚第一个丈夫“已在大革命中被杀害了”的事实的。④从常识上推断，凭廖鸿英和谭诲英与杨刚的友情，她们对杨刚家世和情感生活的了解，其途径应该主要来自杨刚，是杨刚把自己的情感烦恼以至伤痛倾诉给了身边的知心朋友。

在杨刚的熟人里，与杨刚相识于1929年冬天燕京大学的萧乾，应该属于杨刚信得过的人。他和杨刚有别，由于是一个“不带地图的旅人”，在严格意义上当然就不在杨刚的“同志”之列。萧乾多次感念一生中得到杨刚许多的指点和帮助，却自称“对她的

---

① 萧乾：《鱼饵·论坛·阵地——记〈大公报·文艺〉1935—1939》，《新文学史料》1979年第2期。

② 杨刚情绪的低落或许与她的思想无法跟上中共文艺指导方针并受到主管者的批评有关。谢泳在《胡风事件的另类史料》（《新文学史料》2011年第4期）中提及：“1943年，在重庆领导中共南方局的周恩来就对乔冠华、陈家康、杨刚等人的文艺思想提出过批评，因为他们的思想与延安不统一，这些人是‘一二·九知识分子’中的左派，但他们的‘左’，并不同于延安的‘左’”；“1943年，当中共中央发现国统区有对延安文艺座谈会精神的怀疑情绪时，就派人去做思想工作，当年派去的都是延安的得力干将，如刘白羽、何其芳和林默涵”。

③ 廖鸿英：《忆杨刚》，收入《杨刚文集》，北京：人民文学出版社1984年版，第572页。

④ 卢豫冬：《〈挑战〉校译后记》，杨刚：《挑战》，陈冠商译，北京：人民文学出版社1988年版，第423页。

了解始终很肤浅"[①]。萧乾回忆说："为了引导我重新走上革命之路，她给我写了上百封信。每信的开头都称我作'弟弟'，接着不是正面宣扬革命大道理，就是驳斥我的某些荒谬论点。"[②]萧乾写于"文革"以后的回忆，正如他自己所言，"再也不求'讲个痛快'而执笔了"，"只敢在勉强允许的范围内，尽量说真话"[③]。在这种心理下，他的言语表达难免有点皮里阳秋。那些信里肯定不乏革命大道理的宣扬，但估计也不可能是全部。其实萧乾在另一篇文章里，就提到他们通过燕京大学的校内邮政来往的信的内容："从对人生观的探讨到各自读书笔记的摘录"[④]，不一而足。而在信里杨刚对萧乾一直以"弟弟"相称，也一定不仅仅是为了引导他走上革命之路而特地表现出的亲近，它无疑更基于一种手足般的情感和信任。萧乾的自述里含有为扬"她"而抑"己"的意味。

至于现实交往，萧乾承认，"同杨刚相识以来，我们的过从算是密切的：姐弟相称，从写作到人生观，无话不谈"；当然，身为"弟弟"和非"同志"的"浪子"，萧乾也说，"关于她的组织关系，正如她的感情生活，我从没问过，她当然也从未向我提过"。[⑤]杨刚不会主动向萧乾谈及自己的私人生活，更多是因为杨刚视萧乾为不成熟（尤其在感情上）的"弟弟"。而其实，尽管是"弟弟"，萧乾对杨刚的感情生活并非一无所知，只是基于对她的尊重和理解不点破而已。这一点到了萧乾晚年的回忆中，更大程度上体现为对杨刚形象的维护。1939 年夏天，萧乾赴英之前，他力荐杨刚接任即将空位的《大公报·文艺》主编，他从香港拍电报给陷在上海孤岛的杨刚，虽然之前已经打过招呼，但三天后萧乾才收到她即将来港的回电。萧乾说："从她的地址（上海红十字会一位医生转），我意识到她在感情上已不再是无牵无挂的了。"[⑥]在这里，萧乾欲言又止。这个比较含蓄的说法，当然可以做多重阐释，比方说杨刚的地下党员身份决定了她的去向和工作要

---

① 萧乾：《杨刚文集·编后记》，《杨刚文集》，北京：人民文学出版社 1984 年版，第 593 页。

② 傅光明采访整理：《风雨平生——萧乾口述自传》，北京：北京大学出版社 1999 年版，第 57 页。

③ 傅光明采访整理：《风雨平生——萧乾口述自传》，北京：北京大学出版社 1999 年版，第 313 页。

④ 萧乾：《未带地图的旅人》，《当代》创刊号，1979 年 6 月。

⑤ 萧乾：《鱼饵·论坛·阵地——记〈大公报·文艺〉1935—1939》，《新文学史料》1979 年第 2 期。

⑥ 傅光明采访整理：《风雨平生——萧乾口述自传》，北京：北京大学出版社 1999 年版，第 107 页。

经组织研究同意，这需要时间。但是，这一解释说服力显然是不够的。

事实上，"感情"就是感情。萧乾偶尔透露的杨刚"感情"上的这一蛛丝马迹，在杨刚当时的房东——美国《纽约客》记者项美丽(Emily Hahn) 1970 年出版的 *Time and Places*(《时与地》)一书中被渲染成篇①。如果项美丽的描述不完全是艺术虚构的话，那么杨刚的形象远比她的同志们所回忆的要生动丰富，且更具人性的光辉。从萧乾的欲言又止的语气来看，杨刚在上海的这段感情经历，他应该是知情者之一，但他刻意淡化了。出于同样的考虑，萧乾在诸多回忆杨刚的文章里，从来不提杨刚 1938 年在上海期间曾翻译过毛泽东《论持久战》一事，而此事与项美丽和她当时的搭档邵洵美密切相关②。有人分析说，杨刚对翻译《论持久战》的事情讳莫如深，原因是"项美丽的复杂背景"，她"对于项美丽这样的人物会引起的麻烦心知肚明"，所以"不得不提高警惕"，宁可不提她翻译过《论持久战》的"光辉事迹"；而萧乾对项美丽和《论持久战》翻译一字不提，则"耐人寻味"。言下之意，是他认同了当日大部分人从"政治利害"角度看问题的

---

① 《时与地》(*Time and Places*)是项美丽写的回忆性文本，书中有一部分写了 1937 年至 1939 年租住在上海霞飞路 1826 号她的寓所的一些房客的故事。杨刚在项的叙述中化名杨珠，是其中的一位。书中写道："在我上海寓所来来去去的所有租客中，我最喜欢珠小姐。她是一位共产党人，是中国爱国分子。""我必须承认，杨珠是非常的严肃。但她仍然很可爱。从她的眼镜后透射出一股真诚的幽默感，她会出其不意地突然爆出一阵大笑。世界上好像没什么事能让她动摇。"两人有过一次交心的谈话，起因于从不关心自己外貌的她居然到"我"房间来照镜子。话题接下来是她主动诉说自己感情上的困惑。她其实有丈夫，也有孩子，却不得不与他们分离。丈夫是她大学时候认识的，结婚后他"从不关心国家大事，也不想为全人类作点什么"，这一点令她无法忍受。她说，"他不理解我的工作，认为我应当留在家里带孩子。唉，我讨厌带孩子，虽说生了孩子之后，我还是爱她的。但我不是良母型的女人"，她与丈夫分居，把女儿寄放在北京姐姐的家里。在上海她与裴先生相爱，但当裴求婚后，她却想割断情丝。她说，"我是喜欢裴。但是他要我嫁给他呀！我觉得他这么做是冒犯了我"。"婚姻，对一个女人是种贬抑，我很惊奇，P.C 裴应当明白这个道理的，我没想到他竟然有这种动物本能。"杨珠因为自己要为全人类的事业奋斗，就放弃家庭、放弃爱情，也放弃做母亲的责任。项美丽用冷静的笔触勾画了一个内心充满张力的人性化的女革命者形象。(参阅王璞：《项美丽在上海》，北京：人民文学出版社 2005 年版，第 199—204 页)

② 有关杨刚在项美丽和邵洵美协助下完成《论持久战》翻译的情况，译文在邵洵美、项美丽主持的 *Candid Comment*(《直言评论》，《自由谭》英文版)上连载的情况，之后邵洵美及其创办的时代图书公司总务王永禄秘密联络印刷出版《论持久战》单行本的情况，可参见邵绡红：《我的爸爸邵洵美》，上海：上海书店出版社 2005 年版，第 194 页；盛佩玉：《盛氏家族 · 邵洵美与我》，北京：人民文学出版社 2004 年版，第 213、331—332 页；江沛毅：《〈论持久战〉英译本诞生记》；《团结报》2003 年 7 月 24 日；李贤哲：《邵洵美的〈自由谭〉月刊和英文版〈论持久战〉》，http://www.cnlu.net/disp.asp?id=47972。

方式。[①]这样的理解未尝不可，至少涉及了一些本质性的症结。但就萧乾的选择性遗忘来说，更多却是出于为尊者讳，这也符合中国历来的传记伦理传统。毕竟谈到《论持久战》和项美丽，就会不小心触碰到杨刚的私人生活，而上海期间这段杨刚有所牵挂的感情，恐怕不太符合晚年萧乾为读者塑造的那个严肃、坚定、理性、圣洁的杨刚形象，更与杨刚已经留在她的同志们记忆中的印象存有距离。即便萧乾在心里对杨刚的这段感情不无同情，为安全计，他做了保守的选择。

杨刚对待萧乾，不像早年对待"闺蜜"廖鸿英和谭诲英，也不像 1938 年后对待"行动集团"内的同志，她不会主动把个人心事拿出来与萧乾分享，但对萧乾却也没有什么心理防备。萧乾自己"素来也不喜欢探听别人的私事"[②]，但他能知晓一些杨刚的个人生活，这本身说明杨刚对萧乾人品的信任。值得信任是决定一个人是否向其倾诉的重要因素，萧乾虽然算不上理想意义上的杨刚的倾听者，但事实上却是有限的懂得杨刚的人中的一个。

杨刚很欣赏罗曼·罗兰笔下约翰·克利斯朵夫的一句话："能够刚强是多么好啊，人刚强而能受苦是多么好！"[③]其意味正如她自己的笔名所蕴涵的，显现了杨刚对自我人格意志的理想规定，而实际上杨刚也确实照此做到了一般女性难以做到的极致。但是，杨刚之"刚强"恐非天性使然。她的远房亲戚二哥杨显东回忆说，在南昌读书时候的杨缤"很重感情，既有女性的温柔，又有新青年的豪放"，"她很健谈，很有见解，可是，有时也有点脆弱，易动感情，爱哭"[④]。这一形象倒是如同邻家女孩般地让人感到亲切而可爱，相信杨显东经过岁月过滤了的记忆依然保存了原本的鲜活。从中可证实，为人熟知的那个"刚强"的杨刚和"爱哭"的杨缤终究是一个人，这其实是不奇怪的，任何所谓坚强的人都难免有脆弱的时候。杨刚对"刚强而能受苦"的自觉，恰恰披露了她人

---

① 王璞：《项美丽在上海》，北京：人民文学出版社 2005 年版，第 206—209 页。

② 萧乾：《杨刚与包贵思——一场奇特的中美友谊》，《新文学史料》1982 年第 2 期。

③ 杨刚把这句话当成《东南行〈辛苦了，台湾兄弟们！〉》一文的引言。《杨刚文集》，北京：人民文学出版社 1984 年版，第 120 页。

④ 杨显东：《忆六妹——我革命的启蒙老师》，见《杨刚文集》，北京：人民文学出版社 1984 年版，第 561 页。

格结构中另一重因素的存在。

一般与杨刚有交往的人觉得她开朗、乐观、热情、爽直，对人无话不谈，这些特点确实反映了杨刚性格中的主要层面；但作为一个真实的人，杨刚自然也有她一些内心的隐秘，并不想为常人所知，这也是不少杨刚的同志说她从来不提个人生活的原因。每个人都有自己的隐秘，从心理学的角度看，保守个人的隐秘并努力掩盖它是有害的，其后果直接造成心理压抑和障碍，这种压抑和障碍需要通过倾诉的方式予以排遣或解除。把自己的秘密说出来，以维持心理平衡，这是倾诉的动机，也是倾诉的功能。那么谁可能成为倾听的对象呢？

杨刚在《沸腾的梦》的序里曾解释自己并非如大家所想象的“冰雪清明”，她说：“朋友们知我与不知我的，都爱把那些和我全不相干的字眼，施用于我的身上，对于我下一些牙清口白的判断，期我是那种与我正相反的人物。”[①]杨刚以一种幽默的口气稍稍抱怨了朋友们对她的误解。这是1939年的杨刚对自己周围的人如何看她的反应，从中可以感觉杨刚希望为人理解的内心。而到1943年，杨刚则全盘反思了以往生活态度的矛盾，表示：“一种似乎集体的生活，使我感觉到共同成长、共同感应时代的快乐”，所以决计“把自己狭小的外皮褪下来，抛在峡谷里面”。[②]实际上，个人经历的伤痛和苦闷的记忆不可能因为决定“接近人民”而被轻易抹去，只能是被暂时掩盖，而掩盖的行为通常表现为回避。杨刚不向共事的同志们谈及任何自己的个人性话题，哪怕是无关私密的信息，就是一个证明。卢豫冬读了20世纪80年代杨刚的女儿怀念母亲的文章，知道20世纪40年代她曾跟杨刚一起在香港，不禁十分诧异，因为那时“杨刚几乎天天一早就到半山区坚尼地道我寓所来，同我一起在山间散步；然而却始终没有提到她把女孩带来香港这件事”，他用杨刚“一心只想着同志，从不理会自己”进行解释[③]，委实有点乏力。就这件小事而言，杨刚此举偏离了常情常理，反映出某种心理危机的症状。女儿在自己身边的事实不是杨刚产生困扰的原因，而这个事实被卢豫冬知道后他该怎

① 杨刚：《沸腾的梦〈序〉》，《杨刚文集》，北京：人民文学出版社1984年版，第74页。

② 杨刚：《一个知识分子的自白——〈永恒的北斗〉代序》，《中原》1943年6月创刊号。

③ 卢豫冬：《艰难的岁月 磊落的襟怀》，见《杨刚文集》，北京：人民文学出版社1984年版，第566页。

么评价才是杨刚所担心的。她对革命同志评价私人生活的标准应该不陌生,所以杨刚想象卢豫冬以此来衡量这一事实及自身的内心世界时,会做出那些杨刚不希望的某种假设、联想以至结论,这正是构成杨刚过度戒备心理的基础,小心地掩盖事实正是这种心理下的必然产物。

值得关注的是,杨刚过度戒备行为不是偶然的,不是只针对卢豫冬个人,也不是只有闭口不谈女儿在身边这一件事。这种戒备心理的发展其实与杨刚经受的政治历练构成了正比。她对组织内部动辄出现的无情打击和残酷斗争应该不那么陌生,在个人生活被予以政治观照,道德攻讦常常成为政治迫害的起因的环境里,杨刚越是老练,也必然越是谨小慎微。

(二) 向谁打开心扉?

大凡自传性文本的写作大多出自作者自我表白的动机,言说自己的历史,就是试图重塑自我,其意义超过了认识自己。而自我的存在需要用他人的目光来证实,所以,自传性写作其实就是对别人的言说。杨刚用英文写下这些自传性文字也应该不出其外。在这些自传性文本里,她难得地讲述了平时不轻易吐露的那些自己生平事迹的点滴,把隐藏在心底已久的情感碎片一一拼接重构,从而展示了自我的心路历程。她仿佛在自言自语,但实质上是在对一个自己以外的别人——"他者"——倾诉、告白。而这个"他者"在杨刚决定用英语来书写自传性经验之前就已被限定了。

如果排除早年的同窗好友外,杨刚可以选择的倾诉对象自然不会是卢豫冬这样朝夕相处的同志,因为担心不应有的误解及其带来不良的影响;也不是萧乾这样可以亲近如弟弟般的朋友,因为他相对稚嫩而唯恐带给他不胜承受的负担。那么,杨刚难道就找不到可以倾诉的对象了吗? 所幸情形尚不致太糟。20 世纪三四十年代,杨刚的社交圈和公开的记者身份使她有机会接触到一些国际人士,这些人的异国、异文化背景,以及他们对一些共同话题所表现出来的关注和兴趣,让杨刚不仅不排斥与他们交往,甚至很愿意走入他们中间,与他们进行另一个层面的沟通,以至把他们当作倾听者,对他们诉说一些平常不便于和自己的同志、同胞分享的个人信息。这些人包括:1928 年在燕京大学英国文学课上认识的包贵思,1933年在北平一座散发着新鲜空气的平房里认识的斯诺,1933年在沪西走访工人生活时认识的史沫特莱,1938年在上海霞飞路一幢花园洋房认识的项美丽,1942年在桂林认识的班以安,1943年在重庆认识的费正清,1944年在波士顿认识的马蒂逊,还有为杨刚保存了几十年长篇文稿的奥尔加·菲尔德夫人……尽管这些英美籍人士身份背景不一,杨刚与他们的关系也有亲疏之别,但他们中大多数却都是杨刚可与之对话的人,是能够在特定情境下为杨刚提供被尊重感和心理支持的人。

倾诉与倾听行为的构成,除了信赖外,也取决于两者之间的关系。相识伊始,私人性的话题显得突兀,也会为以后的继续交往带来隐患,除非永不再见面的陌生人。对过分熟悉的人,倾诉也会有不良后果:倾听者会认为倾诉者原本就不应该对他保密,因而产生不被信任的感觉,而倾诉者对倾听者也有事实评价的担心,会产生不安全的感觉。所以,倾诉最好发生在了解但不十分了解的人之间,他们更适合共享内心的秘密。在杨刚的潜意识里,她其实是把她交往的那些英美籍人士已定位在这个"了解但不十分了解"的关系范畴中。"了解"在于杨刚知道他们的个性、趣味和人品,知道他们受个人主义文化传统的熏陶,对待个人性的问题能恪守最基本的尊重原则;"不了解"在于杨刚迥异的文化种族身份,她个人的政治信仰、思想观念和价值立场都与他们存有明显的分歧,对杨刚来说,他们在这个方面俨然如同局外人。这种在彼此信任基础上的"了解但不十分不了解"的关系,促成了杨刚言说的意愿。

杨刚在《悼史沫特莱》一文中,记述了1933年春天她和史沫特莱在上海马路上走着时的情景:史沫特莱走得又快又急,杨刚有些追不上,史沫特莱揶揄道:"你走不动?有钱人的儿女向来是不会走路的!"[①]这是两人的初次见面,史沫特莱了解杨刚的家庭出身,应该不会直接来自杨刚的亲口诉说,而与史沫特莱的美国朋友事先介绍有关。那时在中国的美国人圈子里,杨刚不为人知晓的"有钱人的儿女"的背景,竟然是个公开的秘密,而这秘密的传播源头只能是杨刚本人。

① 转引自杨刚:《悼史沫特莱》,《美国札记》,长沙:湖南人民出版社1983年版,第14页。

1938年，杨刚曾是项美丽(也属于史沫特莱的社交圈)上海寓所的房客之一[①]，在后来项美丽写的《时与地》(*Time and Places*)里，杨刚化名杨珠，是叙述者“我”最喜欢的一个租客。“我”知道她的身份，了解她性情严肃又可爱，同时还具备真诚而坚定的品格。之后，项美丽不急不缓地叙述道：

可是有一天，她让我大吃了一惊，她坦承她有个丈夫，还有个孩子。杨在我这儿住了六个月，向来不提她有家。后来发生了一件事，才让她向我道出以上两条信息。

我从没想到她有夫有子，她把大量时间花在那些神秘的爱国聚会上。来找她的都是些学生模样的人物，他们总是带着各种箱包。聚会都在她房间里进行。她的房间清教徒式的简陋。就连床褥也是一张可卷起来的中国粗毛毡，铺在一个弹簧垫子上。

那天，来找她的没有共产党学生，只有裴先生。裴先生从来不携箱包，所以我觉得他似乎没有肩负某种政治使命。我一直都猜想他或许是杨的男朋友。尽管她总是严肃地称他为P.C裴先生。他走了之后，杨到我房里来照镜子。这举动有点怪，因为之前她从未对自己的外貌表现过丝毫兴趣。她把头发扎到脑后，像只鸽子尾巴。

“杨，为什么今天你把头梳得这么漂亮。”

“是呀，”她承认，拍了一下那小小的发髻，“我也不知道我为何浪费了一早上时间弄它。其实我有三篇文章要赶在下星期交出来。”

她坐到床上，脱下脚上的拖鞋，坐上了床：“裴刚刚向我求婚。”她不动声色地道，“你刚才没听到我们在争吵吗？”[②]

---

① 盛佩玉在晚年回忆说：“在密姬(邵洵美夫妇对项美丽的称呼——笔者注)睡的房间隔壁，我经过那个房间，在露开的门口，见到一位戴眼镜的中国女子，身材不高，又不胖，长脸，她也是藏在密姬那里准备一本书的，洵美告诉我，此人姓杨，叫杨刚。”《盛氏家族·邵洵美与我》，北京：人民文学出版社2004年版，第213页。

② 转引自王璞：《项美丽在上海》，北京：人民文学出版社2005年版，第202页。

接下来，就是“杨”对自己情感经历带点自辩意味的陈述，而其中的关键情节与杨刚的婚恋事实基本合辙。在这个过程中，“我”充当了合格的倾听者的角色——耐心、体贴、客观，而“杨”几乎是竹筒倒豆子般地，把几年来自己在爱情、婚姻、家庭方面的困惑和委屈，一一抖搂出来。项美丽的叙述笔调平静也带有些许调侃的味道，但从中所展示出的内容，尽管与读者心里已经形成的杨刚形象有出入，但倘若你相信记者出身的项美丽具备最起码的写作坦诚，就会愿意把杨珠的故事看成20世纪30年代后期杨刚在上海时的艺术性写真。在整个私密性话题的展开过程中，杨珠无疑是一个主动的倾诉者，“我”不介入、不干预、不评价的中立姿态，客观上起到了鼓励她放心说出内心隐秘的作用，并且让她感受到一种被理解、被接受的愉悦。

如果项美丽的描写难免文学性的虚构因素，那么历史学家费正清的叙述应该是更为可靠的史实记载。晚年的费正清对五十年来有关在中国的经历和中国问题的研究进行了回顾，提到了他在重庆与杨刚的交往经过。他回忆说：“1943年中期我与她会面时，她38岁，是极有影响的《大公报》文艺编辑，她说她曾经历过不幸的婚姻生活，这使她后来成了一个女权主义者。”之后他对杨刚身世、父母、教育、兴趣、婚恋、职业、创作、政治身份等情况的介绍，几乎称得上一篇小型的杨刚传，不仅关键的经历线索明晰确凿，而且还有不少生动的细节描述。其中有些部分与现已公开的杨刚生平材料有不一致的地方，是否错讹的传闻，尚有待证实（譬如：“在香港与另一人相爱，遂与北京的丈夫离婚，在香港再次结婚”）。费正清称杨刚帮助他了解了中国革命，她“是一位公正的评论家”，他说，“我与她经常会面、交谈、互通信件。从她那里，我获知了中国知识分子所扮演的复杂的角色”，杨刚的精辟分析“使人耳目一新，这简直是上帝的恩赐，能有这样一位朋友真是一件幸事”。①从费正清的角度看，杨刚使他受益匪浅，不仅在工作上，更在对中国现实的认识方面；而从杨刚方面来看，费正清是可以交心的朋友。费正清回忆中显示的杨刚生平经历，有的可能是来自保存在包贵思那里的杨刚的两节自传，但他所提供的信息远远不止这些，尤其是私密性的情感经历内容，更大的可能是杨刚

---

① ［美］费正清：《费正清自传》，黎鸣、贾玉文等译，天津：天津人民出版社1993年版，第336—337页。

亲口提供的。从费正清“她说她曾经历过不幸的婚姻生活”这一表述方式，可以看到杨刚对费正清很信任，因而很自然地对他讲述了自己“不幸的婚姻生活”。这一点与项美丽得知杨刚的情感秘密的渠道是一致的。而杨刚与费正清彼此的相知度大大超过了她与项美丽之间，因此，杨刚和盘托出自己的全部，从身世生平到感情生活，不掺杂什么虚饰，这倒是符合杨刚爽直的气性。这种真诚的自我袒露，表现在杨刚身上，是她的同志们无法想象的。而在费正清这里，杨刚解除了心理戒备，还原了真实的杨刚自己。

和费正清一样，成为杨刚倾诉个人秘密的倾听者的人，无例外地都是来自西方英语世界的友人，其中大多是对中国抱有同情的美国人。他们知道杨刚的政治身份，甚至知道她负有特殊使命，但还是为她的人格魅力所吸引，愿意了解她、亲近她、帮助她，同时对她的理念和行为也给予了足够的尊重和理解。这些杨刚所熟悉的具体的美国人，他们的宽容和善解人意为杨刚营造了安全宽松的环境，为她吐露自己情感和灵魂的真实打开了一条通道，让她一直处于紧张状态的心情有了放松的机会。费正清们的默默倾听，实际上就是对杨刚最佳的心理援助。

通过与一些信得过的美国友人的交流，杨刚讲述了自己不愿意与周围的同志们分享的个人生活，包括隐藏在心底的情感秘密，这说明杨刚终究是一个勇敢的人，一个具有独立的理性判断能力的人，一个懂得自我心理疏导的人。这种倾诉和倾听行为的完成，没有倾诉者表白意愿的自觉，当然是不可能的。杨刚借助于言说释放了积聚心中的压抑，借助于倾诉缓解了情绪的焦虑。同时，她从聆听者那里也获得了自我认知和观照的镜像，获得了自我反省的动力。而从杨刚对倾听者的选择，则可以更清楚地了解她对自传性文本预期读者的限定。

（三）信任“他者”如同信任自己

杨刚对周围的同事从不涉及自己个人的生活，在 20 世纪三四十年代却愿意与自己交往的美国朋友诉说那些私人性的经历，这种对聆听者拒绝和迎纳的严格区分，说明杨刚清醒意识到同属于接受对象却分属于两个世界的人会产生怎样不同的接受反应，正是依靠对这种接受反应和影响的判断，她谨慎地对待了她的潜在受众，把自己精神人格结构中的不同层面分别展示给了不同的接受对象。从言说的方式来看，口头诉说和文字叙述,都属于言语表达的范围。心理学、人类学、社会学,以及语言和文学无不关注言语表达,关注它本身,同时关注它所起的作用。身为作家的杨刚她的言语表达当然不仅仅在口头倾诉,更有意义的是在她的书面言说,而文字的表述大体沿用了同样的针对性范畴:除了个人生活外无话不谈,针对的是相对熟悉的国人;并非无话不谈,但可谈的话题中包括了个人生活,针对的是了解又不十分了解的异域友人。这一规则反映在杨刚写作语言的选择上,则为中文和英文的双语区别,两种语言分别限定了中国和英美世界不同的预期读者。

正像生活中杨刚最接近的仍然是中国人,她大多数作品当然是用中文写的,是写给自己人看的,所谓自己人,也就是懂中文的国内读者,包括那些知她或不知她的同志或同事。无论是《我站在地球中央》、《沸腾的梦》,还是《恒秀外传》、《公孙鞅》,甚至包括 20 世纪 40 年代在美国写成、50 年代初在国内出版的《美国札记》,无不都是为中国读者而准备的,它们融入了现代中国人共同的精神追求。这些将细腻和雄浑之美浇铸为一体的创作,同时反映了杨刚从独到的角度展现出的民族情感和现实思考,交织着杨刚消除人类苦难的渴望和期待。它们适应了中国读者的接受心理,并在他们心目中留下了一帧热情充沛、爱憎分明、思想敏锐、意志坚强的杨刚素描,客观上说,这幅素描确实是杨刚精神人格的一面投影。如果杨刚仅仅留下这些中文作品,作家杨刚印象的建构,可以到此为止,然而事实并非如此。杨刚用英文撰写的《童年》、《狱中》、《日记拾遗》,以及《挑战》,这些自传性文本丰富了杨刚的形象,由于其中披露了她个人成长的心路历程,触及了她深邃细腻的情感层面,从而在更深刻的意义上展现了她精神世界的另一重真实。而从文本的写作角度来看,不同于中文写作的自我告白及自传性经验的叙述,主要是为适应英语世界读者的期待而准备的,因此这些自传性作品很自然地也出现了一些不同于杨刚中文作品的新的特质。

一般来说,中国人用非母语写作,在客观上就不可能再以中国读者为潜在阅读对象,如 20 世纪 30 年代林语堂在上海写在美国出版《吾国与吾民》,就“是希望越过语言的隔膜,使外国人对中国文化有比较深入的了解”①;40 年代叶君健在英国写《山村》,

---

① 林太乙:《林语堂传》,太原:北岳文艺出版社 1994 年版,第 114 页。

是为了加深英国民众“对中国人民的正确了解”[1],有着明确的向英国人“解释中国”的意图,这样的写作目的决定了他们只可能选择外语;而就杨刚而言,她选择使用非母语的英文写作有着更深层的心理动因:她尤其需要排除国内熟悉中文的读者,用英语叙述自传性的个人经验,是为了满足她最低条件的守密心理需求。当然除此之外,事实上,这些文本的写作都与杨刚身边那些母语为英语的美国友人的鼓励有关,是应他们的要求完成的,这一点也构成了杨刚英语写作背景中很重要的一个环节。和林语堂、叶君健等人一样,当杨刚决定用非母语写作之时,她已经把外国人当作了预期的接受对象,也将经受他们期待视野的检验。

而对杨刚自传性文本的潜在读者来说,《童年》、《狱中》、《日记拾遗》,以及《挑战》所呈现的固然是“别人的世界”,这些英语读者只要翻开那些书稿的第一页,他们也就顺理成章地成为文化人类学意义上的“他者”,而杨刚也正是以此为影像来反观自身及自身生存的现实中国环境的。

但凡自传性文本,都必定叙述自我形成的过程和个人为之付出的努力,都关乎自我身份的确认,而个人的身份和形象背后从来不是孤立的,大都蕴涵着寓意。杨刚的这些文本凸显出的是女性和革命者的双重身份认同,个人的身份因而转化为群体的身份,构成了一种身份的寓言,尽管这两种身份之间存有那么多重复杂的关系。从性别/政治身份出发,杨刚组织起以自传事实为中心的事实网络,就这样去实现她自我形象的重塑和自我更新的目的。

而与此事实相关的一个浅显的道理不能不引发另一重思考:在缺乏尊重个体情感的政治和文化情景下,假如母语能充分表达,谁会选择用外语写自己的故事呢?

三、《童年》、《狱中》与包贵思

《童年》和《狱中》是迄今为止所知道的杨刚最早的英语作品,原稿《狱中》标题旁有

---

① 苑茵:《关于〈山村〉》,叶君健:《山村》,郑州:河南人民出版社 1982 年版,第 262 页。

写于 1931 年的字样[①],《童年》的写作时间估计也不会相距太远。这两节英语自传是原燕京大学的美国教授包贵思捐献给哈佛—燕京研究所的全部遗物中的一部分,1979 年萧乾访美时由友人协助在哈佛大学搜寻到带回中国。1982 年第 2 期《新文学史料》上发表了总题名为《一个年轻的中国共产党员的自传》的中译本,1984 年出版的《杨刚文集》收纳的中译本冠于同样的总题名。

(一) 杨刚与包贵思

杨刚在燕京大学读书的时间是 1928 年至 1932 年。1929 年她选修了包贵思的课,所以杨刚和包贵思相识应该不迟于那一年。对杨刚来说,包贵思的角色绝不仅仅止于《童年》、《狱中》的保存者。包贵思是杨刚的授业师,一个被燕园工友们称作"包教士"的虔诚基督徒,而那时的杨刚已是中共地下党员。虽然信仰有别,但双方共同的坦诚和相互的尊重,使得这种差异并没有妨碍到她们亲近的关系。在杨刚认识的美国人中间,杨刚与她交往时间之久、对她的感情之深,无人可比。自就读燕京大学起,杨刚与包贵思保持了二十年之久的忘年友谊,直到 1950 年底包贵思离开中国后彼此再也没有联系。在杨刚心目中,包贵思不只是老师,而是朋友,有时甚至还是母亲。包贵思曾参与到杨刚某个阶段的个人生活中,是杨刚一些个人性史实的亲历者、见证者,也是对杨刚施予援手而不求任何回报的人。所以,和斯诺等人不同,包贵思对杨刚如对女儿似的慈爱关切,决定了她不可能是那种站在旁观者角度去接受杨刚自传性经验诉说的倾听者。从杨刚的立场来看,包贵思虽然是值得信赖、值得亲近的长者,但她的国籍、信仰、文化及意识形态观念却仍然无法超越"局外人"的事实。而正因为如此,对同胞或同志很少谈及自己身世经历的杨刚,却反而放心地为包贵思留下自己的传记,这不能不归结于杨刚对包贵思这个"局外人"的绝对信任。起码在杨刚心里,无论包贵思如何评价作为学生和晚辈的自己,她的声音都发自真诚良心,而她的言谈范围所限,也绝不会给自己带来不良后果。事实上,杨刚与包贵思的实际交往中,她也从来不惮于包贵思的意见,甚至常常与她直面交锋。在杨刚一生中,除了母亲以外,包贵思恐怕是能

① 文洁若:《〈一个年轻的中国共产党员的自传〉译者按》,《新文学史料》1982 年第 2 期。

让她在真正意义上解除戒备，卸掉面具的人。

由包贵思一直保存，直至成为遗物一部分的两节杨刚自传，它们很有可能是应包贵思要求而作，专门为包贵思而写的。既然英文原稿《狱中》标题旁注明写于 1931 年，估计《童年》的写作时间也应距此不远，那正是包贵思和杨刚在燕京大学校园里师生怡怡的时段。从 20 世纪 30 年代初杨刚在燕京大学校园完成这两节打字稿，到 1979 年萧乾把它们从美国复印了带回国内重见天日，空间上至少两次跨越太平洋，时间上差不多相隔了半个世纪。包贵思对杨刚的影响，恐怕远不止今天读者有幸看到的这两节杨刚的自传，她对杨刚的英语文学趣味的培养、价值观的体认，甚至信仰、理想与个人关系的理解，都起到了直接或间接的推动作用。在杨刚留下的英语自传性文本里，那些属于包贵思的痕迹，只要稍微留心就不难察觉。

在包贵思的课堂上，据萧乾回忆，习惯坐在老师身旁的杨刚显得主动而积极。包贵思或许不一定赞同杨刚用唯物主义观点对解读分析英国诗歌，但肯定欣赏她思考的角度和思辨的能力。杨刚对 19 世纪以来英国的抒情诗文抱有浓厚的兴趣，这在很大程度上不得不归功于包贵思的熏陶。萧乾说，杨刚是包贵思"最喜欢的得意门生。教英国文学史时，包贵思讲得最起劲的是简·奥斯汀，而商务印书馆曾出版过杨刚所译的《傲慢与偏见》，那也许是她生平所译的唯一的外国文学作品"。①1929 年萧乾和杨刚都选修了包贵思的课，萧乾亲眼见识了杨刚与包贵思的趣味相投。1935 年署名杨缤翻译的撷茵·奥斯登(即简·奥斯汀)《傲慢与偏见》出版，这不应该是一个偶然。包贵思对简·奥斯汀的偏好多少感染到杨刚，虽然杨刚什么时候开始动笔翻译这部简·奥斯汀的名著，是在燕大读书期间，还是毕业以后，这些都不得而知，但可以肯定的是，杨刚决定把《傲慢与偏见》介绍给中国读者，即便不是直接出自包贵思的建议，也必定与老师的点拨和启发有关。

作为译者，杨刚在这本书的卷首对这位睿智的女作家进行了一番评价，她认为以简·奥斯汀为顶点的英国家庭讽刺小说继承了写实派和感情派的双重遗产，即写实派"切于实地生活，健全稳重的情感表现"，感情派"家庭生活、女性兴趣"的取材范围，它们

---

① 萧乾：《杨刚与包贵思——一场奇特的中美友谊》，《新文学史料》1982 年第 2 期。

分别构成了“新派”的“风格”和“骨骼”。杨刚由衷地表示她对简·奥斯汀的欣赏,除了她的小说与她所表现的内容配合得恰到好处外,也包括“简·奥斯汀抱着纯艺术表现的态度行文,不带一点道德教训的观念,也不作一点知识启发的企图”①。从中可以发现,杨刚英文自传性文本以及一部分中文小说如《恒秀外传》、《爱香》、《翁媳》、《母难》中呈现出的那种女性立场,以及她尽可能避免说教的态度,显示了她对简·奥斯汀精髓的接受;从另外一个层面看,这也不妨视为杨刚对引导她走向简·奥斯汀的包贵思的一种接受。

至于《童年》、《狱中》为什么一直保存在包贵思手里,有两种可能:一是从教学常识推测,也许是源于包贵思教授的文学类或写作类的课程要求。一些美国大学的文学及作品阅读课常常配备写作训练,熟悉这套教学方式的包贵思在燕京的课堂上有这样的规定,实属正常;而作为学生的杨刚交一份合格的作业,不过是起码的回应。杨刚 20 世纪 40 年代在美国莱得克列夫女子学院旁听的课程,包括了“亨利·杰姆斯、麦尔维尔及德莱塞作品选读”及英文作文课程,从她选课的侧重,不难看到若干年前燕大校园里包贵思的影响痕迹。二是从杨刚和包贵思比一般师生更亲密的感情关系来推测,它们有可能是来自包贵思希望更深地了解杨刚的现实意图。包贵思想知道杨刚具体的身世背景和她当时激进立场之间的关联。包贵思很清楚,自传不仅可以提供事实的真相,也提供对事实的说明,让杨刚写一份自传,有助于帮她达到目的;而杨刚因为熟悉包贵思的为人,并不想对老师有什么隐瞒,自然会爽快地答应这个要求。

(一)《童年》、《狱中》中的“我”与包贵思笔下的“柳”

《狱中》一节写于 1931 年。就在这一年,杨刚参加“五一”国际劳动节示威游行,被军警拘捕入狱,在狱中备受酷刑,直到 9 月才获释出狱。可以断定,这节自传是杨刚出狱不久写的,它和包贵思的关系尤为明晰。这一关系的旁证来自包贵思唯一的一部小说《河畔醇颐园》。②小说中有一部分叙述了身为女传教士的主人公简与一名叫柳的女

① 杨缤:《撷茵·奥斯登评传》,[英]撷茵·奥斯登:《傲慢与偏见》,杨缤译,上海:商务印书馆 1935 年版。

② Grace M.Boynton, *The River Garden of Pure Repose*, New York: McGraw-Hill Book Company, 1952. 转引自萧乾:《杨刚与包贵思——异常奇特的中美友谊》,《新文学史料》1982 年第 2 期。下文谈及包贵思《河畔醇颐园》的材料,均转引自萧乾文,不再另注。

学生之间的深厚友谊，从中可以寻找到一些杨刚在燕大期间及离开校园以后与包贵思交往的经历线索，其中也包括了杨刚被捕入狱事件。

在包贵思的小说中，简和她的表弟谈起柳，谈到柳很阔的家庭背景、复杂的家庭关系，以及她跟老塾师学古文等等，这些都与杨刚在《童年》中的自述十分相像。简还特别提到说，后来为了受新式教育，柳进了南方的一所教会中学。“那时共产主义运动在学生中间影响很大，她遇见一个组织者，那人给她留下深刻的印象”，她把那个穷病交加的组织者同学校里那些养尊处优的传教士作了比较之后，“决心投身于那艰苦危险的事业。她进北方那家大学时，就已经是个地下党员了”。这一部分所述，比较接近杨刚在自传体小说《挑战》里展示的女主人公黎品生思想转变的轨迹。有关柳在教会学校的情况，简强调是两人交情深了以后她才得知的。包贵思在小说里是这样写的：“她在大学二年级时被捕了。最初关在警察局，后来进了警备司令部。这么一来她的朋友们着慌了。我们采取行动把她营救了出来”；“我们去见有权势的人。同时大学答应她出狱后可以继续上学。不久她就回到校园，我们就成为真正亲密的朋友了”。如果包贵思在小说中的艺术叙事大体符合杨刚这一段经历的事实真实的话，那么可以得知：第一，包贵思参加了营救杨刚出狱的行动；第二，这一事件加深了杨刚对包贵思的信任，以致后来无保留地向她讲述了自己的出身家世、思想情感的经历，以及地下党的政治身份。

关于营救出狱一事，杨刚自己在《狱中》结尾提到，“许多人替我担心，尤其是姐姐，几乎急死了。好多亲戚朋友，特别是大堂兄和□□英，曾设法营救我”。应该说，杨刚的自传中的纪实写真和包贵思的小说家之言都是可信的。杨刚只提家人亲戚不及其余①，当然是为了给那些身份不一的营救者打掩护。至于包贵思是否出面营救，萧乾后来说，“不得而知”，但“从她们的友谊来看，这是可能的”②。实际上，杨刚被捕入狱

① 杨刚在《狱中》结尾即便提到家人亲戚，也是名姓不全，“□□英”的写法，应该不可能是杨刚真的忘记了这个人的全名，而是另有考虑。《童年》中有些地名空缺，译者文洁若认为是需要待填，但《童年》也有两处人名空白，其中一处杨刚在后面说明是忘记了他的名字，还有一处应该属于待填。但《狱中》人名中空缺的原因应该与《童年》中的不尽一致。

② 萧乾：《杨刚与包贵思——一场奇特的中美友谊》，《新文学史料》1982年第2期。

牵动了不少人的心，这也就是杨刚自己说的许多人替她担心，为此，当时的燕大校长吴雷川才告知焦虑的中国教授“学校已去函保释”①。作为燕大美籍教授的包贵思，不仅仅因为私人友谊的关系，更因为道义和责任，一旦知情，她必定会和其他朋友一起参加到营救杨刚出狱的行动中。

事实上，在杨刚困窘狼狈的时候，包贵思的支持不止一次帮她渡过难关。包贵思的小说里还有这样的一段叙述：柳毕业后被戴笠追捕，带着即将分娩的身孕和遍体鳞伤，到简那里寻求庇护。简见此难过非常，问她“是怎么变成这样的”，柳回答：“我只要你照我现在的情况来认识我……你是我的老师，也永远是我的朋友。现在我尽量像个孩子对母亲那样对待你”；“我不愿使你伤心。但是如果你想了解我，你应该看到，由于为革命工作，我找到了生命的意义，我相信上帝，可我心中有我的上帝——那就是几千年来受苦受难，如今才找到一线光明的中国人民”；“我一直到处漂泊，不是坐牢就是躲在什么角落里。穿得破破烂烂，半饥半饱。但我早已不在乎这些了”；“我把死的念头抛到脑后了”。包贵思的描写生动还原了一个勇敢忠诚的女革命党人形象，也让读者更清楚地了解了这对异国师生情同母女的感情基础，体会到她们对彼此的尊重和同情。

包贵思的小说里写到分娩后的柳和简讨论孩子的安置问题：

柳：“想把她托给一个女人，可是又拿不出钱来。”

简：“你难道不想带在身边，自己喂奶吗？”

柳：（暴躁地）“你当然赞成我那么办，那样就可以把我束缚住，当个贤妻良母了。”

简：“我怎么想，那没关系，主要还是你自己打算。”

柳：“没有旁的办法，只有请你先帮我带一带。”

简：“这正是我希望做的。”

如果假设这是一个任性的女儿在分娩后向自己母亲撒娇，让母亲帮忙看管婴儿，那是

① 卢豫冬：《〈挑战〉校译后记》，杨刚：《挑战》，陈冠商译，卢豫冬校，北京：人民文学出版社 1988 年版，第 423 页。

很容易理解的，但事实是，她们的关系并非母女，而柳能把真实的性情和想法表露出来，只能说明她对简抱有一种骨子里的依赖，而她生硬的说话方式其实恰恰反衬了她对简如对母亲一样的随意和任性。接下来，更有意思的是，柳居然问简有什么条件，这让身为基督徒的简感到吃惊，她认为只要孩子由她抚养，她就要给她爱与智慧，有什么附加条件呢。而柳却申明："孩子的前途要掌握在我手里"，"我要尽快把她接走。她得在革命队伍中长大"。

是履行抚养孩子的母亲天职，还是全身心投入争取人类解放的伟大事业，杨刚在这两者间的选择，已经用她自己的人生给出了答案。包贵思笔下的柳，以及杨刚在上海时的房东项美丽在《时与地》中刻画的那个号称为全人类的事业奋斗因而放弃家庭、放弃爱情，也放弃了做母亲的责任的杨珠①，虽说都是艺术的塑造，但其实还是不如现实中杨刚对女儿的真正对待更让人震惊②。母女天伦之爱是如何受压制的，在杨刚身上演绎得纯粹而分明。据杨刚的女儿郑光迪回忆，"七七事变"之后，杨刚确实曾把三四岁的她寄养在包贵思家两年，而包贵思果真极其负责地承担了杨刚托付的养育重任。杨刚对包贵思的依赖和信任，包贵思对杨刚的怜爱和包容都从中可见一斑，两人的关系哪里是普通的师生之情可以解释的？

在长达二十年的交往中，杨刚理解包贵思的信仰，也敬重她仁慈无私、尊重正义的品德，所以对待她如同对待可以无条件信任的母亲一样；而包贵思则十分感佩杨刚为自己的理想和主义付出的牺牲，作为一个基督徒，她很清楚地知道由信仰而生的勇气和献身精神意味着什么，就像在《河畔醇颐园》中的简是这样看待柳的："只要中国人民

---

① 参见王璞：《项美丽在上海》，北京：人民文学出版社 2005 年版，第 199—204 页。

② 郑光迪在《怀念我的妈妈》中说，她"大部分的童年都是在亲戚家里度过的"，八九岁时候曾独自出走三四次，因为她觉得死在外面也比寄人篱下强，"出走的时间，最长一次竟达三个月之久"。1943 年母女在重庆相逢不久，杨刚要去美国，郑光迪回忆，"那时她曾经考虑，究竟把我带着去美国，还是把我送到延安，交给党，交给革命。显然，没有考虑多久，她就选择了后者。"五年以后的 1949 年，母女在北京重逢，女儿从东北来时原本抱着不再分离的想法，但看见母亲工作依旧繁忙，"用不着多想就挟着铺盖返回东北"。1954 年郑光迪到苏联学习，1957 年杨刚去世时，她还在国外。(《新文学史料》1982 年第 2 期。)有关杨刚女儿失踪事，费正清在他的自传里也有记载："她不愿意琐碎的家务牺牲自己的事业，所以她与现在的丈夫又分居两地，据说她的女儿在香港曾丢失或被人贩子骗卖了，现在据说又安全回家了。"([美]费正清：《费正清自传》，黎鸣、贾玉文等译，天津：天津人民出版社 1993 年版，第 337 页)

在受难,柳就不会安歇,更不会享清福",这无疑就是对她熟悉的杨刚圣洁人格的评价。虽然包贵思是一个在中国生活的美国人,但在"希望中国人民可以过得更好"这一点上,包贵思觉得她和杨刚没有区别。这一共同点也正是联结了杨刚和包贵思彼此间笃厚之情和充分信任的纽带。

现实生活中包贵思和杨刚维系友情的关键就在于相互间毫无芥蒂的坦诚。小说里的柳指责传教士生活安适,不为民众冒任何风险,已经失去了为信仰而牺牲的精神;而简则认为基督徒也曾经历死亡的危险,如果再遇到考验,也决不缺少应有的勇气。两人的分歧尽管自始至终没有改变,但从来都是开诚布公,不加掩饰的。

(三)"无情"对决"有情"

更具真实感的记录来自美国印第安纳大学菲立普·魏斯特,他根据包贵思的日记,在《燕京与中西关系 1916—1952》中再现了杨刚和包贵思的最后一次见面,那是1950年在朋友家里:"她们本来说好不争论,然而争论是无法避免的……"口舌之争该是多年来两人之间司空见惯的思想对决,直言不讳原本就是这对师生交流沟通的常态,所以不足为奇。而魏斯特接着叙述的内容则让读者进一步领略了她们"有情"与"无情"的分野。因为杨刚平时工作12小时,衣食住却简朴到极点,包贵思心里十分不忍。魏斯特这样写道:

> 包贵思要送杨刚一条皮褥子,给她冲一杯速成可可,她都拒绝了。包贵思十分生气。杨刚说:"我是中国人,我只喝白开水。"包贵思认为,意识形态的分歧也不至于把人与人之间的关系改变得这么彻底呀!不过包贵思向杨刚承认,这么一来,今后美国传教士倒可以不再背着在中国享受特权、受特殊保护的包袱了。杨刚说,她听了这句话很感动,因为这是由衷之言。不过她又说:"有多少传教士也这么想呢?"①

以上所述透露了两点:第一,杨刚拒绝包贵思褥子和可可的理由让包贵思匪夷所思,她

---

① Philip West, *Yenching and Siono-Western Relations, 1916—1952*, Cambridge: Havard University Press, 1976, pp.225—228.转引自萧乾:《杨刚与包贵思——一场奇特的中美友谊》,《新文学史料》1982年第2期。

不能接受杨刚单纯用民族国家的政治观念来解释她们两人间的关系;第二,杨刚为包贵思承认美国传教士从此中止在中国享受特权而感动,但却又认为包贵思的看法不具有普遍性。

需要提醒注意的是,这次争论发生的时间是在中华人民共和国刚成立的20世纪50年代初。尽管包贵思的身份和她对杨刚的感情一如既往,而杨刚却已不是那个时时面临死亡威胁的地下党了,她此时的言行已经折射出成功者的骄矜心态,这在一定意义上影响到她和包贵思的这次见面。首先,杨刚(一个革命成功者)怎么可能再接受包贵思(一个外国人)的物质馈赠——哪怕是一杯热饮——这无异于有损自尊的羞辱,何况在杨刚的意识里,清贫从来都是和献身相表里的革命者身份标记;其次,杨刚虽然很清楚包贵思对中国革命不无同情的态度,包贵思赞同结束外国人在中国特权的看法也不会让她感到意外,但杨刚当时担任中华人民共和国外交部的工作强化了她的成功者心理,在与包贵思重逢时,她不由自主地更多地把包贵思看成美国人的代表——而美国的含义在20世纪50年代初是不言自明的。因此,杨刚与包贵思的最后一次争论,表面上看,不过是20年来两人见面时必定经过的一次通常程序的升级版,但更深层的意蕴却说明,杨刚此时的身份和处境已经不容她再像过去那样对待包贵思,包贵思惯常的"有情"之举只会进一步刺激杨刚的"无情"回应,杨刚的言行乃至思维逻辑必须遵循国家意识形态的严格规约。包贵思也一眼就看穿了其中的巨大杀伤力,杨刚对她的拒绝根底上不是因为什么中国人美国人的差别。杨刚对包贵思送她一条褥子、泡一杯可可的过度反应,在包贵思心里,一定留下了难以抹去的阴影。而在当时的杨刚看来,这不过是小事一桩。但这件小事却预示着不久的将来,杨刚自己也将会品尝"无情"之果的滋味。所幸的是,包贵思和杨刚从此天各一方,音信杳无,她至少避免了目睹一场惨剧:她始终牵挂着的杨刚,那个在自传《狱中》末尾兴奋地表示"能够继续工作下去是多么快乐啊"的杨刚,在与自己分别七年后竟不得不中止了她所爱的工作。

萧乾透过包贵思在《河畔醇颐园》中对简和柳的关系描述,看到"美国女教士十分景仰这位中国女革命家对人民事业的献身精神,她并不认为这位女革命家(她的学生)

对她这个传教士怀有同样的敬仰”[①]。萧乾对美国女教士的感觉未置可否，但或许这就是包贵思本人和杨刚交往愈久感触愈深的真实看法，它主要取决于杨刚对原本存在的两人信仰和政治意识形态隔阂的态度。而实际上，在其他方面，杨刚对包贵思并不缺少应有的敬重，因为她很清楚包贵思对她的一生，包括价值观、文化理念的形成都具有不可忽略的影响，她的身上有着包贵思烙下的印记。

萧乾在包贵思遗物中除了找到《童年》、《狱中》这两节自传外，还发现了若干封杨刚写给包贵思的信函，时间集中于1945年2月至10月间，那个时段正是杨刚在美期间。1944年夏，杨刚去美国留学，并兼任《大公报》驻美特派记者。帮助杨刚申请美国大学的奖学金的人，除了杨刚1943年结识的美国战略情报局在重庆的首席代表费正清，还有一位就是包贵思。杨刚写给包贵思的信函，应该不止这些，但它们作为包贵思捐献给哈佛—燕京研究所的遗物的一部分，一定和杨刚的那两节自传一样，是包贵思认为十分重要的。这几封信函不仅提供了杨刚在美国期间人生经历的史实材料，同时也留下了在更深的意义层面上探究杨刚与包贵思之间精神联系的线索。

杨刚身处美国不久，她不厌其烦地向包贵思报告自己的状态，包括就读的情况、学业的兴趣等。在1945年2月1日的信里，她说：“很想专门研究现代文学，抒情诗还算接近我的理想”，“我很想了解地球上这部分人们的生活及思想，看看有什么中国可以借镜之处。我希望两年以后，我可以说，我在一定程度上了解这个国家了”。[②]杨刚写给包贵思的这封信可以完善人们对杨刚20世纪40年代赴美目的的了解，其中包含了杨刚对于民族国家的使命感，也同样不乏个人的趣味追求，而这个趣味的养成无疑应该追溯到多年前包贵思的课堂上。而对于中国现实和未来的借鉴的资源，杨刚明显不排除像美国这样的先进国家，她希望能从世界各大强国吸取经验教训。这正如杨刚在1946年写给国内的一份“纽约通讯”里指出的：“中国的道路不是美国的或者苏联的……中国历史会选择它自己走的路。先进的美苏全有我们可学的地方，烦恼的美国

---

①② 萧乾：《杨刚与包贵思——一场奇特的中美友谊》，《新文学史料》1982年第2期。

人的烦恼(陷入中国内战)或者能使我们兴奋,使我们警惕。”①

相对于1949年后国内一边倒的亲苏反美立场,这时杨刚的多重借鉴态度显然更为理性,这无疑来自一种开放博大的胸襟。而杨刚之所以有这样的胸襟,似乎很难与她的教育背景脱得了关系。她就读的学校都是美国教会学校(从葆灵女校到燕京大学,直至美国本土的莱得克列夫女子学院),而在燕大读书阶段包贵思对她的熏染更是无法忽略,不仅是学业兴趣上的,也包括价值观的传授和接受。杨刚希望了解同样生活在地球上的美国人的生活和思想,那么也就不可能排除对美国核心价值观的理解甚或亲近。如果说西方价值理念最初是伴随着葆灵女校的新式教育渗透到杨刚的人格塑造中的,那么,杨刚在燕大与包贵思等美国教授的接触,加上阅历的增加,这些西方的核心价值意识得到了更深意义上的理性确认,并进一步作用于杨刚个人整体的思想体系建构。杨刚在1940年代致包贵思信里的观点,其实是对1930年代她介绍《活的中国》时所确立的主旨更深广意义上的阐发,出发点如出一辙,那就是:中国人是人类的一部分,中国人的心是活着的,这是人类爱活的志愿的证明,“这缕不死的灵魂”正渴望“与世人见面和世界携手”。在杨刚心目中,不管是黄皮肤,还是白皮肤,“它们应当有所共同的家”。②

在1945年9月3日的信中,杨刚向包贵思袒露她对抗战结束“并不感到特别高兴”,因为中国“人民的命运仍在未定之天”,她期待一个能够承认成亿的受压迫的同胞存在的新秩序出现。她认为:“新中国的诞生意味着新的人民的诞生。中国共产党不是由一小撮不择手段的政客组成的进行肮脏政治角逐的政党。它是一个为自由和尊严(几千年来他们从未得到过的自由和尊严)而进行斗争的伟大民族的化身。”这就是杨刚无怨无悔为之献身的崇高事业,她把中共当作整个民族获得“自由和尊严”的希望化身。她为美国知识分子和宗教界人士袖手旁观的态度愤懑不平:“他们眼睁睁地看着自己的军队帮助国民党去毁灭中国人民心中的希望。倘若耶稣在世的话,他目睹此

① 杨刚:《烦恼的美国人的烦恼》(纽约通讯),《观察》第1卷第4期,1946年9月21日。

② 杨刚:《评〈活的中国〉》,上海《大公报》第13版,1937年1月17日。

种事态，一定会痛心疾首。”她对包贵思说：“当我写此信时，我本不想伤你的心。可是过去几个星期的局势使我难过得几乎发疯了。”[①]杨刚的这封信至少透露了她这样的内心真实：其一，杨刚一生所追求的价值理念的核心就是尊严和自由；其二，杨刚坚信中国共产党是为中国人民谋取尊严和自由的组织；其三，杨刚认为耶稣也会反对毁灭中国人民希望的行径；其四；杨刚不忍心因为她对一些美国人的指责而使包贵思难过。第一点证实了“尊严和自由”在杨刚心目中无可替代的位置；第二点是杨刚把尊严自由理解成革命的关键词，是杨刚之所以投身革命的信仰根基，如若有一天这一根基被抽离，她的理想大厦必定即刻轰然坍塌；第三点证实杨刚对于博爱精神的接受，她试图向包贵思申明她为实现中国人希望的努力，在人类道德基准上与包贵思所信仰的基督教并不冲突；第四点则再次证实杨刚对包贵思如同女儿对母亲般的体贴，她既想毫无保留地如实坦陈心迹，又唯恐因此使对方产生不愉快的感觉。从中不难发现，在与包贵思的交往中，杨刚不隐瞒自己的政治倾向，却也很顾及包贵思的感受，尽可能去说服包贵思对自己所信仰事业的理解。从这封信中，可见出杨刚对包贵思进行心灵沟通和思想交流的范式，更可见出两人共同的精神平台。

在为“尊严和自由”奋斗的人类终极目标上，杨刚和包贵思的理想原来是如此相近，只是各自选择的途径有别。可惜的是，杨刚对新秩序的理想憧憬和后来的中国现实迥异。但在她的理想大厦尚未坍塌时，她对新秩序的维护必定近于一种本能的反应。两人最后一次相见时的争论，包贵思的真诚本应引起杨刚对问题的重视，结果却反而招致她的恼怒。这次争论，一方面说明新秩序建立之初杨刚和包贵思尚存有赤诚相待的友谊，但另一方面也说明，对新秩序中个人权利的评价分歧，已为她俩今后的疏远埋下了伏笔，而事实上后来中美交恶的环境也最终决定了杨刚和包贵思几十年交往和友谊的完结。

(四) 一份珍贵的遗产

在现存的杨刚自传性材料中，包贵思保存的《童年》和《狱中》是最接近杨刚个人史

---

① 引自萧乾：《杨刚与包贵思——一场奇特的中美友谊》，《新文学史料》1982年第2期。

实真实的文本。这两节自传侧重于对自己家庭出身、家塾教育与燕大读书期间被捕入狱事件的回顾，它正好涉及了杨刚生平经历中最为关键的两个时段，因而在最大程度上可以满足包贵思从中更多地了解杨刚本人的期待。现在尚无资料证实杨刚是否仅仅写了《童年》和《狱中》这两节，即便杨刚还写了其他的经历文字，但还是可以相信，包贵思珍藏了几十年，不远万里带回故乡的这两个文本，一定是她认为，也是事实上最珍贵、最有价值的。

包贵思虽然是当时杨刚入狱事件的知情者，但她不可能清楚杨刚在整个过程中具体的表现，尤其是细微的心理活动。《狱中》以翔实生动的事实描述在很大程度上解开了包贵思心里的杨刚之谜。《狱中》的片断记载，至少让她对杨刚明明知道游行的后果却依旧参加不再感到奇怪，原来就是为了有组织的示威；同时，也让包贵思不再为杨刚那样迷恋于工作感到困惑，原来那就是杨刚“活着的价值”。包贵思还从中明白了杨刚为什么对统治者压迫穷人的行为愤懑不已，杨刚为什么总是不忘对同胞的责任和对女人的同情，也明白了杨刚为祈求专制者末日到来的事业甘愿牺牲一切的志向。在这样的前提下，对包贵思来说，要把进入眼帘的——一个喜爱 19 世纪英国抒情文学的女生，一个在监狱中从容面对酷刑考验的女勇士——视为一人，才不至于太为难。入狱事件对杨刚来说，在她整个革命生涯中肯定算不上最精彩的事迹，但对包贵思来说，她从中获得了她想获得的答案。在这个意义上，杨刚的功课应该可以让包贵思感到满意。

至于《童年》，则可以看作《狱中》的前文本，因为它在一定意义上揭示了杨刚之所以入狱的个性和思想的起源。包贵思和斯诺等熟悉杨刚的美国人一样，对她的豪门家世和成长背景多抱有好奇心，而从杨刚的角度来看，了解她，那就从她历史的第一幕开始吧。她把人生之初最重要的一些部分展现了出来。也许杨刚对家族历史背景的勾勒，并不一定符合那些对中国历史文化一无所知的西方读者的中国想象，他们如果想从杨刚有关中国上层社会家庭生活的叙述中寻找刺激性的素材，那么他们一定会感到失望。但对包贵思这样在中国生活了几十年的美国人来说，杨刚对父母禀性尤其是母亲品格的精细刻画，就成为她了解一个中国新女性个性生成的关键性依据。《童年》中嵌入了一些看上去显得琐碎的小事，而其实却是按照杨刚孩提时期的心理真实有机组织而成的。譬如大堂兄把三哥关进花园的游戏，让年幼的杨刚认识到人性里的幽暗；母亲对被塾师打得头破血流的女儿竟然说活该，让杨刚亲身感受了被道德习俗禁锢的妇女对孩子的麻木冷漠。杨刚的童年叙事中也不乏忏悔的记录，孩子们为摆脱狱吏似的塾师管束而往他的茶里放巴豆，这种恶作剧在童年的杨刚的眼里无疑是一桩胜绩，但它却成为以后岁月里私心和仇恨的罪过记忆。《童年》中呈现的杨刚童年的内心经历，有关人性之复杂的思考，女人命运的感悟，自由边界的限定，这些都与杨刚童年以后的生活之间构成了一种潜在却牢固的联系。这些杨刚的童年经验叙事，必定有助于包贵思探察杨刚精神成长的轨迹，并在她的心里，与现实中她熟悉的那个杨缤构成清晰的逻辑关系。

从这个意义上来说，包贵思几十年珍藏着《童年》和《狱中》并非偶然，因为它们是杨刚馈赠给老师的一份心意，是包贵思决计留给这个世界的一份重要的遗产。虽然包贵思从未有意提供给杨刚的同胞们任何评价杨刚的依据，但今天我们确实受惠于包贵思的珍藏，从《童年》和《狱中》，从杨刚与包贵思的交往经历中，终于找到了走近杨刚、倾听她内心声音的一种可能。

四、《日记拾遗》：为斯诺《活的中国》量身定做的小说

作为中国文学走向世界的一个范例，美国人埃德加·斯诺主持编译的《活的中国》无论如何是不应该被忽略的。1933 年 2 月，斯诺在会见了鲁迅、林语堂后决定编译一部中国现代短篇小说选，鲁迅曾有感于斯诺对中国的热心而感慨道："S 君是明白的。有几个外国人之爱中国，远胜于有些同胞自己。"[①]同年秋，斯诺到燕京大学新闻系教书，他的家很快成了一些中国年轻人呼吸新鲜空气的窗口。在这些人中，有斯诺的学生萧乾，也有萧乾的同窗好友杨刚。那时的斯诺已经开始编译《活的中国》，凭着对萧

① 鲁迅：《350108 致郑振铎》，《鲁迅全集》第 13 卷，北京：人民文学出版社 1981 年版，第 12 页。

乾和杨刚的一些了解，就把他俩拉进了这项工作中。萧乾和杨刚参与编译的这本中国现代短篇作品集于1936年在伦敦出版，集子收录了鲁迅、茅盾、丁玲、柔石、巴金、沈从文、张天翼等15位中国现代作家的24篇作品，它们大都是已发表过的小说和散文、杂文的英译，唯一的例外就是杨刚（署名 Shih Ming，即失名）的《日记拾遗》（*Fragment from a Lost Diary*），它是杨刚为《活的中国》专门用英文创作的短篇小说。

1978年，萧乾在回忆文章里解释了《日记拾遗》的来历："译稿快齐了时，斯诺提出要杨刚写一篇自传体小说放进去。他了解杨刚出身豪门，很早背叛了自己的阶级，倾向革命，认为她是极有代表性的中国新女性。杨刚后来直接用英文写了两篇，意思是任他选一篇。文章是由我交斯诺的。后来他采用的一篇是《一部遗失了的日记片断》，描写一对革命夫妇被国民党抓进监狱的情景。"[①]作为当事人，萧乾的回忆提供了非常珍贵的史料，但却仍然留下一些疑问：首先，既然斯诺希望了解杨刚的身世经历提出写一篇自传体小说，但《日记拾遗》写的并不是杨刚自己的故事，杨刚满足了斯诺的期待了吗？其次，既然杨刚当时写了两篇英文小说而斯诺只采用了一篇，那么另一篇英文小说写的是什么，下落如何呢？第三，杨刚为什么直接用英文写，她这样做是否违逆了斯诺编选《活的中国》的基本意图？对这几个疑问的考析，将有助于对杨刚整体创作面貌的认识，更有助于对她英文创作理念的把握。

（一）《日记拾遗》是斯诺要求的"自传体小说"吗？

《日记拾遗》是由五则日期连贯的日记组成的小说，作者细致地铺展了一位在多重痛苦中矛盾挣扎的女革命者丰富的内心。在五卅纪念日来临前几天，卧病在床的女主人公忍受着怀孕带来的诸种生理不适，心中牵挂着奔波在外的丈夫的安危，也为自己拖累了组织工作愧疚，同时还纠结于一个难题：要不要留下腹中的胎儿？虽然她明白，"这一时期我们的一切计划必须万无一失，这要比在我肚子里挣扎着的这个生命重要得多"，但是她"依然痴情地幻想着作妈妈"。是丈夫的被捕消息和饱受酷刑的噩梦最终坚定了她的抉择，她吞下了两大粒圆柱形的胶丸。女主人公的勇毅之举，伴随着身

---

① 萧乾：《斯诺与中国新文艺运动——记〈活的中国〉》，《新文学史料》1978年第1期。

心巨大的恐怖，它不啻为撕心裂肺的刑罚。“女人与革命！世界史上静悄悄地埋没着多少没有写出来的悲壮的史诗啊！”①杨刚通过“女人的子宫”遭遇革命这一“历史必然性”的不幸，将女性革命者的性别与政治的冲突、身份与使命的分裂推到了极端。为了凸显女主人公生存和精神的绝境，杨刚甚至以帮她堕胎的李太太承受过类似七次以上的恐怖来映衬女性革命者的宿命。而李太太从大家闺秀变成矢志不渝的革命者妻子的经历本身，也成为作者杨刚阐释自己生涯中一些关键性转折的凭藉。

这是一篇新鲜出炉的小说，是为《活的中国》量身定做的。据萧乾说，他和杨刚被列入作者名单是在他俩协助斯诺编译即将完工之时，萧乾认为：“当时他那样做，很可能是为了给我们两人一点‘精神补偿’”，因为一些已经译成的小说在《亚细亚》等杂志发表后，他俩拒绝了斯诺给的稿酬。萧乾选了自己受过杨刚夸奖的《皈依》，并赶译了出来；而杨刚则直接用英文写了包括《日记拾遗》在内的两个短篇。杨刚没有像萧乾那样选一篇发表过的中文小说，表层的原因可能是当时没有合适的作品可选，因为杨刚较优秀的短篇小说均发表在1935年以后；当然，萧乾的说法更有道理，斯诺对杨刚豪门出身和革命经历很好奇，他希望从杨刚的自传体小说中捕捉事实的真相并了解杨刚对真相的解释，在此情形下，杨刚唯有特地动笔才能切合斯诺的预期。

然而，事实上，《日记拾遗》的故事情节并非取自作者杨刚本人的经历回顾。文洁若在译者按中指出：“现据杨刚女儿郑光迪回忆，这篇小说写的是她父亲郑侃的十弟郑佩及其妻司徒平的经历。”②虽然从理论上来说，自传体小说中的“体”强调的是小说的自传体式，与自传性小说强调自传的性质有所区别，杨刚以第一人称写了亲戚司徒平的遭遇，也就算不上违逆斯诺的“自传体”要求；但是，从自传体小说的实践来看，多数作者还是更倾向于选择叙述自己的故事。由于斯诺对杨刚本人的家世和经历有浓厚兴趣，所以恐怕他希望杨刚写的应该是自传性小说。现在已经无法考证斯诺请萧乾转述的原话是什么，但从《日记拾遗》本身来看，即便是自传体小说，其中还是包含了杨刚的自传性因素，因为它同时也可视为某一阶段杨刚的精神自述。

① 杨刚：《日记拾遗》，文洁若译，《新文学史料》1982年第2期。

② 文洁若：《日记拾遗·译者按》，《新文学史料》1982年第2期。

文洁若交代小说写于1934年,这个时间和萧乾撰《杨刚年表》里所说的1933年秋相差几个月。但可以推断的是,杨刚和萧乾1933年秋开始帮助斯诺编译《活的中国》,而《日记拾遗》是在大部分译稿快要完工时写的。这样的话,文洁若所说写于1934年显然更可信些,因为杨刚在完成其他作家的译稿到开始用英文撰写《日记拾遗》之间会有一段时间间隔。据杨刚年表记载,杨刚与郑侃于1932年结婚,女儿出生于1934年9月。暂时没有确切的资料证明杨刚这期间有过流产或生产的经历,但如果小说写于1934年的话,就可以推定杨刚在写作过程中必定融入了自己孕育生命时的生理和心理感受。

因此,可以说,《日记拾遗》女主人公原型就是司徒平的话,杨刚在写这个人物的苦难时,未必就不是在写她自己——一个女人,一个有着革命者和母亲双重身份的女人——同样的苦难,女主人公的形象其实也叠合了杨刚自己的身影。虽然不能就此认定杨刚和女主人公妊娠期的遭遇一模一样,也就是同样地一边担忧着从事着高危地下活动的丈夫,一边承受着怀孕、分娩/流产的诸般折磨,但就小说所提供的丰富细腻的心理依据,却确实集中反映了杨刚作为女性和革命者双重身份的认同,那个她同样经历过的妊娠期必定是促成她完成自我身份认知的重要拐点。"用传记来写自传,让自我穿上他者的外衣出现,这是一个独特的想法。"①中国现代自传体小说中其实不乏类似的先例,郁达夫就曾自比黄仲则(《采石矶》)、郭沫若曾假托庄子(《鹓鸰》)来抒发他们自我内心的苦闷,只不过这些"五四"作家习惯于穿着古人的衣裳,而杨刚则披上同时代同类人的外衣。郁达夫们根底上是为了自我张扬,而杨刚恰恰是为了有效地隐身,这和她选择署名"失名"——"不让人知道她的真名"——的用意是一样的。杨刚无意于提供给她的英语读者有关作者经历的任何想象,她希望他们能从《日记拾遗》本身去品味经受灵肉酷刑的中国女性革命者的情感,感受隐含在她情感深处的理智信念。

在此意义上,《日记拾遗》应该是满足了斯诺有关自传体小说的要求,从斯诺在《活的中国》里写的作者介绍中也可以清晰见出。杨刚对陷于困境的女性革命者心灵真实

---

① 赵白生:《传记文学理论》,北京:北京大学出版社2003年版,第19页。

的展露，令斯诺感到欣喜：不仅因为《日记拾遗》反映了现实中国正在发生的革命事件和事件中艰难挣扎着的人性，为斯诺了解"背叛了自己的阶级，倾向革命"的"中国新女性"提供了鲜活素材；而且也因为小说的艺术表现独树一帜，杨刚"大胆地运用迄今被中国文艺界视为禁区的社会题材，她的勇气显示出一种解放精神，势必使那些认为中国艺术不能以革命气概断然与过去决裂的人大为震惊"，斯诺因此把《日记拾遗》视为"革命现实主义"流派的范例。①

(二)《日记拾遗》以外的另一篇英文小说下落如何？

斯诺在1936年7月写的《活的中国》的编者序言里说："失名女士——她的两篇小说已收入本集"②，而其实集子只收了《日记拾遗》。序言写于小说集即将付梓之时，斯诺的这一说法是因为他记错了，即他在1934年看过杨刚的英文稿后就已决定只用一篇，还是1936年他写序言时，成型的小说集其实包含了杨刚的两个短篇，只是到集子印行时才抽掉了《日记拾遗》以外的另一篇。真实情形到底怎样，现在已不得而知。而更让人产生追究兴趣的是，《日记拾遗》以外，杨刚写给斯诺的另一篇英文小说是什么，去向如何？要明确给出答案，似乎有不小的难度。在现存资料有限的情况下，只能从已知的一些线索去顺藤摸瓜了。

《日记拾遗》的英文稿完成后不久，杨刚就将它改写成中文，以《肉刑》之题发表在1935年4月15日的《国闻周报》第12卷第14期上。③值得注意的是，同年7月22日的

---

① [美]埃德加·斯诺编：《活的中国》，文洁若译，长沙：湖南人民出版社1983年版，第312页。

② [美]埃德加·斯诺：《〈活的中国〉编者序言》，《新文学史料》1978年第1期。下文中涉及编者序言的文字，恕不再另注。

③ 《肉刑》在人物、故事情节、叙事方式上与《日记拾遗》相似，熟悉的杨刚的友人都认为是《日记拾遗》的易题中文译本，如卢豫冬在《〈挑战〉校译后记》说，"杨刚把这篇《日记拾遗》译成中文，并易题为《肉刑》"，萧乾在《杨刚年表》中列出："《日记拾遗》由作者易题为《肉刑》，用中文发表……"。(见《杨刚文集》，北京：人民文学出版社1984年版，第581页)其实，两篇小说之间不存在完全对应的翻译关系，它们有着各自不同的风格以及内容上的侧重，所以笔者采用改写之说。此外，另一种看法来自《日记拾遗》的中文译者文洁若，她在《〈萧乾英文作品选〉序》(《萧乾英文作品选》，北京：北京语言大学出版社2001年版)中提到，"杨刚那篇《日记拾遗》(署名'佚名')就是她根据自己所写的短篇小说《肉刑》译出的"。意思是先有中文稿，后有英文本。从《日记拾遗》写于1934年，而《肉刑》发表于1935年的前后关系来看，文洁若之说恐有不确，除非《肉刑》写得更早而作者却搁置了一年多。由于萧乾是《日记拾遗》的经手人，笔者认为他的回忆即杨刚"直接用英文写了两篇"更可信。

《国闻周报》第12卷第28期上又刊载了杨刚的一篇题为《殉》的小说。两篇小说的间隔仅三个多月,更值得关注的是,两篇小说的内容具有相关性。《殉》叙述的就是《日记拾遗》中给予女主人公帮助的那对朝鲜籍夫妻老李和他的太太的故事,同样是一个挣扎于困境中的革命者的故事。在《殉》中,老李整日忙于写稿、改稿的文字工作,心里始终挂念已经处于肺病第三期的妻子。贫穷饥饿,异国飘零,随时可能被捕的威胁,加上感同身受奉献了一切的妻子她的无助和痛苦,种种困厄不得不让老李陷入"不安的沉默与失神"。为了支付妻子的出院费,老李把十几年没离过身的一把四弦琴——太太与他同居时卖掉她的医生文凭换来的——典押掉,因为妻子担心再不出去,怕没有出院的日子了。小说最后,老李还没来得及去医院接回妻子,却在顺道送交文稿的地方等到了早已埋伏在那里的宪兵的枪口。

小说的主题立意、人物形象刻画、故事线索设置,很容易让人产生它像是《日记拾遗》姊妹篇的感觉。从叙事视角看,《日记拾遗》的主人公是革命者的妻子,同时也是革命同志,小说围绕她孤独困守于欠了房租的屋子,忍受妊娠反应的苦楚,之后又因为堕胎经受身心双重煎熬;《殉》的叙事主人公则是丈夫老李,一个男性革命者,小说围绕他的心理起伏和他典押四弦琴的经过而推演展开。《日记拾遗》的女主人公自始至终都为奔波在外的丈夫安全焦虑,是丈夫被捕的消息迫使她下了放弃胎儿的决心,因为她不想成为其他同志的包袱,渴望承担起自己和丈夫两个人的工作;《殉》中的老李为妻子的病痛忧虑重重,为自己不能接妻子出院休养愧疚万分,但他很清醒地意识到:为了理想的缘故,只能放弃一切,哪怕"山穷水尽,走投无路"。《殉》的主题与《日记拾遗》叙述中心无疑构成了互补·互证的关系,这两篇小说的关联性十分明显。

从以上所述来看,杨刚在三个多月时间里完成的两个中文短篇,或许有着同样的英文"前身"。既然杨刚可以将英文的《日记拾遗》改写成《肉刑》在中文报刊上发表,那么对另一篇英文小说为什么就不能做同样的处理呢?《殉》或许就是另一篇从未问世的英文小说的中文改写本,可惜的是,英文原稿由于最终未被收入《活的中国》而无法让读者见识到它的庐山真面目。因此,杨刚为《活的中国》量身定做的两个英文短篇有可能原本就出自同一个构想，只不过它们各自可独立成篇罢了。这一推测当然主要来自旁推联想，尚缺乏直接证据，近乎是“大胆的假设”，在此只为求教于大方。

（三）杨刚为什么用英文写《日记拾遗》？

《活的中国》是中国现代作家作品的英文译本，《日记拾遗》的非译本性质使它成了一个特例。从萧乾的回忆里，看不出斯诺对她用英文写的要求，那么杨刚这样做这是否有悖于斯诺编选这本小说选的策略？

斯诺在编者序言里指出：“我想了解中国知识分子真正是怎样看自己，他们用中文写作时是怎样谈和怎样写的。”中国作家用中文写的中国现实题材的作品，可以让斯诺和他的同胞者切实地了解“现代中国创作界是在怎样活动着”的情况。包括了鲁迅的《药》、《一件小事》、《孔乙己》等在内，《活的中国》所选译的那些中文作品，确实如斯诺所言，因为目的读者是中国受众，所以作家“不是抱着取悦于外国读者的想法，为了投合外国读者的偏见，或者为了满足西方读者对于‘异国情调’、‘离奇古怪’和‘传奇’式的欲求”而创作的，它们无不反映了中国知识分子对待中国社会的真实态度。但是，《活的中国》最终面向的毕竟是西方世界。为了让英语读者更易于接受，斯诺在顾及“传达每一篇作品的精神实质”时，编译过程中有意识地做了很多大胆的加工。他坦率地承认，除了删去了一些需要注解才能说清楚的双关语、典故和隐语之外，还有“几篇小说我就大胆地删掉一些段落或插曲”。编译之大胆自由还表现在对原文进行语句的添加和改动，斯诺说，有的是为了避免冗长的注释，有的是为了能够更贴近原作的思想感情或内在含义的轮廓。在逼真地呈现中国作家的实感和使西方读者易于理解之间，斯诺努力地在寻求一种平衡，他强调“本集在精神上和内在含义上对原作是忠实的”，并表示不在乎有谁告知他译文“不总是‘直译’的，甚至也不‘准确’”。虽然斯诺也将大胆加工戏称为编者“所犯的过错”，但总体上他自信满满，成就感十足。

作为编译者之一的当事人杨刚，当然能领会斯诺的编译意图，但在写作《日记拾遗》之前协助编译的具体工作中，却似乎形成了一些与斯诺并不全然相同的看法。在为《活的中国》而写的书评中，杨刚幽默地解释说："斯诺是要把'专为中国人的眼睛和欣赏'而表现出来的中国人托出西洋去，让那些绿眼睛的高鼻子先生们看看这班黑眼平鼻子的人们确实的将头脑怎样在活动。为了帮助西洋读者的了解，他在卷首安了一篇引言……。引言中间，作者很淘气的叫读者'准备强烈兴奋剂'在案头，免得编辑时的过度自由会把他们骇得晕死过去。他常嫌原文对话冗赘，行文无节，以至缺乏形式的完整。一个邻人的善意，我们是应当接受的，虽然我们仍不妨叫几句屈。……由于文字的隔阂，于我们其本身有作用和意味的对话，落到异国文字中竟如丢了家的孩子，过分受了轻视。"①将斯诺视为"邻人"，显现出杨刚与斯诺话语立场的差异。杨刚以一个中国人的视角观照，斯诺的出发点是要让西洋读者了解中国作家笔下的真实中国，但中国小说的写法却不一定符合英语读者的接受习惯。中国人由于历史培养的趣味所致，"写小说常有上山逛庙的态度"，途中的风景同样不愿意错过；而西洋人"写小说有如翻山开矿窑"，直奔目的而去。不同样的小说自然陶冶出不同样的小说读者。斯诺正因为也清楚这一点，所以他才担心读者不耐烦，不惜大肆删削；又顾虑读者不明白，再刻意添词加句。斯诺不求译文原汁原味，杨刚也许尚能理解，毕竟意义精神的传达是译文的首要标准，但对他大刀阔斧砍向那些可怜的中国现代小说，杨刚恐怕并不以为然。假设将那些于中国读者有作用和有意味的段落删略掉，或者增补改动中国读者喜闻乐见的语句表达，那么，所谓译文的意义和精神传达真的毫发无损吗？作为一个中国作家，杨刚不可能如斯诺般乐观。

英文系出身的杨刚，对中西两个世界的小说作法之区别，应该不陌生；两个世界的小说阅读、评价之差异，她应该也不会奇怪。但是当她亲身领教斯诺编译《活的中国》时"削足适履"似的自由态度后，却不得不为那些中国同行叫屈。杨刚当然不至于要准备什么强烈兴奋剂在手头，也应该是受到不小的刺激，深深感受到中英两种文字转换过程中无法达至两全其美的遗憾。杨刚在书评中罗列了共 11 处有损意义传递的"邻于错误的窜改增加"，譬如对张天翼的《移行》，"最后一段省去了几乎四分之三，连作者

① 杨刚：《评〈活的中国〉》，上海《大公报》第 13 版，1937 年 1 月 17 日。下文中涉及书评的文字，不再另注。

特意指出的地方如橡皮商李思义可能的破产，也被去掉，实在太失去作者的精神了。他的意义在于以这一点对桑华的人生态度做一个刻毒的嘲笑，以显示目前社会机构的毁灭性，编者把它去掉，这篇小说的力量免不了削弱了许多”。作为编译的协助者，杨刚一一指出这么多在她看来比较严重的错误，无疑反映了她的不甘和无奈。她只能将编译上的失误归结于编者不谙中国文字遇到的困难和窒碍。

杨刚很赞同斯诺让西方读者见识中国作家笔下的活的中国这一总体意向，可她一定也会感觉到，借助于“专为中国人的眼睛和欣赏”的读物去实现这个意向，恐怕并非最上乘之举。就是斯诺自己在《活的中国》的绪言结尾也承认西方读者“欣赏不到原作的文采”的缺憾。而在杨刚眼里，中文原作在编译过程中的损失何止是文采，最让她痛惜的是主题意义和表现力量的削弱。所以，按斯诺的编译理想，让西方世界既可以欣赏到中国作家的原作的文采，又可以让他们“看到活的中国的心脏和头脑，偶尔甚至能够窥见它的灵魂”，最佳读物理应是中国作家“专为西方读者的眼睛和欣赏”而写的诚实之作。其实斯诺对此并非不曾有过考虑，只是到他着手编译《活的中国》为止，他所能见到的专为西方读者而写的读物的“大部分中国作者则要么对现代中国加以贬低，要么用一些假象来投合外国读者之所好”①，这当然会令他望而生畏。后来林语堂的《吾国和吾民》问世，斯诺对这类作品才开始发生好感。可见，斯诺编译中国现代作家的中文作品，不过是迫不得已退而求其次的权宜之计。

在杨刚发表《活的中国》的书评时，她对中国作家与西方读者的关系已经形成了较理性的认知，因而十分自觉地意识到自己作为中国作家的责任。她在书评中对编译失误的较真，与其说是一种解释，不如说是一种自我警醒和鞭策。尽管不能就此推定她在之前几年写《日记拾遗》时就已经有了这样的自觉意识，但书评中的看法必定与编译协助工作的体验密不可分。因此，1934 年，当她考虑自己为《活的中国》创作小说时，她何必舍近求远用中文为媒介，何必再沿袭中国小说的一套写法，何必再考虑中国读者的感受呢？对杨刚而言，打破文字的隔阂，用英文来写，至少可以直接契合那些西洋读

---

① [美]埃德加·斯诺：《〈活的中国〉编者序言》，《新文学史料》1978 年第 1 期。

者的阅读习惯，可以让他们直接欣赏原作的文采，也不必再担心中文小说在翻译过程中情调和韵味的丧失、思想及表现力量的削弱，这应该是杨刚完成这项工作最经济便捷、也是最好不过的选择。

与杨刚的英文自传《童年》和《狱中》相比，《日记拾遗》不是杨刚最早的英语作品，但参与《活的中国》的编译以及专门为此创作两篇英文自传性小说的实践，为杨刚英语写作理念的成熟提供了难得的经验，1940 年代她在美国完成的长篇英语小说《挑战》即为这一经验的鲜明印证。斯诺对接受主体——预期读者的重视在相当程度上影响了她后来的英语自传性写作，不仅在语言及思维方面，更在习俗及文化方面，如何在更深广的层面上和英语读者沟通，斯诺带给杨刚一个新的视域和一个更高的思考平台。杨刚借助于《日记拾遗》的公之于世，真切地品尝到接受异域读者检验的滋味。作为杨刚唯一以英语原文发表的小说，在她所有的英语创作中，《日记拾遗》的地位显然不容小觑。

五、杨刚的异域体验与《挑战》

《挑战》是杨刚旅美期间(1944—1948)用英文创作的自传性长篇小说，中文译本首次发表于 1987 年《小说界》第 4 期，1988 年 8 月人民文学出版社推出了同名单行本。有关这部小说的情况，杨刚生前从未透露过。英文原稿总题相应的位置上只打着一行字：A NOVEL BY YANG GANG，可见在原作完稿时杨刚尚未为小说命名。但即便是总题未定或文字有少数缺漏重复，它毕竟是稍加修整即可交付出版的一部数百页的小说文稿，杨刚竟然将它忘得一干二净，实在让人费解。相较于同样在美期间用中文为《大公报》、《观察》等国内报刊撰写的那些美国通讯，杨刚在 1951 年就将它们筛选整理后以《美国札记》为名结集出版，为什么对同样凝聚了心血的这部英文长篇小说，杨刚却毅然弃之，除了“为革命奔走无暇顾及”①，《挑战》这部书稿本身的特性是否构成了

① 卢豫冬：《〈挑战〉校译后记》，收入杨刚：《挑战》，陈冠商译，北京：人民文学出版社 1988 年版，第 418 页。

杨刚"健忘"的深层原因呢？

与《美国札记》明显有别，《挑战》作为一部用英文创作的长篇小说，它的目的受众是英语世界的读者，叙事内容兼具高度个人化的文学及史实性质，这样的作品出现在杨刚的笔下，显然不是常态。但其实，杨刚在国内时已经有过类似的试笔，譬如自传《童年》、《狱中》，是为满足在燕京大学读书时的老师包贵思所求而写的，短篇小说《日记拾遗》，则是为践行《活的中国》的主编斯诺的约定而作的。与包贵思、斯诺的友情，是杨刚用英语写作这些自传性文本的直接原因。而为杨刚保存了数十年《挑战》书稿的奥尔加·菲尔德夫人对杨刚这次更大规模的自传性写作到底发生过怎样的影响，却显得扑朔迷离。在杨刚的生活中，菲尔德夫人到底占据怎样的位置，仅凭现有的史料，实在也很难有个明确的回答。能确定的是，1948 年杨刚离开美国前将书稿交给菲尔德夫人，以后这部书稿就一直留在菲尔德在美国的家里。1978 年菲尔德夫人病逝，她的丈夫菲尔德先生 1982 年在清理家物时发现了这本打印稿，之后完璧归赵，手稿最终交到杨刚女儿郑光迪手上。菲尔德夫人与杨刚的具体交往情形不详，但从杨刚把书稿托付给她来看，两人的交情恐非一般，至少对杨刚来说，菲尔德夫人定是一个值得信赖的朋友。而从杨刚的自传性文本写作来看，由于她在这部长篇中的自我回顾、自我倾诉、自我反省最为完整系统，《挑战》价值也就不容忽略。因此，对关心杨刚的人来说，菲尔德夫人哪怕单纯只是《挑战》英文打字稿的保存者，她的名字也是难以忘却的。和包贵思保存的《童年》和《狱中》两节杨刚自传一样，这部书稿的经历本身就如同传奇。尽管无法确切地知晓杨刚为什么在美国期间要用英文创作一部自传性长篇，但可以推测的是，应该与包括了菲尔德夫人这样的美国友人的促动相关，杨刚的旅美体验成为厘清《挑战》以及与《挑战》相连的杨刚话题的关键。

(一) "留学生"的政治使命

20 世纪三四十年代中国学人前往欧美的通常途径之一是留学，1944 年夏天，身为中国共产党人的杨刚也离开中国加入了这一行列。杨刚为什么选择中日战争快结束时去美国，内情不很清晰，但从杨刚的政治背景以及她后来在美的活动情况看，应该不只是为了学业深造。对此，20 世纪 80 年代初胡绳、袁水拍的回忆文章里解释说，"她根据党的指示，在国外辛勤工作"[①]，也许不无道理，至少按照党的指示去美国工作是其中一个重要原因。[②]1943年在重庆杨刚接受周恩来的领导，借助于《大公报》提供的平台，与美国驻华使馆人员和记者联系，赢得了不少人的好感和钦敬，其中有一位就是美国战略情报局当时在重庆的首席代表费正清。后来杨刚决定去美国，费正清虽然知道杨刚是个"没有公开暴露的共产党员"，也不确定杨刚去美国是否负有特殊使命，但还是请他在外交部的朋友帮助他和包贵思一起为杨刚申请到美国大学的奖学金[③]。费正清把杨刚视为中国左翼的代表，他后来在自传里说，"一旦左翼将我看作朋友，就在我身上下功夫，而我亦对他们下功夫"[④]。彼此下功夫的说法含蓄而婉转，但确实可以用来概括代表了各自国家/派别政治立场的杨刚和费正清的交往关系。

1945年3月起，杨刚在哈佛大学的莱德克列夫女子学院就读，但她没有拿学位的打算。杨刚的新生活显得充实而忙碌，为了不占用太多的时间，她甚至决定放弃正选的德语课。又因为这一年起兼任了《大公报》驻美特派记者，她"得给《大公报》写稿，要看许多报刊，访问许多人"[⑤]。除了这些正常的学习和新闻事务外，她的工作还包括中

---

① 胡寒生：《追忆杨刚》，《新文学史料》1982年第2期。

② 比杨刚稍晚几个月到美国的徐鸣的经历可做一参照，从中可看出20世纪40年代中共南方局派遣以留学名义的党员到美国开展工作是早有计划。徐鸣回忆说："中共早就很重视美国工作。"1941年，董必武同志就指示我，"要利用家庭条件，以留学的名义去美国工作，强调在美国工作的重要性而难于找到有条件的人去"。他还指示我说，"先找一个学校安顿下来，熟悉美国情况，提高英语水平，等待接关系"，在美国可以"主动开展工作，团结进步人士，必要时可以自己发展党员"。他嘱我要有长期在美国工作的打算。"我到美国，是1944年圣诞节前，12月20至25日之间。按董老要求，我打算上一所没有中国学生的学校。当时在美国上学很容易，哈佛这样的名校也一样。但哈佛的中国学生太多，于是，我进了波士顿附近一所不怎么知名的大学，Clark University研究生院，读国际关系和美国历史"。（参见徐鸣：《和徐永煐交往二三事》，http://kui-shi.blog.hexun.com/9172766_d.html 2011/9/8。）另外，杨刚的燕京大学校友如张淑义、张希先、龚普生去美国的时间不一，但经历基本类似。

③ 费正清在他的自传里谈到杨刚赴美一事的具体操作，他说："在外交部，我最亲密的朋友是菲利浦·D.司普劳斯(Philip D.Sprouse)。他是一位美国南方人，他在恪遵礼信方面简直无懈可击，是一位为人精明能干，性情善良的单身汉。当我为杨刚申请拉德克利福(萧乾译作莱德克列夫——笔者注)奖学金时，菲利浦写信表示支持，包贵思女士也竭力赞助。1944年，杨刚得到奖学金前往美国深造。"([美]费正清：《费正清自传》，黎鸣、贾玉文等译，天津：天津人民出版社1993年版，第338—339页)

④ [美]费正清：《费正清自传》，黎鸣、贾玉文等译，天津：天津人民出版社1993年版，第338—339页。

⑤ 杨刚1945年2月12日致包贵思的信，引自萧乾：《杨刚与包贵思——异常奇特的中美友谊》，《新文学史料》1982年第2期。

国抗战现实的宣传,参加“中共在美工作领导小组”(Friday Club)的活动等。[①]国共内战爆发后,杨刚主要精力则转移到统战工作上。[②]和杨刚同在美国当时任职联合国秘书处也是Friday Club成员的龚普生,在20世纪80年代初给萧乾的信里说:“杨刚同志当时曾向美国报界、文艺界及一些研究远东问题的专家学者做了大量的宣传工作,揭露美蒋勾结发动内战的罪行,争取他们支持和同情我国人民的斗争。”[③]这个回忆与事实也许不会有什么大的偏差,只是用语习惯带有明显的那个时代的色彩。龚普生出于政治赞誉目的的概括,不过是她自行代表中共组织为杨刚在美期间的工作所做的政治鉴定,至于杨刚在美国如何开展工作的,效果又是怎样,这一介绍未免显得有些空洞。

杨刚在抗战结束前后不同的工作目标侧重,在她那些为国内报刊撰写的标明了写作时间地点的美国通讯里可以清晰见出。随着国内国际形势的变化,杨刚的关注中心及观点立场也在不断调整。至于杨刚在美四年中,《挑战》这部长篇具体写于哪一个阶段,现在却已无法确定。这数百页的书稿从个人经历出发,对自我与时代历史关系层层剥露、探究,使它更像是作者经历了痛苦漫长的自我反思后的精神结晶。在这一前提下,杨刚发回国内的美国通讯中所透露的社会交往的点滴,其实也同时映现了她写作《挑战》时在美体验的痕迹:杨刚与史沫特莱重聚,对她战斗的立场和贫困的生活一直保持着关注;杨刚与哈佛大学马蒂逊教授交流,让他了解了文艺和中国现实的问题,

---

① 1945年7月至11月,董必武赴纽约期间对恢复不久的美共中国局工作进行了指导,并代表中共向实际由中国局主办的《华侨日报》捐赠一万美元。在美中共党员组成一个小组每礼拜五晚上定期在中国局负责人徐永煐家里开会,研究时事,并讨论《华侨日报》社论和文章的编写。与会者有唐明照、杨刚、赖亚力、徐鸣,后来又陆续增加了龚普生、浦寿昌、薛葆鼎。因为每个礼拜五开会,他们就叫它Friday Club。杨刚1948年回国时,在西柏坡向周恩来汇报,说起Friday Club,周恩来听了后说:“那叫什么名称,其实就是‘中共在美工作领导小组’嘛。”这个名称就如此沿用了下来。(参见徐鸣:《和徐永煐交往二三事》,http://kui-shi.blog.hexun.com/9172766_d.html 2011/9/8;何立波《中共海外组织美共中央中国局》,《党史博览》2016年第7期。)

② 杨刚在美国期间还协助1946年到美国的老舍为“文协”筹款。老舍在1947年写给国内朋友梅林的信中提到杨刚,并因汇款事留下杨刚在纽约的地址。史宁在《老舍致梅林佚信再发现》中指出:“由于杨刚的红色背景,她在老舍为文协筹款一事中的协助是否有带有中共立场则有待继续深入探讨。既然同为文协理事,那么老舍与杨刚必然十分熟识,而且查阅他们的生平,发现他们在美国都有相同的朋友圈子,如史沫特莱、赛珍珠、费正清和斯诺等人。”(《中华读书报》2015年7月29日)

③ 引自萧乾:《杨刚与包贵思——一场奇特的中美友谊》,《新文学史料》1982年第2期。

甚至产生了想去中国看看的念头；杨刚和反民族歧视的团体成员俄加一起到南方旅行，在黑人中间，感受他们内心的伤痛和对自由平等的向往；杨刚与一个对寂寞感到十分恐怖的女孩蓓蒂合租一室，从她贫困、失业、失恋的状态中，发现了美国社会从精神到物质的种种问题；杨刚访问小城奥玛，结识了事业成功的残疾女士尼可丝小姐、农事指导员米伦先生、炼油厂的经理先生，了解到典型的美国小城的组织结构和运作方式……从杨刚交往的美国人来看，可以说是形形色色，这些人带给杨刚多方面的美国感受，而同时杨刚也带给这些美国人来自中国的信息。保存《挑战》书稿的菲尔德夫人作为杨刚在美国期间交往的朋友，当然不可能是一般的泛泛之交，一定是杨刚周围与她非常亲近的人。

1946年6月，杨刚在走访了明尼苏达乡村后感叹："直到现在为止，在这个国度，我还是经历着而且期待着新发现。从纽约到中西部，类似上海到四川。而从底城或明城(Minneapolis)到奥玛或柳河就如由重庆到四川农村一样。我一步一步走向大地，和一些被称为美国农民的大地的儿女们谈家常，我觉得温暖而满足。"[①]为了便于更加私人性的接近，杨刚所到之处尽可能不住旅馆，而选择在美国朋友家过夜。杨刚知道，她必须最大限度地接触美国各阶层人士，和他们聊天，甚至相互倾怀吐愫，通过她个人的影响，可以激发美国人对中国的兴趣。作为一个有着丰富国际统战经验的中共党人，她清楚地意识到，只有走进美国人中间，寻找内心的共鸣，才能建立相互信任和尊重的基础，接下来才有机会让美国人了解中国人的现实处境，继而让他们对中国革命产生同情，并争取他们对中共立场中有关民主、进步等概念的理解。

杨刚在1945年10月给包贵思的一封信里说："这里的人们总认为，如果没有俄国人，中国国内就不会有麻烦了。事实是，中国农民几千年来一直在闹革命，今天唯一不同于以前的是，有史以来，中国革命第一次有了一个真正的组织和一个健全的纲领。"[②]杨刚就是想打消美国人对中国内战原因的误解，想解释中共组织和纲领不同于以往农民革命的意义，这些应该是她在美国的工作重点。在向西方世界如实介绍中国

① 杨刚：《美国农村生活一角——在明尼梭达》，《美国札记》，长沙：湖南人民出版社1983年版，第125页。

② 引自萧乾：《杨刚与包贵思——一场奇特的中美友谊》，《新文学史料》1982年第2期。

争取同情这一点上，杨刚和同时期在英国写作《山村》的叶君健不无相似之处，虽然叶君健并非中共党员，但作为左翼作家，他们的意图和立场并没有什么大的区别。而与叶君健相比，杨刚这方面显然更为老练。可以相信，在美期间的杨刚很明白，在与那些美国人沟通时怎样才算是挠到了他们的痒处。

杨刚的统战智慧，其实是发自内心的真诚，并不单纯显现为一种蛊惑人心的说词。在美国，她感同身受美国人的烦恼，她说，“有时候，我常常想象我是一个美国人”，虽然“吃、穿、住不太发愁，也没有人时常钉在我的脚跟上。即便骂几句难听的话，甚至于像说‘杜鲁门发臭’之类，我也不至于被认为是共产党而有性命之忧”，但即便真的是美国人，他们依然不快乐，他们也“有很多的苦痛、忧郁、烦恼、怀疑、摸索、混乱、内疚、无力”①，杨刚深入了解他们的内心，同时也让他们体会作为中国人的苦痛。1946 年 1 月，杨刚的二哥杨潮(羊枣)被国民党特务虐杀于杭州狱中，她悲愤地写了《我知道你没有死去，哥哥》一诗，表达了对当政者践踏民主、人权的愤恨。亲人被害的惨剧强化了杨刚反抗的意念，迫使她更进一步坚信中国共产党就是为争取尊严自由而斗争的民族化身，她的经历和感受会很自然地成为她与身边的美国友人交流的话题，而这些话题也很自然地会引发那些爱好和平的美国人对中国内战中美国立场的思考。杨刚的统战策略根本取决于她对组织的忠诚以及对其实现民主目标之承诺的信任。难怪费正清会断定像杨刚这样的人，“她们就是中国自己的传教士，她们完全有能力使人们改变信仰与她们站在一起”②。

不清楚菲尔德夫人是不是因为被杨刚的个人魅力所吸引而走到她身边的，也不清楚杨刚是在怎样的具体情形下终于决定用长篇小说的形式，通过自我个人命运的讲述，让美国人从中了解现代中国人思想发展轨迹的。但可以推测的是，杨刚的政治身份决定了她在美四年的生活重心。《挑战》的创作意图中很难说不包括任何服务于作者政治使命的因素，而与美国人交流正是行使这一使命的基本途径。有学者认为：“自传在作者和读者间建立起一种新型关系，阅读变为一种交流现象，文本仅仅是一种人

---

① 杨刚：《烦恼的美国人的烦恼》(纽约通讯)，《观察》第 1 卷第 4 期，1946 年 9 月 21 日。

② [美]费正清：《费正清自传》，黎鸣、贾玉文等译，天津：天津人民出版社 1993 年版，第 339 页。

与人之间交流的透明的中介。"①《挑战》的自传性特点决定了它具备了杨刚与美国人倾心交谈同样至真至诚的性质，客观上可以达成与潜在受众进行更深刻意义的心灵交流的目的。在《挑战》里，杨刚以一种罕见的勇敢，借助于女主人公黎品生的成长过程，向美国读者袒露了真实的自己，一个连自己的同志同胞也不甚了了的自己。小说正面铺展的是主人公富家小姐黎品生亲身经历的大革命时代短短几年中发生的家国事变，可实际上却勾勒了中国20世纪前三十年的历史变迁：制度崩溃、社会动荡、潮流冲击，这些均构成了黎品生之所以成长为新女性的根基。作者从黎品生由私塾入教会学校开始写起，展现了她在巨变时代的困惑、伤痛和觉醒，她一次次试图独立地做出内心的抉择，一次次反思并清理自己与历史及现实的关系，与信仰及真理的关系，与父亲及恋人的关系，与革命及主义的关系，最终决计离家出走，主动投身到改革的洪流中。尽管整个故事依旧包装在一个符合社会认可和群体接受的外壳里，但《挑战》呈现的毕竟是一段十分个人化的生命经历，杨刚将个体的情绪、感觉和体验嵌入进中国现代知识者思想发展的逻辑结构中，因而巧妙地引领她的读者进入中国社会、文化和历史进程的情境里，从而可以做出自己的评价和判断。因此，不夸张地说，《挑战》对中国现实的阐释，是以讲述个人经验的自传性获得充沛活力的，在这一点上，无论就政治立场、职业角色，还是创作主体的身份而言，杨刚的赤诚和勇气都是无可挑剔的。

(二) 寻求更大限度的自由表达空间

假若《挑战》丝毫无误地契合了中国大陆的思想尺度和道德规范，想必它的命运绝不至于躺在异国一个地下室尘封数十年，杨刚的"健忘"或者"绝情"其实披露了她心理深层的犹疑，甚至恐惧。在20世纪50年代初出版的《美国札记》前记里，杨刚一开头就小心翼翼地解释，"里面的文章大部分是在不能自由表现的情况之下写的，比如在美国在香港写的那些……所暴露美国的深度就不能不受限制"②，杨刚最担心的是她的境外写作不能满足国内对"暴露美国的深度"的要求。用中文写的《美国札记》尚且如

① [法]菲力普·勒热讷:《自传契约》，杨国政译，北京：生活·读书·新知三联书店2001年版，第58页。

② 杨刚:《〈美国札记〉前记》，《美国札记》，长沙：湖南人民出版社1983年版，第12页。

此，遑论以西方读者为目的受众的《挑战》。

《挑战》用英文书写以及大胆的个人经验叙述，表明作者有意识地要寻求更大限度的自由表达空间，她因此无须时时考虑合不合国内读者的胃口和眼光，也无须处处提防有没有冒犯流行或正统的社会规定及集团观念。“他者”语言的采用，加之美国在场性经验的强化，让杨刚暂时从原有的角色中抽离出来，可以像一个“旁观者”那样去打量曾经的自我，并审视那个自我与曾经熟悉的世界的联系。因此，即便《挑战》通过个人内在自我的表现和精神成长中诸多矛盾的展示，凸显了改革对于现代中国必要性的宏大命题，但人性视阈的统合，仍然致使小说充满了张力，具备了多重复杂的内涵，显现了超越国族、政治和文化的境界。而其中一定程度上对革命的反思，尤其成为作者服从个人良心和人性法则的证明。

1943 年 8 月，杨刚在给费正清的一封信中谈到，中国的现状可以从几千年来中国人惯于满足现状和庸俗的实际精神中找到答案，“中国人必须扫清所有这些东西，才能成为真正的人，这就是我通常所说的中国的复兴，要做到复兴，第一步，就是挣断我们身上的枷锁”。费正清评价说：“这就是‘五四’运动之后本世纪 20 年代人们的信念。在杨刚的信中可以听到陈独秀、鲁迅这样有影响力的思想家们发出的呼声。”杨刚把成为真正的人视为中国复兴的关键，也当做她自己矢志不移的理想目标，她的政治信仰其实也正是建立在这一基石之上。费正清感慨地回忆说，“从她那里，我获知了中国知识分子所扮演的复杂角色：他们对权势的习惯性依附，他们作为道德批评家的社会职责，他们为保持独立的人格所做出的挣扎，但他们缺乏为人类牺牲的崇高理想。这一切对中国知识分子的精辟的分析，使人耳目一新，这简直是上帝的恩赐，能有这样一位朋友真是一件幸事”。①可以看到，直到离开中国之前一年，早就决定献身于“主流”理想的杨刚依然信奉“五四”的信条，这之间构成的抵牾甚至分裂必定时常缠绕在杨刚的心底。正因为如此，她为费正清做出的有关中国知识分子多重角色的分析，才无疑更像是对自己的评价和警戒。

---

① 杨刚的信及费正清的分析评价均参见《费正清自传》，黎鸣、贾玉文等译，天津：天津人民出版社 1993 年版，第 339 页。

到美国后，杨刚暂时远离了熟悉的活动中心，她以中国人的眼光看美国人，“从中了解地球上这部分人们的生活及思想，看看有什么中国可以借镜之处”①，同时，她也必定会从美国人的眼睛里发现了有点陌生的自己——一个被贴上中国人标签，却又同美国人一样对自由充满渴望的个体。就像在重庆时期，她帮助像费正清这样的美国外交官了解中国革命一样，杨刚在《挑战》中，以一种个人化叙事的方式，提供给美国读者一个现代中国女性寻求自由解放出路的鲜活个案，其中包含了个体与家庭、与社会、与时代、与文化和历史最为突出尖锐的矛盾，如实地呈现了摧枯拉朽的社会改革趋势，以及这一趋势下作为个体不得不付出伤痛甚至生命代价的事实。而最具思想价值的部分无疑是对那些惯常被认为可以忽略不计的代价的正视和思考。置身信奉个人主义和自由主义的国度，杨刚虽然感知到杰弗逊传统与美国现实之间存有落差，却也很难否认，美国的核心价值作为美国人的精神依据从未有过动摇。美国的“借镜”毕竟帮助她建立足够的信心，在多重复杂身份的抗衡中尝试相对独立的自我定位，并用自己的眼睛去探寻中国人成为真正的人的可能要走的路径。在这样的前提下，以讲述作者个人经历为主线的《挑战》，其意义自然不只在于记录或重构个人历史，同时也在于阐释并探究作者所属团体的思想及行为发展过程中的诸种复杂性。

（三）灵魂拷问中的思想僭越

《挑战》的主人公黎品生最初进入读者眼帘时不过是个被娇宠的富家小姐，如果不是父亲特许她上新学堂，即便出身豪门，这位黎家六小姐的人生恐怕未必能逃脱像她母亲所遭遇的那些屈辱和悲苦。在小说一开始，杨刚并未刻意强调黎品生上新学堂的愿望与打破传统之间的关联。读者发现，虽然品生掩饰不住内心的激动和欣喜，却也要“极力克制由于背弃旧的习以为常的生活而开始新的生活所惹起的极大惶恐”。真正的震撼当然发生在品生进入林德格伦女校后。望着属于自己的小床和一大堆行李，她问“有没有人帮我铺床”，回应是，“在这里，我们都是自己干的”。十五年来习惯的生活方式和尊卑等级观念突然间失去了意义，因为洋学堂宣扬人都是平等的，这样的教

① 杨刚 1945 年 2 月 12 日致包贵思，引自萧乾：《杨刚与包贵思——异常奇特的中美友谊》，《新文学史料》1982 年第 2 期。

化令品生真正地陷入困惑。虽然贫富差距在学校仍然一目了然，但家境穷困的学生靠出卖劳动力可以获取受教育的机会，她们辛劳艰苦，却不失自信："我不是什么人的奴隶，我靠我自己，并且为我自己的未来而工作"，类似的声明对养尊处优的品生来说，简直即意味着侮辱。回想自己曾虐待过婢女，品生感到了羞耻，"我一直没有把她当人来看待"，从来没认识到仆人也是"具有感情、欲望、忧患和人格的人"。她开始意识到，过去的自己是那样的是非莫辨，一味沉沦在无意识的生活中，于是她决定"要作一个改变，要有一个新的开始"。①

黎品生在新学堂首次遭遇的精神危机，几乎是近现代中国新知识分子个人意识觉醒的样本，可这不过是他们所经历的思想转型的序幕。新式教育对传统的冲击，关键不只在知识传授范围的转移，更在于价值理念的更替，杨刚对此自然十分清楚。她借用黎品生的经历感受，耐心地还原了历史性变革的繁复艰难。相对于稍前或同时期中国同类题材小说中的新女性形象，黎品生似乎缺乏足够的热情和果敢，在接下来所面临的新与旧、中与西、传统与现代的思想对抗中，黎品生的态度始终温和而审慎，她常常无法做出非此即彼的明晰判断。品生理解"每一个人都应当要求有人的权利，并且要得到社会的承认"，所以赞同改变现实，但她却对改革者"把事情设想得太美好"不以为然，更为革命必定伴随的巨大破坏性深感不安。在摆脱了早期家庭儒文化教养与洋学堂的基督教教育的矛盾纠缠后，品生想追寻更有意义的目标，却同时又觉得这个目标像万花筒那样空泛而虚幻。在大革命潮流的涨落起伏中，她目睹太多的欺诈和混乱，虽然她拥护以消灭旧制度为主旨的革命，却无法理解"为了要做人，就必须战斗并且杀人"的逻辑，更无法容忍在革命名义下对"人人都是一样的"这一基本信念的蔑视和践踏。②

《挑战》最动人心魄之处，也是小说着力铺展的部分，应该是黎品生得知父亲黎诚被农民协会突然逮捕去奋力营救的情节。弱女救父，或许是中国戏文或读本里并不鲜

---

① 参见杨刚《挑战》第一章"生活开始热闹起来了"，陈冠商译，北京：人民文学出版社 1988 年版，第 4、21—22、34、40、50 页。

② 杨刚：《挑战》，陈冠商译，北京：人民文学出版社 1988 年版，第 98、119、356 页。

见的情节，但无论中外读者，只要对现代中国有一丝兴趣，随着故事的推进，他们即便不为作者渲染的“爱的力量”所打动，却必定会为杨刚本人力图黏合革命暴力与人道法则的良苦用心而吸引。

19岁的高中女孩黎品生在父亲突然消失后，陷入极度的焦虑和恐惧中。在革命风暴尚未席卷而来之时，品生就知道，对曾是湖北省省长却即将沦为革命对象的黎诚，自己无法做到六亲不认。“我常常觉得，爸爸什么都错，但如果你叫我别去爱他，那做不到”，这是品生的真心话，同时表明了她的道德觉悟。杨刚这样解释品生救父的动机：“她与这老人家之间的关系，不仅仅是父女之情，而且是她受过文化与生活教养而承担的最神圣的义务。这就是为什么她的心不允许她放弃它的原因，除非她能容忍自己不仅是反对父亲，而且是个违反作为真正意义的人的叛徒。”所以，营救父亲，是为父亲，同时也是为她自己。品生倾心爱慕的人，也是真正掌握黎诚生死大权的人——林宗元用自己父亲因交不出田租上吊而死的惨剧安慰她，“别以为你是唯一碰上这命运的一个”，这也许可以冲淡品生的委屈，却无法根除她的疑问：“难道我父亲要用生命来抵偿过去的错误？”她坚持认为革命“不必抓人和处死”。①

为了凸显品生为营救父亲所经受的心理压力和精神困境，杨刚不惜以数十页的篇幅浓墨重彩地铺写了品生与林宗元为代表的革命者群体之间的隔阂，通过梳理双方观念的分歧，杨刚其实是在尝试从第三方的角度分析自己所献身的事业的本质。依靠林宗元的帮助，黎品生获准到农民协会陈情，她将这次亮相当做为父亲辩护的机会，当做阐发她所理解的革命的机会。尽管《挑战》自始至终不乏论辩的气息，可整体上不算过火，但就品生在农协申诉这一节而言，杨刚的笔触却似乎被主人公的汹涌激情掌控了。面对那些脸上写满了敌意的人，陷入孤立的品生依然“有一种很模糊的信心：他们全都是人，也许能够理解人的经历”。所以，她要充分利用这个平台求得父亲免于一死的可能。在陈述父亲奋斗经历时，她再三强调人性的共通，强调人的“欲望和感情是相同的”；她也指出，“过去的生活方式的本质造成邪恶的滋长”，“因此，这个旧制度必须消

① 杨刚：《挑战》，陈冠商译，北京：人民文学出版社1988年版，第180、336、328、329页。

灭”,并明确表示:“我完全拥护革命,我现在认识到革命破坏了旧的生活方式,使人人不必再过非人的生活。换句话说,这样的一场革命,是为人民,也是为一切人的。它把每个人从旧的枷锁下解放出来,使他们不必为了做人的尊严而进行殊死的斗争。”对照杨刚 1943 年给费正清信里提到的有关中国复兴的步骤,不难看出,《挑战》主人公的言说不过是杨刚思想的进一步演绎,同样,对品生接下来的一段话,也不妨看做是杨刚本人对革命暴力的质疑:“那么,这样一场革命,应该伤害人们,逮捕他们,抽打他们,侮辱他们,并杀害他们么?在人与制度之间,没有区别么?革命的目的是什么?它是毁灭生活么?”“革命为什么必然要毁灭人呢,它的目标就是要杀人吗?”为了控制因现场听众与品生的对立而出现的喧嚣,林宗元不得不站起来告诫他的农民同志要暂时忘记个人恩怨,他也以革命领导者的身份对品生的质疑作出回应。第一,关于革命是毁灭制度还是毁灭人,他指出:“我们不能够把制度与人分开”,“当我们谈到要反对这种制度的时候,我们也必须谈到反对那些与这种制度结为一体,为了维护他们自己的利益而拥护这种制度的人”。为了支持这一论点,林宗元进一步解释:“我们的国家,现在是老爷们和奴隶们之间的战场。那么,当我们说我们应该毁灭这个制度及其附属品的时候,革命怎么能够避免不伤害人呢?”第二,关于人的尊严,林宗元直截了当地说:“尊严是一种社会罪恶,而不是什么人人都具有的普遍性的人的欲望”,“革命并不坚持要对人有特别的尊严或尊敬,但要实现人与人之间平等的正常关系”。①两个相爱的恋人针锋相对的论辩显现出各自持守立场的巨大差异,虽然他们都肯定革命的必要性,但在目标、途径、方法、手段、对象等方面,似乎很难取得共识。

作为一个自传性文本,小说女主人公的形象无疑折射出作者自己的面影,品生恪守的普遍人性的原则也更多表露了作者的思想取向,但事实上,杨刚自己对林宗元式的变革思路和阶级革命立场却也不无同情,只是这种同情连结于人性解放的目标。自始至终,杨刚一直对改革充满期待,期待通过它消除贫富差距、社会不公,让每个人都过上人的生活。她在 1948 年 10 月写的一篇美国通讯里谈到了人类变革的社会原因:

① 杨刚:《挑战》,陈冠商译,北京:人民文学出版社 1988 年版,第 353、357、361、362、363—364 页。

“假如一般人生活得安定、满足，才力有地方用，前途有保障，思想家也没有这种要求做根据，来想出变革的道理和做法。但假如一般人生活不能满足，不得安定，无论想什么法子，无论如何勤劳，总是入不敷出，总是前途茫茫，而且无论用什么理由也说不明为什么自己应该入不敷出，前途茫茫，而另外一些人却金钱多于粪土，享受捋于王侯。那时候，变革的要求引起思想和行动正是和土地一定要生草一样，有谁能不许土地生草呢？”①与其说这是就美国社会现状而发的一番慨叹，不如说它更像是作者对已经历过的中国历史变革的感悟。既然连美国也孕育着改革的土壤，那么中国入不敷出、前途茫茫的林宗元们当然更有理由提出变革的要求，只是杨刚并不认同改革的思想和行动可以忽略、甚至无视流血的代价。杨刚对“不流血”的强调，在《挑战》中显现为黎品生对革命与杀人的必然关系的多次反诘，这无疑让革命者林宗元深为尴尬，因为他所尊奉的“讲求正义”原则无法避免流血的发生。作为农民的儿子，林宗元的使命是为穷人和被压迫者群体的生存而斗争，暴力夺取原本就是斗争的主导方式。但即便如此，杨刚仍然赋予这个年轻人和普通农民不一样的品质。他受过与品生同样的新式教育，这不仅让他能够理解品生的苦恼和固执，也能对革命有可能沦为血腥的阶级报复保持起码的警惕。然而，结局是那样的残酷，也是那样的荒诞，被当做土豪劣绅的黎诚尚未来得及处决，农协领导人林宗元的生命却瞬间消失在大屠杀的黑夜里。虽然杨刚自己一直无法平复失去恋人的悲伤，小说中凡涉及林宗元的笔触几乎无处不浸染了缅怀的浓情，但殉道者的牺牲事实在客观上仍然构成了莫大的反讽，并予人以深刻的启迪：无论革命或反革命，杀戮终究是野蛮行径，是人类的耻辱，本质上无益于人的解放和社会的进步。

杨刚用品生的三哥德生对自己所度过的岁月的概括，反思了那段腥风血雨的历史：“革命开始之后，最坏的局面也就随之发生了，任何地方，都绝对没有法律和社会秩序，人人似乎在战争中放纵起来了。……拯救我们的祖国，清雪历史上的耻辱等等，早已置之脑后，这似乎成为巨大的连锁反应”。②虽然不能说德生对革命的悲观感受就等

① 杨刚：《钱的自由——美国的思想控制》，《美国札记》，长沙：湖南人民出版社 1983 年版，第 40 页。

② 杨刚：《挑战》，陈冠商译，北京：人民文学出版社 1988 年版，第 375 页。

同于作者本人的认知，但杨刚应该也亲眼目睹过大革命狂潮中泥沙俱下的景象，也和德生一样深恶痛绝打着革命旗号只为满足膨胀私欲和权利野心的胡作非为，深恶痛绝被纵容的残暴、狭隘、野蛮、嗜血等种种邪恶。可以想象，即便差不多二十年后身处美国的作者，当她脑海里想起那些革命过程中的非人道、非理性，她必定仍然会心有余悸、不寒而栗。

"我的灵魂被撕裂了"[1]，这是小说中黎品生在得知父亲将平安回家而恋人却面临死亡威胁时痛彻心扉的呼喊，杨刚在书写《挑战》时想必也在承受着这种灵魂撕裂的痛苦，那无法愈合的创口仿佛在提醒她改革或革命必将付出的残酷代价，促使她不断地去拷问理想和信仰的意义。尽管《挑战》的结尾让黎品生决计做出走的娜拉显得生硬而勉强[2]，透露了作者未能摆脱激进的中国小说流行套路的痕迹，但黎品生的形象还是为读者提供了可贵的执著于个人主体品格的精神价值。女主人公因为觉得自己对革命尚未有足够的理解，竟然拒绝了恋人"同我走吧"的最后请求，宁可眼睁睁地看着他独自远去的背影。黎品生受难的灵魂其实再一次凸显出作者杨刚的真诚。这样的描写无疑挑战了一般中国读者的阅读期待，并非因为炽热的情爱落败于冷静的理性，或者政治隐喻让位于女性立场，而是因为它逾越了同类题材的左翼小说既有的个人与革命关系的规定。而其实，类似的越轨在《挑战》中不时可见：对生命的敬畏，对背叛的恐惧，对穷人道德优越感的怀疑，对无关贫富贵贱的女人困境及命运的同情，对美好的事物哪怕是一朵鲜花被丢弃、被践踏的惋惜，对"企图拥抱住未来"却"不知道从今以后将何往"的迷惘……，凡此种种，都在表明《挑战》的作者是在向"每个人都是创造的新

---

① 杨刚：《挑战》，陈冠商译，北京：人民文学出版社1988年版，第381页。

② 杨刚设置了富有戏剧性的情节来表明黎品生与父亲决裂的必然：黎诚被释放回家后竟想强行占有婢女兰香，品生为帮助兰香逃脱引起父亲暴怒，被视为对他的背叛，平生第一次遭遇父亲暴打。身心受伤的品生在医院中决计离家告别过去的生活，不辜负所爱的人曾经对她的期望：要改革，并且要求为新事物而斗争。这样的情节设置显得有些不合情理：黎诚虽然过去有类似劣迹，但刚经历牢狱生活应该对他有不小的触动和教训，作者笔下的黎诚并不缺乏思考能力，挫折感和孤独应该迫使他反省以前的生活，至少会对现存处境感到不安、恐惧因而在行为上收敛，所以，这个为贪图色欲满足意图强暴的情节在小说中显得不太自然，而对始终疼爱的女儿大打出手更让人难以理解。作者主观意图的痕迹过于明显了。小说结尾以此来表现父亲与旧制度的一体性以及女儿与这个体系的决裂，缺乏更充分的说服力。

中心"[1]的理想致敬,是在为摆脱了权力依附和情感羁绊的独立人格喝彩。既然杨刚无意于充当历史的审判官,无意于为读者昭示从落后变为先进、从黑暗走向光明的行动指南,那么,她以一己的体验和良知为中国人成为真正的人的目标艰辛探索的启示,包括那些赋予个人叙事以深刻意义的历史真相、改革教训的揭示,这应该就是离开美国后的杨刚不得不抹去《挑战》的痕迹——忘却灵魂撕裂的痛苦——的原因之一吧。

"杨刚在不同的历史时期,常被'左'的怪圈所纠缠。"[2]《挑战》的弃婴命运不过是一个不为人觉察的小小佐证,尽管小说本身所蕴含的理论和实践价值并不逊色于那些同时期完成的美国通讯。

(四) 异域体验与"理想"自我的探索

任何自传性的文本写作,对作者的个人历史来说,都如同第二次经历。在杨刚的生命中,有意识地将过往的人生片段一一串连重构,再一次次地经受那些刻骨铭心的人生考验,以及考验中灵魂撕裂的痛苦,《挑战》无疑是最重要的证据。短篇《日记拾遗》虽说不乏自传性体验在内,但毕竟算不上严格的个人经历的回顾文本;而自传《童年》、《狱中》叙事内容的明确限定,也使它们很难成为个人历史整体性反思的凭借。因此,在返顾自我、重建自我的意义上,《挑战》是杨刚其他作品,包括那些写于国内的英文自传性文本无可比拟的。

就个人身世和经历而言,杨刚对身边朝夕相处的同志近于守口如瓶。有人回忆说,"杨刚很少谈及她的个人生活,特别是感情生活。她为了革命,已经把这一部分放到了次要又次要的地位"[3]。性格豪爽的杨刚与同事朋友无话不谈,唯独不愿意涉及她自己的私人话题,不论杨刚的同志们如何解释其原因,他们的感觉都几乎如出一辙。[4]正因为这样,当 20 世纪 70 年代末杨刚的名字被重新提起,跟她生前很熟悉的一

---

① 杨刚:《挑战》,陈冠商译,北京:人民文学出版社 1988 年版,第 401 页。

② 王芝琛:《杨刚与〈大公报〉》,《百年沧桑——王芸生与大公报》,北京:中国工人出版社 2001 年版,第 120 页。

③ 胡寒生:《追忆杨刚》,《新文学史料》1982 年第 2 期。

④ 卢豫冬也曾是杨刚的同事,熟悉她"开朗、坦率、豪爽、热情、刚强"的性格,却同时也说,"在同她相处的日子里,尽管天天见面,海阔天空,无所不谈,可是却从来不谈自己的家世"。(参见卢豫冬:《艰难的岁月磊落的襟怀》,《杨刚文集》,北京:人民文学出版社 1984 年版,第 566 页)

些人竟然发现,原来他们对杨刚基本的个人背景都模糊不清。卢豫冬说,1981 年他“为《杨刚文集》做些编订、校阅、注释的具体工作的时候,每苦于对杨刚家世和生平了解得不够”,直到发现了杨刚大部头的自传性长篇小说,里面有不少“可资参考的珍贵资料,特别是富有历史意义的背景资料”,才感到意外的喜悦。[①]那么,是什么原因促使在美国的杨刚打破了心理禁锢,用小说的形式去追溯自己前半生历史的呢?

与那些在国内时的英文试笔相比,《挑战》的写作具备了更有利的氛围和条件。真正地置身于异质的语言文化环境,对杨刚来说,是一种新奇的体验,她获得了更开阔的视野,也同时找到了更为宽松的心理调适空间。但凡一个人感受到被尊重,她可能不再畏惧讲述自己的故事;而如果她还感受到被需要,感受到切实有力的精神支持,那么,她叙述个人历史和情感生活,就有可能是积极主动的行为。如果说《日记拾遗》与《童年》、《狱中》的写作在较大程度上是出于杨刚对斯诺、包贵思友情的回报,那么,《挑战》的完成则除了友情因素外,还关联到杨刚的在美经验,是实在的美国生活直接给予了杨刚写作自传性长篇的动力。

杨刚来到美国之时,正值二战即将结束之际,中国受到较之以往更为广泛的国际性关注。一些对中国抱有同情的美国人产生了了解中国的兴趣。当时已经返美定居的赛珍珠就感受到美国人的这种期待,她很希望中国作家可以满足这样的需求。在一封发往中国的书信里,她表示:“现在的美国人民之间存在着一种真挚的热望,想欲多多知道一些有关中国的事物”;“一个能够深深地发掘一个真正的中国人的思想和心灵,而且能不夸张,不粉饰地表现出其中主要的人性的作家,是一定能为美国的读者们所欢迎的”。[②]赛珍珠的建议,当然主要是为那些西方读者着想,但从赛珍珠与中国无法割舍的感情关系看,其中也不排除是她站在中国立场上的考虑,她希望中国在世界范围内得到更多的理解和支持。1940 年代旅居美国的中国人,比如杨刚,应该比赛珍珠更敏感地觉察到美国人的反应,而身为写作者,也会和赛珍珠一样注意到如何向美国人介绍或解释中国的问题。从激发兴趣和满足了解真实世界的欲求出发,自传或自

① 卢豫冬:《〈挑战〉校译后记》,杨刚:《挑战》,北京:人民文学出版社 1988 年版,第 421 页。

② [美]赛珍珠:《中国作家与美国读者》(通讯),《时与潮文艺》第 5 卷第 4 期,1946 年 1 月 15 日。

传性文学常常被视为最佳的选择。这类文本借助于个人历史的书写，折射出个体生存的时空，通过对个人记忆的重组，构筑起对于现实事件的亲历性和体验性，从而使其具备一种超常的“真实感”，便于最大限度地调动读者的兴趣，引导他们去欣赏一个亲历、真实而传奇的世界。对美国读者来说，中国人的自传性叙事无疑是他们张望现代中国的窗口，同时也是他们审视自我、认识世界的通道。

20 世纪 40 年代中后期，受美国友人鼓励写下自传性文本的中国作家不一而足，杨步伟的《一个中国女人的自传》①和王莹的《宝姑》算得上是对赛珍珠呼吁的积极回应，而王莹撰写长篇自传性小说的背景，更是可直接作为了解杨刚创作《挑战》的参照。王莹从一个童养媳成长为一个左翼戏剧电影明星，1942 年 7 月受中共南方局派遣，以国民党政府“选派留学生”的名义赴美，致力于中国的抗日宣传，并协助一同来美的谢和赓从事情报和统战工作。她在耶鲁大学、邓肯舞蹈学校学习过，常去各地演讲，曾应美国政府邀请在白宫演出《放下你的鞭子》。王莹的政治使命与杨刚类似，只不过王莹的活动较之杨刚更为张扬而惹人眼目；王莹的在美身份也和杨刚相像，都在美国大学里修课，却都不以获得学位为目的。王莹交往的美国同行有赛珍珠、浦爱德、史沫特莱、布莱希特等，其中如史沫特莱也是杨刚的老友。和当年斯诺、包贵思对杨刚豪门家世和革命经历的好奇一样，赛珍珠、浦爱德等人对王莹“不平凡的、富有色彩的生活经历”也有极大的兴趣，所以急切地催促她写下来，以便让美国读者从她“动人的自传式小说”里了解动荡的现代中国环境下真实的人性和情感。这些朋友不仅是动笔于 1946 年的《宝姑》的促动者，其实也是这个长篇实际写作过程的参与者。②相比较而言，杨刚的身世经历更为生动，杨刚对现代中国变革的认识和思考也更为敏锐而有深度，对杨刚有所了解的朋友如史沫特莱，还有菲尔德夫人，她们会不会也像赛珍珠、浦爱德支持王莹写《宝姑》那样，鼓励杨刚写下她的个人经历以飨美国读者呢，应该不是没有这种

---

① 此书由杨步伟用中文撰写，再由其丈夫赵元任译成英文。而出版的推动者则为赛珍珠及其丈夫理查·沃尔什，他们承诺只要完稿就给付印。该书于 1947 年纽约的约翰·戴公司出版(The John Day Co.)。参见杨步伟、赵元任:《英译本“书前”》，杨步伟:《一个女人的自传》，长沙:岳麓书社 1987 年版。

② 谢和庚:《撰写〈宝姑〉的前前后后》，见王莹:《宝姑》，北京:中国青年出版社 1982 年版，第 441 页。

可能性。只不过和《宝姑》中文英文稿几乎同时进行有别，杨刚的自传性小说似乎排除了任何有关中文读者世界的考虑，她用英文书写，而且回国后对这本书稿的存在一直保持缄默。显然，《挑战》是杨刚有意识只为英语世界的受众所讲述的自己的故事，同时也是只为自己留存的一份灵魂记录。

当杨刚把个人历史的回顾与阐释中国的义务进行关联性考虑后，心理的屏障逐渐碎裂，而美国的学习和生活本身也为她的自我言说提供了契机。

杨刚在哈佛大学莱得克列夫学院旁听的课程中包含了一门英文作文，虽然没有更详细的材料说明《挑战》的写作与这门课程之间的联系，但至少可以证实那时的杨刚延续了在燕京读书时期培养出英语写作兴趣。对身在美国的杨刚来说，英语练笔的素材俯拾皆是，唯独自传性经验的书写最为不易，这一方面和杨刚一贯的对个人生活话题的谨慎态度有关，另一方面也和杨刚在处理个人生平经历时与自己的过去沟通、与自传性叙事的预期读者沟通的难度有关。尽管每一个自传性文本的作者都会遭遇类似的挑战，但对杨刚来说，她用非母语写作，要准备接受异文化背景下的“他者”的审视目光，她需要有更充分的理由来说服自己，并证明自己应付裕如的能力。《挑战》虽然表面上叙述的不过是女主人公进教会学校读书，到离开学校独自谋生并准备离家出走这几年间的生活变动 ，但实际上，杨刚把她进燕京大学前最重要的生平事实、人生经历都熔铸其间，尤其包含了她对中国历史文化的感悟以及社会改革现实的体验。读者从她的精神成长的历史中，切实感受到活的中国的气息。对杨刚来说，她决定在英语读者面前陈述自己的历史时，就要考虑是否和怎样讲述曾经的情感伤痛和内心隐秘。从心理层面来看，和所有自传性文本的作者一样，她是在重建过去的自我，以达到重新了解自我的目的。对读者袒露内在的自我，包括思想的徘徊、精神的迷惘、灵魂的煎熬，这本身意味着杨刚希望从读者——英语读者那里获得一种重新审视的新视阈，“找到自我……找到自己的过去一生所隐藏的意义，为将来总结出一条生活之道，从而为自己定位”①，并汲取再生的勇气和力量。在这样的情境下，杨刚的自传性经验的言说客

① ［法］菲力蒲·勒热讷：《自传契约》，杨国政译，北京：生活·读书·新知三联书店 2001 年版，第 79 页。

观上超越了个人的范畴，超越了党派阶级的范畴，甚至超越了民族国家的范畴，而达到一种普遍的人性发展的境界。

除了写作兴趣外，《挑战》的写作活动发生在中国以外的异域，这一因素最为深刻地影响到小说自传性特征及其意义的生成。通常而言，一个人一旦与自己曾经归属的故国或熟悉的环境分离，“会使他敏感地意识到过去的自己和现在的自己之间，已产生了差异”，这个差异来自因人生境遇变迁导致的内在自我的变化。时空的转移令个体不知不觉地对不同时空下的新旧自我做出比较，有些作家就是由于“感到自己过去与现在的不同，从而触发了自传性作品执笔的意向”①。当杨刚坐在美国大学的教室里或草坪上，如果她的脑海里偶尔浮现起之前在中国近四十年的生活情境，她一定油然升起今非昔比的感觉。尽管杨刚非常清楚自己在美国不过是一匆匆过客，她必将还会回到中国和从前的环境中，但是，客观上的过去与现在的时间距离，中国与美国之间的空间距离，对杨刚来说，还是会构成对原先司空见惯的生活方式的隔断，从而让杨刚对那种曾经熟悉的生活产生出暂时的陌生感。这种陌生感不仅会激发此时的杨刚返顾彼时的杨刚的冲动，并诱使她以一个新的角度，审视从前的言行和社会关系。当然，和通常的流亡作家不同，杨刚赴美的原因和目的决定了她对自己角色位置有着较为清醒的自觉，可是，她即便不至于因为既有生活程序的中断而产生个体生存的危机感，产生过去“永不再来”的幻觉，但她恐怕同样难免那种“昔我往矣”和“离我远去”的心理错觉。作为感觉敏锐内心细腻的作家，杨刚难道不会从那些自己亲历的美国场景，包括课堂、会场、宿舍、车厢日常发生的大小事件中，从交往的美国朋友那里，包括菲尔德夫人那里，发现一些从前没有自觉意识到的自我的意义吗？一些西方学者很看重身份和散居因素对写作的影响：“他/她从哪里说话？再现实践总是把我们说话或写作的位置——阐述的位置牵连进去。最近的阐述理论指出，虽然我们‘以自己的名义’讲述自身和自身的经验，然而讲述的人和被讲述的主体决不是一回事，决不确切地同在一个位置上。”②杨刚当然不是标准意义上的族裔散居者，她在美国的身份认同自然与他们

① [日]川合康三：《中国的自传文学》，蔡毅译，北京：中央编译出版社1999年版，第160页。

② [英]斯图亚特·霍尔：《文化身份与族裔散居》，陈永国译，罗纲、刘象愚编：《文化研究读本》，北京：中国社会科学出版社2000年版，第208页。

也无法等同,但她在美国语境下讲述自己在中国的个人经历,仍然同样把她阐述的位置——美国牵扯了进去。身份认同真的像我们所认为的那样透明或毫无问题吗?这句话可以完全坐实在杨刚身上吗?恐怕未必,有谁会是例外呢?每个人都在不断丰富着自己的文化实践,再明确的身份意识也终究无法定格于全部过程。一个身在异域的作家,只要她穿梭于两种异质的文化和语言之间,那就难保她的身份不出现模糊或难以确认的时候。杨刚的美国经验,有可能是激发她写作《挑战》的心理因素之一,但必定是她写作中不断借鉴的资源,在这一点上,她之前写的《日记拾遗》、《童年》、《狱中》确实与《挑战》无法等同。

写作《挑战》时的杨刚反复地追问"我是谁",却似乎不再为自己是否已成为"切断自己变了黑色的胞衣的人"而过分纠结①;她焦灼地思索生活的目标和意义,而不再像一个"梦游人",满足于"我没有自己的方向,只有梦的方向"②。杨刚塑造了黎品生,同时再构了自我。在小说中,黎品生不计成败地要为"土豪劣绅"的父亲"重建值得尊敬的有希望的生活",与其说这种努力是源于主人公身为女儿的责任意识,不如说是来自杨刚走出了出身原罪的阴影而显现出的个体存在的自信。而对于异性的感情,黎品生陶醉于恋人和他的躯体所带来的那种神秘感的品味,却不奢求爱的平静和圆满。这种强调在"迷人的混乱"中仍然区分出彼此的性爱观,表面上反映了主人公对造成了无数女人悲剧的婚姻系统的质疑和绝望,在深层意义上却折射出经历了情感沧桑的杨刚潜在的焦虑:爱的意义在于不同对象的相互吸引并发现彼此的神秘,而神秘的爱却注定了所爱的人无法共享生命。杨刚以黎品生的情殇祭奠了珍藏在自己灵魂深处的真爱,也同时探索了个体"往何处去"的根本问题。

在英语这个想象的异乡,在美国这个实在的异乡,杨刚长久被遮蔽的个人意识得以复苏。异域经验成为杨刚回溯过往、寻找未来的借鉴资源。在《挑战》里,她不只是讲述了自己的故事,也还原了"本真"面目,同时找寻到"理想"的自我。这是一个精神探索者的故事,只不过其角色的确定受制于当下的参照和考评,作为《挑战》的目的读

---

① 杨刚:《一个知识分子的自白——〈永恒的北斗〉代序》,《中原》1943 年 6 月创刊号。

② 杨刚:《沸腾的梦·序》,《杨刚文集》,北京:人民文学出版社 1984 年版,第 72 页。

者，菲尔德夫人们的反应预期无疑参与了杨刚自我发展的“理想”建构。正因为如此，无论是详尽的身世背景，私密的情感体验，成长的困惑和恐惧，还是灵魂剖白、思想探险，在此时此地可以赢得共鸣或同情，而在彼时彼地却很难收获同样的反应，甚至有可能招致误解和非议。聪敏的作者自然不会忽略这其中的距离，《挑战》的宿命也因此而注定。但尽管如此，既然成为一个真正的人是无论身处何方的杨刚不懈探求的命题，那么《挑战》即便像划过夜空的彗星，最终化为一捧灰烬，甚至了无痕迹，在杨刚的心里，那曾经闪烁的光亮也必定是永恒的。

自20世纪20年代起，中国作家渗入了异域体验的中国叙事，尤其是自传性写作，或多或少隐含了跨越国族、政治、信仰、文化、语言的诉求。盛成1928年在巴黎出版的《我的母亲》(*Ma M'ere*)，以一位中国母亲来做“人曲”的主宰，生动诠释了作者“人类为一体，人道无二用”①的理念。蒋彝1940年在伦敦出版的《儿时琐忆》(*A Chinese childhood*)，是身处宁静的异邦斗室的作者与纷争冲突的世界进行和平对话的尝试，借助于故国童真岁月的重构，印证了“作为人类，我们都是平等的”②这一主旨。无论是盛成还是蒋彝，他们的自传性写作整体上彰显了中国人的生活态度和情感反应，却同时又超越了本土正统或传统的单一价值规约，它们是将整个人类的文明进步当做了思想基准和观念主导。与《我的母亲》和《儿时琐忆》不同的是，《挑战》的英文稿因从未付梓，它的异域反响尚无从谈起，而杨刚和盛成、蒋彝的政治立场也有着明显的区分；但他们的外语写作仍然呈现出十分类似的价值取向，显示了异域经验对他们自传性叙事共同的引导作用。有人从杨刚写的美国通讯判定她“已完全以中共党员的身份认同和马列主义的意识形态来看待美国”，认为其中“处处闪现的自觉的身份意识和意识形态立场”③，但事实上，对那些用中文写的美国通讯以“完全”、“处处”为修饰的鉴定难免绝对化之嫌，而同时期用英文创作的《挑战》更是无法对应这种尺度。美国体验实实在

① 盛成:《我的母亲·叙言》,《我的母亲》,合肥:安徽文艺出版社1985年版,第1页。

② 蒋彝:《儿时琐忆》,宋景超、宋卉之译,南昌:百花洲文艺出版社2005年版,第160页。

③ 张济顺:《中国知识分子的美国观(1943—1953)》,上海:复旦大学出版社1999年版,第50页。

在地影响了杨刚对政治使命、价值立场和自我观念的理解和表达,使得《挑战》对中国人生存和命运的思考拥有了开阔的视野和高远的境界。对人的自由、尊严和解放的执著最终成就了《挑战》恒定而普遍的品质,这为数十年后《挑战》中文版的面世提供了关键的依据。《挑战》弃婴般命运的告终,意味着中国文学开始步入以揭橥人性为价值基准的进程。随着 21 世纪全球性多元文化交汇的日益频繁,中国文学必将进一步摆脱单一化视角的羁绊。虽然中国作家的异域创作真正回归故土的道路依旧漫长,但起码杨刚的后辈们不至于再为一次个性的放飞和精神的探险而恐惧,而类似盛成《我的母亲》、蒋彝《儿时琐忆》、叶君健《山村》、凌叔华的《古韵》等中国作家的自传性外语文本,在开放包容的观照视野下,其地位和价值也将获得客观理性的认定。

跨文化语境下的“表演”:叶君健的世界语和英语小说创作

倪婷婷

叶君健(1914—1999)在国内主要是以安徒生童话的翻译者著名,而在国外他的名声却更多来自他的小说创作成就。20 世纪 30 年代他在读大学期间完成了第一个短篇小说集《被遗忘的人们》(*Forgesitaj Homoj*),这本以马耳为笔名出版的世界语小说“在日本和国际世界语读者中引起过较广泛的注意”①;20 世纪 40 年代叶君健客居英国期间改用英语写作,相继出版了短篇小说集《无知的和被遗忘的》(*The Ignorant and The Forgotten*)《蓝蓝的低山区》(*The Blue Valley*)、长篇小说《山村》(*The Mountain Village*)《雁南飞》(*They Fly South*)等,这些英语作品使叶君健名正言顺地跻身英国文坛,其中的《山村》被译成各种文字在西方世界产生了久远的影响。

作为叶君健的英语代表作,《山村》较早即进入中国读者的视野,1950 年上海的潮锋出版社刊印过禾金的中译本。叶君健的外语作品大规模地进入中文语境则是三十余年后。自 20 世纪 80 年代起,叶君健开始有意识地选择早年的部分外语作品翻译成中文,介绍给国内读者。1982 年河南人民出版社出版了叶君健自译本《山村》,这本书

① 叶君健:《从〈岁暮〉开始的创作道路》,《叶君健小说选》,南京:江苏人民出版社 1983 年版,第 257 页。

作为叶君健《寂静的群山》三部曲的第一部，在1993年由开明出版社出版；1984年江苏人民出版社出版了《叶君健小说选》，其中收录了作者自己从三个外语短篇集中选译的15篇小说，1994年和1999年海燕出版社、中国妇女出版社分别推出了《雁南飞》。

与叶君健相交颇深的爱泼斯坦在2004年回顾叶君健的文学生涯时说："他是中国，可能也是世界上唯一用中文、英文和世界语三种文字发表文学创作，用十多种文字进行文学翻译的作家和翻译家。"[①]爱泼斯坦肯定了叶君健多方面的文学贡献，同时还提示了叶君健小说多重的语言文化背景。

叶君健1949年回国后主要用中文写作，晚年除了撰写《寂静的群山》三部曲的后两部外，还创作了《土地》三部曲等小说和散文作品。由于叶君健大多数中文长篇接续了他早年外语作品对近现代中国乡村题材的偏好，像《寂静的群山》后两部虽然与第一部《山村》问世相隔四十余年，而且使用了不同的语言媒介，但由于这三部长篇在人物和情节设置上与《山村》具有连贯性，加上晚年的叶君健再三强调他不同阶段的中外文小说均来自最初的同一个整体构思[②]，因此，对国内读者来说，解读包括《山村》在内的叶君健的外语作品时，很自然地就将它们和作家晚年的中文长篇一起等量齐观，其结果是往往模糊了叶君健外语创作的本来面目，作家前后期创作、域内域外创作、中文外文创作之间存有的差异性也不同程度地被忽略了。20世纪90年代的一些研究者更习惯将《山村》放在《寂寞的群山》和《土地》两个三部曲的框架中讨论，从"生动地再现了半个世纪中国人民的奋斗业绩和精神风貌"的角度，得出它们是"弘扬主旋律的史诗式的力作"的结论[③]。这种评价，如果说尚适用于作家晚年创作的那几部长篇的话，那

---

① 爱泼斯坦：《寂静的群山·序一》，《叶君健全集》第1卷，北京：清华大学出版社2010年版，第5页。

② 叶君健在《关于〈寂静的群山〉》一文中说："在我开始写小说的时候，也就是在30年代初期我在大学念书的时候，我就酝酿写几部长篇小说，反映我童年和少年时代在故乡所目睹和经历过的社会动乱。"在《关于〈土地〉三部曲》一文中，又表示："《土地》三部曲，从写作时间上讲，晚于《寂静的群山》三部曲，但从内容所涉及的历史时期则先于后者。它们是'姊妹篇'，为一个整体。我最初也是作为一个整体来构思的。"（《欧陆回望》，北京：九州图书出版社1997年版，第179、176页）叶君健在《我的故乡——红安》一文中说：红安人民创造的革命业绩，"对我个人说来成了我取之不尽的创作源泉灵感。我曾经根据这里人民斗争的史实写过好几部长篇小说。其中名为《山村》的一部甚至流传到了极辽远的冰岛"。（《东方之子·大家丛书：叶君健卷》，北京：华文出版社1998年版，第7页）

③ 李保初：《日出山花红胜火——论叶君健的创作与翻译》，北京：华文出版社1997年版，第3页。

么,就《山村》而言,显然一定程度上疏离了文本事实,更未必是一种赞誉。虽说叶君健本人自始至终确实重视文学的政治和道德功效,但用20世纪90年代中国的尺度去裁量叶君健20世纪40年代在英国创作的外语小说,未免方枘圆凿。对《山村》等外语小说意义及价值的定位,若过滤掉文本生成的跨文化语境,其实很难恰如其分。

1991年叶君健在回忆二战结束前他在英国的第一次演讲时说:“虽然我在大学讲过课,但我从未在公众面前作过报告——而且对象还是英国公众,用的又是英语。……这次表演的结果,坐在一个角落里旁听的战时宣传部的有关工作人员表示满意。我得马上开始正式下去到各地作‘表演’。”①叶君健用“表演”来指代他在英国各地超过600场的巡回演讲,并非偶然。他当时还自嘲自己是“一个来自东方的魔术师”,他在演讲旅途中一直随身携带一小手提箱和黑雨伞,那副宛若英人的尊容让他自己也感到些许滑稽,而用英文所进行的那些演讲,在他心里更如同魔术般的“表演”。无论作为90年代的回忆者,还是40年代的当事人,叶君健不乏明确的身份意识:即便受命于英国战时宣传部,即便面对的是英国受众,且用英文表达,但他仍然只是一个中国人,他讲述的题目大多不外乎《中国人民的战时生活》之类。在这个前提下,叶君健扮演了一个向英国人介绍中国的角色。作为表达工具的英文,是叶君健这个“魔术师”的神奇斗篷,也是角色面具;而那些英国听众,正是推动这些“表演”正常进行的基本条件,毕竟表演离不开表演者与接受者的接触和互动。叶君健谈到当年在演讲中要阐释自己的观点时,就特别注意表现方式与惯常“有所不同,得让英国听众能够接受”。这种对自我角色和受众反应的双重自觉,其实也同样体现在叶君健的外语写作过程中,而事实上,他在演讲同时以及稍后在剑桥用英语书写的多部(篇)小说,也正是他履行向西方人介绍中国、解释中国这一职责的延续。因而从更宽泛的角度来看,叶君健的外语创作,甚至包括之前在中国用世界语创作的那些短篇,均不无“表演”的特性,而这一特性恰恰标示出叶君健的外语创作与他1949年后中文写作的分野。

借用叶君健对自己用英语向英国听众做战时演讲的比喻,将叶君健的外语创作视

① 叶君健:《去国行》,《新文学史料》1991年第2期。

为“表演”，不含丝毫贬低之意，相对于他以后用母语写的那些小说，他以“表演”的态度创作的外语作品，其实反倒更具恒久的魅力。从艺术形式的角度看，表演的最高境界是角色塑造和情感传达的完美化。作为一个“表演”者，叶君健必须逐渐习惯在戏剧化情境中切换身份，并学会了在扮演和被扮演的关系中自如穿梭，有效地进入向特定的受众传情达意的境界。他当年动笔写《山村》的时候就有非常明确的意识：“我得把中国的形象——而且是农民的形象——移植在到英语这种文字中去，既要生动活泼，又要读起来有一定的节奏，像较高级的英文文学作品——这也就是说它的文字得有一定的风格，使严肃的文艺评论家乐于在严肃的报刊上写评论。”叶君健很清楚，要达至这一目的，绝非易事，毕竟风格“带有很大的主观成分，与个人的气质、文化修养和文学修养有关。它不单纯是英文本身的问题，也有中文的问题”；作为“一个在中国的传统文化的熏陶中成长起来的人”，叶君健希望自己写出“既要具有个人特色，又能表现出中国文化的修养，而读起来又要使人感到它是文学英文”的作品。①从中可见，叶君健努力地在“表演”者的“我”（创作主体）与所塑造的角色的“我”（“魔术师”形象）之间寻找一种协调，尽可能在双重自我的平衡中完成真实、可信且具个性特色的表演。叶君健不奢望他的英语小说会成为英国读者“习惯性的英语”文本，因为作为一个来自中国的作家，他的中国文化修养自然地会参与到创作过程中，并为它们打上鲜明的中国烙印，这也是叶君健凭借对自身经验、知识、技巧和控制力的自信，力图提供给他的英语读者生动活泼和新鲜感的所在。

《山村》式的写作策略实际上贯穿了叶君健所有的外语作品。对叶君健来说，选择用外语书写，就意味着选择了外语读者。既然是向西方人讲述故事，那么，故事的好坏也就主要取决于西方读者的评价。尽管叶君健讲述的大多是中国的故事，而且也有意识地要将自身的中国文化修养作为创作的底色，但毕竟只要面对外语受众，他讲故事的方式和立场都会受到牵制和影响。叶君健不得不融合“他者的视界”来进行自我言说，这是挑战，也是宿命。叶君健对外语读者的接受预期以及自身的情感表达、职责使

① 叶君健：《在一个古老的大学城——剑桥》，《新文学史料》1992 年第 3 期。

命均有着清醒的自觉。1932年寒假期间，还是武汉大学外文系二年级学生的叶君健用世界语写了他平生第一篇小说《岁暮》(*Je LaJarfino*)。为什么用世界语写作，对此叶君健解释说，作为身处大城市的青年，他感到苦恼和压抑，童年记忆和乡村体验激发了他表达的欲望，他要让“世界的人民，特别是被压迫的人民”，听到那些被人遗忘的“中国人民，特别是农民”的呼声，而“世界语是弱小民族文学交流的一种有效工具”。①因此，包括《岁暮》在内的世界语短篇集《被遗忘的人们》中的小说，大多叙写了中国底层的一些小人物的生活。叶君健认为，那些在灰色的无出路的生活困境中挣扎的中国人的故事，会引发世界上其他有着相同命运的人的共鸣，这样，在人类历史上，中国那些“被遗忘的人们”也就留下了记录。所以，《被遗忘的人们》是年轻的叶君健被促进世界和平和人类相互了解的世界语理想所感召的结果，即是为自己和那些被遗忘的同胞写的，也是为“世界的人民”而写的。他对这种人造的国际语的热衷，凸显了他不同寻常的国际视野和人类立场。尽管《岁暮》不过是叶君健的处女作，但他从一开始就自觉地将中国人的情感命运与“世界的人民”相联系，并确定了此后外文写作的方向和基调。20世纪40年代客居英国的叶君健改用英文回望中国故土，除了相似的纾解乡愁外，目的也“始终是一致的：让国外读者了解中国人民的生活、斗争和命运”②。《山村》等英文创作一方面完成了跨文化语境下对中国和中国人的形塑，另一方面，那些中国人的故事也丰富了人类生存发展理念的意义价值。

一、英国的CHUN-CHAN YEH③？

2015年7月，英国剑桥大学国王学院举行了“叶君健与第二次世界大战——一位布鲁姆斯伯里学派的中国君子”专题展，以纪念中国作家叶君健为中英文化交流以及世界反法西斯战争宣传所做出的贡献。策展人艾伦·麦克法兰教授认为：“就全球范

① 叶君健：《从〈岁暮〉开始的创作道路》，《叶君健小说选》，南京：江苏人民出版社1983年版，第258页。
② 叶君健：《从〈岁暮〉开始的创作道路》，《叶君健小说选》，南京：江苏人民出版社1983年版，第259页。
③ CHUN-CHAN YEH是叶君健在英国时的姓名拼音，他在国外出版的作品多使用该姓名拼音。

围内正在发生的事情而言，叶君健是其中具有象征意义的先驱。他是一座桥梁，从世界最具连续性的古老文明——中国，通向西方世界，也从西方通向中国，同时也是一座横跨中国二十世纪历史最大裂谷的伟大桥梁。"①这不仅是对叶君健1944年走遍英伦三岛介绍中国抗战激励英人士气的赞誉，也是对战后他以理性客观的态度书写中国人的现实和梦想以深化人类文明内涵的肯定。这再次表明，叶君健的意义不局限于中国，而其实也超出了英国和欧洲的范畴。

（一）"布隆斯伯里中的一个中国人"

剑桥大学有关叶君健的专题展副标题"一位布鲁姆斯伯里学派的中国君子"，醒目地揭示了叶君健与20世纪三四十年代英国文化圈的关系，这个说法来自1981年7月10日伦敦《泰晤士报·文学增刊》（*The Times Literary Supplement*）上的一篇文章。当时在英国很活跃的作家迈克尔·斯卡梅尔（Michael Scammell）以《布隆斯伯里学派中的一个中国人》为题指出，"英国文学史上的一个片段在叶君健这个人身上体现出来了"，"在四十年代后半期的那几年间，他成为布隆斯伯里和剑桥一位人所熟知的作家。就是在剑桥，他用英文写了许多短篇小说和长篇小说，成为好几个刊物的撰稿人"。②在数十年后，叶君健写于英国的那些小说仍然为英国同行津津乐道，这是对叶君健创作实力的肯定，也是对叶君健作为一个英语作家的认可。斯卡梅尔之所以关注叶君健与英国文化界的联系，是因为这种联系是叶君健英文创作过程中不可忽略的背景。

与20世纪三四十年代旅居英国赢得国际声誉的中国作家如熊式一、蒋彝、萧乾一样，叶君健的英语创作确实始终伴随着英国文化界的关注。20世纪80年代以后，叶君健自己也不止一次地提及他与布鲁姆斯伯里团体里英国文人圈的接触："我与'布隆斯伯里学派'的交往源于第二代诗人朱理安·贝尔③。他原是1935年中英庚款委员会送

---

① http://www.wtoutiao.com/p/jafTtc.html, 2016/3/8.

② ［英］迈克尔·斯卡梅尔：《布隆斯伯里学派中的一个中国人》，邵鹏健、李君维译，《读书》1982年第5期。

③ 即Julian Bell（1908—1937），英国诗人，布鲁姆斯伯里文学圈第二代成员，女画家瓦内莎·贝尔（Vanessa Bell）和美学家克莱夫·贝尔（Clive Bell）的儿子、女作家弗吉尼亚·伍尔夫（Virginia Woolf）的外甥，其名中文常译作朱利安·贝尔或朱里安·贝尔。

到武汉大学外文系的一位年轻教授，在英国诗坛属‘现代派’，很有声望，出过好几本诗集。我那时在武汉大学外文系读外国文学，他教现代诗和散文，我们逐渐成了很要好的朋友。"①朱利安·贝尔的名字在叶君健晚年的回忆中反复被提起：他是"当时在学校最了解我的一位教授"②，他是"'意识流'大师维吉妮娅·沃尔夫的侄甥。但因为时代不同，他在思想上和这个学派的人物又有所不同。他的思想激进"③，此后不久牺牲在西班牙内战反法西斯前线。对政治和诗投注了同样热情的贝尔与他的中国学生叶君健惺惺相惜，"他们两人之间的共同点是左翼政治观点"④。对叶君健来说，尤为关键的是，贝尔充当了他进入英国文学圈的铺路人。因为贝尔的介绍，在叶君健赴英之前的几年，他就结识了英国新派文学刊物《新作品》(*New Writing*)的编辑，并在该刊上发表了短篇小说⑤；而叶君健开始与贝尔母亲著名画家瓦内莎·贝尔通信，之后与贝尔家族及其经常来往的朋友建立友谊，则无疑更要归功于贝尔的生前引荐和身后作为情感纽带的推动。

贝尔在写给母亲和朋友的信里，称叶君健是个最有希望的作家，是"他最喜爱的一名学生"，说叶君健"出身于偏远山区……比起其他人，他十分活跃、警醒和健谈"。贝尔"经常提及叶君健的魅力、聪明和招人喜爱"。⑥在 1938 年来中国与叶君健有过接触的英国诗人 W.H.奥登和作家克里斯托夫·衣修伍德的印象里，叶君健"是个腼腆的年轻人"，和蔼可亲；他用世界语写作，毕业后去日本教英文，却把自己描述为"坏学生"，这是"自嘲和谦逊的明证。而这种自嘲和谦逊一开始就使英国人感到亲切"。⑦叶君健

---

① 叶君健：《一代精英——回首"布隆斯伯里学派"》，《欧陆回望》，北京：九州图书出版社 1997 年版，第 2 页。

② 叶君健：《我与儿童文学》，《西楼集》，南昌：江西人民出版社 1981 年版，第 4 页。

③ 叶君健：《重返剑桥》，《重返剑桥》，北京：生活·读书·新知三联书店 1983 年版，第 5 页。

④ [英]迈克尔·斯卡梅尔：《布隆斯伯里中的一个中国人》，邵鹏健、李君维译，《读书》1982 年第 5 期。

⑤ 叶君健在《啊，"这个英国"》一文中表示："约翰是最初把我介绍进英国文学界的人，他在他所编的出色刊物《新作品》上发表了我的短篇小说。当然，这要归功于我在武汉大学念英国文学时的老师和好友朱里安·贝尔。在我还没有到英国好早以前他就把我介绍给约翰。"(《重返剑桥》，北京：生活·读书·新知三联书店 1983 年版，第 33 页)。

⑥ 参见[美]帕特丽卡·劳伦斯：《丽莉·布瑞斯珂的中国眼睛》，万江波、韦晓保、陈荣枝译，上海：上海书店出版社 2008 年版，第 76、79 页。

⑦ [英]迈克尔·斯卡梅尔：《布隆斯伯里中的一个中国人》，邵鹏健、李君维译，《读书》1982 年第 5 期。

对这两位英国朋友讲述他和贝尔的友谊及在日本被当做无政府主义者而被捕的情况时,诙谐地说,“你不能太介意”,“如果我有时看来有点愚钝的话。要知道,他们经常打我头”。[①]在西方人的眼里,羞怯或腼腆差不多是中国人的一个标记,叶君健也不例外,但这不妨碍贝尔与叶君健建立密切的友情,也不影响奥登和衣修伍德感受叶君健的魅力。很显然,叶君健幽默风趣的谈吐显现了他特有的人情味和亲和力。他以自嘲和调侃的方式解释他体验生活和介入政治的热情,为有兴趣了解现代中国的英国人勾勒出中国“知识分子”的形象轮廓[②],赢得了他们对一个中国年轻作家的尊重。如果说朱利安·贝尔为叶君健进入英国文化圈提供了客观的有利条件,那么叶君健的性情、教养、胸怀和智慧是他能够被那些英国友人认同接纳的内在因素。

由于叶君健是朱利安·贝尔的好友,在英国刊物上发表过小说,再加上他无官方背景的“自由知识分子”身份[③],1944年他被挑选到英国,宣传中国盟邦在东战场上所取得的成就,以鼓励英国的战时士气。

叶君健到伦敦的第二天,《新作品》的编辑约翰·莱曼为初次见面的叶君健举办了茶话会,让他有机会结识英国的一些优秀作家。叶君健后来很有感触地回忆说:“参加了这次莱曼为我举行的茶话会后,我无形步入了英国的文艺界,从过去遥远的通信发展到随时可以见面,交换有关文学创作的意见的程度,这也是促使我用英文创作的一个因素。”[④]《新作品》对叶君健的意义,不仅仅止于连接叶君健世界语写作和英文写作的见证,它还是启发并激励叶君健改用英文创作小说的动力。1937年,叶君健将他用世界语写的《王得胜从军记》翻译成英文,寄给了莱曼,小说很快即出现在《新作品》上,

---

① [英]W.H.奥登、克里斯托夫·衣修伍德:《战地行纪》,马鸣谦译,上海:上海译文出版社2010年版,第149页。

② 在W.H.奥登和克里斯托夫·衣修伍德合著的《战地行纪》文后是一组中国人和当年在中国的外国的相片,其中有一幅是叶君健,照片中的叶君健身着深色西装打黑白格领带,面带微笑,旁边的文字解释是:“叶君健先生(知识分子)。”(马鸣谦译,上海:上海译文出版社2010年版)

③ 叶君健应聘英国战时宣传部巡回演讲之职的推荐者牛津大学教授道兹(E. R. Dodds)对叶君健的身份界定。参见叶君健:《去国行》,《新文学史料》1991年第2期。

④ 叶君健:《去国行》,《新文学史料》1991年第2期。

这是 CHUN-CHAN YEH(叶君健)在英国文学刊物上的首次露面。这篇作品后来收进了 1946 年出版的英文短篇小说集《无知的和被遗忘的》。叶君健到英国后用英文创作的第一篇小说《梦》,顺理成章地也刊载在《新作品》上。对莱曼的肯定和接受,叶君健的反应是:“这给了我很大的鼓励和信心。有几位朋友看到了这样具有中国战时生活气息的作品,觉得很新鲜,认为这正是战时英国读者所喜爱的作品,并且鼓励我再写下去。”[①]从《王得胜从军记》在《新作品》上亮相,至 1948 年《三兄弟》刊发于《新作品》为止,差不多有十年时间,英国诗人莱曼所编的这个丛刊,为着迷于英语写作的中国作家叶君健提供了难得的施展身手的平台。

叶君健与《新作品》建立较长久的关系,与其说是源于莱曼对叶君健的慧眼垂青,不如说是因为叶君健及其创作契合了《新作品》的立场和趣味。《新作品》“属‘现代派’的范畴。但这是转换期的‘现代派’”[②]。在这个丛刊上,叶君健的那些到过中国的朋友如贝尔和奥登、衣修伍德等都曾发表过作品。围绕这个刊物的人中有不少属于布鲁姆斯伯里团体的第二代成员。一方面,“这些作家和诗人,虽然都出身望族,但受了 1929 年在美国爆发的世界性的‘经济恐慌’的震动,再加上法西斯兴起,都感到旧世界在崩溃,人类文明在毁灭,所以他们在政治思想上都成了左派”[③]。他们不再沉迷于学术,“否定了田园式的文士生活,而走向十字街头,转变成为保卫文明和民主的战士”。另一方面,他们借助约翰 · 莱曼编的《新作品》,展开他们的文学创作活动。“这个丛刊的视野从英国扩大到了整个欧洲,发表新秀的先锋派作品,同时也不时刊载其他地域年轻进步作家的创作。”[④]从这个丛刊的视野可见,围绕它的这群诗人作家已经摆脱了岛国的狭隘保守性,开始兼收并蓄,放眼世界。叶君健从他的老师贝尔那里接受了多重的影响,包括积极行动主义、国际主义的实践精神,也包括那一代英国作家对现代主义文学的理解和把握。1936 年叶君健大学毕业后的日本之行,与 1937 年贝尔奔赴西

① 叶君健:《第二次世界大战时在英国》,《新文学史料》1992 年第 1 期。
② 叶君健:《去国行》,《新文学史料》1991 年第 2 期。
③ 叶君健:《陈西滢和凌叔华》,《欧陆回望》,北京:九州图书出版社 1997 年版,第 79 页。
④ 叶君健:《一代精英——回首“布隆斯伯里学派”》,《欧陆回望》,北京:九州图书出版社 1997 年版,第 4 页。

班牙反法西斯战争前线,与 1938 年奥登、衣修伍德到中国抗日战场巡礼,具有同样的意义:成为保卫人类文明和民主的行动者,因为他和他的那些英国同行们正共同遭遇了"一个政治与文艺相结合的'时代'"①。叶君健积极投身现实的姿态在他的外语写作中也得以充分反映。与贝尔对叶君健世界语小说的欣赏一样,可以想象,当莱曼读到叶君健从中国寄给他的《王得胜从军记》时,他一定从中嗅到了《新作品》文人圈所熟悉的那种气味。这篇从世界语转译过来的小说,冷静地叙写了一个破产的农民被迫从军的故事,披露了底层人的生活真相和精神现实。微讽的格调里融汇了作者对贫弱者处境的同情和对他们愚昧恶习的愤懑。叶君健并不擅长现代派小说常见的那种下意识的淋漓描述,但他透过一个中国农民荒诞无意义的人生写真,彰显出他的人性立场和文明意识的自觉,这应该是吸引并打动莱曼的地方。

叶君健到英国后尤其战后在剑桥的几年里,他成为名副其实的"'布隆斯伯里'中的一个中国人"②,虽然和这个群体中的两代人都有交往,但他在思想观念上与年轻一辈更为切近。叶君健解释说:"我与当时英国一些新派的中、青年作家有许多共同点,中国人民的抗战和他们所经历的苦难以及英国人民在战争期间所遭遇的困难,是我们最初建立感情的共同基础,我们有许多共同语言。"③那一时段叶君健所写的短篇和长篇小说,继续借助于个人的乡村经验和中国记忆,为中国代言,只是意图更为明确:让英国读者了解同时代普通中国人的生活、梦想和行动。

《新作品》上刊载的叶君健第一篇用英文创作的小说《梦》和最后一篇《三兄弟》,讲述的都是唱戏的流浪艺人的故事。这些没有家甚至也没有故乡的人,他们热爱生活却颠沛流离、饱受践踏,仅有的微茫梦想在战争、饥饿和贫困的碾压下化为齑粉。除了叶君健有意识植入的普适价值理念外,他的小说能够抓住英国读者的就是中国情境,以及表现中国文化艺术趣味的独特写法。在国际视野的拓展方面,《梦》之类反映中国底层生活的小说显然符合《新作品》的标准要求。

---

① 叶君健:《一个文学时代的终结》,《欧陆回望》,北京:九州图书出版社 1997 年版,第 5 页。

② [英]迈克尔·斯卡梅尔:《布隆斯伯里中的一个中国人》,邵鹏健、李君维译,《读书》1982 年第 5 期。

③ 叶君健:《第二次世界大战时在英国》,《新文学史料》1992 年第 1 期。

（二）“给英文的创作界吹进了一股新风”

自叶君健借助《新作品》在英国文坛打开局面后，一些英国的报刊和文学杂志的编辑陆续与他结缘，叶君健的作品先后出现在诸如《风车》(*Windmill*)、《读者文摘》(*Readers Digest*)、《现代生活与文学》(*Life and Letters Today*)、《新政治家与民族》(*New Statesmen and the Nation*)等刊物上。叶君健也在各种文化活动中结识了更多的英国文化人，其中一些成为他过从甚密的朋友。置身在英国友人中间，叶君健感到并非完全协调，但还是为这些英国知识分子的情趣所吸引，对他们的“自由主义”理念抱有好感，也从他们那里增进了有关英国现代文学的知识和当时英国创作文风的理解，从而获取了发挥英语创作个人风格的启示，有时甚至直接得到写作上的具体指点和帮助。

战后进入剑桥大学英王学院进修的叶君健，有了较为安静的环境和相对完整的一段时间，他首先着手的工作是将之前零散发表在英国报刊上的短篇小说整理成集。1946 年包括了《王得胜从军记》在内一些短篇小说以《无知的和被遗忘的》为名结集问世。英国作家和出版家组织的《书会》(*Book Society*)评选该书为当月英国出版的十本“优秀文学作品”之一，向读者推荐。这本书的出版并获得评论界的关注对叶君健是很大的激励。寻找出版机会的过程让叶君健明白，自己的小说也许与英国正统的美学观并不吻合，但还是可以吸引追求“格调多样化”的出版家的兴趣。而评论界赞许说“给英文的创作界吹进了一股新风”①，更是直接增进了叶君健英文创作的自信。《无知的和被遗忘的》为叶君健之后写作并顺利出版他的第一部长篇——《山村》打开了通道，除了它们是由同一家出版社推出的外②，短篇集中有几个小说的人物和故事还为《山村》提供了重叙、想象和发挥的基础。因此可以说，《无知的和被遗忘的》不啻为《山村》写作的前期准备。几十年后，叶君健从读者的角度也同样肯定了那个短篇集对后来出版《山村》的意义：“那时我已用英文写了一些短篇小说。在英国报刊上发表，接着出版了一本短篇小说集《无知的和被遗忘的》(*The Ignorant and The Forgotten*)，在英国和欧洲大陆有一定数量的读者。这样，我写长篇也有了社会基础。这个三部曲的头一

---

① 出自叶君健自己的转述，参见《在一个古老的大学城——剑桥》，《新文学史料》1992 年第 3 期。

② 即伦敦的山林女神出版社(Sylvan Press)。

部《山村》(*The Mountain Village*)就是这样完成的。"①

为叶君健在英国文坛赢得最高声誉的作品无疑就是出版于 1947 年 7 月的《山村》。《山村》被英国书会评选为当月的"最佳作品"(Book Society Choice)。对叶君健来说,书会加印并包销二万册的奖励在经济上固然是极大的支援,而令他更为自豪的是,他终于成了英国权威组织认可的一个英语作家,获得了更深入地进入英国文化界的身份。作为一个外国人,叶君健显现出"英国文学史上的一个片段",当然也主要取决于《山村》这部长篇的存在,而这部长篇的广泛影响事实上与英国书会的最初推介密不可分。《山村》在伦敦出版不久,纽约即印行了美国版。"此后这部小说就流行在世界各地,在欧洲大陆就有十四五种主要文字的译本。"②随着叶君健 1949 年返回中国,《山村》的影响逐渐沉寂,直到中国改革开放后叶君健才又重新出现在国际友人的视线里。1988 年,距《山村》初版已 41 年,伦敦的费伯出版社(Faber & Faber)得知叶君健完成了名为《寂静的群山》三部曲的后两部后,将包括了第一部《山村》在内的三部长篇一同出版,1989 年又推出了普及版。此后,《山村》又在希腊等国陆续出版了不同文字的译本,欧洲一度出现了"叶君健热"。

(三) 从中国的叶君健到英国的 CHUN-CHAN YEH

《山村》自出版后在英国、欧洲,乃至更广阔的世界"走红",除了小说本身的价值外,与中国在世界格局中的地位也不无关系。第二次世界大战期间,中国的遭遇、中国人的生活,与英国以及世界上经受着战争苦难的所有人联系在一起。叶君健诚实的中国叙事,很容易激起有着类似体验的英国读者的同情反应,尤其是一些英国文化人,"他们迫切地希望知道中国乃至远东的战争发展情况以及中国内部本身所面临的问题"③。而战后的中国,作为一支重要的国际力量参与到国际事务中,逐渐影响到世界政治格局的发展。中国人的命运和前途、中国何去何从的问题,在那些心系世界和平、人类进步的西方知识分子眼里,就不再是与他们距离遥远的区域性问题。而对于叶君

---

① 叶君健:《关于〈寂静的群山〉》,《欧陆回望》,北京:九州图书出版社 1997 年版,第 179 页。

② 苑因:《关于〈山村〉》,叶君健:《山村》,郑州:河南人民出版社 1982 年版,第 264 页。

③ 叶君健:《第二次世界大战时在英国》,《新文学史料》1992 年第 1 期。

健来说,无论是20世纪30年代用世界语写小说,还是40年代在英国创作英文小说,都是在践行同样的使命:“帮助外国人民正确地理解中国。”[①]而《山村》这部长篇,按照作者90年代的回忆,最初的考虑尤为具体:“描绘出一个较生动的在中国农村所发展起来的革命图景,使读者能从中真正体会中国式的无产阶级革命特点及其实际意义”,纠正西方知识分子对中国正在进行的革命的误解。[②]事实上,《山村》并未直露地凸显这样的功利意图,但小说对中国社会大动乱现实图景的勾勒,对大动乱中农民的命运沉浮和心理变迁的展现,还是为西方读者暗示了中国历史进程的方向。他们中很多人也许首先是被这本小说中的人和人的命运的故事所吸引,但《山村》“在无形中引起了他们对中国的革命的兴趣”[③]。至于像叶君健身边的英国友人那样对中国抱有好感的西方知识分子,当然会更有意识地在《山村》中找寻问题的答案。

自叶君健抵达英国那天起,他其实已经踏入英国那段历史的河流。他和他的《山村》以及其他英文小说出现在英国受众面前,真可谓适逢其时。叶君健把朱利安·贝尔等人漂洋过海亲自前往去体验和探索的地方,及时地用文字描绘了出来,铺展在那些愿意把目光投向东方的英国人面前。对叶君健来说,他创作英语小说是介绍和解释中国的职责所系,但置身英国文化和文学的包围中,他对中国的塑造和想象也会自觉不自觉地融入英国的眼光及品位。而对西方读者而言,叶君健和他的英语小说的意义,就在于使他们可以亲临其境般地打量并了解中国,从中寻觅文化、政治、审美的新的发展可能。在这个层面上,迈克尔·斯卡梅尔称叶君健显现了“英国文学史的一个片段”,并非仅仅出于国际交流时的恭维,而确实是将客居英国的叶君健当成了英国的CHUN-CHAN YEH。

二、“原来现实的中国是这个样子”

被英国人视为“自由知识分子”的叶君健,其实从不讳言他对文学功用价值的关

---

① 叶君健:《我与儿童文学》,《西楼集》,南昌:江西人民出版社1981年版,第6页。

② 叶君健:《在一个古老的大学城——剑桥》,《新文学史料》1992年第3期。

③ 苑因:《关于〈山村〉》,叶君健:《山村》,郑州:河南人民出版社1982年版,第265页。

注，甚至可以说，这种关注几乎贯穿了他一生所有的创作。他曾经坦陈，年轻时之所以走文学这条路，是“因为文学的群众性强，可以激励人民，即时起作用”①；而后来选择用外语写作的初衷，就是要“把我国人民的生活与感情传递到与我们具有共同命运的其他民族中间去”②。由于对文学的宣传效用坚信不疑，当叶君健面对西方读者群时，他本能地就将自己定位在中国的宣传员的角色上：“我只是想介绍中国，从对外宣传的角度”③。叶君健的文学观明显与西方现代主义文学的审美标准存有距离，但这种毫不掩饰的坦诚，加上他对“宣传”艺术本身的投入，还是赢得了国外一些评论者的理解和尊重。英国的评论家威廉·派克看了《山村》后惊奇地表示：“宣传性作品成为畅销书，是极为稀有的事。”④美国作家阿瑟·米勒对这部长篇的反应同样如此：“这是好久以来我所读到的一部能这样感动我和教育我的小说。”⑤西方同行的惊奇或者赞誉绝非只是一种客套的反应，叶君健能将宣传意图与艺术呈现无缝对接，应该是令他们折服的地方。其实，无论是世界语小说集《被遗忘的人们》，还是长篇英语小说《山村》，其中当然有叶君健的政治立场映现，但他明白，对西方读者来说，“再好的思想，如果他们认为是宣传品，而不是艺术品，他们就不会接受了……”⑥。因此，他从不以布道的态度去讲述中国故事，即便有自己看法的流露，也能做到恰到好处且恰如其分。尽管叶君健十分在意作品的认识、沟通价值，但他同时也十分看重审美的意义，他不期求投一般国外读者之所好，所以不会因读者范围有限而做任何妥协。令他感到欣慰的是，他写的那些外语作品可以“流行在一些比较严肃的读者和知识分子中间”⑦，并且得到了他们的欣赏和肯定。

(一) 传递被遗忘者的求生渴望

在20世纪三四十年代，有意识地在西方世界为祖国代言的中国作家并非叶君健

① 叶君健：《记沈从文》，《欧陆回望》，北京：九州图书出版社1997年版，第160页。

② 叶君健：《在珞珈山上写小说》，《欧陆回望》，北京：九州图书出版社1997年版，第310页。

③⑥ 转引白韩小蕙：《叶君健访谈》，《心灵的解读》，深圳：海天出版社2002年版，第127页。

④ [英]威廉·派克：《革命史诗型的小说家》，英国《南方》月刊1983年3月。转引自李保初：《日出山花红胜火——论叶君健的创作与翻译》，北京：华文出版社1997年版，第3页。

⑤ 《美国著名作家阿瑟·米勒的来信》，《外国文学》1985年第4期。此信为阿瑟·米勒(Authur Miller)及其妻英格联名于1985年1月9日致叶君健。

⑦ 叶君健：《叶君健小说选·前言》，《叶君健小说选》，南京：江苏人民出版社1983年版，第3页。

一人。林语堂凭借他的《吾国与吾民》(*My Country and My People*)《京华烟云》(*The Moment in Peking*)等作品,早就走红美国直至整个英语世界;在英国的熊式一,因为剧作《王宝川》(*Lady Precious Stream*)和长篇小说《天桥》(*The Bridge of Heaven*),也已收获了如潮的好评;甚至被叶君健视为朋友,而兴趣集中于呈现一个中国人在英国的观感体验的蒋彝,也以他的《湖区画记》(*Silent Traveller: A Chinese Artist in Lakeland*)等系列“哑行者”游记,让成千上万的英国人为之着迷。与他们相比,针对中国以外的读者介绍中国,叶君健或许算不上新手,毕竟他在大学期间就开始了世界语中国叙事的尝试,但从对西方世界的影响来看,叶君健无疑是后来者。尽管如此,在叶君健心目中,那些在西方世界成功建立了声誉的中国同行却不值得他仰慕。他认为,“林语堂之流”用英语书写的有关中国的作品,在外国读者理解中国过程中“起了有意歪曲的作用”①,而熊式一、蒋彝对中国文化的宣传主要是基于生计考虑②。在叶君健眼里,为赚钱而写作难免会过于迁就读者,迎合他们的胃口,作品的严肃性就会打折扣。就算蒋彝“向外国人介绍中国的文化和生活,争取他们的理解和同情”和叶君健有相似之处,但蒋彝的格调、趣味和文笔,还是让叶君健倾向于把他看做西方文化环境中的“传统中国知识分子”③。平心而论,叶君健对林语堂、熊式一的评价有欠公允,对蒋彝也不无保留,但叶君健的志向因此得以凸显。他想要介绍的文学是“‘活着的中国’的新文学”,他想要介绍的中国是有别于“‘古色古香’的、‘道教式’的中国”④。叶君健

---

① 叶君健:《我与儿童文学》,《西楼集》,南昌:江西人民出版社 1981 年版,第 6 页。

② 叶君健在《在一个古老的大学城——剑桥》(《新文学史料》1992 年第 3 期)中说,1946 年春天他准备找出版社出版他编好的小说集《无知的和被遗忘的》,蒋彝介绍他把该书送给出版了蒋彝《湖区画记》的麦松出版社(Methuen & Co. Ltd),“并且写了热情的推荐信”。叶君健回忆时,在蒋彝名字前加上了“一位滞留在英国靠画国画和写游记为生的中国朋友”的字样。在《抗战时期的对外文学介绍工作——一段回忆》(《西楼集》,南昌:江西人民出版社 1981 年版,第 244 页)中,叶君健介绍 1938 年在香港做对外介绍工作时说,“由于观点不同,目的不同,我做这种工作当然不同于林语堂和熊式一的宣传‘中国文化’。当时做这种工作不是为了赚钱,而是为了抗战,因此也就不投一般国外读者之所好,搞些迎合他们胃口的东西”。从中可见叶君健对林语堂、熊式一、蒋彝及其作品的定性,也可见出叶君健为自己与他们划开的鲜明界限。

③ 参见叶君健:《忆蒋彝》,《叶君健全集》第 16 卷,北京:清华大学出版社 2010 年版,第 62—63 页。

④ 叶君健:《抗战时期的对外文学介绍工作——一段回忆》,《西楼集》,南昌:江西人民出版社 1981 年版,第 244、245 页。

无意于追随已经蜚声英语世界的中国同行的脚步，战时在英国各地巡回演讲的体验促使他另辟蹊径，要描绘出实实在在的中国图景，引领他的英语读者直接进入中国普通百姓的现实生活中，去认识那些活生生的中国人。

在追求中国宣传的有效性时，叶君健侧重于中国人生存困境和精神挣扎的呈现。叶君健为短篇集《无知的和被遗忘的》分了三个部分，“依次分别冠以三个副标题：《幻想者》（‘The Wishful’），《无知的》（‘The Ignorant’）和《被遗忘的》（‘The Forgotten’）。所谓幻想者，即那些抱有美好理想的人，主要是青年男女，他们对生活，对人民、对国家抱有美好的愿望”，而《无知的》和《被遗忘的》中“所涉及的人物，大都是一些贫苦无知的（只字不识的文盲）农民和手艺人及其他类型的贫苦劳动群众”。[①]实际上，叶君健的英语和世界语小说中的大多数人物都可归纳在这三个标题下。与林语堂从中国文化传统中寻找灵感有别，叶君健的中国叙事多取材于他自己的故乡生活体验。他笔下的那些长工、佃农、郎中、破产者、难民、做小买卖的、说书唱戏的、算命先生、流亡学生，等等，是一直存留在叶君健记忆中的鲜活形象。他们是邻里友朋，是天下苍生。叶君健觉得，这些人虽然默默无闻、平凡渺小，但正是他们延续了民族的生命。作为其中的一员，他理解他们的需求和渴望，所以觉得自己有义务向中国以外的世界展示他们生存的价值和意义。

在叶君健的小说里，现实中国的图景就是由这样的一个个具体的在隐忍中求生的中国人的命运汇合而成的，个体悲苦忧伤的际遇里映现出整个中国风雨飘摇、濒临崩塌的景象。《岁暮》中一对在外地谋生却在岁暮时失业的夫妻黯然地踏上返乡的路程。对有着安土重迁传统的中国人来说，为生计而离乡背井本已属无奈，但异乡也无长久的安稳。“世界已经意想不到地变了样”，小城的店铺一家家关张，店伙的饭碗丢了，异乡人剩下的只有一把力气和逃离了十余年的故乡。叶君健有意截取了一家人在荒野小憩的场景：夫妇俩想着回老家佃田来种的各样计划，但他们又何曾不知道，那些心愿不过是自欺的幻想。一旦提及“我们还剩有多少钱”，他们眼里的亮光瞬间熄灭，神情

① 叶君健：《在一个古老的大学城——剑桥》，《新文学史料》1992年第3期。

又回归到疲惫、抑郁和阴暗之中。小说中丈夫推着独轮车携妻孥在没有尽头的蜿蜒山路上跋涉的剪影，也是叶君健当年晦暗苦闷的精神写照，更是悲凉中国的缩影。从南方到北方，从山村到城市，从故乡到异乡，无数像《岁暮》的主人公一样的中国人辛苦辗转，无所安顿，更无所寄托。他们的无助和无望，当年的叶君健感同身受。他谈到《岁暮》时说："我的调子是低沉的，因为我那时的心境也是很低沉。"[①]晦暗压抑的色调映衬着作者无可排遣的郁结，因为它不只是个体的感受，而是那个时代在绝境中求生的中国人的集体体验，叶君健迫切地希望向中国以外的世界传递出这个信息。《岁暮》中失业的店伙选择返回乡间，而《离别》里一直"在饥饿的边缘上混日子的"的单身汉肖大和一群跟他一样吃不饱饭的兄弟们，却决计远走陌生的国度。叶君健冷眼旁观这群卖力气活的人追逐淘金梦的荒诞，他让泪眼婆娑的亲友们为他们送行，场面"死一样的沉寂，好像大家正在参加一个葬礼"[②]。无论捞世界的蛊惑是怎样的诱人，《离别》的读者都能明白，其结局的凄然不会走样。

在叶君健展示的中国图景中，饥饿和贫穷在不断地蔓延。肖大与故土告别的情境，不过是叶君健讲述的许多流浪者故事的序曲。《三兄弟》、《水鬼》、《梦》，以及长篇《山村》里都浮现着一个个流浪人的身影。这些被抛出了正常生活轨道的底层人，他们的命运轨迹印证了中国现实秩序业已瓦解的真相。在《三兄弟》中，流浪艺人老三在新年临近之时，带着伙伴们进城，去破门抢劫两兄长合开的店铺。守在屋顶上的老二手里的砖恰恰落在这个指挥者的脑袋上。老三的惨死让老大老二"建立一个美好的家"的希望彻底破灭，他们安葬了弟弟，关掉了店门，消失在熟人的视野里。老三的铤而走险与其说是对生意兴隆的两兄长不肯借钱的报复，不如说是为寻求最基本的"生活的幸福"所进行的抵死拼搏。因此，他的悲剧结局并非出于意外，而是一种必然。而最终选择返回沙洲——原本就属于他们的流浪艺人群体的老大、老二，其命运前景应该也是不难预测的。叶君健借三兄弟的生与死、离去与回归、决裂与和解，不仅表明底层人安居乐业与颠沛流离间的些微距离，同时也暗示了动乱时代里急剧上升的贫富矛盾、

---

① 叶君健：《从〈岁暮〉开始的创作道路》，《叶君健小说选》，南京：江苏人民出版社 1983 年版，第 259 页。

② 叶君健：《离别》，《叶君健小说选》，南京：江苏人民出版社 1983 年版，第 111 页。

阶级冲突，以及深陷其中的个人道德和精神的危机。

（二）以人类的普遍情感解释中国与中国革命

如果中国作家的中国宣传仅仅止于中国人现实苦难的平面铺展，那么他的作品未必能引发中国以外的读者对这个陌生国度的关注和同情。叶君健当然知道，面对西方读者，他必须超越自身经验的限制，以开阔的胸襟，将中国人的苦难与人类的普遍困境相连接，去表现人类共通的情感体验。只有这样，才能在引导读者反顾自身生存和精神现实的同时，激发他们去了解中国人现实境遇的兴趣。挪威文译者汉斯·海堡称赞《山村》说："就我个人来说，我得承认，我每读它一次，我和它里面的人物就更感到接近，更感到亲热。他们是活着的、真正的人……读完这部小说后，我似乎第一次真正理解了关于中国人的某些真实和诚挚的东西。我开始懂得了他们的过去和现在，他们所度过的日夜和生活。"①之所以海堡对叶君健小说中的人物产生亲近感，那是因为中国叙事中生发出的普遍意义激起了海堡这样的西方读者精神上的感应。

《山村》的背景设置在中国偏僻的小山村，其中的人物哪一个都平凡普通到似乎不足以成为小说的主角，叶君健也好像有意识地避免将太多的笔墨集中在一个或两个人身上，可小说中的大多数人物都能让读者留下印象。从北方流浪来的朴实勤劳的潘大叔，苦命而自卑的童养媳阿兰，浪漫任性的说书人老刘，忧郁而美丽的独居女人菊婶，甚至世故又势利的道士本情、患得患失的塾师佩甫伯、娶了大食量的妻子母乌鸦的佃农毛毛，等等，他们虽然有着各自不同的个性、不同的身份，但共同的求生意志迫使他们都不得不调动所有的精力，去应对纷至沓来的喧嚣、扰攘和混乱。叶君健借用一个十来岁的小男孩春生的视角，不动声色地观照着小山村以及来往于小山村的成人们构成的世界，逼真地再现了社会大动乱下的众生相。发生在中国穷乡僻壤的故事当然是中国人的故事，但世界上那些经历过动荡时代的人，对类似潘大叔们的体验一定不至于陌生，所以小山村里的中国人的悲欢也就很容易在西方读者的心底激起波澜。叶君健相信，从他讲述的中国山村人的故事里，他的西方读者同样可以感受人性的幽暗或

---

① 《山村》的挪威文译者汉斯·海堡(Hans Heiberg)为《山村》所做的序言，转引自苑因：《关于〈山村〉》，叶君健：《山村》，郑州：河南人民出版社1982年版，第265、266页。

者光亮。

叶君健虽然意图在《山村》中解释中国革命的概念,但他的笔触仍然恪守着朴实客观的原则,他不会刻意地对小说中的人物进行评价,他相信他的读者能够做出自己的判断,无论是对人还是对人的行动选择。难怪《山村》的读者会觉得,作者"集中地写人物,让他们自己出来说话,在他们自己的认识和性格的范围内说话,这真是非常精彩,只有这样才能真正说服人"①。小说中除了那个如阴影般笼罩着小山村的田东储敏,《山村》里的人物谈不上每一个都个性鲜明突出,但他们的言谈举止却大都能让读者感受人性的真实和复杂。或许和30年代在国内用世界语写作《岁暮》等短篇时不太一样,40年代置身英国环境的作者,时空间隔的作用,使得他在《山村》中钩沉历史真相、解密人物的内心时显得更为冷静。

晚年叶君健在回忆中透露,在英国期间,"一接触到农民展开武装斗争后的一连串的大规模战役和错综复杂的政治斗争,我就感到有些无从下笔了"②。而事实上《山村》连农民斗争的线索也没有真正展开,顶多暴露了一些山雨欲来的前兆。《山村》中的大多数人,包括被革命党人视为"一个真正的无产阶级"的潘大叔,也还只是离不开土地和耕牛,只能默默承受着饥荒、兵燹、党派争斗袭扰的庄稼人。在以春生家为主要舞台的山村场景中,各色人马来往穿梭,甚是"热闹",这些闹剧中,包括革命者在内的闯入者是死水一潭的山乡阵阵波澜的掀动者,而和潘大叔一样的山村人却只是被乱象丛生的时局任意拨弄的对象。小说描写潘大叔对春生母亲说:"我不懂得这个新的朝代,大娘。人们最关心的好像就是争斗。"③与其说这是潘大叔的真切感悟,不如说这是《山村》对革命与反革命激烈较量的一种朴素解释。虽然潘大叔、老刘在《寂静的群山》三部曲后两部中被塑造农民武装斗争中有高度政治觉悟的战士,但在《山村》中他们其实并未展露什么特别的战士气质。他们被迫卷入革命风潮中的遭遇,带给读者的

---

① 《美国著名作家阿瑟·米勒的来信》,《外国文学》1985年第4期。此信为阿瑟·米勒(Authur Miller)及其妻英格联名于1985年1月9日致叶君健。

② 叶君健:《关于〈寂静的群山〉》,《欧陆回望》,北京:九州图书出版社1997年版,第319页。

③ 叶君健:《山村》,郑州:河南人民出版社1982年版,第219页。

只是无奈、荒唐和悲凉的感受。

社会大动乱中山村人灵魂的困顿和迷失是叶君健关注的焦点，他从暴力对乡村文明、德性、伦理、价值的冲击展开他的叙述。小说写了省代表斐伦同志成功地启发了村里人对地主储敏的控诉，血脉偾张的庄稼人倒完苦水后，“绞死他”的怒吼一阵阵回荡在山谷。叶君健描摹了阶级仇恨的火焰熊熊燃烧的情景。

革命者必定需要寻找行动的依据，他们要做的是唤醒山村穷人的苦难记忆，唤醒他们摆脱苦难的激情，引导他们将心底的愤怒或不满以洪水决堤的气势回报给对手——革命者需要铲除的对象，从而达至推翻旧制度的最终目的。《山村》里的省代表斐伦同志娴熟地鼓动着山村人不断膨胀的情绪，不断地得到满意答复。这样的场景在同时期赵树理的《李家庄的变迁》和周立波的《暴风骤雨》中也有出现，只是《山村》的侧重和它们有所区分。如果说赵树理将农民对地主的那种群体暴力当做高度革命觉悟的体现，那么，置身英国的叶君健则显然无意于用暴力来宣告山村人的阶级觉醒，他反而对群体暴力抱有深深的怀疑。在短篇小说《多事的日子》里，他借助庄稼人老刘对野蛮暴虐的拒绝，来反思非人道的疯狂报复。老刘即便被提醒其老伴是被鬼子活活吓死的，他也不答应村里人去吊死活捉的日本兵。“我们是人”是老刘的唯一理由，而这何尝不是叶君健的价值立场。在《山村》中，叶君健更关注被革命浪潮裹挟了的山村人的精神创痛。这些人大多不是历史的主宰者，只是不得不承受和遭遇历史的小人物，叶君健想让世人记住历史推进过程中被遗忘的代价和无辜的牺牲，强调他们也是历史的一部分。在叶君健眼里，他们暂时宣泄了被压制的仇恨，但亢奋的言辞背后却是一时难以消除的疑虑和恐惧。叶君健以潘大叔在大会上跟着众人喊过“我们的革命万岁”的口号后的自责，来警示这种话语暴力的非理性本质：“我的脑子热起来了呀！我的脑子热起来了呀！”潘大叔的困惑里有着叶君健的清醒。①

虽然以除恶为目的的革命在短时间内满足了实现社会公正的冲动，但暴力行动并不因此获得真正意义上的合法性，因为暴力行动所产生的结果有可能是一个更为暴力

---

① 参见叶君健：《山村》，郑州：河南人民出版社 1982 年版，第 195—198 页。

的世界。在小说里,叶君健除了披露暴力杀戮对山村的毁灭性打击,还揭示了它带给山村人心灵的灾难。暴力的恶扭曲人的心灵,也践踏人的德性。叶君健将惊恐投影诉诸笔端,凸显了暴力对山村人恒久持守的生命敬畏感的消解、对温良人性和向善人心的撕裂。当社会价值体系崩溃,必定人人自危只求自保,如同蝼蚁般的毛毛死后无人问津,表面上看是革命形势紧迫下的非常态,其实却也是人情浇薄风气的常态。而人性的退化和沦落最终损害的只能是人自己,叶君健以"白色恐怖"中塾师佩甫伯的被杀头和道士本情的性命叵测,从另一个极端呈现了暴力激发人性之恶的负面效应。那些无法掌握自己命运的小人物一旦被利用、被蛊惑而与暴力结缘,就不自觉地成为暴虐的帮凶或执行者,最终的结果只能是加深自己的苦难,甚至招致杀身之祸。

叶君健本人具有鲜明的左翼倾向。他自陈1946年春天开始写《山村》的"动机有两个方面:一是感情的,二是理智的",两个方面都和他对故乡革命运动的深刻记忆有关,他为20世纪20年代革命党人将大别山发展成"中国最早的革命根据地"感到自豪,因而想帮助西方读者建构对"中国式的无产阶级革命"的合理想象。①作为一个左翼知识分子,他从不掩饰他的政治情感,但作为一个作家,他却十分注意情感的恰当表达以便于读者的理解。在接受记者采访时,叶君健解释说:"我写的东西,其实从思想性来说,是很革命的,是非常革命的作品。但我是把他们化为形象的,我想说的话都是通过我的人物表现出来,而不是直接宣讲出来,外国人认为它们是艺术品,所以才会接受。"②

《山村》有关山村的"老实"记录③,包含了叶君健式的中国革命宣传意图,更包含了他对中国革命过程中有关人性、有关暴力等诸多问题的深刻反思。《山村》的意义其实不只在于将革命概念形象化,更在于创作主体的真诚,以及由此而来的对客观叙事的高度自觉,他尽己所能把评判中国革命的权利交到《山村》的读者手里。他的读者也

---

① 叶君健:《在一个古老的大学城——剑桥》,《新文学史料》1992年第3期。

② 转引自韩小蕙:《叶君健访谈》,《心灵的解读》,深圳:海天出版社2002年版,第127页。

③ 叶君健曾坦陈:"我在纸上表现我的思想和感情时,就得'老实',不能装模作样,故弄玄虚,更不能摆起面孔'教育'人。"参见《谈"创新"》,《欧陆回望》,北京:九州图书出版社1997年版,第298页。

许很难将这部小说与“讴歌伟大的人民”相关联，但绝不因此妨碍他们对中国现实和历史走向的想象。挪威文译者汉斯·海堡评价《山村》说，它是一本“很天真的小说，但它确是非常真实的”①。美国的阿瑟阿瑟·米勒在写给作者的信里表示：“我记不起什么时候我真正觉得我被引进了另一个世界。生活在旧中国曾经是多么可怕啊！那是一种使人屈辱的经历，但是比起那已经沉沦的文明的泥淖——我们花了那么多亿的金钱想扶住的泥淖，再看今天的中国的形象，尽管它还有许多问题和缺点，这又是一种使人感到崇高的经历。……在那场革命的进程中该是有多少的大动乱啊！人们怎么活了下来，这真是一桩奇迹。经历了这样的时代的人，对我们这些被他们原宥到了的人，一定会产生不知说什么好的感觉，至于说叫我们来理解，一定会感到不知从何着手。”②相对于美国剧作家米勒对《山村》展示的现代中国心存敬意又对革命进程中的大动乱无从理解的复杂感受，冰岛的小说家霍尔杜尔·拉克斯奈斯则更直接地称许了《山村》对他理解中国革命实践演化过程的帮助：“我过去所读过的几本关于中国人的书，从来没有像这本书那样绘出有关革命特点的那么清晰的图画。这是一个古老的国家所进行的一场革命，关于它马克思并没有说出过任何预言……中国在这本书里被浓缩在一个小山村里，但这丝毫没有削弱这本书的意义。读者可以集中地在这里看到那最初阶段的一些变化和在这个世界上一个超级庞大的国家里的革命在农村中如何地开展。”③正是通过对20世纪20年代这个大动乱中偏僻山村现实的真切展示，《山村》一步步实现了作者宣传中国的目标。

（三）非英雄化叙事中人性内涵的凸显

与致力于小人物生存意义挖掘的《山村》相仿佛，叶君健用英语和世界语创作的其他小说也大多着意于打捞被湮没的历史碎片，因而常常侧重于非英雄化叙事。除了短

---

① 挪威文译者汉斯·海堡(Hans Heiberg)为《山村》所做的序言，转引自苑因：《关于〈山村〉》，叶君健：《山村》，郑州：河南人民出版社1982年版，第265页。

② 《美国著名作家阿瑟·米勒的来信》，《外国文学》1985年第4期。此信为阿瑟·米勒(Authur Miller)及其妻英格联名于1985年1月9日致叶君健。

③ 冰岛著名小说家、诺贝尔文学奖获得者霍尔杜尔·拉克斯奈斯(Halldorr Laxness)为《山村》的冰岛文译本作写的序言，转引自苑因：《关于〈山村〉》，叶君健：《山村》，郑州：河南人民出版社1982年版，第266页。

篇《风》塑造了一个不畏酷刑折磨对中国未来充满希望的抗日志士，表现了地下组织负责人长青为国家大义威武不屈的英雄品质外，叶君健的中国故事里少有什么英雄，他的人物几乎都微不足道，更与英雄气概无缘。这不仅有别于叶君健晚年在中国创作的中文小说，也与一些用外语写作的中国作家面对西方世界时，为了争取关注和善待而不自觉地将自己的文化英雄化迥然相异。通常英雄类形象最容易出现在涉及战争或革命背景的作品里，连熊式一的《天桥》和林语堂的《风声鹤唳》也未能免俗，但叶君健处理类似素材时却似乎竭力避免滑入英雄化的套式。

《山村》在对革命党人的刻画中，也始终严格遵守生活本来的逻辑，尽可能呈现历史的原貌。小说是这样叙述年轻革命党人的首次露面的：一个被追捕的年轻人两天没吃东西，狼狈不堪。寄居在春生家的潘大叔领他进屋，递给他一碗热面汤，年轻人随即感慨道："你是一个真正的同志"。缓过劲后的年轻人开始对着春生一家人做宣传鼓动。"他声音越来越大，最后几乎接近于在喊口号"。他还告知一个消息，即菊婶那杳无音讯的丈夫明敦其实是去了外国，那个地方"是世界劳动人民的祖国"。当潘大叔询问是否可以转告菊婶时，年轻人当即拒绝："这不是个人的事情。在这样的时日，我们没有时间，也没有精力去管这些事情。我们有更重要的工作要作。"当听到看家犬来宝的吠声，得知县府的侦缉队来了，"这位陌生的客人垂下头来，他的脸色变得惨白"。接下来小说用一整段描写了这个革命党人的惊恐：

> 这位客人现在完全失去了镇定，看上去像个孤儿似地稚弱无援，谁也不会相信，他就是刚才发挥了那些我们谁也听不懂的深奥理论的人。"请帮助我，大娘！请帮助我，大娘！"他敦促着，他的声音也颤起来。"这些日子他们一直在各地追寻我，他们要把我弄死！"这位陌生人现在完全像个孩子，好像正在一场噩梦中讲话，嘴唇在神经质地痉挛着，他的双腿也在激烈地颤抖，好像随时都可能摔倒在地上。①

在中国左翼作家笔下，革命党人与阶级启蒙对象间无法沟通的描写固然不算罕

---

① 叶君健：《山村》，郑州：河南人民出版社 1982 年版，第 114 页。

见,但像《山村》如此细致地刻绘一个年轻革命者在面临被捕威胁时惊慌失措的,确是有点出格。贪生畏死似乎历来与革命者品质不沾边,而叶君健竟无意于张扬那种慷慨赴难、视死如归的英雄气概,他只想写出危急境况下真实的人的真实反应,包括贪生畏死。这个逃进小山村的革命者将"更重要的工作"看得高于一切,但他作为一个有着血肉之躯的人同样珍惜生命:"他们想要杀我的头,他们已经杀死了几十名像我这样的年轻人!"年轻人的恐惧印证了血雨腥风中革命的惨烈和悲壮,这也属于小说力图为那些对中国革命一无了解的西方人揭示的真相。而在潘大叔和春生母亲的眼里,这个学生模样的陌生人他是那么年轻,不过就是一个孩子,有谁对一个孩子的惊恐无动于衷呢?叶君健通过春生一家人的眼睛,摄录了这个被追捕的年轻革命党人从张皇失神到意气风发、从慷慨激昂再到惊慌失措的转变过程。就像春生一家人听不懂"深奥理论"却不妨碍他们紧急关头毫不迟疑地给予庇护一样,年轻人的稚气、脆弱和神经质,其实也无损于他作为革命者对信仰的忠诚和对事业的执著。在《山村》中,革命叙事并未因为人道主义的价值支撑而削弱意义,叶君健从人之本性和人之常情角度的挖掘,使得他的人物,包括墨不多的革命者形象拥有了更为真切而普遍的内蕴,具备了打动读者,尤其打动中国以外读者的更大可能性。直到20世纪80年代,还有一位丹麦读者表示对《山村》的这一片段尤为印象深刻:"在一个深夜逃脱了侦缉队的追捕的年轻学生,叙述了他对于不久即出现的共产主义的新中国所怀有的美丽的梦和理想。在书中我们可以看到在革命早期的中国人民如何在一个高压的统治机器下所展开的活动。"①由此看来,《山村》中这个年轻革命党人的出场,至少成功地吸引了叶君健的一部分目标读者对中国革命的关注。

与叶君健描写革命党人的角度相关,他用英文或世界语讲述那些中国故事也不会着意于理想主义的精神召唤,这与他晚年用中文书写的同题材小说有着明显的区别。即便《山村》与《旷野》、《远程》同属《寂静的群山》系列,但是,只要两相对照即不难见出,除了小说中主要人物有一定的连续性外,《山村》的着力点并不在"反映中华民族数

① 出自丹麦女作家苔娅·莫尔克(Dea Moerch)评论叶君健的文章,转引自苑因:《关于〈山村〉》,叶君健:《山村》,郑州:河南人民出版社1982年版,第267页。

十年来前仆后继英勇奋斗的历史，讴歌伟大的人民”①上。至于作者在90年代对《寂静的群山》三部曲内容的概括——“表现中国农民用菜刀武装自己，展开斗争、直至发展成为方面军、蒋介石不得不率领30万大军亲自‘围剿’”②，就《山村》来说，只能是作者有意识的穿凿附会。③

叶君健拒绝将《山村》里年轻的革命党人装扮成大义凛然的英雄，他的短篇《我的伯父和他的黄牛》和《一桩意外》里的主人公虽然都是在战斗中牺牲的游击队战士，作者也没有在他们面颊上涂抹任何光艳的英雄油彩。《我的伯父和他的黄牛》的背景是大革命时期。伯父是个勤劳朴实的庄稼汉，苦干了25年积下钱买了一头小黄牛，因此对它百般爱惜。革命浪潮袭来后，村农会主席宣布所有财产为公共所有，伯父却声称他的黄牛例外，可不久这头牛却倒在了进村镇压的反动军队的枪下。伯父幡然醒悟，积极要求参战反击。当敌人再次来袭，伯父无法自控地大放起枪来。小说进展到此，写到伯父克服了原先的狭隘胆小，为保护全村的生命财产毅然奔赴战场英勇作战。这样的转变符合与大公无私、勇敢正义等荣耀概念相关的英雄成长逻辑。然而接下去的情节却偏离了故事原本的走向：伯父突然注意到一个向自己瞄准的士兵，“面孔也是同样被风霜、雨露和太阳改变成了棕黑色，除了他身上的军服以外，看上去他几乎跟村里任何庄稼人的面孔没有两样”，伯父自问：“这就是我要打死的敌人吗？”他还没有想到答案，对手开了枪，伯父倒下了。④战场的逻辑是你不杀死我，我就杀死你。伯父的牺

① 周保初、周靖：《叶君健全集·第1卷·前言》，《叶君健全集》第1卷，北京：清华大学出版社2010年版，第21页。

② 叶君健：《谈创新》，《欧陆回望》，北京：九州图书出版社1997年版，第298页。

③ 叶君健在1992年接受记者韩小蕙采访时谈到《山村》，他说：“这部书的内容，是以中国大革命时期大别山地区的农民革命为背景，以普通农民为主人公，描写了中国偏僻山区的一群原始、落后、保守、自私的农民，怎样经过中国共产党的教育和革命斗争的锻炼，逐年成为坚定的马克思主义者。”这个概括前半部分还算属实立，后半部分则是作者对小说革命性意义的拔高。90年代的叶君健似乎尚未从持续了数十年的思想禁锢中摆脱出来，他为自己因一贯言行谨慎而未受到历次政治运动的冲击而自得，他告诉韩小蕙：“我这一辈子，经历了许多事情，如果我在哪一点上缺乏谨慎，早就完蛋了。正因为我的谨慎，这一辈子没有出现什么失误，这在几十年的风风雨雨中，也并不是容易的。”因此，叶君健在接受记者采访时对《山村》内容的介绍，权且也可以视为基于自保的一种谨慎之举吧。参见韩小蕙：《叶君健访谈》，《心灵的解读》，深圳：海天出版社2002年版，第133、138页。

④ 叶君健：《我的伯父和他的黄牛》《叶君健小说选》，南京：江苏人民出版社1983年版，第154页。

牲与其说是因为他对敌人的仁慈，不如说是因为他对自己的怜惜。在战场上看到对手有着一副和自己同样的庄稼人的面孔，其实是看到了另一个自己，他顿时对同类相残产生了疑惑。虽然伯父已经不再胆怯放枪，但他的犹豫却最终葬送了他的性命。伯父用他的死中止了英雄壮举的继续，却完成了对生命和人性的祭奠。

相对于伯父近乎英雄气短般地死，《一桩意外》中驼子的牺牲不可谓不壮烈，但他最终同样被作者还原到凡夫俗子的位置上，彰显出的依旧是超越了英雄气概的人性至真。小说里这个没有人瞧得起的驼子，“他是一个很勤苦的庄稼人，但却不是一名出色的战士”。在伏击战打响后，他用石头砸晕了一个骑马的鬼子，然后狠命痛打直到鬼子身上的手枪走火，自己应声倒地。与敌人同归于尽的驼子几乎就称得上是个英雄了，连打扫战场的队长也料想不到“这个庄稼人这次战斗表现却是那么出色”。但驼子临终前请队长转告家里女人的一番话，却与他的英雄之举不太合拍：“那一罐豆饭……得盖严实点……以防夜里耗子……把罐子……放在凉水里……免得……变馊……”[①]这番婆婆妈妈的嘱咐披露了驼子最为本真的生活渴望，他不想做什么英勇的壮士，他自始至终只是个庄稼人，安分平淡的生活信念从未有一丝的改变。叶君健借助于琐屑的日常生活细节的刻绘，瓦解了英雄主义叙事的高蹈，彰显出的沉稳而永恒的人性内涵。

与上述两篇小说相比，《多事的日子》里的乡亲们未有冲锋陷阵的经历，小说叙述了村民们活捉鬼子的情节，它足以渲染成一件荡气回肠的抗日壮举，而叶君健对这方面的演绎却无所用心。他关注的依然是人性的力量，包括凡人的朴素价值。他要凸显中国底层农民生活理想的破灭以及无辜牺牲的悲剧。就像伯父和驼子虽然都有冲锋陷阵的经历，却仍然和那些意志坚定、勇往直前的血性英雄有着距离，《多事的日子》里的乡亲们的壮举，也很难映现出抗日叙事里常见的那种勇武过人、气贯长虹的英雄光彩。村里人对鬼子欺辱妇孺、强行摊派、限期筑路的种种恶行痛恨不已：“他们太瞧不起我们了！他们简直没有把我们当人。以为我们都是傻瓜！我们不能

① 叶君健：《一桩意外》，《叶君健小说选》，南京：江苏人民出版社1983年版，第161页。

这样活下去了”，于是决定反抗。午夜时分，他们里应外合，冲进监督筑路的日本兵住所，活捉了三个俘虏。虽然这一行动的组织者后发曾经在城里受过地下斗争的训练，但乡亲们能够被他鼓动起来，却主要是听信了算命先生的预卜：妖魔已在那几个监督的日本兵身上附体，他们一定会完蛋。叶君健无意从民族意识和民族气节的角度拔高这场报复行动的意义，即便这是一场针对异族侵略者的反抗。小说以较多篇幅铺陈了日军步步紧逼的暴虐和压榨，庄稼人之所以抗争是因为到了他们能忍受的极限，而其心理基础与历史上走投无路的农民借助于算命卜卦揭竿而起类似。小说的情节围绕后发的父亲——被强行派做了维持会副会长的老刘的心理起伏而展开。这个老实的庄稼汉在经历了比村里人更多的折磨后，意识到“处处在打仗，想要恢复过去那种安静的日子已经是不可能的了”，也参与到行动中。但此后当人们想要让他下命令吊死那几个俘虏时，却发现他居然在为抓住的俘虏做祷告，在祈求菩萨“把他们残暴的、好战的灵魂投胎到猪狗的肚皮去以前，让他们的灵魂回家去看一次”。[①] 这与其说是老刘怯懦个性的反映，不如说这是作者主观意图的呈现。叶君健借老刘的迂腐表现了他对侵略者的谴责，同时，对村民们满足于一时泄愤的以暴抗暴行为也表示了他的质疑。

较之于同时期国内流行的《抗日英雄洋铁桶》等“新英雄传奇读本”，《多事的日子》既不追求情节的传奇性，也不着力于抗日英雄民族精神的颂扬，叶君健关心的焦点是中日战事中的中国无数的普通庄稼人所遭遇的生存和精神困境，他要原原本本地道出真相，从而将发生在中国的抗日战争当做诠释更广泛时空里人类普遍存在的矛盾冲突的标本。因此，叶君健不满足于在民族大义的框架下做文章，也不以塑造抗日英雄为旨归，他希望以更宽阔的视野和更宏大的胸襟，审视战争带给人困惑、造成人心灵扭曲等种种难以恢复的精神创伤，对无辜的受难者给予人道的安慰和同情。小说对战争本质的思考深度或许并不尽如人意，但对老刘恐惧心理的揭示却还是较充分地反映了叶君健的这一立场。《多事的日子》对人与事的非英雄化处理，也

---

① 叶君健：《多事的日子》，《叶君健小说选》，南京：江苏人民出版社 1983 年版，第 217、219、221 页。

许疏离了既成的民族主义、英雄主义方向，但作者对潜藏在像老刘这样的普通中国人心里的和平愿望的挖掘，对冤冤相报和兽性放纵的警惕，却无疑具有更为普遍而永恒的意义。

曾经和英国人民一起经历过“战时生活状态”的叶君健，对英国战时的全民动员留下深刻的印象：“由于这种全国一致、共赴国难的精神，渗进了全体人民的心中，大家都稳如磐石，什么困难也吓不倒。”①当时的英国上上下下都在为争取一个和平的世界而努力的气氛，引起了来自中国的叶君健许多实实在在的感触，英国成为他的参照标本对象，他不得不对自己的经验做出重新估价②，对自己的原先的视角和思路也进行了适度的调整。抗战中的中国人和正遭遇战争困难的英国人其实都一样经受着苦难，一样在为生存而抗争。在世界反法西斯战争的格局中，中国人未必就比其他另一国家的人民更具英雄性；而战争尽管关乎国家和民族的生死存亡，却更关乎人类文明的得救和毁灭，狭隘的民族主义情绪宣泄无助于人类和平总目标的追寻。因此，在叶君健看来，针对西方世界的中国革命叙事或战争叙事，关键是要激发读者情感的认同，既然以关心人的生命和基本生存状况为主旨的人道主义是人类最基本的价值观念，那么它也应该成为有效的中国宣传不可或缺的旨归。在此情形下，叶君健选择通过如实地呈现中国普通人近乎自在状态下的人生，去展示他们心灵深处对土地的热恋和对和平生活的向往，去反映动乱、革命和战争中无数生命的挣扎，从而揭示中国人的尊严和活着的意义。

叶君健的中国故事都是平凡人的平凡故事，“它告诉你任何英雄小说所不能告诉你的东西”③，但恰恰都是西方读者能够理解的人的故事。正是通过感受那些“无名

① 叶君健：《第二次世界大战时在英国》，《新文学史料》1992年第1期。

② 叶君健发现自己过去对英国的判断和当下的英国现实存有距离，他说，到英国后，“事实上，在我和这些朋友的交往中，我发现了一个新的英国——它和我早年小时候在中国所了解到的那个英国是多么不同！那是我对英国的印象是从像上海和汉口那些商埠的英国商人、银行、商业机构和扬子江上的军舰所形成的。”（叶君健：《啊“这个英国”》，《重返剑桥》，北京：生活·读书·新知三联书店1983年版，第39页）

③ 《山村》的挪威文译者汉斯·海堡（Hans Heiberg）为《山村》所做的序言，转引自苑因：《关于〈山村〉》，叶君健：《山村》，郑州：河南人民出版社1982年版，第265页。

的、日常生活中的平凡人，那活动在广大群众中、但不一定政治性很强或者具有英雄气质的普通人，那生活在村子里的人，那代表中国、组成中国这个国家的普通人”①的哀乐悲欢，叶君健的读者，甚至包括那些原本只是为了欣赏异国风景的普通读者，才会多多少少地理解：啊，“原来现实的中国是这个样子”②。作为面向世界的现实中国的书写，《山村》等已然融合了“他者”视界的小说，一方面完成了叶君健在跨文化语境下对中国和中国人的形塑，另一方面也丰富了人类生存发展理念的意义价值。它们不仅反映了叶君健对 20 世纪上半叶中国人命运的细微体察，对现代中国革命的深刻洞见，同时彰显了中国现代文学难得的国际视野和人类立场。叶君健从普适的人性立场与世界对话的创作实践，为处于“中国文学如何走出去”的焦虑中的中国作家们提供了借鉴。

三、“掌握感情火候”

叶君健的中国叙事大多围绕故乡和故人展开，从某种意义上来说，这种对自我成长环境的想象重构，其实即形同于“自我”言说。而事实上，叶君健决定调动自己的故乡记忆和中国经验时，也确实包含了反顾自我、抒发情愫的初衷。他在解释当年在珞珈山上开始写小说的原因时说，尽管 14 岁就离开了故乡，但“我脑子里始终忘记不了农村生活和在那里劳动的人们”③；“心中积压了许多对当时社会、一般下层民众和苦闷的知识分子以及我们国家命运的感触。我有一种冲动，想把我心中积郁的情绪写出来。我决心通过小说的形式来表达”④。虽然满怀情绪倾泻的冲动，可落笔之时的叶君健还是清醒地意识到：如果他意图讲述记忆中的故乡，他就需要调整当下的自我与故乡的关系；如果他选择将中国以外的受众作为倾听者，那么他还需要处理好作为讲

---

① 《山村》的挪威文译者汉斯·海堡(Hans Heiberg)为《山村》所做的序言，转引自苑因：《关于〈山村〉》，叶君健：《山村》，郑州：河南人民出版社 1982 年版，第 266 页。

② 叶君健：《我的外语生涯》，《东方赤子·大家丛书：叶君健卷》，北京：华文出版社 1998 年版，第 15 页。

③ 叶君健：《从〈岁暮〉开始的创作道路》，《叶君健小说选》，南京：江苏人民出版社 1983 年版，第 257 页。

④ 叶君健：《在珞珈山上写小说》，《欧陆回望》，北京：九州图书出版社 1997 年版，第 309—310 页。

述者的自我与异域的关系。因此，为了更有效地表达情感，作者反倒需要对个人情感加以适度控制。从世界语短篇《岁暮》，到英语长篇《山村》，叶君健习惯借助于一个外在于自我的局外人视角，将熟悉的故乡和故人当做理性审视的对象；同时又以"'跳出中国'来写中国"①的形式，将中国置于世界格局中予以解析。情感看似疏离于所记录的时空，实则却是将伦理关怀外化于客观化的形象展现中。

(一)"控制我的感情——控制甚至到冷酷的程度"

叶君健提到他早年接受的影响时说："上大学后，我专攻外语和外国文学，并且自己开始尝试写小说——用世界语写。我开始注意文字风格、结构和表现技巧。这几位作家给我的印象最深，也影响了我的写作：梅里美、屠格涅夫、佛吉妮娅·吴尔芙和海明威。他们都是语言、结构、风格和'掌握感情火候'的大师。"②在另一个场合，他谈到自己创作中获得实际效益的大师还有其他几位，譬如福楼拜、莫泊桑。他认为："福楼拜用词严谨，一丝(字)不苟，每个句子表达一定的感情和气氛，恰到好处，不多一字，也不少一字。莫泊桑是他亲手栽培出来的学生，在继承他的文字风格的同时，他用词的简洁和感情的控制几乎达到了冷酷的程度。但冷中有热，正因为他的构词和叙述不动声色，激情内溢，不轻易表露，所以当读者可以体会到这种内在的激情时，就情不自禁地感到极大的内心冲动。屠格涅夫吸收了上述两人风格中的某些长处，但是更朴素、平淡。"③叶君健一开始用世界语写作短篇时就特别注意从上述大师的艺术风格中寻找借鉴，这些作家控制感情所产生的绝妙效果让年轻的叶君健深为叹服。或许最初尝试写作时的叶君健对这些作家只是感性上的偏好，但当他坐在英国老师朱利安·贝尔的课堂上时，这种偏好慢慢地就获得了理性上的确认。尽管叶君健很少提及贝尔对他创作的直接影响，但叶君健其实很难否认他可以抵御贝尔那种"智慧应用于情感世界"的理念熏陶，其中不仅包括贝尔对伍夫芙等作家作品的评介，也包括贝尔对自己的文

---

① 叶君健接受记者采访时说，他是"跳出中国"来写中国的，转引自黑马：《叶君健：群山寂静》，《长城》2008年第2期。

② 叶君健：《早年影响过我的几本书》，《叶君健全集》第17卷，北京：清华大学出版社2010年版，第258页。

③ 叶君健：《外国文学研究和创作》，《东方赤子·大家丛书：叶君健卷》，北京：华文出版社1998年版，第289页。

学观念的阐释。①

现存的贝尔日志和他写给家人亲友的书信材料不只记录了贝尔与叶君健的友情，也见证了贝尔在思想和文学观念上对其学生的有意识引导。从贝尔为叶君健指导的阅读方向看，近代以来最有影响力的西方作家差不多都网罗其中，似乎看不出他对叶君健有什么特别的建议②，但从叶君健提到的带给他实际裨益的福楼拜、莫泊桑和屠格涅夫均在此列来看，贝尔的书单并非无的放矢。贝尔在教学中一直不满中国学生的"多愁善感"，对他们直抒胸臆式的写作尤其持保留态度；他鲜明的反感伤主义的文学品位，作为与他十分亲近的学生叶君健应该不会陌生，必定会受到触动。贝尔在给母亲的信里说："我正进行一场反感伤主义的战斗——中国人不能理解'现代主义'，但他们却欣然接受浪漫主义最糟糕的作品。"③贝尔的评价中固然包含了他对中国文学和文化缺乏充分体察而有的偏见，但他希望将英国的现代主义介绍给中国的努力，却对叶君健之类的学生还是产生了积极的作用。贝尔特别将弗吉尼亚·伍尔夫的《到灯塔

① 叶君健回国后几乎闭口不提自己大学时期与贝尔、在英国时期与伍尔夫所属的那个布鲁姆斯伯里文学圈的关系，直到20世纪80年代后才有所改变。采访过他的记者认为，叶君健"早年在英国时曾与布鲁姆斯伯里文学圈的领军人物伍尔夫夫人等现代派作家过从甚密，但他从来也不公开谈论这个文学圈，估计是出自自我保护的目的吧。"（黑马：《叶君健：群山寂静》，《长城》2008年第2期。）笔者认为，叶君健自我保护意识其实在改革开放后仍然十分明显。晚年的叶君健虽然打破沉默，多次感怀贝尔和他的友情，但他却不愿意谈及在文学方面两人的交集。在1995年接受帕特丽卡·劳伦斯的采访时他表示："我们总在一起，我们是非常好的朋友，……是的，就是最后一年。当然，（我们）并没有过多地讨论文学，我们之间更多的是私人交谈……，是的，是一种友情。"（转引自[美]帕特丽卡·劳伦斯：《丽莉·布瑞斯珂的中国眼睛》，万江波、韦晓保、陈荣枝译，上海：上海书店出版社2008年版，第76页）笔者认为，即便在最后一年两人之间没有更多地讨论文学的问题，但从贝尔教学过程中对包括了叶君健在内的中国学生的引导来看，其实很难否认叶君健受其影响的事实。叶君健的过分介意，恐怕还是源于他对如何在符合主流政治意识形态前提下评价贝尔式的"现代主义"文学观的疑虑。

② 贝尔的日志留下了他对叶君健的印象和评价，以及指导叶君健阅读和讨论的记录："叶君健也很聪明并独立。《麦克白斯》。再次讨论到陀思妥耶夫斯基。段落运用，不太好。指导阅读方向：G.艾略特，巴尔扎克，《波法利夫人》，莫泊桑，乔治·桑，A.法朗士（读得不多），左拉，威尔斯（Wells），王尔德，萧伯纳，陀思妥耶夫斯基，屠格涅夫，契诃夫，果戈理，普希金，伊凡诺夫，里伯德夫（Lybedev），蒂斯臣科（Dischenko）。英俊，面容开阔，卡其布，实在聪明得很可爱。阅读康拉德。"参见[美]帕特丽卡·劳伦斯：《丽莉·布瑞斯珂的中国眼睛》，万江波、韦晓保、陈荣枝译，上海：上海书店出版社2008年版，第75页。

③ 转引自[美]帕特丽卡·劳伦斯：《丽莉·布瑞斯珂的中国眼睛》，万江波、韦晓保、陈荣枝译，上海：上海书店出版社2008年版，第89页。

去》列入课程的指定书目，意在帮助学生从伍尔夫的小说中汲取思想和艺术的养料：感性必须与理性相融合，永恒的艺术品只能源于作家理性的情感艺术观。叶君健越是了解贝尔，也就越是能理解他对情感流露导致粗俗、虚伪及说教的警惕。贝尔曾经表示："我很艳羡那些能够将个人情愁以沉稳的不带任何个人色彩的平行艺术结构进行表现的作家，而我呢，我躲避情感的办法就是故作冷淡。"①叶君健也声称："一个作家在'创作'的时候，一般总有某种力量在推动他。人们把这叫做'冲动'或'灵感'。这属于感情或感性方面的活动。但当他真正开始写的时候，他就不得不回到理性上来"；"就我个人而言……我只有用平直、朴素的语言——但这不等于没有诗意——和冷静、不动声色的态度来描述我的故事，控制我的感情——控制甚至到冷酷的程度"。②即便时过半个多世纪，叶君健的表述中仍然清晰地见出贝尔的影响痕迹，而他20世纪三四十年代的世界语和英语小说正是这一文学观念的实践印证。

控制感情的温度有助于获得一个较为理性的观照视角和一个近于客观的立场，其前提是基于对发现并揭示本质真实的尊重。尽管叶君健有时也难免会有情绪的表露，就像在《水鬼》中他无法抑制对"北方佬"悲惨一生的哀怜，可是套用小说志怪谈鬼的写法以及不揭谜底的收结，还是反映出作者淡化倾向参与的努力。当叶君健立志真实地记录那些被遗忘的存在时，他确实注意到隐藏内心的悲悯或愤激，尽可能将情感寄托在对客观现实的细致刻绘中。《岁暮》虽是处女作，却已显现了他驾驭情感的不俗功力。小说以北国边地的荒凉来映衬失业返乡的主人公疲惫无助的心境，同时也严严地包裹住作者自己的暗淡情绪。其中没有尽头的群山、枯萎的野草、蜿蜒的小路、残冬的寒风、松林上的暮云，以及独轮车咯吱的声响、婴儿的啼哭，不只为点缀气氛，更暗示了人物的命运。叶君健对前途茫然的这一家四口，不做抚慰，也不发感慨。他像一个隐形的路人，只是静静地打量着从远山的小道而来又往远山的松林而去的所有的跋涉者：北方佬、流浪者、小商贩、猎人、烧炭烧窑的，当然也包括这对不知姓名的返乡夫妇。他细心

① 转引自[美]帕特丽卡·劳伦斯：《丽莉·布瑞斯珂的中国眼睛》，万江波、韦晓保、陈荣枝译，上海：上海书店出版社2008年版，第86页。

② 叶君健：《谈创新》，《欧陆回望》，北京：九州图书出版社1997年版，第298页。

地描摹着这家人的匆匆行色和重重心事，笔调唯其平实冷静，唯其含蓄收敛，画面中的人物和所有在小石屋歇脚的过客，他们那种永远的旅人的悲哀，才更清晰地得以凸显。

对隐身事外的观照角度、冷静含蓄的笔法与呈现历史真实的关联性，叶君健似乎一直深信不疑。在他大部分的世界语或英文小说中，他执著地沿用了《岁暮》这种在他看来最易于触及现实本质的方式。《娶亲的故事》、《三兄弟》、《郎中》、《我的伯父和他的黄牛》、《梦》等小说均显现出他直面生存世界的冷峻态度。它们大多指涉了理想与现实的悖反，通过客观事实的陈述，真相的纹理逐渐绽露出来。

和《岁暮》相仿，《娶亲的故事》依旧是一个被遗忘者的故事。“粗脑袋”黄马巴望着自己死后有个人可以修补他的坟墓，在得知新娶到的寡妇不能生子后顿时如五雷轰顶，一病不起；而那年过半百满脸皱纹的新娘，再嫁只是为能接济自己的两个在别人家当牧童的孩子，结果却让她无时无刻不承受良心的谴责。叶君健简笔勾勒了娶亲事件中这对苦命男女心理的错位和彼此的隔膜，同时又将这一事件妥帖地安置在一个看上去皆大欢喜的社会结构中，让它去满足这个环境里所有人的期望，包括相信“不孝有三，无后为大”的侄儿，为“好朋友”排忧解难的媒人、热心给人忠告的村妇，以及有权为这件亲事的结局做出决断的村长。他们越是信誓旦旦地许诺，越是有口无心地安慰，越是冠冕堂皇地规劝，就越是凸显了黄马的愁苦和绝望。娶亲事件中的诸多落差无疑构成了对黄马以及他所在的宗法制社会体系的多重反讽。叶君健不仅让这桩婚事的男女主角微渺的梦想落空，还将这桩喜事处理成一场丧事的序幕，令那些曾是喜宴上的“上宾”、“副上宾”和“特宾”也品尝到无言的虚空。在不经意的叙述中，小说就是这样一步步披露出这个世界的荒谬和残酷，就算结尾添加了黄马临终前对他女人体贴安置的温情细节，也难以驱散贯穿了全篇的彻骨寒意。

类似冷峻的笔触同样出现在《郎中》和《梦》中。《郎中》里的无法进食的老妇人只为等待女儿为她生一个能接续家族香火的外孙而活，老郎中直到离世还在为没有救活这个病人而内疚，他的徒弟“我”花费多年积蓄去北京求访救治方法，最终明了原是一场徒劳的旅行。叶君健透过一个病例的解析，直指乡间郎中的困境。他们与陷于精神肉体双重饥饿的庄稼人朝夕为伴，就注定了他们有心治病无力济贫的尴尬。和《郎中》

一样,《梦》中流浪艺人的女儿兰妞和妹妹春妞都向往着当一个能读书识字写歌儿的学生,但战乱逃难的现实却逼着老父把女儿送给地主做填房以求一条生路。梦与现实构成了如此鲜明的对照。

叶君健特别喜欢采用第一人称叙事,上述这两篇小说也不例外。一方面,第一人称的“在场性”增加了叙述的可信度和真实感,叙事者“我” 在读者与小说主人公之间起了中介作用,引领他们进入老郎中或跑江湖的两姐妹的生命空间,切实地感应到人物的内心伤痛;而另一方面,第一人称视角的有限性又决定了叙事者与叙事对象的距离:《郎中》里的“我”知晓老郎中医道方面的困惑,却无法理解他在责任感和良心上的苦恼;《梦》中的“我”和跑江湖的一家人共同经受饥饿的煎熬和无家可归的惶恐,却不能理解老艺人噩梦中惊骇的呼救以及姐妹俩对认字、读妈妈经常唱的那些歌儿的执著。叙事者与聚焦者及与人物的对照、重叠,呈现出多层次的意义空间和戏剧性张力,强化了叙事功能。作者最终还是将老郎中和跑江湖的父女仨的精神世界以及命运遭际推到了读者面前,让他们产生身临其境的逼真感觉,迫使他们对这残酷的真实进行各自的解读。叶君健以第一人称叙事来凸显真实感的意图在长篇《山村》,以及与《山村》相关联的《寂静的群山》三部曲后两部《旷野》、《远程》中表现得尤为明显。80 年代末英国的评论家也十分敏锐地注意到这一特点,并将这一叙事策略与叶君健“要刻绘一个大动乱的时代”的动机相联系,称赞“小说第一人称的叙述的高度精练加强了小说的严峻性”,甚至“达到了冷酷的程度”。①

(二) 以“温柔抒情”包裹冷峻理性的内核

叶君健的英国同行中有人把《山村》看做是“一部用浪漫主义手法”写成的小说②,有人认为《山村》的风格“温柔抒情”③,这样的评价与叶君健的本意也许不那么贴合,但他们其实仍然不同程度地同时感受到了叶君健的“含蓄和对感情的控制”,并认为这

①③ [英]阿默尔·胡山:《平凡的烈士和未歌颂的英雄们》,季青译,《文汇报》1989 年 10 月 29 日。原载英国伦敦 1989 年 4 月出版的《第三世界季刊》。

② [英]迈克尔·斯卡梅尔(Michael Scammell):《布隆斯伯里中的一个中国人》,邵鹏健、李君维译,《读书》1982 年第 5 期。

源于作家对中国传统小说经验的接受[①]。虽说英国评论者对叶君健与中国传统小说关系的理解不一定恰切,但他们对《山村》情感书写特征的把握却还是基本到位的。作为承载了叶君健太多故乡记忆的文本,《山村》的抒情是难免的,它不属于贝尔艳羡的那种"将个人情愁以沉稳的不带任何个人色彩的平行艺术结构进行表现"[②]的作品,但是,有别于叶君健将无限乡愁恣意挥洒的《冬天狂想曲》和《雁南飞》,《山村》即便不乏诗情画意,却仍然明显经由了较高程度的理智调和,笔触含蓄蕴藉,情调质朴内敛,"温柔抒情"或"浪漫"的外表下是冷峻厚实的内核。

叶君健以萦绕于起伏山峦间的歌声起首,似乎是为《山村》定调:小山村几乎隐没在茂密的树林中,肩扛锄头或铁锹的庄稼人慢悠悠地来往于田间路边,村外的河水不慌不忙地向西流去,河滩上的沙粒闪着金光,牛儿在吃草,放牛娃在发呆,拉竹排的纤夫在河流的拐弯处歇脚……难道叶君健是在勾勒一幅古意盎然的中国山水画吗,当然不会这么简单。但凡有起码思考力的读者也绝不仅仅止于这田园风光的欣赏,一定还有兴趣去了解作家如此铺垫的用意。是的,就像法国比才的《卡门序曲》,它以欢畅的音调开始,之后却急转直下结束在一个不协和的和弦上,这不祥之兆暗示了《卡门》的悲剧动机;《山村》开篇的安宁静谧气息也不过是个欲抑先扬的前奏,读者的注意力很快就会转移,转移到夜幕降临村前广场上说书人讲述的痴情女子负心汉的故事上。这亘古不变的悲情传奇构成了《山村》现实主题的隐喻。"整个的夜似乎只剩下一个被音乐的迷雾所笼罩着的月亮和充满了忧郁感的模糊夜色。"[③]叶君健是在抒情,英国的评

---

① 斯卡梅尔从英国读者的角度谈到《山村》时说,叶君健的"故事以他们的异国情景和艺术手法抓住了读者",他认为《山村》的吸引力来自中国背景以及中国式的表现法。(参见《布隆斯伯里中的一个中国人》,邵鹏健、李君维译,《读书》1982年第5期)胡山认为,叶君健"灵感的真正源泉是来自各种形式的中国传统小说——即古典式的抒情。他的含蓄和对感情的控制应该归功于七世纪的唐人小说和通俗小说(如吴敬梓的《儒林外史》就是他所喜爱的作品)的影响"。考虑到胡山对中国传统小说的隔膜,对他在唐人小说与叶君健的关联上的想象,可以不必苛求。但一些中国的评论者套用胡山的说法,认为叶君健小说"冷酷到残酷"的特点源于作者对唐人小说的接受,不能不视为与常识有悖。

② 转引自[美]帕特丽卡·劳伦斯:《丽莉·布瑞斯珂的中国眼睛》,万江波、韦晓保、陈荣枝译,上海:上海书店出版社2008年版,第86页。

③ 叶君健:《山村》,郑州:河南人民出版社1982年版,第16页。

论者没有看错，可却是有节制的抒情。叶君健的情感收束在物象的呈现上，而物象同时又荷载了他的思考。“忧郁感的模糊夜色”撕裂了白昼平和恬静的表象，含蓄地指涉到另一个混沌喧嚣的世界。

这个世界令叶君健感到苦涩，但他却清醒地告诫自己，必须让读者自己去感知去体会。他该做的是杜绝任何说服训导甚至有意感染的迹象。这样，《山村》的读者才有可能平静地走进那个偏僻闭塞的中国山村，才有可能一步步靠近那些看上去那么陌生又好像情感相通的人们的身边。借助于叶君健展示的图景，他们了解了潘大叔从军阀混战又因黄河决口农田颗粒无收的北方逃荒而来的身世，感受了阿兰三岁时父母双双被逼而亡、沦为童养媳后又染上天花毁了容颜的孤苦，看到菊婶纺的纱连贱卖都没有销路、毛毛拼命干活儿也填不饱妻子母乌鸦的肚子、佩甫伯只有在喝醉时才敢抱怨收不到足够的学费几乎要饿死……何止于此，叶君健不只是为他的读者介绍这些中国人和他们祖先们同样的贫穷，他还想让他的读者知道这些中国人比他们的祖先更加无望，从而逼迫着读者设身处地地去探究这些卑微的中国人的命运和灵魂的走向。

透过《山村》，读者可以看到，除了战乱、饥馑、疾病、苛税造成的乡村凋敝，现代中国汹涌澎湃的革命与反革命的浪潮慢慢地开始席卷至山村，使得乡间既往的秩序被打乱，农民的物质生活和精神世界遭遇到前所未有的冲击。强权的肉搏地原来是无辜者的生死场。腥风血雨中小人物们一个个难以幸免，沦为殉葬品或沦为牺牲品实在是没有太大的区别。叶君健当然不否认革命的意义，但落笔《山村》时，他却把关注目光投射到那些渺小的个体所付出的代价上。时代急剧变幻，小山村的每个人都无所适从，不管是选择还是不选择，似乎都在劫难逃，甚至招致灭顶之灾。叶君健那么镇定地勾画着他们惶恐无助的内心，那么从容地叙述着他们被拨弄被淹没的人生，笔调之冷静真正到了残酷的地步，而悲悯却又似乎无处不在。

叶君健在小说的后半部分将山村人酷烈的生存置于不断加剧的动乱和革命与反革命拉锯式冲突中展开，叙述节奏越发峻急，但是结尾却重新回复到平缓，呼应了小说开篇时那种浪漫抒情的格调。这当然是叶君健故伎重演的情感包装。温情气氛的渲染，不过是即将来临的新一轮喧嚣动荡的伏笔：尾声中温情气氛的渲染，其实和山村的开篇一样，仍然是即将来临的新一轮喧嚣动荡的伏笔："村子仍然是往常的那个村子。那些村屋，那些树木，那些铺着黑瓦的屋顶……可是天空向它笼上了一层沉郁、阴惨的气氛"，回响在山谷的歌声也已经不同于从前，"因为它不像平时的合唱，歌声带有相当悲伤的调子"。[①]而此时，"远方又隆隆地响起了炮弹爆炸声"打破了"安静的乡村的早晨"，这不啻是一场更激烈更残酷的血与火拼杀的信号。叶君健让春生母亲带着儿子在这样的一个早晨逃离"祖先的老家"，映衬出再也无法为子弟庇荫的家园如同废墟般的荒凉；而另一个令读者揪心的真相是，他们将前往春生父亲所在的"大城市"，已被告知"情势更为可虑，青年学子，每日被枪决者，数以千计"，这无疑指涉了山村以外和山村早就汇合成同样凶险的世界的事实。叶君健的"冷酷"再次彰显，他不想为他的读者提供哪怕一点点有关山村未来的乐观想象。

叶君健的冷静和理性固然使他洞若观火，但他却也很清楚，自己的怅惘情绪多多少少还是融入了春生母子离乡的背影里，而他其实却没有资格也将读者带进感伤的境地，滑出理性的疆域，所以他必须做出调和以隐藏自己的倾向。在春生母子走向漫长古驿道的画面里，叶君健勾画了春生因要"到一个大城市去开始新的生活"而兴奋的表情，而跟随主人上路的小狗来宝欢快蹦跳，也不失为有意味的点缀。最具振奋意味的笔触当然无过于离乡者对留在古树树干上的革命党一条标语的反应："我们会再回来！"[②]这句话在小说中无比醒目，字母不仅全用大写，而且字号加大，带给读者直观的视觉冲击，其冲击与它在春生母子内心的激荡正相比拟。虽然母亲刚听儿子念出那几个字后表示"我很怀疑"，但在放牛娃的歌声消失后，母亲终于对春生重复了标语上的

---

① 此处为笔者译。原文为："As it was not sung in chorus as it used to be, the note had a rather sad touch", (Chun-Chan Yeh, *Mountain Village*, New York: G.P. Putnam's Sons, p.248.)，叶君健自译为："因为它不像平时那样，是以合唱的形式唱出，它的调子就未免带上了一点忧郁的色彩。"（叶君健：《山村》，郑州：河南人民出版社 1982 年版，第 260 页）叶君健将 sad 译成"忧郁"而不译成"悲伤"，减弱了消极负面心理的程度，以使《山村》结尾呈现更多的光亮，这或许不只源于作者针对不同读者而采用的策略，也和不同时代环境下作者对中国革命前景的认知有关。

② 原文为："WE SHALL COME BACK AGAIN!"（Chun-Chan Yeh *Mountain Village* New York: G.P. Putnam's Sons）。叶君健自译为："我们要重新回来的！"（叶君健：《山村》，郑州：河南人民出版社 1982 年版，第 260 页）

那句话:“我们会再回来!”叶君健将老母亲代入了言说的主体,致使革命党人对山村的承诺遂转化成山村人自己对故土的允诺,这种自我期许让承诺者免除了被动等待的纠结。尽管“我们会再回来!”是由生命之根早已深深扎入山村土地的老辈人发出的,但对读者来说,却依然不失为温馨的抚慰。相对于将“古树”与“革命党人”硬性黏合的象征性表达,春生母子从家园感中汲取生存信心的意义指涉,显然更具说服力。毕竟谁都不能否认,生命最原初的出发地,是人类心灵永久的故乡。叶君健淡化了革命标语“我们会再回来”的魅惑力,却同时重构了自我允诺的价值内涵。他用“这将是一段很长的旅程”一语双关地收结了山村的故事,留给读者一个开阔的思考空间:不仅有关春生母子,有关留在山村或离开山村的人,也有关读了《山村》的读者自己的命运和前景。

叶君健晚年在回顾自己和英国布鲁姆斯伯里团体成员的关系时坦陈:“因为历史环境的不同,我的成长与他们大有区别,但是在文艺欣赏和人际感情方面,我们有许多共同的地方。”①他尽管无意于“寻求表达个人经验中最敏感的感官颤动的技巧”,不会刻意去模仿布鲁姆斯伯里作家下意识淋漓展示的“意识流”写法,但《山村》和其他一些小说却也表明,它们的作者还是从现代主义文学中获得过滋养。伍尔夫小说的风格,叶君健定义为“一种印象派式的散文与抒情式的诗情相结合的小说风格”②,《山村》中可见出一些借鉴的痕迹。《山村》诗情画意之所以并未导致贝尔所担心的粗俗、虚伪及说教,而是反衬了作者对现实世界的理性探究,在某种意义上,是否可视为40年代的叶君健对伍尔夫、贝尔两代布鲁姆斯伯里作家文学趣味的接受呢?这恐怕也可以部分解释1988年专门出版现代派作品的费伯出版社(Faber & Faber)再版《山村》的原因吧。

(三)疏离于司空见惯的价值和思维

1933年叶君健开始用世界语写作时,已明确意识到“世界语的设计不是为了属于全世界,就是为了不属于特定的国家和传统”③。非母语载体在一定程度上对叶君健

---

① 叶君健:《一代精英——回首“布隆斯伯里学派”》,《欧陆回望》,九州图书出版社1997年版,第5—6页。

② 叶君健:《一代精英——回首“布隆斯伯里学派”》,《欧陆回望》,北京:九州图书出版社1997年版,第4页。

③ [美]爱德华·W.萨义德:《知识分子论》,单德兴译,北京:生活·读书·新知三联书店2002年版,第29页。

与所表现的故乡起到了情感间隔的作用,并难得地赋予了叶君健俨然局外人似的"超脱"心境,使他有可能更客观地传递出被遗忘者的声音。而1944年后,叶君健置身中国以外的异域,类似的间隔效用越发突显,因为无论是英国的现实环境还是文化传统、价值观念,都必定会直接影响到叶君健中国记忆的筛选过滤,他拥有了双重视角:"新国度的一情一景必然引他联想到旧国度的一情一景。就知识上而言,这意味着一种观念或经验总是对照着另一种观念和经验,因而使得二者有时以新颖、不可预测的方式出现。"①业已更新的个人经验和感知现实的方式,使叶君健很自然地将中国置于世界格局中予以观照,并以人类文明发展的历史进程为参照去理解过往经验里的中国,包括他竭力要呈现的"中国农村发展起来的革命图景",进而探究"中国式的无产阶级革命的特点及其实际意义"。②在此过程中,英语帮助他无遮蔽地敞开自己的经验,以获得抵达本真的可能。

叶君健20世纪三四十年代有关战争与革命的描述集中反映了叶君健超越既成阐释范式的努力。《我的伯父和他的黄牛》以伯父毙命于有着和他同样的庄稼人面孔的对手枪下的结局,披露了无辜百姓被裹挟到敌对的政治阵营中相互杀戮的恐怖,构成了对农民反抗地主的革命正义逻辑的质疑。而《一桩意外》和《多事的日子》都属于抗日叙事,但不管打死了鬼子的驼子,还是做了维持会副会长的老刘,他们的形象都与抗日英雄或汉奸卖国贼的标签定位无关。疏离于故国和母语,有时也意味着疏离于司空见惯的价值观念和思维套路。叶君健调整并修正了对阶级革命和民族战争的想象边界,他把读者的注意力引向了对一切暴力戕害生命摧残人性,也包括扭曲受害者人性的深刻反思。显而易见,《我的伯父和他的黄牛》等短篇小说能理性地回应中国革命和战争的话题,已不只是得益于暂为旁观者的叶君健情感控制后的记忆重组,更是他有意识将人性置于至高无上的位置俯视历史的结果。

而在《山村》里,读者看到的是,虽然革命党人声称"为穷人做事",但大多数穷人却对革命党组织的农会提不起兴趣,只有说书人老刘例外。老刘是叶君健在革命党与山

---

① [美]爱德华·W.萨义德:《知识分子论》,单德兴译,北京:生活·读书·新知三联书店2002年版,第54页。

② 叶君健:《在一个古老的大学城——剑桥》,《新文学史料》1992年第3期。

村的庄稼人之间铺设的一座桥梁,同时也是《山村》冷峻底色上的一丝柔光。作为庄稼人的后代,在村人的眼里,老刘"脑子里事实上充满了一些浪漫主义的想法"①。小说中他对菊婶一往情深,尤其是他那种宛若欧洲中世纪骑士追求心仪异性的做派,一定令西方读者嗅到了某种熟悉的气息。但是,与此同时,他们应该也不难觉察,和这种浪漫恋情直接相关,老刘蓬勃而起的革命热情,在叶君健的笔下,其实却不啻为一个反讽。

叶君健不满足点到为止,他继续延展老刘热心革命的线索,将读者带进更具戏剧性的现场。省代表斐伦同志出现在山村人面前,他巧妙地接过老刘的话题,将众人的情绪引向对地主罪恶的揭发和控诉。但村里人最终还是认出了他——菊婶的丈夫,在国外另娶了一个女人为妻的明敦。与之前老刘爱恋菊婶的浪漫场景镜头相比,明敦与菊婶的夫妻相见场面未免有些残忍。虽然作者铺叙了菊婶当众指责明敦不应该斗争地主储敏的细节,以示两人间已存有思想的巨大差异②,但这种暗示或明示并不妨碍读者对菊婶和明敦既成关系的判定,他们还是真切目睹了夫妻仳离的一幕:

不知内情的菊婶请求丈夫一起回家,明敦立刻向后退了两步:

"不!我不能回到村里去。我现在不属于这个村子了。我属于革命,属于群众!……"

"什么?"菊婶惊恐地睁开双眼,慌张地大叫起来。"你不想我吗?难道我偶尔也没有进入过你的梦境吗?"

省代表没有马上回答这些问题,只是重复着说:"我得马上回到省城去。我得马上去!我得出席好几个委员会。此外,她不久就要生孩子了……"接着他就作了几句独语:"我得在她的身边。我国的情况她不太了解。她不能没有我……"

"什么?什么?什么……什……什么……"菊婶的眼睛变得非常粗野,她的声

① 叶君健:《山村》,郑州:河南人民出版社1982年版,第17页。

② 这一情节设置可谓荒唐,因为它背离了菊婶一贯的个性及其心理的现实。叶君健刻意为之的目的,是为了凸显菊婶和明敦在思想上已南辕北辙,为革命者停妻另娶的行径寻找现实依据。但出于对弱者的同情,叶君健对类似明敦的行为又不能表示赞同,所以他还是借明敦苍白无力的自我辩解反映革命者面临的道德情感困境。

音也非常吓人。“你娶了另一个女人?”

“不是另一个女人,而是一位同志……她爱中国和中国人民。她自己也是一个无产者……”

“啊——”菊婶忽然尖叫一声,头往后一仰,晕过去了。①

这是山村人在之前无数个夜晚听老刘说唱过的那类悲情故事的情景再现,只是时代变了,既往的价值也模糊不清了。革命是一些人打断枷锁、争取自由的利器,革命却也有可能将另一些人推向永劫不复的深渊。菊婶一厢情愿的痴情等待,可以被视作对传统道德的愚昧恪守,但她对自食其力的执著和最终出家为尼的决绝,却未尝不是一个女人,一个弱者,对新旧时代的强权所加于的巨大压迫的反抗。这一刻,老刘的无措和困惑是不言而喻的。

众人眼里既熟悉又陌生的显赫人物拥有明敦和斐伦两个名字,其实它们正代表着两个已经不能叠合的身份。叶君健不可能矮化他身为革命领导人的形象,也无意于将他定位在负心汉的角色上,但借助于一个近乎分裂的人格展示,小说直指早期革命者的精神空间,同时还原出革命与山村的复杂关系。明敦在小说里无疑是个集诸种矛盾于一身的人物。首先,他出身于山村却要把自己从“这个村子”切割出去,又把“这个村子”与“革命”、“群众”两相分离,这样的身份认同与他返回山村发动革命的行为本身构成抵牾。其次,他反复申明回省城是由于工作之紧要,却又声称一个将要临产的“她”需要自己,左躲右闪又言不及义,再清楚不过地显露出他的矫作和心虚。第三,他强调自己娶的“不是另一个女人,而是一位同志”。这自然是狡辩,但假设他并非出于自欺欺人,而是革命者的真实的表达,那么明敦在个人情感生活中只认“同志”不认“女人”,岂不又坐实了人性的碎裂和虚空?明敦于理、于情、于德上的亏欠,还表现在他无端揣测菊婶明为储敏家女佣实为储敏之妾。对分别多年的发妻的关注竟聚焦于她的贞节,这和革命觉悟无关,只是男权观念的作祟。更荒唐的表现,是他在菊婶晕倒后将菊婶的痴情归咎于老刘“讲那些古老故事、传播封建思想的说书”。他责问:“谁告诉她要等

① 叶君健:《山村》,郑州:河南人民出版社 1982 年版,第 210—211 页。

待我这么多年?”[1]随即提醒已被任命为革命党宣传组副组长的老刘要担负职责,用新思想开导菊婶,并护送她回家。

在《山村》以前的中国左翼小说里,早期革命领导者形象虽不至于像后来那么“高大全”般完美,但大多也会被打造成政治和道德的双重楷模。譬如茅盾《虹》里在上海发动工人罢工的梁刚夫,蒋光慈《咆哮了的土地》里回乡领导农民武装斗争的李杰,叶紫《星》里鼓动湖南农运风潮的黄会长,他们信仰坚定,品德高尚,在处理个人情感与革命道义关系更是果断利落,绝不拖泥带水。中国左翼作家们的革命正义想象在他们的人物身上找到了对应,但却因为急于过滤掉一些历史真实,使得梁刚夫们倒更像是把控下的牵线木偶。《山村》里的省代表也不乏梁刚夫们的政治品质,不乏一呼百应的魅惑力,但叶君健却关注到他在明敦和斐伦这两个身份撕扯时的无助和乏力,也不想遮掩他身上一道道被革命的风霜雪剑刮破的伤口。省代表的形象谈不上棱角分明,却至少不再是一张油光闪亮却没有体温的脸谱。叶君健摒弃了国内同行写作的套路,让这个省代表获得了独特的存在价值。

省代表在《山村》中终究也只是寻常角色,他混沌的面目甚至不如老刘醒目。叶君健让这个革命的候补队员扮演了收拾情感残局的角色。他不只是菊婶的守护神,他还是阿兰的情感归宿。在关涉两位革命者的情感苦戏里,老刘英雄救美般的出场,固然让读者感受到温情,却也令读者不由得仔细咀嚼回味。按照省代表的指示,更是顺应自己内心的召唤,老刘对菊婶温柔劝说,得到的却是“要忘记这个世界和男人”的绝望回应。如果说老刘对菊婶自始至终的爱恋线索,是《山村》“温柔抒情”风格的一个佐证,同时又是叶君健冷峻写实立场的关键性折射。那么,老刘在看着所爱的人消失在往白莲庵而去的山谷中后将爱之目标迅速转向阿兰,却似乎只剩下了“浪漫主义”的想象映现,它明显游离了老刘多情且专一的性格发展逻辑。虽然小说后半部分对老刘与阿兰的关系变化有些铺垫,比如提及阿兰因为老刘“为了她的一脸麻子曾经多次称赞过她”,认为“是一个真正无产阶级的标记”而感动,但老刘对菊婶的爱恋并没有实质性

[1] 叶君健:《山村》,郑州:河南人民出版社 1982 年版,第 211 页。

变化,他对阿兰的态度更多体现为一种阶级同情。因此,当小说写老刘劝说菊婶无果而感叹一场美梦结束了后,“掉转身,用轻快得像鹿那样的步子,奔向阿兰,把她抱在怀里”的举动,不能不令人感到突兀。对此,叶君健也心知肚明,因而不得不借老刘之口做出解释。当阿兰为自己的容貌自卑时,老刘劝慰道:“你的脸分外美丽,因为它反映出你美丽的灵魂”,“你有一个无产者的灵魂。你的心是按照无产阶级的节拍跳动”。[①]这与其说是老刘的爱情表白,不如说是老刘的政治表态,它与之前老刘对菊婶柔情蜜意的表达完全无法比拟。说书人老刘自此开始了他革命者身份的转型,他踏进明敦们所在的那个革命行列,甚至连满口新名词也和明敦们很相似了。叶君健是在寻找一种平衡和补救,他不只要让阿兰人生转折的光亮去驱散菊婶悲剧所带来的晦暗,他还想弥合已经裸露出来的山村间的缝隙。而让童养媳身份的阿兰获得情感倚靠,无疑具有象征性的意义。于是,决计成为“新人”的老刘挺身而出了,既然不能和所爱的菊婶终成眷属,那么不妨将感情奉献给无产者的阿兰,只是他这次品尝的不是这个曾经的说书人梦寐以求的爱情滋味了。

老刘移情阿兰的情节设计尽管逾越出叶君健惯常的理性尺度,带着些许观念诱导的痕迹,但有了革命党身份后的老刘与他周遭环境的关系变化在小说中还是得到准确的揭示,这实际上还是反映了叶君健对山村在革命中地位和意义的清醒把握。“他仍然是我们村里一个受人喜爱的人物,虽然他现在所表现出的新的政治热情对我们大多数的村人说来仍然是一个谜。”[②]“是一个谜”的老刘自然会让潘大叔们感到陌生,而当反动势力即将扩展而来时,老刘自然地随他的同志们撤出了山村。尽管和早先的革命党人明敦们有所区分,老刘带上了阿兰同行,但他与山村的别离本身终究无法掩盖山村和山村人被弃的事实。小说中春生的母亲说,要是一个人,哪怕是只想“靠种田过日子”的潘大叔,真的变成了革命者,“他就永远也不会回家了”。[③]对 20 世纪 20 年代的中国革命者来说,“家”的意义原来如此之轻!

---

① 叶君健:《山村》,郑州:河南人民出版社 1982 年版,第 214 页。

② 叶君健:《山村》,郑州:河南人民出版社 1982 年版,第 193 页。

③ 叶君健:《山村》,郑州:河南人民出版社 1982 年版,第 244 页。

叶君健在晚年的回忆中，一再表示他从未忘怀他童年时期那些在家乡大别山点燃革命火种的年轻人，他写《山村》时必定保有着同样的那份钦敬。然而，在英国的叶君健已从曾经熟悉的故园和阵营抽身而出，异域时空赋予了他新的视野，提供给他新的参照，使他有可能重新打量过往的自我，并反思熟悉的环境。而英语，这种对叶君健来说具有“表演”功能的工具，更是帮助他最大可能地释放出可能潜埋的记忆。事实上，记忆一旦被书写，也就意味着被开掘、被重构，理性和智慧最终双双作用于记忆、情感及表达，使他那些在中国人眼里偏离了常规的中国叙事成为更具可信度的文学想象空间。正因为如此，有西方读者评认为：“我觉得中国作家叶抓住了实质。他帮助我获得更多的理解”①。《山村》让读者真切地理解了同样是人类的中国人是如何在现代中国农村革命的风暴中生存的，这应该是对叶君健抵抗遗忘、努力修复历史记忆残缺的高度赞许。

四、幽默与“人类之爱”

叶君健20世纪30年代在国内时即让接触过他的英国人包括他的大学老师贝尔留下了“聪明”、“可爱”的印象，这一印象里包含了他们对叶君健坦诚品性和风趣谈吐的认可。叶君健虽自认“不善于应酬”②，但却不失幽默感。而他对英国文化传统了解越深，与英国关系越是密切，他也越是体会到“机敏的幽默感”③在与英国人交往中不可替代的作用。但他更明白，真正的幽默取决于坦诚、睿智、豁达和理性的融入，而“幽默最富于情感”④，并且融合了人性之真与善的价值取向。作为一个中国人，跨文化跨语种的交流说到底就是一场高水准的“表演”，叶君健的使命意识迫使他全力以赴地以真诚、睿智、豁达和理性，去扮演好合格的角色。

---

① 冰岛小说家霍尔杜尔·拉克斯奈斯(Halldorr Laxness)为《山村》的冰岛文译本作写的序言，转引自苑因：《关于〈山村〉》，叶君健：《山村》，郑州：河南人民出版社1982年版，第266页。

② 叶君健：《去国行》，《新文学史料》1991年第2期。

③ [英]迈克尔·斯卡梅尔：《布隆斯伯里中的一个中国人》，邵鹏健、李君维译，《读书》1982年第5期。

④ 林语堂：《论幽默》，《行素集》，《林语堂全集》第14卷，长春：东北师范大学出版社1994年版，第13页。

由于贝尔的介绍，尚未抵达英国的叶君健即与《新作品》的编辑莱曼有了联系。1937年他将之前用世界语创作的《王得胜从军记》译成英文寄到伦敦，这篇幽默味十足的小说代表了叶君健在英语世界的首次亮相；1938年他在香港又翻译了三篇中国战时作品寄给莱曼刊用。它们分别为张天翼的《华威先生》、姚雪垠的《差半车麦秸》和白平阶的《在滇缅路上》①。之所以选择这三篇小说，固然是因为它们均为当年中国小说的佼佼者，但也和它们的内容或表达有可能满足英国读者的接受有关。在叶君健看来，《在滇缅路上》关涉到当时英国的殖民地缅甸，可以吸引一些关心战事发展的英国人的注意，而《华威先生》和《差半车麦秸》寓庄于谐的艺术表现，则使它们很容易撩拨起一般沉湎于英国幽默文学传统的读者的兴味。如果说推出《王得胜从军记》的英文本是叶君健向英语世界的投石问路，那么，译介张天翼和姚雪垠两篇小说则是他有意识实践自己对英宣传策略的开端。叶君健不仅注意到作品的内容要"既不同于《浮生六记》那类东西，和《活着的中国》所反映的那种契诃夫式的阴暗生活的作品也有差别"②，也注意到它们在艺术趣味和风格上能够契合英语读者的欣赏习惯。虽然当时叶君健尚未真正进入英国读者的视野，可他已知晓面对英国读者时起码的游戏规则。而几年以后当他置身英国完成了数百场的战时演讲，对于如何让英国公众将关注视野扩展到东方、扩展到中国和中国人，他的经验已越加丰富，表现也越加老到了。在巡回演讲间隙，他曾应伦敦海涅曼(Heinemann)出版社出的文学杂志《风车》(*Windmill*)之约写过一篇"巡回"观感，篇名《一个来自东方的魔术师》("A Magician From the Orient")里即透露出"自嘲"的味道，作为巡回演讲的副产品，这篇散发着幽默气息的短文让英国读者感觉到了与老友相谈的亲切韵味。

叶君健这种幽默的性情也影响到他的文学品味。叶君健用非母语进行自我言说，离不开对自我和自我周遭关系的重新审视和梳理，幽默感既让他持守冷静而理性的旁

① 这篇小说原名为《跨过横断山脉》，叶君健译文标题改作《在滇缅路上》。小说反映了抢修抗战国际通道滇缅公路的壮举。叶君健在《去国行》(《新文学史料》1991年第2期)提到这篇小说时写为《在缅甸公路上》。

② 叶君健：《抗战时期的对外文学介绍工作——一段回忆》，《西楼集》，南昌：江西人民出版社1981年版，第245页。

观者立场,也有助于更深切地体悟普遍的人性,从而执著地保有对那些被遗忘的人的爱与同情。在这个意义上,叶君健与丹麦童话作家安徒生的遇合,成为他文学生涯中关键性的事件。叶君健晚年高度评价安徒生"原作中的浓厚诗情和幽默,以及简洁朴素的文体"①,这自然是出于著名的安徒生童话翻译者叶君健对安徒生的热爱,同时也可视为身为作家的叶君健对自己早年创作理想的追怀。自 20 世纪 30 年代初他开始接触安徒生,到二战结束后有机会真正走进安徒生的世界,安徒生童话其实一直是叶君健创作的借鉴之一。而就幽默这一点来说,安徒生曾表示,"天真仅仅是童话故事的一个组成部分,幽默则是其精华"②,对此叶君健显然是了然于心的。他不仅对《皇帝的新装》、《豌豆上的公主》等安徒生童话的幽默格调有清晰的定位,对其中的寄托更有着真切的领悟:"安徒生的幽默有两种,一种是辛辣的,一种是善意的;他描写了许多劳动人民的生活和遭遇,他永远忘不了他们,同时,他歌颂了像大海和天堂一样的人类之爱。"③这就是叶君健心仪的幽默,具体表现可以不一,但必定是和"人类之爱"紧紧牵系在一起的。这个 19 世纪的丹麦人满足了一个中国作家对"伟大的文学"④的憧憬和想象。从这个角度看,《王得胜从军记》、《娶亲的故事》、《"瀛寰星相学家"》、《多事的日子》、《冬天狂想曲》、《雁南飞》、《山村》等,其中的幽默不管是"辛辣"还是"善意",都是叶君健这十余年来朝这个目标不懈努力的印记。

(一) 把同情注入荒诞人生的揭示

叶君健在回忆中说,因为《王得胜从军记》在世界语小说集《被遗忘的人们》和英语

---

① 叶君健:《安徒生童话的翻译》,《东方赤子 · 大家丛书:叶君健卷》,北京:华文出版社 1998 年版,第 49 页。

② 转引自[丹麦]伊莱亚斯 · 布雷斯多夫:《从丑小鸭到童话大师——安徒生的生平及著作(1805—1875)》,周良仁译,哈尔滨:黑龙江人民出版社 2005 年版,第 319 页。

③ 转引自叶念先:《叶君健与安徒生童话》,叶君健译:《安徒生童话(永远的珍藏)》,成都:四川少年儿童出版社 2006 年版,第 2 页。

④ 叶君健对一些人以为安徒生的童话只是有趣的儿童故事表示不满,他提醒读者,"这些作品是诗,是充满了哲理、人道主义精神和爱的伟大的文学名著"。参见叶君健:《安徒生童话的翻译》,《东方赤子 · 大家丛书:叶君健卷》,北京:华文出版社 1998 年版,第 49 页。

转引自叶念先:《叶君健与安徒生童话》,叶君健译:《安徒生童话(永远的珍藏)》,成都:四川少年儿童出版社 2006 年版,第 2 页。

小说集《无知的和被遗忘的》中均被收入，所以它是连接了他世界语和英语创作的一根线①。确实如此，这篇小说不仅连接了叶君健两种不同的非母语中国叙事的聚焦点，也连接了他一以贯之的幽默感。换句话说，叶君健《山村》时期的作品，它们或冷峻、或温厚的幽默色调，在《王得胜从军记》时期其实已初步定型。早年的叶君健立志为“被遗忘的人们”发声。他看到那些人的“生活是灰色的，无出路的”②，但对此现实他们中的大多数或者浑然不知，麻木而自欺，或者虽略有所知却也无可奈何，只得被动认命。叶君健同情他们的困苦，却也为他们的无知和愚昧所刺痛。他是从个人困境的体验，感知他熟悉的那些平凡弱小者的命运的；而从审视处于中国底层人的生活，他洞察了人类普遍尴尬、窘迫的处境，因而对人生的荒诞怀有一份悲悯。在《王得胜从军记》中，主人公与从军经历相关联的“得胜”的一生，不啻为可怜复可悲的人类乖谬命运的缩影。一个“讨饭的长工”，为逃赌债去当了兵，三年后回乡后“换了一个预示前程远大的名字：‘得胜’”，臆想此后的人生定将旗开得胜、所向披靡。作者写他从军回来后唯一的改变是骗到了“一位千金”为妻，可他以“习惯了军队生活而不善于扒土”为由好逸恶劳，被“干起活来比得上最强壮的庄稼汉”的老婆骂作“荒唐鬼”，而他却埋怨老婆“痛骂有伤他——一个‘退伍军官’——的自尊心”。故事的结局是可以想象的：他再次欠下赌债，再次逃出村子。但出乎意料的是，他居然仍忘不了向人夸耀：“从军去！我朋友……××将军……唔，我恰好刚刚忘记了他的名字，他写信给我，叫我马上回到军队里，他已经委任我当一名军官。”虽然读者之前已经领教了“吹牛大王”的能耐，可他居然毫无创意地再次重复这种说辞，不得不让读者在哭笑不得后扼腕慨叹了。“从军”成就了王得胜一生“光宗耀祖的业绩”，并且一而再地被王得胜拿来做自我麻醉的借口。但无论他怎么大言不惭、自欺欺人，他的人生仍然不过是无意义的荒唐重复，“得胜”之名何止是一个反讽！小说自始至终笼罩在浓郁的幽默氛围中，作者的笔调轻松活泼，字里行间处处藏有谐趣。一个愚昧无知却又妄自尊大的形象活泼泼地站立在读者面

---

① 参见叶君健：《在一个古老的大学城——剑桥》，《新文学史料》1992 年第 3 期。

② 叶君健：《从〈岁暮〉开始的创作道路》，《叶君健小说选》，南京：江苏人民出版社 1983 年版，第 259 页。

前。他言行乖讹，尽管发誓洗手不再赌，却始终戒不掉"心爱的嗜好"，输光了所有甚至家里仅剩的两头猪；他表里不一，赌桌上一输再输，又窘又怕，却为了显示毫不在意这点"微不足道"的小钱，放开喉咙唱起了《年轻寡妇》。他自认是个"解甲归田"的"退伍军官"，对乡下人不屑一顾，而在旁人的眼里，他自始至终是一个"废物"、一个"赌棍"。[①]作者从容地剥露着这一活在"得胜"幻梦中的无知者的荒诞人生，在对他永远洋洋自得的调侃揶揄中，让读者实实在在地见识了人类无法掩饰的愚昧、偏执和悖谬。

"幽默的本质是通情达理，对一切存在事物的热忱而温存的同情。"[②]《王得胜从军记》针砭的意味固然十分明显，但其间仍然裹藏着哀悯。驼背，总是流泪的小眼，患霍乱死去的妈妈，到处是破洞的小屋，当掉冬天的衣服凑足佃租还债，只有水汪汪的稀粥去填那永远填不饱的肚皮……这些标示着穷困、疾病、饥馑的点滴细节，同样也都属于王得胜，和他的无知、蒙昧、虚荣、自负缠绕在一起。叶君健细致观照了类似王得胜这些被遗忘的人的困厄，审慎地把握了情感投入的分寸。在叶君健之后的小说中，王得胜式的人生一再出现，如《"瀛寰星相学家"》中的算命先生泰山和收税官的跑差方治，《多事的日子》里地主总管的跟班阿奎，《山村》中的道士本情、佃户毛毛，《当太阳升起的时候》中开茶社的"女丑"等，他们或者以招摇撞骗为荣耀，或者浑浑噩噩有奶便是娘，或者趋炎附势唯利是图，但他们却都有着一个令人不得不为之唏嘘的苦难身世，叶君健对他们虽然责之切，但根底上却仍旧是爱之深。正如安徒生在《皇帝的新衣》中幽默地嘲讽昏庸愚蠢的皇帝、奸诈虚伪的骗子一样，叶君健小说的幽默自然也不乏类似的"辛辣"，像《山村》中对狡猾的储敏和凶残的王狮子、《多事的日子》里对贪生怕死的田主胡雅和谄上欺下的总管黄冕，叶君健揭露得同样的巧妙而无情。但总体而言，叶君健关注更多的还是那些穷苦无告的小人物，对他们徘徊在善恶莫辨的灰色地带的愚蠢糊涂，作者幽默笔触里终究还是隐含着"善意"。

《"瀛寰星相学家"》自称"走遍世界的星相学大师"泰山，原本不过是靠种菜谋生的庄稼人，为逃地亩税，打伤了收税官的跑差方治，博得"无名英雄"的美名，代价是离乡

---

① 参见叶君健：《王得胜从军记》，《叶君健小说选》，南京：江苏人民出版社 1983 年版，第 1—18 页。

② [美]诺曼·N.霍兰德：《笑——幽默心理学》，潘国庆译，上海：上海文艺出版社 1991 年版，第 40 页。

背井三十五年。由泰山自己的"惨痛记忆"交代出的这英勇的往昔,不过是即将推演的一出喜剧的引子。重返故里的泰山,借着少有人能识破他,靠三寸不烂之舌开始了招摇撞骗的下半生。小说这样描写泰山回镇后的亮相以及他自己的追忆:

现在这位"无名英雄"就站在他原先和方治打过架的方场上。但是时间主人已经把他改变成一个心地善良、温和和富有幽默感的人物……人们现在再也不能小看他,因为他已经成了一个有点来历的人物:他当过大兵,做过马夫,后来又在军官的厨房里当过厨子的二把手。这点来历并不枯燥寡味,他自己都欣赏它,特别是他当厨子的那一段。他和他的伙伴们经常在厨房里一起闲聊,讲些天南海北的故事。……当他们品着从军官厨房偷来的美酒的时候,他们的灵感就源源不断而来,他们的故事也就讲不完,有的情节甚至还远远超过《西游记》这类的名著。①

泰山的逃亡经历几乎是王得胜从军生涯的再版,只不过流浪外乡数十年的磨砺让泰山秃了头顶,也改了任性,因此他比王得胜世故得多。如果说王得胜是靠"得胜"的幻梦自慰,那么泰山则很现实地把当厨子时培养出的想象力径直发挥在预卜人间吉凶祸福的创业上。第一个顾客居然就是当年让泰山差点吃官司的收税官的跑差——此时不识泰山真面目的方治。泰山凭着巧舌如簧欺蒙拐骗的本领,一番波折后,圆满收获了一块簇新的"瀛寰星象学家"招牌,它下边还有"前代理税款催收员方治敬赠"的落款。和叶君健其他情节淡化的小说略有不同,《"瀛寰星相学家"》故事跌宕起伏,冤家重逢最终却阴差阳错地皆大欢喜,整个过程洋溢着喜剧的氛围。除了巧合的设置,泰山自以为是的狡黠与和方治冥顽不化的愚钝更不时为读者增添着笑料。叶君健几乎不放过任何一个可以调侃的机会,比如小说写泰山得知方治 18 岁的妻子及其腹中胎儿其实是主子留给他的纪念后,这样评价:"一半是为了感谢他那个雷霆般的、一贯被他用来吓唬乡下人的粗声音,一半也许是为了补偿他和泰山打一架所遭受的肉体上的损失。"②这看上去像是泰山报复性的不满的宣泄,其实未尝不是作者对事实的客观陈述。读者从这略带夸张的幽默解释中,不只知晓了两个当事人的秉性,摸清了他们分

① 叶君健:《"瀛寰星相学家"》,《叶君健小说选》,南京:江苏人民出版社 1983 年版,第 113—114 页。

② 叶君健:《"瀛寰星相学家"》,《叶君健小说选》,南京:江苏人民出版社 1983 年版,第 128 页。

别与那个隐形的却无论生死都掌控着局面的收税官之间的纠葛底细，更了悟了什么叫无法主宰的命运。在莞尔一笑后，大概没有人不会去冷静地反思自我置身的现实。

和王得胜一样，泰山、方治不管扮演的角色有什么样的区别，其实都注定同属于被遗忘的人群，叶君健在批评他们可笑又可怜的人生时，也谴责了这个晦暗无明的世界，矛头直指生存环境磨损人格、扭曲人性的残酷。泰山成了江湖骗子，和他出逃流浪以及军队的无聊生涯相关。而方治，叶君健是这样介绍的："他本来是个穷得发酸的光蛋，把肩膀当作收税官的地板，不折不扣地被他踩。只有当他受命执行催款的'光荣任务'时，他才觉得他是一个人，可以摆点小架子。"①做人的感觉在被践踏时才会拥有，这出自叶君健的反讽，无疑就是一个地道的黑色幽默。方治自甘堕落的起因在叶君健看来，就是贫穷，贫穷压弯了方治的脊梁，使其沦为奴才和帮凶。这样的思路同样体现在《多事的日子》里的阿奎及《山村》中的毛毛和本情的刻画上，他们身上烙着共同的赤贫标记。是一无所有的生存绝境逼迫他们走上为虎作伥、苟且偷生的歧路。毛毛原本只是个本分的庄稼人，在滴雨未下地里将颗粒无收时，他想叫天老爷发发慈悲。小说写他灵机一动为猪圈里一头小猪套上过年穿的新衣，请它坐在太师椅上，"他把这张椅子扛在自己的肩上，好像要去参加比赛会似的，堂而皇之地在村头大步走走去，碰到挡路的人就大声喊：'靠边，请靠边！猪大人过路啦！'……而这头畜生，穿着新年的衣服，却一直忘恩负义，连连叫苦不停"。②毛毛的迷信愚蠢固然让人发笑，可他的纯朴却还是有目共睹的。但随着"生计问题"的日益严峻，这点纯朴最终也被吞噬了。叶君健细致地描述了毛毛在妻子母乌鸦的怂恿下参加地主武装保安队的情形，在地主的总管家再三鼓动后：

> "他发什么薪饷？粮食还是钱？"一个勇敢的声音打破了沉默。说这话的人就是毛毛的妻子母乌鸦。她是在人群中和她的丈夫站在一起。
>
> "两样都发！"总管家用坚定的声音说。
>
> "好！"她兴高采烈地说，十分激动地拍着巴掌。接着他就掉向毛毛，真心实意

---

① 叶君健：《"瀛寰星相学家"》《叶君健小说选》，南京：江苏人民出版社 1983 年版，第 113 页。

② 叶君健：《山村》，郑州：河南人民出版社 1982 年版，第 244 页。

地说:"毛毛,你得加入这个部队!你得加入这个部队!啊,那点水清清的稀粥我再也喝不下去了。毛毛,如果你真的像你前天晚上对我发誓的那样,真的爱我,你就得加入这个队伍。"

一些冷眼旁观的听众对母乌鸦关于水清清的稀粥这番爽直的表白,表示出极大的兴趣。大家都不禁扑哧大笑起来,虽然笑的调子显得有些凄凉。①

毛毛最终加入了臭名远扬的保安队,吃饱肚子是唯一而实在的理由。毛毛的窘困表面上看似乎是由于他娶了一个馋嘴老婆;而按照后来革命党的说法,是因为"大荒年,地主把佃租增了二成"。所以,尽管毛毛的懦弱是其陷入深渊的因素之一,但不可否认,天灾人祸仍旧是毛毛沉沦悲剧最大的助推力。

正因为如此,对王得胜、泰山、毛毛这类人,叶君健落笔时始终不会达至刻薄。《多事的日子》里的阿奎,亦步亦趋地跟随主子,任其凌辱毫无自知。作者写他为田主胡雅传令时的卖力:"劲头又来了,好像在五分钟以前吃过了一顿盛餐似的。他的那阵叫声,听起来倒很像是在唱歌一样"。而在村人的眼里,"这位骨瘦如柴的失业马夫,像只猴子,上蹿下跳地到处叫喊"。②《山村》中的道士本情在得知地主储敏的武装卷土重来后也有同样的一副嘴脸,他一大早拉开嗓子喊:"又换了一个朝代!这个新朝代是个真正永久性的朝代!终于天亮了!"作者借村里人的口气揶揄道:"这是我们村人自从革命党人到来以后,头一次看见他如此劲头十足。他似乎变得比以前年轻和有生气了。"③阿奎的癫狂和本情的亢奋都显得十分滑稽,因为无论是胡雅还是储敏,都不可能让他们真的吃上安生饭。但读者已知晓:阿奎之前"一直在饿饭";而本情被革命党剥夺了道士头衔,又种不了强派给他的三亩地,早已恐慌困顿不堪。因此,叶君健虽然对他们与虎谋皮的天真不乏挖苦,但还是设身处地去发掘寻找出其间的"逻辑",笔下也就流露出一丝丝的怜惜。

林语堂曾引用英国维多利亚时期作家乔治·梅瑞狄斯之说来阐释幽默的真义:

① 叶君健:《山村》,郑州:河南人民出版社 1982 年版,第 142 页。

② 叶君健:《多事的日子》,《叶君健小说选》,南京:江苏人民出版社 1983 年版,第 172 页。

③ 叶君健:《山村》,郑州:河南人民出版社 1982 年版,第 248 页。

“假使你只向他四方八面的奚落,把他推在地上翻滚,敲他一下,淌一点眼泪于他身上,而承认你就是同他一样,也就是同旁人一样,对他毫不客气的攻击,而于暴露之中,含有怜惜之意,你便是得了幽默(Humour)之精神。”①叶君健正是秉持了这样的幽默精神,在他对阿奎、本情们愚鲁的嘲笑中,读者明显可以感觉到情理的滋润。在《多事的日子》所叙述的村人反日事件中,阿奎因为兼任了驻村日军“总部”的“哨兵”,本当属于被清除的对象,但叶君健这样叙述村人对他的处置:

> 他正坐在门洞里,背靠墙,手里抱着那杆他不会使用的老铳。这个可怜的傻子几乎快要冻僵,但是还能发出一点像秋天苍蝇叫的那样的鼾声。后发卸了他的那杆老枪……另一个庄稼汉把这个孤零的门卫抱了起来,送到半里路以外的一个公共茅房里去,让他在那里休息。阿奎继续在那里昏睡。虽然那里发散出来的刺鼻臭味扩张到周围五十码以内的空间,但他仍能安之若素,不停地发出鼾声。②

叶君健的幽默感在这一场景描述中再次得以自在的发挥。与其说这是村民们的恶作剧,毋宁说是他们对阿奎既愚且贱行径的戏谑性定位。阿奎虽不自量力到为日本兵把门,叶君健还是很清楚地将他与认贼作父又鱼肉乡里的胡雅及其总管黄冕区分开来,甚至还留意到酣睡中的阿奎差不多冻僵的惨状。

(二) 直面人类的愚昧丑恶

尽管如此,“幽默到底是一种人生观,一种对人生的批评”③。叶君健敬仰安徒生,就是因为他由衷地认为,“安徒生是不偏不倚的,只要是人类的缺点,无论是王公还是百姓,他都要善意地指出,这是一个伟大的作家的真诚”④。在面向西方读者群时,叶君健其实也葆有着一份安徒生式的真诚。

20 世纪三四十年代的叶君健不乏普罗观念和阶级意识,但他并未像同时期国内一

① 乔治·梅瑞狄斯是 George Meredith 现在的通译,林语堂译为麦烈蒂斯。参见林语堂:《论幽默》,《行素集》,《林语堂名著全集》第 14 卷,长春:东北师范大学出版社 1994 年版,第 12 页。

② 叶君健:《多事的日子》,《叶君健小说选》,南京:江苏人民出版社 1983 年版,第 220 页。

③ 林语堂:《论幽默》,《行素集》,《林语堂名著全集》第 14 卷,长春:东北师范大学出版社 1994 年版,第 5 页。

④ 转引自叶念先:《父亲的一生——纪念叶君健百年诞辰》,http://www.chinawriter.com.cn/wxpl/2014/2014-12-05/226966.html。

些思想激进的同行那样动辄赋予贫穷阶层以道德的优越性。方治、阿奎,还有本情、毛毛等,在叶君健的笔下,反倒是最易于滑入泥潭的群体。从这一点看来,或许非母语创作本身以及异域书写的语境,对叶君健与国内方兴未艾的阶级话语间起到了某种间隔效用。按照萨义德的说法,"只要是使用一种国语(国语是不可取代的),就会使人接纳手边最现成的事物,把人驱向有关'我们'和'他们'的那些陈腐用语和流行比喻";而离开母语陪伴的知识分子,同时会疏离于曾经所置身的社群所设定的话语模式,成为一个"有别于集体的异议者"。①用世界语或英语写作的叶君健尚算不上"异议者",可他因此却有可能不再将20世纪三四十年代左翼文坛习用的观念或信条视为理所当然,此时的叶君健倒是自觉接续了已趋于式微的"五四"启蒙精神传统。和鲁迅笔下阿Q的幽默形象相仿,叶君健小说里这些食不果腹的赤贫者既没有被一厢情愿地打造成新兴政治力量的代表,也基本不具备所谓"贫贱不能移"的美德,他们的生存挣扎更多呈现出的是荒诞无稽。穷光棍张黑狗在叶君健多篇小说中轮番出场,虽说不过是跑龙套角色,却多少印证了作者对类似人群的评价:他是《王得胜从军记》里聚赌欠债的教唆者,是《娶亲的故事》里一桩荒唐姻缘的牵线搭桥人,他是《当太阳升起的时候》里脚踩两只船的小混混。这个一文不名、游手好闲、靠搬弄是非骗吃骗喝的家伙,不知引发过读者多少开怀的笑声。张黑狗的小奸小坏是叶君健随手拈来用以指摘人类屡见不鲜的品行瑕疵的,就像他想让读者明白,王得胜、阿奎是穷在嗜赌成性,泰山当年的逃亡也是拜他的酒鬼父亲所赐。贫穷虽然在本质上是社会不公造成,但无论穷富,堕落很难与个人的恶习或道德的缺损脱开干系。

相对于阿奎为日本人看门有失民族节操,毛毛在保安队为田主卖命越过了阶级界线,在叶君健心里,更值得警觉的,其实是社会分崩离析中底层人格颓败、人性坍塌的危机。《山村》最后一章叙述塾师佩甫伯因为做过革命党人的秘书将被新政权当众处决,得知消息的山村人既震惊又难过,只有道士本情格外兴奋:

"真可惜!真可惜!"本情叹了一口气说。"一位教育界的栋梁居然犯了叛国

① [美]爱德华·W.萨义德:《知识分子论》,单德兴译,北京:生活·读书·新知三联书店2002年版,第29页。

罪!”他尽量使用一些文绉绉的字眼,想当场给我们那些不识字的庄稼人造成一个印象。于是他暗示他可在教育方面当这位不幸的教师的一个继承人。他继续说:“对一些父母说,这确是一个巨大的损失。谁再来教他们的孩子呢?我倒感到颇为不安,因为我不能同时干两项工作呀。如果大家要我教书,我就得停止做法事——这我还不太愿意哩。”①

叶君健把本情咬文嚼字的招摇与不识字的庄稼人的沉默相对照,让人看到本情的昏聩和冷血;叶君健把本情对佩甫伯的感慨与他对耸人听闻的罪名的附和相对照,让人读出了本情的虚伪和势利;叶君健把本情不愿同时兼任塾师和道士的矫情与他急切期盼填补佩甫伯留下的空缺的心理相对照,让人感受了本情至少在这一刻的无耻和卑劣。对本情夸张而做作的形态及言语,小说描述得越是平静,读者越是体味到作者的不屑和悲悯。这个地地道道的穷人,因自恃“驱鬼神的权威人士”,不免好胜善妒,但总体并不出格,可他看了处决佩甫伯的告示后的反应,却无异于落井下石、趁火打劫,昭示了内心的污渍和阴暗。在《山村》里,毛毛加入保安队,大家也认为是一件“可耻”的事,但还是觉得情有可原,所以当革命党人为此要绞死他时,潘大叔出来作证说“他是个好人”,为他辩解。而本情无视佩甫伯将被冤杀却只想自己可取而代之,这样的自私和冷酷,连最宽怀大量的春生母亲都没法儿容忍:“他还没有死呀。难道你不是他的朋友吗?”②简单的一句反问,顿时让本情“脸上发烧”、“良心剧痛”。春生母亲固然对本情一心只念叨自己的饭碗不以为然,但她最反感的还是本情对佩甫伯缺乏人皆有之的恻隐之心。对罹难的同类不能施以援手,反而幸灾乐祸,在叶君健看来,这有悖人之常情、人之常理。借春生母亲基于平常为人之道的质疑,叶君健表达了对本情们在严酷生存威胁下人性之恶迅速膨胀的忧虑。

值得称道的是,用外语创作时的叶君健从不高调张扬那种中文读本里常见的舍生忘死、为朋友两肋插刀的义勇,而只肯定合乎人道,也合乎人之常情、人之常理的尽本分尽人力。这是因为在叶君健心里,人类基本的良知和善的情感具有更为深厚而普泛

① 叶君健:《山村》,郑州:河南人民出版社 1982 年版,第 249 页。

② 叶君健:《山村》,郑州:河南人民出版社 1982 年版,第 251 页。

的价值意义。《山村》中春生母亲希望本情为佩甫伯念经好让他的魂魄升天，是有点荒唐，但即便对中国民间信仰一无所知的西方人，也会从中了解一个信鬼神的中国老妇和一个据称能驱鬼神的道士在此时此刻该尽的本分、该尽的人力，继而感受到其中蕴含着的朴素而坚韧的力量：善心、仁慈、同情和爱，这是人性的闪光，是全人类共有的生生不息的精神源泉。在《山村》中，叶君健幽默地暴露并敲打了附着在本情身上的恶之魔鬼；但本情和毛毛、佩甫伯，甚至和潘大叔、老刘等人一样，终究属于叶君健发现其人生讹谬可笑而不减少对他们的爱的人，因此，叶君健最后还是给予本情良心发现、幡然悔悟的机会。这就是叶君健为西方人揭示的中国山村穷人们生存及精神的真相，其实也是中国的真相。丹麦读者评价《山村》时说："书中关于这些人的描写，是既充满了幽默感，也非常美丽动人，同时又夹杂着一点农民的荒唐性。一个不满三十岁的作家居然能写出这样成熟的作品，实在令人不可置信。但这是事实。"①这是对《山村》作者幽默感的褒奖，叶君健应该是可以受之无愧的。

（三）在追寻人类之爱时纾解乡愁

和叶君健无比钦敬的安徒生一样，叶君健其实也很少被人视为幽默作家，但在他用外语呈现的世界里，有心的读者会很容易感受到他渗透到字里行间的幽默感。他不只是以智慧的眼光去观照世事万象，洞达人情事理，更重要的是，他始终保有着对人类的爱与同情。叶君健诙谐地揭示出王得胜、本情这样的弱小者人生的荒诞和可笑，归根结底是因为他对人的价值、尊严牢不可破的信仰。叶君健晚年多次评价安徒生"对生活所持的信念"，认为安徒生笔下的海的女儿"不惜付出一切代价追求生命中一件最宝贵的东西——'人'的灵魂，这个追求也正是安徒生作为一个艺术家的 追求"，叶君健强调，这种追求"是人类进步的一种推动力，也是人类文明的一种催化剂，是永恒的"②。正是因为基于对永恒价值的信心，安徒生不仅将幽默融入理性的审视，也时常打并入诗情，表现世上平凡人的情感和意愿。在这一点上，叶君健与安徒生可谓达到

① 出自丹麦女作家苔娅·莫尔克(Dea Moerch)评论叶君健的文章，转引自苑因：《关于〈山村〉》，叶君健：《山村》，郑州：河南人民出版社 1982 年版，第 267 页。

② 叶君健：《一个童话作家的"爱情"故事》，《欧陆回望》，北京：九州图书出版社 1997 年版，第 41 页。

了高度的契合。

《雁南飞》或许是叶君健作品中最容易嗅到安徒生味道的一部，不只是因为童话的形式，更重要的是因为它幽默与诗意合一的格调，以及包含其中的人类爱的内核。凭借想象，叶君健讲述了一个居住在“偏远地区、深山老林里的素不被人注意的少数民族”的故事①。叶君健叙写老半仙姑金菊奶奶冬夜为孙子金龙讲故事，她第一个故事是这样开头的：

> 当我变得年纪越来越大的时候——啊，不！不！不——当我变得越来越聪明的时候(她对年纪大或老这类的字眼，由于只有她本人能够懂得的理由，她一直视为禁忌)，我一直就感到奇怪，为什么地面上有山，有平原，有河，有溪；同样，为什么上面有蓝色的天，下面有黄色的土；为什么我们这些山民住在山坎坎上，下面的平原人住在平地上；为什么我们山民要聪明得多。他们平原上的人却傻得很——证明之一是，春天到我们就会及时编出一些最美丽的歌子，跳起最美丽的舞来，而他们平原上的人就没有这个本事！当然，我们得承认，春天只有在我们的山上最美丽。②

金菊奶奶是偏远世界里一个无所不知的女性长者，叶君健通过她坦诚而饶有诗意的自白，凸显出这个宛若氏族神祇般的老祖母可爱又自信的个性。或许读者在看到金菊奶奶对年纪的敏感时，就已经莞尔而笑了；而接下来她连问了四个为什么，质朴而本真地表露她对大自然和人世间的好奇、对家园和山民的挚爱，它们就像一阵扑面而来的山风，让读者感受到泥土和林木的清新气息。站在从未走出过大山的金菊奶奶的立场上，她的种种“奇怪”一点不奇怪；但对于具备了基本的自然人文地理及文明常识的读者来说，她那些“奇怪”中的褊狭当然显得有幼稚而天真，但同时读者也会不禁扪心自问：我们真的比化外之界的金菊奶奶更高明吗？

金菊奶奶身上印刻着古老中国的烙印，她对自然万物和人类的有限认识，源于她和外面世界的隔绝。而她引以为傲的孙子金龙，则提供给读者另一种更具时代感的中

① 叶君健：《〈雁南飞〉后记》，《叶君健全集》第2卷，北京：清华大学出版社2010年版，第282页。

② 《叶君健全集》第2卷，北京：清华大学出版社2010年版，第154—155页。

国想象。《雁南飞》的整体框架都是围绕这个19岁的年轻人对“另一个世界的梦”的追寻而构建的，其中凝聚了叶君健对不同区域不同族群的人类彼此沟通理解、互爱共存的愿望。这个智勇过人的年轻人和他的父辈一样向往万里长城和大海，不同的是，他走出大山，最终却还是能回归到族人的生活中。这样的经历必定使他拥有更为宽广的胸怀和视野，因为他全面更新了对大山和山外世界的认知。童话末尾金龙按即将离世的金菊奶奶的吩咐，将一束菊花放到高高的栗树枝上，让南飞雁叼走，送给从前的陌生人现在的“邻人”——收留过金龙的平原上的船工和他女儿——以表谢意和友好，这无疑是表示，金龙和他的族人虽然还会继续生活在自己贫瘠的土地上，可通向山外世界的道路已有了铺平的可能。

和金龙一样，叶君健也是来自西方人眼里的偏远世界，通过金龙的故事，他为刚刚从二战噩梦中醒来的读者们描绘了他心目中世界和平的未来。小说中有一章“人兽竞赛”记叙金龙首次出猎与他的猎物——狼之间的较量，极具象征意义。“他们俩就这样在这单调、凄凉的雪野上，越过山峰、陡坡和低谷，绕着灌木林和大树兜圈子，但是他们都从没有在彼此的视野中消失。”这是人与兽的对峙，叶君健居然用“他们”指代，将狼置于和金龙同等的地位上。在这事实的陈述中，拟人化的修辞传递出的幽默感，显然已不止于语词趣味的营造。“他们彼此达到了相当深的理解，看上去倒像一对老朋友，谁也不愿意失去谁的形影。也可能这是从极端仇恨之中发展出来的一种‘伙伴’感。”在对猎人与猎物互生共存似敌似友的关系调侃中，作者将童话与现实世界对接，显现出耐人寻味的理趣和情趣。接下来叶君健继续发挥他的观察力和想象力：“但他们相互耍了许多花招，如果他们能懂得彼此的语言，他们也许可能先坐下来休息一会儿，然后展开谈判，以解决他们之间的分歧。事实上，他们现在已经有基础达到他们的目的，因为金龙现在已经完全忘记了他狩猎的目的。也许这只狼同样放弃了它传统的想法：奔逃只是为了活命。”①在叶君健看来，冲突的双方若想避免两败俱伤，最有效的途径不是你死我活的厮杀，而是平等对话以达成共识。一时有点惶惑的金龙和身负重创的

① 叶君健：《雁南飞》，《叶君健全集》第2卷，北京：清华大学出版社2010年版，第173—175页。

狼开始厌倦无休止的角逐，看上去不免有点荒诞，但却揭橥了一个朴素的道理：世上之生灵，人也好，狼也罢，“活命”是本能，杀戮却并非全出于天性。叶君健写金龙最终在这场竞赛中取胜——完成了成人见证礼，但金龙却“觉得心里有一股寒潮袭来”，灵魂与肉体被忧郁感笼罩，像要“为死去的野兽哀悼”。叶君健笔下临死前的狼圆睁着眼睛，仿佛在问金龙：“你真的欣赏这场游戏吗?” 毋庸置疑，这应该视为作者从人类和平的角度对一切以暴力极端手段解决纷争和冲突的质疑。

叶君健自称写作《雁南飞》的起因是为纾解“无限的乡愁”，但故事却并非源于自身的故土记忆。在英文版的扉页上他曾加注，“提醒那些对人类学感兴趣的读者，故事中的所有情节和背景，完全是出自想象”。[①]无独有偶，另一篇同样因为“起了无限乡愁”而写的《冬天狂想曲》，描写的也是“单纯想象中的意境”，只不过那篇浪漫传奇式的小说想象的是“一种已经失去了的、永远不复返”的古代田园生活。不难看出，身处异国他乡的叶君健，是在有意识地借助偏远空间或过往时间的隐喻，来追忆失落的故土。在这个意义上，《雁南飞》和《冬天狂想曲》其实不啻为叶君健心中的中国寓言。由于疏离此时此地的真实身份，叶君健宣泄“乡愁”时也就能够不失从容大气的风度，笔端除了洋溢出馥郁的诗意外，也随处可见出轻松自如的幽默。

有人认为，幽默“是极适中的使人在理智上以后在情感上感到会心的甜蜜的微笑的一种东西”[②]；也有人认为，就幽默而言，“微苦笑的心境，是真正的艺术心境”[③]。如果将“甜蜜”或“微苦”均理解为通达人生观的感官性显现，而“会心的微笑”之说自然可对应于叶君健各种各样的“乡愁”书写。《娶亲的故事》里的黄马装模作样地找机会和村里的女人搭讪，只是想从她们那里打听自己新娶的年过半百的新娘能不能为他生个儿子；《我的伯父和他的黄牛》里伯父劝说他的牛“不要傻里傻气，作些荒唐梦”，把它看做“容易感情用事、容易冲动的女人”；《多事的日子》里维持会长黄冕号令唱日本国歌，

---

① 参见叶君健：《〈雁南飞〉后记》，《叶君健全集》第 2 卷，北京：清华大学出版社 2010 年版，第 282 页。

② 此为林语堂借引韩侍珩之说，参见林语堂：《会心的微笑》，《披荆集》，《林语堂名著全集》第 14 卷，长春：东北师范大学出版社 1994 年版，第 158 页。

③ 郁达夫：《略谈幽默》，《青年界》第 4 卷第 2 号，1933 年 9 月 1 日。

村里人只得按乡下曲子《寡妇怀春》的调子应和他;《山村》里老刘变成“新人”后忙得一分钟也腾不出来和老伙伴聊天,可在茅房里却可以耽搁好几个钟头,因为他过于专心读革命小册子而忘了时间,以致茅房外要登坑的庄稼人排成了长队;《雁南飞》里到平原后的金龙住在老船工家,看到绿珠端出的晚餐是一条烹调好了却依然栩栩如生的鲫鱼,不禁大吃一惊;《冬天狂想曲》里的茵茵看到紧紧依偎着的一对鸟儿望着自己,就揣测它们是在夸耀它俩的相亲相爱,是在讥笑她独自一人像个傻子……类似这些细节或片段,无不引人发笑,它们既能让读者体会叶君健笔下这些故乡人事的具体窘境,又能让读者超越一时一地之限,领略到大千世界万象人生的底蕴,去细细咀嚼那潜藏在文字背后或甜蜜或微苦的绵长意味。

(四) 中国人的爱情想象与人类普遍的精神追求

有研究者将叶君健中短篇小说风格中“幽默”和“陌生效应”即新奇感相联系①,譬如,叶君健笔下那些中国农民动辄会吐出一串串洋腔洋调,什么“亲爱的妻子”、“亲爱的朋友”等。这些称谓表达固然与中国传统的人际交往习俗有距离,但对中国文化缺乏了解的西方读者来说,他们未必会有什么违和感,也就未必能从中品出幽默味。因此叶君健小说的幽默格调的形成,不在于那些土洋夹杂的语词运用,而在于联系着人类共通情感的精神体现。就这一点而言,叶君健笔下的爱情描写即可谓一种上乘幽默的展示。叶君健晚年不太看重自己外语小说中的一些爱情描写②,但实际上它们是最有可能引发英语读者会心微笑的部分。《山村》里说书人老刘追求独自生活的菊婶百折不挠,《雁南飞》里平原上船工的女儿绿珠对来自大山的金龙大胆暗恋,《冬天狂想曲》里的儒士家庭出身的小姐和侍童双双跌入爱河。这些情爱故事虽然都分别有一个

---

① 参见李保初:《日出山花红胜火——论叶君健的创作与翻译》,北京:华文出版社 1997 年版,第 35、124 页。

② 20 世纪 80 年代的叶君健表示,他的外语“作品比较严肃,爱情和消遣的成分几乎没有,他们在国外流行在一些比较严肃的读者和知识分子中间,范围有限,所以也不是畅销的东西”。(参见《叶君健小说选·前言》,南京:江苏人民出版社 1983 年版,第 3 页)叶君健对早年外语作品小说中存有的爱情描写予以否认,和他将“爱情和消遣”相提并论,认为两者均处于与“严肃”对应的另一端的价值判断有关。事实上,他外语小说中不仅不缺少相关描写,而且这些描写都具严肃的质地,并非等同于“消遣”,和作品畅销与否无直接关系。

符合现实性的伤感结局，但叶君健赋予了那些男女主角们共同的朴拙而迂执的秉性，他们为争取爱情罔顾一切的天真和痴狂，直接成就了小说温暖的幽默格调。

《山村》里老刘的爱情如同塞万提斯笔下堂吉诃德大战风车那样虚妄，读者会笑他那一厢情愿的痴，无可救药的迷，但一定不会笑他的赤诚、质朴和敢作敢为的担当。与老刘一样经受着无望爱情煎熬的还有《雁南飞》里的绿珠，虽然她心里早就掀起了爱的风暴，可身边的金龙却浑然不觉。就像《山村》里的老刘从自己讲述的浪漫恋情故事中汲取爱的灵感，就像《冬天狂想曲》里的茵茵偷看了父亲藏在书架角落里的《红楼梦》后想象自己就是那个多愁善感的林黛玉，绿珠也寄希望于套用曾经读过的“鸳鸯蝴蝶”一类小说的情节来化解困境。作者这样调侃道：“根据这些情节，在一个年轻女子或一个年轻男子想赢得对方好感的时候，撒点小谎也是容许的。”①但是，“从书本上来的爱情指南当然无法行之有效”。金龙不解绿珠的风情，固然是金龙心里早就有了猎人的女儿冬梅的缘故；但他完全看不懂平原上少女的心思，却终究还是因为金龙与平原文化的隔膜。绿珠“识字以后，她一直在漫无边际的大幻想中生活”，而金龙却是一个只信赖金菊奶奶的神通和经验、从没见过书本和文字的山民。当绿珠明白了金龙为什么离她而去后，她把那些“鸳鸯蝴蝶”小说统统扔进了火堆。如果说《山村》对说书人老刘不顾菊婶罗敷有夫执意迷恋的渲染，在某种程度上像是为读者提供一个中国乡村非典型的情爱样本，那么，《雁南飞》里平原女孩绿珠从自己的白日梦中苏醒，则多少包含了作者对所谓主流文化的反思意味。

与老刘和绿珠的单相思有所不同，《冬天狂想曲》的茵茵和侍童小刘的故事则属于有情人未成眷属。作为1946年冬天叶君健献“给读者的圣诞礼物”，它既是应景之作，也是叶君健自己“异国古城遐想的见证”②。旧时中国门第悬殊的痴男怨女注定不会有完满的结局，但既然任何障碍都阻挡不了人类对爱情的追求，那么，中国人也并不例外。叶君健以温馨幽默的笔墨，描绘了女主人公茵茵性爱意识的萌动。深闺里的这位小姐熟读四书五经，也了然父母之命媒妁之言的分量，但即将而至的19岁的年纪，加

① 叶君健：《雁南飞》，《叶君健全集》第2卷，北京：清华大学出版社2010年版，第247页。

② 叶君健：《在一个古老的大学城——剑桥》，《新文学史料》1992年第3期。

上诗词和《红楼梦》的启示，终于让她陷入青春的狂想。当得知自己将很快被安排与早被许配的赵家公子完婚，茵茵既惶恐又抵触：

> 假如他是个驼背，走起路来得哈着腰，像个老头儿；假如他是个半神经病；假如他全身是毛，像只猿猴；假如他满脸麻子，假如他是个歪嘴，说起话来就要抽搐；假如他是个斜眼，望着人的时候像一个窃贼；假如他的脾气暴躁，不时要在她身上敲敲打打；假如他的声音粗暴，一开口就像破锣在响；假如他的语言鄙陋；假如……假如他满脸麻子，她怎么去亲她？假如他全身是毛，她怎么去摸抚他？她怎么能含情脉脉地望着他的眼睛，假如他是个斜眼？……①

十几个“假如”联翩而至，节奏欢快跳跃，读者几乎应接不暇，一下子就被少女对异性身体的天真遐思裹挟了。这些“假如”与其说是茵茵对许配对象外貌品行不满的宣泄，不如说是茵茵对所爱之人浓情蜜意的咀嚼和反刍。事实上，茵茵与赵家公子从未谋面，她所有的“假如”都出自她的任性空想，都是她那个魂牵梦萦的情人小刘形象的反衬。叶君健想让读者明白，在茵茵的心里，与“高高秀气的身材”、“微笑带着一种聪明的样儿”、“温柔文雅”又顽皮多情的“迷人的男子”小刘相比，不管是赵家公子还是别的谁家少爷，他们除了被丑化，不会再有任何别的什么可能。叶君健的幽默笔触中不乏超脱，否则读者不可能知晓茵茵的烦恼茵茵的痴。她青春的狂想固然存有中国文化及审美传统的痕迹，但谁能否认它其实又是超越了时代和国界的呢？叶君健在中国式的闺怨里蕴含了人类共同的对爱与自由的憧憬，对真正的“人的世界”的向往。《冬天狂想曲》的读者会为茵茵在心里尽情地糟践赵家公子而笑，也会为茵茵把小刘当做“古典浪漫小说里的一位男主角”欣赏而笑，还会为小刘称茵茵为“我的女神”、像古代英雄跪在美人脚下一样而笑，但人们“笑自然会笑，但衷心隐隐”，对主人公的同情，一定“每有自己不能之势”。②这就是作者幽默感的魅力。

和说书人老刘爱上有夫之妇、平原上的女孩绿珠爱上山里的化外之民一样，千金小姐茵茵与侍童的爱情火焰最终也熄灭在寒风中，但叶君健却让读者感悟到，这些不

---

① 叶君健：《冬天狂想曲》，《东方赤子·大家丛书：叶君健卷》，北京：华文出版社1998年版，第113页。

② 郁达夫：《略谈幽默》，《青年界》第4卷第2号，1933年9月1日。

同身份的中国人打破既定社会规范、文化习俗束缚的爱的追求，昭示了普遍人性的澄澈和光明，给人温暖和向上的力量。这种对不幸和困境的从容态度，根基于对人的尊严和自由价值的坚信不疑。《山村》也好，《雁南飞》、《冬天狂想曲》也罢，它们不时地引发读者"会心的微笑"，那是因为它们传递了作者"心灵的光辉与智慧的丰富"[①]，显现了乔治·梅瑞狄斯所言的上乘幽默的精髓。

(五) 幽默：与世界对话的方式

叶君健一生始终服膺安徒生，他感慨："安徒生童话描绘了从上到下广泛的人物，他们的道德、智慧和愚昧，虽然人物大多是丹麦人，但有着全人类的普遍性，因此，离丹麦遥远的中国人也能从中得到启发和陶冶。"[②]而其实叶君健用世界语或英语描绘的也都是中国人，反映的都是中国人的"道德、智慧和愚昧"，可他以"人类之爱"的目光予以观照，因而他讲述的中国故事也同样被赋予了全人类的普遍性。从世界语短篇《王得胜从军记》到英语长篇《山村》，无处不在的幽默笔调彰显出人性之美，触动了无数读者最深处的情感和记忆，直抵人类精神的核心。难怪欧洲读者会毫不费力地在《山村》中找到认同感："在它安静的叙述中，充分地表现出对于人和人性的深刻的理解。它充满了幽默和温暖，你可感觉到它里面一些人物的心房的跳动。……我每读一次它。我和它里面的人物就更感到接近，更感到亲热。他们是活着的、真正的人……"[③]

虽然在20世纪三四十年代像叶君健这样着力于向西方介绍"现实的中国"的中国作家并不多见，但像他那样置身异域而能够不失幽默感的中国作家却并非绝无仅有。以一种放松的姿态返顾自我同时面对陌生的世界，尤其是跻身英国文坛的中国作家们不约而同的选择。在一个幽默感受到特别推崇的国家，幽默不只是对话沟通的润滑剂，也是智慧人格的体现。基于对英国文化传统的体认，包括叶君健，还有熊式一、蒋彝和萧乾等，他们的英语作品关注焦点和审美个性各不相同，但大多活泼风趣，充满感染力。

---

① 林语堂：《论幽默》，《行素集》，《林语堂名著全集》第14卷，长春：东北师范大学出版社1994年版，第10页。

② 转引自叶念先：《叶君健与安徒生童话》，叶君健译：《安徒生童话(永远的珍藏)》，成都：四川少年儿童出版社2006年版，第2页。

③ 挪威文译者汉斯·海堡(Hans Heiberg)为《山村》所做的序言，转引自苑因：《关于〈山村〉》，叶君健：《山村》，郑州：河南人民出版社1982年版，第265页。

在自我文化和他者文化的穿梭中，叶君健等人的中国叙事里无不折射出他们自己豁达自信的精神底蕴。熊式一在长篇小说《天桥》开头，介绍“大善人”李明为求子息捐了一点小钱修了一座桥，写修桥期间按乡规主人必须在初一和十五给底下人开荤，但李明却只买一斤便宜的肥肉煮了一大锅汤。小说对李明吝啬刻薄的讽刺明晰可感，而更妙的是，作者居然也不放过对底下人彼此间小算计的调侃：高妈每逢朔望两日均会茹素，其他人就“都一致拥护她持续持斋，说她来世一定会享福”[①]。熊式一同情被欺压的下人，但这并不妨碍他对普通人自私心及其虚饰的洞察。在这方面，他和叶君健无异。虽说他们指摘的都是中国乡间的人和事，但发露的却是人类品性中共有的弱点。蒋彝也认为：“世界各地的人们，虽然外在的面貌、服饰和语言有所不同，内在的本质却是相通的。”[②]他在《牛津画记》里提到自己有一次在书店里走了一圈又一圈，就是想确认他刚出版的小书是否吸引了某个读者，理由是：“蔬果商不喜欢看到蔬菜留在店里，也没有母亲承认自己的宝宝不漂亮。”表面上看似作者在为自己的小心眼儿开脱，但实质他是在针砭人性之瘤：虚荣和名利心。[③]蒋彝的幽默感委婉含蓄，自嘲了内心杂念，也体恤了为七情六欲所困的人类。当蒋彝们能凭借对自我的反省去看待并理解人类共有的本性和情感时，他们即在一定意义上拥有了人类立场和世界视野。萧乾在《龙须与蓝图》中形容19世纪上半叶的中国如同一个被人推进一间大教室的新生：“这位新生自负、笨拙、古怪，头上留着过时的辫子，手上的指甲足有四英寸长。在此之前，他受着高山阔海和长城的保护，生活得悠闲自在。现在，一进入这间教室，他就发现必须要取得毕业证书——‘民族的生存权’，否则，就会灭亡。”[④]正因为萧乾从惯常的中国人的视角跳脱出来，能够站在中国以外的角度看中国，他对中国在世界上“被愚弄被

---

① 熊式一：《天桥》，北京：外语教学与研究出版社2012年版，第3页。

② 蒋彝：《我该翻墙吗？ Shall I climb over the wall?》，《牛津画记》，罗丽如、罗漪文译，上海：上海人民出版社2010年版，第16页。

③ 蒋彝：《百感交集 Mixed Feelings》，《牛津画记》，罗丽如、罗漪文译，上海：上海人民出版社2010年版，第34页。

④ 萧乾：《龙须与蓝图——中国现代文学论集》，傅光明译，文洁若编，北京：外语教学与研究出版社2014年版，第119页。

踢打”的处境才有了更准确的判断。虽然他对中国形象的揶揄形同于自贬，但只要成熟的读者都能从中感受到作者的自信，这已不仅仅显现为幽默艺术的效用。萧乾的慧眼足以让他看穿一些英国人把中国文化当成“老古玩店”的心理，因而机智地提醒他们最好设身处地对待中国的现代化进程。20世纪三四十年代旅居西方的中国作家们与他们的前辈相比①，为中国辩护的意图依旧，可他们却有了更充足的底气，这不仅源于他们开放的心态和视野，也源于他们对中国历史文化现代转型的坚定理念。他们已非常清楚：20世纪的“中国并非华夏”(China, But Not Cathay)②，它必将“协同各国一道为创造一个更幸福、更清醒的世界而努力”③。作为现代世界这个大教室里的一个新生，它再也不能妄自尊大，当然也绝不至于妄自菲薄。因此，叶君健、熊式一、蒋彝和萧乾的那些或夸张、或讽喻、或影射、或荒诞的幽默表达，实在不过是这些中国作家成熟心智和现代精神的自然流露。

就像《雁南飞》里平原上的绿珠父女未能真正了解生活在高山的金龙及其族人一样，在叶君健们抵达英国的时代，一般的英国人对中国也几乎一无所知，即便略知点滴，也是因为翻过一些“把中国说成一个稀奇古怪的国家，把中国人写了成荒谬绝伦的民族”④的读本。虽然英国人中也有像伍尔夫那样的，“她相信英国人‘骨子里流着和中国人同样的血液’”⑤，但这个比例之微是可以想象的。乔治·奥维尔在1945年认

---

① 为中国辩护的心态差不多是近代以来中国人面对西方世界时的共同心态，这是弱势文化持有者在强势文化面前难免的反应。只不过这些中国现代作家的前辈们所辩护的是中国传统。如用英语写作的辜鸿铭(1857—1928)、用法语写作的陈季同(1851—1907)为了对抗来自西方的民族歧视和文化歧视，极力维护中国的尊严，辜鸿铭的《尊王篇》(1901年)的副标题是“一个中国人为中国的良治秩序和真正的文明所做的辩护”(《尊王篇》，《辜鸿铭文集》上部，黄兴涛等译，海口：海南出版社1996年，第1页)，陈季同在《中国人自画像》(1884年)的序言起首即表示写此书，是因为“旅欧十年，我发现中国在世上遭受误解最深”(《中国人自画像》，陈豪译，北京：金城出版社2011年版，第3页)。虽然他们的民族自尊心值得钦敬，他们在世界格局中观照中国的视角也具有重要的启示意义，但他们在凸显中国传统文明价值时，无例外地夸扬纳妾、缠足等陈规陋习，既反映了他们价值上的偏失，也显现出他们心理上的自卑。

② 此为萧乾出版于1944年伦敦的一本书的题目。Hsiao Ch'ien, *China, But Not Cathay*, London: Pilot Press, 1944.

③ 引自《中国并非华夏》最后一章，参见《萧乾文学回忆录》，北京：华艺出版社1992年版，第164页。

④ 熊式一：《香港版序》，《天桥》，北京：外语教学与研究出版社2012年版，第14页。

⑤ [美]帕特丽卡·劳伦斯：《丽莉·布瑞斯珂的中国眼睛》，万江波、韦晓保、陈荣枝译，上海：上海书店出版社2008年版，第275页。

为,“中国人开始被当做人类仅仅是最近几年的事”[①],这应该不是太夸张的说法。正因为对西方人的误解和偏见深有感触,叶君健和他的同行们才有意识地选择以轻松诙谐的笔触介绍中国,同时以中国人独到的人生参悟表现对整个世界和人类命运的同情,这何止可以修正西方读者的刻板印象,何止可以拉近与他们的情感距离。就叶君健而言,从世界语短篇《王得胜从军记》,到英语长篇《山村》、《雁南飞》,他的幽默感彰显出人性之美,其间不仅交织着从容应对困境的睿智及理性,而且映现了对人类终究会消除隔阂、相互理解、共同战胜不幸和苦难的信心。这些作品触动了读者们最深处的情感和记忆,直抵人类精神的核心,因此它们不仅属于中国,属于英国,也属于整个世界。

叶君健回忆二战结束前对英国公众的巡回演讲时提到,他曾有机会与兵营的英国空军飞行员攀谈,得知他们习惯用“表演”来形容高危的出击任务,如若飞行员一去无返,同伴们则以“表演得不高明”(a poor show)来解释那次失误。叶君健感慨道:“表演”成了那些飞行员常用的行话,因为他们已将生死置之度外,这不带任何感伤情绪的平淡话语中体现出的是一种英雄气概,一种英国战时的士气。叶君健说他自己因此加深了对“在英国所作的这项战时工作的意义的理解”。[②]由于叶君健把他用英语面对英国公众的演讲也视为“表演”,所以,在他心里,他的工作虽不至于旦夕有性命之虞,可其重要性、挑战性与飞行员升空作战也是有一些相似之处的。

确实如此,对一个用第二种甚至第三种语言进行言说的人来说,他的局限显而易见:由于失去了一直沉浸其间的母语陪伴,须经历一个切换至非母语的思考过程,这种不自然在根本上决定了这种表达的“表演”特性。叶君健谈到早年用世界语写作时说:“这是一种人造语言,没有民族语言中那么多的习惯用法。我的思想得先在脑子里按照世界语的规范翻译成句子,然后讲出来——事实上我写和讲英文最初也是这样。久了,‘规范化’就在脑中成了一种习惯势力。这就使我运用语言的程序成为:思想——

---

① [英]乔治·奥维尔:《评萧乾编的〈千弦琴〉》,左丹译,鲍霁编:《萧乾研究资料》,北京:十月文艺出版社1988年版,第550页。原文刊载于英国《观察家》报1945年11月11日。

② 叶君健:《去国行》,《新文学史料》1991年第2期。

规范——语言的表达。”[①]叶君健尽管在后来找到了用英语写作的足够自信，但语言“‘规范化’的过滤”本身，无论如何都会造成深层表达的阻隔，而“文字上的瑕疵”则成为他时时需要提防的“本分”。一些叶君健小说的国内研究者注意到《山村》中的“欧化”痕迹，认为“国内读者读来有一种特别有趣的‘陌生效应，而西方读者接受起来无疑会有更多的亲切感”[②]。这种赞誉或许并非全无道理，但关键是这种语言的“欧化”是否真正契合作者意图呈现的中国人特有的感情气质，作者是否已将这种感情气质准确而圆融地转化为英语读者所能接受的相应形态。叶君健自己曾有过这样的反思：对西方文学的学习训练“使我对语言的运用、情节的安排以及感情的调节受到了限制。像斯坦贝克写《愤怒的葡萄》那样自由采用民众的口语，甚至俚语的酣畅写法，我完全无法做到，虽然我写的人物很多也是下层的民众——农民。我一下笔就被语言结构等问题所缠绕，行文总不是那么洒脱，丧失了一些自然、生动和形象化的东西”[③]。这当然是叶君健过谦的自省，凸显了一位中国的英语作家令人尊敬的坦诚和理性。而实际上，其实没有人会苛求一个中国作家写出如《愤怒的葡萄》似的“纯粹的英语”的作品。

就像高明的表演者会利自身与表演角色的距离，用自己的方式完美地诠释角色一样，一个穿越了语言疆界的优秀作家也必定会在非母语中找寻到自己合适的位置。正是因为叶君健对自己用世界语和英语创作的实际处境有清醒的自觉，所以他有意识地将运用非母语写作的局限转化为自己的优势。借助于和第二/第三语言的距离，叶君健充分而有效地利用了他的跨文化经验。他冷静而理性地反观自我及其存身的世界，发掘那些被隐去或被遗忘的生命真相，描摹出一幅幅令人信服的中国图景，使其具备了超越国界、超越族群、超越文化的意义，显现出迷人而恒久的魅力。在这个意义上，《山村》在时隔初版 41 年后的 1988 年由伦敦著名出版社[④]为英国读者再次推出，并收

① 叶君健：《作文》，《欧陆回望》，北京：九州图书出版社 1997 年版，第 301 页。

② 李保初：《日出山花红胜火——论叶君健的创作与翻译》，北京：华文出版社 1997 年版，第 124 页。

③ 叶君健：《外国文学研究和创作》，《东方赤子 · 大家丛书：叶君健卷》，北京：华文出版社 1998 年版，第 291 页。

④ 《山村》于 1947 年 7 月由山林女神出版社(Sylvan Press)出版，1988 年费伯出版社(Faber & Faber)出版了包括《山村》在内的《寂静的群山》三部曲。

获了如潮的好评①,也就是顺理成章的结果。因此,相较于叶君健一生都敬佩不已的那些为和平而战的英军飞行员,用世界语和英语作品搭建了一座人类沟通理解的桥梁因而赢得国际声望的叶君健,作为一个高明的表演者,无疑同样值得所有为人类文明进步而不懈努力着的人们敬佩。

① 有关《山村》的书评除了可参见苑因《关于〈山村〉》(叶君健:《山村》,郑州:河南人民出版社 1982 年版,第 262—264 页)一文外,还可参见韩小蕙的《叶君健访谈》。在接受韩小蕙访谈中,叶君健提供了包括《山村》在内的《寂静的群山》三部曲于 1988 年出版后三周内英国出现的一些评论:"《伦敦星期泰晤士报》的评论文章写道:'叶用一种稀有的简洁的散文方式来写他的作品,这在西方是难得找出明显的模式的。换一句话说,叶的叙述方式在西方来说是一种创新。'《约克郡邮报》的评论文章写道:'《山村》的英文是出自一位大师的手笔,它以魔术般的、动人心魄的方式,描绘出一种农村生活方式在社会和政治活动中的迅速消逝。'《书刊》杂志的评论文章写道:'这两部小说所描述的历史事件,正是安德烈·马尔罗在《人的命运》中所写的主题,但意义却要深远得多。和叶的精练、朴素而美丽的处理手法相比,这位法国作家就相形见绌了。近数十年来'文化大革命'那种枯燥无味的宣传式的产品已经把英国读者同一切中国事物疏远开了。这两部作品又把那断了的高艺术质量溪流接上了,重新燃起人们对'黄土地'国家传统魅力的火焰。'《探索家世界》杂志的评论文章写道:'叶的简洁朴素、不动声色的叙述把读者引进了农民的生活和他们的友谊世界中去,在读者中掀起悬念,使他们迫不及待地盼望下一部出版。'《星期人评论周刊》的评论说:'在叶先生的朴素和简洁中蕴藏着深厚的激情。这种激情是一个成熟的、完满的文化的升华。作者在他略带抑郁的幽默感中最深刻地触动了人类精神的核心。'"(《心灵的解读》,深圳:海天出版社 2002 年,第 131 页)

Eileen Chang 还是张爱玲：张爱玲英文创作论

许志迎

张爱玲(Eileen Chang, 1920—1995)通常以她独特的中文小说、散文和剧作而为读者所熟知，而其实她在英文创作方面的贡献也不容小觑，英文写作伴随了她的一生。1938年，18岁的张爱玲用英文写的《生活！一个女孩的生活！》(“What a life! What a girl's life!”)刊于《大美晚报》(*Evening Post and Mercury*)。1942年张爱玲开始给《泰晤士报》(*The Times*)写剧评、影评，以英文写作正式开始职业文人生涯。1943年1月出版的《二十世纪》(*The XXth Century*)第4卷第1期刊载了张爱玲撰写的《中国人的生活与服装》(“Chinese Life and Fashions”)一文。紧接着，她又陆续在《二十世纪》上发表了《还活着》(“Still Alive”)、《鬼怪神仙》(“Demons and Fairies”)等散文以及《鸦片战争》(“The Opium War”)、《婆媳之间》(“Mothers and Daughters-in-Law”)、《中国的家庭教育》(“China: Educating the Family”)等影评。1953年英文长篇小说《秧歌》(*The Rice-Sprout Song*)在美国出版。《赤地之恋》稍晚于《秧歌》，1955年张爱玲离港赴美前已用中文写成，到美国后完成英文本 *Naked Earth*。1956年9月12日，英文小说《老搭子》(“Stale Mates”)发表于美国《记者》(*The Reporter*)双周刊上。1963年3月28日，在美国《记者》杂志上又发表散文《重访边城》(“A Return to the Frontier”)，记台港之行。1967年英文长篇小说《北地胭脂》(*The Rouge of the North*)在英国伦敦出版。此后,张爱玲的英文作品出版并不顺利,直到她去世后,一些遗稿才被发掘出来。写于1953年张爱玲抵美初期的《间谍圈》(*The Spy Ring*)2008年3月在香港《瞄》(*Muse*)杂志上发表。2010年9月首部英文自传体上下合集《雷峰塔》(*The Fall of the Pagoda*)、《易经》(*The Book of Change*)在香港出版。2014年9月1日张爱玲的英文长篇小说《少帅》(*Young Marshal*)在台湾发行。

近年来随着张爱玲遗作不断出土,其文名与时俱进,各种评论考证著述也层出不穷,但对其英文创作的系统研究却不多见。一些关于张爱玲英文作品的零星探讨,多针对《雷峰塔》与《易经》的解读和阐释。张爱玲为什么要用英语写作?她选择英语这样的非母语书写形式有没有获得更新颖的洞察视角?张爱玲的英文个人家族叙事与早年和同时期的相关题材构成怎样的缠绕及互文关系,在张爱玲的整体创作生涯中具有怎样的意义?张爱玲的英语写作在20世纪中国文学史上具有怎样的地位和价值?对这些问题的思考无疑为整体把握作者本人的人生和创作提供了新的途径。

一、上海—香港—美国:三地书,半生缘

作为同时接受新旧两种教育方式成长起来的作家,可以说,当自称"在英美的思想空气里长大的"①张爱玲自觉以文学向公众表达自己与世界的关系时,母语中文与英语就成为两种平行的语言媒介。如果说上海和香港构成20世纪40年代张爱玲的小说世界,那么美国则是张爱玲后期创作的主阵地。从上海到香港,再到美国,张爱玲在不同阶段的作品中都留下了当下的生命体验,中文如是,英文亦如此。

(一) 上海:"我要比林语堂还出风头"②

张爱玲的初中(1931年始)和高中(1934年始)都在上海圣玛丽亚教会女校就读。学校极其重视英文,多选用英语原版课本进行授课,这为张爱玲学习英语提供了诸多方便。在中学期间,张爱玲就在学校年刊《凤藻》(*Phoenix*)上发表英文散文。张爱玲

---

① 张爱玲:《双声》,《流言》,北京:十月文艺出版社2006年版,第240页。

② 张爱玲:《私语》,《流言》,北京:十月文艺出版社2012年版,第121页。

的英文习作《牧羊者素描》（“Sketches of Some Shepherds”）、《心愿》（“My Great Expectations”）就刊登在上面。

中学时代的张爱玲曾对林语堂甚是仰慕，或者准确地说，是羡慕。她在《私语》里曾以一种戏谑的口吻说到那时的她立下的宏愿：“在前进的一方面我有海阔天空的计划，中学毕业后到英国去读大学，有一个时期我想学画卡通影片，尽量把中国画的作风介绍到美国去。我要比林语堂还出风头，我要穿最别致的衣服，周游世界，在上海有自己的房子，过一种干脆利落的生活。”①她为自己设计的这条路可以说是林语堂式的，林语堂是她理想目标的一个参照人物。1935年，林语堂的《吾国与吾民》在美国出版大获成功，林语堂也因此被认为向西方介绍中国最成功的中国作家。林语堂为中学时代的张爱玲留下如此深刻的印象，似也顺理成章。

张爱玲在上海时期的习作近些年陆续披露出来，如《太阳房》（“The Sun Parlor”）②、《校鼠舞会》（“The School Rats Have a Party”）、《书旅一梦》（“A Dream on the Journey”）③等，后两篇是虚构性作品。《校鼠舞会》讲述学校里一只名叫“布莱克”的母老鼠与公老鼠“布朗”的结婚舞会，俨然一派迪士尼动画的景象。《书旅一梦》记叙的是：在文学测验的前晚，叙事者在自修室里读书入梦，梦里置身于一处连爱丽丝都未曾去过的奇境，先后遇见《一千零一夜》、《圣经》、瑞士作家约翰娜·施皮里的《海蒂》、《金银岛》、凯特·道格拉斯·维珍所著的《太阳溪农场的丽贝卡》里的人物，以及华盛顿·欧文笔下的瑞普·凡·温克尔。年轻的张爱玲想象力超卓，不仅把人物刻画得栩栩如生、惟妙惟肖，还让人物之间发生了矛盾和冲突，引人发噱。与此同时，作品在细节雕琢上亦不失精细，例如在描摹海盗船长时，还不忘捎带上那尖声叫嚷“八个里亚尔”的鹦鹉。从这两篇文章中，或多或少能看出张爱玲早年较开阔的阅读面和英文写作的虚构能力。

---

① 张爱玲：《私语》，《流言》，北京：十月文艺出版社2012年版，第121页。

② 此文由徐如林的《凤栖于梧：张爱玲的中学时代》中披露，徐如林译作《太阳房》。原文刊载于《档案春秋》2014年第1期。

③ 馆藏于上海图书馆近代期刊馆。

1938年张爱玲用英文写了一篇控诉父亲拘禁行为的文章,《大美晚报》编辑加了一个耸人听闻的标题“What a life! What a girl's life!”刊载了出来。这是张爱玲英文写作公开发表的初试牛刀。张爱玲因与后母发生口角被父亲责打,并被拘禁半年,遭受折磨。最终,她在佣人的帮助下逃了出来。这篇小文便是这段经历的复述,后来成为1944年刊于《天地》杂志的中文随笔《童言无忌》和《私语》的底本,也是张爱玲自传性书写的开端:揭露离异的父母、破碎的家庭、乖戾的家长带给自己童年与少年时期成长的阴影。由此可见,张爱玲最初的英文写作就与她的个体经验和家族史记忆相关联,这是她中文创作的源泉,同时也是英文书写的起点。

1942年5月,张爱玲辍学自香港回到上海,不久就开始给《泰晤士报》写剧评和影评。后来,她用英文撰写了一系列文章发表于英文月刊《二十世纪》上。《二十世纪》于1941年10月在上海创刊,主编为德国人克劳斯·梅涅特。《二十世纪》走综合性刊物的路线,既有各类报道文章,也有旅游风光,书评和影评等。它的主要对象是羁留亚洲的西方人,尤以上海的租界为重点,以介绍东方文化和世界形势为主。在1943年1月出版的《二十世纪》第4卷第1期上,张爱玲发表《中国人的生活和服装》,这是一篇细腻而清晰地介绍中国人服饰沿革的文章。该文长达八页,近万字,并且附有张爱玲所绘十二幅发型及服饰插图。后来张爱玲将这篇文章改名为《更衣记》在《古今》半月刊第34期上发表。在1943年6月出版的第4卷第6期上,张爱玲发表了《还活着》,中文本即《洋人看京戏及其他》,其中展现出对人生骇人真相既嘲讽又热爱的文风。在该文前面,梅涅特以“编按”指出:“张爱玲与她不少中国同胞差异之处,在于她从不将中国的事物视为理所当然;正由于她对自己的民族有深邃的好奇,使她有能力向外国人诠释中国人。”①张爱玲自幼时起就善于观察的习性,特定的教育背景,成了她能够站在洋人角度看中国和站在国人角度看洋人的因由,她对服饰文化的熟稔和自身不拘一格的着装习惯,也让她能够以忠实的态度还原服装历史和京剧面貌。《中国人的生活和服装》中不厌其烦地列举出中国自古以来的流行发型也是明证。刊载于1943年12月

① 转引自郑树森:《张爱玲与二十世纪》,见陈子善编:《私语张爱玲》,杭州:浙江文艺出版社1995年版,第206页。

出版的第 5 卷第 6 期上的《鬼怪神仙》，是张爱玲在该刊发表的最后一篇英文散文。该文前也有梅涅特的“编按”：“作者神游三界，妙想联翩，无意解开宗教或伦理的疑窦。却以其独有的趣致方式，成功地向我们解说中国民众的种种心态。”①其中文版本即《中国人的宗教》，1944 年 8 月和 9 月连载于《天地》月刊第 11 期及第 12 期。张爱玲对国人的生活保持着类乎初次面对的新鲜感，一面固然在向外国人解说，另一方面在她自己也是好奇的张看，是一连串惊异的发现。因此，在英文散文中，张爱玲经常采用外国人的视角来对中国同胞的举止和习惯作出评论，把我们熟悉的、自以为是的和约定俗成的观感与看法通通陌生化，使英语读者产生前所未有的新鲜感觉。在《鬼怪神仙》一文中，张爱玲谈到中国的“地狱”概念：

> “阴间”理该永远是黄昏，但有时也像个极其正常的都市，游客兴趣的集中点是那十八层地窖的监牢。灵魂出窍，飘流到地狱里去，遇见过世亲戚朋友，领他们到处观光，是常有的事。（The Shadowy Region, though first conceived as a land of eternal twilight, is often pictured as a normal city in which the chief attraction for tourists is the prison house with its eighteen floors of torture chambers. It is not uncommon for the souls of living men to issue forth from their bodies during sleep and wander into hell, where they meet old acquaintances who show them all the sights.）②

把地狱描绘成“旅游胜地”，也表明在为洋人介绍中国人的各种“德性”时，张爱玲确有见地。

张子静在《我的姊姊张爱玲》中写道：“除了文学，姊姊学生时代另一个最大的爱好就是电影。她当时订阅的一些杂志，也以电影刊物居多。在她的床头，与小说并列的就是美国的杂志电影。”③因此，除散文之外，张爱玲自 1943 年 5 月起，还为《二十世纪》

---

① 转引自郑树森：《张爱玲与二十世纪》，见陈子善编：《私语张爱玲》，杭州：浙江文艺出版社 1995 年版，第 207 页。

② Eileen Chang, “Demons and Fairies”, *The XXth Century*, December 1943, Vol.5, No.6.注：本文引用的英文原文的中译，如未加说明，则均为笔者自译，恕以下不赘。

③ 张子静、季季：《我的姊姊张爱玲》，上海：文汇出版社 2003 年版，第 96 页。

撰写了五六篇影评。5月份(第4卷第5期)评《梅娘曲》和《桃李争春》,以《妻子·狐狸精·孩子》("Wife, Vamp, Child")为总题,中文本变成散文《借银灯》。6月份(第4卷第6期)评《万世流芳》,英文题目为"The Opium War",即《鸦片战争》。7月份(第5卷第1期)的影评没有题目,评的是《秋歌》(*Song of Autumn*)和《浮云掩月》(*Cloud Over the Moon*)。8月和9月合刊(第5卷第2及第3期)的影评,总题是《婆媳之间》,共评《自由魂》、《两代女性》、《母亲》三部影片。11月份(第5卷第5期)的影评题为《中国的家庭教育》,评的是电影《新生》和《渔家女》。中文本为散文《银宫就学记》,它也是张爱玲在《二十世纪》发表的最后一篇影评。张爱玲评论的影片大多以家庭伦理片为主,另有一两部战争片和歌舞片。从影评来看张爱玲的电影主张,她似乎偏重影片的真实性和思想内涵,尤其是中国人心理和风俗的表现,较少讨论影片的形式与技巧。从张爱玲整个文学生涯来看,影评文章堪称是她进入文学创作的序曲。正是由于她对电影的喜好,电影的影响早已渗透她的心灵,有些电影手法也很自然地流进她后来的小说中,增强了小说的故事性、情节性和画面感。张爱玲擅长把影像的表现手法运用到小说中去,用摄像的镜头把图像呈现给读者,使小说产生明显的蒙太奇特征。她的这种创作手法也促进了她的小说文本与影像文本、剧本之间的互动,如《倾城之恋》等后来频频被搬上荧屏。

1943年之后张爱玲的英文写作暂告一段落,直到1952年离开中国大陆。《二十世纪》无疑为初入文坛的张爱玲提供了一个展示才华的舞台,虽然创作对于这个时候的张爱玲来说首先是一种谋生的手段,但她表现出的过人聪慧、清丽文风依然力透纸背。她的身世使她谙熟古老中国的生活方式,她对传统文学艺术的喜爱使她的举证左右逢源;她所受的西方式教育使她能够跳到圈外,借洋人的眼光对中国人的生活做一番反省。张爱玲初期的英文作品属于主动向外解释中国、传播中国文化的产物,当然也不排除作者纯粹的自我表达诉求。可以说,《二十世纪》给了张爱玲用英文写作的真正自信。《二十世纪》主编克劳斯·梅奈特称赞张爱玲的文章"流利新颖、略带一点维多利亚末期英文风格"①。

---

① 转引自郑树森:《张爱玲与二十世纪》,见陈子善编:《私语张爱玲》,杭州:浙江文艺出版社1995年版,第206页。

大体而言，初登文坛的张爱玲的英文创作走的是林语堂的路线，这一时期的英文作品都是以介绍中国人的生活和文化为主题的。谈京戏实际上是要“用洋人看京戏的眼光来看看中国的一切”；评电影，下力最多的，也还是评中国人。之所以对时装感兴趣，也还是因为衣中有人，呼之欲出，她不能不联系到中国人的生活、中国人的心理、中国人的趣味。张爱玲用轻松而饶有风趣的文字向外国人展示中国文化、中国人的生活，没有抹黑，也没有美化。这一半也是为刊物的性质所决定的。《二十世纪》的对象是租界的外国人，他们对于这个具有东方神秘色彩的国度自有了解的兴趣，但是他们并非汉学家，了解也是以初级教科书的程度为限，不能诉之以纯文艺。与此同时，上海租界的特殊地位也容许张爱玲可以一种从容超脱的态度，去品评中国人和中国人的生活方式。

（二）香港：“平淡而近自然”①

1939 年，张爱玲以远东考区第一名的成绩考入英国伦敦大学，后因欧洲大战全面爆发，改入香港大学读书。根据其弟张子静的忆述，张爱玲“在香港读书期间，尽量避免使用中文，写信和做笔记都用英文。她后来能以英文写小说，就是在香港大学打下的基础。”②在港大期间，张爱玲发奋攻读，一连拿了几个奖学金极有望毕业后由学校保送去英国深造。她苦修英文，为了让英文写得地道纯熟，发狠三年没用中文写作，甚至写信用的也是英文。另外，张爱玲看书也比较杂，即使是物理、化学也拿起来就看，她并不在乎是否对这些书本里的内容感兴趣，只是对英文在不同语境下的表达方式很在意。从张爱玲给弟弟张子静的“法门”来看，她在英文写作上的确下过苦功：“要提高英文和中文的写作能力，有一个很好的方法，就是把自己的一篇习作由中文译成英文，再由英文译成中文。这样反复多次，尽量避免重复的词句。如果你常做这种练习，一定能使你的中文、英文都有很大的进步。”③这样的积累，让张爱玲的英文进步得很快，她的英文由此也越来越流利、活泼、生动、自然。

---

① 张爱玲：《忆胡适之》，《对照记》，北京：十月文艺出版社 2007 年版，第 93 页。

② 张子静、季季：《我的姊姊张爱玲》，上海：文汇出版社 2003 年版，第 108 页。

③ 张子静、季季：《我的姊姊张爱玲》，上海：文汇出版社 2003 年版，第 95 页。

1952 年夏,张爱玲以到香港完成学业为由申请出境。第二年,她一方面依靠翻译谋生,翻译了海明威的《老人与海》、华盛顿·欧文的《睡谷的故事》以及《爱默森选集》等。另一方面,张爱玲重拾起英文创作。1953 年,张爱玲的第一部英文长篇小说《秧歌》(*The Rice-sprout Song*)在美国出版,1954 年,《今日世界》分别推出了另一部长篇小说《赤地之恋》(*Naked Earth*)中、英文单行本。

张爱玲在香港的英文创作表现了自己并不擅长的题材,这对张爱玲来说,确实是个挑战。而实际上,张爱玲并非对这一领域一无所知。张爱玲曾给出了一些证据,包括"三反"运动中《人民文学》上刊载的青年作家的检讨;从苏北和上海近郊来的到南昌下乡工作的女孩子、参加华东土改的知识分子的经历,以及虹桥路菜农的生活情形;1950 年的电影《遥远的乡村》中的一些情节等等。另外,2010 年出版的《异乡记》中也详细记述了叙事者 1946 年从上海前往温州的途中见闻,它更像是作者自己的旅途札记,反映了张爱玲对乡村生活的第一经验,其中很多章节片段都与香港时期英文写作中反映的内容吻合。《异乡记》仿佛构成了香港时期小说写作的前文本,成为她第一部英文长篇小说的创作基础。

张爱玲香港时期的英文创作其实仍然以日常生活的叙述见长。胡适曾评价说她"写得真细致,忠厚,可以说是写到了'平淡而近自然'的境界。"[①]张爱玲的境外写作保持了自己艺术的独立性,而内容渐趋于朴素,从中可看出张爱玲有意识做出改变的努力。作品的主角不再是变相的才子佳人,而是庸常凡人。虽然其中不乏张爱玲式的隽语,但所用意象却全是日常生活中常见的人、事、物、境,乡间风景、地方色彩、劳作场面、日常起居、人情世故、杀猪场景,甚至细腻到了盛饭木桶上的鹅头雕花,全都好像触手可及。由华美绮丽走向朴素质实,更加平淡自然,也证明了张爱玲有能力去描摹脉脉情愁、恻恻轻怨之男女恋情之外的更广大的世界。

(三) 美国:遭遇了"语言障碍之外的障碍"[②]

1955 年张爱玲自香港移居美国。*The Spy Ring* 的写作构思始于 1953 年,"写完

---

① 张爱玲:《忆胡适之》,《对照记》,北京:十月文艺出版社 2007 年版,第 93 页。

② 转引自宋以朗:《〈雷峰塔〉〈易经〉中译本引言》,《现代中文学刊》2010 年第 6 期。

《赤地之恋》本想写 *Mesh*（《网》），又怕刚写惯长篇，停下来写短的，以后再续 *Pink Tears*（《粉泪》）时会拉不长。'松松紧紧'太耽误时候"①。"*Mesh* 不预备写得长，因为材料（间谍）不是我所熟悉的，虚构出来不像真。自己熟悉的故事可以穿插许多有趣的细节。"②这个短篇直到 2008 年 3 月才在香港《瞄》月刊上得以发表。而其中文版《色·戒》则发表于 1978 年 1 月台北《皇冠》第 12 卷第 12 期上。从 1950 年代初的英文版初稿，到 1978 年的中文版发表，两个版本的写作间隔了二十几年，张爱玲反复修改、斟酌，力度之大极为罕见。小说取材于中日战事期间重庆国民政府中统局施美人计行刺汉奸的历史事件。*The Spy Ring* 故事情节围绕女主人公的经历展开。开场是在麻将桌上，强烈的光照，相互攀比的钻戒，主角的卑微，暗示了一场爱与死亡的结局。女主人公 Shahlu Li 是国民党特务机关成员之一，她通过接触 Mrs. Tai 来接近其丈夫 Mr. Tai，凭借着自己的美貌以勾引 Mr. Tai。在与 Mr. Tai 亲密接触几次后，Shahlu Li 让同伙到珠宝店埋伏以便下手，然而最后却仅仅因一念之差，错失了机会，放虎归山的同时也葬送了自己的性命。小说以搓麻将开始，也以搓麻将收尾。Mr. Tai 的回顾是对曾经发生的这一惊心动魄事件的概括：

> 他顺从地坐下来代妻子玩了几局。这是他这辈子最快乐的一天，在接下来的若干年内他都会不断地想起。战后重庆政府回来了，他被逮捕枪决。不过，在他生命的最后时刻，他一定会回忆起曾经深爱过他的那个被他杀掉的美丽女人。（He humored them and even sat down to play a few rounds for his wife. It was the happiest day in his life and he often looked back at it in subsequent years. When the Chungking government came back at the end of the war, he was arrested and executed. But he drew comfort in his last hours from his memory of the beautiful girl who had loved him and whom he had killed.）③

郑苹如谋刺丁默邨事件只为张爱玲提供了一个故事框架，张爱玲选择了移花接

---

① 张爱玲、宋淇、邝文美：《张爱玲私语录》，北京：十月文艺出版社 2011 年版，第 53 页。

② 张爱玲、宋淇、邝文美：《张爱玲私语录》，北京：十月文艺出版社 2011 年版，第 54 页。

③ Eileen Chang, "The Spy Ring", *Muse*, March 2008.

木,让一个特工谋杀事件负载了她对人性的理解,并纳入她探究男女情欲的惯常轨道。由于题材的特殊和自身身份的敏感,以及曾经被攻讦打压的过往,二十几年间张爱玲大费周章地改写这个故事,一遍又一遍,重新把原本的特工暗杀事件解构为“张爱玲式”的戏码。张爱玲搁置 *The Spy Ring* 多年后,在 1974 年 4 月 1 日给宋淇的信中,隐隐透露了书写《色·戒》的原因:“那篇色戒的故事是你供给的,材料非常好,但是我隔了这些年重看,发现我有好几个地方没想要,例如女主角的口吻太像舞女妓女。虽然有了 perspective,一看就看出来不对,改起来也没那么容易。等改写完了译成中文的时候,又发现有个心理上的 *gap* 没有交代,尽管不能多费笔墨在上面,也许不过加短短一段,也不能赶。”[①]*The Spy Ring* 在英语世界没有销路,张爱玲将它归结为写得不好,当中有许多不合理的地方,主观虚构臆想的成分极多,细节上也仅只是打牌、街景等为数不多的几个地方才具有她的风范。小说名为《色·戒》,其实已不单单是表面的意义,它不是 Mr.Tai 的好色之戒,而该是 Shahlu Li 的情之戒,是所有女人的情之戒,当然也包括张爱玲自己。张爱玲将自己与胡兰成之间的情感纠葛投射到小说中,因此可以看作是张爱玲又一次不经意的自我袒露。

1956 年 9 月 12 日,张爱玲的英文小说“Stale Mates”(《五四遗事》,即《老搭子》)发表于美国《记者》杂志上。1957 年 1 月 20 日,该小说(中、英文)在台北夏济安主编的《文学杂志》第 1 卷第 5 期上发表。小说的副题为“爱情莅临中国时所发生的短篇故事”(“A Short Story Set in the Time When Love Came to China”)。众所周知,“五四”新文化运动是以输入西方民主、科学、自由、平等理念为发端的,而且深刻影响了几代中国人。自由恋爱、男女平等、妇女解放、婚姻自主便是其中的主题。受到洗礼的青年们多以满口的西方新名词试图在实际生活中身体力行。《五四遗事》以漫画化的人物和情节叙写,传达出特定时代的氛围。所有情节就建立在种种不谐调中。郭与罗虽各自有旧式的婚姻,仍要谈一场新式恋爱;罗为密斯范闹离婚,多年没有结果,密斯范年纪大了听家里的话去相亲,两个人的故事告一段落;罗离婚后,又娶了王小姐;婚后罗

① 张爱玲、宋淇、邝文美:《张爱玲私语录》,北京:十月文艺出版社 2011 年版,第 55 页。

与密斯范旧情复燃，只好再跟王小姐打离婚官司；罗和密斯范好不容易结了婚，密斯范却成天打牌，没有牌局的时候成天躺在床上嗑瓜子，衣服穿得又破又烂，罗对她渐生不满，亲戚撮合他跟王小姐复合，结果王小姐跟罗的第一个太太都被接了回来。罗和密斯范的最后胜利是以青春年华的流逝为代价的，一夫一妻式的婚姻自主更是成了笑柄。在罗与密斯范的爱情里，虽然也有外在环境的影响，如离婚时遇到各方面的阻力等，但更主要的还是人的世俗本性和自私计较，消解了爱情的崇高神圣。“五四”式的浪漫爱情在张爱玲笔下，只是一种现代的“华丽缘”，热烈而虚浮。就像那曾经让罗文涛等人心旌摇动的西湖，看起来是现代男女爱情的圣地，实则早就成为“前朝名妓的洗脸水”。

作为张爱玲20世纪50年代中期在美国的创作，《五四遗事》在很大程度上可以看作是一则文化寓言，一方面关于新文化传统，另一方面则涉及张爱玲本人的情感史。《五四遗事》发表前后，张爱玲开始了新的婚姻。而也从此时开始，她与胡兰成间的“遗事”不断地被投射到新的写作中。张爱玲对男女问题持有非常现代的态度，认为只要两情相悦就好，没必要用婚姻来承诺，这与胡兰成旧派的才子佳人之思奇妙地“错位契合”。及至二人结婚后，胡兰成流徙生涯中一直幻想着“三美团圆”，才显露出他们之间真实的区别。因此，《五四遗事》可以看作这一系列遭际的“镜像”。

1961年10月，张爱玲开始了自1955年秋离开香港后的首次东方之行，搭机“悄然来台”，踏上毕生唯一一次造访的台湾土地。张爱玲赴台，本意是为写作《少帅》而访问张学良，但没几天即闻丈夫赖雅中风，为生计考虑，张爱玲转到香港写作剧本，以赚钱养家。后来她将这次台港见闻写成“A Return to the Frontier”(《重返前方》)，于1963年3月28日发表在美国《记者》杂志上。2008年4月台湾《皇冠》杂志发表了张爱玲遗稿，即中文版《重访边城》。张爱玲在台湾是短暂的游历，在香港则属不得已的谋生。与从未到过台湾不同，张爱玲对香港并不陌生，1939年到1942年夏，她就读于香港大学。然而，张爱玲在香港始终是过客，香港是作为一个边缘性的异质于上海的文化地域而存在的。台湾和香港，在张爱玲眼中皆属“边城”。事实上，这种姿态自文首即已开始。在《重访边城》中，张爱玲始终以一个局外人的立场去感受台湾和香港的风俗民生。她在台湾、香港间游走时，往往顺涉一笔，譬如对蒋介石治下的台北将军公然招妓、街头卖淫业兴盛颇有微词。在叙写房东太太不断地寄东西回大陆一事时，又插进大段与自己亲人相关的描写，进而对大陆的种种现状加以评述。离乡十年，张爱玲在冷静节制地描摹民众的同时，也主动地介入了自己的思考。她清楚地记得自己十年前从大陆出来，在罗湖边检站等候港方检查时一个长得圆鼓鼓的北方男孩说的一句话："这些人！天这么热，把你们晾在这里。到那边阴凉的地方站站吧。"(These people! Keep you out here in this heat. Go stand in the shade.)张爱玲表示，这让她仍旧有那么一刹那，"最后一次感到同胞的温暖流遍了全身"(felt the warmth of race wash over me for the last time)。①这样的情绪抒写，映射出张爱玲潜埋的家国情愁和隐秘的内心苦楚。

1957年至1964年，张爱玲用英文完成了自传性小说 *The Book of Change*(《易经》)，但因篇幅太长，写完后她将其腰斩为两截，前半部分为《雷峰塔》(*The Fall of the Pagoda*)，后半部分仍叫《易经》。在英文小说写到十多万字时，她开始酝酿中文翻译。但英文版出版的挫折，使这个计划泡汤。这期间张爱玲在写给宋淇夫妇的信中，屡次说起此书卖不出去。1965年她在致夏志清的信中又提及这两部小说出版受阻的原因是"语言障碍之外的障碍"。②《雷峰塔》和《易经》作为张爱玲首部英文自传体小说合集，因一直没有出版商愿意出版，直至张爱玲逝世15年后，才有机会面世。张爱玲晚期几部最重要的著作——《雷峰塔》、《易经》、《小团圆》、《对照记》由于出版顺序与写作时间的完全颠倒(最先出版的是《对照记》，然后《小团圆》，最后是《雷峰塔》和《易经》)，读者的反应与感觉好像也被"颠倒"了。其实《雷峰塔》和《易经》大致不出《私语》、《童言无忌》和《对照记》的内容，只是用一种慢节奏的写作方式把众人熟知的往事写成了英文小说罢了。

《雷峰塔》从沈琵琶四岁写起，家中有父亲沈榆溪、母亲杨露、姑姑珊瑚、弟弟陵、后母荣珠、家里一干老妈子……小说详尽地描述了一个中国上层家庭的家长里短，伴随

---

① 参见张爱玲：《回到前方》("A Return To The Frontier")，刘铮译，《中国时报·人间副刊》2002年第12期。

② 转引自宋以朗：《〈雷峰塔〉〈易经〉中译本引言》，《现代中文学刊》2010年第6期。

着小女孩的成长,收束于琵琶趁上海的战火逃出父亲的家。《易经》则是写琵琶出走后在姑姑和母亲的公寓、尤其是之后在香港的生活,其间夹杂与母亲的纠葛,收束于琵琶在港战的混乱中历险返沪。《雷峰塔》以琵琶家中的一场暖宅酒拉开帷幕。情节在真实与虚构间交织,将清末的社会氛围、人性的阴沉浓缩在这个大家庭里,细腻地铺陈了对周遭不同人事的爱恨情结。《雷峰塔》有着太多的忧伤甚至怨恨,没有多少孩童的无忧无虑。相比之下,《易经》的叙述要流畅一些,它细致入微地呈现了一个青春少女的心灵世界。虽然主人公不掩饰对金钱的喜爱,却也不失处子之心,善良淳朴,毫不矫揉造作。小说通过一双善于察言观色的眼睛,冷静地打量着所发生的一切,是非清,爱恨明,逐渐把自己打造成能够应对世界幻变的一个人。这两本自传性小说不仅较为详细地披露了大家庭成员为金钱钩心斗角以至闹上法庭的丑闻,也揭发了用人子女不断进城勒索钱财、甚至为节省不惜活埋老人的罪孽,还描述了战乱时期各色人等不仁不义的敛财行径。而最让人伤心的是,琵琶与母亲的关系竟也笼罩在黄金的阴影之下。从《雷峰塔》到《易经》,从揭露家丑到袒露自我,张爱玲对家族、母亲和自我进行了彻底的反省。成长过程中,家族记忆和战争记忆是琵琶生活的主要内容,正是通过这些生命中发生的重要事件,她将自己纳入历史轨迹与世俗生活,从而确认个人在历史、社会中的位置。张爱玲塑造了琵琶,也重构了自我。在写给宋淇的信中,张爱玲曾提道:“看过我的散文《私语》的人,情节一望而知,没有看过的人是否有耐性天天看这些童年琐事,实在是个疑问。……我用英文改写不嫌烦腻,因为并不比他们的那些幼年心理小说更‘长气’,变成中文却从心底里代读者感到厌倦。”[①]然而实际上,美国读者对人物的童年琐事厌烦与否并不重要,重要的是琐事背后所隐现的中国是否符合美国读者的中国想象。“美国出版商似乎都同意那两部长篇的人物过分可厌,甚至穷人也不讨喜。”[②]由此不难想象,张爱玲对旧中国的揭露,并不符合美国读者的中国想象。

1955 年,张爱玲到美国后的首部英文作品《粉泪》(*Pink Tears*)遭出版商退稿,这对信心十足的张爱玲来说无疑是当头一棒,尤其《粉泪》还是在备受好评的《金锁记》基

① 张爱玲、宋淇、邝文美:《张爱玲私语录》,北京:十月文艺出版社 2011 年版,第 174 页。

② 高全之:《张爱玲的英文自白》,见陈子善编:《记忆张爱玲》,济南:山东画报出版社 2006 年版,第 191 页。

础上改写而来的。《金锁记》曾给张爱玲带来巨大声誉，出于对这部小说的自信，她希望凭借它来赢得国外的读者。于是，张爱玲又用英文将《粉泪》再次改写为《北地胭脂》(*The Rouge of the North*)，于1967年在英国伦敦出版，但是英国评论家给予的评语极差。寻找出版商是一难，出版后销路不畅是二难，不友好的评论是三难，张爱玲对今后用英文写小说越来越不抱希望。后来她将《北地胭脂》又翻译成中文，取名《怨女》。从《金锁记》到《北地胭脂》，中间的转译和增删历时二十余年。两者相较，故事情节大体一致，《北地胭脂》中大部分角色都可以在《金锁记》中对号入座。不同的是，《北地胭脂》在原故事的构架上增加了大量细节，对没落大家庭的日常生活，对女主人公在大家庭里的处境，她与兄嫂、丈夫、小叔子、儿子的关系，尤其是她的内心活动，都有更为细致绵密的描写，亦有更多背景性的交代。《金锁记》出场人物众多，结构复杂，使用的衬托和隐喻手法也多，主要透过次要人物的谈论和衬托刻画七巧的个性，较少直接的心理描写。《北地胭脂》则集中在银娣和姚三爷的恋情上，删除了《金锁记》前面女婢对七巧的讨论和长安如何变成一个小七巧的过程，却加进了银娣坐月子、圆光、寺庙里的偷情以及上吊自杀的情节。

《北地胭脂》细致地记述了银娣的一生，包括她少女时代的情愫以及议婚、回门的细节，这让银娣后来的心理变迁得到较为合理的解释。从曹七巧的极度疯狂，到银娣的四平八稳，女主人公由一个病态的疯子，变成了一个人情之常可以解释的庸常之辈，没了七巧的那份狠毒，那份“疯子的审慎和机智”。应该说，《北地胭脂》中女主人公的身份，更符合张爱玲所说的“广大的负荷者”形象。这种顺应现世的安稳，有点小奸小坏的人物，更能代表一种普遍的人生态度。然而，1971年水晶在拜访张爱玲时，谈到《北地胭脂》的情况：“本书在英国出版后，引起少数评论，都是反面的居多。有一个书评人，抱怨张女士塑造的银娣，简直令人‘作呕’(revolting)！这大概种因于洋人所接触的现代中国小说中的人物，都是可怜虫居多；否则，便是十恶不赦的地主、官僚之类，很少‘居间’的，像银娣这种‘眼睛瞄法瞄法，小奸小坏’的人物，所以很不习惯。”[①]这道出

① 水晶：《夜访张爱玲补遗》，《替张爱玲补妆》，济南：山东画报出版社2004年版，第25—26页。

了张爱玲作品在西方世界难得读者垂青的一个原因。归根结底,《北地胭脂》不受欢迎还是因中西文化背景的巨大差异所致,西方读者无法理解中国传统社会对女性的摧残和迫害,自然也就无法理解"银娣式"人物的存在。

2014年9月出版的英文历史小说 *Young Marshal*(《少帅》),据张爱玲书信所透露,创作念头始于1956年,真正动笔在1963年左右。现存打字稿有八十一页,共七章,约两万三千英文字,是未完稿。故事开始于1925年军阀割据时期的北京,最后以1930年少帅抵达南京作结。小说大致以少帅陈叔覃和周四小姐的相恋为主线,间或借饭局、闲聊的情节,穿插着当时的逸闻,"像七八个话匣子同时开唱,各唱各的,打成一片混沌"①。因为小说主要讲述豆蔻年华的周四小姐对情人的痴迷等待,因此整个故事场景都浓缩在几个幽会的房间里,太狭隘的空间使得张爱玲无法回避两人相处时大量的情爱描写。《少帅》第四章中写四小姐和少帅交欢,"他拉着她的手往沙发走,两人的胳膊拉成直线,她落后几步,发现自己走在一列裹着头的无名女子队伍里"②。这一幕颇似《小团圆》里的一段:"九莉忽然看见五六个女人连头裹在回教或古希腊服装里,一个跟着一个,走在她和之庸前面。"③两者略有重复。

张爱玲擅长写情感,却写不了政治与历史。历史人物可以在她的笔下复活,但是已经与真实的历史无关。张学良与赵四小姐因终身拘禁成就的美好姻缘,只不过是《倾城之恋》的变奏曲。

总体来说,张爱玲这一时期的英文创作趋于平淡,一方面是心态变化使然,一方面也是体谅英语读者的接受力。虽然张爱玲着意于改变,但万变不离其宗,"即便在美国用英文书写,张爱玲仍然不折不扣地从中国记忆中寻找资源和动力。稳定的中国文化心理结构规约着张爱玲的思维和表达。"④因此这一时期的张爱玲在不同的文本中一再重复自己的故事与情绪,似乎只有不断提及"前朝往事",才能在书写与记忆中得到

---

① 张爱玲:《烬余录》,《自己的文章》,北京:京华出版社2005年版,第40页。

② 张爱玲:《少帅》,郑远涛译,台北:皇冠出版社2014年版,第64页。

③ 张爱玲:《小团圆》,北京:十月文艺出版社2009年版,第222页。

④ 倪婷婷:《文本与中国文学的边界——由赛珍珠和中国文学的关系谈起》,《云南师范大学学报》2014年第6期。

永恒。即便张爱玲的小说已占据美国文学史的篇幅，张爱玲还是张爱玲，隐匿在她意识和无意识深处的各种文化记忆是难以抹去的，它们无时无刻不流溢于她的文学表达之中。

二、“他们所喜欢的往往正是我想拆穿的”

张爱玲尽管在写作之初把林语堂作为崇拜的偶像，但她之后的英语叙事动力和倾向却和林语堂有明显的区分。林语堂的英文作品字里行间都渗透着他对中国人生活艺术的由衷赞叹，对本土文化的钟情，以及对中国深深的热爱。林语堂的英文作品始终以西方人为预设读者，因此他为西方世界塑造了一个以中国传统文化为本源，经过加工再造的中国形象。相比之下，除了早年在国内写的一些英文散文、评论，张爱玲在美国用英文书写的文本，决绝地要打破美国人对中国的幻想，意图呈现一个更加真实的近现代中国。“对东方特别喜爱的人，他们所喜欢的往往正是我想拆穿的。”①张爱玲的英文作品，包括20世纪60年代初已经完成、但迟至近年才出版的《雷峰塔》、《易经》以及《少帅》等，从中的确可见她创造并同时拆解有关中国家族、爱情神话的用心，她也为此付出不受欢迎的代价。

（一）家族传奇的颠覆

张爱玲的显赫家族背景和家道中落的事实是她精神生长的土壤。张爱玲童年时期，正是其家族由辉煌转向衰落的转折期，家族衰落带给张爱玲物质生活乃至精神世界的震荡，包括个体精神的创伤，这成了她成年后不堪回首却不得不反复咀嚼的材料。在散文《自己的文章》中，张爱玲曾写道：“人是生活于一个时代里的，可是这时代却在影子似地沉没下去，人觉得自己是被抛弃了。为要证实自己的存在，抓住一点真实的，最基本的东西，不能不求助于古老的记忆，人类在一切时代之中生活过的记忆，这比瞭望将来要更明晰、亲切。于是他对于周围的现实发生了一种奇异的感觉，疑心这是个

---

① ［美］夏志清：《张爱玲给我的信件》，武汉：长江文艺出版社2014年版，第13页。

荒唐的，古代的世界，阴暗而明亮的。”①时代会变化，家庭会变更，没有永恒不变的安稳和自足，外部世界是动荡不安的，种种突变使得个人不得不在自己的世界里努力保持自足。所以，家族，是张爱玲一切爱与恨、一切灵感的来源，她也心甘情愿地耽于那暮气沉沉的世界中。对张爱玲来说，家族史的书写不仅是一种文学传统，更多的是源于一种精神需要。家既给了张爱玲梦魇般的痛苦回忆，又始终是她小说里的叙事母题，张爱玲就是在对家的渴望与追忆中成就了自己的文学创作。她摒弃了一切虚伪的装饰，展现了家的所有层次，阴暗的、偶然的、无望的家庭生活似乎是她家族小说中最常见的景象。

从早期散文《童言无忌》、《私语》、《烬余录》，到英文自传性小说《雷峰塔》、《易经》，乃至晚期的《小团圆》，再到自传性散文《对照记》，张爱玲对家族史和个人成长创伤记忆分别进行了四次重述。四次重述的时间跨度有五十多年，在不同的人生阶段，反观同一段生命往事时，张爱玲用不同的视角来重述，每一次重述都对同一段记忆材料进行了选择和删改。作为自传性作品，四次重述也传递出不同时期、不同情境下张爱玲对自我的认知。在《雷峰塔》中，由于不断将“沈家”与“罗家”、“杨家”、“唐家”等相关联，将沈家仆佣的家庭故事时而纳入，乃至将中国近现代史的一些材料及其评价有意识地穿插进来，夹叙夹议，使得“沈家”的外延得以扩大，指向了一个“礼教中国”的暴露。如关于继母与其姨太太出身的生母间的关系。“圣人有言：‘嫡庶之别不可逾越。’大太太和她的子女是嫡，姨太太和子女是庶。荣珠就巴结嫡母，对亲生母亲却严词厉色，呼来叱去。这是孔教的宗法。”②在写到父女之间产生嫌隙，父亲扬言要用手枪打死琵琶时，“杀死自己的孩子不比杀死别人。如同自杀，某些情况下甚至是美德。现今是违法，可是传统却不然，还看作是孝道”③。由此不难看出张爱玲在书写家族历史时的犀利。而同样是英文自传，凌叔华的《古韵》却选择委婉含蓄地去表现。在态度上，家族于凌叔华尚存亲和力，所以她有时会包容，主动选择过滤掉情感记忆里过于阴暗

① 张爱玲：《自己的文章》，北京：京华出版社 2005 年版，第 144 页。
② 张爱玲：《雷峰塔》，赵丕慧译，北京：十月文艺出版社 2011 年版，第 185 页。
③ 张爱玲：《雷峰塔》，赵丕慧译，北京：十月文艺出版社 2011 年版，第 275 页。

的东西，把自我形象及生活环境加以理想化。因此，凌叔华轻而易举地将西方读者带入一个充满童趣的温馨世界，在较大程度上切合了他们对古雅中国的想象。而张爱玲则以一种义无反顾的决绝来书写家族的阴暗面，哪怕潜意识中有同样的依恋，也要以极端化的忤逆姿态去显现。

写作《雷峰塔》和《易经》时的张爱玲从居所到心理都处于自我放逐状态，对人的兴趣和信任感降到最低。她越来越退缩到自己的内心世界，最终选择了在"没有人与人交接的场合"这种绝对的寂静和孤独中走向封闭。家道衰落带来的家族创伤情结，囊中羞涩引发的一系列精神疾病，亲情匮乏酿成的爱的缺失等，经过了二十年的沉淀和淡化，自然也拉开了时空和情感上的距离。因此，张爱玲开始用一种新的眼光去重新打量过去，并再次重构记忆，试图在重构过程中重塑自我。

在英文自传小说《雷峰塔》和《易经》里，张爱玲自始至终自由穿梭在自己的回忆里，用置身事外的旁观者的视角展现她充满辛酸的前半生。《雷峰塔》一开始就是透过孩童沈琵琶的眼来观照大人的世界。琵琶四岁时就看着母亲（杨露）和姑姑（沈珊瑚）打理行李出国，父亲（沈榆溪）抽大烟、和姨太太厮混、宴客叫条子。在大宅子另一个阴暗的角落里，下人也各有消闲法，男的赌钱打牌，女的做藤萝花饼吃、解开裹脚布洗小脚，再加上说不完的白蛇法海雷峰塔的闲聊传说。但张爱玲的这种儿童视角却具有一种超乎常人的"先知"姿态，时时渗透着历经岁月风尘的清醒。她默不作声，对周围的一切却熟知于心。书中的琵琶，常常会"跳出来"对事情发表议论，这些议论，就是张爱玲在撕开时间的纱布，检视童年的伤口。议论绵里藏针，不温不火，一脉相承下来的，是张爱玲对世事的洞悉。这种儿童视角也有效地将《雷峰塔》与《私语》、《小团圆》等中文作品的叙事视角区别开来。时隔多年，张爱玲似乎有意借助于琵琶的人生，重访早年的受伤场景，并试图重新理解当年那些不能理解的人与事。但即使叙述到最危险的关头（如鬼影幢幢的大宅与梦魇般的监禁），张爱玲的叙述仍然保持了一层疏离感。这层疏离感既是她的英文行文风格使然，也得之于事过境迁多年后产生的情感距离。

家族历史的变迁让个体的生存环境发生实质性变化，没有自立能力而完全依附于家庭的孩童会产生孤独和被抛弃的失落感。张爱玲通过琵琶这双敏锐的眼睛,洞察体会这个行将腐朽的家庭,其间尽是衰败凋零、凌乱如麻的生活琐事和冷漠无情的人际关系。父亲叫作“二叔”,母亲叫作“二婶”,与他们相处,比陌生人还紧张防备,时时记得还钱还情。父母不和,经常会为各种事情吵架。父亲具有纨绔子弟的所有恶癖,嫖妓、赌博、抽鸦片,甚至打吗啡。继母脾气暴虐,经常拿琵琶和弟弟出气。舅父、叔伯们则吃喝嫖赌一应俱全,还时常摆出一副道学的面孔。亲戚中的女眷们则是搬弄是非的高手,亲戚间还有打不完的官司。除了杨露、珊瑚之外,沈宅的族谱里面充斥着各种猥琐、阴暗与歹毒。家族里面存有无止息的经济纠葛,骨肉亲情可以被金钱轻易糟蹋殆尽。甚至还有族人间的情感乱伦(唯一带来温暖的姑姑,与侄子辈的明发生了乱伦的恋情)。整个家族由内而外散发着腐烂的死亡气息。与时代隔离的遗老遗少们固守在自己的地盘上,形成一个个孤岛。在没有外延生存空间的情况下,他们开始将精力释放到内部,互相折磨,畸形变态。贵族的气质被扭曲变形,贵族的生活便也畸形变异。这样显赫的贵族家庭,本应如“族谱”上书写的那样,男子“读书上进,博取功名”,女子“贤淑端庄,相夫教子”。可事实恰恰相反,这些青史上标榜的“崇高”,在张爱玲笔下都变成一种意味深长的反讽。“雷峰塔不是倒了么?”葵花问道。“难怪现在天下大乱了。”何干诧道。①小说中婢女葵花和保姆何干的闲话,一语双关地道出了家族的败落和父权的坍塌。遗老遗少和他们的儿女同舟一命,沉沦到底。“中国是什么样子?代表中国的是她父亲、舅舅、鹤伯伯、所有的老太太,而她母亲姑姑是西方,最好的一切。”②

祖父家族的辉煌,已经遥不可及;父母关系的危机,使得年幼的张爱玲心理上、感情上不得不放弃对他们的依恋,变得早熟和冷峻。因此,成年的张爱玲选择对家族史进行反复书写,一再重构记忆,每一次重构都是对前一次的颠覆,张爱玲显然在不断清理她的历史记忆。然而,张爱玲在怨恨家族的同时,对家族也不无些微的迷恋。在内心深处,张爱玲甚至感谢这个古老家族带给她的灵感,并且心灵只对这个家族敞开。

---

① 张爱玲:《雷峰塔》,赵丕慧译,北京:十月文艺出版社 2011 年版,第 15 页。

② 张爱玲:《雷峰塔》,赵丕慧译,北京:十月文艺出版社 2011 年版,第 171 页。

“我没赶上看见他们,所以跟他们的关系仅只是属于彼此,一种沉默的无条件的支持,看似无用,无效,却是我最需要的。他们只静静地躺在我的血液里,等我死的时候再死一次。我爱他们。”①

从另一个角度看,张爱玲每一次进行家族重述,其实也是在进行自我疗伤。紧张的母女关系是张爱玲成长过程中最大的创伤,因此张爱玲不厌其烦地在其作品中书写母亲。在张爱玲的童年生活里,母亲常常是缺位的:“最初的家里没有我母亲这个人,也不感到任何缺陷,因为她很早就不在那里了。”②“她是个美丽而敏感的女人,而且我很少有机会和她接触,我四岁的时候她就出洋去了,几次回来了又走了。在孩子的眼睛里,她是辽远而神秘的。”③张爱玲的母亲给予张爱玲的是一个现代的世界:读学校、闯西洋、闹离婚、求独立,深刻影响了张爱玲的人生观乃至艺术观。同时,母亲也是伤害张爱玲最深的人,因此张爱玲只能不厌其烦地对母亲进行重复刻绘来抵抗消解母亲压抑她大半生的阴影。《雷峰塔》起首是母亲出国离弃了琵琶,《易经》的结尾则是战事中琵琶拼了命回到上海——那栋母亲曾住过的公寓。对琵琶而言,“打从小时候开始,上海就给了她一切的承诺”④,这句话潜意识里或有对母亲的依恋。张爱玲在《造人》这篇散文里曾说:“父母大都不懂得子女,而子女往往看穿了父母的为人。”⑤《易经》里琵琶是这么说的:“我们大多等到父母的形象濒于瓦解才真正了解他们。”⑥世道将亲子之间的脉脉温情抽掉,剩下的全是个体出于本能的生存技巧,这是对亲情的一个极大讽刺和颠覆。

弗洛伊德认为:“情绪性创伤体验的记忆往往充满着压抑感,其中直接潜伏有神经症,对这种记忆的压抑使之无法进入意识,然而与此相连的情绪却一直持续影响着个

---

① 张爱玲:《对照记——看老照相簿》,《对照记》,北京:十月文艺出版社 2006 年版,第 38 页。

② 张爱玲:《私语》,《流言》,北京:十月文艺出版社 2006 年版,第 130 页。

③ 张爱玲:《童言无忌》,《流言》,北京:十月文艺出版社 2006 年版,第 4 页。

④ 张爱玲:《雷峰塔》,赵丕慧译,北京:十月文艺出版社 2011 年版,第 298 页。

⑤ 张爱玲:《造人》,《自己的文章》,北京:京华出版社 2005 年版,第 77 页。

⑥ 张爱玲:《易经》,赵丕慧译,北京:十月文艺出版社 2011 年版,第 124 页。

体的内心世界。"[①]因此他指出,精神病人困耽于追忆,症候是对特殊伤痛体验的滞留和记忆性象征。家庭关系影响着张爱玲的一生,她把自己的身世一而再、再而三地用不同的语言重复叙述,从揭露家丑到揭露自我,其实也是一种弗洛伊德式的自我心理治疗。从这方面来讲,张爱玲或许在获得创作快感的同时,也通过不断的书写缓解了童年的伤痛。在父母缺席的童年生活中,琵琶的自我认同一直是通过自我摸索来确立自己的位置。逐渐长大后,琵琶经历了父母离婚、与父亲决裂出逃、弟弟病死等重大变故。而与母亲同住后,被金钱和生活所折磨,才发现对母亲浪漫的爱经不起考验。可以说,琵琶正是通过与父母的决裂才获得独立并构建起自我认同的。摆脱母亲的阴影后,琵琶在港战中与同学一起穿越枪林弹雨,在医院和学校中试图自己谋生。而自张爱玲 1952 年离开大陆以后,种种考验也纷至沓来:漂泊异乡,经济困顿,丈夫卧病逝世,写作焦虑,每天都处于紧急状态,只好一遍遍地通过无休止的书写自我来追寻生命踪迹和重建自我。张爱玲在她所营造的自足而封闭的世界里,把困扰自己的精神苦疾隐微曲折地表达出来并不断地重复,以达到发泄的目的,舒缓内心的痛苦。她在这个世界里得以自娱、获得安慰,却也为之所困、所限。

(二) 历史传奇的讽刺与消解

张爱玲生活在一个历史剧烈变化的时代,但她的小说几乎不涉及宏观历史叙事,历史或仅作为一个若有若无的背景出现。"我没有写历史的志愿,也没有资格评论史家应持何种态度,可是私下里总希望他们多说点不相干的话。现实这样东西是没有系统的,像七八个话匣子同时开唱,各唱各的,打成一片混沌。在那不可解的喧嚣中偶然也有清澄的,使人心酸眼亮的一刹那,听得出音乐的调子,但立刻又被重重黑暗拥上来,淹没了那点了解。画家、文人、作曲家将零星的、凑巧发现的和谐联系起来,造成艺术上的完整性。历史如果过于注重艺术上的完整性,便成为小说了。"[②]正是历史大事的隐退,才使张爱玲有了写"男女间小事情"的可能。《色·戒》的背景是抗战,而内在

① [奥]弗洛伊德:《弗洛伊德心理哲学》,杨韶刚等译,北京:九州出版社 2003 年版,第 207 页。

② 张爱玲:《烬余录》,《自己的文章》,北京:京华出版社 2005 年版,第 40 页。

的精魂依然是张爱玲式的。张爱玲并没有过多地渲染国家、民族负荷在人物身上的重量，而是尝试摆脱一般人心目中女间谍与汉奸的刻板印象，把男女主角描写成七情六欲的血肉之躯，各有其软弱与挣扎。以波澜壮阔的五四运动为背景的《五四遗事》讲述的也只是一个中国式的恋爱故事，嘲讽了一个自命进步的新青年罗如何娶得三美。《少帅》虽涉及历史人物张学良，但仍是以陈叔覃（小说中张学良的化名）和周四小姐（小说中赵四小姐的化名）的相恋为主线，间或借饭局、闲聊的情节，穿插进轶闻逸事。

张爱玲关注的焦点始终是人，人是对抗主流历史的武器。她试图在退隐的历史、政治之外营造一个人在乱世中的生活空间，从个体的角度见证个体置身的时代，在历史的特殊性和文学的普遍性之间找到一个平衡点。无论历史事件如何，人总是要生存下去，日常生活才是值得关注的主题。即使身处革命和战争的年代，张爱玲也无意去塑一座文字的"纪念碑"，她作品的主人公都是些软弱的凡人。"他们不是英雄，他们可是这时代的广大的负荷者。因为他们虽然不彻底，但究竟是认真的。他们没有悲壮，只有苍凉。悲壮是一种完成，而苍凉则是一种启示。""我的作品里没有战争，也没有革命。我以为人在恋爱的时候，是比在战争或革命的时候更素朴，也更放恣的。"①

作为抗战史的一部分，汉奸的存在无疑是中华民族的耻辱。按照民族主义的创作路线，对汉奸的价值判断不容模糊，因此中国文学里汉奸的形象常常是脸谱化的，而且尽可能是被丑化的，这符合伸张民族正义的立场和观念。然而张爱玲的处理却有所不同。在张爱玲笔下，历史也许只是一场幻影，唯有人的无名爱欲才是永恒。在历史的大舞台上，不同年代的人无意识地扮演着相同的角色，没完没了地推演着同一出戏，其实一切没变。《色·戒》关涉革命，却言此意彼。所谓的战争背景、政治斗争和革命浪潮，张爱玲全都略去不谈，只是描述了一场权色交易。女主人公在最后的紧要关头因为一时的心软而放走暗杀对象，整个刺杀行动以悲剧收场成为一种必然。这样的安排也反映出张爱玲式的解构。与冷酷和虚伪相比，男女之爱就成了这个无情世界里唯一可以相互慰藉的温暖的存在。然而在爱情与政治的对决中，女人与情爱最终却被扼

① 张爱玲：《自己的文章》，北京：京华出版社2005年版，第142、144页。

杀。而张爱玲以“男女间的小事情”背离“五四”新文学以来“时代的纪念碑”的书写，本身就蕴含着政治历史叙述。女间谍之死不以英雄式的“悲壮”体现，而是赋予人性弱点的“苍凉”，体现的正是张爱玲的“政治历史观”。

在张爱玲的小说里，也不乏与历史时代相脱节的人物和情节。《五四遗事》的主人公罗和密斯范作为新青年和新女性的代表，受过新式教育，穿着时髦，泛舟湖上读雪莱，满心追求自由恋爱。罗为了和密斯范共结连理，先与乡下的发妻离婚，后为赌气和王家大女儿再婚，再次遇到密斯范让他又走上离婚这条道路。他们为了理想的爱情前前后后斗争了二十年。然而与密斯范的婚姻并不像罗想象的那么幸福，在周围人的劝说下罗又将前两任夫人接回家，至此能够凑齐一桌麻将的四个人“幸福”地生活在了一起。整个过程艰辛又可笑，最初罗是为了理想中的自由婚姻而斗争，最终却还是逃不过“三妻四妾”的结局。罗在爱情幻灭后重新走向旧式婚姻，体现出他的追求缺乏韧性精神，他的理想斗不过世人对离婚二字的质疑唾弃，更斗不过他自己骨子里根深蒂固的传统意识。曾经时髦温柔、学识丰富、一心追寻自由爱情的新女性密斯范婚后也变成了泼辣邋遢、爱打麻将的黄脸婆，并最终接受了一夫多妻的事实。《五四遗事》中一开始洋溢着“新”特质的人物到最后都归于“旧”社会去了。罗和密斯范是斗不过现实最后不得不妥协的青年人。“五四”文化对他们来说是一种时髦，而“五四”精神的真正精髓于他们而言，只有空洞。尽管争取到了自主婚姻，最后还是回归到了旧礼教的三妻四妾。形式化的爱情和半新半旧的人，为所谓的理想爱情打上一个时代的折扣。张爱玲在揭示理想爱情幻灭的原因时，从历史进程的角度，揭示出那个时代给人们爱情带来了新生与希望，同时也带来了困惑与束缚。隔着时空观照“五四”启蒙，张爱玲洞彻到了传统文化的弊端，也解构了时代，还原了一个真切的社会现状与世俗人生。《五四遗事》颇似“三言二拍”的回目，如果放在真正的古典小说中，一定是个“破镜重圆，皆大欢喜”的喜剧结尾。但《五四遗事》结尾本身，则蒙上了一层灰色，讽刺意味十足，这种高调嘲讽在张爱玲的低调叙述中显得尤为醒目。

而《少帅》第七章结束时，张爱玲也写道：“他已结束了军阀时代。下一次南行，太太们也与他同坐一架私家飞机。终于是二十世纪了，迟到三十年而他还带着两个太太，但是他进来了。中国进来了。”[①]这个充满光明的收结中仍不无反讽——提醒读者过去并没有真的过去，男主人公还有两个太太。不管时代如何改变，女人始终承受着相同的命运，所以民国军阀时代的周四小姐，即使跟唐朝扬州的妓女相隔超过一千年，也依然在共同命运的牵引下连成一线，一古一今互相对照。现代女性延续着古代妇女的命运，所谓“现代化”的意义便成为空谈。张爱玲似有意借周四的个人命运，表达她对社会进步的怀疑，同时对时代影响做出具有深刻反思意义的回应。

三、穿梭于双重语境的文本改写

作为能同时运用中英文两种语言写作的作家，张爱玲的部分英文作品也经历了一个双向改写(由中文到英文，再由英文转回中文)的过程。由于身兼作者与译者双重身份，张爱玲在翻译时具有更大的自由，操纵的空间也就更大。张爱玲在把自己的英文作品翻译成中文时，改动较多，更加自由，文本再创作的痕迹很明显。张爱玲在给林以亮的回信中曾说：“写英文时，用英文思想，写中文时，则用中文思想。可是对白却总是用中文想的，抽象思想大都用英文。这种习惯之养成恐怕与平时所读的英文书有关。”[②]由此可见，作为同一个故事的不同语言表现，其同一部作品的英文版与中文版在叙述话语上还是有不少相异之处。

(一) 读者意识的不断调整

张爱玲的读者意识始终是明确的：“文章是写给大家看的，单靠一两个知音，你看我的，我看你的，究竟不行。要争取众多的读者，就得注意到群众兴趣范围的限制。作者们感到曲高和寡的苦闷，有意的去迎合低级趣味。存心迎合低级趣味的人，多半是自处甚高，不把读者看在眼里，这就种下了失败的根。将自己归入读者群中去，自然知道他们所要的是什么。要什么，就给他们什么，此外再多给他们一点别的——作者有

---

① 张爱玲：《少帅》，郑远涛译，台北：皇冠出版社 2014 年版，第 138 页。

② 林以亮：《从张爱玲的〈五四遗事〉说起》，见陈子善编：《私语张爱玲》，杭州：浙江文艺出版社 1995 年版，第 49 页。

什么可给的，就拿出来，用不着扭捏地说：'恐怕这不是一般人所能接受的吧？'那不过是推诿。作者可以尽量给他所能给的。读者尽量拿他所能拿的。"[①]读者接受是张爱玲英文创作时重点考虑的问题，她尤其注意在叙事结构层面与沟通层面尽量遵循目标读者的习惯。"作文的时候最忌自说自话，时时刻刻都得顾及读者的反应。这样究竟较为安全，除非我们确实知道自己是例外的旷世奇才。要迎合读者的心理，办法不外这两条：(一)说人家所要说的；(二)说人家所要听的。"[②]"要争取众多的读者，就得注意到群众兴趣范围的限制。"[③]张爱玲很清楚，文化差异的客观存在，使得作家采用英语写作时必须弄清楚隐含读者可能需要什么，应该给他们什么，否则就会出现接受障碍。

张爱玲早期的英文散文如《中国人的生活与服装》和《还活着》等都是以向外国人解说中国为目的的，受众是英语读者，文章本身偏重于介绍、解释，因此张爱玲把自己放在外国人的位置上来观察中国，从普遍性出发揣摩他们的心理，并发现和把握洋人阅读的兴趣点。以西方强势文化的眼光来看，外国读者要获取的是神秘、陌生、新奇的体验和感受，是基于了解的需要，然后生长出同情、谅解或厌恶、鄙夷。英文散文《中国人的生活与服装》开篇就以极具诱惑性的口吻把外国人的视线引到中国人晾衣服的场所——阳台：

> 来看看中国人的家中每年一度把祖祖孙孙的衣服放在阳光下翻晒的情景吧。笼罩着以前的生命的紧张和冲突的灰尘，在金黄的阳光下四处弥漫和飞舞。如果回忆有气味的话，那就是樟脑丸的香，甜而稳妥，像忘却了的忧伤。你在竹竿与竹竿之间走过，两边拦着丝罗绸缎的墙——那是从埋在地底下的长长的时尚屋里发掘出来的甬道。你把额角贴在织金的花绣上，前一刻还很温暖，然而现在已经冷了。太阳已从这个缓慢、光滑的织金绣花世界中沉了下去。(Come and see the Chinese family on the day when the clothes handed down for generations are given

①② 张爱玲：《论写作》，《自己的文章》，北京：京华出版社2005年版，第64页。

③ 张爱玲：《论写作》，《自己的文章》，北京：京华出版社2005年版，第65页。

their annual sunning! The dust that has settled over the strife and strain of lives lived long ago is shaken out and set dancing in the yellow sun. If ever memory has a smell, it is the scent of camphor, sweet and forlorn like forgotten sorrow. You walk down the path between the bamboo poles, flanked on each side by the wall of gorgeous silks and satins, an excavated corridor in a long buried house of fashion. You press you forehead against the gold embroideries, sun-warmed a moment ago but now cold. The sun has gone down on that slow, smooth, gold-embroidered world.)①

面向外国人介绍中国,不能有太多艰深的议论,许多背景知识必须交代清楚,带有明显的普及性和"扫盲"特征。在《中国人的生活与服装》和《还活着》中,张爱玲以类似于解说员的身份,向外国受众讲解中国的时装和京剧,注重文章的通俗易懂、形象性和知识性,所以文中多浅显的解释、注解。甚至在《中国人的生活与服装》中还手绘十几幅插图,以帮助他们理解。在《还活着》中,作者依循向洋人介绍京剧的各种特征及其对中国人日常生活的影响这一思路,把京剧对中国人影响最外在、最显著和最大的内容置于前面言说,并在结尾处突出京剧对中国人生活的特殊意义:

京剧通过建构好的情感模式为它的票友们提供了典型的、无时间性的和普遍性的条件。现实生活中复杂的感情借助这种清晰易辨的模式得以解决。在这个过程中会有所失去,但简化之后的情感显然更加强健,它之后有着几个世纪的经验的重量。沉浸在一种古老的传统之中也是令人愉快的,和作为环境之一大组成部分的社会习惯和谐。京剧对中国人来说是一种情感印迹,为那些代代陶醉其中的人所浸淫。(These typical, timeless, universal situations provide well-established emotional formulas for the Peking Opera public. When the complicated feelings in actual life are resolved into such clear-cut formulas, much may be lost during the process, but the simplification leaves the feelings stronger, surer, with

① Eileen Chang, "Chinese Life and Fashions", *The XXth Century*, January 1943, Vol.4, No.1.

the weight of centuries of experiences behind them. It is always pleasant to fall in with an old tradition, to be harmonious with the communal habit which makes up a great part of one's surroundings. The Peking Opera is to the Chinese an emotional rut, well oiled by the generations who have fallen into it.)①

为打入英语世界,赴美后的张爱玲书写那些不太为欧美人所了解的中国人的世俗生活状态,展示不为西方人所知的或知之甚少的那一面,但所写内容又必定是她自己熟悉的、能够驾驭的。从风格、笔法方面看,英文创作与她的中文作品其实没有太大改变。由于英文文本带有普及介绍的目的,所以必须顾及故事的完整性、可理解性和可接受程度,要尽可能地在西方读者的经验范围内讲述事件。如果间隔较大,就要做到比较清楚的、靠近西方文化的诠释,以获得更多的读者认同。所以,张爱玲也很注意作品的可读性、可理解性。

再如《色·戒》,比较中英文两个版本,也不难发现二者的区别。英文版中女主人公 Shahlu Li 外貌出色,行为风骚,见众官太太都有钻戒,心有不甘,主动向 Mr.Tai 索求。改写后的王佳芝则摇身一变成为具有高等教育背景的女大学生,待人处世上显得更为内敛。中文版《色·戒》中详细描述了王佳芝的学生身份、表演经历以及为了扮演已婚太太一角从爱情到身体而做出的个人牺牲,因而在心理上产生对他人和自我的怨恨和厌恶,为后来对易先生产生爱慕做了铺垫。在故事情节设置和故事结局方面,二者也有较大不同。中英文版的故事开首都写打牌的情境,结尾亦同样写打牌,而此时王佳芝已经死了。中文版小说的结尾是王佳芝被枪毙后,易先生再次出现在麻将桌边,一如小说的开头是王佳芝、易太太等汪伪政府的官太太在打麻将,而此时其他三位太太依然在座,只是王的位置却已经被廖太太顶替了,她的死除了易先生外,没有人知道。小说的终点又回到起点,与张爱玲早期小说常见的首尾呼应如出一辙。麻将桌不仅是玩牌下注的赌场,也成了人生玩命的赌场。可叹的是,这场暗杀行动亦如麻将桌上的输赢,王佳芝本来可以赢的,只因一念之仁,便再没翻身机会地输了。英文版却不

① Eileen Chang, "Still Alive", *The XXth Century*, June 1943, Vol.4, No.6.

太一样，当中详细地交代了 Mr.Tai 的下场，写他下令杀死 Shahlu Li 竟是他一生最开心的事，此后不断地回忆此事。战后，Mr.Tai 被捕枪决，在死前最后一刻，Mr.Tai 想起的，就是他曾杀了一个深爱过他的这一个女人。*The Spy Ring* 在英语世界没有销路，二十年后张爱玲将它归结于写得不好。小说当中确实有许多不合理的地方，例如任务失败后，Shahlu Li 从另一个出口逃跑，而且知道要如何行动以躲避追捕，甚至还逃到一家店里，打倒了阻拦她的店员，虽然最终被捕，但显然是训练有素的。这样一个职业特工却仅仅因为一时心动而放走暗杀对象，还是让人觉得有点不可思议。再加上特务刺杀汉奸失败的故事本身在美国大概不怎么受待见，*The Spy Ring* 只能反复碰壁。

另外，英文《五四遗事》文本中的密斯范形象给英文读者的印象也只是一个普通的摩登知识女性；而中文文本中，由于增加了一些“五四”时代中国特色的新女性典型的时尚装扮描写（如“上袄下裙”、白丝巾、金表和刘海等），熟悉“五四”背景的中国读者在脑海中就很容易想象出密斯范清晰的模样并产生认同。张爱玲对女主人公密斯范的外形描写所作的改写，显然是有意针对中国语境和中文读者的。

张爱玲在谈到中英文创作时提道：“中文繁，英文简，二篇不同是因为英文需要加注，而普通英文读者最怕文中加小注。如果不加注，只好在正文里加解释，原来轻轻一语带过，变成郑重解释。轻重与节奏都因此受到影响，文章不能一气呵成，不如删掉，反而接近原意。”①在进行英文创作时，由于文学、文化传统和审美观念不同，那些对西方读者而言难于理解或接受的内容会处理得缓和或省略，中文版则比较详尽。而在某些文化专项词的表达、对于中国文化背景知识的交代，以及一些涉及政治因素的表述方面，中文版则比英文版简略得多。在描写特有的文化现象时，张爱玲也是毫不含糊。如闹新房（riot in the bridal chamber）、三媒六聘（three match-makers and six wedding gifts）、花街柳巷（the streets of flowers and the lanes of willows）、家法（family law）、抓周（Birthday Grab）、条子（singsong girls）、堂子（tangtze），等等。如英文版《秧歌》中描写金花婚礼仪式后的一个必需环节：

① 林以亮：《从张爱玲的〈五四遗事〉说起》，见陈子善编：《私语张爱玲》，杭州：浙江文艺出版社 1995 年版，第 49 页。

婚宴之后，闹房开始，客人们尾随新婚夫妇进入洞房，他们会想方设法为难新娘。在过去，由于规则宽松，可以真正地要闹，本家叔伯们能够轻松地捉弄即将融入大家庭的年轻女子。老话说，“三天之内无长幼”。不过，第二天，就一切如常了。(It was after the feast that the real fun began, when the guests followed the newlyweds into the bridal chamber and thought up every means they could to embarrass the bride. In the old days it was a real carnival when most rules of propriety were relaxed, and uncles and grand uncles were at liberty to tease the young woman marrying into their family. "Within three days there is no difference between young and old's", as the saying went. Usually on the next day, though, conditions reverted back to normal.)①

在进行小说创作时，为了便于读者理解，张爱玲也常用英语读者喜闻乐见的文化形象替代中国文化形象，或者在正文中直接补充解释性信息。如《秧歌》中金花第一次与丈夫见面，发现丈夫“那么女人气，还戴着耳环”。作者进一步补充说明旧中国通过穿耳洞、留长发等手段把男孩伪装成女孩，是为了避免神灵因嫉妒夺取男孩子的性命，以祈求孩子能够健康平安成长的习俗。这样的解释可避免因中西文化不同而产生歧义，尽可能减少外国读者理解上的困难。

为了不失掉中国文化特有的韵味，张爱玲在使用中国式的比喻、俗语、谚语和成语等，尽量按照字面意思来写，而不是直接用英文俚语来代替。这样的传播意图及方式可能与目标受众的期待存在距离，读者若对中国文化缺乏了解，他们很难从字面上了解意思。如 Ah-tou that can't be propped up(扶不起的阿斗)，dragons breed dragons, phoenixes breed phoenixes(龙生龙凤生凤)，A tiger's head and a snake's tail(虎头蛇尾)，A scholar knows what happens in the world without going out of his door(秀才不出门能知天下事)，Break the pot to get to the bottom.(打破砂锅问到底)，Not afraid of heaven, not afraid of earth(天不怕地不怕)，Illness comes like a mountain falling

① Eileen Chang, *The Rice-Sprout Song*, Berkeley: University of California Press, 1998, p.16.

down, and goes like a thread pulled out of silk(病来如山倒,病去如抽丝),等等,这类汉语式的表达方式甚至直接音译后插入,无法完全融入小说的英文表达,只会让读者产生别扭夹生的感觉,对阅读将产生极大的阻碍。这方面张爱玲的考虑要么是出于过分的自信,要么是出于不应有的疏忽。

和不少用英语书写中国题材文本的中国作家一样,张爱玲也不会忘记给英文读者科普有关中国的文化知识。她一般会选择用英文符号来表达中国传统的民俗和意象,将中国传统的文化、器物、熟语等置于西方的语境下,给予读者一种感官刺激,以此来加深印象。首先是具有中国特色的称谓。张爱玲的小说中保留了大量中国的敬语称谓,如姑爷、姑奶奶、舅爷、三爷、老太太等,与之相对的则是老妈子、下房等,这些都显示了传统中国森严的等级制度。部分小说中主要人物的英文名字也都是中文意思的直接"翻译",具反讽意味。命名与现实、父母的期待与个人的经历间有着惊人的差距。如榆溪、谨池、荣珠、国柱、远见、秋鹤、昌盛等。张爱玲试图通过变化和扩大中文人名的字面意思、同时又增强其含义的方法,去解决在英语语境里中国的人名问题。其次,张爱玲也努力使用中文里的双关语,尽可能传递讽刺意味。再次,在人物衣着和房间布置上,张爱玲也刻意保留所有意象。如《雷峰塔》中在描写琵琶偷偷观察来公馆参加宴会的女宾客时写道:"都是美人,既黑又长的睫毛像流苏,长长的玉耳环,纤细的腰肢,喇叭袖,深海蓝或黑底子衣裳上镶着亮片长圆形珠子。"①《北地胭脂》中也有较多对民风民俗、社会环境和人际关系的描绘渲染。如第二章中写:

> 炳发老婆来到房中,灯光显得分外明亮,她看到吴家婶婶戴着金耳环金簪子,髻上还插着一个小红绒蝙蝠,它有一对金色的翅膀,一个"福"字吊在中间,蝙蝠和"福"谐音,祝福之意。(When she came into the room where the light was brighter, Bingfa's wife saw she was wearing all her gold rings and ear-rings and at the back of her head a gold ear-spoon tucked into the little bun and a small red plush bat with a gold paper cut-out of the character fu stuck between its wings, bien-fu, bat which puns with fu, blessings.)②

---

① 张爱玲:《雷峰塔》,赵丕慧译,北京:十月文艺出版社 2011 年版,第 1 页。

② Eileen Chang, *The Rouge of the North*, Berkeley: University of California Press, 1998, p.18.

这是对妇女装饰打扮的详细叙述。第四至第七章中，对丫鬟、妯娌关系、做阴寿的描绘，第八章对分家情况的描绘，第九至第十五章中对过年风俗、生日堂会、家长里短、亲戚状况的交代等这些占有较多篇幅的内容，也从不同程度试图还原那段历史时期的社会众生相。张爱玲对读者的坦诚毋庸置疑，但方式方法却可能并不讨喜。

张爱玲在英文作品中还穿插了一些颇具异域色彩的民间传说。《雷峰塔》里保姆秦干讲过一个白蛇变成美丽的女人、嫁给年青书生的故事："畜生嫁给人违反了天条，所以法海和尚就来降服白蛇。她的法力很高强，发大水抵抗。淹了金山寺，可是和尚没淹死。末了把她抓了，压在钵里，封上了符咒，盖了一个宝塔来镇压。就是杭州的雷峰塔。她跟书生生的儿子长大后中了状元，到宝塔脚下祈祷痛哭，可是也没有别的法子。人家说只要宝塔倒了，她就能出来，到那时就天下大乱了。"①这一章写白蛇传说的内容，在张爱玲自传性的中文散文和创作中都未曾出现过。年幼的琵琶从奶妈那里第一次听到了这个故事，深受魅惑。张爱玲在此援引一个具有鲜明的"异国情调"的传说，显然是为迎合英语世界的读者。除此之外，对雷峰塔的指涉也为张爱玲自己那段遭到禁锢和侥幸逃脱的经历提供了一个具有神话意味的潜文本。与此同时，《雷峰塔》中也有意识地纳入一些貌似闲笔的文本，如《诗经》、《三国演义》、《九尾鱼》等，张爱玲试图以这些或经典或通俗的中国文学作品，向外国读者展示中国文化的魅力。

张爱玲用英文书写，处处考虑到外国读者对中国文物的接受能力，许多关键地方，因担心英语读者阅读时即使文本加了注释也会有困难，所以话只说一半，或者干脆不说。换到中文的语境里，张爱玲就可以省掉英文中烦琐细致的解释，深入到文化的里层，剖析中国文化的特性，给出自己的解释。所以，避而不谈和侃侃而谈完全是由受众的不同所决定的。然而张爱玲体谅英文读者的结果反而是不受欢迎。这个结局对张爱玲，甚至对着迷张爱玲的中文读者来说，无疑十分尴尬。张爱玲绝大多数的英文小说都以中国传统小说的叙事构架为主，围绕家族叙事和男女情事展开。在这个熟悉的背景里，张爱玲小说和常见的中国通俗小说情节不无耦合。至于人物和场景的描述，

---

① 张爱玲：《雷峰塔》，赵丕慧译，北京：十月文艺出版社 2011 年版，第 15 页。

用中文是细腻,转成了英文则显琐碎。尤其家族成员的复杂关系和没落贵族的暮气哀伤,中文读者看在眼内或会感慨,而惯以猎奇视角看中国的洋人则很容易不耐烦。这种意图和结果的落差,实在是一个作家的憾事。

(二) 拥有了更开阔的言说空间

张爱玲在《洋人看京戏及其他》中,提及她采取洋人看京戏的眼光谈京戏,有了惊讶与眩异,并进一步双重指涉这样的距离就像华侨安全地隔着适当的距离崇拜着神圣的祖国。当有一天,张爱玲成了她笔下的华侨,异乡情调不再是一个词语,而是现身说法。"他者"语言的采用,加之美国在场性经验的强化,让张爱玲暂时从原有的角色中抽离出来,可以像一个"旁观者"那样去打量曾经的自我,让她对那种曾经熟悉的生活产生出暂时的陌生感。

在《重访边城》中,张爱玲对台湾各地街头卖淫业的兴盛不无指摘。作为移居到美国的边缘人,张爱玲得以从一种超脱的角度去客观评价故国。假如将张爱玲当做萨义德视野里的流亡者,那么,因为"流亡者同时以抛在背后的事物以及此时此地的实况这种方式来看事情,所以有着双重视角,从不以孤立的方式来看事情。新国度的一情一景必然引他联想到旧国度的一情一景。就知识上而言,这意味着一种观念或经验总是对照着另一种观念或经验,因而使得二者有时以新颖、不可预测的方式出现:从这种并置中,得到更好、甚至更普遍的有关如何思考的看法"。①

异域写作和非母语写作给了张爱玲重新审视自我的视角和空间,因此她在进行家族史和自我建构的时候,增添了与过去的中文写作不一样的新鲜因素。作为自传性小说,《雷峰塔》、《易经》中明显可见张爱玲有意识地加入了更多不同于以往中文同类作品的虚构性因素,她更专注于讲述个人情感与心理,因此表达更为细腻。譬如,她在这两部作品中用了极大的篇幅描述母女之间的关系。《私语》在道破母女关系疏离的可怕时,张爱玲的语言是有节制的。而《雷峰塔》、《易经》则几乎全部铺开来写,巨细无遗,赏罚分明。《雷峰塔》、《易经》中的母女关系,可以说是对张爱玲和母亲之间复杂的

---

① [美]爱德华·W.萨义德:《知识分子的流亡》,《知识分子论》,单德兴译,北京:生活·读书·新知三联书店2013年版,第54页。

情感纠葛首次完整而详尽的披露。“张爱玲的母亲在1957年去世,同年她开始了这部小说的写作,而她的父亲早已在四年前故去。因此,《雷峰塔》不妨视作张爱玲在脱离父母荫翳,重获(小说创作)自由之后,开始讲述家族故事的第一步尝试。”①父母离世,为远离故国的张爱玲进行家族叙事创造了更大的空间,她以更丰富的细节描写和想象,呈现了母女疏离的漫长过程,并对母亲的形象与性格做了更全面细致的刻画。在小说里,她毫不掩饰地表现出母亲杨露对亲生女儿的冷漠、厌烦与疏离:母亲絮絮叨叨地向琵琶发泄对沈家琐屑小事的怨恨,算计为琵琶花出去的每一笔学费,女儿患伤寒时骂女儿活着只会害人,嫌弃琵琶的笨手笨脚等等。也正是这些琐碎的难堪,使琵琶看清了母亲,也一点一点毁了她对母亲的爱。在《易经》里,一个首次披露的具体情节,是母亲杨露从国外回来探视在香港大学读书而生活拮据的琵琶。当时历史老师布雷斯代好心资助了琵琶一笔八百元的学费,琵琶将这好不容易得来的一点钱全数交给了母亲,后来竟无意间发现母亲轻易把这钱输在牌桌上了。杨露以为女儿必然是以身体作了交换,她催促琵琶亲自前往老师处道谢,之后偷窥琵琶入浴的身体,想发现异状,这事使琵琶感到万分羞愤。最后,母亲告诉琵琶自己当初被其母逼迫嫁人,暗示她为亦能如此从女儿处得到同样回报,母女间的信任彻底决了堤。琵琶不敢相信自己原先居然还想着依靠母亲,在狂奔回宿舍后,噩梦追逐,一辈子都没有回过神来。在荣华表象下,她像只小猫小狗般地装点着母亲应有的华美生活,而活得还不如保姆何干那不成材的儿子,毕竟他还被允许在厨房地上住了个把月。而自己的母亲却没有爱过她,母亲只会怪她。

在这已成遗稿的自传性小说里,除了大篇幅着墨于母女关系外,张爱玲还虚构了弟弟的死亡。1995年孤居上海的张子静,骤闻姊姊去世,呆坐半天。“父母生我们姊弟二人,如今只余我残存人世了。姊姊待我,总是疏于音问,我了解她的个性和晚年生活的难处,对她只有想念,没有抱怨。不管世事如何幻变,我和她是同血缘,亲手足,这种根柢是永世不能改变的。”②然而这个事实,在几十年后姐姐的家族史重构中被无情地

① [美]王德威:《雷峰塔下的张爱玲:〈雷峰塔〉、〈易经〉与回旋、衍生的美学》,《现代中文学刊》2010年第6期。

② 张子静、季季:《我的姊姊张爱玲》,上海:文汇出版社2003年版,第4页。

推翻了。《雷峰塔》卷尾，记叙琵琶逃出父亲的家后未几，17岁的弟弟沈陵罹患肺结核，因父亲和继母疏于照料而猝逝。在这部自传性很高的小说里，张爱玲笔下的弟弟不但早夭，而且眼睛很大，很可能血缘和舅舅一样有问题。小说是这样写的：

“他的眼睛真大，不像中国人。”珊瑚的声音低下来，有些不安。

“榆溪倒是有一点好，倒不疑心。”露笑道，“其实那时候有个教唱歌的意大利人——”她不说了，举杯就唇，也没了笑容。①

尽管《雷峰塔》是张爱玲的自传性小说，但小说中沈陵的最终结局却与弟弟张子静相差甚远。张爱玲之所以虚构弟弟的死亡，其实是对家族怨恨的放大夸张，毕竟弟弟是家族(父亲)保护的对象，而自己却是几近于被驱逐。因此，张爱玲无法在情感上和弟弟相对称。

把张爱玲坚持不断的自传性写作和她孤僻的生活方式联系起来看，很容易构成一种解读，那就是小说中的自我是张爱玲在摒弃了一切社会规范后保存的更为本真的自我。而这种解读又恰恰因为张爱玲身处异国他乡而被赋予了某种感伤的色彩，仿佛自传性写作方式本身就是一个自我历史追根溯源的行为。“一个人，当他被强迫离开自己归属的故国时，个体存在的危机感，自然会涌上心头，至少这种分离，会使他敏感地意识到过去的自己和现在的自己之间，已产生了差异。……一般是把过去的自己和现在的自己相比，发现自身内部有了变化，于是引发了自传的写作。……故国之我在外界逼迫下，转化为异域之我。这种人生境遇的剧变，成为自传性文学诞生的契机。”②当张爱玲对外部的世界怀着不确定感和创伤感时，她本能地把注意力转向自身，“我要写书——每一本都不同——……我自己的故事，有点像韩素音的书……虽然她这本书运气很好，我可以比她写得好……”③。通过写作来获得肯定感去抵抗外界的不确定，从而确定自我存在。从自述的角度来审视《雷峰塔》和《易经》这两部英文小说，张爱玲有着明显的“自我辩白”意味。张爱玲不仅解剖她的父母及身边最亲近的人，也毫不留

① 张爱玲：《雷峰塔》，赵丕慧译，北京：十月文艺出版社2011年版，第120页。

② [日]川合康三：《中国的自传文学》，蔡毅译，北京：北京中央编译出版社1999年版，第160页。

③ 张爱玲、宋淇、邝文美：《张爱玲私语录》，北京：十月文艺出版社2011年版，第51页。

情地解剖了自己，对自己的诸多方面进行了自省式的反观。《雷峰塔》、《易经》作为英文自传性小说，既是张爱玲对过去创作的延续或深化，把以前写得还不够具体、深刻、详细的地方充实完善，把不符合当下自我情境和认同的，悉数清除，这是张爱玲跟过去的自己决裂、断开，以求得新的自我确认。这些被张爱玲自己翻检出的史料抑或记忆，在纪实与虚构之间构建了一条指向其心灵的通道。张爱玲一遍遍地把人生中最重要的事件如港大求学、家族隐私、成长期创伤等进行重组，为自己进行身份定位的同时，客观上也达成了作者历史怨恨的清理、童年创伤的救治，以及自我精神的救赎。

（三）趋于平和的心态及笔调

从20世纪50年代后期直至90年代中期去世，张爱玲寓居美国，将近半个世纪的漫长岁月里，严格意义上的小说创作几乎停滞。她精力似乎都集中在改写、重写和翻译自己的作品上。随着生活阅历的增加，张爱玲开始用宽容平和的心态来审视自己以往的作品。在1983年给宋淇的信件中她说："我正在忙着改写《重访边城》这篇长文"。该年9月又写道，"《重访边城》很长，倒不是凑字数，也觉得扯太远，去掉一部分，但是就浅薄得多，还是要放回去。现在又搁下了"。[①]激愤之情为二十年的时间冲淡，转过来添加了不少乡风民俗、历史记忆和游历见闻，既有观察审视世间万物时的宽容厚道的眼光，也不乏自说自话袒露心迹的幽默。

《重访边城》中文版对色情业的批评不再出现，增加了多段对风化区妓女生活环境和生活状态的描述，还加入了中国纺织史的考据，使得这篇文章更像标准的游记。虽然同属游记散文性质，但中文版比起英文版来，意识形态书写相对淡化、简化，这与作者年岁增长和心态演变有很大关系。把"空中飘来一缕屎臭"当作"香港的临去秋波"收束，揶揄中不乏眷恋的温情，完全是迈入老境后重温往昔的俏皮。

被誉为"文坛最美的收获之一"的《金锁记》前后也经历了四次改写。从《金锁记》到《北地胭脂》，再到《怨女》，张爱玲借着不同形式与语言重述一位女性不堪的际遇，对人性、人情的理解和论述也逐渐走向对生活本来面貌的还原。与创作《金锁记》相比，

---

① 转引自宋以朗：《书信文稿中的张爱玲》，《中国现代文学研究丛刊》2009年第4期。

创作《北地胭脂》时，张爱玲已步入中年，从中国到美国，事业和生活遭遇的挫折让她阅尽生存的艰辛，往昔的壮志已被岁月磨蚀，此时的张爱玲褪去了早前的锋芒，渐渐能从更深的层次审视人生，因而获得了一份愈近成熟、趋于沉稳的心态。林幸谦在《荒野中的女体》里也谈道："较为后期的作品，张爱玲的书写笔格则有回归理性冷静的迹象。除了年纪和心境的转变外，作家潜意识中的压抑能量和力比多的焦躁随着书写的进度，得到了某种程度的宣泄和升华，潜意识中的受挫和压抑逐渐获得了纾解，歇斯底里症状自然也在书写中逐渐降低。"①《北地胭脂》不再表现传统家庭制度中的性压抑者如何充分彰显人性之恶，而是变为讲述一个旧家庭体系中受害者如何挣扎和沉沦的故事，一个美丽、健康的妇女被看得见的鸦片和摸不着的时间蚕食的故事。银娣身上的疯狂和魔性荡然无存，尖锐和偏激褪去，显得更加平实、自然。这一转变也折射出张爱玲在自我改写过程中趋近平和自然的心态变化。

与《金锁记》中的曹七巧相比，《北地胭脂》中女主人公形象的变化首先反映在银娣性格的趋弱化。熟悉《金锁记》的读者一定记得，七巧一出场就不讨喜，因为要先过足鸦片瘾，她拜见婆婆姗姗来迟，还强辩说自己房间光线暗淡，梳洗不便，再抱怨自己被欺负，之后游说婆婆早点把小姑嫁出去，表功于三爷夫妇说正是自己催着才把他们的婚事给办了，顺便诅咒丈夫。无论是对娘家人还是婆家人，或者自己的儿女、儿媳还是丫鬟，曹七巧全都得罪无遗。尤其儿媳因她而死，儿子成了烟鬼、嫖客，女儿成了嫁不出去的老姑娘，令人觉得这个女人简直死有余辜。而在《北地胭脂》中，银娣婚前是一个守规矩的女子，婚后依然清白，即便短暂的婚外调情也让她追悔莫及，甚至要用死来为自己赎罪。《金锁记》中曹七巧处处逞强，得理不饶人，无理也要搅三分。而《北地胭脂》中的柴银娣未嫁入姚家已知受骗上当却做不了主，刚过门就被婆家人看不起，坐月子期间又被三太太冤枉成小偷，连嫂子也跟着受气。哥嫂送来的满月礼被笑话，分家时也吃了亏。虽说银娣分到了一套老式洋房，但只不过是个衖堂，光线暗淡。而其他太太、姨太太则是一人一座带花园的外国洋楼。这些都一再表明银娣在姚家不仅被人

① 林幸谦：《荒野中的女体》，桂林：广西师范大学出版社 2003 年版，第 30 页。

鄙视，地位低下，而且还屡遭不公对待，是个受害者、弱者。

其次是对故事的集中化处理。《北地胭脂》紧紧围绕银娣展开线索，从待字闺中的少女到儿孙绕漆的老妇，她的一生轨迹被详尽铺展。小说对婚嫁、妯娌相处、被诬小偷、偷情、上吊、分家、三爷拜访、儿子结婚、伤害媳妇等事情做了重点叙述。而《金锁记》中关于劝婆婆早嫁小姑云泽和女儿长安的故事（进女校读书、与童世舫从相恋、订婚到毁约），在《北地胭脂》中均不见踪影。《金锁记》中长安与童世舫的恋爱被毁完全归因于曹七巧一手操弄，在《北地胭脂》中长安没有出现，这在很大程度上减轻了银娣的罪孽。《金锁记》受篇幅限制，仅就七巧生命中的几个时刻着墨，《北地胭脂》则循着银娣人生的每个转折及沉沦过程，细作描绘。这些琐碎的细节描写冲淡了情节的戏剧性，使各个角色少了醒目鲜明的个性特征，但同时却获得了更切实的人性内涵。《金锁记》中七巧与三少爷季泽的恋情，仅有数场冲突高潮。但《北地胭脂》里的银娣不仅对三少爷夜半唱曲传情，还差点与他在庙里发生奸情。事后银娣既羞且怕，企图自杀，所幸被救了回来。像七巧一样，银娣也摆弄儿子的婚姻，且逼死了媳妇，又听任儿子与丫环勾搭。可反讽的是，她最后却与庸碌嘈杂的儿孙辈共聚一堂，一点清静也没有。银娣的一生，就是许多庸常普通的传统中国妇女命运的写照，平凡得不能再平凡。她不再是那个装疯撒泼、挑拨离间、毒如蛇蝎的曹七巧。面对严重的性压抑，她有过出轨的冲动，却最终无法突破道德的底线而蜷守在礼法划定的牢笼中，以吸食鸦片自我麻醉、自我摧残而偷生。寡妇的身份，荒芜的情感，无处排遣的苦闷，这就是张爱玲勾勒的银娣形象，她固然可恨，却也可怜。

把银娣写成人性虽有缺损但还算普通的一个中国传统妇女，和张爱玲在多次碰壁后按照美国编辑的意愿对《北地胭脂》加以修改有关。这样的银娣形象削弱了《金锁记》里七巧所显现的偏激、邪恶倾向，在张爱玲看来，可能更适应出版商的要求和读者的口味。尽管这种妥协并未达到“媚俗”程度，但张爱玲的姿态着实低了许多，这也是她为寻求出路而不得不做出的反应。然而，即便如此，《北地胭脂》仍难以真正获得西方主流社会的认同。据金凯筠考证，当时的美国读者主要是“那些从第二次世界大战终了到越南战争中期这段时间，习惯阅读《读者文摘》及《生活杂志》的大学生及中年中产阶级人士所构成的组合体”，虽然经历了朝鲜战争和越南战争，“他们的记忆仍然停留在赛珍珠对古老东方的叙述中，对中国普遍存在好感”。①《北地胭脂》沉闷冗长的故事进程，怪诞而冷漠的亲情人情，加上人性阴暗、道德滑落的暴露和揭示，都让美国读者想用“如田园诗般和平安宁的中国文化救赎欧洲的精神文化危机”②的梦想瞬间成了泡影。

张爱玲的小说大多是以现实生活中的芸芸众生为表现对象的。“在四十年代她所接触的社会面虽然狭窄，但是她姑姑常会把朋友和亲戚中发生的事情告诉她，使她得到灵感而触发其想象力……但到了七十年代后期，张爱玲生活在洛杉矶，自愿与社会隔绝，再也没有亲朋中的活生生事件来为她想象力的火苗增添燃料，因此，不可能再写出新的小说来。”③因此，张爱玲只能耽溺旧作，重复自我。接二连三被拒绝，周而复始的改写，在一段时间内已然成为张爱玲的一种生活常态。张爱玲的自我改写，一方面打碎了西方读者心目中的东方形象，另一方面也体现了作为作家的 Eileen Chang 与美国主流文学场域的格格不入。

Eileen Chang 还是张爱玲吗？从 20 世纪中国历史语境角度看，张爱玲的独特意义乃在于她身份的特殊性，她是小说家、散文家、剧作家，她精彩的文学表现已无可置疑地确立了她在中国文学史上的地位。而同时，张爱玲还以 Eileen Chang 的名义进行英语写作，从上海到香港，从香港到美国，她的心中充满了为英语文化圈认可的冲动，力争写出与众不同的作品。置身异域和非母语写作赋予了 Eileen Chang 较之张爱玲更大程度的书写自由。特定的时空与审美距离让 Eileen Chang 能够以一种内省的智慧来解剖自己、解剖故国。因此，英语写作并非张爱玲江郎才尽的选择，而是由 Eileen

---

① [美]金凯筠：《张爱玲的“参差的对照”与欧亚文化的呈现》，蔡淑惠、张逸帆译，见杨泽编：《阅读张爱玲》，桂林：广西师范大学出版社 2003 年版，第 215 页。

② 陈吉荣：《转换性互文关系在自译过程中的阐释——〈金锁记〉与其自译本及改写本之比较研究》，《解放军外国语学院学报》2008 年第 2 期。

③ [美]司马新：《张爱玲在美国——婚姻与晚年》，徐斯、司马新译，上海：上海文艺出版社 1996 年版，第 155 页。

Chang而获得的洞察视角更新的印证。Eileen Chang将张爱玲推出了中文边界,使张爱玲走向了更广阔的世界。在这个意义上,Eileen Chang又并不等同于书写中文的张爱玲。然而,Eileen Chang坚持不懈且反复地从个人经验和家族史记忆中汲取资源,哪怕仅就这一点而言,Eileen Chang到底还是张爱玲。

作为一个在中国传统文化浸淫下成长起来的现代作家,即便选择用英文这样一种非母语形式进行创作,张爱玲仍然执拗地沿用中国传统小说的叙事构架,近现代中国的家族文化,家庭伦理,人情世态,中国人的心理、习俗、价值观念,这些真正的中国元素在张爱玲的英文小说中一一得以形象的表现;而她对荒凉人生的揭示,对平庸人性的发露,尽管与众所周知的"现代性"概念有别,但在精神根底上,仍然无法避免与反对"瞒"和"骗"的中国新文学构成对接的关系。正如张爱玲自述的,"现实的趋势是西方采取宽容,甚至尊敬的态度,不予深究这制度内的痛苦。然而那却是中国新文学不遗余力探索的领域,不竭攻击所谓'吃人礼教',已达鞭挞死马的程度。……中国文学的写实传统持续着,因国耻而生的自鄙使写实传统更趋锋利。相较之下,西方的反英雄仍嫌感情用事。我自己因受中国旧小说的影响较深,直至作品在国外受到与语言隔阂同样严重的跨国理解障碍,受迫去理论化与解释自己,才发觉中国新文学深植于我的心理背景"①。因此,张爱玲总是回到熟悉的语境中,调用早年的回忆和积累,在自我坚守的空间内重写个体和家族的历史,重新阐释与当下生命体验的关系、与广袤无边的世界的关系,这种独特而执著的姿态,是张爱玲在深刻的层面上对中国新文学命题所做的回应。

---

① 引自高全之:《张爱玲的英文自白》,见陈子善编:《记忆张爱玲》,济南:山东画报出版社2006年版,第192—194页。

故乡的意义:哈金小说论

史　宇

哈金(Ha Jin, 1956—　)自 1985 年移居美国,迄今为止已出版三部诗集、四部短篇小说集和七部长篇小说。他的英语创作主要讲述的是 20 世纪 60 年代至 80 年代中国社会背景下发生的故事,间或也反映中国移民在美国的生活。他的小说获得美国批评界的高度评价,接连赢得诸种文学大奖:1996 年凭借短篇小说集《好兵》(*Ocean Of Words*)获得海明威国际笔会奖,长篇小说《等待》(*Waiting*)于 1996 年和 2000 年分别获得"美国国家图书奖"以及"美国笔会/福克纳小说奖",2005 年他以长篇小说《战废品》(*War Trash*)再次获得"福克纳小说奖"。哈金的作品在台湾地区差不多都有繁体中文译本,大陆于 2002 年由湖南文艺出版社率先推出了《等待》,在间隔十余年后,其他出版社才陆续出版了他的《南京安魂曲》(*Nanjing Requiem*)、《小镇奇人异事》(*Under the Red Flag*)、《落地》(*A Good Fall*)、《池塘》(*In the Pond*)、《新郎》(*The Bridegroom*)、《哈金新诗选》(*New Selected Poems*)等,这些中文简体字译本使得哈金的名字逐渐为他的故乡人——大陆读者所知晓。

对移居国外的人来说,故乡是指一个人出生及早年生活过的地方,它不仅指老家,也涉及祖国,牵涉到成长的故土、远离的故国、说过的母语、曾经的日子和内心的归属。哈金的作品都与他对故乡的情感处理相关,表现出对故乡的特别态度:他竭力逃离故乡对自己可能产生的限制,实际上却未能真正摆脱;他始终把中国作为自己创作的源泉,站在边缘位置反顾既往的环境和生活,因而成就了自己的特色;他不求回到现实的故乡,而努力建构自由的精神家园,观照并探究人性的普遍问题。他的英语小说具备了跨越语际文化和政治地理疆域的世界文学性质。

一、"中国对我来说,是源泉"

一个人的过去,不可能被完全删除。哈金在访谈中表示:"我在中国生长了 29 年,最好的时光是在中国度过的。不可能把这一块儿完全消掉。那不等于自杀吗?"①他明白自己的基本生活能力和情感体验是在中国早已形成的,无法轻易改变,虽然努力舍弃一些沉重的过去,但中国终究是他生命的一部分,"这一部分中,有的是对我将来和现在非常有益的,这个必须要保住,没有意义的那些,该轻装的就要轻装,要不过去就会变成一座山,人就要被压垮了。生活是个旅程,你得往前走。但你要把过去完全切断,那几乎是一种自杀的行为。中国对我来说,是源泉,从那儿来的,这个是无法切断的,想切断也没法切断"。②如其所说,哈金没有把过去完全切断,而是将中国作为自己创作的宝贵源泉。

哈金执著于讲述中国人的故事,与其自身成长的经历息息相关。他曾经跟家人在辽宁省金县一个叫亮甲店的小镇生活了十二年,孩提时的哈金跟街上的孩子们打成一片,对镇上普通人家的生活了如指掌。几十年后,哈金把"曾经在那里存在过的人和事物保存在纸上,不管是严酷的,还是温暖的"③,因此有了短篇小说集《光天化日》。其中故事发生的地方"歇马亭",就是以亮甲店为原型的。哈金知道那儿的顽童整天想着打架吃酒,并且有凶狠的一面,看过镇子上发生的批斗游街,目睹了人们的冷漠和麻木,因而有了《皇帝》里面孙子要狠打人成了不可一世的孩子王的故事。而《光天化日》

①② [美]哈金:《我们都是从"饥饿"开始的》,豆瓣读书,http://book.douban.com/review/1472272/, 2016.1.28。

③ [美]哈金:《光天化日:乡村的故事·序》,王瑞芸译,台北:时报文化 2001 年版。

里的穆英被众人批斗、被剃光头、被扔石子、脖子上被挂上破鞋去游街的场景,原本就是印刻在哈金童年记忆里难以抹去的点滴。他也了解中国道德与法律纠缠的状况,就如在《等待》里,孔林要跟淑玉离婚,本生带着村里人一起谴责他,法官也说“村里人都看着呢”①,让他这个革命军人做村人的榜样。哈金曾服役,他熟悉军队里的生活。他还在黑龙江省同江县和富锦县住了十多年,对那儿的人情风物也比较熟悉,因此以黑龙江及边境地区为背景的短篇小说集《好兵》里的故事,都是在调动了过去的经验和记忆基础上加工而成的,记叙和描写显得尤其细腻、鲜活。哈金笔下还有一些故事抽取并糅合了他周围的人的经历。比如他父亲朝鲜战争时在志愿军部队里待过,哈金从父亲那里了解了诸多事情,从而产生了写作《战废品》的灵感;再比如他在医院里看到一个发了疯的人胡言乱语,联想到忍受太多压迫的人总有一天会爆发,因而疏通了自己写《疯狂》的思路。哈金也有从报纸或者其他渠道获得的素材,尽管巨细不一,但都与他对相关新闻及历史文献的敏感有关,而它们即便来自第二手材料,其实均有哈金本人的人生经验和思考作为根基。当然,哈金作品的题材和主题大部分还是源于他的个人经验,他将接触到的真人真事记下来,加以剪裁拼接和艺术加工,“勾画出一部地方志,也体现了一个时代”②。在中国的成长经历和记忆,已然成为哈金最重要的资源库。

哈金在美国虽然主要用英文写作,但母语中文其实仍然是他不可或缺的参照。“的确,英语的边界临近外国领域,所以对母语者来说,我们不可避免地听起来有外语腔,但边界是我们唯一可以生存并对这个语言做出贡献的地方。”③哈金作品中的英语语言具有自身的特色,他追求的并不只是简单的“准确”英语的书写,而是一种有趣味性和陌生化效果的表达方式。哈金站在国与国之间的空隙里,能很便利地将英语与汉语结合起来,给英语读者耳目一新的感觉。在力求符合简洁准确、有质地感的英语审美原则前提下,哈金创造性地将汉语元素融入英语之中,把中国的习语、口头语灵活地转化为颇具特色的英文表达,拓宽了英语词汇的组合空间,增添了英语语言的活力和

① [美]哈金:《等待》,金亮译,长沙:湖南文艺出版社 2002 年版,第 9 页。
② [美]哈金:《光天化日:乡村的故事・序》,王瑞芸译,台北:时报文化 2001 年版。
③ [美]哈金:《在他乡写作》,明迪译,台北:联经出版社 2010 年版,第 157 页。

表现力。譬如《池塘》里有“鸡窝里飞出了金凤凰”(a golden phoenix was hatched in a henhouse),“对牛弹琴”(play the lute to a water buffalo)等中国俗语,其英语表达可谓活泼有趣。类似的例子《在他乡写作》中有“衣锦还乡,光宗耀祖”(Returned home robed in silk and brocade and glorify your ancestors),《网络的祸害》有“肉包子打狗——有去无回”(hitting the dog with a meal ball—nothing would come back),等等。这些中国成语或歇后语的灵活转译,除了带给英语读者陌生而新奇的阅读体验,对刻画人物形象、推动情节发展也起到了有利的作用。在记叙新移民生活的作品如《自由生活》、《落地》当中,作者有意使来自中国的人物用英语进行时带上“移民腔”,比如无法准确地发出咬舌音“θ”,把 that 说成“zat”, thank 说成“sank”, three 说成“sree”。不标准的英语突出了小说人物的移民身份,表现出移民的语言困境,营造出逼真的故事氛围,为人物在移居国遇到的其他困难埋下伏笔。而在小说《等待》里,哈金也以中国的俗语习语来印证孔林的命运。孔林看到家里为他选定的未婚妻时,因为淑玉长得老相、不好看而与父母争辩,父母的回答是:“好看能当饭吃?”(Can good looks feed a family?)①、“好脸蛋过几年就黄了,性情好才靠得住。”(A pretty face fades in a couple of years. It's personality that lasts.)②这是中国老辈谈论婚姻时常说的套话,表现出中国传统的家庭价值观念。而这两句让孔林暂时妥协的老生常谈,却伴随并预示了他悲摧的一生:他为“好脸蛋”的曼娜与“好性情”的淑玉离了婚,之后又想离开人老珠黄的曼娜回到“靠得住”的淑玉身边,终其一生,孔林一直没获得自己想要的温馨有情的婚姻。这两句俗语在小说情节发展进程中时隐时现,带着反讽的意味贯穿整部作品。另外,将汉语翻译后揉入英语创作中也有助于两种文化的交流沟通。语言承载着人类文化,一种文化特定的风俗用语、习惯用语被转译到另一种文化中,可间接推动不同文化观念的相互了解。比如《等待》中孔林帮吴曼娜写关于惠特曼《草叶集》的读后感,文章是从阶级观念角度展开的,熟悉这本诗集的英语读者会从中直接感受到中国特定时期弥漫着的氛围。

---

①② Ha Jin, *Waiting*. New York: Pantheon Books, 1999, p.8.

除了书写中国人事、使用汉语转译，在哈金的小说中还能看出中国文化对其思维惯性的影响，比如中庸观念等。哈金对中国文化传统的拒绝姿态不难觉察，但他笔下却仍然或隐或显地见出他与中国文化传统间丝丝缕缕的关联。“中庸”作为中国传统文化所推崇的一种处世之道，追求中正、调和的生活方式和人生理想，而《池塘》主人公的命运不啻为“中庸”的反证。小说形象地演绎了“物极必反”的道理。主人公邵彬是一个化肥厂的工人，全家三口人挤在一个小宿舍里，他非常想分到厂里的房子。然而因为他没有送礼，虽然各种条件都符合却没有分到房子，而厂领导刘书记、马厂长却各占了一套。邵彬很气愤，于是创作了讽刺画《一家人》寄到《旅大日报》编辑部，想给刘书记等人一个警告，结果被刘书记倒打一耙，说邵彬是污蔑，对他进行了惩罚。邵彬尽管有些后悔，但为了尊严拒绝写认错书，还是给镇上的杨书记写检举材料申诉。没想到材料被送至刘书记处，自此刘书记等人变本加厉，邵彬开始了一次又一次的抗争……小说写到这里，一个小人物的悲惨故事原本可以告终了。但是哈金却让这个故事的走向出人意料之外，不得令读者陷入更深刻的思考：不断抗争中的邵彬到后来竟然与反抗的初衷——捍卫个人应有的权益、维护尊严跟伸张正义——渐行渐远。他一味地哭惨，却渐渐忘记了对问题产生根由的思考、失去了理性的批判意识。小说写他在接受《环境报》记者宋有志采访时，不讲证据地添油加醋渲染歇马亭的黑暗，非要说自己亲眼看见刘书记跟侯丽娜做有伤风化之事。故事的最后，邵彬为他迷失自我的行为付出了代价：他被空头承诺收服，最终却也没分到房子。哈金为邵彬安排的这种结局，有对其“偏颇”做法的一份惩罚，也有对“非理性”行为的一份警惕。另外，哈金对小说中的人物持肯定态度的，他们大多会本着中庸之道为人处世，如《战废品》中的俞元，温和而不黏腻地与人交往，求平淡而无冲突地相处；再如《自由生活》里的武男，他在生活中尽量不跟别人起冲突，即使有矛盾也采取中和的解决办法。由此可以看出，哈金的故土经验与他对中国传统文化的习得，在其英语创作中同样有所体现。

作为一个移民作家，哈金远离故国，又难以进入移居国的文化中心，不得不居于两种文化的边缘化地带。但是，他清醒地意识到自己必须将不利转化为有利，利用边缘地带的特性，在其中找到自己的恰当位置。他有意识地用边缘人的视角观察并审视自己与周遭世界的关联。哈金的作品里常常出现中西方对比的情节或细节。比如在《牛仔炸鸡进城来》里，外国老板无论生意如何都会准时发放工资，而国内有些单位却会拖欠薪水。为了食品健康，老板每天都让人把多余的炸鸡清理掉，而中国的打工者却觉得这样很浪费，要把超过保鲜时间的炸鸡低价卖出。《耻辱》里西方学者送中国访客自己的学术著作，而中国的孟教授却回送跟学术完全没有关系的“奢华”礼物。在哈金的笔下，西方人对工作的认真、对学术的敬意，反衬出国人投机取巧、虚荣浮躁的习性。另外，哈金认为，在看待问题时，西方人注重理性客观，而中国人有时未免偏激或感情用事。哈金小说中还有一些故事情节没有出现直接对比，只是在西方文化观照下对中国社会中一些让人闻之惊心的众生相进行展示。《新来的孩子》里的丈夫贾成嫌弃妻子怀不了孕，认为女人不生孩子就没有用，意图弃她再娶，而妻子宁封文一直生活在被弃以及无法独自生活的焦虑中，直到后来她替别人照顾的小孩儿成了夫妇维系在一起的唯一纽带。在一个保守的环境里，不能生育的女性作为弱势群体，很难获得主体存在的价值，属于被社会鄙弃的对象。在对这些现象的揭示里，分明有着哈金的清醒和警觉，表现出他站在人性和现代文明基点上的价值立场。这一点和哈金在美国所受到的影响是密切相关的。西方环境激发了哈金对曾经历的故土往事的回顾和反思，移民身份带给他新的视野，记忆中曾经习以为常或不在意的一些人事陡然变得鲜明锐利起来，让他能够更客观冷静地进行跨文化和跨民族的探究。萨义德在《知识分子论》里也认为，“处于特权、权力、如归感这种安适自在之外的”边缘人物是拥有特权的：他们拥有双重视角，能够“同时以抛在背后的事物以及此时此地的实况这两种方式来看事情”，从“并置中，得到更好、甚至更普遍的有关如何思考的办法”。[1]

但是，虽然哈金以双重视角去反省经验和记忆中的故乡生活，其写作中带有明显褒贬色彩的中西对比，有时未免出现简单化的情形，这多少对作品艺术审美造成了损害。在哈金笔下，多有泾渭分明的判定，缺少了情、智、理的充分融汇，其感染力和说服力无疑会减弱。即使是写移民生活，哈金惯有的这种对比仍然存在。在他的移民形象

---

① [美]艾德华·萨义德：《知识分子论》，单德兴译，北京：生活·读书·新知三联书店 2013 年版，第 53、54 页。

里，年轻人往往显得比较开明，而他们在中国活了大半辈子的父母则大多迂腐。《孩童如敌》记叙了一对年过六十的老人移居美国生活后与儿孙辈发生冲突的故事。在美国长大的孙子孙女觉得自己的中文名念起来拗口，会被同学嘲笑，所以坚决要改。他们先是要把名改成英文的，祖父母妥协了；后来他们又要改姓，老人们无法容忍动了怒，认为这是跟祖宗切断关系。孙子孙女认为祖父母只是家里的客人，管不着这事。在小说里，祖孙辈的冲突不仅反映了中美文化的差异，也彰显了传统与现代观念的对抗。站在不同立场上，对事件的解读自然有不同的价值倾向，高明的作家会不动声色地将读者带进戏剧化的场景，让他们在目睹了冲突后，做出自己的判断和评价。但哈金显然急于给出他的答案，明显偏向了要改名的孙子孙女、儿子儿媳一方。他强调这对老人的固执和迷信，写他们神叨叨地对两个孩子说："我们拜访了一个有名的算命先生之后才选定了你俩的名字"①，认为名字事关福祸命运。同时又渲染他们心理上的多疑过敏、思维上的偏激封闭，写他们觉得孙子孙女蔑视他们，而美国媳妇故意让孩子跟他们作对；写他们认为西方鼓励孩子创造性思维、让他们关注社会问题、不给学生排名次等做法，都是不利于孙子孙女学到真本事……这种种的铺陈，无非是要把读者导入哈金自己的价值立场，即把这种冲突归咎于老人的顽固保守、无理取闹。而实际上换个角度看，这对中国老人的言行其实均有自身的价值依据，哈金也无法回避这一点。除了因上了年纪在美国人生地不熟、语言也不通的生存困境所带来的心理压力外，对中国家族文化传统的坚信不疑，其实是他们无法适应美国生活的主要原因。他们在新环境里所遭遇的精神困境，原本也应该是作家关注的问题，但哈金似乎没有更多的耐心去理解，笔下自然也就缺乏对老人凄凉境遇设身处地的感知，而执著于对老人固执褊狭言行的声讨。这种简单化的是非判断，即将老人等同于迂腐、愚昧，视小孩为开放勇敢的代表，自然会使得人物形象刻画偏于单一扁平，小说对文化和人性的探究深度也打了折扣。哈金作品中让人印象深刻、个性生动的人物形象并不太多，这或许和他不能更审慎地看待不同文化中人性的细微复杂有关。至少在《孩童如敌》中，哈金对中西

---

① [美]哈金：《落地》，南京：江苏文艺出版社 2012 年版，第 90 页。

文化的演绎和理解缺少应有的人文关照，小说因而失去了可供读者反复咀嚼的余味。

无论是自觉地进行中西对比和价值判断，还是不自觉地流露出传统中国文化的思维，这些中国叙事都表现出中国资源对哈金创作的深刻影响。一个在中国生活了 29 年的成年人，即便移民到别的国度，无论如何，故乡是他形成基本意识和经验的地方，故乡的痕迹在他的生命中绝无可能被轻易抹去。哈金也充分意识到处在边缘位置创作的独特性，他认为，在边缘地带创作出的任何有价值的作品，很有可能被一个以上的国家认可，像康拉德和纳博科夫这样的优秀作家曾是哈金在访谈中一再提及的榜样。他希望能抓住这种有利的契机，运用好自身的中国成长经历、中文资源以及边缘视角，进行英语书写，形成自己的鲜明特色，对两种文化均能有所突破、做出贡献。

二、“抵达”比“回归”更重要

“伊萨卡是抵达的象征，而不是回归的象征。这代表着可以获得什么，而不是重获什么。”①“抵达”是指建构和到达新的家园，“回归”是指回到故乡，哈金在《在他乡写作》借此来论述人与故乡的关系，强调抵达的意义，认为这比回归故乡更加重要。“家乡不再是只存在于一个人的过去，而是与现在和将来也有关的地方。”②离开故乡的人，可以在寻获生命意义、追求自我实现的过程中建构“精神家园”。哈金本人自从移居到美国之后，从未回过中国，但是他认为一个作家想要为原居国接受，不必非得亲自回到祖国不可，写出好的作品比身体回归故乡更有意义；最终作品会流传回故乡，并且可以帮助作者建立精神栖居之所。哈金努力构建自己“精神家园”的途径是：在写作中发掘人性，注重文学的普适性意义，即价值观适用于人类良知与理性的各个领域。一般而言，此类文学作品均致力于对人类共性问题进行思考，致力于建构人类共通的“精神家园”——“当志同道合的路交叉在一起时，那一刻，整个世界看起来就像家园”③，

① [美]哈金：《在他乡写作》，明迪译，台北：联经出版社 2010 年版，第 106 页。

② [美]哈金：《在他乡写作》，明迪译，台北：联经出版社 2010 年版，第 110 页。

③ [德]赫尔曼 · 黑塞：《彷徨少年时》，苏念秋译，上海：上海三联书店 2013 年版，第 154 页。

在普适的观念和体验当中，会有个人的精神安居之处。作家在这样的写作中，可以实现自我价值，找到“形而上”的“故乡”。

哈金对作品普适性的注重，突出表现在他对一些重大历史事件的理性思考上，他意图建构一种世界性的记忆框架与对话系统。在《在他乡写作》中，哈金表示自己想要关注和书写有关种族灭绝、战争冲突、人为灾难等内容的历史真实，他要把它们放在人性探索的视角下解析，让读者感同身受、有所反思。和哈金同时期赴美的一些中国作家，其中有不少热衷于直接采用个人传记的写法，叙述自己的个人苦难史，这类创作虽然也是一部分真实历史的呈现，但有些作品限于对单一性事件的叙述和具体的愤怒情绪的发泄，无论形象的展现还是意义的挖掘都显得有些薄弱。哈金的小说虽然也涉及个人苦难记忆，但他不那么刻意强调故事情节的特定背景，而是更多地聚焦于普通小人物在苦难动荡岁月里的命运沉浮以及他们的心理反应上，以中国叙事来表达他的人类情怀。

以“南京大屠杀”事件为题材的长篇《南京安魂曲》将霍莉等人身边发生的事情作为线索，层层剥露了这场战争所带来的深重灾难。作者不着力于民族情绪的渲染，而是在丰厚的国际经验下描写大屠杀的残酷。他不仅写了中国人和日本人，也写了当时身在南京的西方人士，比如美国女传教士魏特琳。魏特琳在南京大屠杀期间担任南京金陵女子文理学院的代理校长，积极营救中国难民，她是南京大屠杀的目击者，也可以说是受害人。哈金把这个真实的历史人物放进小说中，很容易让美国读者产生特别的亲切感。他们从魏特琳的遭际中可以了解这个事件的真实性和严重性，会感同身受地融入其中。反映大陆特定历史的小说《光天化日》、《十年》等，也并不特意强调事情发生的中国背景，而是着力于呈现生活变形的样态，给人以心灵震撼。这种书写方式建立在一种以对话而不是谴责为目的的记忆框架下，作者试图用包含血泪的故事唤起全人类对一切人为灾难和不幸的反思。正如萨义德表述过的，这类书写最重要的是，“明确地把危机普遍化，从更宽泛的人类范畴来理解特定的种族或民族所蒙受的苦难，把那个经验连接上其他人的苦难”①。无论什么国籍的读者都会因此对灾难中挣扎的同

① [美]艾德华·萨义德：《知识分子论》，单德兴译，北京：生活·读书·新知三联书店 2013 年版，第 41 页。

类产生同情心，并引发“不能再有类似的惨剧”的想法。对文学作品普适性意义的注重，哈金在一次访谈中做过解释，他说是“深受托马斯·艾略特的影响，他的文学理论一再强调普适性和永恒性是文学的两个基本标准”[①]。这两个标准一个强调了文学作品映现出的思想的广度，要观照人类共性的东西，一个强调文学影响的久远。哈金以此为努力方向，不执著于“相异性”的表现，而致力于“相似性”的探究，因而小说触及许多人类共同存在的问题。

哈金对作品意义普适性的注重也反映在他对日常生活的细致描摹上。他记叙的看起来只是一些中国背景里小人物日常的婚姻、爱情、工作、交际，但其中却不乏对普遍人性的揭示。《等待》里孔林的悲剧反映了哈金对“自我”意义的探讨。孔林是一名军医，由父母做主娶了相貌不佳又不识字但很会照顾人的妻子淑玉，他对妻子不怎么满意，不过也没有太多反抗。孔林后来在医院里认识了漂亮的女护士吴曼娜，面对曼娜的示好，他心里辗转不定，当曼娜再一次邀约时，孔林欣然答应，进而与其交往。孔林因为道德舆论压力不能跟淑玉离婚，而同时又跟曼娜牵扯不清，越陷越深之时，他劝曼娜另找他人成家，但听说曼娜不再找对象后又不禁松了口气。从中可以看出，孔林根本不知道自己到底爱的是谁、想要什么，他只是一辈子跟着别人还有自己的面子走，是一个缺乏付出感情能力的男人。他的“总想当个好人”，耽误了两个女人的青春，更耽误了他自己的人生。孔林在十八年后终于等来了离婚再娶，但新的婚姻生活却让他感到失望，他脑子里出现一个声音对他说：“时间证明不了任何东西。实际上，你从来没有爱过她。你不过是一时的冲动罢了。你的这种冲动根本就没有发展成为真正的爱情。”“这十八年的等待中，你一直浑浑噩噩，像个梦游者，完全被外部的力量所牵制。别人推一推，你就动一动；别人扯一扯，你就往后缩。驱动你行为的是周围人们的舆论、是外界的压力、是你的幻觉，是那些已经融化在你血液中的官方的规定和限制。”[②]这个突然出现的声音其实是孔林内心深处的另一个“自我”，他的出现是对为等待而等待的消极卑微灵魂的拷问。然而，孔林此后并未能够走出精神泥淖，仍然甘愿被道德

---

① [美]哈金、傅小平：《美国华裔作家哈金：文学最高的成就就是深入人心》，《文学报》2012年1月29日。

② [美]哈金：《等待》，金亮译，长沙：湖南文艺出版社2002年版，第279—281页。

的枷锁和婚姻家庭的责任绑架。“孔”是中国儒家学说创始人孔子的姓氏,这个安排不啻为许多人身上都有孔林的影子的隐喻——优柔寡断、委曲求全,想给每个人都留下好印象,却唯独没有自我。哈金在此揭示出中国现实社会里个人丧失自我的根源。中国传统文化具有浓重的家族色彩,强调长幼有序、尊卑有别,子女对父母、属下对尊上必须无原则服从。在这样一个权威不容置疑更不容侵犯的社会中,彬彬有礼、谦让克制的性格特征得到鼓励,而与张扬个性、肯定自我人格取向相关的一切行为则受到排斥。无数中国人掩藏了“本我”,丢失了自我。《等待》中的孔林和他身边的所有人均不出其外。

哈金曾为伟大的中国小说定义,他认为,“一部关于中国人经验的长篇小说,其中对人物和生活的描述如此深刻、丰富、真确、并富有同情心,使得每一个有感情、有文化的中国人都能在故事中找到认同感”,这样的小说在他看来即可称为“伟大的中国小说”。哈金将能在故事里找到认同感的人局限于中国人,显然有些偏颇。事实上,真正伟大的小说,无论叙述哪个国家的故事,都具有普遍性,全世界的读者在其中都能找到心灵的共振。这样的小说观照人类精神的深层,在其交叉共通的地方建立起人类共有的“家园”。作家对具有普适性的文学命题进行思考,可以提升他们写作空间的高度,让创作变得更加有意义,同时在创造过程中也寻找到自身的精神归属。实际上,哈金在创作实践中正是在朝着这个方向努力,他在小说里发掘人性、探索人类共性,这让他找到了写作的意义,获得了抵达和收获的充实感。他曾经说过:“家是移民可以远离故土而建立的”,“建筑家园的地方才是你的家乡”①,哈金建筑家园的地方就是他文学创作领地。通过书写具有普遍价值的作品,哈金抵达了他的“伊萨卡”。他在找寻人类共有的精神家园,也是在构建自己的灵魂“故乡”。

在《自由生活》里,武男对朋友丹宁的创作发出过这样的感想:“虽然有‘海外留学生文学领头人’的名声,可丹宁写东西太注意迎合中国读者的口味,太依赖于异国情调

---

① [美]哈金:《在他乡写作》,明迪译,台北:联经出版社 2010 年版,第 132 页。

和民族情感了。这便使他的小说简单化、油腔滑调，某些地方甚至是拙劣的……如果他来写，他会强调‘相似’而不是‘差异’。不过，他憧憬着一种能与读者的心灵直接对话的‘文学’，不管他们是什么文化、什么种族背景。最首要的，是他的作品应该具有力量而不是美丽，美丽往往掩饰真相。他想创作出文学，否则他绝不该费神从事写作。”①武男的这种创作理念与哈金本人有契合之处，表现出哈金观照人类普遍问题的文学追求。哈金认为，就算移民后无法回归故乡也不重要，关键是写出具有普适性的文学作品，既让祖国为之骄傲，也让世界了解并接受。这样的写作意图以及哈金事实上付出的努力，值得感喟。而在此同时，凭借对自由理念的诠释，哈金致力于寻找永恒的精神家园，赋予故乡以新的意义，同样值得尊重。

① [美]哈金：《自由生活》，季思聪译，台北：时报文化2008年版，第448页。

开掘写作潜能：严歌苓《赴宴者》论

张　静　倪婷婷

21世纪以来，旅美作家严歌苓(Geling Yan, 1958—　)越来越受大陆读者欣赏，她的一些作品频频被搬上影视屏幕，一阵又一阵"严歌苓热"也随之出现。书香世家的背景，多年从戎经历，"文革"、战争记忆，加上近三十年移民生活体验积淀，使其笔下的小说世界丰厚斑驳，具有很强的可读性。和大部分在国内时业已成名的移民作家一样，严歌苓虽定居美国多年，仍一直坚持中文写作，唯一的例外是2005年用英语创作的《赴宴者》(*The Banquet Bug*①)。这部长篇一经问世，便受到英语世界的热捧。美国《纽约时报书评》认为此作是"一段跨世纪的对话，对人心善恶的不可预知做了一场巧妙的探索"，英国《泰晤士报》称"借着平易但有力的文章，严歌苓描绘了令人震惊的暴行与感官欲望"②。此外，该小说荣获华裔美国图书馆协会授予的"小说金奖"，在美国亚马逊网站被评为五星级图书，美国《时代》杂志给予整版介绍……以此可见，严歌苓的英语创作俨然首试即告捷。然而，令人疑惑的是，严歌苓自此却再无英文新作。在英语世界获得成功和认可之后，却不一鼓足气再接再厉，这对于一向重视读者反应的严歌苓，显得不同寻常。那么，《赴宴者》到底是怎样的一本书？它何以受到英文读者

① Geling Yan, *The Banquet Bug*, New York: Hyperion East, 2006.

② 参见[美]严歌苓：《赴宴者》封底，郭强生译，西安：陕西师范大学出版社2009年版。

的青睐？严歌苓的英语小说创作又为何浅尝辄止呢？或许从《赴宴者》的解析中，可一窥究竟。

一、“作为对国内社会的荒诞西洋镜看”

有关《赴宴者》的写作缘起，严歌苓在接受媒体采访时不止一次提及，故事源于1999年中央电视台焦点访谈的一期节目中报道的“宴会虫”。在看了节目录像带后，她又参考了国内报纸上的相关报道，甚至到北京长安街某著名饭店试当了两次“宴会虫”。[①]严歌苓对当下中国这类人的存在产生了极大的兴趣。她认为，“宴会虫”的故事可以“作为一个黑色幽默的喜剧电影素材看，也作为对国内社会的荒诞西洋镜看。我相信，只有在国外生活的中国人，才会对这类故事的妙处彻底领略。因为中国的变化之快，变化之大，我们这些一次次离去又一次次归来的人看得最清楚”[②]。严歌苓赴美留学后虽然时常回国，但毕竟没有20世纪90年代及之后中国现实环境的切实体验，但她对置身异域的自己能够认识和理解当下中国社会却有着一份特有的自信。她说：“我相信一个人走的地方多了，他比较的机会就会更多。他会比较当地和自己人民的文化上的不同，语言上的不同。任何事情要在比较当中才能使你认识得更清楚，使你对他的感觉更敏感，使你对自己的东西更加地去反思和批评或者是更加地欣赏。”[③]

从1999年知晓“宴会虫”的新闻，到2005年动笔写成长篇小说，在此期间严歌苓对和“宴会虫”相关的社会现状显然一直保持着关注的热情。最初激起她创作灵感的

---

① 参见严歌苓接受《新浪读书》和《北京青年报》《中国周刊》记者的采访。于文、严歌苓：《实录：严歌苓做客新浪谈新作〈赴宴者〉》，http://book.sina.com.cn/author/authorbook/2009-11-16/1720262700.shtml；《中国周刊》记者：《严歌苓：有人可以不需要读者吗?》，http://www.chinawriter.com.cn2009-11-23/09:10；邓艳玲：《严歌苓：装是我们民族性格的一部分》，http://news.sina.com.cn/c/sd/2011-08-05/111022940526_4.shtml。

② [美]严歌苓：《〈赴宴者〉的美国梦》，http://culture.china.com/reading/review/11170641/20150609/19809921.html。

③ 于文、严歌苓：《实录：严歌苓做客新浪谈新作〈赴宴者〉》，http://book.sina.com.cn/author/authorbook/2009-11-16/1720262700.shtml。

尽管只是一个“宴会虫”混进大饭店骗吃骗喝的单一性事件，但持续牵动她注意力并令其思考的却是“宴会虫”背后更严重的道德和人性的危机。严歌苓说：“从国内寄来的报纸，这样以假乱真的事情，假冒伪劣的商品、假的身份、假的情感……比比皆是；和国内的朋友聊天，也经常会讲些。这些事情让我惊讶，国内已经变成这个样子了？”①就责任感而言，如果说一般的国内作家对中国社会弊端的揭露更多出自对中国未来发展的警示，是站在中国立场上的，那么，严歌苓则不同。无论对她曾经在那里出生成长的中国，还是对她后来生活的国家来说，她都是一个寄居者，一个边缘人。她对中国现实的关注一方面折射了浓郁的故国情感，这种情感注定了她对中国国际形象的敏感和担忧，而另一方面也定位了她游移的文化身份，这种身份促使严歌苓从“全世界”的角度去审视、考量并评价中国。因此，一个“宴会虫”的故事，在严歌苓笔下，尽管是一个极具中国特色的中国故事，但同时又绝对不只是一个简单而具体的中国故事。

和严歌苓之前所写的小说不同，《赴宴者》的素材来自社会新闻。在小说出版后作者反复强调“宴会虫”故事的真实来源，多少反映了她内心的某种隐忧。小说讲述的故事并不复杂：一个下岗职工凭借机缘巧合伪作记者和“自由撰稿人”，屡次前赴“人性鸿门宴”。问题是，严歌苓这次面对的是对中国社会历史背景不甚熟悉甚至一无所知的英语读者，那么，《赴宴者》何以吸引他们的兴趣呢？

通常的小说总是要讲故事的，读者爱听什么样的故事，严歌苓从来都不糊涂。《赴宴者》既然由新闻素材加工而成，那么其新鲜度和即时性起码可以满足一些希望了解当下中国之真相的西方读者的心理。有学者对那些擅长从社会新闻中提炼素材的作家颇有好感：“最优秀的小说家往往强行自我约束，在现实生活中去寻找情景与资料，犹如传记作者可能做的那样，梅瑞狄斯从现实中借用了许多人物，托尔斯泰在《战争与和平》中利用了自己的家族史；甚至莫里斯·巴林曾对我说过，《猫的摇篮》的主题是报上所载一位老妇人的讣告提供给他的。纪德在《伪币犯》中指出，他宁愿接受报上的一则已知的‘社会新闻’，也不肯构思一篇先天的推理。”“我相信：这种取自现实再经小说

---

① 邓艳玲：《严歌苓：装是我们民族性格的一部分》，http://news.sina.com.cn/c/sd/2011-08-05/111022940526_4.shtml。

家加工的事件的下文,永远会显得比完全虚构的事件更真实。"[①]其实,小说的优秀与否并不直接取决于题材是否来自现实生活,因此,这种观点未免过于武断。但可以推测的是,很多作者和他们的读者,都会不约而同地信此学者之所信,那就是:由社会新闻加工而成的小说更具真实感和可信度。严歌苓应该也不例外,这也就是她一再申明《赴宴者》故事有其真实来源的意图。当 2009 年《赴宴者》中文版在大陆推出后,面对读者的一些不那么乐观的意见,她多次在接受媒体访谈时解释这篇小说的写作缘起和动机,或许就是为了回应有关小说生拼硬凑的质疑[②]。

在《赴宴者》写作中,严歌苓舍弃了自己所擅长的军旅、移民相关领域的关注,而把焦点对准了改革开放后的中国社会。对海外华裔作家的题材偏好,赵毅衡认为:"留居者华文小说,热衷于写华人生活,尤其是近年移民的生活。而留居者外文小说却完全反倒过来,一律写中国国内题材——不管现实的,还是历史的。"[③]赴美后严歌苓的中文小说中也有不少属于纯中国式的叙事,由于大多源自作者以往的历史记忆,它们更容易引发中文读者的情感共鸣;但《赴宴者》采用当下中国社会新闻,除了"宴会虫"新闻本身对严歌苓写作灵感的触发外,还直接与严歌苓决定以英语书写相关。严歌苓曾坦陈:"什么题材作为我的第一本英文小说写作的故事? 最开始我还有做梦者的自不量力,铺开纸就写下'史屯有九个年轻寡妇……',写了一百多页,我才意识到,用英文写这么一部人物众多,年度跨度巨大的题材,是自己跟自己太过不去了。转而去检索自己多年来的题材库,十分钟后我决定写'宴会虫'。因为它篇幅不会太长,写砸了投入也不会太大。"[④]这个说法中包含了严歌苓对用英语写一部长篇的顾虑,毕竟英文

---

① [法]安·莫洛亚:《传记与小说》,张秋红译,收入中国社会科学院外国文学研究所《世界文论》编辑委员会编:《小说的艺术——小说创作论述》,北京:社会科学文献出版社 1995 年版,第 51 页。

② "豆瓣读书"上有关《赴宴者》的短评共 800 余条,和严歌苓中文小说大多被热捧形成反差,《赴宴者》收获的批评不在少数,尤其有关小说是否反映真实的问题,有些意见显得比较尖锐。譬如,"这个故事既不真实,也不实在,更没有严歌苓一贯能带出的情怀,我不觉得 2000 年的北京是这样的,很多描写都是空想的";"胡编滥造,堪比余华《兄弟(下)》";"人物描绘模糊不清,英文原版是不是给国际友人看的所谓中国面貌? 真心不相信有这么成功的宴会虫"。https://book.douban.com/subject/4117261/comments/hot?p=17。

③ 赵毅衡:《三层茧内:华人小说的题材自限》,《暨南学报》2005 年第 2 期。

④ [美]严歌苓:《〈赴宴者〉的美国梦》,http://culture.china.com/reading/review/11170641/20150609/19809921.html。

非同母语,她恐怕自己无法驾驭所擅长的那种大开大阖的题材,但事实上,“宴会虫”的故事看上去单薄,而小说指涉的社会问题却是极为繁多,其信息量超过了严歌苓任何一部长篇,这或许是严歌苓动笔时没有预料到的。

《赴宴者》以一个下岗工人的视角,展开了一幅中国社会百态图。小说中的主人公董丹本是北京近郊一家濒临破产的罐头厂的下岗职工,在一次赴酒店应聘保安的途中,因外表体面被误认为参加宴会的记者嘉宾。饱食美餐以及餐后“车马费”的丰厚,让董丹尝到了甜头,自此一发不可收拾,他伪作记者或者自由撰稿人,频频出入各大高级宴会场合。“宴会虫”成了董丹的正经谋生手段。作品以单线延伸的方式,让读者追随董丹的目光,浏览了一幕幕光怪陆离、荒诞不经的图景:喜怒无常的艺术家贩卖尊严自怜自弃,倚靠父权的“官二代”藐视法律为所欲为,一掷千金的房地产商压榨农民工巧取豪夺,一手遮天的地方村官贪赃枉法草菅人命,卖笑的底层按摩女屡屡“献身”只为姐姐申冤,以及工厂回收头发制作酱油以攫取暴利,爱鸟协会大啖孔雀盛宴,商家以美女裸体摆放海鲜大餐为噱头进行商业推销……这样的中国怪现状大大超出了严歌苓的经验范围,她需要对业已陌生的当下中国重新认知,并做出判断,一方面为了检验自己和现实中国的关联度,一方面也为了检验自己英语作者身份的可信度——用严歌苓自己的话来说,即“通过写它实现我最后一部分的‘美国梦’”①,而后者直接关乎到她的读者——不再是与她有默契的中文读者,而是那些对中国无多了解的英语读者的期待视野。

《赴宴者》所反映的20世纪90年代至21世纪初叶,是《赴宴者》的读者刚刚经历过或正经历着的时代。对于西方世界来说,中国固然已不是那个曾经“限于贫困、苦难、饥荒、疾病、暴行,无知之中的专制帝国”②,它开始迈入现代化发展的门槛,在物质层面摆脱了贫苦与饥荒。发生在中国环境里的“宴会虫”以及他周遭的人和事,仍然可以吊足那些想知晓当下中国样貌的英语读者的胃口。阴影依旧牢牢笼罩着这片东方

---

① [美]严歌苓:《〈赴宴者〉的美国梦》,http://culture.china.com/reading/review/11170641/20150609/19809921.html。

② 周宁:《龙的幻象》,北京:学苑出版社2004年版,第321页。

土地，这是与这片土地无法割断情感联系的严歌苓深为焦虑的，也是她想和她的读者一起分析探究的。得益于非母语的英语情境，严歌苓的情感暂时得以与她熟悉的世界疏离，从而有可能更理性地逼视当下社会，并直截了当地揭橥荒诞现实中人性的扭曲和压抑。

二、发现一个“带些美国式粗狂、调侃的严歌苓”

有学者认为：“对一个作家来说，当她开始使用新的语言写作时，世界如同重获新生。然而最壮观的重生是作家她自己。因为这是一项完全的自我重构工程，其间没有一块石头不被翻转，所有的一切焕然一新。”①或许这种说法有点极端化，对一些早已成名后来才改用非母语写作的作家可能不一定合适，例如中国现代作家林语堂、张爱玲，他们的英语作品，不管是《京华烟云》(*Moment in Pekin*)，还是《色戒》(*The Spy-ring*)，至少在题材和格调上与他们早年的中文作品说不上有多少明显的差别。然而，对严歌苓来说，用英语写作确实使她仿佛新生。

无论从哪个角度看，《赴宴者》都是严歌苓对之前固有写作模式的一种超越。非母语写作，赋予了严歌苓更广阔的表达空间，她不必耗力于相顾左右，而能直白泼辣地讽刺披露。这一潜力的发掘，可能让习惯了严歌苓《扶桑》之类传奇性故事的中文读者感到陌生甚至失望，但严歌苓却为此自得。她觉得《赴宴者》的写作让她“发现了自己还是有潜能的”，“发现了一个带些美国式粗狂、调侃的严歌苓”。②《赴宴者》尽管仍然延续了严歌苓一以贯之的对人性的体认，但这个署名 Geling Yan 的英语小说作者对生活真相的无情揭示、对中国文化传统的大胆反思，其真诚和果敢，显然不是那个中文作家严歌苓可比拟的。

严歌苓在谈到自己中英文写作的区别时说：“汉语是你的母语，用它写作，你必然

① ［美］科斯提卡 · 布拉达坦：《在第二语言中重生》，笔者译，《纽约时报》2013 年 8 月 4 日。(Costica Bradatan, “Born again in a second language”, *The New York Times*, August 4th, 2013.)

② ［美］严歌苓：《赴宴者 · 后记》，《赴宴者》，郭强生译，西安：陕西师范大学出版社 2009 年版，第 284 页。

要在脑子里经历一个政治审查、道德审查的自我暗示过程。而用英文,你不会这样自我审查,因为它不在你的文化拘束的范围之内,你面对的是解放以后的自我,也就不会有任何心理暗示上的束缚。"①严歌苓将写作的不自由归咎于作家内心的自我审查,这当然反映了她作为职业作家的清明理智,而她在中文语境下没有说出口的,却在英语《赴宴者》中予以指摘。《赴宴者》成为严歌苓难得的卸下负担,以一种解放的姿态书写当下中国的一部作品。

《赴宴者》的"暴露"显得不遗余力,在暴露过程中,作者试图探究社会问题的根源。譬如小说特别描写了一个傲慢骄奢的年轻男子,他的第一次现身在病房。小说写他趾高气扬地按下医院护理室紧急呼叫钮,轻捷的脚步声立刻传来,脚步尚未到门口,他喊道:"不必进来了,这里没人要死。给我送一罐果汁来,要现榨的。"②他颐指气使的底气全部来自他当官的父亲。严歌苓对这群人的鄙夷不言而喻。

小说主人公董丹是依靠假扮记者才混迹于各大酒店宴会混吃混喝的,因此,《赴宴者》对中国记者行业的生态有较多篇幅的描摹。冒牌记者董丹居然阴差阳错地去做职业记者要做的事,去写职业记者该写的报道,他一再被刁难,多次被拒绝,种种匪夷所思之事实实在在是巨大的反讽。虽说小说中有针对一些记者昧着良心为制假售假鼓噪站台的描写,但利欲熏心、不顾一切疯狂拜金的风气在各个阶层各个领域都不少见。

英文写作时的严歌苓的另一重人格——美国式的英文人格,用她自己的话来说,是"放肆"的,"劲爆的","不知深浅的"。③当《赴宴者》回归中国语境中时,虽然严歌苓的读者感到一些陌生,但还是可以体会到她不同以往的某种活力和创造力。

当然,《赴宴者》的目标读者主要是对中国历史文化不太了解的英语读者。通常中国作家面对西方的非母语写作中,中国元素的加入几乎是不可避免的,区别只在于取

---

① 《潇湘晨报》记者:《严歌苓:我的小说更适合大导演来拍》,《潇湘晨报》2009 年 7 月 2 日。

② Geling Yan, *The Banquet Bug*, New York: Hyperion East, 2006, p.70.

③ 严歌苓在 2014 年 7 月接受腾讯网记者采访时说:"作为我这个人来讲,我老说我有人格分裂,有两个人格,一个是英文的一个是中文的,英文就是我容易讲话有点放肆,有点开玩笑开得比较劲爆,因为我不知深浅,只是美国人那么说,我也就学过来了。"参见李旭光、王宏:《严歌苓:中英文写作就像人格分裂》,http://www.artsbj.com/Html/interview/wyft/zj/1294639.html。

舍和处理的巧拙。《赴宴者》既然讲述的是与宴会相关的故事,那么严歌苓围绕“美食”这一典型的中国文化符号去渲染,则显得十分自然。她毫不吝惜地花大量笔墨耐心展示中国饮食文化的博大精深,却并非单纯展现美食,而是别有所指:中国厨师的匠心独运令人眼花缭乱,而席上的往来交易则更让人眼界大开。

宴席上的吃,从来不只是单纯的吃。中国的饮食文化,的确彰显了国人对美食艺术的精通和智慧,但“饭桌文化”却使纯粹的食物被赋予了太多功利目的,它们“被拿来作为暗箱的台面,台面上美食的价格、规格、刁钻程度,决定暗箱内交易的成功率”①。人性的贪婪与病态,在饭桌上展露无遗,而赴宴的食客们饕餮无节制的吃相,无疑符合“只沉溺于口腹之欲的人是最低等的动物”(A people that only indulges in oral pleasures is the lowest kind.)②这一评价。借助美食,作家对人性进行了剖析,也使小说对社会的反思更加具有力度。

除却美食,还有不少文化符号缀饰在小说中:北京胡同里到处都是卖东西的小摊,货品应有尽有,从炒栗子到烤羊肉、烤红薯到鞋帽衣袜发饰,中国民间摊市文化的热闹气息迎面扑来,令读者有身临其境之感;画家陈洋的画室里,桌面上搁了几卷纸,瓶瓶罐罐的颜料,以及插着大大小小毛笔的笔筒;还有老十和董丹就餐时的茶艺表演,名为“牡丹亭”的酒店,卖唐代陶俑陶马的古董店,甚至连厕所都建造得如同中国古代宫殿……这些看似无心却有意的中国元素点缀,既有利于引起西方读者的阅读兴趣,也使本来虚构的世界多了烟火气,实实虚虚中增强了小说的现实感。

较之严歌苓那些极尽委婉细腻、左顾右盼式的中文创作,《赴宴者》如同出于另一人之手。它是那样直截了当,酣畅淋漓。直奔目的式的叙述,加上黑色幽默手法的运用,让读者屡屡会心发笑后,又不由得陷入思考。在《赴宴者》里,严歌苓以叙述者的口吻点评,“吃酒宴是一件严肃而有压力的工作,需要良好的职业道德,还要有勤奋、勇气等素质”③。这一调侃立马使董丹的形象变得立体起来,透出了小人物骨子里的可悲

① [美]严歌苓:《〈赴宴者〉:社会的荒诞西洋镜》,《齐鲁周刊》2015年第6期。

② Geling Yan, *The Banquet Bug*, New York: Hyperion East, 2006, p.18.

③ Geling Yan, *The Banquet Bug*, New York: Hyperion East, 2006, pp.8—9.

可怜。作者叙述在宴会上发表演讲的年轻女画家成为众人追捧的对象,很多人要签名并与之合影,董丹心想他是不是也该加入记者们的行列,用他没有底片的相机对那女孩按几下快门。此时,画家陈洋开口了,他说他越来越喜欢董丹了。“你眼光不错啊”,“对这种东西,你的审美趣味无法容忍”①。一句话诙谐地表现出老画家被后辈抢走风头时的失落。董丹误打正着的迟疑,开启了他与陈洋二人间的忘年交,同时也披露了画家的自负自私和自以为是。这一老一少最初的相处方式注定了他们最后的关系结局:在得知董丹越陷越深乃至锒铛入狱时,老画家的态度必定是:顶多一声叹息而已,最终还是忙顾自保,不会对曾鞍前马后照顾他的“小老乡”施以援手。与陈洋交流过程中,董丹听不懂陈大师说什么,但却总是频频点头,把耳朵凑向老艺术家。陈洋问他喜欢画作的哪里,董丹装着附和欣赏的样子:“眯起眼睛,紧闭嘴角,往前跨两步,再往后退几步。人们看画儿不就是该这样吗?”②可悲的小人物也有油滑世故的一面,几笔素描,董丹的形象立马栩栩如生。在小说另一处,房地产商吴总明示交易,要董丹写一篇宣传楼盘的稿子并发表以换取楼房,董丹在经过艰难的思想挣扎后,选择了拒绝。作者写他原本想一拍桌子走人,但因为错估了椅子和桌子之间的距离,一下又栽回了位子上。他十分尴尬地再次爬起来,一双腿却被厚重的椅子卡着,无法完全站直。这一系列动词的运用,极具画面感,董丹的窘迫和欲立志气而不得即一览无余。底层人对无奈又有缺陷的人生,惯于选择一笑置之的态度待之,明明步步陷入困境,却又勉强让生活展现似乎可掌控的一面,严歌苓精准地把握了人物的性格,在嘲讽调侃时,交织进她的悲悯与同情。

故事包裹在全新的西方话语实践中,共同构建成了《赴宴者》。为了帮助目标读者理解,严歌苓将一些关键词采用归化的方法来表述。例如,董丹的身份是“下岗工人”,小说中用“预备工人”(reserve workers)来替代;工厂发不出工资只好打“白条”,严歌苓以“工资配给券”(salary coupons)来表述;而出入于宴会帮采访对象宣传,形同于有偿报道,所以记者都能拿到一笔“车马费”,严歌苓用“辛苦费”或“烦劳金”(money for

---

① Geling Yan, *The Banquet Bug*, New York: Hyperion East, 2006, p.13.

② Geling Yan, *The Banquet Bug*, New York: Hyperion East, 2006, p.10.

your trouble)来表述。虽然这种归化式的文化转译不可能百分百准确,但就小说而言,已经相当到位。此外,小说虽选取中国当代题材,但独特叙述视角的运用、段落式对话呈现以及直接、间接引语前后并立等,都不乏西方小说叙述技巧的特点。

小说主要采用了全能视角与人物有限视角交替的叙述方式,文本甫始即交代:"现在你知道我们在哪儿了:在董丹的宿舍里"①,用全能视角展开故事,进行不紧不慢的细致描述,而情节发展过程中,作者又不时将视角还给人物,董丹的所闻所见及心理活动均从他的角度阐述,整篇小说叙事视角的来回跳跃,腾挪转换,使叙事充满了张力,耐人回味。同时,小说中出现大量直接段落式的对话,说话人的身份全凭读者判断,这可以巧妙地还原对话场景,使读者产生在场感。如董丹与高兴见面,高兴要求董丹提供画家陈洋的电话时二人的对话:

"看,我真的跟他不熟。"

"得了吧,一看你们就很熟。"

"我连他的画都看不懂……"

"谁看得懂?"

"我的意思是……"

"你的意思是告诉我保护他的隐私是你的责任? 所以我想你不是骗子。"②

这种省略传统对话中以"说"引起的方式和人称代词,而直接以段落化呈现,使文本与读者之间的距离拉近,是常规的英文写作手段。小说中也大量使用直接引语和间接引语,一前一后,形成强烈的对比讽刺效果。如董丹与复制自己创意、真实身份为厕所看守的另一只"宴会虫"——矬子的对话:

"你的名字,我有点儿熟。"

"是吗?"哼,当真?

"我想我们在哪儿见过一两次。"

你这个撒谎的混蛋。"您记性真好。"

---

① Geling Yan, *The Banquet Bug*, New York: Hyperion East, 2006, p.1.

② Geling Yan, *The Banquet Bug*, New York: Hyperion East, 2006, p.29.

“我们干这行的全凭记性好。”①

各自心怀鬼胎的两个人互相试探，却又不能直接戳穿。明明该有同为“宴会虫”的惺惺相惜，可董丹深陷在自己名片创意被剽窃、“知识产权被盗用”的愤怒中，根本无视对方的示好。但他努力克制的语言，仍表现出了“情报人员”般的警觉和理性。再譬如小说写到在制药公司主办的宴会上，公关主任误认为董丹是医疗单位的专业人士，用红包贿赂董丹以推销假劣产品：

“所以我们一言为定了，对吗？”

“当然。”这里头是什么？一沓新钞票？总共有多少？

“一点小意思。”他把牛皮纸袋塞进董丹手里，还有一张签满了名字的纸。“劳驾签一下收据，名字签这儿，医院名写这儿。”

……

“多谢了。”（董丹）他手指掂量着纸袋的分量，有一千，两千？②

董丹将有昧良知的车马费拿得越来越心安理得，对所伪装扮演的角色也表演得越来越游刃有余，自然也就在歧路上越走越远。违心的直接引语和真实内心想法的间接引语，两种话语模式交替出现，强化了小说的幽默感，也将对话人物的言不由衷和各自算计表现得淋漓尽致。

另外，严歌苓好莱坞式的叙事惯性也比较适合英文读者的口味。20 世纪 90 年代经小说改编的《少女小渔》与《天浴》，在美国荣获不少奖项，严歌苓也因此于 2002 年获得好莱坞编剧身份。她的作品在中国大陆屡屡被改编搬上荧屏，也与其作品中固有的影视化特质密不可分：紧凑离奇的故事情节，强烈可视的画面感，叙事时间及视角的来回切换，是严歌苓作品的共同特性。《赴宴者》也不例外，一个底层平民，本挣扎在生存的最底线，却机遇天降，在不属于自己的世界一边胆战心惊，一边努力为不义发声，试图成为每个绝望之人孤注一掷的希望。纵然兜里只有一百块钱，连件像样的赴宴行头

① Geling Yan, *The Banquet Bug*, New York: Hyperion East, 2006, pp.54—55.

② Geling Yan, *The Banquet Bug*, New York: Hyperion East, 2006, pp.183—184.

都买不起,仍慷慨地将其赠予路边卖棉花糖的老人,卑微拮据却仍怀济世豪情。他犹如过五关斩六将般阅尽人性百相,在伪作身份的谎言被戳穿之前,他是否能揭开更大的弥天谎言呢?悬念迭生中,故事情节就这样层层推进着,直到终局来临。作者的编剧身份和对影视技巧有意无意的应用,使《赴宴者》颇具好莱坞电影性质,也就很容易受到一般有观影习惯的读者喜爱。

三、"一生中最后一次跟自己过不去"

《赴宴者》虽说是严歌苓为英语读者而写,但人类的情感是相同的,置身于不同文化的读者,只要用心品味,就不难领略作家的良苦用心:人类面临美食,以享用的名义挥霍,又以冠冕堂皇的幌子粉饰、鼓吹,赞扬虚伪①,这怎能不发人深省?现代社会怪相丛生,底层人对美好生活的向往,就如董丹夫妻精心呵护多年的纪念品上镶的金色商标,最终证实不过是劣质塑料,终是浮云梦一场。小说自始至终,冷嘲热讽里沁着苍凉的悲哀。

作者描写了董丹一次夜乘地铁的情形:

> 他心事重重,随着一只寻找出口的鸽子进了地铁。鸽子闯进隧道,在不确定的黑暗中消失了,一会儿它又穿过月台飞出隧道,身上沾满黑灰,比之前更绝望、恐惧。它的翅膀失去了平衡和精确,疯狂地拍打着,响起巨大的回声。董丹看着,感觉如同鸽子。对一只鸽子来说,这恐怕是最恐怖的梦魇了。好像是一个冲不破的魔咒,重复着同样的路径,不停地在一个黑暗神秘的轨道上循环。它越是想要逃脱,结果陷得越深。它再一次冲向隧道,身子歪斜着。它将继续飞,直到精疲力尽、坠地而亡。②

这是董丹命运的寓言,也是无数像董丹那样陷于困境无法挣脱的个体的人生写照。他们穷尽一生与残酷荒诞的命运博弈,至死方休。这种超越了种族与国家的人性

---

① [美]严歌苓:《〈赴宴者〉:社会的荒诞西洋镜》,《齐鲁周刊》2015 年第 6 期。

② Geling Yan, *The Banquet Bug*, New York: Hyperion East, 2006, pp.248—249.

关怀，延承了严歌苓一贯对于人性的悲悯，也是严歌苓作品为中外读者所共同接受的根基。

《赴宴者》确实不乏可圈可点之处，但对较真的读者来说，他们也许还有着诸多的不满足。粗粗浏览，小说自然给人熙熙攘攘热闹不已的感觉，但只要细读，也会引起其中多处经不住推敲的疑惑。英语写作激发了严歌苓粗狂调侃的个性发挥，却同时也使她失去了中文写作时精雕细琢的生动自如。而更重要的是，多年海外生活，已经或多或少使她对中国现状产生了隔膜。严歌苓自称从 2004 年开始写中国故事，主要根据对“90 年代之前中国的记忆”①，而这 15 年间中国的变化可谓日新月异，固有的记忆和经验显然无法对应于中国的现实。严歌苓对中国国情和当下中国人的内心不能充分精准的把握，使《赴宴者》在文本层面出现诸多大小不一的漏洞和缺失。严歌苓自己尽管对《赴宴者》在英语世界的成功沾沾自喜，但对《赴宴者》本身的问题，以及自己是否该不该继续英语创作，其实是心知肚明的。

在对主人公董丹这一形象的刻画上，小说失真处不难见出。按照作者交代，董丹作为底层下岗职工，文化水平连给父母写封像样的信都不够，还得查字典才行。严歌苓甚至具体描写了他最初写字作文的窘境：董丹对画家陈洋大闹孔雀宴有感，欲尝试写篇文章，他握铅笔握得那么紧，一笔一画都像用刀往木头上刻，以至于小梅觉得笔芯随时会被折断。他咬了一阵铅笔头转身问妻子：“这羽毛的‘羽’字怎么写’？”②可是，在此之后，严歌苓在没有过程铺叙的情况下，生生让他变身为混迹各大宴会一年之久、且瞒过了身边精明世故的自由撰稿人高兴、知名画家陈洋等人的一个记者。小说也提到高兴至少见过董丹伪造的不少于两个的假名，并由她之口告知董丹近期“宴会虫”层出不穷以推进故事情节发展，却从不触及高兴对董丹记者身份的疑惑，反而让高兴称赞其错字满篇的文章“角度新颖，出于孩子般不带成见的眼睛”③，这样的叙述实在难以具备说服力。小说记叙董丹认识了老十，迅速坠入热恋，刚刚才光明正大丝毫不遮

① ［美］严歌苓：《严歌苓谈文学创作》，《世界文学评论》2012 年第 2 期。

② Geling Yan, *The Banquet Bug*, New York: Hyperion East, 2006, p.19.

③ Geling Yan, *The Banquet Bug*, New York: Hyperion East, 2006, p.35.

掩地与老十压马路谈恋爱,回家后和妻子小梅又照旧打闹起腻,毫无愧疚地享受小梅的崇拜和疼爱。这个脚踩两只船的董丹,与严歌苓之前花费大量笔墨铺陈的憨厚忠诚的农村出身的青年形象显然不符。纵然时代渐趋开放,但一个爱恋妻子、视其如命的丈夫,在情感背叛之后,面对相濡以沫的妻子小梅,只觉得这世上只有跟小梅他才会这么犯傻,而跟老十在一起,他是一个记者,一个救星,居然丝毫无愧疚和悔意,这已经逾越出了人物性格发展的正常逻辑。

此外,小说还写了一次宴会中董丹的表现。他一改平素的小心收敛,在签到处热心参与各种话题,虽然小说中提到董丹对农民的了解并非来自乡村研究,而是来自家乡父母,但且不论一个文化程度不高的下岗工人能否讲得出这番犀利的时政言论,一个以混吃混喝、拿车马费为主要目的的"宴会虫"在宴会上躲匿怕都唯恐不及,怎会如此大出风头、惹火烧身呢?斯温认为,"作者之便"即"借小说人物之口与视角,代替作者发表长篇大论"①,但如果作者不加节制且不借助于适当的艺术处理方式,而是直接借人物之口阐释,不仅容易挤占故事和人物本有的表达空间,使情节失实、人物失真,也无法有效地传递作者的意图。其实,作品中不时跳出"言论正生"是严歌苓创作的一个显性弊端,在后来的《老师好美》、《床畔》等中文小说中也不鲜见,只是《赴宴者》实在过于明显了。

至于其他一些人物形象的描绘,严歌苓也似乎显得有些漫不经心。老十是一家提供特殊服务的足底按摩店的按摩女,严歌苓对老十这一人物形象的处理,似乎只为呈现社会灰色地带这一目标服务。而这样的粗陋并非孤例。白家村上京举报村官为非作歹的刘大叔,摇身一变为跑龙套的"京漂",以装死尸、卖血为生;董丹已故师傅的妻子胡晓枫靠卖淫生活,此后不知所终……严歌苓所刻画的人物,本是散落在底层的一群普通人,彼此之间并无关联和交集,而作家借助董丹这一人物,将他们串联在了一起,但联系网的单一脆弱,消解了故事或可有的丰富性。单向平面化的罗列,更令人感觉严歌苓力求面面俱到却力不从心。作家意在最大限度地展现中国底层小人物的无

---

① [美]德怀特·V.斯温:《畅销书写作技巧》,唐奇、上官敏慧译,北京:中国人民大学出版社 2013 年版,第 139 页。

奈悲剧及社会的光怪陆离,但若没有足够的把控力,倒不如舍弃贪多求全,将精力放置在细琢上面。

严歌苓曾言:“我醉心于虚构,通过虚构写作,所有故事和情节以及细节都不再是他们本身,而是经过叙事者性情化的处理和诠释。在虚构写作中,叙事者有无限的诠释权,我喜欢这个权力。”①然而,叙事者诠释权的行使,必须建立在合理的逻辑基础之上。如若脱离了常识与正常逻辑,精心搭建的虚构框架,就有可能陷入过度传奇化的窠臼,随时有塌陷的危险。在《赴宴者》中,董丹说:“在我们村里,孩子们都吃槐花面儿饼,跟过年似的,所有的树皮都给剥光了。”②作家的本意,或在于为董丹辩解——他即使当“宴会虫”,也理直气壮,因为只有他才是那个真正懂得珍惜食物的赴宴者。但小说的背景设定为 2000 年,董丹讲述剥光树皮充饥的饥饿乡村的故事,即便是属于他童年的往事,按董丹 34 岁的年龄推算,恐怕还是有点离谱,这就像哈金在他的英文小说《等待》里写 20 世纪 70 年代军医孔林的妻子淑玉缠脚一样难逃诟病③。一般的英文读者或许因为国度与文化的间隔,不会产生跳脱感,然而任何一个对中国历史有些常识的读者,都会明白此处与生活真实的距离。虽然艺术真实并不等同于生活真实,但艺术真实也需要符合生活逻辑。细节的不可信几乎属于“硬伤”,足以摧毁读者对文本的信任感。如斯温所言:“读者像需要兴趣一样需要逻辑。如果你故事中的人物行为毫无道理或原因,常识就会粉碎你试图创造的幻想。”④

《赴宴者》的硬伤在于人物形象的粗糙和细节的失真,类似问题并非仅存在于严歌苓英文创作中,在其中文作品中也不时出现,但用母语写作时,严歌苓细腻耐心的阐释

---

① [美]严歌苓、木叶:《故事多发的年代》,《上海文化》2015 年第 1 期。

② Geling Yan, *The Banquet Bug*, New York: Hyperion East, 2006, p.268.

③ 刘绍铭认为,“哈金的《等待》(*Waiting*),背景明明是解放后的中国,可是主角在 1962 年定亲的女子竟然是个缠足的村姑,不时还结上绑带(puttees)。缠足这种野蛮行为,1915 年就被明令禁止。想不到隔了半个多世纪,三寸金莲还有残余价值,成为奇巧淫技的图腾,chinoiserie 之为用,可见一斑”。刘绍铭主要针砭的是 80 年代以后面向西方世界的一些中国书写的弊病,“为了迎合市场,不惜采取近于‘奇技淫巧’的夸张手法”,他将写缠脚这种“时代倒置的谬误”归为一种新的“中国风”。(参见[美]刘绍铭:《穿 T-shirt 的母亲》,《一炉烟火》,南京:江苏教育出版社 2006 年版。)

④ [美]德怀特 · V.斯温:《畅销书写作技巧》,唐奇、上官敏慧译,北京:中国人民大学出版社 2013 年版,第 85 页。

往往能够有效地弥补逻辑层面的缺陷。而在《赴宴者》中,许是语言环境的转换,许是才力所限,严歌苓对英文失去了驾轻就熟的把控力,因而一些地方显得粗粝草率。

严歌苓在一次与武汉大学师生进行互动的讲座中曾谈及:“现在我干不起蠢事了,再干了蠢事就来不及挽救了。连自己要写什么东西都得好好斟酌一下,如果写一个特别不怎么样的东西,就会失掉一群读者,就会患得患失。”①若以反响相论,《赴宴者》并非“特别不怎么样的东西”,她甚至为此获得了一大批英文读者。但是,2005 年写过《赴宴者》之后,严歌苓再无英文新作。

追溯到严歌苓创作《赴宴者》的初衷,她曾说写它是“为了实现最后一部分的‘美国梦’,能用英文小说挣生计”②。在写完《扶桑》后,她曾有过之后用中文和英文双语写小说的打算,因为觉得英语的许多字词很有想象力,但真的付之于实践,她确确实实感觉到了心有余力不足的遗憾。由此可见,选择写《赴宴者》在相当程度上,是作者对自己多年英文学习的一个交代。《赴宴者》既出,则夙愿已了,不必再为难自己。于她而言,英语写作还是存在困难,并非自己所擅长,其间的得与失,严歌苓自有清醒认知。

《赴宴者》的素材源自社会新闻,而就《赴宴者》本身而言,严歌苓对新闻事件的运用并非应付裕如。想要保持差不多每年推出一部作品的高产,将目光投向了社会新闻事件是一条捷径,但也有可能陷入泥淖。虽然以新闻为素材而成就的经典作品不在少数,如法国司汤达写《红与黑》,他的灵感来自报纸所报道的情杀事件,葡萄牙的若泽·萨拉马戈写《修道院纪事》,其故事原型亦来源于修建玛弗拉修道院时劳民伤财的事实。除了能提供某种真实感外,社会新闻事件的传奇性和非日常化也为文学作品书写提供广袤的空间。可如果作家受制于“实”,可能反而弄巧成拙。如同严歌苓自己所叹息的,自己“已深深被别国文化所感染和离间”,“即使回到祖国,回到母体文化中,也是迁移之后的又一次迁移,也是形归神莫属了”。③《赴宴者》的故事主架只是一则访谈节目,而文本完成,是严歌苓随外交官丈夫旅居非洲期间。停留在 20 世纪 90 年代之前

① [美]严歌苓:《严歌苓谈文学创作》,《世界文学评论》2012 年第 10 期。

② [美]严歌苓:《社会的荒诞西洋镜》,《齐鲁周刊》2015 年第 6 期。

③ [美]严歌苓:《错位归属——写在〈花儿与少年〉之后》,北京:昆仑出版社 2004 年版,第 194—195 页。

的母国记忆，使作者在把控中国当下生活的分寸感会出现一些偏差。架空式的叙事和过于放任的虚构，使《赴宴者》的文本出现用力过猛的迹象。而僵硬、肤泛、碎片化、随意拼接，缺乏纵深的探究，这些也都是《赴宴者》回归中国语境后令中文读者颇感失望的地方。

与张爱玲相似的是，虽然尝试过英文写作，但中文仍然是严歌苓更为得心应手的书写工具，也是赢得更多读者的文学媒介。张爱玲自抵达美国就产生用英文写作挣生计的念想，结果并未如她所愿，最终还是回转到中文创作。较之张爱玲，写作《赴宴者》时，严歌苓没有经济上的压力，用她自己的话来说，“用英文写作也许是我一生中最后一次跟自己过不去”①，这句话里含有一种自我挑战意味，却也含有认赌服输的清醒和理性。《赴宴者》出版后，英语世界的反响热烈，但严歌苓及时收手，这不能不归之于她对自我英文实力的明智判断。“跟自己过不去就是硬去做某件事，或有些吃力地去做。一个英文句子要在电脑上反复写三四遍，还说不准哪一句最好，这就证明我不再像写中文那样游刃有余了。换句话说，就是力不从心。”②其实，任何一个作家改用非母语写作都不可能像用母语那样“游刃有余”。严歌苓一再地拿自己的中英文能力做比较，即意味着她对成为一个非母语作家其实是缺乏足够心理准备的。她不知道，以一种语言去从事写作，就是在这门语言里扎根，“如果作家因为任何原因而不得不改变语言，那这种经历简直有致命的危险。你不仅凡事都得从头开始，而且还不得不取消自出生后就几乎一直在做的事。改变语言不适于懦弱的人，也不适合没耐心的人”③。严歌苓当然不是懦弱的人，但起码不是对英语写作有持久热情的人。与重回母语的怀抱有关，严歌苓从来都和中文世界保持着更为密切的关系。与同样在美国却始终坚持英文创作的哈金不同，严歌苓没有任何要与故国保持距离的念头，无论如何，中文读者的认可才是她最期待和最重视的。

---

①② 严歌苓：《赴宴者・后记》，《赴宴者》，郭强生译，西安：陕西师范大学出版社 2009 年版，第 284 页。

③ ［美］科斯提卡・布拉达坦：《在第二语言中重生》，笔者译，《纽约时报》2013 年 8 月 4 日。（Costica Bradatan, “Born again in a second language”, *The New York Times*, August 4th, 2013.）

《赴宴者》中董丹的妻子小梅说："每个人走路要么向左要么向右倾斜着。"[1]这或许可以用在严歌苓近期的写作尝试上。既然不可能永远走直道，那么，无论英文写作还是中文写作，步子放缓一点，落地踏实一点，不急于求成，更从容而谨慎地揭示现实和历史的真实，在更深刻的意义上表达自己对真实生活的理解，这应该是严歌苓可以做到的。

① Geling Yan, *The Banquet Bug*, New York: Hyperion East, 2006, p.171.

殖民强权话语下的文学抉择：日本殖民统治时期台湾作家的日语创作

马泰祥

台湾地域文学一直是中国文学整体中不可分割又别具特质的一个部分，实如黄万华所指出的那样，在台湾文学的发展历程中，"台湾文学同大陆、香港文学一样，经历了从古典性向现代性的根本性转换，而这种转换发生在从被殖民到民主化的复杂历史进程中，它既源自中华民族的文化传统，又形成了自身的文学传统；既与祖国大陆、香港、海外华人文学一起共同展开了中华民族新文学的历史进程，又与它们（尤其是祖国大陆文学）有着汲取、'反哺'、接纳、互动等多种联系；既有自身主体性建构的丰富实践，又有身处中华、面向世界的骄人成就"①。

因此，台湾文学所具有的区域特性必须加以注意。其中，台湾文学最引人瞩目的特质即在于其文学创作语言的多元化。台湾现代文学自诞生前后，其语言的载体即至少包括以下诸项：传统文言文、汉语台湾方言文（如闽南语、客语等）、汉语白话文以及日文。如果说汉语的文言文、白话文以及方言创作间的"新旧替换"（白话文取代文言文）抑或"交融互渗"（方言书写对于白话文的渗入）算是中国新文学草创阶段各个地域

① 黄万华：《多源多流：双甲子台湾文学（史）》，广州：花城出版社 2014 年版，第 1 页。

文学都共同具有的现实情况的话，那么台湾文学场域中的“外来语”——日语也构成这纷繁复杂的语言载体版图中的一元，则是台湾现代文学中最为引人瞩目的一个特质。作为台湾现代文学中的起始阶段，日本殖民统治时期台湾的日语文学创作也因此有了进一步讨论的必要。更何况当我们将目光投向中国现当代作家外语创作这一问题时，日本殖民统治时期台湾作家的日语创作经验问题也就成为了一个不可忽视的议题。

本文总体框架由两大部分分组成。首先，我们将对日本殖民统治时期台湾文学场域中日语书写的具体情况进行梳理。这一部分在述析对日本殖民统治时期日语创作的具体情况基础上，对日本殖民统治时期台湾本土作家日语创作特点进行探究，从文学归属的角度确认这一部分日语创作的文化价值。其次，根据前一部分所归纳的日语创作特点，我们选择了三位台湾本土作家杨逵、翁闹及周金波重点分析讨论。三位作家的文学风格迥异、对待日语所具有的文化势能的情感认知也多有不同。但正是这些差异化的表现，向我们展示了在一个相对自足并且稳定的文学场域中，外语书写(即“日语创作”)对于这个时代的文学经验构成所具备的搭建功能：日语创作如何通过文化势能的引导而致使不同文化背景、不同世代的台湾本土作家产生颇具差异性的情感体认，在这种相对稳定的文学场域中颇具差异性的文化表现，正是日语创作经验的特有价值所在。

一、流变中的差异化：日本殖民统治时期的台湾日语文学

关于台湾文坛文学多元语言书写情况的研究，学界相关研究的侧重点多有不同。自日本殖民统治时期到“光复”以后，台湾文坛从日语转入中文，这种语言的动态转换展示出文化场域的资源重组、彰显出民族文化变迁样貌。不少研究即集中于此，有论者分析这种语言生态的形成与变化在文学制度层面的表现与影响，或者追索这些日语转向中文创作所体现出来的文化意识。也有专门就日本殖民统治时期日语创作进行厘析的，通过分析殖民时期文学的语言问题，尝试区分语言的物质层面与非物质层面，将日语创作中对于民族文化形态的包容、含纳的情况与样式加以概括。就以上研究而

言，大多将日本殖民统治时期台湾作家的日语创作当做一个整体来进行观照，着重从日语创作的思潮、表现等宏观层面出发，提取其中共通的文化质素。那么，日本殖民统治时期台湾作家日语创作是否存有前后期的变化，尤其是否存有内部差异性，同一个文学事实(用日语进行创作)背后所呈现出来的作家个性色彩是什么，或者是更值得探究的问题。

(一) 从渗入到主流："日语"与日本殖民统治时期的台湾文坛

文学语言问题一直以来都是研究台湾新文学发展状况的重要切入点。与中国大陆新文学发展中通过文学创作与译介，一直致力于尝试实现"汉语的现代化"或者"汉语的现代转化"不同，台湾新文学诞生之初在文学语言的操持、择用与探索上就呈现出多元的发展趋向。小说创作方面，谢春木 1922 年发表的、具有完整架构的小说《她要往何处去》(「彼女は何処へ」)[①]长久以来被视为台湾的第一篇新文学小说创作，原作即是以日文写成；而发表在刊物《台湾》上的小说创作，还有署名无知所撰写的汉文寓言小说《神秘的自制岛》(载《台湾》第 4 年第 3 号，1923 年)；在文学批评层面，张我军在 1924 年大力引入中国大陆"文学革命"的运动经验，铺陈胡适、陈独秀等人关于"文学革命"的意见，则显示出他尝试以较为纯正的汉语"白话文"经验来导引台湾新文学建设方向的思考；而进入 1926 年，赖和的创作成为了台湾新文学建设初期文学形态趋于圆熟的重要标志，其小说《斗闹热》以及《一杆称仔》在文学语言样态上，虽然都是以汉文写就，但是在这种汉文书写系统中，作家却渗入了大量的方言因素，使得他的小说呈现出一种较为混杂而带有台湾在地风味的语言形态。从这些文学事实中，我们可以得到的讯息包括：日本殖民统治时期台湾新文学在建设初期，文学语言的生态景观就呈现出分层化的多样发展，有主张采用纯正汉语通用语来发展新文学的张我军，有采用日文写出台湾新文学史上第一篇小说以及诗歌的谢春木，也有取用汉文但有意渗入方言因素来参与文学建设的赖和；各种文学语言主张之间的关系在台湾新文学建设初期呈

① 作品附记完成于 1922 年 5 月，刊载于《台湾》第 4 年第 3 号至第 7 号，1922 年 7 月到 10 月出版。小说译文参见钟肇政、叶石涛编：《光复前台湾文学全集》小说卷(第 1 卷)，钟肇政译，台北：远景出版公司 1979 年版。

现出各行其是的景象，文学创作者也好，文学评论家也好，大家各自提出关于新文学建设的提议以供讨论，并没有一种支配性力量在其主张背后强力运作、挤压其他主张；如果按照文学发展的自然阶段加以预期，这种多样化语言观所主导的文学创作与评论实践，会沿着自身所设计的轨道各自发展，在日语、标准汉语共通语以及带有方言因子的汉语三套文学语言生态系统中充实自我，交相呼应，共同构建日本殖民统治时期台湾文学的语言生态景观。在某种程度上，因为张我军"建设汉语白话文"文学主张的影响力以及对于台湾语言改造的思考特别具有理论深度，加之赖和等汉文作家在艺术水准上的异军突起，还可以断言在台湾新文学建设初期，以汉文来进行文学实践的主张相较于采用日语来进行创作，是占有相当优势的，似乎展现出了未来的台湾新文学发展方向，是会以汉文作为文学语言的标准系统，以此获得发展的。

但事实并未朝向如此预期的趋势发展。20 世纪 20 年代末期，台湾的日语创作就显示出了压倒中文创作的苗头。进入 30 年代以后，台湾作家的日语创作逐渐增加，汉文作家以及汉文创作早先稍占优势的场面已经不复存在。日语文学创作逐渐占据了日本殖民统治时期台湾的文坛主流。在进入 1937 年以后，汉文创作已经收缩到只保有一块通俗文艺的小小圈地，而文坛主流的执掌都由日人所领导的文学集团所把持，文学创作当然必须以日语来展开。台湾作家参与彼时主流文坛的文艺建设，同样也必须倚重日文来进行创作，文坛由此"进入清一色的日文世界"（下村作次郎语）；40 年代更因为有西川满把持的《文艺台湾》与张文环主推的《台湾文学》两份日语文艺刊物之间的颉颃竞争关系，使得 40 年代的台湾日语创作掀起新一轮高潮；而直至台湾"光复"之后，文坛中日语独尊的文学生态才发生变易。

回顾日本殖民统治时期台湾文坛主流的文学语言嬗变情况，可以看到，在表面上虽然呈现出了从新文学发轫期的中文与日文并行到进入 30 年代以后日语独尊、中文式微的文学生态，但却不能忽视在这种嬗变行进过程中，殖民权力的化身——"台湾总督府"的相关机构对文学发展的支配性作用。在不同的时代里，"台湾总督府"对台湾文学的监管、束约机构以及文艺政策也各有不同，这些行为对日本殖民统治时期台湾文学语言生态景观，有着重要的决定性作用。总体而言，"台湾总督府"在确立其统治威权的过程中,不断认识到对于文学/文化的控制权的掌控松紧度,直接关系到其治下民众的思想活跃程度。加强对文学/文化的掌控,便可将民众的思维指向、情感认同强势导入利于其殖民统治需要的方向。这种做法在进入1937年"皇民化时期"以后特别明显,"台湾总督府"通过"日本文学报国会台湾支部"以及"台湾文学奉公会"等组织运作,对文学活动进行了严苛的监视甚至直接的监管。比如,在1943年的"台湾决战文学会议"中,"台湾文学奉公会"的会长山本真平就在发言中点明"文学活动"受到殖民总督府的特别注意,是因为"文学"在殖民统治者看来,不啻另一种"克敌制胜"的法宝、"扭转乾坤"的武器。①

"文学"被视为战争动员中的一种"武器",来激励与凝聚人心,这是在战争期间将文学工具化后的极端统治与政治实践。这一事实提点我们注意到,台湾新文学在发展过程中,决不可能是在一种纯文艺的真空中自由生发。在这个时代,"文学"无法摆脱与"政治"间的那种纠葛。所以台湾新文学在发展初期,尽管在文学现象的苗头上来判断,汉文创作在一开始占有优势,但在进入20世纪30年代以后,日语就成为了文坛的通用语,殖民总督府的行政力量的支配与干预,并透过所谓"国语运动"②的普及,对台湾文学通用语状况的生成起了很大的决定作用。

因此,在进入30年代以后,台湾文坛日语成为通行语的根本原因,无法脱离日本殖民统治时期重视"推行日语"、"普及国语"这一殖民地教育核心理念支配下的教育实践。从占据台湾开始,1895年日本殖民"台湾总督府"学务部成立之初,首任部长伊泽修二就指出当下最为急要的教育事项就包括"开拓台、日思想交通之途,使台人习日语,移台日人亦习台湾语言",根本即在"推行日语成为台湾日本化的主要目标"③;在

① 「臺灣決戰文學會議の記」(《记"台湾决战文学会议"》),载《台湾文学》第4卷第1号,1943年12月,译文参见黄英哲主编:《日治时期台湾文艺评论集(杂志编)》第4册,台南:"国家"台湾文学馆筹备处2006年版,第341—342页。笔者按,黄英哲教授所主编的《日治时期台湾文艺评论集(杂志编)》共四册,收集了1921年至1945年间台湾新文学文艺刊物中日文文艺评论、文学理论的中文译文。本论文以下引用此书时,省略出版机构以及出版年份。

② 在日本殖民统治时期,台湾所谓"国语"即日语,当时的"国语运动"实际上是囊括了"日语普及"在内的一系列同化政策的综合运动。

③ 徐南号主编:《台湾教育史》,台北:师大书苑有限公司1993年版,第22页。

日本殖民统治台湾初期，民众对“日语”的学习兴趣缺缺，原因不外乎其时民众武装反抗不止、时势杌陧，客观环境使得一来日人未及将建设焦点聚集于日语普及，二来民众对日人统治的前景抱持观望态度，无意打破语言操持现状；加之此时日语对大众日常生活的影响力有限，汉文在文化场域中的交流支柱功能丝毫没有被撼动，所以民众对日语学习并不十分热衷。据台前期日人以“公学校”①为中心进行的“国语普及”，因为过于依赖募集参加者的方式、设备不周全等因素，在短期内没有能得到社会普遍接受，以至于日语推广的成效不彰。而进入1915年以后，以所谓“始政二十周年纪念”为契机，“台湾总督府”开始打破旧有的日语推广模式，尝试以民间团体为中心开展“国语普及运动”。1918年就任的“台湾总督”明石元二郎以及其继任田健治郎，都标榜“同化主义”的施政方针，因此彻底地普及日语为“国语”，成为其任期内的重要举措。1929年前后以提高台人日语能力为目的的“国语讲习所”在全台遍地开花，可以作为“国语普及”野心与意图的见证。而在进入30年代以后，“日语”在整个社会活动中扮演的角色越发吃重。1932年“总督府”制定“国语普及十年计划”，旨在从1933年开始的十年内，将台人“国语解者”的比率从1932年的12%左右一举提升至1943年的50%以上。而从统计结果来看，此计划甚至提前好几年就实现了；1937年开始的“皇民化运动”，更是让殖民统治者抓住契机推行一系列举措，彻底确保日语的独尊地位：从此年四月开始，公学校的汉文课完全废止；同时所有采用日文、汉文并用的报刊，全部废止汉文栏②。

在这样的“日语普及”的趋势下，台湾文学的发展也不能不受到语言运动的影响。台湾新文学诞生的20世纪20年代，“日语运动”虽在官方大力支持下，但其对文学的渗透力尚未发挥到最大作用，台湾作家并未全员受到“日语化”的影响，有的作家受到日语普及教育较早，甚至有留学日本的经验，其日语能力出众，故采用日语进行创作

① “公学校”为日本殖民统治下台湾学童所受文化教育之初等机构，与之相对的是仅供在台日人子弟就读的“小学校”。“1898年台湾公学校令与台湾公学校官制公布，……同年，总督府发布公学校规则，明示公学校是教育台湾学童的场所。1919年台湾教育令公布，对台湾人与在台日本人采用不同的教育系统。”参见许雪姬总策划：《台湾历史辞典》，台北：远流出版事业股份有限公司2004年版，第168页。

② 周婉窈：《海行兮的年代：日本殖民统治末期台湾史论集》，台北：允晨文化实业股份有限公司2003年版，第88页。

(如谢春木);有的作家则目睹日语运动的行进过程而心有戚戚,有意识地以汉文创作来"延续斯文"(如赖和、杨守愚)。总体说来台湾新文学在诞生初期,日语与汉语都被台湾作家按照自己的实际需要来进行择用,日语此时的优势地位尚未确立。而进入30年代,20世纪初以来的公学校教育体系培育出来的台湾文化菁英逐渐成熟,其公学校日语学习背景决定了他们日语能力远胜于汉语能力,则他们在30年代开始初登文坛时,"日语创作"几乎就成为了他们在文学建设上的最佳选择。审慎地估计,至少在30年代开始,"日语写作"已经确立了其在台湾文化场域内的语言优势地位,成为文坛建设时重要的一种语言要素/文化资源。那么,台湾的日语作家群体如何接受、应对这种日语支配下的文化情势,并由此产生了怎样的文化心态,这一问题也颇值得注意。

(二) 差异化呈现:日本殖民统治时期台湾作家日语创作的特质

日语这种殖民外来语,裹胁着殖民强权话语的大力支持,并通过所谓"国语运动"的殖民运作,以及日本殖民统治时期殖民文化教育体系的毛细管作用般的点滴渗透,终于在日本殖民统治时期中后期成为了文坛的主流乃至唯一用语,并塑造了日本殖民统治时期台湾作家用日语进行文学创作的生态景观。这是殖民统治下台湾作家无可奈何的现实际遇。但对于这种必须使用日语的现实际遇,不同世代、不同教育背景的台湾作家却有着颇具差异化的情感体认,成为了讨论日本殖民统治时期台湾作家日语创作时最值得分析的现象。因此,对"差异化表现"的具体厘析可作为我们分析日本殖民统治时期台湾作家日语创作时候的一个理论视角。

1. 语言能力水准的差异性

日本殖民统治时期台湾作家的日语创作并不是一个研究的盲点,但却存有不少误区。其中比较代表性的是德国汉学家顾彬的观点。在他看来,"台湾省由于被日本占领(1895—1945),所以和大陆的发展——尤其是五四运动和共产主义革命——基本脱节。日本人在战争期间的殖民政策更是加剧了这一割裂:作家只能用日文写作和出版。因此,如今在一些台湾文学史间或提到的作品,至多就是以台湾的风土人情为主题而已,却穿着纯粹的日语外衣。它们应该算作日本文学史,而不是中国文学史的一部分"①。这

① [德]顾彬:《二十世纪中国文学史》,范劲等译,上海:华东师范大学出版社2008年版,第235页。

一论述有不少失实之处,比如台湾新文学与“五四”新文化运动之间的关系问题,日本殖民统治时期台湾作家是不是完全只能用日语创作问题等,展示出论者对于本议题的粗疏与轻慢、外行。其中,论者最让人感到困惑的观点莫过于在研判日本殖民统治时期台湾作家日语创作时,将这一部分的创作从“中国文学史”中取消,而并入“日本文学史”当中。这一观点显然不啻日本殖民统治时期岛田谨二“外地文学论”的隔代重兴,展示出来研究者对台湾文学史历史动态把握的乏力。

顾彬将日本殖民统治时期台湾作家的日语创作“并入”日本文学史的唯一根据就只是作家“用日文创作”、文学作品“穿着纯粹的日语外衣”。这一观点显然属于一种文学归属区分上的“属文主义”,即将文学语言视为文学归属的唯一标准。按照顾彬的分析逻辑,因为日本殖民统治时期台湾作家都采用了日语创作,加之这时候的台湾是日本殖民统治下的一个特殊区域,那么台湾作家的日语创作跟日本本土文学区别就不大,至多“以台湾的风土人情为主题而已”。但在事实上顾彬立论的一个根本即发生了失误:日本殖民统治时期台湾本土作家的日语文学表现水平与能力,与日本本土作家之间有着巨大的差异性;正是这种语言能力水准上的差异性,展示出日本殖民统治时期台湾日语文坛与殖民地中央文坛的那种不平等关系,以及台湾本土日语作家遭受殖民压迫的血泪事实。台湾本土作家的日语创作经验,因此构成了殖民地台湾文学史中的特殊经验,丰富了台湾文学史乃至中国文学史的文学武库。

日本殖民统治时期台湾的顶尖日语作家,在20世纪30年代以后通过参与日本本岛的“文学评奖”而博得日语文坛的青睐,被不少研究者视为其熟练掌握了殖民者语言的证据。但是通过对日本本岛文学评奖实况的分析,以及还原彼时台湾文坛的文学批评生态体系中对台湾日语作家创作语言能力的评价,则可以发现此时台湾顶尖日语作家运用日语进行文学表现的能力其实颇为可疑。包括龙瑛宗在内,以及杨逵、吕赫若、张文环等一众台湾顶尖日语作家,在台湾与日本本国的文学批评生态中能获得肯定并非因为其日语能力堪与日本内地作家媲美,恰恰相反,他们一再被评论家指摘其日语能力有缺陷。“误用敬体与敬语”、“日语台湾化”这两项台湾民众在学习、使用日语过程中常出现的毛病,在台湾顶尖日语作家的文学创作中也被一再搬演。即使对被视为台湾文化先锋、社会菁英的台湾文学家而言，他们的日语经验其实并不能被认定为绝对超拔于一般台湾民众之上，达到堪于日本“中央文坛”相提并论、平等竞争的水准。台湾日语作家的日语习得，与一般台湾民众的日语修得方式无二，公学校中的日语教育以及“国语运动”时空氛围造就了他们的日语基本能力，再加上在这之后的赴日留学，使得其日语能力再上层楼(但仍有不少作家如龙瑛宗、吕赫若在文学青年时代并未有日本留学经验)。总体而言，他们的日语水平高出一般民众，但他们的日语语言能力的“高度”只是在全体台湾人的“比较空间”里拔尖的，一旦将他们的日语创作纳入同日本母语作家的“比较空间”里，他们的创作往往被日本本土作家找出各种各样的“语言伤痕”。在分析台湾日语作家的创作时，不能不考虑到他们日语语言能力的实际情况。当下再来研判“殖民者语言在殖民地成为文学创作语”这一问题时，必须坦陈殖民地作家的“文学创作语”语言能力确有不足，并且还需要深入分析这种不足背后所蕴含的潜在问题：这种文学语言的偏移、差异，在“台湾文学”本位的研讨范畴内，究竟有什么意义。

首先，台湾作家日语能力的实况毫无疑问地展示出了 20 世纪 30 年代以来台湾所谓“国语运动”的真实普及情况。“台湾总督府”以台湾子弟为日语教学对象的“公学校”的设立，使得自 1905 年至 1930 年间的台湾学生，就学于“公学校”者逐年增加，辅以遍布全岛的“国语讲习所”等日语普及机关，开始大力倡导日语普及运动。根据总督府的统计，在 1930 年代以后整个台湾社会的“日语理解者”比率，从 1905 年的不足 0.38%一跃升至 1931 年的 20.4%。这个比率到了 1941 年，更是到达了 57%之高。①其数据的亮眼，让殖民统治者都惊喜不已，认为已经提前实现了日语普及的既定目标。但是，“日语理解者”比率的提升，是不是就意味着“日语普及”的目的达到了呢？此阶段台湾民众实际的日语语言能力究竟如何？文坛的组成分子——日本殖民统治时期台湾作家整体较之一般百姓而言，应属社会菁英，他们在教育水准、文化修养上显然更胜一筹，其日语能力也应该是突出于一般基准的。从他们的日语表现的实况入手，可

① [日]藤井省三：《台湾文学这一百年》，张季琳译，台北：麦田出版 2004 年版，第 45—46 页。

以一窥殖民地台湾“日语普及”的真实情况以及作用效果。与“国语运动”铺天盖地的推行相呼应,台湾作家被动员多多采用甚至仅仅采用日语来进行创作。日人别所孝二在 1935 年的文学刊物《台湾新文学》中就呼吁:“……我想谈一下关于用语的问题,我认为应该统一使用‘国语’,大家对这一点似乎还是意见纷纭,不过,我认为,目前正值台湾统治者打算彻底普及国语,也许将来会对本岛人子弟实施义务教育之际;尤其是处在现在从公学校毕业之后,国语的读写能力比汉文有用的现状之中,作品的用语一律采用国语,是绝对不能犹豫不决的事”①;在某种程度上,被驱使着赶紧使用日语创作的台湾作家的日语能力,应该是与整个时代的“国语普及”的实况相互印证的。在历经了多年的“苦战”,尽管殖民总督府不无欣慰地宣布 40 年代的台湾“国语解者”已经突破半数②,但这些“国语解者”的真实日语水平即便无法用客观的数据指标来衡量,但单单参考日本殖民统治时期台湾作家的日语能力实况,就可以略知一二了。

其次,台湾作家日语能力的实况还展示出殖民地宗主国“中央文坛”与殖民地地方文坛之间那种不平等的文学交往关系。在文学评论层面,殖民地母国文坛在鉴赏殖民地作家创作时,流露出强烈却颇具隐蔽性的文学沙文主义。如前所述,台湾作家日语文学语言能力上的不足,在日本作家眼中尽管格外触目,但台湾作家的殖民地子民身份,在日本“中央文坛”的眼中,则这些文学上的不足之处,竟然也有了特别的存在价值:“毋宁呈现这种未完成的美好”,为肯定这些“特别价值”,日本的“中央文坛”还设法降低了评鉴这些创作的文学标准:“对于殖民地的这类作品,就必须更加宽容的对待了”。在表面上看来,这可以说是对台湾日语作家“用心良苦”地变换着方式的肯定,是一种额外的“法外施恩”,但是在实际上,这一做法无疑坐实了台湾文坛身为殖民地,与日本本土“中央文坛”之间那种深刻的不平等关系。特别是在这一阶段,先于日本“中央文坛”成名的殖民地朝鲜作家张赫宙(장혁주)成为了台湾作家念兹在兹的文学偶像,

---

① 《反省与志向》,原载《台湾新文学》创刊号,1935 年 12 月,译文参见黄英哲主编:《日治时期台湾文艺评论集(杂志编)》第 1 册,第 318 页。

② 周婉窈:《海行兮的年代:日本殖民统治末期台湾史论集》,台北:允晨文化实业股份有限公司 2003 年版,第 85 页。

杨逵等作家在日本本岛文坛夺得奖项，即在台湾岛内引发轰动，被视为“我们台湾的张赫宙”诞生①，这一事实，显示出在适时台湾文学界中已经形成一种以“张赫宙”为日语创作奋进目标的特殊情结。但是台湾作家的这种“张赫宙情结”，却在无形中暗示了殖民地处境下挣扎求发展的台湾日语作家与生俱来的“低人一等”，即眼前的目标只能是同为殖民地下“次一等”的朝鲜日语作家张赫宙而非某个日本本土的母语作家，以及这种“低人一等”的进阶目标——与日本“中央文坛”平等对话的权利。

最后，日本殖民统治时期台湾作家的日语创作实况，还展示出在日本殖民统治时期台湾文化场域中的文学语言大环境——“清一色的日语世界”下日语优势地位的不牢靠。过分夸大日本殖民统治时期台湾文坛“日语”的绝对支配地位，是与文学场域中的创作实情迥不相侔的。“清一色的日文世界”的说法，源自日本学者下村作次郎，他认为“到了一九三七年，台湾岛内的报章杂志被禁止刊载汉文栏，也就是被禁止使用中文，被迫进入了清一色的日文世界”②。“清一色”的提法，首先强调了日本殖民统治时期台湾后期“仅此一家”的一元文学语言生态，即且仅有“日语”一种文学语言作为文坛通用语；其次则暗示了“日语独尊”的绝对优势地位，即在日本殖民统治台湾后期的文学场域中日语创作蔚为大观、成果纷呈。的确，在日本殖民统治时期台湾文学生态体系中，自始至终“日语”都在不断在挤压中文的存续空间，并以废止 1937 年中文“报刊栏”为标志确立了自身优势。但是这种优势的地位并非绝对牢靠，更不会是全然“清一色”而无其他异质声音的“日文世界”。首先，从 1937 年废止中文“报刊栏”以后，汉文为语言载体的通俗文艺杂志《风月报》(1941 年改名《南方》)在台湾仍旧获得许可发行③，挑战了“清一色的日文世界”的说法，证实了在一个“日语”居主流的文坛中，仍有其他文化势力的存在；其次，尽管台湾的日语作家被驱使着使用日语来创作，他们用日语创作的事实被殖民者视为了台湾“日语世界”确立的标志，但是细考台湾日语作家的

① 刘捷:《台湾文学鸟瞰》,载《台湾文艺》第 1 卷第 1 号,1934 年 11 月,译文参见黄英哲主编:《日治时期台湾文艺评论集(杂志编)》第 1 册,第 115 页。

② [日]下村作次郎:《从文学读台湾》,邱振瑞译,台北:前卫出版社 1997 年版,第 11 页。

③ [日]河原功:「『風月報』復刻にあたつて」,载河原功监修:《风月・风月报・南方・南方诗集　总目录・专论・著者索引》,台北:南天书局 2001 年版。

文学语言能力，则能确定这种“日语优位性”的论述逻辑之不可靠，日本殖民统治时期台湾后期，“日语”的确是为文学语言介质中的重要一元，但它从未完全泯灭台湾人的母语意识，“日语台湾化”的中介语形态创作的出现，即证明了这一点。

2. 作家代际间的差异性

在日本殖民统治时期台湾作家群体中，“代际差异”其实是一个非常重要的问题。如果按照台湾文学史的惯常操作策略，将1920年《台湾青年》创刊号的诞生这一事件设定为日本殖民统治时期台湾新文学的起点的话，那么从20世纪20年代开始直至1945年台湾“光复”的这20多年间，我们至少可以看到前后涌现出三个作家群体：第一个是在1925年前后即已登上台湾文坛，并主要采用汉文来创作的作家如赖和、杨云萍等人，赖和因为他出色的文学创作实绩，被誉为“台湾新文学之父”；第二个群体则是在30年代以后开始用日文进行创作的新文学作家，比如杨逵、吕赫若、张文环、龙瑛宗、翁闹等；第三个群体则是在1937年左右涌现于台湾文坛的作家群体，因为这时候台湾被裹胁卷入战争局势，不少作家的创作随之发生了变化，这一阶段中最为“走红”的作家，是用日语进行创作、并以创作竭力配合“国策”的所谓“皇民作家”，如周金波等。

可以看到，日本殖民统治时期台湾的现代文坛中这三组作家群体的依次涌现、崭露头角，正对应了叶石涛在《台湾文学史纲》中关于台湾新文学的三个阶段“摇篮期”、“成熟期”、“战争期”的时序归纳。在不少研究中，日本殖民统治时期台湾作家之间的代价差异问题并未能得到相应的重视，比如在许俊雅的《日本殖民统治时期台湾小说研究》的专章讨论中，对于日本殖民统治时期台湾“小说作者之背景分析与创作主题”一节里面，较为详尽地从出身阶层、出生地、教育程度、意识形态、职业五大角度来翔实地考察了作家的情况，但却未能梳理作家群体以及群体之间的代际差异，疏为遗憾。①笔者以为，就本议题而言，如果暂时不考虑主要是采用汉文写作的第一代台湾作家，而仅仅就第一代以后的两代台湾日语作家而言，本土日语作家之间的代际差异问题，实际上向我们展示出了不同世代日语作家所受到的日本文化背景浸染的程度问题，以及

① 许俊雅：《日本殖民统治时期台湾小说研究》，台北：文史哲出版社1995年版，第319—346页。

他们在不同的时代氛围中体认日本文化与文学,并直面这种日语影响的情感投入度的问题。相同代际群体,他们所成长的社会大环境是相似的,特别是在日本殖民统治时期的台湾这个相对而言空间比较狭小的文化场域内,这就使得这一个代际的作家有了近乎相似的教育文化背景以及共享的群体性精神体验。代际之间的差异,就是这样产生的。

第二代作家基本上都是出身于1905—1910年间,他们青少年时期,正对应了1915年后“台湾总督府”逐步开始确立的“日语普及”的所谓“国语”政策,因此,日语教育一直伴随着他们青少年时期的成长;但与此同时不可忽视的是,在这一段时间内,日语教育并未完全确立起优势地位,汉文教育仍在极度受到打压的程度下发挥着功效,比如龙瑛宗在颇具自传性的“杜南远”系列小说中,曾描写过自己亲身经历的、就读的汉文书房被日本警察强行关闭以驱使台湾本土学童进入日语教育系统的实况:

> 那样的日子继续了十多天后的某一天。嘈杂的读书声中,一个蓄小胡子的日本人警察来访彭老师,他们谈了一些话,不久就离去。之后彭老师坐着,沉默了一会儿。彭老师把在念书的学童们叫在一起,说:
>
> “把书收起来回去。明天起不用来啦。”
>
> 自那以后,杜南远再也没跟台湾人老师学习汉文书。在彭家祠用台湾话念了约一半的《三字经》便和汉文诀别。不过,杜南远在青年时代念过汉诗。然而那是日本文里的汉诗。杜南远再也不能用台湾话读汉文,而必须用日文读汉文了。没有学历的杜南远,关于日本语所知不多。没有教师的杜南远,不管是汉文或是日本文,都想要努力独自摸索着来理解。
>
> 国破山河在
> 城春草木深
> 感时花溅泪
> 恨别鸟惊心
>
> 其中的“国破山河在,城春草木深”就是没有日文的媒介,杜南远还是能以台语读出来,但“感时花溅泪,恨别鸟惊心”这一层,如不借助日文,就连读和理解意

义都不可能。

> 国家破亡，但山河依然，草木繁茂，此时花儿会为那变貌溅下眼泪吧！这种往昔中国诗人的感慨，会让想起在彭家祠诀别了汉文的杜南远更加深切地感同身受。①

不得不迎向日语、接受日文教育，是日本殖民统治时期台湾本土知识分子共同的成长经验，但第二代知识分子较之于第三代，他们仍有“诀别了汉文”的深刻记忆。换言之，在他们人生经验中的学习时代，日语以及汉文都曾经以或强或弱的姿态，介入到了他们的成长时期，并雕塑了他们对于这两种不同语言所蕴含的文化势能的深刻记忆。其中，虽然汉文书房式的教育在日本殖民统治下无法再延续，以教授日语、引导台湾学童成为勤勉的“皇国臣民”为目的的公学校教育取而代之，这一代台湾本土知识分子却经历了完整的“诀别汉文”的过程。“诀别汉文的记忆”如同法国作家阿尔方斯·都德的短篇小说《最后一课》所描写那群无法学习自己母语的学生所感受到的痛苦与挣扎，将深嵌于他们的心灵深处，以一种无意识的精神存在作用于他们的内心世界，并激荡他们日后开展的文学创作——尽管这些文学创作不得不借由日语来展开。由于这种共享的“诀别汉文”的经验，他们对于日语以及自己所接受的日语影响的看法，也必然会有一定的群体内部相似性，以及与其他代际作家群体的差异性。

到了日本殖民统治时期的第三代作家，他们大都于20世纪20年代之后出生(比如周金波即出生于1920年)，在他们入学接受教育之际，殖民强权引导下的日语“新式教育”已经牢牢地确立了自己的地位，第三代作家中的很多人，已经没有机会去体会这种“诀别汉文”的苦痛了，因为他们自一开始，即必须进入日本殖民运作下的“新式教育”去学习、去接受日语教育，他们对于日语教育以及“日语影响”的体会，很有可能与前一代本土知识分子有所差异；加之汉文接受管道的进一步受阻，第三代作家对于汉文所蕴含的文化势能的体会，从整体上来看比起前一代台湾本土作家可能就不那么深刻了。所以，从日本殖民统治时期台湾作家使用日语创作这个议题来看，我们必须注

① 龙瑛宗：《夜流》，载《杜甫在长安》，台北：联经出版事业股份有限公司1987年版，第34页。

意到在他们的日语创作背后,作家群体之间所具有的代际差异。如有论者指出的那样,“讨论代际差别现象,必须关注社会历史文化自身的内在变迁。我们甚至可以说,讨论代际差别现象,其实就是辨析社会历史变化、文化伦理变迁与代际群体精神特征之间的关系”①。在日本殖民统治时期台湾文坛当中,作家的日语创作背后的代际差异,正昭示了殖民时代逐步加强的普及日语、遏制中文的社会现实,以及这种文化现象的变动背后,作家群体间的精神变迁问题。

3. 对汉文与日语情感认知的差异性

所谓台湾作家对汉文以及日语的“情感认知”,是笔者借用社会语言学研究中的概念,来分析以台湾作家为代表的 20 世纪 30 年代“双语社会”中,民众对于强势的日语以及相对弱势的汉语两种语言有着怎样的认知、情感与意向。“认知”是指对某种语言的认识和理解、赞成或反对,“情感”是指对语言的感情,是喜欢或厌恶,尊重或轻视;“意向”是指使用该语言的行为倾向。②它的表现形式就集中在语言操持者即台湾本土日语作家,对他们所使用的这两种语言——日常生活通用语母语(“汉语”)与适时文坛通用语(“日语”)的态度上。对待后天习得的日语以及对待母语汉语的差异化态度,反映出这一批文化菁英在深知现时的语言政策以及自己的语言权利的条件下,如何在两种语言所参与的文化交融乃至争斗中斡旋而取得自己的文学定位。

其中,彼时的台湾作家对于母语——“汉文”的情感认知因为分化明显,反而成为一个容易观察的文化现象。如前所述,“日语”在日本殖民统治时期台湾 20 世纪 20 年代开始风靡,逐渐牢牢占据官方机构、文化职能的核心位置,汉语则退缩到日常生活一隅。在 1937 年开始“皇民化运动”中,殖民当局甚至不断推出“奖励国语家庭”、“公共场合绝对禁止台湾话”等方针,旨在将仅存在“日常生活一隅”的汉语也彻底歼灭。这种情势中,台湾作家对待母语的情感认知,也不能不发生分化,这种态度主要可以分为两类:一类是有意放弃母语的语言意向,认为汉语的语言价值已经可以被日语取替,无需再使用,更有甚至视汉语为阻碍“皇民化”彻底达成的障碍,必弃之后快;另

① 洪治纲:《再论新时期作家的代际差别及划分依据》,《当代文坛》2013 年第 1 期。

② 张伟:《论双语人的语言态度及其影响》,《民族语文》1988 年第 1 期。

一类则是维护母语的语言意向，将母语的存续本身视为集体价值观的延续而加以重视，无论自己的母语操持、书写能力的高低，却十分看重母语根深蒂固的民族聚合能力。这两种具有差异性的对待母语的情感认知，并存于日本殖民统治时期台湾文学场域中。“抛弃母语”的态度虽然极端，但确实存在。在 1936 年的《台湾文艺》第 3 卷第 6 号中，有不知名的论者提出“看过朝鲜的杂志就知道都是以朝鲜语书写。朝鲜文坛也因此而成立。台湾的杂志上和文将要压倒白话文。果真如此应如何呢？……以笔者的见解来说，拙见以为在台湾应该立即消灭白话文，而变成只剩和文”①；其后更有周金波的代表作《志愿兵》中借小说人物(台湾人张明贵)之口展示出了对汉语的“不认同”。

扬弃母语的语言意向毕竟还是极端例子，主要表现在 20 世纪 40 年代所谓“皇民作家”——周金波、陈火泉等人身上。在日本殖民统治时期台湾的日语作家中，绝大多数仍对与母语秉持一种“情感维护”的心态。杨逵在维护母语中堪称最为得力者，一个显见的事实就是他所主办的《台湾新文学》(1935—1937)这份汉文、日文并行的文学刊物一直以来坚持行刊，尽管杨逵自己汉语能力不佳，但他却从未轻忽汉文创作在 30 年代中后期在台湾文学建设中的意义。1937 年在总督府宣布禁止报刊中文栏以后，《台湾新文学》也不能不遵循命令泪别汉文创作，在刊物最后两期由杨逵等主创人员所撰写的“编辑后记”中，可以读到刊物对“汉文”前所未有的眷恋与看重：

> 在时代的潮流下，本杂志也遭遇到不得不渐渐地缩小汉文乃至全部废除汉文创作的运命了。对于那些全用汉文书写的作家还有读者，非常的抱歉，也希望能得到谅解。大家还是从アイウエオ重新开始吧！(時代の潮流で本誌もポツポツ漢文を縮少し近く全廢しなければならない運命に遭つた。漢文のみで書く作家及びそれのみを読む読者には済まないが事情を諒承されたい。皆でアイウエオからやり直さうよ。)②

---

① 译文参见赵勋达：《〈台湾新文学〉(1935—1937)的定位及其抵殖民精神的研究》，台湾成功大学台文所硕士学位论文 2003 年，第 193 页。笔者按，赵勋达论文中将此段引文误引为《台湾文艺》第 3 卷第 4、5 号。

② 《编辑后记》，《台湾新文学》第 2 卷第 4 期，1937 年。——笔者译

汉文栏不得不以刊物这一号为限废止。这不单单是专用汉文的作家们、专读汉文的读者们的悲哀,又何尝不让我们无限感慨。但是,希望汉文作家诸君并不要就此退却了。从现在起要继续向敝刊投稿,我们会找到合适的人手来对作品进行翻译发表,希望大家更上层楼地精进努力。(漢文欄はこの號限りで廢止の止むなきに立ち至つた。漢文だけで書く人達や、漢文のみを読む人達の悲哀ばかりなく、我々も又感慨無量である。併し、漢文作家諸君雖ともこれて退卻するには當らない思ふ。今迄通りに御寄稿下されば、我々の手で適當な譯者を見つけて翻譯の上發表するから一層を精進を願ひたい。)①

日本殖民统治时期台湾多元文化风潮的洗礼,使得日本殖民统治时期台湾作家遭遇了前所未有的精神冲击。特别是对于一个作家而言,他们赖以建设文学世界的"文坛语言"在短短十年间发生了迅速的变异,从"汉文"径直衍变为"日语"。这一事实在很大程度上影响到了他们的文学处境。有的作家将"汉文"视为延续祖国精神文化血脉的强大力量,虽然迫于殖民教育背景无法使用"汉文"创作,但是"汉文"只要存在于其精神血脉之中,无论是否能采用"汉文"来创作,"汉文"都能成为一种强大的情感支撑与精神动力;而另有作家则将"汉文"的存在视为其迈向"皇民"之路上的绊脚石,必欲除之以后快,并以抛弃"汉文"的决绝姿态,成为自己对于"皇国臣民化"政治理念的表忠信物;两组群体之间充满了张力与颉颃较量,成为了我们观察日本殖民统治时期台湾文学场域中作家认同变迁的一个重要指标。但相较于台湾文学场域中不同作家对于母语——汉语的那种迥乎不同、充满差异的情感认知,台湾作家对于这个特殊的时代里的文学主流用语——日语的情感认知,则就没有那么明显了,至少不像他们对待"汉文"那样分为了针锋相对的两个阵营。

对于这一问题,我们首先必须寄予同情之理解。受制于"台湾总督府"统治下的文教制度以及日语普及的殖民地同化策略,日本殖民统治时期的台湾作家不得不采用日语创作并且以这种日语创作来谋求自身的文学定位。在这种情势下,台湾的日语作家

---

① 《编辑后记》,《台湾新文学》第2卷第5期,1937年。——笔者译

就必须直面自己身上的“日语影响”而不太可能单纯地以喜欢或厌恶、尊重或轻视的态度对待这种创作语言。一方面，我们的确能够理解如同龙瑛宗这样的一批作家，他们在被剥夺了在汉文书房学习汉文时候的那种痛苦，同时我们也发现了同样这一批作家，也在创作中不断打磨自己的日语语言能力，并着力提高日语的表现技巧，以日语的语言艺术来抬升自己的文学艺术水准。日本殖民统治时期台湾日语作家对于日语，在情感上虽然不能说完全认同，但是利用日语的特质来实现自己的文学特色的营造，即重视日语的文化模式以及社会功能，来达到文学水准上的提升，这是这一批日语作家对待日语典型的情感认知。比如，小说家张文环在 1940 年创作的小说《辣韮罐》(「辣韮の壺」)便巧妙地使用“日语”的文学质素来为小说创造高潮，达到营造独到艺术空间的文学实践。小说的高潮来自乡村市场摊主阿粉婆与平素最喜打闹的对象阿九之间发生的拌嘴逗乐。阿九不小心打破了放辣韮的玻璃罐子，被围观的人哄笑：“阿九掉进乐境的罐子呀！”作家在这里借用日语的谐音，玩了一个“辣韮”(「辣韮」・らっきょう)与“乐境”(「楽境」・らっきょう)双关语的小把戏。这篇小说在文本环境的营造以及故事高潮的设置中最为重要的环节，乃是根植于日语文学语言中的表层特征——同音词的俏皮话。

二、参差的对照：杨逵、翁闹、周金波的“日语创作经验”

日本殖民统治时期的台湾作家在必须使用日语创作的情况下，他们采用日语这种文学语言来建设台湾文坛，其文学创作所形塑的特殊经验在台湾文学乃至中国文学的经验范畴之内就显得尤为珍贵。由于日本殖民统治时期台湾作家的日语创作充满了差异化的表现，使得通过“作家论”的方式予以个案化讨论成为了一种比较有效率的分析途径。本文选取了三位在日本殖民统治时期比较具有代表性的作家，分别是出生于 1906 年的杨逵，出生于 1910 年的翁闹，以及出生于 1920 年的周金波。通过对这三位创作风格上有着参差对照，以及对于日语书写的情感认知也有着差异化表现的作家及其创作的分析，来推进理解并把握日本殖民统治时期台湾作家外语创作的深层机制及内在特质。

（一）杨逵：日语创作中的抗议姿态与行动主义

作为日本殖民统治时期台湾文学的指标性人物，杨逵（1905—1985）一直以来皆被学术研究界认为以创作体现出了台湾人民的反殖民精神。林载爵即以杨逵文学创作中的“抗议姿态”，作为日本殖民统治时期下台湾客观环境所铸就的文学精神之一，认为“日本帝国主义的压榨，导致民众的反抗，知识分子掀起反殖民、反压迫、反黑暗和新文化运动，此等观念上、心理上、经济上的改变，促成民众改变态度，接受新文化，因而引起显著的社会变迁，杨逵的小说很适切地表达了那个时代知识分子所扮演的角色，并且寄予热烈的期望。作品中企求合理化的抗议精神和本身的抗议行动，在前代的台湾文学史上是很值得纪念的”①。这种论断是杨逵研究中颇具代表性的观点。对于杨逵的研究，可见学界实际上更着重探讨杨逵作品所蕴含的精神力量而非艺术造诣。不少研究者对杨逵小说创作的艺术性高度有自己的看法。陈芳明即认为，“从纯文学的眼光来看，杨逵并不玩弄文字技巧，也不崇奉华丽的辞藻。在台湾，仍然有些文评者，嫌其作品过于粗糙。但是文学之所以成为文学，并不是给予感官上的满足，而在于思想上的说服”②。由此可知，杨逵作品中的精神力量才是其创作受到瞩目，并得到文学史家垂青的重要依据。

在此情况下，因为重视杨逵作品中的“抗议姿态”的展示，以及“思想上的说服”，使得对于杨逵文学创作的研究，更加重视文本本体之外的“精神元素”而非文本本身。对于杨逵作品的讨论，特别是对于杨逵日本殖民统治时期文学创作的讨论，基本上都是基于原作翻译后的中文文本来展开的。比如，在分析杨逵的代表作品日语原作《送报夫》（「新聞配達夫」）的时候，学界通常在对这篇小说进行文本细读的时候，选取的段落、分析的章句其实多半是来自胡风的中文译本——《送报夫》，选自《山灵：朝鲜台湾短篇集》（上海文化生活社 1936 年版）。日本殖民统治时期杨逵文学创作的最大的一个特质，即在于他采用了“日语”这种文学语言来构建自己的文学言说世界。那么，采用“日语”来进行创作对于杨逵的意义何在，这是把握杨逵这位作家日语创作论的首要

① 林载爵：《台湾文学的两种精神——杨逵与锺理和之比较》，《中外文学》第 2 卷第 7 期，1973 年 12 月。
② 陈芳明：《放胆文章拼命酒：论杨逵作品中的反殖民精神》，《台湾文艺》第 94 期，1985 年 5 月。

问题。在分析这一问题时，笔者倾向于从两个指标性的文学表现趋向来考察作家“日语创作”的意义：首先是作家所受到的“日语影响”：日文以什么样的方式、如何作用于作家创作个体，日语在作家成长经验中所扮演的角色为何；其次，是作家对于这种文学语言的情感认知态度——作家如何直面日语所代表的“文化势力”，并通过对这种文化势能进行转化而实现自己的文学抱负。

1. 日本影响：殖民统治下的叛逆者

杨逵出生在台湾台中一个清贫的平民家庭，父亲是手工业者，母亲则是传统家庭妇女。他生长于这样一个典型的台湾底层社会家庭中，其成长经验其实代表了这个时代台湾居于社会底层的民众如何在日本殖民统治之下挣扎求取上升的进阶之路。在幼年时期，杨逵生命中遭遇到最为深刻的记忆，便来自殖民高压统治所带来的残酷后果。在1915年，台湾爆发了“噍吧哖事件”（又称“西来庵事件”）。日本殖民统治台湾以后，抗日斗士余清芳等人不满日本的殖民统治，以西来庵为中心，暗中多方联络，积蓄抗日力量，准备起义。1915年6月间，于台南西来庵的抗日团体被日本殖民当局发觉，遂逃到噍吧哖山区抵抗日本军警，后遭残酷镇压，涉案人数2 000余名。①杨逵在幼年时期就曾经亲眼目睹抗日斗士舍生取义的壮举，并目睹时局变化中日警暴虐的丑态，从小便在心中埋下痛恨不公、反抗殖民霸权的种子。在杨逵晚年的回忆里，他曾不止一次地提及“噍吧哖抗日事件”对他的心灵冲击：

> 就我自己来说，我10岁时，“噍吧哖抗日事件”发生，我亲眼从我家门缝里窥看了日军从台南开往噍吧哖的炮车轰隆而过，其后，又亲耳听到过我大哥（当年17岁）被日军抓取当军夫，替他们搬运军需时的所见所闻。其后，又从父老们听到过日军在噍吧哖、南化、南庄一代所施的惨杀。……
>
> 到我稍大，在古书店买到一本“台湾匪志”，它所记载十多次所谓的“匪乱”，当然噍吧哖事件也记载在里头，这才明白了统治者所写的“历史”是如何地把历史扭曲，也看出了暴政与义民的对照。②

---

① 许极炖：《台湾近代发展史》，台北：前卫出版社1996年版，第244页。

② 杨逵：《“日本殖民统治时期的台湾文学与抗日运动”座谈会书面意见》，1974年，原作中文，参见《杨逵全集》第10卷诗文卷，台南：“国立”文化资产保存研究中心筹备处1998年版，第388页。

我10岁时“噍吧哖事件”发生，日军炮车轰轰隆经过大目降我家门前，到噍吧哖去轰击噍吧哖、南庄、南化等几个村庄。那个时候我的大兄杨大松被抓去当军夫，替他们搬运粮食与弹药，回来后向我们描述了很多惨无人道的虐杀情境。……因此，为弄清楚这些事情，我一上中学就到图书馆、古书店去找有关这段历史的文献。找了好久，终于找到了，书名却是“台湾匪志”，把我们的新民写成了土匪。[①]

对这一件事的回忆，反复出现在杨逵的散文、回忆、访谈录中，如《自传》(未定稿，约1952—1955)、《日本殖民统治下的孩子》(1982)、《台湾新文学的精神所在》(1983)、《沉思、振作、微笑》(1983)、《殖民地人民的抗日经验》(1984)、《我的回忆》(1985)、《压不扁的玫瑰花——杨逵访谈录》(1982)、《压不扁的玫瑰花——杨逵先生演讲会记录》(1983)、《一个台湾作家的七十七年》(1983)、《台湾老社会运动家的回忆与展望——杨逵关于日本、台湾、中国大陆的谈话记录》(1982)、《访问杨逵先生——东海花园的主人》(1996)……如此多数量的回忆都锁定了“噍吧哖事件”，由此可见这一事件对童年杨逵造成的巨大冲击。在杨逵的追述中，我们可以看到这一事件对杨逵的具体作用至少有二：首先，噍吧哖事件中日本殖民当局对于抗日义士的残酷镇压血腥而惨无人道，“惨杀”、“虐杀”的殖民压迫血泪事实使得杨逵从历史经验中生发了对于殖民政权的天然叛逆精神；其次，更重要的事实在于：及至杨逵稍大后在查阅相关史书记载时，竟然发现历史书写中将先民的抗日义举书写为“匪徒作乱”，“这才明白了统治者所写的‘历史’是如何地把历史扭曲”，在阅读历史中惊觉历史书写的暴力性以及漏洞百出，遂在潜意识里生发了以文学创作来记录殖民统治下社会现实的创作冲动，决心以这种文学书写来“校正”历史，将原本由日本殖民政权所写就的“扭曲历史”通过文学创作的滴水成珠而加以瓦解，夺回由官方主导、殖民话语所把控的历史书写权。因此，此一事件对于杨逵日后成为一位作家——特别是左翼作家，有着不可低估的现实作用。

2. 逆势转化：对于日语书写的情感体认

杨逵对于“文学创作”的初始印象，以及“文学功能”的基本判断，与前述的人生经

① 杨逵：《把那些被埋没的挖出来》，1981年，原作中文，参见《杨逵全集》第10卷诗文卷，台南：“国立”文化资产保存研究中心筹备处1998年版，第417页。

验有着莫大的联系。杨逵自言:"我生长在日本的异族统治下,我成人以后从事的无论是实际行动文化运动、农民运动或工人运动,以至后来的文学创作,无不是跟我整个反侵略、反帝国殖民政策、反阶级压迫的根深蒂固的思想有关,直到今天,我的文学观依然如此。"①那么,杨逵的文学观为何呢?杨逵并没有特别就这个问题展开详细的论述,但是通过不同阶段作家对于文艺功能的看法、对于文学大众化的见解等议题,管中窥豹似能见到作家对于文学的独到见解。

> 所谓的文学,是为了要向人传达思想感情,而以文字来进行的手段。因此,文学的最高目的在于最充分、最精确地表现自己的思想感情,最完整地传达给他人。②
>
> 艺术必须描述历史的真实性。……艺术不是作家一个人的,最重要的是把作家的情感、思想传达给读者。③
>
> 进步的文学原本就是主动积极的,也就是现实主义。如果主动、积极的文学不是立足于现实主义的话,目前就有陷入所谓法西斯主义的危险;没有稳固的社会基础,就是虚假的文学。④
>
> 台湾新文学运动的历史是针对吟风弄月、无病呻吟之类的文学游戏而产生的,对文学的第一要求是"呐喊"。因此,我们并不要求台湾的文艺像自然主义那样,从头到尾都细腻的描写黑暗面。"追求光明的精神"、"唤起希望的力量"才是最令人关切的,也就是广义的浪漫精神。⑤

以上引文的发表时间集中在 20 世纪 30 年代中期,这正是杨逵活跃于台湾文坛

---

① 杨逵:《台湾新文学的精神所在——谈我的一些经验和看法》,译文参见《杨逵全集》第 14 卷资料卷,台南:"国立"文化资产保存研究中心筹备处 1998 年版,第 40 页。

② 杨逵:《评江博士之演讲》,《台湾新民报》1934 年 11 月。译文参见《杨逵全集》第 9 卷诗文卷,台南:"国立"文化资产保存研究中心筹备处 1998 年版,第 105 页。

③ 杨逵:《写给"文评奖"评审委员诸君》,《文学评论》第 3 卷第 3 号,1936 年 3 月。译文参见《杨逵全集》第 9 卷诗文卷,台南:"国立"文化资产保存研究中心筹备处 1998 年版,第 444 页。

④ 杨逵:《艺术是大众的》,《台湾文艺》第 2 卷第 2 号,1935 年 2 月。译文参见《杨逵全集》第 9 卷诗文卷,台南:"国立"文化资产保存研究中心筹备处 1998 年版,第 138 页。

⑤ 杨逵:《台湾文坛近况》,《文学评论》第 2 卷第 12 号,1935 年 11 月。译文参见《杨逵全集》第 9 卷诗文卷,台南:"国立"文化资产保存研究中心筹备处 1998 年版,第 411 页。

的时代,也基本上可以断言这是杨逵在文学创作步入成熟期时对文学的根本看法。这些言说层层递进,逐次交代了作家对于文学本质功能、进步文学的具体形态以及适时台湾文坛现状的看法。杨逵强调文学的沟通功能之优位性,要将个人的思想"最完整地传达给他人",这在实际上已经贴近左翼文学所倚重的文学宣传功能,确认文学应该有鼓动人心的力量;其次,进步的文学应该是现实主义的,杨逵不止一次地对适时"为艺术而艺术"的文学表现风气深感不满,并力求匡救;最后,杨逵也指出在台湾文坛新文学的兴发有着现实主义、战斗性和决断性的历史渊源,新文学这种品质的传承发扬向30年代登上文坛的新一辈作家提出了新的挑战,必须"追求光明的精神"、"唤起希望的力量",至此,我们已经大概清楚了杨逵文学观的基本指向,是一个颇具典型性的30年代殖民地台湾作家所具有的左翼文学观念:侧重于文学现实主义表现,强调文学宣传与沟通的现实功能,并且将批判的锋芒指向适时台湾殖民地现实内部。

从台湾左翼文学发展的历史来看,杨逵及其文学存在堪称日本殖民统治时期台湾文坛的一个异数。恐怕适时整个中国文学/文化版图之内,没有一个文化场域如同日本殖民统治时期台湾这样不适宜于左翼文化的勃发生长。殖民地台湾作家不仅面临着资本盘剥、阶级斗争的残酷现实,更为要紧的是他们还必须直面日本殖民统治的民族冲突与权力压榨。特别是当这一批作家(无论其意识形态光谱为何)的文化养成、文学熏陶都是在这样一个相对封闭的殖民地次生态文化环境中养成的,日本殖民统治残酷的"国语普及"、日本本岛文化的强力输出,致使这些作家都必须采用日文来进行创作。这种强调以日本文化作为文化养成与文学教育主导资源的社会教育生态,即使是最具有批判性的台湾本岛左翼作家在他们的学习时代也必须直面,那么他们是如何看待自己的日文文化背景,又对采用日语进行创作这一文化事实具有怎样的认知,这种微妙的情感体验又如何显现于作家的创作之中,无疑是值得探究的。

杨逵对于日文文化势能的情感认知的特殊性与重要性,是在与同时代作家的比较框架中得以凸显的。如果将杨逵与同时代的日语作家翁闹以及稍稍较晚一点登上文坛的"皇民作家"周金波进行比较,则可以发现他们在同样的日文文化生态以及文学场域中的不同情感体验，他们在面对日本/日语文化势能时呈现出“抗拒”(如杨逵)、“涵化”(acculturation，如翁闹)以及“同化”(如周金波)等不同的情感样式。这种不同的情感样式遂致使其日语文学创作展示出不同的文化形态和表现重点。从表面上看来，这些作家的学养背景大体相似，也都是在同样的一种“独尊日语”的文化际遇中成长的，并且都采用了“日语”作为他们创作的文学语言。但因为作家对待日语文化势能的认知差异，导致了作家群体之间迥不相侔的创作风貌，杨逵将日语写作视为展开文学行动、张扬左翼文化、抵抗殖民话语的表现；翁闹则将用日语创作视作打破殖民地台湾—殖民国日本文坛之间厚障壁的突入手段和终南捷径；周金波却将日语文学写作看成了展现殖民地同化政策侵蚀下自己那崎岖、偏移而失焦的文化认同的表现姿态。就杨逵而言，作家首先确认自己身处日本“异族统治”的殖民地，这意味着杨逵也不能不直面自己受到殖民地文教制度的浸润而成长的文化事实，这是作家对待日语这种文学语言的情感认知的基调；同时，杨逵自童年以来目击日本残酷压迫的殖民事实，心中埋下了反抗的种子，亦认识到日本殖民统治下的台湾文教制度不啻这殖民压迫的重要一环。在这样一方面必须正视日语语文的文学功效的正面作用，一方面却又要提防日语语文作为殖民统治工具的负面能量，杨逵在这样的轇轕关系中认识到了日语在日本殖民统治时期台湾文坛之位置。他在给日本左翼文艺刊物《文学案内》撰写的专稿《台湾的文学运动》一文中，专辟一节“台湾人作家究竟应该用什么语言书写?”来讨论此议题。他指出：“对关心文学的人来说，台湾的语言是最根本的问题，这也是殖民地文学上一个很大的烦恼根源。在1923年《台湾民报》和1929年前后的《伍人报》、《台湾民报》等，都已经反复议论过这个问题，最后还是留下无法解决的悬案。”①在正视了台湾新文学运动诞生以来到当下，文学语言问题的复杂纠结与无果而终之后，杨逵将这种情况命之为语言上的“畸形儿”；对于使用日语而不是中文来进行文学创作，他用一种比较具有现实考量的说法，来解释他并不勉强去使用自己无法流利使用的中文的原因。他认为采取哪种文学语言来创作，必须从现实环境出发，而不能基于一时一地的狭隘感情

① 杨逵：《台湾的文学运动》，《文学案内》第1卷第4号，1935年10月。译文参见《杨逵全集》第9卷诗文卷，台南：“国立”文化资产保存研究中心筹备处1998年版，第364—365页。

勉强应用。否则,作家强行使用不熟悉的文学语言只会“像借来的衣服一样,并不合身”①,反倒影响文学本身的宣传功能与沟通效果。因此,尽管杨逵堪被目为日本殖民统治时期对于祖国文化最具有亲近欲和崇拜性的作家,但是在文学的创作中他并不胶柱鼓瑟,非使用汉文不可。他更注重的是强调左翼文学创作的沟通功能,首先将日语这种文学语言视为实现自身文化抱负的语言工具,从语言本体层面对日语语文进行把握,其次才对日语创作背后的文化势能进行逆势转化。

对于采用日语创作这一文学事实,杨逵在使用的过程中也在通过对日语左翼文学的创作书写,不断地对这种日语文化势能进行逆势转化。台湾的本岛住民本大多是汉族移民,本应该享受到的汉文语言文学的习得机会被殖民政府剥夺,致使日本殖民统治时期 30 年代的本岛作家也不能不用日文来进行写作。一个殖民统治下具有高度民族文化意识的作家如杨逵,即使他对于祖国文化充满了高度的自信力与仰慕心,也只能在这种逆势的情形下尽力转圜。之所谓“逆势转化”,“逆势”不难理解,本应使用自己的母语——中文创作的日本殖民统治时期台湾本土作家,不得不采用殖民文教制度的官方用语——日语,这种诡谲的现象是与文学发展的常理相背而行的,故曰“逆势”,杨逵日语文学创作的特殊之处在于他在这种逆势中,试图将这种日文文化势能进行转化,使其满足自己的文学创作需求。我们注意到他的这种逆势转化有两大表征,一是对于殖民者所强加的日本语语言背后的文化能量保持着一种离心力,二是将这种日语创作的文学事实视为实现自己左翼文学国际联合的行动主义文学观念。注意到这种逆势转化,我们才能对杨逵那被不少评者目为“不玩弄文字技巧,不崇奉华丽的辞藻,作品过于粗糙”的价值判断做出深刻的再检讨。这种不事雕琢、朴素无华的左翼文学风格,与其说是杨逵的文学才能有限,不如说这是作家为了实现自己的文学追求和社会抱负而刻意形塑的选择。

3. 个人经验、现实关怀与理想主义

如王德威所言那样,“台湾左翼文学、文化论述至少包含以下的议题:对被侮辱与

---

① 杨逵:《台湾的文学运动》,《文学案内》第 1 卷第 4 号,1935 年 10 月。译文参见《杨逵全集》第 9 卷诗文卷,台南:“国立”文化资产保存研究中心筹备处 1998 年版,第 365 页。

被损害者的人道主义关怀;对社会、经济、政治阶级现象的批判;对国际殖民及资本主义的反抗;对以中国(或台湾)为本位的民族主义的追求;还有对跨越国际无产阶级联合阵线的号召”①。这些文学与文化诉求,在杨逵的文学创作实绩中可谓展露无遗。就彭小妍主编的《杨逵全集》来看,杨逵生前公开发表了小说共计 26 篇,其中日文小说即有 20 余篇之多。考虑到日本殖民统治时期台湾纯文学创作的现实际遇,杨逵的创作在同辈作家中算是比较丰富的了。

表 1　杨逵日文原创小说要目②

<table>
<tr><th>原文标题</th><th>中文译名</th><th>发表刊物</th><th>发表时间</th></tr>
<tr><td>「自由労働者の断面ーどうすれあ餓死しねえんだ?」</td><td>《自由劳动者的生活剖面——怎么办才不会饿死呢?》</td><td>《号外》(东京)第 1 卷第 3 号</td><td>1927 年 9 月</td></tr>
<tr><td rowspan="2">「新聞配達夫」</td><td rowspan="2">《送报夫》</td><td colspan="2">前篇连载于《台湾新民报》1932 年 5 月 19—27 日,后半部分遭到禁止</td></tr>
<tr><td colspan="2">全文发表于《文学评论》(东京)第 1 卷第 8 号,1934 年 10 月</td></tr>
<tr><td>「靈籤」</td><td>《灵签》</td><td>《革新》</td><td>1934 年 10 月</td></tr>
<tr><td>「難産」</td><td>《难产》</td><td>连载于《台湾文艺》第 2 卷第 1—4 号</td><td>1934 年 12 月至 1935 年 4 月</td></tr>
<tr><td>「水牛」</td><td>《水牛》</td><td>《台湾新文学》第 1 卷第 1 号</td><td>1935 年 12 月</td></tr>
<tr><td>「蕃仔鶏」</td><td>《蕃仔鸡》</td><td>《文学案内》(东京)第 2 卷第 6 号</td><td>1936 年 6 月</td></tr>
<tr><td>「田園小景ースケッチ・ブックより」</td><td>《田园小景——摘自素描簿》</td><td>《台湾新文学》第 1 卷第 5 号</td><td>1936 年 6 月</td></tr>
<tr><td>「模範村」</td><td>《模范村》</td><td>手稿</td><td>约 1937 年</td></tr>
<tr><td>「鬼征伐」</td><td>《顽童伐鬼记》</td><td>《台湾新文学》第 1 卷第 9 号</td><td>1936 年 11 月</td></tr>
<tr><td>「無醫村」</td><td>《无医村》</td><td>《台湾文学》第 2 卷第 1 号</td><td>1942 年 2 月</td></tr>
<tr><td>「泥人形」</td><td>《泥偶》</td><td>《台湾时报》第 268 号</td><td>1942 年 4 月</td></tr>
</table>

① [美]王德威、黄美娥:《台湾:从文学看历史》,台北:麦田出版 2005 年版,第 160 页。

② 除了杨逵在生前所发表的 20 余篇日文小说之外,作家未发表的手稿中还存在大量的日文小说创作。根据《杨逵全集》第 13 卷未定稿卷的整理,作家手稿中还存在 11 篇未定稿的日文小说,其中有的小说并未完成仅存留部分,有的创作年代无法确定,因为这些创作的形态尚不固定,因此本文暂时不予编目。此外,《杨逵全集》第 6 卷、第 7 卷也为小说卷,但收入的是杨逵用日语翻译的小说《三国志物语》,因为翻译而非原创作品,亦不编目。

（续表）

原文标题	中文译名	发表刊物	发表时间
「鵞鳥の嫁入」	《鹅妈妈出嫁》	《台湾时报》第 274 号	1942 年 10 月
「芽萌ゆる」	《萌芽》	《台湾艺术》第 3 卷第 11 号	1942 年 11 月
「紳士連中の話」	《绅士轶话》	连载于《台湾艺术》第 3 卷第 12 号至第 4 卷第 4 号	1942 年 12 月至 1943 年 4 月
「赤い鼻」	《红鼻子》	《台湾新报》	1944 年(月日不详)
「増産の蔭に」	《增产的背后——老丑角的故事》	《台湾文艺》第 1 卷第 4 号	1944 年 8 月
「笑はない小僧」	《不笑的小伙计》	准备收入 1944 年出版日文短篇小说集《萌芽》，在排版中被查扣，未发行。	
「犬猿鄰組」	《犬猿邻居》		
「薯作り」	《种地瓜》	收入 1946 年出版日文短篇小说集《鹅妈妈出嫁》。	
「歸農の日」	《归农之日》		

如前所述，杨逵用日文创作的这些小说具有强烈的抗议精神。这种精神的凝聚，则来自这些作品所显示出的某些共性。在杨逵的日语小说中，我们可以发现他的创作具有高度浓缩的个人经验、对于理想主义情怀的珍视，以及对社会现实的真切表现。这些具有共性的书写特质，造就了杨逵日语小说的抗议精神。

在杨逵的日语小说创作中，“个人经验”是他文学表现的重点。正是因为在日本殖民统治时期曾目睹台湾乡民的抗日活动被殖民者污名化为“暴徒”的血泪事实，杨逵产生了以文学创作来匡正历史漏洞的决心，因此个人体验的那种亲历感遂成为了救正歪曲“历史”的重要素材。如将杨逵的人生经验与他的文学创作进行对读的话，即可以发现杨逵在他的创作生涯中不断显现自己的人生体验。他的处女作《自由劳动者的生活剖面——怎么办才不会饿死呢?》即书写一个台湾劳工在日本的悲惨生活，劳动者忍受着资本家的剥削，食不果腹，却羞于承认自己没钱吃饭，与此同时仍要每天从事“挑着一百公斤砂石上坡”的高强度体力劳动，只能祈求自己不要因为饥饿而晕厥；《送报夫》写了一个台湾赴日学生，在受欺骗的情况下做了送报夫却惨遭报馆老板盘剥的故事。这些小说素材对应的是杨逵 1925 年至 1927 年在日本求学、求生的真实生活。接下来的小说《难产》中描写主人公“我”在台湾本岛生活，因为生计问题被迫“拿流浪中学到的裁缝技术，开始制作童服贩卖”并以此谋生的生活窘境，这也正是杨逵自己曾制作童装贩售谋生的亲身经历。到了战争期，杨逵退居农田开始以养花贩花为生时，他的小说中则不断出现“花匠”这一主人公形象(如《泥偶》、《鹅妈妈出嫁》、《萌芽》、《绅士轶话》、《不笑的小伙计》等)。由此观之,杨逵的日语创作中个人经验的确占有很大的比重。

杨逵的这些亲身经验固然构成了他小说创作中的重要素材,但更可贵之处在于作家并非一个单纯的“自叙传作家”,这些亲身经验呈现于读者面前的方式不是刻板的贴身摹写,而具有非常鲜活的灵动性。作家尊重艺术创作的规律,并不完全将生活经验直接移植为小说本体,却在不断的建构、雕塑与修饰中构建起自己的艺术世界。我们可以发现杨逵的某些小说都共享了同样的文学素材、个人体验,两部作品之间有着明显的承续关系。比如《送报夫》的故事显然本自其处女作《自由劳动者的生活剖面——怎么办才不会饿死呢?》;《灵签》中的一个细节——穷人无钱延请医师治病,只有在病人将死之际需要开具死亡证明时才会去请医师——成为了后来的《无医村》的表现主题;《田园小景——摘自素描簿》基本上可以看成是作家战争时期代表作《模范村》的初稿、雏形。杨逵个人经验在艺术上的令人惊艳之处,是作家会将自己的人生体验以不断的重塑、浓缩、提炼的方式一遍一遍重写。每一次重塑的过程,使得同样的素材不但情节更加丰满,同时意义还得到了增值,后作比前作在艺术上更成功。

杨逵的文学世界是深沉的,这种深沉当然来自他所描写的社会现实的黑暗与不公。但深沉的风格背后作家在行文时并没有带着阴森怨毒的情绪,恰恰相反,杨逵的文学世界始终是在阴暗的远景中试图呈现那扫除阴暗的一道光。这一道光即是作家的理想主义的信念。杨逵本人曾遭遇多次挫折,日本殖民统治时期、“光复”后都曾因为参与政治运动而身陷囹圄;主编的文学刊物《台湾新文学》在1937年被殖民当局下令禁止使用汉文后被迫废刊;他的一生都在与贫乏的生活进行斗争,但却同时坚持着自己的左翼信念……如此种种挫折磨砺,如果没有强大的精神力量,实难以支撑。在苦难面前,作家总能以乐观的理想主义信念淡然处之。在文学表现中,他也更强调这种精神力量对于人生的支撑作用。

杨逵的文学世界里所展现出来的理想主义信念主要是作家的左翼信仰。自幼目击社会现实的不公、历史书写的倒错,引发杨逵思考这些问题存在的根由何在。在日本求学期间，杨逵参与到了适时的社会政治斗争之中，从而形塑起了左翼政治/文化运动的思路与信仰，这一思路支撑作家返台投身家乡本土的阶级解放斗争之中。在小说《送报夫》中，杨逵借由小说主人公杨君喊出："我满怀着确信，从巨轮蓬莱丸底甲板上凝视着台湾底春天，那儿表面上虽然美丽肥满，但只要插进一针，就会看到恶臭逼人的血脓底迸出！"在战争期创作的小说《鹅妈妈出嫁》中，他也借由小说人物经济学研究者林文钦，来表达他对于马克思主义经济学的思考：

> 那时正是马克思经济学说的全盛时代，但他的性格不喜欢流血，一直坚守着他的阵地，……可是他也相信，"一人积着巨富万人饥"的个人主义经继续在理论上已经过时，又因青年们共同的正义感，他从开始就一直否定这种理论。因此，他以全体利益为目标，考察出一种共荣经济的理想，在别人尚未提出之前，就开始研究计划经济方面的相关理论，设计一个庞大的计划。①

林文钦是小说中的一个理想人物，对于"共荣经济"的理想化的主张，其实象征的乃是杨逵一以贯之的左翼立场。正是出于对贫富不均社会现实的积愤，杨逵才在小说中设计出这样一个似乎不合时宜、注定无法成功的经济学家。在小说中他因为实践自己的"共荣经济"主张，导致家庭破产，成为了一个悲壮的"知其不可为而为之"的英雄人物。正是有了林文钦这样纯粹地为了大众的幸福而倾其所有的人物的出现，才会给这个幽暗的现实世界一点向上跋涉的力量。作者对于他的这种精神、理想主义的信念，显然是抱持着崇敬的心理来进行刻画的。

在杨逵的文艺观方面，他一直秉持的是"艺术必须描述历史的真实性"。对于"真实性"的强调，具体表现在他在小说创作中确立庶民的立场，并以读者作为中心，将社会现实用文学艺术的形式进行具有高度艺术概括性的呈现。在一篇论文中，他认为，

> 所谓原本的文艺，到底是为谁而存在呢？所谓原本的文艺，是为了把作者的思想和感情传递给他人的一种手段，既然如此，作者出于自己的立场（是否赞成现有的体制，如果不赞成，又渴求哪一种体制），以同情自己立场的社会阶层为主，当

① 杨逵：《鹅妈妈出嫁》，译文参见《杨逵全集》第5卷小说卷，台南："国立"文化资产保存研究中心筹备处1998年版，第381页。

然要尽量让更多的人来阅读。因此作者要以适当的事件和人物来描写群众的思想和感情,当然要使更多的读者和自己产生休戚与共的感受。①

这种对于社会现实真实性表现的追求,甚至渗透到了他的小说创作本体之中。在杨逵的很多创作中,作家甚至会跳出来借小说人物之口表现这一追求。小说《难产》表现的是"在高度发达的资本主义社会里,手工业者的惨状",小说中的"我"因为失业,抛弃了自己的文学创作生涯,被迫沦为了一个童装手工业制造者,赊借布料不辞辛苦日夜兼劳赶制童装,却赫然发现自己的生产品敌不过××加工厂的大规模批量化生产。这篇小说里,"我"离开文学创作固然因为现实环境的恶劣不得不另寻他途求生计,此外对现时的文艺界的不满却也是驱使"我"终止创作的原因之一:"最近五六年间,我几乎没有看书的机会,根据以前看过的普罗小说的印象,虽然作品要说什么很清楚,却觉得有些不足,例如觉得缺少真实和震撼力,可是我觉得我自己的作品补充了那些缺点。这么一来,我就喜不自胜,仿佛有一种心情:我的身体里面有一直被压抑着的无限力量","我是为了要向人控诉才写小说的,并不是为了要让人高兴,让人觉得有趣才写的"。②

杨逵对于社会现实的捕捉和把握,视点是与普罗大众齐平的。因此,在他的小说中才会形成庶民立场的文学表现。对于殖民不公的现状以及阶级斗争的号召,成为了作家文学创作中社会现实的真实指向。还应当注意到,杨逵对于社会现实的真切表现不是仅局限在对于现象呈现方面的深刻表现上,更为重要的是作家在小说中提出了自己设想中解决这些矛盾冲突的对策、方案以及可行性指示。这些解决方案的提出,反映了作家对于"社会现实"深层次的理解和思考,表现出明显的左翼文学共性。在小说《送报夫》中,杨逵借由小说人物——具有工会组织经验的工人领袖田中等人之口,指出"为了对抗那样恶的老板,我们最好的法子是团结",采取联合起来进行阶级斗争的

---

① 杨逵:《文艺批评的标准》,《台湾文艺》第2卷第4号,1935年3月,译文参见《杨逵全集》第9卷诗文卷,台南:"国立"文化资产保存研究中心筹备处1998年版,第167页。

② 杨逵:《难产》,译文参见《杨逵全集》第4卷小说卷,台南:"国立"文化资产保存研究中心筹备处1998年版,第247—248页。

方式解决送报夫受到盘剥的现实。在《模范村》中，日籍木村警长为了争夺“模范村”的荣誉称号，勾结本地大地主压榨中农和雇农，强迫台湾村民进行义务劳动并滥征苛捐杂税，致使不少村民家破人亡。村里留日归国、学得新思想的地主的儿子阮新民耳闻目睹村里惨状，不但与地主父亲决裂，并且留下阶级斗争的火种，将多种理论著作留给村里的文化人陈文治，让他日夜研读，带领青年一起起来反抗：“翻出了一本《报纸的读法》，又翻出了一本《农村更生策》。就这样的，青年们以行将熄灭的煤油灯为中心，脸颊红通通的，头凑头兴奋地读着，忘记了夜深”；“当陈文治正拿起一本《农民组合的理论与实际》时，煤油终于干了”；通过阅读这些理论与斗争的书籍，“他一向过着失去灵魂的生活，仿佛是今天才发现人生的意义似的”①。在《顽童伐鬼记》里，画家健作目睹资本家将公用地圈占起来修建私家花园，迫使贫民的儿童只能在工厂废渣场游玩嬉戏的不公场景，深感自己往昔自我陶醉式的纯艺术美术创作对于社会现实毫无用处，决意用艺术来改造社会、发挥艺术的宣传功能，遂用绘画的形式画了一幅《顽童伐鬼图》，指示小孩子们通过搭人梯的方式翻过围墙，翦除私家花园的恶犬，重新占有花园后愉快玩耍。当小孩子们从他的画作中汲取了争取自己权益的方法时，他兴奋地发现自己这样的画作“才是真正的大众化美术”②。如果说对于社会不公、殖民压迫的深刻表现已经使得杨逵的日语创作显示出强烈的抗议姿态的话，那么对于这些不公以及罪恶的力求匡正、设法解决的思路，则更加凸显出作家的行动主义倾向。

4. 行动优先：跨区域/跨语传播的《送报夫》

在杨逵的日文小说作品中，最具有代表性的文本莫过于《送报夫》。小说创作于1932年，经赖和之手，其前半部刊载于《台湾新民报》，后半部分却遭到查禁，读者未能一睹小说全貌；1934年杨逵则将全文投稿日本东京《文学评论》，后获载于是年该刊第1卷第8号，成为“一部突破殖民地言论封锁线的小说”（柳书琴语）。小说主要写了出

① 杨逵：《模范村》，译文参见《杨逵全集》第5卷小说卷，台南：“国立”文化资产保存研究中心筹备处1998年版，第144页。

② 杨逵：《顽童伐鬼记》，译文参见《杨逵全集》第5卷小说卷，台南：“国立”文化资产保存研究中心筹备处1998年版，第281页。

生台湾农村的主人公“杨君”(“我”),家乡的土地被日本殖民者(“××制糖公司”)强征,其父奋起反抗却被警部虐打致死,家庭走向了崩溃边缘;“我”离开台湾来到东京衣食无着的情况下成为了一名“送报夫”,忍受着恶劣的生存际遇、高强度的工作压力、报馆老板的残酷剥削,一度失去了继续下去的勇气和信念,但在日本籍同事田中君的帮扶之下,终于意识到团结斗争的力量,获得了左翼阶级斗争的政治启蒙,决定返回台湾正式投身无产阶级运动。

这篇原作为日文的小说《送报夫》曾在1935年经胡风逐译成中文,刊载于《世界知识》杂志第2卷第6号,后收入胡风编选的《山灵:朝鲜台湾短篇集》(上海文化生活社1936年版)中,成为日本殖民统治时期台湾日语创作最早被翻译为中文的文学文本之一,享有很高的知名度以及文学史地位。此外,这篇小说创作于殖民地台湾,全文发表于日本文学期刊,并且通过翻译风行于中国大陆左翼文坛,这一跨区域/跨语传播的文学事实,正好对应了小说题材所力求表现的全世界左翼运动跨界联合的主张,显示出了一个文学文本在台湾地区、日本本岛、中国大陆三地之间进行文学互动的具体经验,因此也就具有了独特的艺术价值。

对于这部作品,很多研究指认这篇小说在内容上“叙述被殖民血泪事实而立意反抗殖民压迫”、“与殖民母国底层进行左翼联合实现阶级斗争”,因此这部小说也就具有了“初步的社会主义的思想”;在美学特征上,小说不事雕琢,气概宏阔,具有一种粗犷的力量之美;艺术特色上“由于处在殖民地社会环境从事创作,杨逵除了运用明白晓畅、充满理想的现实主义创作方法,还采用隐晦曲折、富有暗示性的象征手法进行坚韧的战斗”等。①这些看法基本上已经形成了我们理解《送报夫》的重要视角。那么,如果我们将《送报夫》是以外语——日语来进行创作的这一重要的文学事实纳入对小说特质的通盘考虑中,或许能对杨逵“隐晦曲折、富有暗示性的象征手法进行坚韧的战斗”的创作方式有着更深一层的理解。

如前所述,采用日文创作对于杨逵而言是一个不得不为之的创作路径,但如何利

---

① 贾振勇:《提升述史肌质:文学史编撰的创新之路——以杨逵的文学史形象为中心》,《河北学刊》2013年第6期。

用“日语”所蕴含的文化资源、如何看待“日语”所裹挟夹带的文化势能，日本殖民统治时期台湾日语作家应该说各有看法。杨逵的独特之处在于他在使用“日语”进行创作之际，正视日文带有的殖民统治文教体制的那种负面的“殖民性”，却并不通过简单的捐弃这种语言来实现抵抗，而采取了更加软性柔和、更具有策略性的手段——通过采用殖民者的文学语言，以一种本土化的语言变调达到转化日语文化势能为我所用的目的。在杨逵的书写中，“日语”成了他登堂入室步入日本左翼文坛的利器，通过日语文学的创作，他顺利地实现了与日本左翼文坛之间的直接交流；并且通过具有留日背景的中国大陆作家胡风的译介，杨逵的左翼文学作品还进入了20世纪30年代的中国大陆左翼文坛。这一事实本身，即已说明了杨逵的这种转化策略的成功。更重要的是，杨逵在转化这种日语文化势能的同时，还能借助主观能动精神的输入，显示出与日本本岛左翼文坛多有不同的、颇具殖民地特质的行动精神。在这一点上，将《送报夫》与同时代日本左翼作家中野重治的小说《看樱花・送报的人》(「花見と新聞配達夫」)进行对比，即能彰显出来。

中野重治(1902—1979)为日本著名的左翼文学家，1924年进入东京帝大修习德语文学，此后登上文坛，和同好林房雄、鹿地亘等人组建社会文艺研究会、马克思主义研究会。在20世纪20年代末至30年代日本无产阶级文学思潮勃发的年代，每一次文学论争他都身与其役，有着不少文学理论方面的思考与著述。此外他还撰写了大量的文学创作，以实绩来支援左翼文坛的建设。《看樱花・送报的人》这篇小说并非是中野重治最出色的创作，而与杨逵的小说《送报夫》相比，不仅在题材上都锁定了“送报夫”这一劳动者群体，并且在行文架构中亦多有相似之处。由于现有材料的不足，尚无法断言中野重治《看樱花・送报的人》与杨逵的《送报夫》之间有相互借鉴的关系。因此，笔者暂时将两篇小说视为用日语创作的同题作品。特点因比较而显现，通过对这两篇小说的比较，我们可以看出杨逵日语创作的某些特质。

《看樱花・送报的人》的创作时间尚不明确。但这篇小说收入到了1934年3月由上海现代书局印行的《中野重治集》中，译者为尹庚。作品集收录中野重治短篇小说四篇。译者在“前言”部分扼要介绍了中野重治生平，概述翻译这些作品的缘由，落款为

“1933年秋上海”,因此这篇小说发表的时间应该在1933年之前。对照小说故事情节与作者人生经历,小说所讲述的时间,大约即是作者1930年因为向日本共产党提供活动资金而违反治安维持法被刑务所收容、起诉的时间。因此小说很可能创作发表于1930—1931年期间。杨逵的《送报夫》创作于1932年,在时间上稍后于中野重治的创作,是否参考了这篇小说只能存疑。《看樱花·送报的人》所描述的内容是追忆性质的,小说以第一人称“我”为中心,叙述当“我”当年在岩仓铁道学校就读时,因为穷困潦倒于是到了附近的派报所里成了一名送报夫的故事。送报夫每日为送报伴风搭雨、双足重茧,同时还要遭遇到老板的盘剥。到了三月底的时候,寄宿的老板竟然将他们驱赶出门,将宿舍改为“看樱花的高雅的仕女认为最宜他们游乐的酒馆”。在这样的情况下,“我”走向了社会,参加“五一”示威游行,渐渐成了一名社会运动家。日后因为参与社会政治活动而被关押在拘留所里,想起当年这一段经验,仍十分感慨。

《看樱花·送报的人》与《送报夫》之间有着叙事上的相似关系,主要体现在宏观题材上的把握,以及微观细节上的处理。宏观题材上,二作都将书写文学素材聚焦在了彼时日本社会劳工群体中的一类特殊群体——送报夫。作为现代资讯传播以及文化交流的重要媒介,印刷报纸(新闻纸)的诞生改变了文化资讯传播的方式。正是因为工业化的发展,导致了对于具有一定知识水平的劳动者的需求,都市化的结果也致使都市中的大众能够相较以前受到更好的文化教育,成了大众化报纸的潜在消费者。“送报夫”这一行当的出现,正是一个为了文化资讯的传播而东奔西跑的角色,一方面他与底层劳工中那些单单靠出卖体力而换取生存资料的种类不一样,这一工种需要劳动者能读书认字方能进行报纸派送,在两篇小说里面从事送报夫工作的人,都是青年学生,是因为贫乏而不得不去从事此工作;另一方面送报夫又并未完全脱离纯粹肉体劳动者的那种苦难生涯,在与社会底层生活切实接触的过程中,小说的主人公都生发了对于“底层”的全新认识,并且走上了阶级斗争的道路。

在微观细节上的处理方面,两篇小说也有着情节架构、细节描写方面的近似之处。二作在描写送报夫生活的素材方面,大约都可以分为“请求送报的差事——送报夫恶劣生存环境——街上送报的具体情况”等几个叙事细节。两篇小说的主人公“我”都是

青年学生,因为生计问题不得不恳请报馆老板给予自己一份工作:

与老板娘相骂,虽然没有相骂,不过无论如何,不搬一个住处,那不大好。因为有这样一段原因,于是我跑到飞鸟山的派报处去了。

“请给我一个差使吧。”

我就这样的恳求。我在那个嘴脸怪难看的老头子那里,待了个把钟头。

“那么,唔……”

好容易的,我总算讨到混得一口饭的事情。①

在短的劳动服中间,只有一个像是老板的男子,头发整齐地分开,穿着上等西装,坐在椅子上对着桌子。他把烟卷从嘴上拿到手里,大模大样地和烟一起吐出一句:

“什么事?”

“呃……送报夫……”

我说着就指一指玻璃窗上的纸条子。

“你……想试一试么? ……”

老板底声音是严厉的。我像要被压住似地,发不出声来。

“是……是的。想请您收留我……”②

在进入到派报所之后,二作都同时写到了派报所内部宿舍拥挤不堪的生存环境:“大家睡下去,就像一群毛鸡,头与头,头与脚,总是叠堆叠的拥做一块的”(《看樱花·送报的人》)、“和把瓷器装在箱子里面一样,一点空隙也没有。不,说是像沙丁鱼罐头还要恰当些”(《送报夫》)。随即第二天起来,马上就要叠报纸,并且迅速出去送早报,外面残酷的自然环境让送报夫都感受到极端的痛苦:“降了大雾的冬天,天明时节的冷法,这也不是说话形容得出的。并且,天色又是那么漆黑”(《看樱花·送报的人》)、“冷风飒飒地刺着脸。……尤其苦的是,雪正在融化,雪下面都是冰水,因为一个月以来不

① [日]中野重治:《看樱花·送报的人》,尹庚译,《中野重治集》,上海:现代书局1934年版,第59页。

② 杨逵:《送报夫》,胡风译,《世界知识》第2卷第6号,1935年。

停地继续走路,我底足袋底子差不多满是窟窿,这比赤脚走在冰上还要苦”(《送报夫》);送完早报之后,稍加休整还要继续去送晚报:“我的报,从公园的下首,一直的送到荒川的土堤那边去,要跑过王子那边去,大约还有十多里路。那边的雪,漫天的刮得非常大,实在是够苦的”(《看樱花·送报的人》)、“这一天非常冷。路上的水都冻了,滑得很,穿着没有底的足袋的我,更加吃不消”(《送报夫》)。两位作者都曾经具有过从事送报夫工作的真切体验,因此在对送报夫生涯进行文学表现的时候,会出现如此相近似的侧重点,显示出了 20 世纪 20 年代至 30 年代日本底层送报夫生活的某种历史真实。

但是两篇小说之间的差异性也很明显。《看樱花·送报的人》的篇幅较短,在感情基调上与《送报夫》也大异其趣。中野重治毋宁说是将送报夫的经验看成是从年少无知、只具有青春激情而缺乏目的意识的阶段转入具有无产阶级思想和实践体验阶段中间的那个过渡时期。因此他在参与政治运动而被拘禁时会想起这样一段送报夫的日子,感情中不乏郑重与珍视:“不久,我在巢鸭的拘留所里关着,我每天吃那味道很坏的冷饭团,是与‘结缘’的时候一样的冷饭团(在飞鸟山‘结缘’的时候,是一边烘火,一边吃冷饭团的。)回忆起来,我是很感慨的啊!”感慨背后所蕴含的那种怅惘、留恋,主要与作者书写时所具有的回忆视角有关。这种感慨的情绪,在杨逵的《送报夫》中是不存在的。《送报夫》的感情基调是一直昂扬的,正如小说结尾所写那样:“我满怀着确信,从巨轮蓬莱丸底甲板上凝视着台湾底春天,那儿表面上虽然美丽肥满,但只要插进一针,就会看到恶臭逼人的血脓底迸出”,小说主人公从送报夫生涯中汲取了斗争的勇气与策略,并且准备从日本回到台湾展开无产阶级政治运动。

除了感情基调的不同外,杨逵的《送报夫》较之《看樱花·送报的人》在篇幅上长很多,因而具有了更为丰富的小说细节。这些相较而言更充实小说情节,实际上显示出了杨逵的“这一个”送报夫独特的经验与价值。第一,《送报夫》增加了主人公杨君在台湾生活的背景。小说开端即提示杨君来到东京已经一个月,“带来的二十圆只剩有六圆二十钱了”,在这种困境中才会去做送报夫。在被派报所老板残酷剥削到无法生存下去之际,“我”赫然想起了自己的家乡台湾:“我好像第一次发见了故乡也没有什么不同，颤抖了。那同样是和派报所老板似地逼到面前，吸我们底血，剐我们底肉，想挤干我们底骨髓，把我们打进了这样的地狱里面"。原来"我"的家庭本来是一户守着两甲水田和五甲园地过活的自耕农，但是因为资本主义的入侵以及日警仗势欺人，勾结地方保正强迫村民同意将土地低价出让作为制糖公司的农场。稍有反对的村民便被日警斥为搞"阴谋"、"非国民"，"我"的父亲因为坚决反对这种侵害农民利益的举动，竟被日警殴打致死。小说中的"台湾背景故事"，显示出在资本运作的肮脏举动，以及资本主义与殖民主义勾结下被殖民地底层民众的痛苦。第二，小说主人公"我"被迫离乡赴日之后，在送报夫的工作中结识了一个日本无产阶级劳动者田中。小说叙事中，田中不但是"我"从事送报生涯的前辈同事，而且还在自己也十分困窘的时刻都在不求回报地帮助"我"渡过难关。除此之外，田中还成了启发"我"走上无产阶级运动的领路人，以"我"所遭遇的被资本家盘剥而无法生存的现实出发，启迪"我"要走无产者联合的道路："为了对抗那样恶的老板，我们最好的法子是团结。……劳动者一个一个散开，就要受人糟蹋，如果结成一气，大家成为一条心来对付老板，不答应的时候就采取一致行动……这样干，无论是怎样坏的家伙，也要被整得不敢说一个不字……"在这样的启发下，"我"协同那些被派报所老板压迫的送报夫们一起实行了罢工运动，"看到面孔红润的摆架子的××派报所老板在送报夫底团结前面低下了苍白的脸，那时候我底心跳起来了"。这一成功的经验让"我"从此坚定了阶级斗争的信念，决心返回自己的家乡——台湾坚持奋战。田中这一日本无产阶级劳动者形象，正是"我"在革命斗争中的引路人。

从杨逵的《送报夫》较之中野重治同题材小说而更加丰富的这些细节中，我们可以看到杨逵日语创作的左翼题材小说较之日本本国左翼作家的突出特质。这一特质便是"行动优先"。在 1933 年前后的日本文坛，左翼文学与政治运动受到国家政权的强力打击，遭遇到了前所未有的危机。适时不少左翼作家纷纷宣布"转向"，无产阶级文学走入了低潮，社会上弥散着一种"不安情绪"和"危机意识"。①杨逵从殖民地台湾走上日本本岛左翼文坛的时候所面临的正是这样的一种文学生态，因此在杨逵的创作中

① 叶渭渠：《日本文学思潮史》，北京：经济日报出版社 1997 年版，第 501 页。

他会竭力思考如何透过文学书写表达出一种“积极的情绪”，来实现自己日语创作之初即设想好的各种目的性。同样是写送报夫生活，杨逵侧重点是从送报夫苦难生活历程中升华出主人公阶级斗争意识的萌芽，形塑一个无产阶级政治运动斗士的成长史。而中野重治送报夫题材小说《看樱花・送报的人》则具有比较明显的“转向”情绪，以一种略带伤感的声吻回忆曾经当过送报夫的这一段生涯，显示自己对于曾经走过的这一段无产阶级运动道路的某种回顾。从这两篇小说创作中可以这两种不同情绪的参差对照。杨逵小说《送报夫》较之前者所在多有的情节设计，真正意义上展示了杨逵对于日语文化势能的深刻理解以及转化性的运用。“台湾背景”直接将日本殖民统治的现实性以及资本运作的无孔不入展现在了台湾以及日本民众面前，显示出了无产阶级运动存续的必要性。杨君的故乡——台湾乡村在殖民与资本的双重压迫下非但无法正常发展，已经将村民逼上了绝路：“大家都非靠卖田的日子过活不可。钱完了的时候，和村子的当局者们所说的‘村子底发展’相反，现在成了‘村子底离散’了”，如果不加以反抗的话是没有出路的；日本同事“田中君”的出现，直接击碎了“我”所具有的那种狭隘的血统与民族观念，生发出了一种崭新的阶级观念。将自己做了日本人走狗的亲哥哥相比，同是无产阶级劳动者的日本人田中是更亲切的：

> 在故乡的时候，我以为一切日本人都是坏人，恨着他们。但到这里以后，觉得好像并不是一切的日本人都是坏人。木赁宿舍底老板很亲切，田中比亲兄弟还……不，想到我现在的哥哥——巡查——什么亲兄弟，拿他来做比较都觉得对不起田中。
>
> 不错，日本底劳力的人大都是和田中君一样的好人呢。日本底劳动者反对压迫台湾人，糟蹋台湾人。使台湾人吃苦的是那些像把你的保证金抢去了以后，再把你赶出来的那个老板一样的畜生。到台湾去的大多是这种根性的人和这种畜生们底走狗！但是，这种畜生们，不仅是对于台湾人，对于我们本国的穷人也是一样的，日本底劳动者们也一样吃他们的苦头呢。①

---

① 杨逵：《送报夫》，胡风译，《世界知识》第2卷第6号，1935年。

从田中的启迪出发，“我”逐渐认识到了阶级斗争的重要性，并且通过与田中君以及其他被压迫的送报夫一起对派报所老板进行联合斗争、罢工示威，最后迫使老板更改不合理的规定、提高送报夫待遇，取得了根本性的胜利。这样的运动实践践行了“我”的理论主张，为未来小说主人公返乡从事无产阶级运动提供了充分条件。杨逵的《送报夫》正是通过这样饱满的情节设计，将跨区域联合的理论主张以及植根于殖民地台湾现实的书写意图完美地结合了起来。

杨逵的名篇《送报夫》与中野重治的《看樱花 · 送报的人》是诞生在近似的社会运动氛围中，是同一个时代发展阶段的文学产物，两篇作品之间应该有更加广阔的比较空间有待开拓。就本议题而言，同是日文写就、题材也颇为近似的两篇小说，可是因为不同作家对于语言文化势能的理解不同，作品在这个层面上显示出了大异其趣的面貌。从杨逵的立场来看，采用日语书写意味着写作启动阶段已经比日本本土左翼作家多了一项需要超克的现实障碍，阶级压迫之外，让台湾人感受更为直接的是日语书写背后所隐含的殖民统治的事实。因此杨逵在他的日文创作中，利用日语这种语言载体抒发自己对于殖民压迫、阶级斗争的积极看法，将文学视为改造社会的利器，因而他的日文书写中充满了行动主义的理念痕迹，这与同时代日本作家普遍进行“转向”的社会现实、充满怅惘意绪的文学风格相比显示出独特之处。台湾作家在创作日文文学的那一刻，其实即已决定了他们对于日本文化的立场态度究竟为何。杨逵和他的台湾同侪作家比如吴浊流、龙瑛宗等等，都将日文所具备文化势能视为一种可以转化使用，实现本土文化认同的一种工具，但与此同时跟他们这种对待日文文化势能的理解不尽相同的作家亦所在多有，显示出殖民地台湾文化生态的多元镜像。

（二）翁闹："涵化"主张与日语纯文学创作

在日本殖民统治时期台湾新文学作家当中，翁闹（1910—1940）可能要算作一个异数。他的这种独异性，一方面来源于他那含糊而晦暗的生平轨迹，如同一颗曳光弹一般划过日本殖民统治时期台湾文坛，光热只在一个瞬间获得释放，并引起爆炸性的反应，随即烟消云散。由于史料之不足，翁闹生平中有非常多的未解之谜，直到晚近以来通过几代台湾文学研究者的不懈努力，始能大致确定他正确的生卒年份、影像资料。

至此我们才知道这个早夭的天才出生于1910年，而非早先流传的1908年；卒于1940年的日本，而非曩先所以为的“不知所之”，得年不过三十岁。他去世时候的具体情况如何，仍是一个谜。有说潦倒于东京街头枕着旧报纸薨毙，也有人认为他死在精神病院。①在他生年与卒年之间，在他创作的全盛期，却有着更大的谜团。他在履行完师范学校五年义务教职之后，终于依凭自己的自由意志，远征日本“中央文坛”来到东京，他在东京的生活实况，只留下一些同时代的台湾作家对他的片段回忆，认为他狷介、狂放，此外他的情形便是一片空白，以至于今天对这个作家也很难有全面的把握。

翁闹独异性的另一方面，则是来源于他文学理想的纯粹、坚韧以及为博取文学成就那种破釜沉舟的决心。在日本殖民统治时期的台湾文坛，或许没有一个作家像翁闹这样绝端地崇拜艺术女神，将纯文学的创作视为终身之志业。翁闹很早就决定投身于文学创作实践，并且他以为作为一个殖民地的台湾文学青年，只有以日文创作征服日本东京的“中央文坛”才是其文学创作的终极目标。他成了如研究者所言的“为进出日本文坛，毕业后不肯返乡，在东京苦修流浪”的殖民地青年的典型形象②。就作家翁闹存世的作品而言，数量可能并不算丰盛，但其文学创作的水准，却的确在同时代一班作家之上。他的创作大致可以分为两副笔墨：一类主要描写台湾底层“被侮辱与被损害”的“抹布阶级”以及贫苦农民，描写他们在日本殖民统治下挣扎求生的生活意态，主要采用的是现实主义的创作表现手法；另一类则主要写台湾知识分子在本土、在异域不同时空环境中，对于现代都市文化的直观感受，对于自我认知、个体情欲与内心隐秘的深入探究，使用的创作方法则是偏向于现代主义的。从表面上看来这两类作品大异其趣，似乎显示出一个作家的二重人格，但在实际上作者在短暂的创作生命中会分化出这样的两种文学创作品格，其实是有他自己的内在追求的。欲追索这种追求本身的指向性，我们必须返归翁闹创作时候的时空语境以及作家所承载的文化背景质素。只有明白了用日语来创作这个事实对于翁闹的指标性意义，或许才能真正理解作家翁闹作品的多元构型，既是分裂，又是统一。

---

①② 黄毓婷：《东京郊外浪人街——翁闹与1930年代的高圆寺界隈》，《台湾文学学报》第10期。

表 2　翁闹日语小说创作

原文标题	中文译名	发表刊物	发表时间
「歌時計」	《音乐钟》	《台湾文艺》V2N6	1935 年 6 月
「戇爺さん」	《憨伯》	《台湾文艺》V2N7	1935 年 7 月
「残雪」	《残雪》	《台湾文艺》V2N8-9	1935 年 8 月
「羅漢脚」	《罗汉脚》	《台湾新文学》V1N1	1935 年 12 月
「哀れなルイ婆さん」	《可怜的阿蕊婆》	《台湾文艺》V3N6	1936 年 5 月
「夜明け前の戀物語」	《天亮前的爱情故事》	《台湾新文学》V2N2	1937 年 1 月
「港のある街」	《港町》	《台湾新民报》连载	1939 年

1. 零余者、幻影之人与 cosmopolitan

翁闹出生于台湾彰化，在五岁的时候被本家寄养给翁氏家庭做螟蛉子（被家人送出而成为别人养子的经验，曾出现在翁闹的小说《罗汉脚》里）。寄养的人生经验，或许从此造就了翁闹对漂泊无定生命体验的一种熟习与亲近。而后翁闹入读台中师范学校，在毕业后本想大展宏图，实现自己的文学抱负，却囿于师范生必须完成的师范教育职务，被迫留居台湾本岛教了五年的书，业余从事文学创作。此后的翁闹回忆这一段教育生涯，不无感慨地认为自己“在台湾教了五年书便觉得自己几乎快变成了木乃伊”①。但从时人的观点来看，教师是一个相当安稳的职业，只不过翁闹身上的那种文学激情、才华与抱负，一个小小的公学校教员的身份，恐怕并非他所期望的。

1934 年，翁闹终于结束了师范教育的服务期限，获得“自由”后的他所奔赴的第一站便是日本的心脏——东京。在东京的翁闹过着荒唐而颓废的生活，与年长的日女同居，席卷台湾同乡的财物而溜之大吉，入职日本内阁印刷局校对工作却因疯狂追求日本女性而被开除……如此种种，翁闹受到台湾同乡的侧目，并且也未能打入日本人团体。他以一个近乎流浪者的姿态，漂泊到和他气质相吻合的日本高圆寺车站附近，如他自己所言：“来到东京之后我频频迁徙，也落脚过许多地方，却始终像被什么追赶着似的，有踏不着地的感觉，最后还是不得不又沦落到高圆寺这里。仔细想想，这浪人街

① 翁闹：《东京郊外浪人街——高圆寺界隈》，原载于《台湾文艺》第 2 卷第 2 号，1935 年 4 月，译文参见《破晓集——翁闹作品全集》，黄毓婷译，台北：如果出版 2013 年版，第 235—236 页。

的风情毕竟是落入了自己的调调里，再也逃不掉了吧！”[①]在高圆寺蛰居的翁闹，终于成了一个近乎“嬉皮士”的人物。

与这种生活的困窘不同的是，翁闹自始至终都没有忘记他来到这个异乡的目的。他举意以一个殖民地二等公民的身份，来挑战第一流的日文文坛。一直到他 1940 年离世以前，这短短六年左右的时间他蜷居于这个大都市一隅，试图依靠自己手中的笔征服“中央文坛”那看似高不可攀的顶尖。通过参与日本文坛的文学评奖，翁闹尝试阶段性地实现自己的文学追求。在 1935 年，翁闹的日文小说《憨伯》入选了《文艺》第二回悬赏创作“选外佳作”[②]。尽管并非正选，却也引起了台湾本岛文坛的轰动效应。杨逵在 1935 年 7 月《台湾文艺》第 2 卷第 7 号的编辑后记里面就对这篇小说激赏不已：“请看本号的创作栏。《憨爷公》原来是《文艺》的入选作品外的佳作，当时差一点就入选，作者曾相当用心的改写。”[③]此后翁闹力求取得更大的突破，但是他未能在这个基础上步上“中央文坛”的顶峰，尽管他仍在不停地进行文学创作，似乎时运不再眷顾这个殖民地的文学青年，他未能如自己所愿那样，挤入东京文坛的内部，只能在外围打转。在日本“中央文坛”，他的名号无人注目；在东京的台湾人社团集群中，他却是一个令人侧目的存在。时乖运蹇的翁闹，在文学梦未酬的情境下含恨离世。

与翁闹的这种生命历程相配套的，是翁闹生存轨迹所留下来一些吉光片羽，时人或后人关于翁闹的种种传说，以及作家对于自我的那种认知与期待。从这些错综复杂的理解中，我们或许能够获取关于翁闹真正面目的一些思路。对翁闹生平叙述的过程中，我们似乎可以看到他如同“五四”郁达夫式的零余者[④]。郁达夫哀叹自己“真是世

---

① 翁闹：《东京郊外浪人街——高圆寺界隈》，译文参见《破晓集——翁闹作品全集》，黄毓婷译，台北：如果出版 2013 年版，第 230—231 页。

② 该奖项的次奖为日本作家平林彪吾的小说《养鸡的共产主义者》，翁闹的小说只是 19 篇“选外佳作”之一，但是该文学奖参与角逐的作品共计 441 篇，翁闹能脱颖而出也并非易事。该奖的评选情况参阅黄毓婷：《东京郊外浪人街——翁闹与 1930 年代的高圆寺界隈》，《台湾文学学报》第 10 期。

③ 参见彭小妍主编：《杨逵全集》第 14 卷资料卷，台南：“国立”文化资产保存研究中心筹备处 2001 年版，第 301 页。

④ 翁闹与郁达夫之间，因为生平与创作个性的相似，存在可供比较的研究空间。具体可参阅张羽：《试论日本殖民统治时期台湾文坛的“幻影之人”翁闹——与郁达夫比较》，《台湾研究集刊》2005 年第 3 期。

上最孤独的人"(《秋柳》);"自己除了已家以外,已经没有弟兄,没有朋友,没有邻人,没有社会了,自家在这世上,这样的,已经成了一个孤独者了"(《一个人在途上》)。翁闹也在异乡感受着同样的撕裂式的痛苦:

尼采有言/无乡之人是祸也/吾竟沦为颠踬在荆棘荒野之身//

寂寞不过无光茅屋中诀别时的/春日暮色/悲哀不过天空彼方望不见的/故土山峦//

相别快有一年/父母啊/莫怨我/吾非鬼之子/乃时代之子//

我的前途是/月光不照/鸥鸟不飞/无边无涯的沙漠/孤独/在狂风中行路//

莫谓还有希望/此为虚言/哀哉/君/吾所有的/唯绝望而已//①

这首题为《在异乡》的诗歌,表现了翁闹对自己渺茫前途的绝望。谋求文学定位的创作活动,推进是如此之慢,自己的期待却又如此不肯降格,这种拉扯致使作家感受到了锥心的痛楚。到了东京的翁闹,又遭受到台湾同乡的疏离,此二者加之,形塑了翁闹零余者的姿态,使得他不得不尽力去依靠自己的个人力量,去迎接未来的文学征途。

翁闹的同侪对于翁闹又有什么样的看法呢?流传最广的说法,莫过于曾与之有交游的刘捷对翁闹的评论。他曾经在一篇《幻影之人——翁闹》的短文中记载下他记忆中的翁闹:

关于翁闹的个人生平,我所接触的只是东京《福尔摩沙》时代一段短时间,所知不多,在我的回忆中,他像梦中见过的幻影之人。……他和当时的一般穷学生一样,一年到头穿的是黑色金纽的大学生制服,蓬头不戴帽子,表示辍学已不上学堂。四处旁听,逛讲演会、书铺或参加各种座谈会,这种"游学"的方式盛行,毕业后不愿返台湾的文艺者个个如此。……那时为进出日本文坛,毕业后不肯返乡,在东京苦修流浪的文艺人,翁闹是典型人物之一。②

寥寥几笔,我们似乎从中已看到了一个醉心于自己的艺术世界,睥睨周遭事物的

---

① 翁闹:《在异乡》,《破晓集——翁闹作品全集》,黄毓婷译,台北:如果出版2013年版,第97—98页。

② 刘捷:《幻影之人——翁闹》,《台湾文艺》第95期,1985年7月。引文中的《福尔摩沙》为旅日的台湾青年于1933年创办的新文学刊物,采用日文行刊。翁闹曾在该刊发表诗作。

自信天才的形象。如黄毓婷分析的那样,“幻影之人”的这个比喻,可能有意识地将翁闹与日本超现实主义诗人西胁顺三郎进行比拟。[①]在日本文学史上,西胁顺三郎是以“绘画的诗人”、“音乐的诗人”而著称的传奇人物,他的创作既充满着东洋的神秘和幽玄,亦有着非常现代化、意识流表现手段的长篇诗集。[②]这与翁闹小说创作中那种传统与现代并置的两副笔墨正形成强烈对举。“幻影之人”遂成了早夭天才翁闹的另一个文学标签。

翁闹的另一个形象维度则来源于他创作中出现的一个意象:cosmopolitan,意即“四海为家者”,一个四海为家者云游四方,并且在任何地方都感觉轻松自在。[③]在诗歌《诗人的恋人》中,翁闹描绘出他理想中的恋人形象:“诗人的恋人/她逝于他有生以前,又是/在他死后诞生的/cosmopolitan”;在散文《东京郊外浪人街——高圆寺界隈》中,他提及自己居住的这块帝都的边缘区域:“在这里,连这样的小食堂也充溢着 cosmopolitan 的气息:中国人、朝鲜人、满洲人、吾岛岛民等,面孔和语言一样多姿多彩,暹罗人、鞑靼人说不定也在里头。”当然,在这样的一组四海为家者的群落当中,必定少不了翁闹的身影。离开故土远征东京文坛,翁闹的自我期许,也应当是这样一个“四海为家者”。

零余者、幻影之人、cosmopolitan,这些意象都是我们亲近翁闹灵魂的重要接入口。同时这些意象也向我们传达出翁闹文学探索追求的核心,那就是以一个独立者的姿态,竭力地去攀登艺术的最高殿堂;为了艺术与真美,他甘愿献身,是以漂泊流浪、为人排挤亦在所不惜。对于艺术纯美的推崇,导致了作家形成了偏嗜唯美倾向的风格以及审美意绪,这使得翁闹在台湾文坛“向左转”的生态体系中不免有些孤独,只有寄居在具有更多可能性的日本东京中央文坛,他那颗只为了艺术而搏动的心灵才能听得见响音。

---

① 黄毓婷:《东京郊外浪人街——翁闹与1930年代的高圆寺界隈》,《台湾文学学报》第10期。

② 张蕾:《永远的诗人——西胁顺三郎》,《日语知识》2009年第12期。

③ “someone who has travelled a lot and feels at home in any part of the world.”参见朗文词典 cosmopolitan 词条。http://www.ldoceonline.com/dictionary/cosmopolitan。

2."涵化":适应日语文化势能的方式

从这些对翁闹生命历程的描述中可以看出,对翁闹来说,纯文学创作显然是安身立命的所在。正如史家布洛克所言那样,每个学者只能找到一项他乐于实践的学问,找出自己的兴趣进一步为其奉献自己,这就是“志业”(vocation),是“使命”(calling)。[①]文学创作就是翁闹的使命。在 1936 年 4 月写给文友杨逵的通讯中,他急迫地等待着台湾文坛创作不兴现状的重振,并对自我创作的前路剖白心迹:“吾岛在文学上是全然的处女地之故。期望不久的将来快快有伟大的作品产出才好”,“我还是宁愿写纯文学的作品”。[②]

与他的这种文学抱负相对应的,是翁闹那令人激赏的小说创作成就。特别值得注意的是,翁闹堪可称为日本殖民统治时期台湾新文学作家当中最能熟练地运用日语这种文学语言来进行创作的一位。特别是当我们对日本殖民统治时期台湾作家的日语创作实况略有了解后,便会知道即使对于被视为台湾文化先锋、社会菁英的台湾文学家而言,他们的日语程度其实也不能被认定为绝对超拔于一般台湾民众之上,达到堪与日本“中央文坛”相提并论、平等竞争的水准。而在台湾作家群体中,翁闹的日文水准堪称最顶尖。黄毓婷曾指出翁闹在使用日本语进行创作时,呈现出了与日本“中央文坛”接轨的趋势。首先,翁闹的日文诗歌准确地使用了日本语中的不同文体,显示出驾驭这种语言的功力:“翁闹娴熟的日文文语诗和口语诗的各种形式,并且有意识地从各类形式当中挑选出适于表情的题材。出身殖民地的翁闹,是以一个熟习各种日文文体的日语诗人的身份,踏上了文坛”[③];其次,在翁闹的日语小说中,特别是在叙述台湾底层“被侮辱与被损害”的劳动阶层生活意态的小说《憨伯》中,他能娴熟地运用日本“内地方言”来进行创作,丰富文本的色彩:“其实纵观战前的台湾文学作品,使用日本内地方言,或与内地口语相近的作品屈指可数,可知在台湾文学里,运用日本方言的创

---

① [法]马克・布洛克:《史家的技艺》,周婉窈译,台北:远流出版事业股份有限公司 1989 年版,第 16 页。

② 翁闹:《书信:1936 年 4 月》,《破晓集——翁闹作品全集》,黄毓婷译,台北:如果出版 2013 年版,第 325—326 页。

③ 黄毓婷:《翁闹是谁》,《破晓集——翁闹作品全集》,台北:如果出版 2013 年版,第 50 页。

作也相当罕见。再一次，翁闹向我们证明了他作为一个日语作家是如何地悠游于日文从文语到方言的各种形态，并且乐于仿拟、戏作，剪裁出有台湾味的作品来。”①

单就以上这两点来看，我们便已经会惊叹于翁闹对于日语运用的娴熟。通过翁闹的一些具体文本，我们更能看出翁闹日语小说创作的圆臻老练。周婉窈在研究日本殖民统治时期殖民当局所施行的“日语运动”实况时指出：“在日语教育家看来，台湾人的日语充满缺点。总而言之，这些缺点可以可分为两大类。其一是敬体与敬语的误用，其二是日语台湾化。”②以“敬体与敬语的误用”为例，可一窥翁闹日语创作之于同辈大多数作家创作的高明之处。在日语文法中，敬语是在交际活动中根据地位的高低、长幼、亲疏等关系，为表达自己的谦逊和教养以及对他人的尊重或礼貌而使用的语言表达形式。通常还要考虑人际间的恩惠授受关系、男女性别等因素。同时，使用敬语又受到说话人的心理等主观因素的影响。如对关系非常亲密的人可使用敬语表示轻蔑，对外人可使用程度过高的敬语表示冷淡等。③是否能够合乎语法规范地使用敬语，是作家日语能力运用的基本层次；能不能运用敬语的那种主观因素的影响而展示出人物内心的深刻变化过程，则是作家运用日语从事文学创作水平高低的一个标志。

在“敬语与敬体的误用”上，作家赖明弘的小说《夏》被日本评论家新垣宏一指摘没有用敬语体而显得古怪：“作品方面，我只看得懂和文，所以读《夏》这篇作品最有感触。可是文章怪极了，会话部分乏善可陈；故意写农民用语，却又写的不伦不类。干脆不要用不懂的方言，而用标准语「であります」、「ではありません」这种写法比较好。对于本岛人写的和文小说，我总是很在意这一点”④；泷田贞治评论台湾厚生演剧研究会的剧本《地热》中的文学语言时，反问“堂堂一位矿场的小老板，为什么会向矿夫们使用敬

---

① 黄毓婷：《翁闹是谁》，《破晓集——翁闹作品全集》，台北：如果出版 2013 年版，第 59 页。

② 周婉窈：《海行兮的年代——日本殖民统治末期台湾史论集》，台北：允晨文化实业股份有限公司 2003 年版，第 100 页。

③ 刘春英主编：《现代日语语法》，上海：上海交通大学出版社 2001 年版，第 428—429 页。

④ [日]新垣宏一：《评新文学三月号》，原载《台湾新文学》第 1 卷第 4 号，1936 年 5 月，译文参见黄英哲主编：《日治时期台湾文艺评论集(杂志编)》第 2 册，第 25 页。

语，说什么「てあります」、「ありがどうございました」呢？岂不滑稽？”①可见台湾的日语作家有不少还是不会准确地使用敬语与敬体；在同侪作家往往还停留在能否正确使用敬语的层面的时候，翁闹已经开始利用敬语的变化，来刻画人物内心的波澜了。

在翁闹的日语小说《残雪》中，翁闹叙写一个殖民地台湾青年林春生，为了自己的戏剧理想滞留东京，与家庭几乎处于一种隔绝关系，生活困顿拮据。他在吃茶店倾心于一个自北海道逃家出来的女侍喜美子，同时接到在台湾以前的初恋陈玉枝的信件，徘徊于这两个恋人之间难以抉择，“不知道北海道和台湾到底那一边比较远”，最后决定“不回台湾，也不去北海道了”。小说中的喜美子，是适时新感觉派小说家所热衷描写的那种modern girl（正如20世纪30年代上海新感觉派作家徐霞村的小说《Modern Girl》里那个为了逃避生活而从日本流落到上海做咖啡店女侍的信子一样）。在《残雪》的描写中，敬语的变换使用展示出了林春生对于喜美子的情感变化。在林春生第一次在咖啡店见到喜美子时，女侍喜美子对顾客林春生使用敬语（クリームをお入れしませうか），而林春生则采用简体与之对话（今日来たんだね）；可是当喜美子辞职离开店家，径直奔赴林春生家要求栖身时，两人之间的关系随之发生微妙变化，喜美子则不再对林使用敬语，显示出她已经对林表示熟悉亲近，而林春生则反倒使用起敬语来了，在这种敬语的使用中展示出他对于喜美子某种程度的敬重，面对这种情况的不知所措、犹疑不决。②

由此观之，我们可以看到翁闹是日本殖民统治时期台湾文坛中对于“日语”这种文学语言操持得极为熟练、精到的一位台湾本土作家。“日语”这种当时具有强势文化效能的语言，对于翁闹而言有着别样的意义。如前所述，日本殖民统治一直对日语进行强制性的普及，冀望通过这种普及运动（“国语运动”）将台湾民众的政治文化思维拨转为“日本式”的。这场由殖民政权所运作的语言推广普及运动，有着显在的文化与政治

① ［日］泷田贞治：《演剧对谈——厚生剧团公演琐评》，原载《台湾文学》第4卷第1号，1943年12月，译文参见黄英哲主编：《日治时期台湾文艺评论集（杂志编）》第4册，第401页。

② 相关具体论述可参考杉森蓝：《翁闹生平及新出土作品研究》，台湾成功大学台文所硕士学位论文2007年。

意图。对于殖民文教制度统摄下“日语普及”的事实，台湾民众唯有被迫应承这样的结局，但是这种应承背后，却激发起台湾民众不同的反弹效应，使得台湾文化场域中出现了殊为不同的文化刺激反应。有的作家（如杨逵）在正视不能不使用日语的这一事实之上，采取了“逆势转化”的态度，将日语视为联通日本本岛本部左翼文学资源的工具，将日语文学书写同跨区域左翼联合相结合，堪可称为对于日本文化专制主义的一次痛击；有的作家（如周金波）则无条件接受日本殖民者对于台湾普及日语背后的那种同化构想，不断以日语文学的创作竭力向殖民运作的权力话语中心靠拢，成为了一个时代历史创伤的见证；翁闹的情况可能应该是属于第三种类型：作家对于语言普及背后的文化政治意图相当冷漠，有效地将日语所蕴含的工具层面以及思想层面分离开来，把“日语”这种文学语言视为提升自己文学表现力、扩大自己文学受众面的一种手段或者工具。与杨逵对于日语文化势能的那种抗拒与转化不同，也殊异于周金波通过日语书写无条件认同日本文化的同化作用，翁闹的这种对于日语文化势能的适应方式，或许可以称之为一种“涵化”(acculturation)。

“涵化”这个概念源自跨文化交际，意指“一个文化通过和异文化持续的接触引起原有文化模式的变化”，“造成涵化的文化交往方式多种多样，可以是战争、军事占领、殖民统治”，“文化涵化多是在外部压力下产生的，经常伴随着军事征服或殖民统治，从属群体通常从支配群体中借用的文化因素较多”。①如果我们将日本殖民统治时期台湾作家接受日本殖民统治下以日本文化为主的文教活动、语言普及作为“文化接触”的实质，台湾作家完全地使用日语、无条件地认同这种语言背后的那种文化势能作为“文化同化”的实现标志，那么在这种情况下也采用日语，但是却更多的是从“支配群体中借用文化因素”来创作的现象，可谓是一种“文化涵化”。翁闹的日语创作表现，应是“涵化”现象最为具有代表性的一种。作家并不否定采用日语创作这一事实，也未必对采用日语创作抱有强烈反应情绪，日语在作家的手中，永远只是完成文学构想的一种手段，日语背后文化意涵的渗透，可能并不那么有力。翁闹曾经在“文联”东京支部座

① 孙英春：《跨文化传播学》，北京：北京大学出版社 2015 年版，第 323 页。

谈会上，与一众文友畅谈对于当下台湾文学建设的诸多问题的思考。在关涉到文学形式这个议题的时候，他认为台湾文学建设所采取的文学形式（包括文学语言、书写样式等等）与日本文坛的文学形式类同也未尝不可：

形式上和这里的文坛一模一样也没关系。日本文学在形式上与世界文学相类似，但在内容上仍旧是日本；同样地，形式上可以与日本文学相通，只要内容是台湾就行。①

在翁闹看来，台湾文学的形式不必特别地强调自己的形式独特性，而只要"内容是台湾就行"。文学语言的选择可以算是文学创作的重要形式了，翁闹认可采用日语创作"台湾文学"这一建设方案，其根本的思考还是来自对"语言"所承载的形式、内容二元聚合的灵活运用：在日本殖民统治时期的台湾，采用日语创作成为一个必选项的前提下，那么剥离日语所蕴含的"思想主体"（或者说日语所具有的那种带有强烈政治意图的文化势能），单单从语言工具本身去接入，并注入台湾在地的内容、台湾作家的思维结晶，他认为这样的方式也是可以成立的。翁闹曾表示自己在写作中尽力放入台湾才有的名词，"比如说'大厅'，内地的人看了也不甚明了，所以我总在'大厅'之后，又在偏旁标注振假名「ひろま」"②。翁闹采取只接受日本语言的形式，而将这种语言背后的文化质素化约至最小，其根本原因即在于作家对于"纯文学"创作理念的那种坚持，使得作家在进行创作时无法违背自己的艺术需求，而投身于政治意图明确的写作活动中去。

3.《天亮前的恋爱故事》的故事内外

翁闹对于日文文化势能所具有的"涵化"的接收和运用方式，集中体现在了他的小说创作之中。如前所述，翁闹在日本殖民统治时期的小说大致可以被分为两种类型：一类是书写台湾农村现实社会中贫弱者的生存意态的作品，比如《憨伯》、《罗汉脚》、

---

① "文联"东京支部座谈会：《台湾文学当前的诸问题》，原载《台湾文艺》第3卷第7—8号，1936年6月，译文参见翁闹：《破晓集——翁闹作品全集》，黄毓婷译，台北：如果出版2013年版，第269页。

② "文联"东京支部座谈会：《台湾文学当前的诸问题》，原载《台湾文艺》第3卷第7—8号，1936年6月，译文参见翁闹：《破晓集——翁闹作品全集》，黄毓婷译，台北：如果出版2013年版，第263页。

《可怜的阿蕊婆》等，这些小说都是以年幼（如“罗汉脚”）或者年迈（如“憨伯”、“阿蕊婆”）的台湾农村人物为中心，探讨日本殖民统治时期殖民压迫的血泪事实，颇具左翼文学对“被侮辱与被损害者”的人道主义关怀；另一类作品，则是偏嗜于日本“新感觉派”审美追求的都市情爱题材小说，如《音乐钟》、《残雪》、《天亮前的恋爱故事》等，这些作品以自叙传式的大胆自我暴露，采取新感觉派那种主观主义的创作表现方式，直露地展示出了一个殖民地台湾作家对于情欲探索、国族身份以及异乡体验的多重感受，在20世纪30年代台湾文坛“向左转”的社会现实中，在日本东京的翁闹的这些作品，反倒呈现出观察、体会这个特别时代的别样意识。两幅笔墨的同时存在，使得翁闹文学世界的幅度和范围比起同时代作家更显出广阔。为什么在日本殖民统治时期其他作家在创作中都显示出在同一块文学园地上深耕细作的思路时，翁闹的笔下却有这样两个世界着意并存？这两个看似迥不相侔的文学世界对于作家翁闹而言，是不是意味着他的文学追求的分裂性？要回应这样的问题，必须结合翁闹日语创作中的“涵化意识”来加以把握。

翁闹接受日语这种文学创作语言时，并不像同时代很多左翼作家那样，将日语视为一种负面的文化资源。他所采取的“涵化”的接受策略，将这种语言所蕴含的“外质”与“内蕴”区分开来，他接受了日语这种“语言本体”，却扬弃了日语推行中所蕴含的殖民同化潜在目标。在这样的思路下，他才会认可台湾文坛在创作的内容形式上与日本“一模一样也没关系”，因为日本文学正是在当时世界文学的创作大潮中形塑自己风貌的，采用日本文坛的文学形式，使用日语创作，接受日本文坛时代风貌和写作热潮的影响，这对翁闹而言，并不是一个难以接受的问题。与此同时，翁闹认为台湾文学亦应当有自己文学特性上的区别性因素，那就是“内容要是台湾的”。这就是翁闹的小说会出现两个看似并不统一的文学世界的根本原因。那个描写社会底层农民、破产市民生活状态的文学世界，是尝试表现“台湾的内容”时调用相应文学素材所搭建起来的世界；表现都市生活、现代情绪作用下知识分子个人体验的文学世界，则是亦步亦趋地跟随日本文坛“新感觉”书写风尚，贴近“日本文学形式”的创作尝试。

在翁闹的创作中，《天亮前的恋爱故事》是一篇比较特殊的小说。小说并不以情节的构架作为主线来吸引人，而是描写一个即将三十岁的男人在一个深夜以“独语”方式对一个陌生的妙龄女子(很可能是“神女”)来讲述自己过往的爱恋体验，并在天亮以前与之告别。全篇“一”语贯之，并无其他声音，语言淡薄，情绪颓靡，读来如身处幻梦。小说男主人公自称是“一个混迹在千万人当中也不会特别突出的、再平凡不过的人”，他生命的终极追求目标是一种“纯爱”的实现：“我想恋爱，一心一意只想恋爱。为了爱情，叫我献出此身最后一滴血、最后一块肉也在所不辞，因为我相信只有爱情才是令我的身体与精神完足的唯一轨迹”；这种纯粹到不容许任何杂质存在的爱情理想，在现实中只能遭受到毁坏的命运，一次又一次的纯爱失败，使得主人公产生了自我毁灭的情绪，行为与意志开始分裂：“一点一点感觉到自己是个不适合生存的人”，“就算我的人生和青春在悠长的时劫当中几乎无足轻重，相信我这无限小的憎恨必定会与无限小的憎恨一起对着宇宙施加破坏的作用”。在“纯洁”的听话人面前，叙述者感觉到自己就是一只文明世界里的“野兽”：

我想啊，如果这地上再次为野兽所据，该有多好！我不是期望人类灭绝，请你别动气，我的意思是希望现在的人类把所有的生活样式和文化全部忘掉，再一次回到野兽的状态。

可以发现，这篇小说已经具有了与一般的恋爱故事不同的别样色彩，带有一种跟同时代日本文坛那种颓废气息相吻合的文学质素。作品表现出如下的主题：在扭曲的时代和社会环境中个体脆弱无力，个人的存在价值受到质疑；在此基础上人的思维意识发生畸变，充斥着各种非理性的因素。与这些主题相匹配，小说通过个人叙述体单声道叙事，最大化地将主人公的个人情绪、主观感受与外部世界间的尖锐冲突表现了出来。可以感觉得到，这一篇小说是受到了日本现代主义小说流派——新感觉派影响而写作的。小说中的主题呈现、诸多创作手法的运用，都和新感觉派小说密切联系。似乎可以断言：从小说的形式上来把握的话，这篇小说应该是一篇与日本文坛流行风尚接轨的新感觉派色彩的创作。

但是翁闹的这篇创作却并不止步于此。因为涵化式地接受了日语这种文学创作语言，使得作家对于创作采取了形式与内容分离组合的小说构架方式。《天亮前的恋爱故事》并不完全是在一种脱离现实的环境中酝酿而产生的。有不少研究者已经发现了这篇小说所折射出来的那种左翼情绪——对现实世界生存秩序的不满、对于殖民地下子民追求个性解放之不可能的认知，都展示出了某种曲折的历史真实。所以这篇小说才会被台湾左翼文学期刊《台湾新文学》第 2 卷第 2 号所采用、登载。小说的风格与《台湾新文学》主流创作大异其趣，具有强烈现代主义倾向。主人公的“世纪末情绪”、混乱的价值取向、与神女交往时刻摈除肉欲而谈论精神恋爱的情欲体验，乍看与左翼叙事毫不相关，展示出一个与左翼世界悬隔甚远的世界。但如果能以《台湾新文学》特有的策略性处理方式来看待这篇作品，不但能体验到《台湾新文学》对独尊“社会主义现实主义创作方法”的文坛空气的反思①，以现代性经历与殖民地体验的阵痛关系来看，更可以读出这篇作品的论述话语，是如施淑所指出的那样：“隐含自我消费的世纪末情调，他的价值混乱，他的偏执和焦灼，以至于渴望回到人类文化的零点的疯狂，在在显示着殖民地特殊的断裂的历史所形成的自我历史的断裂，以及在这之上的，与资本主义社会发展有着同性质的人的破灭。”②

翁闹的人生旅程止步于 20 世纪 40 年代异乡东京，在日本殖民统治时期的台湾以及东京文坛划出彗星般的一道闪亮光弧，却在人间投下了更深黑的阴影。翁闹的文学史形象，让人想起同时代作家龙瑛宗在其代表作《植有木瓜树的小镇》中所写到的那个早夭的天才：虽然肉体短暂，但精神却活过了五十岁、六十岁，“一边多姿多彩地想象人间洋溢幸福的景象，一边走向冷冷的地下而长眠”③。翁闹对于文学的一腔热诚和绮怀，支撑他度过在日本东京他乡的艰难岁月。《天亮前的恋爱故事》里那个“为了爱情，叫我献出此身最后一滴血，最后一块肉也在所不辞”的叙事主人公，正对应的是作家翁

---

① 杨逵对“社会主义现实主义”创作方法的反思、拒绝之原因及具体情况，可参见垂水千惠：《杨逵所受之左翼思想及其主体性——自社会 realism 至普罗大众文学的回溯》，收入庄万寿主编：《第四届台湾文化国际学术研讨会论文集：台湾思想与台湾主体性》，台北：万卷楼图书股份有限公司 2005 年版，第 227—240 页。

② 施淑：《日本殖民统治时期小说中的知识分子》，《两岸文学论集》，台北：新地文学出版社 1997 年版，第 43 页。

③ 参见陈万益主编：《龙瑛宗全集》（中文卷，第 1 卷），台南：国家台湾文学馆筹备处 2006 年版，第 46—47 页。

闹对于文学的这种九死其尤未悔的壮志决心。可是作家这种纯粹的信仰、强大的精神动力,却未能将他带到那个黄金铺地的文学乐土。作为殖民地母国的二等公民,他的文学创作的意义在当时只能被视为"中央文坛"的"南方点缀",翁闹遂始终在东京中央文坛的外沿打转,却不得其门而入,最后落脚浪人街而过上放浪形骸的生活。永远在努力攀上文坛顶尖,却一直只能措身文坛底层大本营,勉强过活。在当时,翁闹及其创作的价值与意义并未得到正确认识和合理对待,但作家并未抛弃自己文学世界的建设,在有限的生命历程中默默地为我们存下如此饱含光与热的文学作品。他真是一个时代的、文学的、倔强的独语者,用超前的时代感觉描写时代情绪,等待着未来的知音。

(三) 周金波:"同化"作用下的协力性日语创作

在1941年的台湾文坛,年仅21岁的周金波(1920—1996)因为《志愿兵》而博得大名。这篇日文原作的小说,紧跟日本殖民者"皇民化运动"中对于台湾本土的战争军事动员,亦步亦趋地以文学这种颇具感染力的形式进行宣传,鼓动殖民地台湾青年子民投入到为日本献身的"海外作战"去。所谓的"志愿",其实就是采用诱惑人的申请仪式(如血书),获取为"国"捐躯的"荣光"与"机会"。作品与台湾"志愿兵制度"出台的时机完美配合,其产生的效果也出人意料。①通过加盟日本在台文化人占主体的文学杂志《文艺台湾》,周金波在此时顺利地跃入了殖民地台湾文坛的核心位置。1942年6月份,他获得了"文艺台湾赏"这一文学奖,担任了台湾文艺家协会的理事;次年更是一步登天,被官方选为第二届"大东亚文学者大会"的台湾代表,远赴东京与会,并且发表了《皇民文学之树立》的演说,一时风头无二。在这篇日语演说里面,周金波露骨的"皇民文学"的提法,非常惹人侧目。根据陈建忠的研究,他认为被纳入"皇民文学"的作品具

① 台湾民众被卷入二战的时机是在卢沟桥事变之后,于1937年9月即有日本军队强征台湾人以"军伕"身份支援侵华战争,其地位处于军队最底层,低于"军人"、"军马"、"军犬"、"军属";1941年起"台湾总督府"决定效仿殖民地朝鲜所实施的志愿兵制度,同年6月宣布"志愿兵制度"将于1942年在台湾正式实施。参见周婉窈:《海行兮的年代:日本殖民统治末期台湾史论集》,台北:允晨文化实业股份有限公司2003年版,第135页;周金波小说《志愿兵》发表于1941年的9月份的《文艺台湾》第2卷第6号,如果算上小说构思创作所耗费的时间的话,几乎可以说周金波在殖民者提出施行"志愿兵制度"之际,就已经开始着手创作与该政策配套的文学作品了;甚至有可能在"志愿兵政策"出台之前,周金波或许对这个问题已经有了相当程度的认识和探索,并有了文学表现的设想了。

有一些在内容、主题或思想上的特征，比如“描绘成为皇民、日本国民的心路历程之作品”；“描绘志愿从军或歌颂、预祝战争胜利的作品”；“描绘南进、增产、团结、日华亲善等积极意义的作品”等。①如果按照这个标准来考察周金波在日本殖民统治时期的全部日文创作，可以认为周金波即是一个非常标准“皇民作家”。这也成了身为作家的周金波最为引人注目的一个文学标签。在不同时代的文学史家，均指出“皇民作家”周金波及其日语创作在台湾文学史上的特殊位置：

战争的黑暗愈来愈加深，皇民化的浪潮越来越汹涌的时候，有些作家在理念上认同了殖民地政府的政策，走亲日的路。如周金波的《志愿兵》(文艺台湾1941)、《水癌》(文艺台湾 1940)等。王昶雄的小说《奔流》发表于台湾文学 1943 年7 月号。“是一篇站在台湾人的立场，倾诉皇民化苦闷心声的写实小说。”同样的情形也许可适用陈火泉的《道》。②

受到战后议论最多的皇民文学，基本上都只集中在王昶雄、陈火泉、周金波等三位作家。他们这个世代，与上一代作家的最大不同之处，在于国族认同与文化认同已有倾斜的现象。他们不仅接受战争体制的事实，而且还在进一步思索“如何成为日本人”的问题；而这问题在上一代作家里并不存在。③

两位文学史家指出，在彼时的日本殖民统治时期台湾文坛“皇民文学”的写作潮流并非势单力薄，通常被纳入“皇民作家”行列中的，除了周金波之外，可能还要加上陈火泉、王昶雄等。这些作家的创作都是以日语书写，集中地表现了那个特殊的时代里台湾一部分民众认同的迷离与“脱胎换骨”的想法，因此常被纳入同一个体系中进行比较。但是相较于王昶雄与陈火泉，我们可以发现周金波是这个“皇民作家”序列里面最具有特殊性以及代表性的一位。理由如下：首先，在这一批作家里面，日本殖民统治时

① 陈建忠：《日本殖民统治时期台湾作家论：现代性、本土性、殖民性》，台北：五南图书出版 2004 年版，第274—275 页。

② 叶石涛：《台湾文学史纲》，高雄：春晖出版 1987 年版，第 66 页。

③ 陈芳明：《台湾新文学史》，台北：联经出版事业股份有限公司 2011 年版，第 200 页。

期的周金波的创作最为丰富。从日语小说处女作《水癌》开始,周金波贡献出了一系列堪称“皇民文学”范本的系列小说(参见表3:周金波日本殖民统治时期日文短篇小说编目),而他的同侪陈火泉、王昶雄则分别只有《道》、《奔流》各一篇日文小说作为“皇民小说”代表,在创作的体量上,周金波的确要大很多,影响力也要更大一些;其次在台湾“光复”之后,陈火泉、王昶雄等经历痛苦而曲折的“回心”之旅,终于找回了中华文化的认同与归属,或在公开场合悔谈少作,或表示“《道》是抗议殖民地政府不平等待遇的作品”,因为是台湾人而不能升任技手,的确是陈火泉执笔写《道》的强烈动机。①不管其解说如何,至少从作家对于当时配合政权,将个人思考向殖民政治权力全幅开放并炮制出如此的“皇民化”作品这一事实,陈火泉、王昶雄站在中华文化的立场上对此是深表懊悔的。唯有周金波有所不同,即使是在时隔半世纪以后,他对自己当初的所作所为仍保持着与当时相似的心情。②时隔多年之后,我们发觉周金波对于自己身为“皇民作家”这一历史过往的检讨,是未及启动的,如周金波没有跟随当年的同侪一起进行文化认同重塑工程,以至于当他在20世纪90年代浮出历史地表之后,人们惊愕地发现了一个宛如走错了时代的“老皇民”之样本。

辩证地看,周金波和他同侪们的尴尬存在却提示我们去探讨如下一些问题:政治民族主义与文化民族主义的认同如何纠结作用于日本殖民统治下的台湾本土作家?台湾作家采用殖民者语言、向殖民权力敞开自我的这些创作,到底是在受到折辱情况下的消极反应,还是全力拥抱“皇民化”、非亲日不可的积极表态?通过时光荡涤沉淀,我们似乎可以认定,即使在往昔的“皇民文学”创作中,其内部生态体系仍颇具复杂性。周金波的文学活动事实,向我们展示出了殖民者“皇民化运动”最为深刻的作用机制。这位活跃于20世纪40年代日本殖民统治时期台湾文坛的作家,连带他的系列日语创作,忠实地反映出了一个在殖民同化政策作用下醉心于日本文化而失却了个人立场,最终被迫接受殖民认同的殖民地子民的心路历程。对于周金波的讨论,许多论者已有

① [日]垂水千惠:《台湾的日本语文学》,涂翠花译,台北:前卫出版社1998年版,第93页。

② 周金波:《我走过的道路——文学·戏剧·电影》,邱振瑞译,《周金波集》,台北:前卫出版社2002年版,第281页。

精彩分析，他们有的着力于分析周金波“非亲日不可的动机”；有的则通过其创作来分析周金波直面“殖民现代性”时的反应机制；还有的讨论周金波小说中所具有的台湾本土“乡土情结”；不一而足。实际上这些研究虽然各有结论，但有一点似乎未能获充分重视：周金波的小说创作是以殖民者语言——“日语”而完成的，“日语书写”这一事实背后所蕴含的文化意义究竟如何。同样采用日语书写，杨逵的日语创作与周金波有什么不同？周金波的日文创作又与翁闹的差异性何在？因此，在本议题中我们将以周金波的日文创作作为分析之核心，着重分析采用日文创作对周金波到底意味了什么。

表3 周金波日本殖民统治时期日文短篇小说编目

日文原题	题目	发表刊物	发表时间
「水癌」	《水癌》	《文艺台湾》V2N1	1941年3月
「志願兵」	《志愿兵》	《文艺台湾》V2N6	1941年9月
「『ものさし』の誕生」	《“尺”的诞生》	《文艺台湾》V3N4，短篇小说特辑号	1942年1月
「フアンの手紙」	《读者来信》	《文艺台湾》V4N6，十月号，短篇小说特辑	1942年9月
「気候と信仰と持病」	《气候、信仰和宿疾》	《台湾时报》	1943年1月
「郷愁」	《乡愁》	《文艺台湾》V5N6，短篇小说特辑	1943年5月
「助教」	《助教》	《台湾时报》	1944年9月
「無題」	《无题》	《台湾文艺》V1N7	1944年9月

1.“周惠太郎”的诞生

周金波成长所处的时代环境，已与杨逵、翁闹等人的有很大阶段性差异。在周金波的成长过程中，他所受到的影响最为深远的，是日本殖民政权在巩固统治后所采取的强力同化政策。荆子馨曾在他的研究专著《成为日本人：殖民地台湾与认同政治》中，曾经提出这样的观点：

> 如果试图对殖民论述提出激进的批判，就必须超越民族是“想象的共同体”以及认同是“历史的偶然”这类老生常谈。我们必须检视殖民现代性（colonial modernity）生产这些范畴的过程和程序，以及如何将这些范畴当成殖民权力的体制加以动员。以及注意到那些曾经身为殖民地子民的人，在日本早已经正式结束殖民主义之后，因其自身与日本的暧昧关系所怀有的爱憎情仇。

为什么日本的殖民论述与实践必须迫使殖民地人民成为日本人？在同化与

皇民化的过程中，何谓“日本人”这个观念的生产与传播方式有何差别与特色？除了日本化之外还存在什么样的认同形式和政治可能？①

曾经身为日本殖民地子民的周金波，他在日本结束殖民主义统治的半个世纪之后，仍旧尝试以昔日殖民者的立场、观念来看待往昔的文学活动，他对于日本的那种“暧昧关系”的“爱恨情仇”，已经不能用“殖民现代性”的后遗症来进行解释了。周金波连同其日语书写，以及他对于日文文化势能的体认，坚实地展示出了他那坚固的“日本认同”。周金波作为“不折不扣的皇民作家”的存在，成了见证殖民者“同化政策”下心灵“异化”的绝佳范本。

与杨逵、翁闹不同，周金波对于日本的文化体验模式是作用于内部的、根深蒂固的。虽然杨逵和翁闹两位作家都有过留学日本的“近距离”体验，并从这种体验中感受到了民族差别、阶级关系的冲突与矛盾，从汲取日本文化养分的同时，或逆势而转化日文文化势能，或涵化日文文化因素而为我所用，日本体验的作用机制更多的是从外部启动的。周金波自幼即有生长在日本的经验，这种经验恐怕对他的作用是深入骨髓的。1920 年出生于基隆的他，在两岁时就被母亲带到日本，与当时为留日学生的父亲一起生活。1923 年因为日本大地震被迫返台，成长至 13 岁时，又于 1934 年回到日本升学，就读于日本大学附属中学，并在日后升入了其父曾就读过的日本大学齿科专科。在日本留学十年左右的时间里，周金波从一个医学专门学生，逐渐培育出自己的文学兴趣爱好，自称“优哉游哉地上学”，看来只是将文学视为自我表现的一种手段。最终在临近毕业前，发表了自己的小说处女作《水癌》，正式在台湾文坛亮相。1941 年 3 月，日本大学毕业后就返回台湾基隆，本应继承父业成为口腔科医生的他，最后还是走上了以文学创作配合殖民政权运作的道路。

由此观之，周金波的一生并未像杨逵那样受到殖民、阶级双层压迫而痛苦反抗，也并非如翁闹那样醉心于象牙之塔而不问现实。周金波及其家庭，其实一直隶属于殖民政权运作下颇为得意得志的一群特殊阶层——“医师”、“律师”阶层，一直是日本殖民

① ［美］荆子馨：《成为日本人：殖民地台湾与认同政治》，郑力轩译，台北：麦田出版 2006 年版，第 21 页。

统治时期台湾以来本土知识分子中的佼佼者。在晚年的《我走过的道路》这一篇回忆里,周金波回想起自己的日本留学生涯时透露:“尽管我身在异国,但我自觉到无论在环境、人生知遇上都受到恩惠,因此我暗自使用了周惠太郎——这个名字。”①“身在异国”是20世纪90年代的时空环境下的话语,恐怕并不是周金波的本心本意,对于“日本”他应该是在心中奉为母国的,甚至在晚年离世之后,他也要坚持埋骨他的精神故乡日本而非生养他的祖国;“周惠太郎”这个不伦不类的“日本名字”,露骨也颇具隐喻性地展示出一个台湾本土人是如何感戴殖民统治的“皇恩浩荡”的,既然如此,为什么要“暗自使用”呢?那是因为当时台湾人并无改为日本人姓名的资格。如此的确展示出了一个被殖民者被异化的心灵现实。

与这种对日本“恩惠”的由衷感念相对应的,是对祖国同胞的厌弃、鄙视。同一篇文章里他面对众多日本的中国学研究者,提及“对中国大陆的看法”,使用了“支那人”、“清国奴”的称呼②,本来就是日本殖民者最初用在台湾人身上的侮辱性语汇。陈虚谷1928年创作的小说《无处申冤》就描写了一位日本巡警冈平,贪财饕色,欺辱台湾乡民:“我们做官人,便是打死了人,也不算的什么。你们在清朝时代,不是常被官府打死了,砍了头吗?你们比起他们,真是幸福,你们不知道感谢,还要和我们反抗。你们若嫌我们政治不好,统统返去支那好啦。”张庆堂的《老与死》中的“内地人巡查”也是张口闭口怒骂台湾人“傻子!清国奴!”这种侮辱性的语汇却在半个世纪之后内化为周金波看待其他“同胞”的扭曲观点,着实证明了在同化政策下他的心灵“异化”。

2. 奔向同化之道

周金波在日本的留学时光不过十年,生命中绝大部分日子都是在台湾本土度过,无论如何,看起来,他在台湾的岁月都应该比起留日期间更重要。从语言习得对个体认知发展的影响这一问题来看,其母语——台湾方言对于周金波人生经验的重要程

① 周金波:《我走过的道路——文学·戏剧·电影》,邱振瑞译,《周金波集》,台北:前卫出版社2002年版,第278页。

② 周金波:《我走过的道路——文学·戏剧·电影》,邱振瑞译,《周金波集》,台北:前卫出版社2002年版,第285页。

度,应当是远超过第二语言“日语”的。但是,晚年的周金波却并不作如是观,他提及:

仔细一算,我实际在台湾的生活经验不到十年,东京震灾后,我被带回台湾时才四岁,只懂几句日语,十四岁重返东京,必须再学习日语,随着日语的精进,台语也就慢慢地淡忘了。因此,我和台湾的社会一直有段距离;即便有接点,也不紧密,无法看出真实的一面。①

我回到台湾时,台语的程度很差。我融入台湾社会与人交往时,有时会讲一些离谱的话。我因为离开台湾太久,跟大家在一起时,慢慢就产生一种孤独感来。②

晚年的周金波沉湎于“皇民化时期”受到殖民者赏识垂青的黄金岁月“不能自拔”,不断地强调自己日语之精进,台湾本土方言被淡忘。但是他的回忆在很大程度上其实处于失真状态。在语言问题上,他的“日语”未必精进,“台湾方言”也并未能如他所述那样忘怀。早在20世纪40年代的实时评论中,已可以看出其语言问题的蛛丝马迹。他的日文程度在台湾本土这个语言文化空间里面可能还算不错,可是经过日本本土评论者的检讨,却发现问题多多,有日本评论者不留情面地指摘其日文程度之差让人咋舌:“周金波的《乡愁》是一只散发幽光的灵魂,一只极度孤独的诗魂。可惜他的国语也太蹩脚了一点。”③至于他的本土方言——台湾话,其实也并非“程度很差”,他只是羞于承认自己使用这种在日本殖民者眼中严重影响“国语”(即日本语)推广的本土方言而已。周金波在别处又有这样的回忆:“总之,如果不使用国语,我无法表达自己的意思。因此,经常使用国语这件事对我来说,是一个攸关生活的问题。然而可惜的是,平常我在谈话时,还是不经意会将片段的台湾话挂在嘴边。……现在我们还是只能依赖

① 周金波:《我走过的道路——文学·戏剧·电影》,邱振瑞译,《周金波集》,台北:前卫出版社2002年版,第281页。

② 周金波:《我走过的道路——文学·戏剧·电影》,邱振瑞译,《周金波集》,台北:前卫出版社2002年版,第297页。

③ [日]宝泉坊隆一:《文艺时评——以〈文艺台湾〉四月号为中心》,原载于《台湾艺术》第4卷第6号,1943年6月,译文参见黄英哲主编:《日治时期台湾文艺评论集》第4册,台南:台湾文学馆筹备处2006年版,第190页。

着国语和在地的台湾话，这两种语言辛苦的过生活，但是统治当局却不能体验我们的感受。不小心漏出一句台湾话时，便会遭受到身旁内地人的轻视，这是一件悲哀的事。不能自由自在的驱使国语，但却又不能完全操弄自己的台湾话。现在的我们正是深陷在这种泥沼中而不能自拔的一群人。”①陈培丰对此有这样的评论：“……非常讽刺的，这名因为以日文作为创作工具，受到统治者赞赏礼遇的作家，其苦闷和落寞的原因与一般台湾人一样，都是来自日本人的差别歧视。更令人难以置信的是，周金波受到差别歧视的根源，竟然是他的国语能力。”②

为什么周金波会制造一个如此充满矛盾的幻象：自己讲着流利的日语，拔着头发离开台湾，切断与台湾土地之间的接点而拥抱殖民母国；但在实际上，他却因为在日常会话中不时、无意透露出台湾方言而深感不安，并且遭到身边日本人的侧目与歧视。这种扭曲而病态的语言生态如何成了周金波念兹在兹的心造幻影？从这个角度去理解的话，日语对于周金波的意味，可能就不止仅是一种让他在殖民地台湾文坛扬名立万的语言工具了。他对于日本语言背后所蕴含的那种文化势能的体认，也就成就了另外的一种殖民地下台湾作家的类型，并且形塑了一种独特的“日语文学”表现形态。这种对于日语文化势能的认知情态，集中表现为周金波对于日本文化的强烈向心力。

日语在日本殖民统治时期以殖民者的语言，通过同化作用机制强势侵入被殖民者台湾人的日常交际与文学实践中，裹挟着“殖民现代化”的糖衣而被台湾人所使用，实如陈培丰所言，对台湾人来说日语在文化上虽是一个“政治上的敌性语言”，但在摄取近代文明方面，却经常被当成一个“工具上的友性语言”来利用。③这是殖民地子民所必须接受的语言现实。可是，被驱使着使用日语的现实，并不一定代表对日语的情感体验也必须与殖民者的语言政策制定者的构想完全吻合。正如前文所论及的两位作家杨逵、翁闹一样，他们都面对着必须使用日语的客观现实，却因为自己的文化政治认

① 陈培丰：《“同化”的同床异梦——日治时期台湾的语言政策、近代化与认同》，王兴安、凤气至纯平译，台北：麦田出版2006年版，第445页。

②③ 陈培丰：《“同化”的同床异梦——日治时期台湾的语言政策、近代化与认同》，王兴安、凤气至纯平译，台北：麦田出版2006年版，第305页。

同以及文学审美品格，都坚持了自己的立场而并未发生如殖民者所预期的那种认同游移和错位。杨逵用精彩的日文写就的左翼小说，实现了自己跨区域左翼联合的实际构想，这是殖民者无论如何也想不到的推广日语的“副作用”，堪可称为最精彩的对于日文文化势能的“逆势转化”；翁闹醉心于文学艺术本身，而对日语语言及文学背后的政治潜意图相当冷漠，致使殖民者推行日文的剑指目标无法在他身上奏效，这一情势或许能被概括为日文文化势能的“涵化而利用之”；周金波则与前面二者殊为不同，他的实际表现恐怕只能理解为用“日语文学”的创作，来作为配合官方政策，并急迫地想要以文学创作活动来兑现殖民者的同化实践目标，在他这里，日语文学创作是正面迎向、积极拥抱殖民同化的手段。通过自己的实际表现和文学实践，周金波向我们展示出了他如何以日本殖民统治的运作作为靶心而向其发生合力，展示出对于殖民政权的近乎无条件翼赞和配合。在他以殖民者语言——日语创作的文学创作中，我们读出了立场的游移、“国策”的配合以及对于实现同化政策的态度。

3. 无处为家：《乡愁》

在周金波的日语小说创作序列之中，《乡愁》这篇小说有着特别的时代意义与文学价值。从 1941 年开始小说创作以来，一直到 1944 年，周金波的小说都展示出了与时代主题之间严丝合缝的共谋关系。自处女作《水癌》开始，周金波以一个“皇国臣民”的青年形象开始疯狂似地寻找、检讨台湾本土的种种弊端与不足之处，为了摆脱落后而追求现代，为自己追求成为“皇民”的举动寻求合理化的动机，历经《志愿兵》、《“尺”的诞生》、《乡愁》等小说，终于确认自己这种日本认同的正当性；到了他的这阶段最后一篇小说《无题》中，终于展示出了一种近乎于自我毁灭的扭曲人物形象：一个不但立志成为志愿兵的青年敏司，而且他要成为像“神风特攻队”①一样。在这个极端的文学形象出现之前，周金波通过《乡愁》一文的书写，终于确认了自己所走的道路的“正确性”，

① 在太平洋战争末期，日本军队在处于劣势的情况下为了阻挡美军海上力量，抽调一批具有狂热的军国主义思想飞行员采取自杀性的战法，驾驶战机携带炸药撞向美军军舰。但是，“在装备有装甲防护甲板的战舰面前，这些自杀式攻击做法几乎毫无用途，只能是白白浪费生命。”参见［英］戴维・雷格（David Wragg）：《太平洋大海战 1941—1945》，张国良等译，北京：中国市场出版社 2014 年版，第 177 页。

使得这篇小说成了周金波创作的一个阶段性结点的标志；其次，这篇小说写作于 1943 年，这正是时局转变的一个关键时刻，日本军队的侵略战争多行不义，已显露出全盘崩溃的败象，日渐明朗的局势在某种程度上也作用到了曾经一度以为"皇军"终必取胜的亲日皇民作家心上，造就了其暧昧复杂的书写心情，这种情绪也展拓到了作家的文本书写之中，使得《乡愁》一文呈现出含混的文学质素。这与之前的小说(如《志愿兵》)那种单纯热烈鼓动宣传、无条件拥护不同，也与之后在 1944 年日本统治、军事侵略已基本是强弩之末而不得不通过文学书写自我喊话、自我麻痹实现掩耳盗铃的狂躁式书写不同；最后，这篇小说题为《乡愁》，书写题材也锁定台湾本土，小说主人公展示出痛苦的内心、无可遁逃的现实境遇。从他的这篇日语小说创作里面可以读出痛苦、自责、悲哀等诸多负面情绪，一些为之讳饰的研究者认为周金波的这种情绪是对于"乡土文化的眷恋之情"，但实际上小说主人公的痛苦根源，恐怕并非是来自于殖民压迫的血泪事实，而很可能是周金波从想成皇民而不得的那种辗转反侧，随着时局的进展而升级成了发现即使成了皇民也无法实现自我救赎的至痛。因此，这种痛苦的表现与描绘，成了我们窥探这位皇民作家最本心的那一面的最佳文本。

首先，《乡愁》展示出周金波"日本立场"的终极确立。

《乡愁》这篇小说从第一人称"我"为追求片刻安宁，展开一场在台湾本岛的温泉旅行作为叙事线索。小说中的"我"曾因为以日本留学的经验而形成的看法加之于台湾，遭到了挫折，感觉到了深深的无助。在这场温泉旅行中意外卷入了本地两派流氓团体——西皮和福禄的和解仪式，并且见证了本地居民的铜锣捐赠仪式。在小说的结尾，这位知识分子彷徨无地，夺路而逃，却最终找不到出路。小说至此无果而终。

显然，这篇小说是以一种近乎于自叙传的写法，以此时此身的个体经验作为介入现实的方式，实现表现个人内心对于时代氛围的感受。小说中的"我"，如同周金波其他小说中的人物一样，与周金波本人的真实经验有着非常高的重合度，这些人物形象无论是《水癌》中的"他"，《志愿兵》中的"我"，还是《读者来信》中的"作家"，最后到《乡愁》中的"我"，这些人物都具有一些相似之处，那就是他们在叙事过程中都是以"日本"的立场作为思维的起点，看待周遭事物，估定一切价值的。从处女作《水癌》开始，周金波展示出了对于自己台湾人身份的动摇性，此后的书写中这种认同游移不断加剧最终断裂，到了《乡愁》这篇小说里，作者完成了对于日本立场的终极性确立。

在《水癌》中，周金波以一个日本留学学成归台的齿科医生为主角(基本上也是他自身的经历)，他在“七七事变”后的“皇民化”浪潮中“力争上游”，决心肩负起“教化岛民”的“历史责任”，“走向新生活”。在一种自我陶醉的氛围里，他的美梦被打破。一位戴着金表，穿着改良服，“没有教养的奢侈女人”带着自己有严重口腔疾病的女儿来问诊。在经过诊断后发现这个病患已经到了严重的程度，“他”禁不住责怪这位母亲对女儿痛苦的不以为意，责令这个女人带女儿去台北大医院救治。可是这母亲却舍不得花钱，将叮嘱置诸脑后。果然，没过几天女儿病死，母亲因为赌博被抓捕。小说的结尾则是这恬不知耻的母亲竟然冲入“他”的诊疗室，询问为自己镶嵌金牙的价格。从表面上看，这篇小说似乎是在书写台湾低下的医疗条件所造就的病痛苦难，加之岛民的封建愚昧，致使年轻生命消逝的惨剧。但是周金波处理这个题材的思路有自己的内在诉求，那就是以日本的文明化，反衬台湾本岛。

小说主人公看待万事万物的基准就是从日本人的立场出发的。与这种立场相悖的，是小说主人公“他”的台湾人身份。在日本基准的参照下，自己的同胞(包括自己在内)全是不合格的，难免会产生分裂与痛苦之感。在这个时期，周金波无力解决这个问题，小说只能在一种自我谴责中悄然落幕。

如果说《水癌》展示的是这种台湾本土身份的游移和动摇，那么到了《志愿兵》之中，作家终于找到了解决之道——通过“皇民化”，特别是参加“志愿兵”而将自己“进化”为日本人，为了达到这个目标，即使是为日本军国主义献出生命也在所不惜。所以到了《乡愁》中，“我”已经是一个精神上的“日本人”了，已经不再具有“台湾性”，可以说是纯然“日本化”了。整个小说的叙事中，“我”的视角已经将用日本人的眼光看待周遭事情视为理所当然，永远是以日本作为分析事物、景致、人心的判断旨归。在这种情况下“我”终于对自己的故乡产生厌弃。

尽管让我们非常的不解，但是周金波已经确立了自己的叙事逻辑，毫无保留地抛弃故土而去拥抱殖民母国。至此，《乡愁》标志着周金波“日本人立场”的最终确立：已经不再有游移和迷惑了。殖民认同是唯一的选择。

其次,《乡愁》展现了周金波“协力”战争的“动员式”书写本质。

朱迪斯·巴特勒在《战争的框架》里提出一系列值得思考的问题:话语领域何以成为战争的一部分?它们何以成为战争的帮凶,在准备战争、发动战争的过程中为虎作伥?要想反对战争,就必须了解甚至重构此类促成战争的条件。①对于日本殖民统治时期台湾文坛而言,参与战争的动员而配合战时局势所进行文学创作,也是一种非常恶劣的战争事实,相当于以“笔部队”的姿态成了战争的一个组成部分,其中尤其周金波为甚。周金波配合“国策”而进行创作的文学作品中,最为突出的特点,便是在于他将“日常生活战争化”,将日常生活向战争时局全幅敞开,以战争对于生活的规训要求出发,用文学的形式进行表现和动员。

时局背景成了小说叙述中一个隐含的重要叙事要素,对于主人公的行动、思想发挥着潜在功能。对于一般的台湾民众而言,他们直面到战争的残酷野蛮不人道,并且直观地感受到因为战争、时局、侵略而直接导致了自己生活品质的下降,那么在“皇民”周金波的叙述逻辑里,这二者之间根本应该是一回事:战争就是当时的社会生活,或者说生活也就是为了完成战争的需求。泯除社会生活个人化、私人化的一面,才能将战争所需要的全部要素都动员起来而实现终极目标,否则一旦离心离德,战争就有可能从内部就开始崩溃。这就是周金波“日常生活战争化”书写的本质。

在《乡愁》这篇小说里有一个细节,比较能够反映周金波“日常生活战争化”的书写追求,那就是小说中的帮派和解以及铜锣捐赠仪式。小说主人公“我”被误以为是日本人,并被一位老人当做“大人”(“老人把我看成日本人,一个很特殊的日本人”),带去参观特殊的仪式——铜锣捐赠式,以及当地的两个流氓派别西皮、福禄两派分派以来的解团式。台湾在地流氓团体的解散,是因为战争动员中“一致对外”的要求,希望内部之间的矛盾即刻抹平弥散,这已经是战争时局对于社会生活干预之一种,那么“铜锣捐赠”又意味着什么呢?原来,这些铜锣的捐献是为了配合战争局势之走向,以全力保障

① [美]朱迪斯·巴特勒:《战争的框架》,何磊译,开封:河南大学出版社 2016 年版,第 5 页。

战事的进行。在吴浊流的带有自传色彩的小说《亚细亚的孤儿》中,也提及了在日本殖民统治时期末期台湾的“捐献金属运动”,日本殖民当局将台湾民众的金属制品强制捐公。①这种原本是被强制推行的运动,在周金波的笔下,成了台湾民众为了支持战争而主动发生的行为,显示出他对于时局走向的认知已经到了偏离轨道的境地。小说的结尾,“我”在目睹了这一场铜锣捐赠运动后,竟然在返回的路上一路狂奔,迷失方向。周金波会有这样的情节设计,恐怕还是与他此时混乱的心绪有关:已经历经千辛万苦似乎已经快要实现同化的终极目标了,但临了却发现一切似乎只是一场宁可没有发生的噩梦。

这些“被捐赠”出来的铜锣,经过集中提炼和回收使用,最后可能会变成战争所使用的武器如子弹等。这一细节不禁让人深思。可资对比的是,王鼎钧在年轻时代曾为流亡学生,因为日军侵略山东而被迫流亡求学,深受苦难。在自传体散文《碎琉璃》里,他提及在“七七事变”之后,华北大地惨遭敌机扫射,学校被迫停课,学生也准备逃亡的悲惨命运:“学校里并不冷清,一大群同学围着钟,轮流敲撞。钟架下面挖好了一个深穴,带几分阴森。原来这口钟就要埋在地下,等抗战胜利再出土。这也是校长的主意,他说,这么大一块金属落在敌人手里,必定变成子弹来残杀我们的同胞。这些同学,本来也是来看校长的,大家都有点舍不得他,尽管多数挨过他的藤鞭。现在大家舍不得这口钟,谁都想多听听它的声音,谁也都想亲手撞它几下。”②

周金波在这种几乎病态的、对于实现同化的终极追求的路上,一级一级走向了没有光的所在。可也正是因为这种更可诅咒的殖民地现实,让我们了解在一个没有光的所在里,人性辗转求生的一点蛛丝马迹。周金波及其日文创作的存在,不断地点醒我们历史已经走过的道路,留给我们去反思那复杂生态下一个作家的个人选择。

---

① 吴浊流:《亚细亚的孤儿》,台北:远景出版社 1970 年版,第 244 页。

② 王鼎钧:《碎琉璃》,北京:生活 · 读书 · 新知三联书店 2016 年版,第 63 页。

图书在版编目(CIP)数据

中国现当代作家外语创作论/倪婷婷编著.—上海：
上海人民出版社,2020
ISBN 978－7－208－16789－6

Ⅰ.①中… Ⅱ.①倪… Ⅲ.①中国文学-现代文学-文学创作研究 ②中国文学-当代文学-文学创作研究
Ⅳ.①I206.6

中国版本图书馆CIP数据核字(2020)第209905号

责任编辑 陈佳妮
特约编辑 屠毅力
封面设计 王震坤

中国现当代作家外语创作论
倪婷婷 编著

出　版 上海人民出版社
(200001 上海福建中路193号)
发　行 上海人民出版社发行中心
印　刷 上海商务联西印刷有限公司
开　本 720×1000 1/16
印　张 35.5
插　页 2
字　数 527,000
版　次 2020年12月第1版
印　次 2020年12月第1次印刷
ISBN 978－7－208－16789－6/I・1934
定　价 128.00元